Titres parus dans la même collection

JOY FIELDING : *Ne pleure plus*
PAULLINA SIMONS : *Le Silence d'une femme*
JACKIE COLLINS : *Les Enfants oubliés*

JUDITH MICHAEL

RENDS-MOI MA VIE

Roman

traduit de l'américain par Marie Allys

Roman

FIXOT

Ce roman est un ouvrage de pure fiction. Les noms, les caractères, les lieux et événements sont nés de l'imagination de l'auteur et utilisés de façon fictive. Toute ressemblance avec des faits réels, des lieux existants ou des personnes, vivantes ou mortes, serait due à une totale coïncidence.

Titre original : A TANGLED WEB
© JM Productions, LTD, 1994
Traduction française : Éditions Fixot, Paris, 1996

ISBN 2-87645-310-X
(édition originale : ISBN 0-671-79879-0 Simon & Schuster, New York)

À Cynthia, Andrew et Eric, une fois encore.

Il m'arrive ce qui peut arriver de mieux à un père :
avoir son fils pour ami.

Garth Andersen

Dans quel gouffre nous plonge
Notre premier mensonge !

Sir Walter Scott, *Marmion*

Première partie

1

Sabrina inspira profondément, souffla ses trente-trois bougies d'anniversaire en fermant les yeux et fit un vœu. « Que rien ne change. Que mes enfants, mon mari, mes amis, ma maison restent tels qu'ils sont. Qu'ils soient à moi, vraiment à moi. » Elle ouvrit les yeux, souriant à chacun autour de la table, et saisit la pelle à tarte en argent, une pièce de collection qu'elle avait rapportée de son dernier voyage à Londres.

– Qu'est-ce que t'as fait comme vœu, maman ? lui demanda Cliff.

– Ne le dis surtout pas ! s'exclama Penny. Si on les dit, les vœux ne se réalisent pas.

– De toute façon, ils ne se réalisent jamais, répliqua Cliff. Tout le monde sait ça. Les vœux, c'est une légende.

– Quel cynisme ! lança Linda Talvia en posant la main sur le bras de Marty. Mes vœux à moi se sont réalisés... Enfin, pour la plupart.

– Les miens se sont tous réalisés, fit Garth, dont le regard croisa celui de Sabrina. Y compris certains auxquels je n'avais même pas pensé.

– Un vœu ne peut pas se réaliser si on n'y a pas pensé, dit Cliff, railleur.

– Bien sûr que si, rétorqua Nat Goldner. Il y a des années, Dolorès et moi, on était loin d'imaginer qu'on voudrait se marier un jour, et puis, tout d'un coup, ça s'est fait. Et c'était pile ce dont on avait besoin l'un et l'autre.

– Et moi, j'avais fait le vœu d'avoir des enfants merveilleux, dit Sabrina. Je voulais qu'ils soient vifs, drôles et tendres. Alors, Cliff, tu crois toujours que cette histoire de vœu n'est qu'une légende ?

– Bon, d'accord. Quelquefois, les vœux se réalisent, répondit-il au milieu de l'éclat de rire général. Je veux dire..., à condition de faire le bon vœu...

Le bon vœu.

J'ai fait un vœu un jour. Stéphanie aussi.

Oh, Stéphanie... Regarde où ça nous a menées.

Tandis que les autres discutaient, Sabrina se referma sur elle-même, pensant à Stéphanie : elle aurait tant voulu entendre de nouveau sa voix, plonger son regard dans le sien et y découvrir le reflet de ses yeux, de son visage. Son image inversée. Sa sœur jumelle.

Ce n'est pas seulement mon anniversaire aujourd'hui : Stéphanie, c'est aussi le tien. Tu devrais être...

Tu devrais être là.

Oui, Stéphanie aurait dû être là. Si elle avait été en vie, elle aurait été assise à cette table, entourée de cette famille, de ces amis qui avaient été les siens bien avant que Sabrina et elle aient l'idée d'échanger leurs vies. Une idée imprudente, une idée folle, mais à l'époque les jumelles n'y avaient vu qu'un jeu, une aventure téméraire. Un an auparavant – un an seulement ! –, alors qu'elles traversaient toutes deux une passe difficile, elles avaient eu envie de changer de vie, juste pour un moment.

Puis elles s'étaient prises au jeu, et Sabrina était rentrée d'un voyage en Chine dans la peau de Stéphanie Andersen : à Evanston, près de Chicago, elle avait rejoint un mari, deux enfants et une vieille maison de style victorien. Stéphanie, quant à elle, était devenue Sabrina Longworth, divorcée, habitant seule une élégante maison de Cadogan Square, à Londres. Une semaine, rien qu'une semaine, s'étaient-elles promis, une semaine d'évasion dans une autre vie, et puis chacune réintégrerait son existence propre, sans que personne en sache jamais rien.

Mais l'affaire avait pris un tour plus sérieux. Sabrina s'était cassé le poignet en tombant de bicyclette, et Stéphanie, dont le mariage battait de l'aile, avait supplié sa sœur de demeurer à Evanston jusqu'à ce que son poignet soit complètement guéri. Une fois redevenues complètement semblables, elles devaient retrouver leur véritable identité.

Or ces semaines de convalescence avaient bouleversé leur vie. Sabrina s'était prise d'une profonde affection pour Penny et Cliff et, pour leur père, d'une passion qu'elle n'avait encore jamais éprouvée. Quant à Garth, il avait découvert une femme bien différente de celle qu'il avait vue s'éloigner de lui peu à peu et à qui, plusieurs mois durant, il avait à peine consenti un regard. Il la trouvait séductrice, troublante, et imputait ce changement à une soudaine volonté de sauver leur mariage.

À Londres, Stéphanie s'était fait de nouveaux amis. Elle avait rencontré Max Stuyvesant, un homme riche, mystérieux et influent, qui gravitait dans l'univers de l'art et des antiquités. Elle avait repris la direction des Ambassadeurs, le luxueux magasin d'antiquités de Sabrina, gagnant chaque jour de l'assurance à mesure qu'elle s'installait dans le rôle de sa séduisante jumelle. Elle avait réclamé un sursis à Sabrina, quelques jours supplémentaires, le temps d'une croisière avec Max, sur le yacht de celui-ci. « Une dernière folie », avait-elle dit à Sabrina.

Une dernière folie...

Et elle était morte. Le yacht de Max Stuyvesant avait explosé au large des côtes françaises. Tous les passagers avaient péri, et parmi eux lady Sabrina Longworth. Garth avait accompagné à Londres celle qu'il croyait sa femme. Devant le cercueil, à demi aveuglée par les larmes du chagrin et du remords, la vraie Sabrina avait dit adieu à Stéphanie. Lorsqu'on l'avait portée en terre, elle était tombée à genoux devant la tombe en criant : « Sabrina n'est pas morte... Ce n'est pas Sabrina... ! » Mais personne n'avait voulu l'écouter. On avait cru que le chagrin l'égarait. Désespérée, Sabrina n'avait pas eu la force de lutter.

Elle était retournée dans la famille de Stéphanie, tout en sachant que cela ne pourrait durer – on ne construit pas sa vie sur un mensonge. Pourtant, dans les trois mois qui avaient suivi, un bonheur plus intense que tout ce qu'elle avait pu rêver était venu s'immiscer dans sa douleur : elle avait découvert un amour passionné avec un homme solide, ainsi que la chaleur, la tendresse et l'humour partagés avec deux enfants vifs et affectueux.

Mais à Noël, près de quatre mois après que les jumelles avaient échangé leurs existences, Garth avait découvert la supercherie. Fou de rage, il avait chassé Sabrina de sa vie et de celle de ses enfants. Elle s'était enfuie pour Londres, sa vie ruinée par cette folie que Stéphanie et elle avaient commise avec tant d'insouciance.

Une fois seul, Garth avait peu à peu compris l'amour que Sabrina leur portait, à lui et à ses enfants. Il avait compris qu'elle s'était elle-même prise au piège et qu'il l'aimait comme jamais encore il n'avait aimé.

– Stéphanie ? Tu es toujours avec nous ?

Sabrina tressaillit. Nat Goldner la dévisageait avec inquiétude. Nat, l'ami, et aussi le médecin qui avait soigné son poignet un an auparavant.

– Pardon, dit-elle en esquissant un sourire. Je crois que je suis un peu distraite.

Garth vint s'asseoir sur le bras de son fauteuil.

– En général, ce sont plutôt les professeurs qu'on accuse d'être distraits, pas leurs épouses, dit-il en passant un bras autour des épaules de Sabrina. Mais tu as des excuses, ma chérie.

– Tu penses à tante Sabrina, c'est ça ? demanda Penny. C'est son anniversaire à elle aussi.

– Elle me manque, dit Cliff. On s'amusait bien avec elle.

Les yeux de Sabrina s'emplirent de larmes. Dolorès Goldner se pencha vers elle.

– Ça doit être affreusement difficile pour toi, Stéphanie... Une journée à la fois si gaie et si triste.

– Pardonnez-moi, mais je crois que j'ai besoin de me retrouver seule quelques instants, dit Sabrina en se levant. Cliff, je te charge de resservir du gâteau. Je reviens tout de suite, ajouta-t-elle en déposant un léger baiser sur la joue de Garth.

Alors qu'elle montait l'escalier vers la chambre à coucher, elle entendit Cliff demander qui reprendrait du dessert. Dans la chambre, les lampes de chevet étaient allumées, le coin du drap rabattu de chaque côté du lit à baldaquin et les vêtements rangés. « Merveilleuse Mrs. Thirkell, se dit Sabrina. Je l'arrache à Cadogan Square, à Londres, où son seul souci était de veiller aux besoins de lady Sabrina Longworth, je la catapulte au milieu d'une famille de quatre personnes, aux États-Unis, dans une vieille maison un peu délabrée, et, depuis huit mois, pas une fois elle n'a paru troublée. »

Lady Sabrina Longworth.

Sabrina s'assit sur la banquette qui épousait l'arrondi de la fenêtre et regarda le jardin qu'éclairaient faiblement les réverbères de la rue et les fenêtres des maisons voisines. « Il n'y a plus de lady Sabrina Longworth, songea-t-elle. Par habitude, Mrs. Thirkell m'appelle " lady " – ce qui amusera toujours les enfants –, mais Sabrina est morte. Pour tout le monde, elle est morte lors d'une croisière à bord du yacht de Max Stuyvesant, en octobre dernier. Pour moi, elle est morte le jour où j'ai compris que jamais plus je ne reprendrais ma véritable identité. Pour cela, il faudrait dire la vérité à Penny et à Cliff. Ils découvriraient alors que leur mère s'était amusée à incarner Sabrina Longworth, jeune femme libre et célibataire vivant à Londres, et que c'était sa sœur qui la remplaçait auprès d'eux à la maison. Ils apprendraient que leur mère était en voyage avec un autre homme que leur père lorsqu'elle avait trouvé la mort. Je ne peux pas leur dire une chose pareille. Il n'y a donc plus de Sabrina Longworth. Elle me manque. Je voudrais tant pouvoir être elle, pouvoir reprendre sa vie. »

Mais elle était Stéphanie Andersen depuis un an, un an d'amour et de découvertes, et, lorsqu'elle se prenait à regretter son ancienne vie, c'était, le plus souvent, comme un enfant qui veut qu'on lui raconte une histoire avant de s'endormir : une histoire

16

rêvée, parfaite, irréelle. « Irréelle, se répéta Sabrina. Irréelle. » Elle aperçut sur l'herbe sombre de la pelouse le T-shirt dont Cliff s'était débarrassé l'après-midi même, dans la chaleur d'un match de foot improvisé. « Voilà ce qui est réel : toutes les petites et les grandes choses qui font une famille. C'était ça, mon vœu, il y a un an, lorsque j'ai voulu vivre la vie de Stéphanie. Et il s'est réalisé. »

Mais à quel prix ?

Stéphanie était morte, assassinée.

Je sais à quoi tu penses, fit Garth en surgissant dans l'embrasure de la porte. Mais tu n'y es pour rien Tu ne pouvais pas prévoir. Il n'y avait rien dans ta vie qui devait la conduire à la mort.

– C'est ce que je me dis, murmura Sabrina. Mais je ne cesse de me poser des questions... Comment la police a-t-elle su que la bombe avait été posée sur le bateau pour tuer Max, et rien que Max ? Et si Stéphanie avait été visée, elle aussi ? N'oublie pas que, pour eux, elle était Sabrina. Comment savoir si elle n'était pas mêlée à je ne sais quelle histoire ? Un jour, aux Ambassadeurs, après l'enterrement, j'ai eu la certitude qu'elle avait dû dire quelque chose qui les avait fait se sentir menacés. Je ne sais pas, je ne sais vraiment pas. Si je n'avais pas été aussi heureuse ici, je l'aurais peut-être poussée à me raconter ce qu'elle faisait, ce que faisait Max, si tant est qu'elle en savait quelque chose. J'aurais peut-être pu la mettre en garde. Moi, je *connaissais* ces gens-là, alors qu'elle venait à peine de les rencontrer. Mais, pendant tous ces mois où j'ai vécu sa vie, j'ai été plus heureuse que je ne l'avais jamais été et j'ai tourné le dos à tout ce qui se passait là-bas. *Jamais je n'ai posé de questions*.

Garth vint s'asseoir à côté d'elle, la prit dans ses bras, et Sabrina se laissa aller contre lui.

– Je n'aurais peut-être rien pu faire. Je n'en sais rien. Mais je sais que tout ce qui m'intéressait, c'étaient toi et les enfants.

– Écoute-moi, mon amour..., commença Garth.

Sabrina et lui avaient beau avoir eu cent fois cette conversation, Garth l'abordait toujours avec la même patience.

– Tu m'as dit que tu lui avais parlé de cette affaire de faux et qu'elle s'en était admirablement tirée. Elle a réussi à tenir Les Ambassadeurs à l'abri du scandale, à protéger la réputation du magasin comme s'il était le sien. Et puis tu l'avais mise en garde contre Max, pas parce qu'il était à la tête d'un trafic d'œuvres d'art – ça, on l'a su après l'accident –, mais parce que tu t'en méfiais. Elle avait eu suffisamment de renseignements par toi, sans parler des choses qu'elle a dû découvrir et que tu ignores. C'était une adulte, une femme intelligente, et qui avait fait ses choix. Tu n'es pas responsable de ce qui lui est arrivé.

– Je sais, je sais..., fit Sabrina en embrassant la pièce du regard. Moi, j'ai tout ça, j'ai tout, et elle...

– J'y pense aussi, tu sais, l'interrompit Garth en la tournant vers lui pour l'embrasser. Et plus que tu ne crois. Mais je ne peux me sentir coupable de l'amour que nous avons découvert ensemble.

– Maman, tu n'as pas envie d'ouvrir tes cadeaux ? demanda Penny depuis la porte de la chambre. Tu ne te sens pas bien ? ajouta-t-elle, le regard soucieux. Tout le monde s'inquiète pour toi.

Sabrina sourit.

– Tout le monde ?

– Oui, Cliff et moi, en tout cas. Parce que si tu as oublié tes cadeaux, c'est que...

– Je dois être très malade.

Sabrina se leva en riant pour aller serrer Penny dans ses bras. Sa tristesse se dissipait.

Garth admira sa beauté, songeant à tout ce qu'elle avait représenté pour lui depuis ce dernier Noël où il l'avait ramenée de Londres. Elle lui avait joué le tour le plus détestable qu'on puisse jouer à un proche, mais cela sans méchanceté aucune, et, au bout du compte, elle s'était retrouvée piégée par son amour pour eux et leur amour pour elle. « Qui aurait pu le croire ? se dit-il. Nous n'avions même jamais vraiment sympathisé. »

Mais Sabrina avait beaucoup changé depuis leur première rencontre et continuait de changer depuis qu'elle vivait avec eux. Si bien qu'elle-même ne savait plus parfois qui elle était : Sabrina ou Stéphanie – ce qui constituait un piège supplémentaire. Lorsqu'il s'en était rendu compte, Garth s'était autorisé à l'aimer plus qu'il n'avait jamais aimé Stéphanie ni qui que ce fût d'autre.

– Alors, on y va ? demanda Penny. Ça fait des heures qu'on attend...

– Tu as raison. Il est temps, répondit Sabrina. Mais, d'abord, où sont les cadeaux ?

– On a trouvé d'excellentes cachettes ! T'as qu'à les deviner !

– Ma chérie, si tu veux bien, on va remettre les devinettes à plus tard. Je te suggère de porter les cadeaux au salon. Ça permettrait à Mrs. Thirkell de débarrasser la table.

– D'accord. Je les mets sur la table basse, sur le canapé ou sur... ?

– Tu es assez grande pour décider toute seule, dit Garth. On vous rejoint dans un instant.

Penny leur jeta à l'un et à l'autre un rapide coup d'œil, cherchant à se rassurer, puis elle acquiesça en silence et disparut. Sabrina se tourna vers Garth et l'embrassa.

– Je t'aime. Je suis désolée d'être souvent si... perdue, désemparée.

– Ce n'est pas ta faute. Mais ça va de mieux en mieux, tu ne trouves pas ?

– Oui, oui, bien sûr. Le temps, tout cet amour, des enfants merveilleux qui ont besoin qu'on s'occupe d'eux... Tu sais qu'il m'arrive de penser à Stéphanie et de me dire : « Plus tard, après avoir parlé au professeur de Cliff, ou fait des courses avec Penny, ou aidé Linda à vendre une propriété... » J'y pense quand même, rapidement, entre deux préoccupations, mais à ce moment-là tu rentres et tout paraît merveilleux parce que tu es là...

Garth resserra son étreinte.

– Tout *est* merveilleux. Et chaque jour davantage.

– Tu sais le vœu que j'ai fait en soufflant les bougies ?

– Je croyais qu'il ne fallait le dire à personne.

– Tu n'es pas *personne,* tu es mon amour. À toi, je peux tout dire. J'ai fait le vœu que rien ne change. Toi, les enfants, cette maison, nos amis. Je veux que rien ne bouge. Dolorès dirait que c'est la trentaine qui fait ça, ajouta-t-elle avec un bref éclat de rire.

– La vérité, dit Garth, c'est que tu as fait ce vœu parce que nous avons mis longtemps à nous découvrir. Tu sais, je fais le même vœu chaque soir, avant de m'endormir, en te tenant dans mes bras. Si je pouvais, j'arrêterais le temps pour toi, mon amour, mais ça ne rentre pas dans mes compétences scientifiques. Viens, maintenant, je crois que nous ferions bien de nous intéresser à ces cadeaux. Le mien n'y est pas, je te préviens. Je te le donnerai plus tard, quand nous serons seuls.

– Les enfants vont être terriblement déçus, dit Sabrina. Rappelle-toi quand j'ai voulu faire la même chose pour ton anniversaire...

– C'est vrai, tu as raison. Je me demande où les enfants vont chercher toutes leurs certitudes sur ce qu'il convient de faire ou de ne pas faire en famille. Entendu, je vais te le donner devant tout le monde, mais c'est un cadeau intime ; tu comprendras quand tu l'ouvriras.

– Que de mystères !

Sabrina prit la main de Garth, et ils descendirent l'escalier pour se rendre dans la salle à manger, où les attendaient leurs amis et les enfants.

– Treize ans de mariage et ça se tient toujours par la main ! dit Marty Talvia. Ça mérite un toast. Et ça tombe bien car j'ai apporté un porto exceptionnel, ajouta-t-il en tendant la main derrière le canapé pour saisir la bouteille qu'il y avait cachée. L'admirable Mrs. Thirkell ayant déjà sorti les verres, je vais donc vous servir pendant que Stéphanie ouvrira ses cadeaux. Tu ferais bien de commencer, Stéphanie, les enfants ne tiennent plus en place.

Penny avait posé trois paquets sur la table basse ; Sabrina ouvrit les deux premiers.

– Un collier ! Comme il est joli, Penny ! Tu sais que j'adore les colliers. Et ce bougeoir, c'est toi, Cliff, qui l'as fait ! Il ira à merveille sur notre nouvelle nappe. On l'étrennera dès demain soir.

– On a fait nos cadeaux à l'école. Papa dit que c'est mieux de les fabriquer soi-même plutôt que de les acheter.

– Il a raison. J'aime tous vos cadeaux, les enfants, mais surtout quand c'est vous qui les fabriquez. Et je vous aime, vous, rien ne m'est plus cher au monde que...

– Papa, l'interrompit Cliff.

Le regard de Sabrina croisa celui de Garth.

– Porto pour tout le monde, dit Marty Talvia. Vous, Penny et Cliff, vous devrez encore attendre quelques années.

– Maman nous laisse toujours boire une gorgée, dit Cliff. En tout cas depuis quelque temps, parce que, avant, elle n'aimait pas vraiment ça...

– C'est parce que maintenant tu as douze ans, s'empressa de dire Garth.

– Moi, je n'ai qu'onze ans, et pourtant j'ai aussi droit à une gorgée, fit Penny.

– Onze et douze ans sont des âges magiques, voilà la raison ! lança gaiement Sabrina sans s'attarder davantage sur cette nouvelle observation des enfants : décidément, elle ne faisait pas les choses comme Stéphanie. Maintenant, que va-t-on faire de cet énorme cadeau qui est encore sur la table ?

– Ouvre-le ! cria Cliff.

– Oh oui, je t'en prie, dit Linda Talvia. Je meurs d'impatience !

– Moi aussi, renchérit Dolorès. Nous l'avons choisi ensemble. Encore que maintenant que tu peux t'offrir tout ce que tu veux, il est difficile de...

En déballant lentement son cadeau, Sabrina se rappela certains moments délicats qu'ils avaient vécus lorsque leurs amis avaient compris que les Andersen disposaient désormais d'une fortune considérable. Par testament, sa sœur lui avait laissé tout ce qu'elle possédait. Je me suis tout laissé à moi-même, avait pensé Sabrina dans un accès de désespoir et d'humour morbide, après l'enterrement de Stéphanie. Mais Garth et elle avaient pris soin de ne pas modifier leur train de vie d'une façon trop voyante. Ils avaient fait repeindre la maison et avaient fait l'acquisition de quelques meubles anciens achetés à Londres et chez Collectibles, le magasin d'antiquités d'Evanston dans lequel elle avait pris des parts. Garth et elle s'offraient davantage de petits voyages en amoureux et, bien sûr, ils avaient fait venir de Londres l'irremplaçable Mrs. Thirkell.

Sinon, ils n'avaient rien changé à leur vie et, avec le temps, tout le monde semblait avoir oublié que Garth et Stéphanie Andersen étaient devenus riches, en tout cas plus riches que ne l'étaient les autres familles de professeurs de la ville.

Sabrina avait fini de déballer son cadeau.

– Quelle merveille ! s'exclama-t-elle en découvrant une carafe à liqueur du début du siècle avec un ravissant bouchon Lalique. Où l'avez-vous dénichée ?

– Dans une vente aux enchères. Je savais que tu aimais le Lalique.

– Je n'ai jamais eu de Lalique aussi ancien.

– Tu n'as jamais eu de Lalique du tout, d'ailleurs.

Personne ne fit attention à cette remarque, et Sabrina elle-même eut à peine conscience d'avoir gaffé. Dorénavant, elle surveillait moins ce qu'elle disait lorsqu'elle évoquait le passé. Le tout premier soir, elle avait même demandé à Garth et aux enfants où se trouvaient les casseroles. Des gaffes comme celle-ci, elle en avait commis des douzaines, sans jamais éveiller les soupçons ni la curiosité de quiconque. Elle avait fini par comprendre que les gens ne voient que ce qu'ils s'attendent à voir et trouvent des explications rationnelles à tout ce qui pourrait venir bouleverser leurs certitudes.

Sabrina posa la carafe sur la table basse en disant :

– Quel délicieux anniversaire ! C'est le plus beau de ma vie.

– Papa, fit Cliff d'un air accusateur. Tu ne fais pas de cadeau à maman ?

– Oui, où il est, ton cadeau, papa ? demanda Penny. On *sait* que t'en as un !

Garth sortit une petite boîte de velours de la poche de sa chemise et la déposa en souriant dans la main de Sabrina.

– Avec tout mon amour, ma chérie.

Sabrina l'embrassa puis ouvrit la boîte. Elle resta un instant muette.

– C'est quoi ? C'est quoi ? s'écria Penny.

– Montre-nous, maman ! dit Cliff.

– C'est une bague, fit Nat en regardant par-dessus l'épaule de Sabrina. Un saphir, non ? demanda-t-il à Garth.

– Oui, murmura celui-ci sans quitter Sabrina des yeux.

– Une bague de fiançailles, fit-elle doucement.

– Mais vous êtes déjà mariés ! s'étonna Penny.

– Oui, mais je n'ai jamais eu de bague de fiançailles.

– Moi non plus, dit Dolorès. Sans doute pour la même raison : Nat n'en avait pas les moyens.

– Marty non plus, fit Linda. Quelle bonne idée tu as eue, Garth !

Garth prit la main de Sabrina, lui ôta son alliance et passa à son doigt la bague de fiançailles avant d'y replacer l'alliance. Sabrina ferma les yeux. Cette bague scellait un mariage dont les autres ignoraient tout. Un jour pluvieux du mois de décembre, Garth était venu la rejoindre à Londres pour lui dire qu'il l'aimait, qu'il la voulait, elle, et qu'il lui pardonnait ce que Stéphanie et elle avaient fait. Deux jours plus tard, ils avaient pris un train pour Canterbury, où personne ne les connaissait, avaient acheté deux alliances en or et s'étaient mariés.

La jeune femme posa ses lèvres sur celles de son époux et dit :

– Merci. C'est le plus beau cadeau que tu pouvais me faire. Et le plus intime, aussi...

À cet instant, la sonnerie du téléphone retentit. Malgré la présence des enfants et de ses amis, Sabrina ne put réprimer le tremblement qui s'emparait d'elle chaque fois qu'on l'appelait tard dans la soirée. Elle ne pouvait s'empêcher de repenser à cette horrible nuit d'octobre où Brooks lui avait téléphoné de Londres en pleurant pour lui annoncer l'explosion du yacht de Max Stuyvesant et lui dire qu'il n'y avait aucun survivant..., aucun survivant..., aucun survivant...

– Tout va bien, mon amour, dit Garth en la prenant dans ses bras. Nous sommes là, nous sommes là...

– Lady, fit Mrs. Thirkell depuis l'embrasure de la porte. C'est Mlle de Martel. Enfin... Je veux dire Mrs. Westermarck. Je ne m'y habituerai jamais. Elle vous appelle de Londres.

– Gaby ? fit Sabrina, le cœur encore battant d'inquiétude. Il est trois heures du matin à Londres. Elle a dû faire la bringue. Pardonnez-moi, fit-elle à l'intention de ses invités avant de quitter la pièce pour aller répondre dans la cuisine.

– Allô ! fit-elle en saisissant l'appareil. Tu as dû faire une drôle de fiesta pour rentrer à cette heure-ci.

– Ça fait une éternité que je n'ai pas fait la fête. Je reviens de Provence où nous avons fait du vélo pendant quinze jours. Je me demande même si c'est sain de faire autant de sport. Tu aurais pu me prévenir que tu étais là-bas. On aurait pu passer un moment ensemble.

– Que j'étais où ?

– En Provence, à Avignon. Tu y étais bien, il y a une semaine ?

– Non, je n'y étais pas, Gaby. Je n'ai pas bougé d'ici. Qu'est-ce que tu me racontes ?

– Oh ! là, là ! Je sens que j'ai encore mis les pieds dans le plat. Tu ne me cacherais pas un petit quelque chose, toi ? Tu y étais peut-être avec quelqu'un. Pourtant, ça m'étonne de toi. Je te croyais folle amoureuse de ton professeur. Tu n'aurais pas une petite liaison ? Tu peux me faire confiance, tu sais. Je ferais n'importe quoi pour la sœur de Sabrina. Tu sais combien je l'aimais, et puis elle nous a sauvés, Brooks et moi, quand...

– Je n'ai aucune liaison. Je n'ai personne d'autre que Garth. Qu'est-ce que c'est que cette histoire, Gaby ?

Il y eut un silence au bout du fil.

– Tu essaies de me dire que tu n'étais pas à Avignon la semaine dernière ?

– Puisque je te dis que non.

– Mais je t'y ai vue, pourtant. À moins que ce ne soit ton sosie. Il y avait un monde, tu ne peux pas savoir...

« À moins que ce ne soit ton sosie. » Sabrina se mit à nouveau à trembler. Oui, autrefois elle avait eu un sosie. Elle avait eu une sœur jumelle.

– ... et je n'ai pas pu arriver jusqu'à toi. Tu étais de l'autre côté de la place, avec un homme très beau, très prévenant. Tu as enlevé ton chapeau, tu sais, une de ces capelines avec un long foulard rouge et orange. Tu as passé la main dans tes cheveux pour les rejeter en arrière, tu as remis ton chapeau et tu as disparu.

« *Tu as passé la main dans tes cheveux pour les rejeter en arrière.* » Un geste que Stéphanie et elle avaient toujours fait : ôter leur chapeau pour libérer un moment leurs cheveux avant de le remettre en place. Un geste que leur mère désapprouvait : une dame n'ôtait pas son chapeau en public, ça ne se faisait pas. « *Tu as passé la main dans tes cheveux pour les rejeter en arrière.* »

– Lady ? fit Mrs. Thirkell en approchant une chaise. Asseyez-vous, je vais vous faire du thé.

– ... Alors soit vous étiez des triplées et vous ne l'avez jamais dit à personne, poursuivait Gaby, soit il se passe quelque chose de très bizarre.

– Tu sais bien que nous n'étions pas des triplées, ne sois pas ridicule.

Sabrina avait l'impression de sentir la terre s'ouvrir sous ses pieds.

– Ne sois pas ridicule, répéta-t-elle avec exaspération. Tu as vu quelqu'un qui me ressemblait, c'est tout. Je ne comprends pas pourquoi tu en fais toute une histoire...

– Écoute-moi bien, Stéphanie. Je ne plaisante pas. C'est très bizarre et même un peu effrayant. Je vous ai connues en pension, Sabrina et toi. J'ai même partagé une chambre avec ta sœur. J'ai habité chez elle à Cadogan Square, quand je me suis séparée de Brooks, et chaque soir nous discutions jusque tard dans la nuit. Il m'est même arrivé de pleurer dans ses bras. Je l'aimais énormément. Je saurais vous reconnaître entre mille, toutes les deux. Et si je te dis que je t'ai vue, c'est que je t'ai vue. Sinon, c'est que c'était elle. Mais comment serait-ce possible puisqu'elle est morte ? *« Pourtant, je suis sûre de ce que j'ai vu. C'était soit toi, soit elle, soit un fantôme. »*

2

Sabrina se mêla à la foule qui envahissait les rues de Londres à l'heure du déjeuner. Elle était à nouveau londonienne, à nouveau Sabrina Longworth, libre et indépendante, et se dirigeait vers Les Ambassadeurs, le très chic magasin d'antiquités qu'elle avait ouvert après son divorce. Jamais elle ne pensait à Denton, son ex-mari, excepté lorsqu'elle se trouvait à Londres. Elle revit rapidement son visage rose et rond, la fascination qu'il avait pour lui-même, pour tout ce qui était plaisirs, son amour des femmes et du jeu. Il jouait d'ailleurs au casino, à Monaco, lorsque le bateau de Max Stuyvesant avait sombré. C'était lui qui avait identifié le corps de Sabrina Longworth. Celui de Max n'avait jamais été retrouvé.

Sabrina serra les poings. Sous le frais soleil de ce début d'octobre, elle marchait dans Pont Street, vêtue d'une jupe écossaise noir et gris, assortie à une cape qui flottait autour d'elle à chaque pas. Elle portait un chapeau à bord étroit qu'elle avait ajusté assez bas sur ses yeux et de beaux gants de chevreau noir. Elle avait l'air raffinée, calme et résolue, mais elle était tendue, renfermée sur elle-même, et ses pensées vagabondaient du passé au présent, d'une vie à l'autre, de Stéphanie à Sabrina, du souvenir de l'enterrement au coup de fil de Gaby, et toujours, toujours revenaient à Garth.

Elle lui avait fait part de l'étrange conversation qu'elle avait eue avec Gaby, mais sans trop insister.

– Gaby a vu quelqu'un qui me ressemble et elle s'est demandé pourquoi je ne lui avais pas dit que j'étais en Europe. Je l'appellerai la prochaine fois que j'irai à Londres.

Puis, avec désinvolture, elle avait ajouté :

– Je crois d'ailleurs que je vais partir la semaine prochaine. Je veux voir ce qui se passe aux Ambassadeurs et... Tu n'y vois pas d'inconvénient ?

– Et notre petit voyage ? demanda Garth.

– Ça ne change rien. Nous le ferons, bien sûr.

Elle avait projeté de se rendre aux Ambassadeurs à la fin octobre, pendant que Garth ferait sa communication à la Conférence internationale de biogénétique de La Haye. Ensuite, ils se retrouveraient à Paris, où ils passeraient une semaine en amoureux.

– Je ne renoncerais pas à une semaine à Paris avec toi, poursuivit Sabrina. Mais j'aimerais être à Londres en ce moment. Je me disais que lundi prochain... Tu es d'accord ?

Naturellement, Garth l'était. Il lui avait toujours laissé beaucoup de liberté afin qu'elle pût concilier ses deux existences.

– Chaque fois que tu pars, tu nous manques davantage, dit-il. Mais tu nous as donné Mrs. Thirkell, et s'il est quelqu'un qui peut combler une absence, c'est bien elle...

Mrs. Thirkell avait pris les commandes de leur maison et la maintenait dans un tel état de propreté que toute la famille se demandait comment ils avaient pu vivre sans elle. Ainsi, lorsque Sabrina avait organisé son voyage pour Londres, elle avait eu avec Mrs. Thirkell une brève conversation concernant les courses, les horaires, le laveur de carreaux qui devait passer mardi et le jardinier qui viendrait une semaine plus tard tailler les arbres. Puis elle lui avait demandé, comme elle le faisait toujours, si elle pouvait rapporter de la maison de Londres quelque chose qui pût être utile.

– Pourquoi pas les fourchettes à dessert, lady ? Vous ne faites plus de réceptions là-bas, et nous en faisons de plus en plus ici. Et puis c'est une honte de garder une si belle argenterie sous clef.

– Bonne idée, avait répondu Sabrina.

Elle songea à toutes les affaires qui traversaient l'Océan et passaient de Cadogan Square à Evanston, un mouvement qui coïncidait avec l'effacement progressif de lady Longworth au profit de Stéphanie Andersen.

– Et puis il y a la turbotière, lady. J'en aurais besoin, ici.

– Je ne vais tout de même pas faire traverser l'Atlantique à une turbotière, fit Sabrina en riant. Achetez-en une autre, Mrs. Thirkell. Je m'étonne que ce ne soit pas déjà fait.

– On s'attache à certains objets familiers. Mais je suis sûre que je m'attacherai aussi à une turbotière américaine.

« Il ne faut pas longtemps pour s'attacher à ce qui est nouveau », pensa Sabrina comme elle approchait des Ambassadeurs. Garth et les enfants lui manquaient déjà, alors qu'elle avait atterri à Heathrow le matin même. Pourtant, elle restait attachée à l'Europe, où Stéphanie et elle avaient grandi. Elles avaient mené une vie nomade, déménageant de ville en ville chaque fois que l'on confiait à leur père la charge d'une nouvelle ambassade. Elles avaient appris une demi-douzaine de langues, qu'elles parlaient toutes, l'anglais compris, avec un léger accent, impossible à identifier. Et elles étaient devenues expertes en antiquités et en décoration au cours d'après-midi passés avec leur mère à flâner dans des châteaux, des hôtels particuliers et des boutiques insolites dont elles ressortaient invariablement les mains empoussiérées et avec quelque achat merveilleux que leur mère nettoyait pour en révéler la beauté cachée et la valeur.

Puis leur père avait été nommé ambassadeur des États-Unis en Algérie. Leurs parents ayant décrété que c'était là un pays dangereux pour deux jeunes Américaines, ils les avaient envoyées en pension en Suisse, où Sabrina partageait une chambre avec Gabrielle de Martel et Stéphanie avec Dena Halpern. Elles avaient gagné des médailles en escrime et en voile, puis, la dernière année, avaient eu d'amères et douloureuses querelles, car Stéphanie avait le sentiment d'être toujours dans l'ombre de Sabrina, éclipsée par cette sœur plus brillante et plus aventureuse qu'elle.

Ensuite, elles s'étaient séparées : Stéphanie était partie pour l'Amérique et pour Bryn Mawr College, et Sabrina pour Paris et la Sorbonne. Lorsque, des années après, elles s'étaient retrouvées, Stéphanie avait épousé Garth et Sabrina avait déjà divorcé d'avec Denton. Les liens qui les unissaient, qui faisaient que chacune d'elles sentait en sa sœur une moitié indissociable d'elle-même, ne pouvaient pas rester longtemps distendus. Dans les mois qui avaient suivi, elles s'étaient rendu visite en Amérique et à Londres, et avaient passé des heures et des heures ensemble au téléphone. Puis elles s'étaient jointes à un groupe de marchands d'art qui faisaient un voyage en Chine, et ce fut là-bas, loin de tout ce qui leur était familier, que Stéphanie – oui, Stéphanie, la moins aventureuse des deux – avait eu cette idée : échanger leurs vies.

Une idée simple, presque une plaisanterie de collégiennes. Elles avaient donc passé une semaine à mémoriser les détails de la vie de l'autre, et le dernier jour du voyage, dans un hôtel de Hong Kong, elles avaient échangé bagages et habits. Stéphanie avait ôté son alliance pour la donner à Sabrina, et elles s'étaient tendu les clefs de leurs maisons respectives. Puis elles étaient rentrées « chez elles ».

« Chez moi, se dit Sabrina en poussant la porte des Ambassadeurs. Ce n'était pas chez moi, alors, c'était chez Stéphanie. Mais cette maison est devenue la plus merveilleuse que j'aie jamais eue. La seule que j'aie jamais voulu avoir. » Elle pénétra dans la douce chaleur du magasin et attendit que ses yeux s'accoutument peu à peu à la pénombre après l'éclat du soleil de midi.

– Mrs. Andersen ! s'écria Brian en s'avançant vers elle.

Alors qu'il s'approchait, il eut comme un hoquet de surprise.

– Pardonnez-moi, Mrs. Andersen. C'est toujours un tel choc de vous voir. Vous me diriez que vous êtes lady Longworth, revenue d'entre les morts, je vous croirais.

– Je comprends, Brian.

Sabrina commença à faire lentement le tour du magasin, comme si elle était une cliente. La pièce était longue et étroite, conçue à la façon d'un boudoir du xviiie siècle, avec, sur le devant, une vitrine à petits carreaux. Les murs étaient couverts de sombres lambris de chêne et le plafond de stucs octogonaux. Sabrina fit le tour de la pièce, puis s'immobilisa au centre avant de tourner sur elle-même, détaillant la disposition des meubles, celle des bibelots sur les étagères et la manière dont ils étaient éclairés.

– C'est très bien, Brian, dit-elle enfin, et elle l'entendit pousser un bref soupir de soulagement.

Il y avait presque une année déjà que Les Ambassadeurs avaient été repris par la sœur de lady Longworth, et, pourtant, chaque fois que celle-ci passait la porte, Brian retenait son souffle, saisi par une forme de trac.

Au début, Nicholas Blackford et lui s'étaient montrés légèrement condescendants à l'égard de cette mère de famille venue d'Amérique, mais elle leur avait damé le pion. Elle s'était comportée exactement comme l'aurait fait Sabrina, ce qui les avait déconcertés. Assez imprudemment d'ailleurs, elle leur avait montré l'étendue de ses connaissances non seulement dans le domaine des antiquités, mais aussi de la vie à Londres. Ils avaient admis tout cela sans s'interroger. Et ils n'étaient pas les seuls.

À Londres comme à Evanston tout le monde trouvait des justifications aux faux pas de Sabrina. « Les deux sœurs devaient tout se raconter, pensait-on. Sabrina devait tenir Stéphanie au courant de ce qu'elle faisait, de son travail, des gens qu'elle fréquentait. Sans cela, comment Stéphanie Andersen pourrait-elle en savoir autant ? » Et, bien que cette conclusion les étonnât, elle les satisfaisait aussi.

Sabrina pénétra dans l'arrière-boutique et s'assit à la table en merisier qui lui servait de bureau.

Je pourrais appeler Gaby, maintenant. Après tout, c'est pour ça que je suis venue, c'est la seule raison qui m'a fait venir à Londres maintenant plutôt qu'à la fin du mois. Je vais l'appeler tout de suite ; elle doit être chez elle.

– Il y a pas mal de courrier que je n'ai pas fait suivre aux États-Unis, dit Brian, et il apporta un panier rempli de lettres, d'avis d'adjudications et même d'invitations lancées au cas où Stéphanie Andersen serait à Londres et pourrait se rendre à certains bals, dîners et parties de campagne.

Ce coup de fil peut attendre. Après tout, ce n'est pas si urgent d'appeler Gaby. C'est juste de la curiosité.

Elle passa l'après-midi à son bureau. Lorsque la sonnette de l'entrée retentit, Brian la quitta pour aller s'occuper des clients qui venaient de pénétrer dans le magasin – à cette époque de l'année, c'étaient pour la plupart des touristes. Sabrina demeura derrière la cloison, se servit une autre tasse de thé et grignota quelques biscuits, plongée dans les affaires de la boutique. Elle aimait cet endroit, elle l'avait créé alors que l'entourage de Denton la snobait : les amis de son ex-mari voyaient en elle une aventurière qui l'avait épousé pour sa fortune. En vérité, elle n'avait jamais voulu de son argent, et lorsque la bonne société avait boudé Les Ambassadeurs Sabrina avait été désespérée. La princesse Alexandra Martova l'avait sauvée en l'engageant pour restaurer et meubler son nouvel hôtel particulier. Le résultat avait été si parfait, avait suscité tant d'attention et d'éloges que la bonne société n'avait plus pu ignorer Sabrina. Alexandra avait donné de nombreuses réceptions qui avaient rendu sa maison et son personnage – que l'on croyait irrémédiablement terni par les hommes de son passé – respectables et fascinants. Les deux femmes étaient devenues les meilleures amies du monde, Alexandra s'était trouvée au centre de la bonne société londonienne, et Les Ambassadeurs avaient connu un succès ahurissant.

J'ai bientôt fini. Je vais appeler dans quelques instants. Mais... pas d'ici. Non, j'appellerai de la maison.

Bien sûr, cet appel n'avait rien d'urgent. Elle classa donc méthodiquement la pile de papiers qui s'amoncelaient sur son bureau, puis se leva et passa sa cape dont elle ferma l'unique bouton d'ébène.

– Je reviendrai demain, Brian, mais je ne sais pas à quelle heure. Je m'arrêterai peut-être avant chez Blackford's pour voir Nicholas.

Dehors, sous les réverbères qui éclairaient une nuit trop tôt tombée, elle se joignit à la foule des employés de bureau qui se précipitaient vers les stations de métro pour rentrer chez eux. Elle se dit qu'elle allait elle aussi rentrer chez elle, mais en flânant, puis elle appellerait Gabrielle. Non, pas dès qu'elle serait rentrée ; elle n'avait aucune raison de le faire immédiatement, ce n'était pas si urgent. Elle allait ranger sa cape dans la penderie, son chapeau dans son carton, se servir un verre de vin, monter au quatrième, dans le salon, faire un feu peut-être, s'installer confortablement sur la méridienne ; ensuite seulement elle téléphonerait.

Mais à mesure qu'elle approchait de Cadogan Square, sans même s'en apercevoir, elle accéléra le pas. Si bien que lorsqu'elle arriva devant la porte, elle était à bout de souffle. À peine fut-elle entrée qu'elle s'assit à côté du téléphone et appela Gaby, sans avoir quitté ni sa cape ni son chapeau.

– Je suis navrée, Mrs. Andersen, dit la secrétaire. Mr. et Mrs. Westermarck sont en voyage en Italie. Je ne peux même pas vous dire comment les joindre. Ils doivent téléphoner, mais je ne sais pas quand.

– Dites à Mrs. Westermarck de m'appeler, fit Sabrina. Je suis encore là pour quelques jours. Au moins jusqu'à jeudi ou vendredi.

Elle raccrocha, frustrée et plus déçue qu'elle ne l'aurait pensé. « Mais qu'est-ce que je veux qu'elle me raconte ? » Elle ôta ses gants et son chapeau qu'elle rangea dans leurs cartons couverts de tissu, puis elle pendit sa cape dans la garde-robe. « C'est sans importance, se dit-elle. C'est l'affaire d'un jour ou deux. Je suis sûre que Gaby ne va pas tarder à appeler. »

Comme chaque fois qu'elle se trouvait à Londres, Sabrina ressentit avec acuité le vide de la maison. Mrs. Thirkell n'était plus là pour lui donner l'air habité et la rendre accueillante. Elle se composait de quatre étages de pièces vastes, parfaitement proportionnées, et remplies des plus belles antiquités venues des quatre coins de l'Angleterre et de l'Europe. Des murs tendus de soie, des tapis d'Orient sur le sol, des meubles et des fauteuils couverts de shantoung, de velours et de drapés de cachemire. C'était une maison chaleureuse, sensuelle, mais vide, avec quelque chose de froid dans l'atmosphère. Mrs. Thirkell aurait chassé ce froid. Elle aurait rangé les gants et le chapeau de Sabrina, aurait pendu sa cape et lui aurait dit :

« Vous avez l'air fatigué, lady. Pourquoi ne montez-vous pas ? Je vous apporterai une bonne tasse de thé dans un moment. Je parie que vous n'avez pas déjeuné. Vous n'êtes pas raisonnable, vous ne prenez pas bien soin de vous. »

Mais, à présent, c'était de la famille de Stéphanie que Mrs. Thirkell prenait soin. Sabrina ramassa le courrier qu'elle trouva éparpillé par terre, derrière la porte d'entrée, se servit un verre de vin et monta au salon. Les tentures de velours étaient fermées, et il régnait dans la pièce un profond silence qui lui donnait un sentiment d'isolement. Elle s'installa sur la méridienne et regarda l'heure. Cinq heures et demie. Onze heures et demie du matin à Evanston. « Peut-être qu'il est encore là », se dit-elle, et elle composa le numéro du bureau de Garth.

Un instant plus tard, elle entendait sa voix.

– Andersen, répondit-il d'un ton absent, absorbé par ce qu'il était en train de faire et légèrement agacé d'être interrompu.

– Je te dérange ? demanda Sabrina en souriant pour elle-même – elle connaissait la réponse. Tu préfères que je te rappelle ?

– Tu sais bien que non. Comment vas-tu ? Bon sang, ça fait du bien de t'entendre ! Justement, je pensais à toi.

– Non, tu pensais à la science. En tout cas, je l'espère. Je détesterais entendre dire que des scientifiques ont distancé le professeur Andersen parce que celui-ci passe son temps à rêvasser.

– Je ne rêvasse pas, je réfléchis scientifiquement. J'étais en train de calculer le pourcentage d'espace que tu occupes dans notre maison, un espace qui est vide en ce moment, et je constatais que cela représentait cent pour cent. Nous avons beau courir de pièce en pièce pour nous donner l'impression de l'occuper, sans toi, la maison est vide. Tu me manques. Tu nous manques à tous.

– Ici aussi, la maison est vide.

Sabrina eut l'impression de se trouver dans les bras de Garth, de sentir son corps contre le sien.

– Raconte-moi ce que vous avez fait, dit-elle.

– Nous sommes allés dîner chez Nick's Fishmarket. Je pensais que c'était le seul restaurant de Chicago capable de satisfaire l'appétit de Cliff. J'avais tort. Il a balayé son assiette comme un ouragan et il en a redemandé. Penny a fait la conversation et s'est tenue à table comme une vraie dame. Elle est d'excellente compagnie. Presque autant que sa mère. Et presque aussi belle. Est-ce que tout va bien aux Ambassadeurs ?

– Jusqu'ici, oui. Ils ont vendu un bureau et une commode à bon prix, bien que le marché soit plutôt lent, et ils ont fait deux ou trois nouvelles acquisitions tout à fait judicieuses. Et puis ils ont arrangé le magasin de façon très chaleureuse et très accueillante. Ça m'a fait plaisir. J'ai eu le sentiment de...

Il y eut un silence.

– De rentrer chez toi...

Sabrina resta sans voix. Elle était toujours surprise de constater à quel point Garth la connaissait bien, mieux que personne, hormis Stéphanie.

– Non, pas chez moi. Ni le magasin ni la maison ne seront plus jamais chez moi, mais, pour moi, ils seront toujours plus qu'un simple magasin, qu'une simple maison : j'y ai investi beaucoup de moi-même, de temps et d'énergie. Ce n'est pas comme si j'y venais en touriste.

– Ils ont longtemps été ton chez-toi. Ils forment un univers qui t'est familier et où tu te sens libre.

Sabrina tressaillit légèrement. « Si cette idée ne m'avait pas traversée ce matin, jamais Garth n'aurait senti cela. »

– Il ne s'agit pas de me sentir libre de toi, Garth. Je veux être avec toi, je veux vivre avec toi, partager des choses avec toi et faire l'amour avec toi. J'ai envie de sentir tes bras autour de moi, de voir tes yeux me sourire. J'ai envie de rire avec toi...

– Un instant, dit Garth.

Sabrina l'entendit poser le combiné pour aller fermer une porte. Puis il saisit à nouveau l'appareil.

– Je ne tiens pas à ce qu'on voie l'éminent professeur esseulé, transi d'amour et bouleversé par les déclarations de sa femme...

– Mon amour..., murmura Sabrina.

– Parle-moi encore de Londres, dit Garth en s'installant plus confortablement dans son fauteuil. As-tu vu des amis ?

– Non. Je me demande même si je vais essayer. J'ai envie de rester tranquille. J'ai appelé Gaby, mais elle est en voyage en Italie avec Brooks. Est-ce que Penny a bien rendu son dessin ce matin ? Elle n'en était pas contente, elle trouvait le sujet trop restrictif... Ma chère petite indépendante...

– Oui, elle me l'a montré. Il était parfait. Elle en a fait de meilleurs, mais elle est en train d'apprendre qu'elle peut peindre ce qu'on lui demande de peindre tout en restant elle-même, sans perdre sa personnalité. C'est une bonne leçon. Et Cliff vient de faire un exposé plus long que ce qui lui était demandé. Le déclic est venu quand je lui ai suggéré de comparer l'une des intrigues du drame à un match de foot.

– Bien joué ! Dès qu'il est question de foot, pour Cliff, tout devient forcément intéressant. Oh, Garth, ils me manquent tellement. *Tu* me manques tellement. Ta voix est si proche, comme si tu appelais depuis la maison d'en face.

– J'aimerais bien... Quand rentres-tu ?

Il hésitait toujours à poser la question, mais finissait toujours par le faire.

– Dès que je le pourrai.

Dès que j'aurai parlé à Gaby. Je sais que c'est fou, mais je ne pourrai pas partir tant que je ne lui aurai pas parlé.

– Je n'ai pas tout à fait fini. Je te le dirai. J'espère dans un jour ou deux. Garth, tu n'as pas un cours à cette heure-ci ?

– Quelle mémoire ! Si, mais je peux arriver en retard.

– Tu détestes être en retard. Tu dis toujours que les professeurs se doivent de donner une heure de cours entière à leurs étudiants.

– Cette femme n'oublie jamais rien, répliqua Garth. C'est pour ça que je ne peux jamais lui mentir. Moi, j'oublierais tout, le mensonge, la nature du mensonge, la date du mensonge, mais pas toi. Au revoir, mon amour. Je te rappelle demain ?

– J'aimerais parler à Penny et à Cliff. Si cela te convient, je vous appellerai demain à l'heure du petit déjeuner.

– Ce sera la panique, comme d'habitude, mais cela me convient très bien. À demain. Je t'aime.

– Je t'aime, Garth.

Sabrina resta un long moment immobile après avoir raccroché, comme pour prolonger la voix et la présence de Garth.

« Je pourrais aussi bien rentrer demain, se dit-elle. Après tout, rien ne me retient ici. »

Rien, sauf Gaby. Et si je ne lui parle pas, je n'arriverai jamais à chasser ce coup de fil de mon esprit. Il continuera à m'obséder.

Mais le mardi et le mercredi passèrent sans nouvelles de Gaby.

– Je ne les ai pas eus, Mrs. Andersen, répondit la secrétaire lorsque Sabrina téléphona le jeudi matin. Je suis sûre que Mrs. Westermarck vous rappellera dès qu'elle saura que vous souhaitez lui parler.

L'après-midi, Sabrina se sentit saisie d'une telle impatience qu'elle ne put rester immobile dans son bureau. Elle pensait à Garth, aux enfants et aux trois fois où ils s'étaient parlé au téléphone.

Je veux rentrer à la maison. Je veux être avec ma famille. Oublions toute cette histoire. Finalement, c'est bien ce que j'ai dit à Garth : Gaby a aperçu quelqu'un qui me ressemblait. Et rien de plus. J'ai été folle de venir à Londres pour essayer de lui parler... Elle n'a rien à me dire.

Son regard se perdit dans la contemplation des feuilles dorées qui tourbillonnaient devant l'entrée des Ambassadeurs et des parterres de chrysanthèmes roux de l'autre côté de la rue. Un an auparavant, c'était à Evanston qu'elle regardait tourbillonner les feuilles mortes. Ç'avait été une merveilleuse semaine d'automne. Sabrina l'avait vécue en se disant qu'elle passait ses derniers jours à Evanston avant de rentrer à Londres. C'était avant qu'elle se casse le poignet, avant qu'elle apprenne que Stéphanie avait une liaison avec Max, avant que sa sœur veuille passer une ultime semaine avec lui sur son yacht. Avant sa mort.

« *Je suis sûre de ce que j'ai vu. C'était soit toi, soit elle, soit un fantôme.* »

Mais ce n'était ni elle ni naturellement Stéphanie, et moins encore un fantôme.

« *Vous me diriez que vous êtes lady Longworth, revenue d'entre les morts, je vous croirais.* »

– Ça suffit ! dit-elle à voix haute.

Tout cela était absurde, ridicule. Que lui arrivait-il donc ?

Elle se sentait poussée par quelque chose, quelque chose qui ne la laisserait pas en paix.

Qui continuera à m'obséder.

« Je pourrais aller voir », se dit-elle.

Aller voir quoi ?

« Je ne sais pas. Quelqu'un qui me ressemble. Un fantôme. »

Elle comprit alors que c'était là l'aboutissement de toute cette semaine : aussi absurde, aussi ridicule que cela fût – et ça l'était –, elle allait essayer de découvrir elle-même ce que Gaby avait vu.

Elle allait partir pour Avignon.

3

Sabrina prit un avion pour Marseille tôt le lendemain matin, puis le TGV jusqu'à Avignon. Dans le train, elle regardait à peine le paysage. Elle se répétait que tout cela n'avait pas de sens, mais c'était plus fort qu'elle : elle n'avait pas le choix. Une fois sortie de la gare, elle agit comme par automatisme : « D'abord l'hôtel, puis un tour dans la ville. »

Au cours des siècles, le vent et la pluie avaient donné aux vieilles pierres des remparts un brun patiné. Les larges portes qui avaient vu des cohortes de légionnaires romains, de papes avec leur suite, de solliciteurs, de bandits, de maraudeurs, de fermiers, de marchands, de réfugiés dominaient désormais les encombrements de la circulation et les flâneries des touristes qui se dévissaient la tête pour voir les tours de garde et, au loin, celles, plus imposantes encore, du palais des Papes. Les rues étroites de la ville serpentaient jusqu'à de petits squares intimes ou de vastes places ; les maisons de pierre dissimulaient leurs secrets derrière des balustrades de fer forgé et des volets de bois dont la peinture s'écaillait.

Sabrina déposa son sac de voyage à l'hôtel de l'Europe, jetant à peine un regard aux meubles d'époque qui ornaient sa chambre et à la vue sur le square que laissaient entrevoir les arbres ombrageant la cour de l'hôtel. Elle sortit sur la place Crillon où elle s'arrêta, le temps de se repérer. Elle n'était jamais venue à Avignon, mais dans l'avion elle avait consulté des cartes et des guides, et elle se dirigea vers la place de l'Horloge, avec l'idée d'y chercher une capeline comme celle dont lui avait parlé Gaby. « *Tu as enlevé ton chapeau, tu sais, une de ces capelines avec un long foulard rouge et orange. Tu as passé la main dans tes cheveux pour les rejeter en arrière...* »

Elle avait essayé en vain de trouver le même chapeau à Londres, mais ce n'était plus la saison des capelines. Ainsi, sous l'aveuglant soleil qui baignait la ville, se rendit-elle dans le quartier commerçant réservé aux piétons qui jouxtait la place de l'Horloge. Elle y découvrit la maison Mouret, une boutique dont chaque mur, du sol au plafond, était couvert de tous les chapeaux imaginables : toques, casquettes, turbans, feutres, capelines, chapkas... Un chapeau pour chaque occasion.

Sabrina choisit trois capelines qu'elle essaya sous les commentaires admiratifs du vendeur, qui tenait devant elle un miroir.

– Parfait, dit-elle lorsqu'elle eut fait son choix, mais j'ai aussi besoin d'un foulard.

– Malheureusement, la maison ne fait pas les foulards, mais vous en trouverez chez DJ, rue Joseph-Vernet...

Elle revint sur ses pas et pénétra dans un magasin dont la vitrine regorgeait de foulards aux couleurs vives. Elle en acheta un long qu'elle noua à sa capeline comme sa sœur et elle le faisaient toujours lorsque, jeunes filles, elles vivaient en Europe. Leur mère leur avait appris comment, avec un budget limité, donner à un chapeau un air toujours neuf en l'ornant de foulards, de plumes ou même de fleurs.

Lorsqu'elle sortit du magasin, le soleil était à son déclin et ses rayons plus doux. Ici, on marchait plus lentement qu'à Paris ou à Londres, on s'arrêtait pour bavarder et on s'effaçait afin de laisser passer les gens. Main dans la main, des écoliers rentraient chez eux, leurs cartables remplis de livres, alors que d'autres jouaient encore dans les squares. « *Tu étais de l'autre côté de la place.* » Quelle place ? Il y en avait tant, que reliaient d'étroites ruelles ou de belles esplanades. Sabrina avançait lentement, dévisageant chaque personne qu'elle croisait. Elle avait commencé par la partie haute de la ville, où près de six cents ans auparavant sept papes avaient successivement fait d'Avignon leur Ville éternelle, bâtissant un gigantesque palais, avec ses dômes, ses flèches et ses hautes fenêtres qui ouvraient sur cette immense place où les gens paraissaient minuscules. « Tant de monde, se dit Sabrina en traversant la place. Tant de familles, tant de générations ont foulé ce sol de granit, chacune avec son histoire et son lot de questions, avançant toujours dans l'espoir d'une réponse. Comme moi. »

Elle entra dans le petit hôtel qui donnait sur la place et dans différentes boutiques alentour. Qu'espérait-elle trouver ? Quelqu'un qui la regarderait avec l'air de la reconnaître, quelqu'un qui la saluerait. En vain : elle était anonyme, personne ne faisait attention à elle. Laissant le palais derrière elle, elle avança avec détermination, comme si elle savait exactement où elle allait et se retrouva à nouveau place de l'Horloge.

Cette fois, elle s'arrêta afin de profiter du spectacle qui s'offrait à ses yeux. Cette place, la plus grande d'Avignon, était semblable à une petite ville bordée d'arbres et de bacs fleuris, de terrasses de cafés et de magasins, avec son magnifique théâtre de pierre blanche et son manège de chevaux de bois, d'éléphants, de trônes bariolés qui tournaient sur les accords d'un orgue de Barbarie. Sabrina demeura un instant à côté, regrettant l'absence de Penny, de Cliff et de Garth, avec qui elle aurait aimé partager la paisible harmonie de cette place, des heures durant, sans passé, sans téléphone pour les déranger, avec juste le va-et-vient des passants et l'accent chantant du Midi.

Une certaine quiétude accompagna la tombée du jour : le manège tournait toujours, mais les enfants rentraient dîner ; parfois, ils jouaient avec des chiens qui les suivaient ; sans hâte, les boutiquiers balayaient le pas de leur porte et rangeaient leur magasin. Aux terrasses des cafés, les gens lisaient leurs journaux et bavardaient tranquillement, tandis que les garçons se faufilaient adroitement entre de petites tables rondes en tenant leur plateau très haut au-dessus de leur tête.

Sabrina s'assit à une table. Elle avait le sentiment d'être en attente de quelque chose. Personne ne s'étonna qu'elle ne fût pas accompagnée, comme c'eût été le cas à Londres. Ici, les cafés étaient des lieux où se rendaient ceux qui n'avaient personne avec qui dîner. « Mais moi, j'ai une famille, songea Sabrina. Une vraie famille qui m'attend. »

Ce n'était pas le moment d'y penser. Pour l'instant c'était elle qui attendait.

Le lendemain matin, après avoir pris son petit déjeuner dans le jardin de l'hôtel, elle se perdit à nouveau dans les rues, scrutant les vitrines, les visages, demandant son chemin. Elle attendait qu'on la reconnût. Ce ne fut pas le cas. Elle portait son chapeau, bienvenu par ce soleil éblouissant, et déambulait, étrangère dans les rues de la ville.

Peu avant midi, elle arriva dans le quartier des antiquaires, entra dans une librairie d'occasion, dans un magasin qui vendait des gilets brodés et des tissus provençaux, puis chez un brocanteur spécialisé dans les cartes géographiques anciennes et les gravures. Les cartes ne l'avaient jamais intéressée, elle n'y connaissait rien, et pourtant elle resentit le besoin d'entrer.

Au début, elle ne vit personne, mais elle entendit un bruit de pas et de papier froissé derrière une porte, au fond de l'échoppe. Elle fit lentement le tour d'une table, soulevant négligemment de lourds cartons à dessins à l'intérieur desquels les cartes étaient rangées dans des pochettes en plastique. Il faisait frais dans cette pièce qui sentait le renfermé, le vieux papier. Le silence régnait, interrompu seulement par le froissement des pages dans la pièce à côté et les pas de Sabrina comme elle se dirigeait vers un meuble où s'ouvraient de nombreux tiroirs. Elle en tira certains, jetant un œil aux cartes qu'ils recelaient. Elle n'avait aucune raison de se trouver là ; elle ne savait rien de la valeur des cartes qu'elle regardait, tiroir après tiroir, mais quelque chose la retenait dans cet endroit. Par deux fois elle se dit : « Il y a mille autres endroits où aller, c'est une grande ville et je n'ai qu'une journée pour l'explorer. » Pourtant, elle ne bougea pas.

– Bonjour, madame, puis-je vous aider ?

Un petit homme passa la porte du fond, s'appuyant sur une canne. Il avait des cheveux blancs hirsutes et une barbe blanche taillée en pointe.

– Pardon de vous avoir fait attendre. J'étais en train d'emballer quelques cartes pour un client. Ah ! mais vous venez pour le Tavernier ! Votre ami n'a sans doute pas pu attendre qu'on le lui envoie. Ça ne m'étonne pas. Il était tellement heureux de sa trouvaille, tellement impatient. Le paquet est prêt. Je vais le chercher.

Le cœur de Sabrina bondit dans sa poitrine. Elle tressaillit et sentit qu'elle allait tomber.

– Madame, je vous en prie, asseyez-vous... C'est sans doute la chaleur..., dit l'homme en la retenant par le bras.

Sabrina se dégagea doucement.

– Merci, je n'ai pas besoin de m'asseoir. Ça va très bien.

Elle avait laissé tomber une carte, dont les tracés délicats et les couleurs passées se troublaient sous ses yeux.

– Il y a un médecin pas loin d'ici, madame. Je peux vous y conduire.

– Non, vraiment, je n'ai pas besoin de médecin, dit-elle avec un sourire. Vous avez sans doute raison, ce doit être la chaleur. (Puis, après un silence, elle ajouta :) Vous devez me confondre avec quelqu'un d'autre. Ce n'est pas moi que vous avez vue récemment. Je ne suis jamais entrée dans votre magasin. La personne qui est venue devait me ressembler.

– Vous plaisantez, j'imagine, fit l'homme d'un air soupçonneux. Même chapeau, même foulard, même coiffure... Et le visage ! Une personne si belle, madame, si amoureuse, si avide d'apprendre, on ne l'oublie pas si vite. Et votre ami, qui s'y connaît si bien en cartes, je ne l'ai pas oublié non plus.

Il se baissa pour ramasser celle que Sabrina avait laissée tomber.

– Ç'a été un plaisir de discuter avec lui. De nos jours, peu de gens ont une telle connaissance des cartes. Et le comble, c'est qu'il est peintre, pas cartographe ! Je n'en reviens toujours pas.

38

Sabrina fit non de la tête.

– Vous vous trompez. Vous ont-ils donné leurs noms ?

– Vous êtes en train de me demander si vous m'avez dit votre nom, madame ? Non, vous ne l'avez pas fait. J'ai demandé à votre ami de me donner sa carte, mais il m'a répondu en plaisantant que les peintres avaient des toiles et non des cartes. Non, madame, ni vous ni lui ne m'avez donné votre nom.

L'homme la dévisageait avec attention, attendant qu'elle mît fin à ce petit jeu.

« Qui que soient ces gens, pensa Sabrina, ils avaient sûrement une bonne raison de ne pas donner leurs noms. Parce qu'une longue discussion chez un brocanteur, la perspective d'un achat aboutissent presque toujours à un échange de coordonnées. »

– Je m'appelle Stéphanie Andersen, dit-elle, mais ce n'est pas le nom de la femme qui est venue vous voir.

– Mais, madame ! s'exclama l'antiquaire.

Il rangea la carte dans son tiroir et se tourna à nouveau vers Sabrina.

– Si vous avez changé d'avis à propos du Tavernier, c'est une chose. Je comprends que vous ayez peu d'intérêt pour les cartes, vous vous intéressez plutôt aux meubles anciens, mais...

– Quoi ? Aux meubles anciens ?

– Mon Dieu, madame ! Je m'étonne que vous vous obstiniez à ce petit jeu. Peu m'importe votre nom...

– Vous ont-ils dit où ils habitaient ? Un quartier d'Avignon ? Une ville des environs ?

Il leva les bras au ciel.

– Non, madame, vous ne me l'avez pas dit.

– Quel genre de tableaux peint-il ?

– Comme vous le savez, il ne me l'a pas dit.

– Avez-vous vu dans quelle direction ils sont partis lorsqu'ils ont quitté votre magasin ?

– Je ne sais pas où vous êtes allés, madame. Et je ne veux pas le savoir. Maintenant, si vous voulez bien m'excuser, j'ai du travail.

Furieux, l'homme regagna l'autre pièce.

Sabrina resta un instant indécise, puis, lentement, quitta la boutique et retourna vers le centre ville par le même chemin. Les magasins allaient bientôt fermer pour l'heure du déjeuner et lorsqu'ils rouvriraient elle serait déjà à l'aéroport de Marseille-Marignane où elle prendrait l'avion pour Londres, sinon elle raterait sa correspondance pour Chicago. Mais peu importait que les magasins fussent ouverts ou fermés. Si cette femme et son ami étaient résolus à ne pas donner leurs noms aux commerçants, à quoi bon aller de boutique en boutique pour chercher à savoir qui ils étaient, ce qu'ils faisaient et pourquoi ?

« Un peintre. Si c'est la vérité, il a dû se rendre dans les galeries. Ou peut-être a-t-il eu besoin de fournitures. »

Remplie d'une énergie soudaine, elle se rendit à l'office du tourisme sur le cours Jean-Jaurès, où elle obtint la liste des galeries d'art ainsi que celle des magasins où se fournissaient les peintres. Il n'y en avait que deux à Avignon, et le premier, Monet Fournitures artistiques, se trouvait à proximité. Elle se hâta, sans plus se soucier de la chaleur, protégée par sa capeline.

– Ah, madame, je suis contente que vous soyez revenue ! fit la femme qui se tenait derrière le comptoir.

Elle avait de larges épaules, de bonnes joues rondes, et portait des lunettes trop grandes qui lui donnaient un air de chouette sympathique.

– J'ai oublié un pinceau en faisant votre paquet. Le voici.

Elle sortit une petite boîte de derrière le comptoir et la tendit à Sabrina avec un large sourire.

– Sinon, j'aurais dû vous chercher et je n'aurais pas su où...

Sabrina préféra taire la vérité. « Trop compliqué à expliquer », se dit-elle.

– Je ne vous ai donc pas dit où j'habitais ?

– Non, madame, nous n'avons pas abordé le sujet.

La femme pencha la tête de côté et, prête à accepter n'importe quelle bizarrerie, contempla avec calme et sympathie le visage blême de Sabrina.

– Vous pensiez l'avoir fait ?

– Pas du tout, répondit Sabrina en riant. Mais vous ai-je dit comment je m'appelais ?

– Non, madame, et votre ami non plus.

Sabrina marqua un temps.

– Qu'est-ce qui vous fait dire que ce n'était pas mon mari ?

– En fait, madame, c'est ce que j'ai cru tout d'abord. Vous étiez si proches, si complices, c'était l'évidence, surtout pour quelqu'un qui vient de perdre son mari... Mais j'ai surpris votre conversation, et il était clair que votre mari était ailleurs.

Leurs regards se croisèrent avec sympathie.

– Je suis désolée pour votre mari, dit doucement Sabrina.

Lentement, comme à contrecœur, elle se dirigea vers la porte. Mais la voix de la femme l'arrêta.

– Vous vouliez savoir si vous m'aviez dit votre nom ?

Sabrina se retourna.

– Oui.

– Vous ne me l'avez pas dit, mais, lorsque j'étais dans l'arrière-boutique, votre ami vous a appelée par votre prénom, Sabrina, et vous avez mentionné celui de votre mari, Max.

Deuxième partie

1

L'explosion éventra les luxueuses cabines du *Laffitte*, dont les débris décrivirent longuement un arc dans le ciel avant de s'enfoncer dans la Méditerranée. La marina blanc et rose renvoya l'écho de l'explosion, suscitant des cris d'affolement dans les rues et aux terrasses des cafés de Monte-Carlo. Ceux qui possédaient des jumelles s'en saisirent, mais distinguèrent peu de chose du naufrage dans la turbulence des vagues. Très vite, l'eau s'engouffra dans les élégants salons où Max Stuyvesant avait donné ses réceptions, dans les cabines où il avait fait l'amour, ainsi que dans le poste d'équipage. Le yacht sombra en quelques instants. Il était dix-sept heures trente. C'était par une journée couverte du mois d'octobre.

La violence de l'explosion projeta Stéphanie et Max à travers le bar. La tête de Stéphanie heurta le plateau de verre d'une table basse auprès de laquelle elle s'écroula, inerte. Max atterrit contre le comptoir en acajou et resta là, plié en deux, tentant de reprendre son souffle. Quelques mots résonnaient obstinément dans son esprit : « La bombe, trop tôt, trop tôt. »

Il n'entendit ni cris ni appels au secours, seulement un inquiétant silence que troublait le bruit des vagues martelant le bateau qui tanguait et se disloquait sous ses pieds. « Seigneur, ils ont tout fait sauter... » Il parvint à se mettre à quatre pattes et secoua la tête comme un chien qui s'ébroue. Une douleur cinglante lui traversa alors l'épaule gauche et il reporta le poids de son corps sur son bras droit pour essayer de se redresser. Il retomba et, jurant dans sa barbe, traversa la pièce en rampant vers le hublot, avec une seule idée : sortir de là. Il se hissa jusqu'à la vitre, grognant, jurant, trempé de sueur. Elle était brisée. Il avait une issue.

Il s'aida de son bras droit pour accéder au rebord puis pivota sur lui-même et enjamba le hublot. À ce moment-là, il vit Stéphanie, étendue sur le sol, les yeux fermés, le visage baigné de sang.

– Sabrina..., dit-il dans un souffle.

« Mon Dieu, ils l'ont tuée. » D'un revers de main, il essuya la sueur qui coulait dans ses yeux et crut voir bouger la jeune femme. Mais peut-être était-ce le roulis.

– Seigneur ! s'écria-t-il.

Il s'apprêtait à regagner le bar pour la rejoindre, puis s'arrêta. Il ne pouvait pas attendre, il fallait qu'il sorte de là tout de suite, il n'y avait pas une minute à perdre. Elle était morte, il était vivant. Ses hommes devaient l'attendre et, nom de Dieu, il fallait filer avant que le bateau coule. Il passa son autre jambe par le hublot et se prépara à sauter.

Mais il ne put s'empêcher de jeter un ultime regard derrière lui et vit la tête de Stéphanie rouler sur le côté tandis qu'un filet d'eau pénétrait sous la porte. Le filet d'eau grossit jusqu'à devenir un torrent qui arracha la porte et s'engouffra dans la pièce. Max ne pouvait se résoudre à laisser Stéphanie ainsi. Il lui fallait savoir si elle était en vie et, si c'était le cas, la garder auprès de lui.

Il se glissa à nouveau à l'intérieur, haletant de douleur. « J'ai dû me casser quelque chose, se dit-il. Non, ce n'est peut-être pas si grave. » Il s'agenouilla dans l'eau à côté de Stéphanie.

– Sabrina ! Sabrina ! Réveille-toi, bordel, aide-moi...

Il posa deux doigts sur le cou de Stéphanie et sentit un faible battement. « Vivante. Bon sang, elle est vivante ! » Il fut saisi d'une telle joie qu'il en fut lui-même étonné. Il y penserait plus tard. Le plus urgent, c'était de sortir de là.

Max saisit les mains de Stéphanie et, rampant dans l'eau, la traîna jusqu'au hublot, luttant contre la douleur et l'étourdissement dont il était saisi. Elle était un poids inerte que, dérapant dans l'eau, il hissa péniblement jusqu'au hublot. Haletant, crachant, il la rejoignit et la poussa à l'eau avant de plonger à son tour.

Il s'était écoulé deux minutes depuis l'explosion.

Max tomba lourdement dans l'eau et se débattit pour remonter à la surface. Des débris tournoyaient autour de lui dans les remous que créait le naufrage du yacht. Un bout de métal lui coupa la main, un autre lui taillada la cuisse. Tout en nageant, il regardait autour de lui. Il se trouvait du côté du bateau qui donnait sur le large, et, hormis les hors-bord qui arrivaient rapidement sur lui, il ne voyait rien.

– Sabrina ! Sabrina ! Pour l'amour de Dieu...

Toussotant, recrachant l'eau, il fit quelques brasses de côté, épargnant son épaule blessée, et se retrouva à la poupe du bateau. Il vit le trou – « Cette putain de bombe n'aurait jamais dû exploser si tôt... » – et tout à coup aperçut Stéphanie qui flottait à plat ventre, le visage dans l'eau rougie de son sang, cernée par des débris de bois et d'acier.

En un instant il fut auprès d'elle, enroula les doigts dans son épaisse chevelure et, d'un coup sec, sortit sa tête de l'eau. Il la retourna, passa le bras gauche sous son menton et, nageant sur le dos, s'éloigna de l'épave. Ses vêtements l'entraînaient vers le fond, l'eau était plus froide qu'il ne l'avait pensé, il avait une douleur lancinante à la tête et à l'épaule et devait faire des efforts surhumains pour garder ses jambes en mouvement.

– Salopards, putains de salopards, dit-il à voix haute, visant aussi bien ceux qui avaient posé la bombe pour le tuer que sa propre équipe qui aurait déjà dû être là.

Stéphanie flottait, le visage blême. De fins vaisseaux bleus tissaient un filet sur ses paupières d'une pâleur mortelle. À présent, Max discernait la plaie sur son front ; il jugea la blessure moins profonde que ne l'aurait laissé penser tout le sang qui s'en écoulait. « Elle s'en sortira, se dit-il. Elle est solide, j'ai toujours aimé ça, chez elle. »

Il était tellement épuisé que c'est à peine s'il pouvait se maintenir à la surface. « Ce serait plus facile sans elle. Plus facile tout seul. » Toute sa vie, il l'avait su : tout était plus facile quand on était seul. Cependant, il ne la lâcha pas. Il se rappela sa joie lorsqu'il avait compris qu'elle était vivante, bien qu'à cet instant il ne pût retrouver ce sentiment. « Fils de pute, ils avaient dit qu'ils ne seraient pas loin... »

Le hors-bord arriva sur lui sans qu'il le vît ; les hommes avaient coupé le moteur et manœuvraient à travers les débris afin de s'approcher sans soulever de remous.

– Désolé, patron, dit l'un d'eux. On pensait pas que ça sauterait si vite. Elle aussi, on l'embarque ?

– Magnez-vous, bordel, s'écria Max, hors de lui.

– D'accord, d'accord.

Les deux hommes se penchèrent pour hisser Stéphanie dans le hors-bord.

– Accrochez-vous à mon bras, dit le premier à Max en le tirant à bord, tandis que le deuxième mettait le moteur en marche.

Le petit bateau décolla sur les vagues. Max s'étendit à côté de Stéphanie au fond du hors-bord, hors de portée des regards, tandis que les hommes remettaient en place l'attirail de pêche qui camouflait le bateau.

Max glissa un gilet de sauvetage sous la tête de Stéphanie, arracha sa chemise, qu'il tint pressée contre la plaie à son front, puis s'étendit à nouveau, respirant profondément. « Enfin, je peux respirer. » Il entendit alors l'un des hommes dire :

– C'est fini.

Il se redressa, regardant vers l'arrière du bateau. Il vit le cercle, des débris qui s'élargissait et les canots des sauveteurs qui s'approchaient depuis la côte. Il n'y avait rien d'autre à voir. Le *Laffitte* avait disparu.

– Une merveille, cette bombe, fit l'un des hommes, admiratif.

Max le fusilla du regard jusqu'à ce que son enthousiasme fût retombé.

– Mais, putain, qu'est-ce qui t'a pris d'attendre si longtemps avant de m'en parler ?

– J'ai pas attendu ! Je vous l'ai dit dès que j'ai été au courant ! J'ai entendu parler de la bombe qu'aujourd'hui. Je sais pas ; peut-être qu'ils commençaient à se poser des questions sur mon compte...

– Je te paie pour qu'ils ne s'en posent pas. Pour qu'ils te fassent confiance. Pour que tu me renseignes assez tôt afin que j'aie le temps d'agir.

– C'est ce que j'ai fait. Vous vous en êtes assez bien sor...

– Il n'aurait dû y avoir *personne* à bord, l'interrompit Max.

– J'ai entendu parler de la bombe pour la première fois cet après-midi, patron, je vous le jure. Je vous ai appelé dans votre avion, mais vous aviez atterri et le pilote m'a dit que vous veniez de partir pour le port. J'y suis descendu le plus vite possible, mais vous aviez déjà embarqué, alors je vous ai appelé par radio. Qu'est-ce que je pouvais faire de plus ?

Il y eut un silence.

– Vous êtes bien allé à l'avant du bateau ? Je veux dire..., quand vous avez su que la bombe se trouvait sous votre cabine..., ajouta l'homme.

– En effet.

Pendant que les autres défaisaient leurs bagages, Max avait entraîné Stéphanie au bar.

– Tu pourras ranger tes affaires plus tard, Sabrina, avait-il dit. Je voudrais boire un verre. J'ai envie de voir le soleil se coucher sur Monte-Carlo.

En fait, il pensait avoir beaucoup de temps devant lui. L'homme qu'il avait chargé d'infiltrer le réseau de Denton lui avait dit que la bombe était programmée pour dix-neuf heures, lorsque tout le monde serait en train de s'habiller pour dîner. Mais Max n'était pas du genre à rester tranquillement assis sur une bombe. Il avait l'intention de quitter le bar peu après pour demander au mécanicien de l'aider à la localiser. Puis il s'était dit que le mécanicien pouvait faire partie du complot. Sans un complice au sein de l'équipage, la personne qui avait posé la bombe n'aurait jamais pu trouver un endroit où la dissimuler ni s'esquiver sans éveiller les soupçons.

Il avait réfléchi à cela, tout en préparant les cocktails au bar.

– On dirait le gâteau d'anniversaire d'une petite fille, avait dit Stéphanie en contemplant les couleurs pastel et l'architecture rococo des immeubles de Monte-Carlo.

Max lui avait apporté un verre et soudain il avait vu une ombre passer sur son visage.

– Qu'y a-t-il ?

– Je pensais aux anniversaires des petites filles.

Il lui avait saisi la main, contrarié que de telles pensées pussent l'éloigner de lui. La bombe avait explosé à ce moment-là.

Dans le hors-bord, Max serra contre lui la tête de Stéphanie pour la protéger des vibrations. Ils filaient vers l'ouest, vers Nice, laissant sur leur droite les plages et les ports de la Côte d'Azur. Le soleil était encore haut dans le ciel, mais sur les plages des estivants bronzés ramassaient leurs affaires et se dirigeaient en flânant vers les hôtels du bord de mer.

– On y est presque, patron, dit l'homme à la barre. Burt nous attend au port. Il s'est occupé de l'hélicoptère. Le problème, c'est qu'on n'a prévu ni civière ni ambulance, et il n'y aura personne pour vous attendre à Marseille.

– On appellera l'ambulance et l'hôpital depuis l'hélicoptère.

– Et puis Burt connaît Marseille comme sa poche : il a habité là-bas toute sa vie, il saura comment faire.

La ville de Nice s'élevait derrière le port hérissé de mâts. Une foule de gens prenaient l'apéritif aux terrasses des cafés de la Promenade des Anglais. Max les observa un instant en songeant qu'une vie normale allait lui être interdite pendant un bon moment. Il détourna le regard. Le bateau se dirigea lentement vers une partie déserte du port où se trouvaient les entrepôts et accosta.

Près du quai était garée une Renault noire à côté de laquelle se tenait un prêtre. Petit et mince, il portait une barbe poivre et sel. Il s'accroupit au bord du quai tandis que les hommes de Max amarraient le bateau.

– J'ai entendu dire que tu arrivais aujourd'hui, alors je suis venu te saluer... Mon Dieu, Max, tu es blessé !

Il se pencha vers le bateau, la main tendue.

– Mais... Qui est-ce ? Elle perd beaucoup de sang... Max, que s'est-il passé ?

– Une explosion. Le yacht a coulé.

Max saisit la main du prêtre et se hissa péniblement hors du bateau. La douleur lui transperça l'épaule. Il serra les dents.

– Je suis content de te voir, Robert. On va avoir besoin d'un hôpital à Marseille.

– C'est ici que tu as besoin d'un hôpital. Oublions Marseille pour aujourd'hui. Ça peut attendre...

– Non, ça ne peut pas attendre. Une demi-heure, Robert, pas plus. Tu connais un médecin à Marseille ?

– Bien sûr. Mais, Max, c'est de la folie. On ne sait pas si sa blessure est...

Le prêtre vit le visage de Max s'assombrir.

– O.K., en route pour Marseille. Hé, doucement, les enfants ! ajouta-t-il tandis que les hommes de Max soulevaient le corps inerte de Stéphanie pour l'étendre sur le quai.

Sur le front de la jeune femme, la plaie saignait toujours abondamment ; ses cheveux ruisselaient d'eau et de sang. Son visage et ses bras tuméfiés étaient couverts de contusions et d'entailles.

– Mettez-la dans la voiture. Max, monte à l'arrière. Tu vas la soutenir... Maintenant, les gars, vous la soulevez doucement, mais en vitesse : l'hélicoptère attend.

Robert conduisait rapidement. La tête de Stéphanie roulait d'un côté et de l'autre dans les virages, jusqu'à ce que Max la tînt serrée contre son épaule. Au bord de la route, il voyait défiler immeubles, palmiers, jardins fleuris, mais l'épuisement et une colère lancinante lui brouillaient la vue. « Quel idiot j'ai été de les laisser me prendre de vitesse ! »

Jamais ils n'avaient pu le faire auparavant, jamais ils n'avaient pu atteindre Max. « J'ai été paresseux, se dit-il, paresseux et stupide. Je me suis fait avoir. J'ai baissé ma garde. Je me fichais de tout, sauf..., sauf de Sabrina », songea-t-il en regardant la femme qu'il tenait dans ses bras.

Ce n'était pas tout à fait vrai. Max avait minutieusement préparé la liquidation de ses affaires en Angleterre ainsi que sa disparition. Mais, ces dernières semaines, il s'était laissé distraire et avait consacré ses pensées à cette femme, si différente de la Sabrina qu'il avait connue bien des années auparavant, lorsqu'elle venait d'épouser Denton.

« C'est comme si elle m'avait hypnotisé, se dit-il. Moi, Max Stuyvesant, à ce point fasciné par une femme que j'en oublie toute prudence... et manque me faire tuer par ces salopards. En fait, j'ai manqué nous faire tuer tous les deux. »

Il serra plus étroitement Sabrina contre lui et se laissa à nouveau envahir par la joie qui l'avait saisi sur le bateau lorsqu'il avait senti le sang de la jeune femme palpiter sous ses doigts. Elle était vivante. Elle était vivante et elle était à lui. Il savait qu'il était plus que fasciné. Il était éperdument, jalousement amoureux d'elle.

50

– On y est, Max, dit Robert en rangeant la voiture à côté de l'hélicoptère.

Deux hommes les attendaient. Ils aidèrent Max et Robert à installer Stéphanie dans l'appareil, et, quelques instants plus tard, les pales de l'hélicoptère tournoyaient dans la moiteur de l'air. L'engin décolla.

Ils survolèrent à basse altitude les hôtels et les villas de la Côte d'Azur jusqu'à Marseille, dont les bâtiments industriels semblaient s'étendre à perte de vue. Robert guida le pilote vers le toit d'un hôpital construit en forme de croix. Des hommes et des femmes en blouse blanche se précipitèrent dès l'ouverture de la porte de l'hélicoptère et emmenèrent Stéphanie sur une civière. Max ne la revit pas avant le lendemain.

Elle était étendue dans un petit lit, au centre d'une étroite chambre aux murs blanchis à la chaux, où pénétrait à flots le soleil du matin. On lui avait passé une chemise blanche. Un épais bandage ceignait son front. Les contusions et les entailles qui lui meurtrissaient les bras et le visage avaient été enduites de pommade ou couvertes de pansements. Elle avait les yeux fermés. Ses paupières palpitaient dans son sommeil. On avait coupé court ses magnifiques cheveux, et ils formaient autour de sa tête une sorte de halo bouclé auquel le soleil donnait des reflets auburn, unique touche de couleur dans toute cette blancheur.

Max s'assit dans un fauteuil à côté du lit. Il prit la main de Stéphanie et la serra entre les siennes. L'autre bras de Stéphanie était immobilisé par une perfusion reliée à trois sacs de plastique suspendus à un portant métallique au pied du lit. Max suivit des yeux le mouvement des liquides dans les tubes. Il revit sa mère, dans son lit d'hôpital, à Londres. Il avait neuf ans alors. Cela faisait des années qu'il n'avait pas pensé à sa mère. Depuis la disparition de son père, quand il avait douze ans, il n'avait plus jamais songé à son enfance. Max avait toujours été un adulte.

Mais la peur qui l'étreignit à la vue de ces tubes ressuscita l'enfant qu'il avait été. Il lui fallut chasser de ses pensées ce petit garçon terrifié et l'image de sa mère. Sa mère était morte, et la femme qui était allongée là allait vivre. Max passa des heures dans ce fauteuil froid. Les infirmières venaient régulièrement remplacer les sacs vides, et le mouvement des liquides reprenait, interminablement lent, jusqu'aux veines si pâles de la main immobile. Max ne sortit que lorsque le médecin vint examiner Stéphanie pour la deuxième fois. À peine celui-ci eut-il passé la porte que Max regagna son fauteuil et reprit dans la sienne la main inerte de la jeune femme.

Il voulait qu'elle vive, qu'elle guérisse, tout en ne cessant de se demander ce qu'il lui dirait si elle se réveillait. Il leur faudrait se cacher, changer de nom. Il avait déjà utilisé le nouveau nom de Stéphanie lorsqu'il avait rempli le formulaire d'admission à l'hôpital. Il leur faudrait se cacher jusqu'à ce que Max trouve un moyen de neutraliser ceux qui avaient posé la bombe dans le bateau. Jusqu'à ce que Sabrina et lui soient en sécurité.

Il avait déjà songé à une cachette. Il savait depuis quelque temps qu'il allait lui falloir quitter l'Angleterre et modifier ses plans. Lorsque les journaux avaient commencé à parler d'un trafic d'objets d'art, Max avait compris qu'il fallait agir vite. Parallèlement, Denton le pressait de développer leurs opérations alors qu'il savait qu'il fallait les ralentir ou y mettre un terme, du moins provisoirement. Mais les idiots qui travaillaient pour lui n'avaient rien trouvé de mieux que d'entreprendre à ce moment-là un petit commerce de faux qu'ils revendaient à des galeries. Les journalistes avaient eu vent de l'affaire, et Max savait que les projecteurs pouvaient tout à coup se braquer sur lui. Chaque semaine, il repoussait l'échéance de sa disparition. Il avait tout préparé, tout prévu..., mais ses plans étaient conçus pour une personne, pas pour un couple.

Désormais, il lui fallait tout repenser. Pour l'appartement, ça pourrait s'arranger : Robert l'aiderait à en trouver un plus grand que celui qu'il avait loué à Aix-en-Provence. Mais, pour garder la jeune femme auprès de lui, il lui fallait la persuader d'abandonner sa vie à Londres, son magasin d'antiquités, ses amis, et jusqu'à son identité. Cela impliquait soit qu'elle fût très amoureuse – comme il l'était lui-même –, soit qu'elle eût peur.

Or elle ne l'aimait pas. Il le savait. Mais il était sûr que cela viendrait avec le temps. Il devait la convaincre qu'elle était en danger, la persuader qu'elle ne serait en sûreté qu'auprès de lui.

Les pensées se bousculèrent dans son esprit jusqu'à ce que cette solution s'impose. Assis auprès de Stéphanie, il ne la quittait pas des yeux. Il mangea mécaniquement ce que les filles de salle lui apportèrent et répondit à leurs questions dans un français parfait, mais avec un fort accent qui leur fit se demander quel pouvait être son pays d'origine. Il passa deux nuits à somnoler sur le lit d'appoint qu'elles avaient installé dans la chambre de Stéphanie. Le troisième jour, elle ouvrit les yeux.

Max éprouva une fois encore un sursaut de joie intense. Il se pencha sur la jeune femme, lui saisit les mains, prononça son nom, puis soudain s'arrêta. Le regard de Stéphanie fixait le plafond. Quelque chose, dans ce regard vide, dans ce corps immobile, l'effraya et lui fit garder le silence. Il serra un peu plus fort la main qu'il tenait dans les siennes et attendit quelques minutes qui lui parurent une éternité. Enfin, avec une infinie lenteur, Stéphanie tourna la tête. Ses yeux rencontrèrent ceux de Max, longuement, et il comprit qu'elle ne le reconnaissait pas.

En un instant, tout bascula, et Max se prit à espérer : certes, ce pouvait n'être que temporaire et ne durer que quelques jours, peut-être même seulement quelques heures, mais, si ce n'était pas le cas, si elle avait véritablement perdu la mémoire, c'était un cadeau que lui faisait le destin. Max avait passé sa vie à compter sur sa présence d'esprit, sur sa capacité à intégrer et à adapter immédiatement de nouvelles données à la situation du moment. Le regard vide de Stéphanie lui fit comprendre qu'il tenait là une solution bien meilleure que la précédente. Pendant un certain temps, il ne serait sûr de rien, mais désormais il existait une alternative. Lui-même n'aurait pu en concevoir de plus parfaite.

– Sabrina, murmura-t-il en la regardant attentivement.

Elle eut une expression perplexe et répéta d'une voix faible et hésitante :

– Sabrina...

– Tu ne te souviens pas ?

Il parlait en français, espérant qu'elle lui répondrait en français. Elle le parlait aussi bien que lui, et avec un meilleur accent. Il supposait que si, en effet, elle avait perdu la mémoire, elle allait s'adapter d'emblée à ce qu'elle voyait et entendait. Il ferait en sorte qu'elle le suive en toute chose, qu'elle soit dépendante de lui, qu'elle lui appartienne.

– Ne t'inquiète pas si tu ne te souviens pas, ce n'est pas grave. On verra ça plus tard. Tu as reçu un choc, tu es blessée.

Il se pencha pour lui donner un baiser sur la joue et lui effleura les lèvres.

– Tout ira bien, Sabrina, tu verras.

– Sabrina, répéta-t-elle comme si elle essayait ce prénom, puis elle secoua la tête. Je ne comprends pas..., ajouta-t-elle en français.

Max fut soulagé. C'était parfait. Les yeux de Stéphanie s'écarquillèrent de frayeur, et elle se mit à pleurer.

– Je ne comprends pas. Je ne sais rien. Qu'est-ce qui m'arrive ?

– S'il vous plaît, monsieur, dit le médecin en surgissant dans la pièce. Si vous voulez bien attendre dehors...

– Je reste avec ma femme, fit Max sans lui adresser un regard.

Stéphanie le fixa avec surprise.

– Votre femme est aussi ma patiente, monsieur, et j'ai bien l'intention de l'examiner.

Max accepta enfin de lâcher la main de Stéphanie et, à reculons, s'éloigna du lit. Il s'adossa au mur, les bras croisés, le regard fixe, afin qu'il fût bien clair qu'il n'irait pas plus loin.

Le médecin saisit doucement le bras de Stéphanie pour lui prendre la tension.

– Vous ne vous souvenez plus de votre nom, madame ?

– Allez-vous-en, dit-elle.

Stéphanie pleurait toujours. Sa tête roulait d'un côté et de l'autre sur l'oreiller, comme prisonnière. Puis son regard s'évada jusqu'à l'étroite fenêtre où se découpait le bleu du ciel.

– Allez-vous-en, allez-vous-en. Je ne veux pas vous voir. Je ne veux voir personne.

– Vous avez eu un accident, dit posément le médecin. Nous devons évaluer votre état, aussi bien mental que physique.

Il se pencha sur Stéphanie et, lui écartant les paupières, braqua dans ses yeux une minuscule lampe. Il lui prit le pouls, sortit son stéthoscope pour écouter son cœur et lui tapota la poitrine. Il tira le drap, vérifia ses réflexes, la mobilité de ses bras et de ses jambes, puis examina ses contusions. Il la recouvrit enfin du drap sur lequel il posa délicatement la main de la jeune femme.

Stéphanie restait immobile, sans réaction, presque inconsciente, fixant le plafond. Elle grimaça de douleur lorsque le médecin commença à dérouler le bandage qui lui ceignait la tête.

– C'est bien. La plaie va cicatriser, murmura-t-il avant de lui faire un pansement neuf.

Il scruta ses traits tout en se demandant quelle pouvait être sa nationalité. Elle parlait un français irréprochable, avec, toutefois, un léger accent étranger difficilement identifiable. Une chose était sûre : elle n'était pas française. L'homme non plus, d'ailleurs. Il parlait couramment le français, mais avec une trace d'accent germanique. « Un couple qui a sans doute beaucoup bourlingué, songea le médecin. Cosmopolite et doué pour les langues. On en voit de plus en plus dans le monde d'aujourd'hui, de ces caméléons sophistiqués. » Même couverte d'ecchymoses et blessée, la femme restait d'une beauté extraordinaire, une beauté dont la détresse l'attirait, mais il sentait bien qu'il ne pourrait l'aider qu'autant que le mari le permettrait.

– Votre état physique s'améliore, dit-il, conscient du regard de Max dans son dos. Vous avez eu de la chance. Vos bleus vont disparaître. Votre blessure va guérir et, en repoussant, vos cheveux cacheront la cicatrice. Un peu de chirurgie esthétique, et rien n'y paraîtra plus. Mais parlons maintenant de votre mémoire. Y a-t-il beaucoup de choses dont vous n'ayez plus le souvenir ?

Stéphanie ne répondit pas.

– Comment vous appelez-vous, madame ? Dites-moi votre prénom et votre nom de jeune fille.

Elle continuait à fixer le plafond.

– Ou n'importe quel nom qui vous viendrait à l'esprit, le nom d'un ami, peut-être, ou d'une connaissance, de quelqu'un qui travaille pour vous. Cela pourrait vous permettre de retrouver le vôtre. Je ne pourrai pas vous aider tant que je n'aurai pas évalué l'étendue de votre amnésie. Pouvez-vous me raconter quelque chose sur vous, sur vos amis, sur votre vie à... À propos, d'où venez-vous, madame ?

– Je ne sais pas, je ne sais pas, je ne sais pas !

Stéphanie leva les bras, entraînant dans son mouvement les tubes de la perfusion, et tourna vers elle la paume de ses mains.

– Mains, dit-elle. Mes mains.

Son regard erra à travers la pièce.

– Mur. Fenêtre. Ciel. Lit. Mains. C'est bien cela, docteur ? En haut, en bas, à droite, à gauche, fit-elle en désignant chaque direction de l'index. C'est bien cela, non ? Je ne me suis pas trompée ?

– Non, madame, c'est bien cela. Que pouvez-vous me dire d'autre ?

– Plafond. Porte. Draps. Oreiller.

– Et votre nom... ? demanda le médecin, laissant le mot en suspens. Vite, madame. Vous vous appelez madame...

Stéphanie secoua la tête.

– Je ne sais pas. Ce que je retrouve, c'est le nom des choses. Pourquoi ? Pourquoi est-ce que je ne sais rien d'autre ? Qu'est-ce que je vais faire ?

– Tu vas guérir, dit Max. Tu seras avec moi et tu guériras.

Il s'approcha du lit et parla au médecin.

– J'ai besoin de savoir dans combien de temps on pourra commencer la chirurgie esthétique. Pour le reste, je m'en charge.

Le médecin l'ignora.

– Un choc vous a fait perdre le souvenir de beaucoup de choses, madame. Mais vous n'avez peut-être pas tout perdu, peut-être votre amnésie durera-t-elle peu de temps. J'aimerais vous aider. C'est sans doute le coup que vous avez reçu à la tête ou le traumatisme consécutif à l'accident...

– Quel accident ? Qui a parlé d'un accident ?

– Moi, répondit-il en la regardant attentivement. Il y a quelques minutes, je vous ai dit que vous aviez eu un accident. Vous ne vous rappelez pas ?

– Non. Vous avez parlé d'accident ? Je ne me rappelle pas. Quel accident ?

– Votre mari nous a expliqué que votre hors-bord avait heurté le quai et pris feu..., dit le médecin en se tournant vers Max. Vous êtes sûr que c'est bien ce qui s'est passé, monsieur ? Il y a un bateau qui a explosé la semaine dernière au large de Monaco. Vous n'avez rien à voir avec cette affaire ?

– Je vous ai dit ce qui s'était passé. Je n'ai pas entendu parler d'un bateau qui aurait explosé. Quand est-ce arrivé ?

– Lundi ou mardi, je ne sais plus trop. Ce devait être à peu près en même temps que votre accident. Mais, bien sûr, c'est impossible : il paraît qu'il n'y a eu aucun survivant. Un drame effroyable. (Puis, s'adressant à Stéphanie, le médecin poursuivit :) Ça ne vous évoque rien, un hors-bord ?

– Non, répondit Stéphanie en tournant la tête vers Max. Mon mari.

Elle leva à nouveau les mains et constata que son annulaire était nu. Max ramena sur le drap la main gauche de Stéphanie et la garda dans la sienne. Il avait eu le temps de penser à tout tandis qu'il la veillait. Le plan qu'il avait échafaudé l'année précédente incluait désormais Sabrina Longworth. Il lui parla, mais ses paroles s'adressaient également au médecin.

– Cela fait trois jours que tu es dans le coma. Nous nous sommes rencontrés il y a cinq jours dans une soirée, à Saint-Jean-Cap-Ferrat. Nous nous sommes mariés le lendemain et avons fait cette excursion en bateau l'après-midi même. Nous n'avons pas eu le temps d'acheter les alliances. On a préféré attendre d'en trouver qui nous plaisent. On devait aussi partir en voyage de noces et on le fera, mon amour, et tu auras ton alliance. Mais d'abord il faut que tu guérisses et qu'on rentre à la maison.

Stéphanie le dévisageait à travers ses larmes.

– Je ne sais pas qui vous êtes.

– Max Lacoste.

– Et moi ?

– Sabrina Lacoste.

– Et, avant de vous marier, quel était votre nom ? demanda le médecin.

– Robin, s'empressa de répondre Max.

– Il doit y avoir un demi-million de Robin, en France, soupira le médecin. Mais vous, monsieur, vous pourrez dire à votre femme qui elle est, d'où elle vient, qui est sa famille...

Sans quitter Stéphanie des yeux, Max fit non de la tête.

– Nous n'avons pas parlé de notre passé, nous pensions avoir beaucoup de temps devant nous. Nous avons préféré parler de l'avenir. Nous avions tant de projets, d'espoirs, de rêves... qui peuvent encore tous se réaliser.

– Sa-bri-na, répéta-t-elle, comme pour essayer encore une fois de s'habituer à ce prénom. Sabrina. Sabrina. Sabrina. Ça ne sonne pas vrai.

– Où habitez-vous ? demanda le médecin à Max.

– Pas loin d'ici. Je vous ai demandé dans combien de temps

on pourrait commencer la chirurgie esthétique : j'aimerais la ramener le plus vite possible à la maison.

– Il faut encore une semaine à votre femme pour récupérer avant qu'on envisage une opération. Mais il faut aussi qu'elle soit vue par un psychologue pour évaluer...

– Si nous sommes mariés, dit Stéphanie, quel était mon nom de jeune fille ?

– Je te l'ai dit : Robin, répondit Max.

– Ah bon ? Robin ? Je m'appelais comme ça ? Et tu me l'as déjà dit ?

– Oui, il y a quelques minutes. Ce n'est pas grave.

– Mais si, ça l'est, dit-elle en élevant la voix. Je ne peux donc me souvenir de *rien* ?

– Il ne faut pas vous inquiéter, s'empressa de répondre le médecin. Cette forme d'amnésie est courante. Elle se produit souvent après un traumatisme. C'est ce qu'on appelle une amnésie de fixation. Elle disparaît presque systématiquement au bout de quelques jours. Mais vous souffrez également d'une forme d'amnésie dite de conservation qui, elle, peut persister plus longtemps. Je pense que vous devriez subir des examens complets afin que l'on diagnostique avec exactitude votre amnésie et que l'on vous aide à surmonter le traumatisme dont vous avez été victime. Nous pourrions sans doute vous aider à réactiver votre mémoire.

– Ma femme et moi nous en chargerons nous-mêmes, dit sèchement Max.

– Mais pour cela il y a des spécialistes, monsieur, et...

« Laissez-moi tranquille ! » Cette pensée lui vint en anglais, et non en français, et, lorsqu'elle en prit conscience, Stéphanie fut saisie de panique. Elle dégagea brusquement sa main de celle de Max et la glissa sous le drap. Elle ferma les yeux pour s'abstraire de la présence des deux hommes. Leurs voix grondaient au-dessus d'elle, graves et hostiles, comme le fracas d'un train qui passe – « un train, pensa Stéphanie ; est-ce que j'étais dans un train ? Où est-ce que j'allais ? ». Elle ne percevait que des sons dépourvus de signification et se raidissait, les poings serrés, dans la terreur de faire un mouvement. Elle était seule dans son vide – un brouillard, un nuage, le ciel, l'espace tout entier, l'infini – sans qu'elle pût se raccrocher à rien. Elle essaya de se remémorer un endroit où elle se serait sentie chez elle – une maison, une pièce, un fauteuil, un lit –, mais rien. Elle essaya de se représenter une ville, un quartier, une rue, mais elle se retrouva dans son vide : aucun paysage, aucune route, aucun panneau. Rien qu'un vide étouffant, terrifiant.

« Sabrina. Sabrina... comment ? Il a dit que je m'appelais comment déjà ? Il me l'a dit, non ? Oh, mon Dieu, je ne me... »

Elle se mit à trembler. Sabrina, ça ne lui disait rien, et elle était incapable de se souvenir de son nom de famille.

– Quel est mon nom de famille ? demanda-t-elle sans ouvrir les yeux.

– Lacoste, répondit Max.

« Sabrina Lacoste. Et lui, c'est... Max. Il a dit Max. Max Lacoste. » Elle tremblait toujours. Ce nom-là non plus ne lui disait rien. Elle avait l'impression de tomber toute seule dans un néant étouffant, sans rien ni personne à quoi se raccrocher. Elle se vit tendre la main, espérant que quelqu'un la saisirait, mais il n'y avait personne. « Au secours », implora-t-elle en silence. Les larmes lui brûlaient les paupières. « Aidez-moi. »

– Sabrina.

Elle entendit la voix de Max et ouvrit les yeux. Il la dominait de sa haute stature. Son regard gris perçait sous des sourcils broussailleux. Il avait les cheveux roux, une bouche sensuelle, de grandes et belles mains et une allure assurée. Sa façon de se mouvoir avec une énergie infatigable créait autour de lui d'incessants remous. « Mon mari. » Cette pensée sombra dans l'épais brouillard où se noyait irrémédiablement Stéphanie, et elle se la répéta pour tenter de s'y accoutumer.

– Nous serons bientôt chez nous.

Max parlait d'une voix détendue, il donnait l'impression de tout maîtriser, et Stéphanie le regardait fixement, consciente de la force qui émanait de lui.

– Je vais acheter une maison à Cavaillon.

L'idée lui en était venue à peine quelques instants auparavant. Il connaissait le coin, on pouvait s'y isoler facilement dans les collines. Robert dirigeait une école privée à Cavaillon, il leur trouverait la maison idéale.

– Tu adoreras cet endroit. Il est superbe et très calme.

– Cavaillon ?

– C'est là que nous allons habiter.

– Ça aussi tu me l'as dit ?

– Non, je n'avais aucune raison de le faire devant le médecin. Personne n'a besoin de savoir où nous allons. Tu aimeras la ville et notre maison, tu y seras très heureuse, tu verras.

– Je ne veux pas y aller.

– Ah oui, et où voudrais-tu aller ?

Il y eut un long silence. À nouveau les larmes lui montèrent aux yeux puis ruisselèrent sur ses joues, inondant l'oreiller avant de se perdre dans le néant qui l'enveloppait.

– Je ne sais pas, dit Stéphanie.

– C'est normal. Où pourrais-tu aller, ailleurs que chez toi, avec ton mari ? Écoute-moi, Sabrina. Je t'aime et tu m'aimes. Ta place est auprès de moi, tu resteras avec moi et tu feras ce que je te dirai ; c'est à cette seule condition que tu pourras vivre en sécurité et heureuse. Tu comprends ?

Sa voix perça le brouillard épais dans lequel se trouvait Stéphanie. « Sécurité. Max me protégera... »

Contre quoi ? » se demanda-t-elle. Mais cette question s'effaça aussitôt, cédant la place à cette pensée : elle n'était pas seule Quelqu'un serait là lorsqu'elle tendrait la main. Max serait là. Il l'aimerait et la protégerait.

2

Pendant deux mois, Stéphanie ne connut d'autre univers que l'hôpital. Les gens avec lesquels elle parlait étaient des médecins, des infirmières et d'autres patients qu'elle rencontrait au solarium, mais elle demeurait la plupart du temps dans sa chambre, au dernier étage, où Max avait demandé qu'on l'installe dès la deuxième semaine. Une pièce meublée d'un fauteuil, d'un divan et d'une table basse sur laquelle étaient posés des livres et des magazines. Après ses trois opérations du visage, Stéphanie passa ses journées à lire, lovée dans le fauteuil ou étendue sur le divan. Des heures durant, elle contemplait le bleu de la mer qui se mêlait au bleu du ciel et les bateaux entrant et sortant du port, qu'accompagnaient les goélands dont les cris couvraient le craquement des mâts et les voix des pêcheurs.

Max avait fini par accepter qu'un psychologue vînt lui rendre visite deux fois par semaine. Il n'était jamais présent lors de leurs entretiens, bien que Stéphanie l'en eût souvent prié. Il prétendait avoir trop de travail. Et cela semblait être le cas : il avait commencé à quitter l'hôpital dès qu'elle avait obtenu sa nouvelle chambre – s'absentant au début une heure ou deux, puis une journée entière et, une fois, pendant près d'une semaine.

Il avait répugné à le faire, tout d'abord parce qu'il pensait qu'elle mourrait s'il n'était pas là pour veiller sur elle. Il en était venu à penser que sa présence seule la maintenait en vie : il lui avait sauvé la vie lors de l'explosion et continuait de la protéger heure après heure, jour après jour, parce qu'il voulait qu'elle vive. La première fois qu'il s'était rendu au port, dans les entrepôts de la société Lacoste et fils, il avait dû lutter contre lui-même pour ne pas repartir aussitôt à l'hôpital. Il s'était dit que c'était de la faiblesse, de l'enfantillage et, comme il détestait la faiblesse et tout ce qui pouvait lui rappeler les peurs de l'enfance, il avait chassé cette tentation et avait passé la journée au port ; le lendemain matin, il avait dit au revoir à Stéphanie et avait à nouveau quitté la chambre sans se retourner.

À vrai dire, il n'avait guère le choix. Il fallait à tout prix qu'il sache ce qu'étaient devenues les personnes qui se trouvaient sur le yacht et ce qu'avait découvert la police au cours de ses investigations. Il avait dit aux médecins que l'accident s'était produit sur un hors-bord lorsqu'ils avaient heurté le quai. Mais c'était la version qu'il réservait à l'hôpital. À Robert, dont il avait besoin pour mener son enquête, il devait dire la vérité.

Le lendemain du jour où Stéphanie était sortie du coma, il s'était autorisé un peu de répit et avait demandé à Robert de se rendre à Monaco à sa place. Maintenant, Robert était revenu. Ils avaient rendez-vous dans un café, dans un quartier où personne ne risquait de les reconnaître. Les journaux avaient tout juste mentionné l'explosion d'un bateau français, le *Laffitte*, explosion qui n'avait laissé aucun survivant. Le médecin avait dit la même chose. « Aucun survivant. » Comment pouvaient-ils l'affirmer ? Personne à Monte-Carlo ne savait combien d'invités se trouvaient à bord, personne ne savait qui ils étaient. Le *Laffitte* était enregistré sous le nom de Lacoste et fils, la société française de Max, et, à la capitainerie, son commandant avait dû signer sous son nom ou sous celui de Max. S'il avait signé sous le nom de Max et si la police avait retrouvé certains corps, mais pas celui de Max, pourquoi les journaux n'en avaient-ils pas parlé ? Tout cela n'avait pas de sens, et Max n'avait cessé de ruminer ces incohérences pendant les trois jours que Robert avait passés à Monte-Carlo.

– Max, dit Robert en lui prenant la main, scrutant son visage. Tu as bien meilleure mine que la dernière fois où je t'ai vu. Comment va ton amie ? Elle est toujours à l'hôpital ?

– Oui, et encore pour un moment.

Ils choisirent une table au fond du café et commandèrent deux bières.

– D'ailleurs, je veux te parler d'elle, Robert. Mais, d'abord, dis-moi ce que tu as découvert.

– Tu as lu les journaux, tu sais que la police a dit qu'il n'y avait aucun survivant, dit-il sans quitter Max du regard. Pour toi, ils ne sont pas sûrs. Tu es porté disparu.

– À ton avis, je devrais appeler les flics de Monte-Carlo et leur dire que je suis vivant ?

– Bien sûr. Tu dois avoir de la famille qui s'inquiète...

– Non, personne.

– Des amis, alors ? Et puis les autorités ne pourront pas clore l'enquête tant qu'elles ne sauront pas si tu es vivant ou mort. Pourquoi ne veux-tu pas aller les voir ?

– Parce que, pour l'instant, ça m'arrange qu'on me croie mort.

Robert le dévisagea.

– Qu'est-ce qui a provoqué l'explosion ?

– Je ne sais pas. Je soupçonne un dysfonctionnement dans la chaudière. Elle nous avait déjà causé des problèmes.

– Ça ne me semble pas une raison suffisante pour dissimuler le fait que tu es en vie, répondit le prêtre avant de s'interrompre un instant. Max, écoute-moi. Tu sais parfaitement que je ne peux pas continuer à être ton ami si tu as fait quelque chose de criminel.

– Je n'ai rien fait de criminel. J'avais une entreprise à Londres, dont certaines personnes essayaient de m'écarter. Je l'ai fermée, mais je ne veux pas que ces personnes sachent où je suis.

– Tu pourrais peut-être être plus précis...

– Je préfère ne pas l'être. Robert, nous sommes amis depuis plus d'un an, depuis que j'ai monté ma société ici. As-tu jamais eu des raisons de penser que je n'étais pas digne de ton amitié ?

– Comme la question est habilement tournée ! Non, mon ami, je n'ai jamais eu aucune raison de le penser dans le cadre de nos relations. Mais ce que tu fais en ce moment va bien au-delà du cadre de nos relations. Si tu te fais passer pour mort, c'est que tu veux te cacher, n'est-ce pas ? Et ton amie ? Elle se cache avec toi ?

– Bien sûr.

Il y eut un nouveau silence.

– J'ai fermé les yeux sur beaucoup de tes petits secrets, Max, dit enfin Robert. Ta méfiance, ta prudence, ta façon de te défiler, parfois... Le monde est plein de cachotteries et de mensonges, mais il existe peu d'hommes aussi bons et généreux que toi. Je t'aime bien, tu sais. Après tout, ça ne change pas grand-chose, si ce n'est que j'en sais un peu plus sur toi. Seulement, tu comprends, si on devait me poser la question, je ne pourrais pas mentir pour te garantir le secret.

– Je comprends. Mais je ne pense pas qu'on te posera la question.

– Une dernière chose : je ne veux pas que tu te serves de moi.

– Je ne ferai jamais ça. Mais je pense que le contraire peut être vrai...

– Tu crois que je me sers de toi ? dit Robert en souriant. Je me sers de ton argent, que tu me donnes d'ailleurs de ton plein gré. Ceux qui font le bien se tournent toujours vers ceux qui font de l'argent. De quel côté voudrais-tu qu'ils se tournent ?

– Vers la prière, peut-être.

– Bien sûr, et c'est aussi ce que je fais. Et l'une de mes prières, c'est que tu restes riche et généreux.

Max eut un petit rire.

– Tu as l'esprit pratique, Robert. C'est l'une des choses que j'admire le plus en toi.

Il fit signe au garçon de leur apporter deux autres bières.

– Maintenant, dis-moi ce que tu as encore appris

– On a retrouvé et identifié les corps de l'équipage, ainsi que sept autres, sans doute ceux des invités. Je ne comprends pas...

– Nous étions neuf.

– Le yacht avait quatre cabines, et la police suppose qu'il y avait un couple par cabine, soit huit passagers.

– Nous étions neuf : l'un des couples était venu avec une amie. Ils lui avaient préparé un lit dans le salon attenant à leur cabine.

– Mais la police n'a retrouvé que trois couples et une femme, une lady Longworth qui...

– Quoi ? Qu'est-ce que tu dis ?

– Une lady Longworth qui aurait été avec toi. C'est bien ça, Max ? Dans ce cas, qui est la femme que nous avons amenée à l'hôpital ?

Max regardait Robert sans le voir, suivant à toute vitesse le fil de ses pensées.

– Qui a identifié son corps ? demanda-t-il.

– Denton Longworth. Son ex-mari. Il se trouvait justement à Monte-Carlo.

– Nom de Dieu !

– Max, je t'en prie.

– Pardon.

Max restait immobile sur sa chaise, tétanisé par l'impuissance et la colère. Putain ! À quoi Denton jouait-il ? Il était pourtant bien placé pour savoir que la femme qu'il avait identifiée n'était pas Sabrina. Pourquoi aurait-il... À moins que... L'une des femmes à bord ressemblait vaguement à Sabrina – d'ailleurs, tout le monde l'avait taquinée parce qu'elle se coiffait comme Sabrina, se maquillait comme elle et achetait ses vêtements et ses bijoux dans les mêmes boutiques. Mais un ex-mari ne s'y serait pas trompé...

À moins que... Lui revinrent à l'esprit la scène qui s'était déroulée dans l'eau et le visage de Sabrina, près de lui, dans le hors-bord : blême, tuméfié, avec du sang qui lui coulait du front et une multitude de petites entailles. Même un ex-mari aurait pu s'y tromper. À plus forte raison si ça l'arrangeait de croire son ex-femme morte. Et Denton avait très envie de croire que Sabrina Longworth était morte, qu'ils étaient morts tous les deux, Max et elle, parce qu'ils en savaient trop...

– Max, la femme qui se trouvait avec toi... ?

Max Stuyvesant porté disparu. Le corps de Sabrina Longworth identifié par son ex-mari.

« Personne ne nous cherchera. Max et Sabrina Lacoste sont libres et mèneront une vie paisible dans une petite ville de Provence. »

Max sortit de ses pensées et répondit à la question du prêtre.

– C'est ma femme, Robert. Nous nous sommes mariés à Saint-Jean-Cap-Ferrat le matin de l'explosion. Elle s'appelle aussi Sabrina, Sabrina Robin. Les autres personnes qui se trouvaient sur le bateau n'étaient pas des amis proches, disons plutôt des relations mondaines de Paris et de Londres.

– Ta femme ? dit Robert avec un sourire, en posant la main sur celle de Max. Tu m'as dit un jour que jamais tu ne te... Mais il ne faut jamais rappeler aux gens leurs déclarations péremptoires du passé. Je suis très heureux pour toi, mon ami. Mais, dis-moi, elle est grièvement blessée. Tu penses qu'elle va se rétablir ?

– Elle se rétablira physiquement. Mais elle ne se souvient de rien.

– Tu veux dire qu'elle ne se souvient pas de l'accident ?

– Non, je veux dire qu'elle ne se souvient de rien, sauf du nom des choses. Cela dit, c'est une femme remarquablement forte. Elle va se faire une nouvelle vie ici, j'en suis sûr.

– Mais toi, tu peux lui raconter son passé, et plus tu lui en diras, plus elle aura de chances de se souvenir du reste.

– Le problème, c'est que je ne sais rien de son passé. On s'est rencontrés peu de temps avant de nous marier. Et puis son passé ne lui manquera pas. Elle a une nouvelle vie devant elle. La plupart d'entre nous donneraient n'importe quoi pour avoir la chance de recommencer de zéro.

– Tu crois ça ? fit Robert avec une moue dubitative. À mon avis, tu ne vas pas tarder à t'apercevoir que son passé lui manque beaucoup.

Max haussa les épaules.

– Elle fera ce qu'elle a à faire. Comme nous tous. Robert, j'ai encore un service à te demander. Le dernier, j'espère.

Robert sourit.

– Encore une déclaration péremptoire. Qu'est-ce que je peux faire pour toi ?

– Tu sais que j'ai loué un appartement à Aix. Il ne sera pas assez grand pour nous deux. J'ai besoin d'une maison. Je veux en acheter une et je pensais aux collines, au-dessus de Cavaillon.

– C'est un endroit magnifique. Tu veux que je te trouve une maison ?

– Un peu isolée. Tu sais que je n'aime pas la foule.

– Je sais surtout que tu veux te cacher. Eh bien, je vais voir ce que je peux faire. Le père d'un de nos élèves vend des maisons dans le Lubéron. Je vais lui poser la question. Maintenant, il faut que j'y aille. Demain matin, nous avons un conseil d'administration.

Puis il ajouta, en regardant Max avec insistance :

– Si jamais tu as besoin de parler...

– Je n'abuserai pas de ton amitié. Tout va bien, Robert, je n'ai jamais eu besoin de parler de mes problèmes, ni de mes succès, d'ailleurs. Tu comprends – il hésita, il n'était pas du genre à exprimer ses émotions –, tu comprends, notre amitié est la plus forte que j'aie jamais connue. Et j'y tiens.

Il se leva, comme s'il en avait trop dit.

– Quand nous serons installés, Sabrina et moi, tu viendras dîner, n'est-ce pas ? J'aimerais qu'elle fasse ta connaissance.

– Moi aussi, j'aimerais la connaître. Est-ce que tu m'autorises à lui rendre visite à l'hôpital ? Ça me ferait plaisir.

– Non, je préfère que tu attendes. Les médecins et les psychologues n'arrêtent pas de défiler dans sa chambre, elle est rarement seule et ça l'épuise. Tu viendras à la maison.

– Très bien. Mais si tu changes d'avis... Les prêtres font d'excellents visiteurs dans les hôpitaux, tu sais.

Max acquiesça sans vraiment écouter. Il ne pensait plus qu'à une chose : retourner à l'hôpital. Ce qu'il fit immédiatement, en se répétant les mots qu'il avait dits à Robert. « Elle se rétablira physiquement. Elle se rétablira physiquement. » Mais cela faisait deux heures qu'il était loin d'elle, et pendant ce temps...

Il courut jusqu'à la chambre de Stéphanie, qu'il trouva confortablement installée dans son fauteuil, en train de discuter avec un médecin qu'il ne connaissait pas. Il y avait toujours de nouveaux médecins dans sa chambre ; parfois ils bavardaient avec elle de la pluie et du beau temps, de leur dernière sortie en mer avec leur voilier, de dîners dans de bons restaurants. Mais, le plus souvent, ils l'interrogeaient, lui faisaient passer des tests et vérifiaient la cicatrisation de sa plaie. D'un jour à l'autre, ou même d'une heure à l'autre, elle oubliait une grande partie de ces conversations, mais les médecins étaient patients. Ils recommençaient sans se lasser.

– Vous souffrez de deux sortes d'amnésie, madame, lui avait dit l'un d'eux. L'amnésie de fixation, celle qui vous fait oublier ce que j'ai dit ce matin même, va passer, je vous le garantis. Mais l'autre, l'amnésie de conservation, est plus grave. Je suis incapable de vous dire combien de temps elle durera.

– Personne ne m'a jamais dit ça.

– Si, le premier médecin que vous avez vu. Vous l'avez oublié. C'est normal.

– Ce qui est étrange, lui avait dit un jour un autre médecin en présence de Max, c'est que la perte de mémoire dont vous souffrez ne coïncide pas avec l'amnésie post-traumatique telle qu'on la rencontre habituellement. Il est possible que vous ayez souffert tout d'abord d'une amnésie psychogénique, c'est-à-dire d'une amnésie qui survient lorsque l'on tente d'oblitérer un trauma psychique en coupant totalement le moi de son environnement. Auquel cas, votre amnésie n'aurait que peu à voir avec l'accident.

Stéphanie l'avait regardé, médusée.

– Êtes-vous en train de me dire que je *veux* tout oublier ? Que je m'empêche de me souvenir ?

– Pas de façon consciente, mais il est possible que ce soit le fait de votre inconscient. Vous avez peut-être vécu une situation qui a été la source d'un gros conflit intérieur, d'un conflit que vous n'avez pas résolu parce qu'il était trop douloureux. Et il a suffi d'un choc pour vous couper entièrement de cette réalité.

Stéphanie avait secoué la tête, mais cela n'avait fait qu'accentuer sa migraine.

– Quel genre de situation ? avait-elle demandé.

– Je n'ai aucun moyen de le savoir, madame.

– Quelque chose... de criminel ?

– C'est possible.

Max était intervenu.

– Non, c'est impossible. Ma femme n'est pas une criminelle, elle est incapable de commettre quelque crime que ce soit. Je crois qu'on va arrêter là ces entretiens.

– Qu'est-ce qui vous fait penser que je refoule les éléments les plus personnels de ma vie ? avait encore demandé Stéphanie au médecin.

Celui-ci l'avait regardée, intrigué par l'intelligence avec laquelle elle avait pu reformuler sa théorie.

– C'est votre mémoire, madame. En ce qui concerne les langues, elle est intacte, nous savons maintenant que vous parlez l'italien, l'anglais et le français avec la même aisance. En ce qui concerne les objets et les automatismes aussi. Vous avez boutonné votre chemisier, ce matin.

Stéphanie avait baissé les yeux sur les boutons qui fermaient le chemisier de soie aux rayures bleues et blanches que Max lui avait apporté la veille dans une grande boîte contenant également une jupe bleu marine, des dessous, des bas ainsi que des chaussures bleues à hauts talons.

– Je l'ai fait sans m'en rendre compte.

– Justement. C'était un automatisme. Quelque chose que vous saviez faire avant. Mais qu'en est-il du reste de votre vie ? Est-ce que vous vous revoyez en train de boutonner votre chemisier en d'autres occasions, lorsque vous étiez enfant, par exemple ? Peut-être votre mère vous aidait-elle ? Essayez de penser à votre mère : elle vous tient sur ses genoux et vous apprend à boutonner votre chemisier. Ou alors elle vous emmène choisir un chemisier dans un magasin, à moins que ce ne soit une poupée ou un livre de colo-riage. Vous êtes en train de faire des courses avec votre mère, madame, pensez à ça, vous êtes avec votre mère dans un magasin, vous choisissez un article que vous allez rapporter à la maison. Pensez à cela, madame, concentrez-vous. Pensez à votre mère. Vous faites des choses avec elle, vous faites des courses avec elle, ou même vous vous promenez avec elle...

– Laura ! s'était écriée Stéphanie.

– Est-ce que c'est le nom de votre mère ? avait demandé le médecin en lui saisissant la main. Ne vous arrêtez pas, madame. Continuez, je vous en prie. Concentrez-vous : votre mère s'appelle Laura, et votre père... Continuez, dites-moi le nom de vos parents.

– Je ne sais pas.

– Allez, encore un effort, je suis là pour vous aider. Vous vous appelez Sabrina. Votre mère s'appelle Laura. Et votre père...

– Je ne sais pas. Je ne sais pas si Laura est bien le nom de ma mère. Je ne sais même pas si je m'appelle vraiment Sabrina. Max prétend que oui, mais ce nom ne m'évoque rien...

– Y a-t-il un nom qui vous évoque quelque chose ?

Elle avait fait non de la tête puis s'était immobilisée parce que la douleur empirait dès qu'elle bougeait, et elle s'était tue.

Au mois de janvier, Max l'emmena dans leur maison. Médecins et infirmières lui dirent au revoir avec affection et regret : ils avaient voulu l'aider, mais elle demeurait prisonnière de son néant, sans passé. Son mari avait dit qu'elle ne reviendrait pas.

Stéphanie jeta un dernier regard vers l'hôpital tandis que la voiture s'éloignait.

– Ma maison, murmura-t-elle.

Elle n'en connaissait pas d'autre, elle n'avait pas d'autres amis que les médecins, les infirmières et les patients. Assise à l'avant de la luxueuse Renault bleu foncé, elle se laissait conduire à travers des rues qui lui étaient totalement inconnues par un homme qui se disait son mari, vers un avenir qu'il avait lui-même décidé. Vêtue d'un tailleur sport qui faisait partie de la somptueuse garde-robe qu'il lui avait offerte au cours des deux derniers mois, elle observait l'aisance avec laquelle Max évoluait dans la circulation de Marseille pour se retrouver sur une route de campagne. Elle avait l'impression d'être une enfant abandonnée dans un petit bateau au gré du courant qui l'emportait vers une improbable et lointaine destination.

Ils traversèrent Cavaillon sans s'arrêter et prirent une petite route qui menait à une colline dominant la vallée. Au sommet de la colline, une large plaque commémorative rappelait l'histoire de la ville et de ses environs. La voiture passa devant plusieurs propriétés que dissimulaient de hauts bouquets d'arbres. Robert leur avait déniché le coin le plus discret : au bout d'une route, une maison de pierre blottie au fond d'un petit bois et cachée par un mur où s'ouvrait une grille de fer forgé.

– Notre maison, dit Max, faisant écho aux mots de Stéphanie, avant de descendre lui ouvrir la portière.

Ce fut ainsi que, presque sans effort, Stéphanie se retrouva à vivre dans cet endroit. Mme Besset, la gouvernante, déballa et rangea ses affaires ; pour la saluer, les jardiniers portèrent la main à leurs casquettes, et l'un d'eux alla lui cueillir un chrysanthème doré dans la serre. L'intendant lui installa une chaise longue dans un coin abrité de la terrasse, d'où elle pouvait contempler la ville : ses toits de tuiles ocre se serreraient les uns contre les autres, divisés par des ruelles étroites et sinueuses. Les flèches de ses églises se détachaient contre le paysage. Par terre, les dalles blanches reflétaient le pâle soleil d'hiver et le bleu profond du ciel. La terrasse dominait une falaise abrupte où affleuraient d'énormes rochers et où s'accrochait dans un effort désespéré une végétation de maquis et de pins.

« Je pourrais sauter, se dit Stéphanie la première fois que Max la fit asseoir sur la chaise longue. Il suffirait d'enjamber ce petit muret et de disparaître. Je ne manquerais à personne parce que personne ne saurait que je suis morte. »

Elle frissonna sous le soleil de janvier. « Personne parmi ceux qui me connaissaient ne sait où je suis. »

Chaque jour, elle restait étendue sur sa chaise longue à écouter les bruits de la maison : Mme Besset s'affairait dans la cuisine, Max discutait au téléphone dans son bureau, le jardinier poussait sa brouette et l'intendant sifflotait en réparant quelques tuiles brisées sur le toit. Elle n'avait entendu personne d'autre depuis son arrivée à Cavaillon. Personne ne leur rendait visite, et ils ne sortaient pas.

– Nous sortirons quand tu auras repris des forces, disait Max. Il n'y a rien qui presse et, en attendant, cette maison n'est pas vraiment un endroit désagréable.

C'était la vérité : la maison était merveilleuse, blanchie par le soleil, avec ses volets d'un bleu vif, ses balcons que fleurissaient des géraniums et sa cuisine où séchaient des chapelets d'ail et des herbes de Provence. La chambre de Stéphanie se trouvait au rez-de-chaussée, une petite chambre avec un vieux lit à baldaquin, une coiffeuse et une table de nuit sur laquelle Mme Besset posait tous les jours un vase de fleurs fraîches. Dès leur arrivée, Max lui avait montré sa chambre en disant :

– Tu dormiras là le temps de ta convalescence...

Ainsi Stéphanie partageait-elle son temps entre sa chambre et la terrasse où, protégeant d'un chapeau les cicatrices de son visage, elle s'abandonnait aux doux rayons du soleil qui soulageaient les dernières douleurs des opérations qu'elle avait subies. Et les jours passaient, comme fondus les uns dans les autres, troublés seulement par les trilles des oiseaux et les claquements des cisailles du jardinier qui taillait la haie. Elle respirait les effluves de safran et d'ail qui émanaient de la cuisine de Mme Besset.

Cet après-midi-là, elle respira aussi le parfum entêtant de la rose rouge que Max venait de lui offrir.

Des roses... J'ai coupé des roses... avec des ciseaux, des ciseaux d'argent, et je les ai mises dans un vase, un grand vase avec un motif...

Mais la voix de Max, s'élevant soudain au téléphone, lui fit perdre le fil de ses pensées.

Cette même voix qui formait la trame des journées de Stéphanie. Max passait chaque matin et chaque après-midi au téléphone dans son bureau. Il rejoignait Stéphanie pour déjeuner et pour dîner puis restait avec elle au salon tandis qu'ils finissaient leur verre de vin. Max lui racontait ses voyages, les gens qu'il avait rencontrés sur tous les continents, sa collection d'œuvres d'art, son enfance aux Pays-Bas, en Belgique et en Allemagne.

– J'ai toujours été un solitaire. Je ne suis jamais resté assez longtemps quelque part pour me faire des amis.

– Moi aussi, j'ai beaucoup bougé, dit Stéphanie.

– Où ça ? demanda très vite Max.

– Je ne sais pas, répondit-elle en le regardant, l'air étonné. Je ne sais pas.

Ils étaient assis chacun à un bout du canapé. Toutes les lumières du salon étaient éteintes, sauf une. La pièce était vaste, avec un haut plafond où couraient de longues poutres, un sol carrelé que couvraient çà et là des tapis de Bessarabie, des fauteuils moelleux et, aux murs, des tableaux figurant des champs de lavande et des vignes. Le plus grand, représentant la chaîne des Alpilles et portant lisiblement la signature de Léon Dumas, était mis en valeur sur un chevalet près de la cheminée. Il était presque minuit, la maison était plongée dans le silence, la gouvernante et le jardinier étaient couchés.

– Qu'est-ce que je portais ? demanda soudain Stéphanie. Qu'est-ce que je portais le jour où nous nous sommes rencontrés ?

– Une longue jupe et un chemisier décolleté, il me semble.

– De quelle couleur ?

– Je ne me souviens pas. Je ne fais pas très attention à ce que les gens portent.

– Ce n'est pas vrai. C'est toi qui as acheté tous mes vêtements et tu as su trouver la taille, le style et les couleurs qui me vont. Je t'en prie, Max, dis-moi quelles couleurs je portais ? Et le tissu de la jupe, comment était-il ? Et le chemisier ?

– En coton. Le chemisier était blanc et la jupe rayée noir et rouge.

– Où les avais-je achetés ?

– Je n'en ai pas la moindre idée. En France, sans doute.

– Tu n'as pas vu l'étiquette ?

– Non, répondit Max en lui lançant un long regard. Tu ne m'as posé aucune de ces questions à l'hôpital.

– Je n'y ai pas pensé. Alors tu n'as vu aucune étiquette sur mes vêtements ?

– À bord du bateau, tu as sorti de tes bagages une robe du soir Valentino et deux chemisiers Dior.

– C'est tout ?

– Nous n'avions pas fini de défaire nos valises. Je voulais te montrer la vue sur Monte-Carlo depuis le bar.

– Tu n'as rien vu d'autre ? Aucune marque particulière ?

– Pourquoi cette question ?

– Si j'avais eu une couturière personnelle, elle saurait qui je suis.

– Il n'y avait pas de marque particulière sur tes vêtements.

Stéphanie regarda Max avec suspicion. Elle ne le croyait pas. Il y avait quelque chose qui ne collait pas, elle le savait, même si elle n'avait aucune idée de ce que cela pouvait être ou des raisons qui auraient poussé Max à lui mentir. Elle s'en voulait de douter de lui après tout ce qu'il avait fait pour elle, mais elle ne pouvait s'en empêcher.

– J'avais un sac ?

– Bien sûr, mais je n'ai pas pour habitude de fouiller dans le sac des dames.

– Est-ce que j'étais maquillée ?

– Un peu. Pas beaucoup. Tu n'en avais pas besoin.

– Comment étaient mes cheveux ?

– Longs, magnifiques. Tu pourrais les laisser repousser, d'ailleurs.

– Je crois que c'est ce que je vais faire. (Stéphanie regarda ses mains.) Tu as dit que je n'étais pas mariée. Quand est-ce que je t'ai dit ça ?

– Peu de temps après notre rencontre. Pourquoi ?

– Je ne sais pas. Je me demande... Peut-être... Peut-être que ce n'était pas vrai.

– Allons, bon. Qu'est-ce qui te fait penser ça ?

Elle se tut, répugnant soudain à lui confier les pensées qui, peu à peu, lui venaient à l'esprit et changea de sujet.

– Qu'as-tu fait après la mort de ta mère, Max ?

Il ne répondit pas tout de suite, hésitant à poursuivre leur conversation précédente. « Ce n'est pas nécessaire, se dit-il. Moins nous en parlons, mieux ça vaut. »

– Mon père et moi avons sans cesse déménagé : d'abord l'Espagne, puis Londres. Je t'ai parlé de ma mère hier. Et tu t'en es souvenue.

– C'est vrai ! Je m'en suis souvenue !

Pour la première fois depuis son réveil à l'hôpital, Stéphanie sourit, un lent sourire qui souleva chez Max une vague de désir. La tête lui tourna un peu. Il l'avait désirée chaque minute de la semaine, depuis leur arrivée à Cavaillon, mais il s'était maîtrisé et il lui avait donné sa chambre à elle, tenu à distance par la froideur du regard que la jeune femme posait sur lui. Le regard d'une étrangère, de quelqu'un qui ne désirait pas être plus proche. Pourtant leur liaison, au mois d'octobre, dans les semaines qui avaient précédé l'explosion, avait été la plus passionnée d'une vie riche en conquêtes.

Ils s'étaient revus à Londres, des années après leur première rencontre qui avait eu lieu sur le yacht de Max, lorsque celui-ci avait invité Denton et sa jeune épouse. Elle était restée un peu à l'écart, refusant les drogues et les intrigues faciles qui faisaient alors partie de leur quotidien à l'époque. Quand il l'avait retrouvée à la fin septembre, chez Annabelle, avec Brooks et Gabrielle, il avait lu dans ses yeux une soif d'aventure, une espèce d'avidité, comme si elle voulait brûler la vie par les deux bouts. Il avait aimé cela ; lui-même avait toujours vécu ainsi.

Il lui avait demandé de décorer et de meubler son nouvel hôtel particulier, ce que Stéphanie avait fait avec beaucoup de goût. Puis elle s'y était sentie assez bien pour y rester un week-end, où à nouveau Max avait été frappé par son envie de tout vivre intensément, comme s'ils ne devaient plus se revoir.

C'était alors qu'il était tombé amoureux d'elle : sa présence l'avait hanté bien après son départ. Mais, à ce moment-là, il avait d'autres soucis : Westbridge Imports, sa société, dont Denton essayait de l'écarter, et les rumeurs selon lesquelles certains journalistes enquêtaient sur les trafics d'œuvres d'art et de faux. La liquidation de ses affaires à Londres, le lancement de Lacoste et fils à Marseille, les préparatifs de son départ pour se faire une nouvelle vie en France, sous une nouvelle identité, l'avaient empêché de s'apercevoir qu'il était tombé amoureux de Stéphanie. S'il en avait eu le temps, il lui aurait demandé sa main.

Mais ce soir-là, à Cavaillon, devant son sourire, ses yeux qui revivaient, il ne pouvait plus attendre. Il la prit dans ses bras.

— Sabrina, ma beauté, mon adorable chérie, fit-il en posant les lèvres sur les siennes.

Elle n'essaya pas de se dégager mais ne lui rendit pas son baiser et garda les mains à plat sur ses genoux. Au bout d'un moment, Max relâcha son étreinte.

— Ce que nous avons vécu ensemble est inoubliable, tu sais, murmura-t-il avant de prendre soudain conscience que le mot était mal choisi.

Il n'y avait rien qui fût inoubliable pour cette femme. C'était ainsi. Son amnésie était la condition nécessaire de leur histoire : elle devait continuer de se croire sa femme, tout ignorer de la bombe qu'on avait posée sur le yacht non seulement pour tuer Max Stuyvesant, mais aussi Sabrina Longworth.

— Inoubliable, fit Stéphanie, désabusée. Ç'aurait dû être beaucoup mieux que ça...

— C'était mieux que ça, et ça le sera encore. Tu as entendu ce que tu viens de dire, Sabrina : c'est la première fois que tu arrives à nouveau à sourire de toi-même. Tu guéris.

Il lui saisit la main.

— Si tu souhaites attendre encore un peu, ajouta-t-il. Si tu préfères continuer à dormir en bas...

— Oui.

— Comme tu voudras, répondit-il en embrassant la paume de sa main. Sabrina, je t'adore. Tu es tout ce que je désire. Tu vas me revenir, et je te promets que nous serons tout l'un pour l'autre. Nous n'avons besoin de personne ; tout ce que nous pouvons souhaiter, nous l'avons ici.

Stéphanie le regarda se pencher pour lui embrasser la main. Elle sentait les lèvres de Max sur sa peau mais n'éprouvait rien. « Je devrais ressentir quelque chose s'il est réellement mon mari. Je devrais le désirer. » Elle comprit alors qu'elle savait ce qu'était le désir, qu'autrefois elle l'avait ressenti, mais pas ce soir.

Deux semaines après leur arrivée, le temps changea : le ciel prit une couleur de plomb et le vent se leva, faisant ployer les arbres et craquer les volets. La pluie crépitait sur les dalles blanches de la terrasse et des courants d'air froids s'insinuaient dans la maison.

Pour la première fois, Max et Stéphanie déjeunèrent à l'intérieur, dans une petite pièce attenante à la cuisine, sur une table en bois d'olivier. L'odeur du pain chaud que venait de cuire Mme Besset embaumait la pièce tandis que, dehors, des bourrasques de vent couchaient les hautes herbes.

Stéphanie sentit quelque chose se libérer en elle. L'appréhension des deux dernières semaines se dissipait lentement. Elle s'abandonna contre les coussins fleuris de son fauteuil de rotin et leva son verre à hauteur des yeux pour admirer la couleur que prenait le vin à la lueur du chandelier. « Je suis vivante et je vais beaucoup mieux, se dit-elle. Et si je continue d'aller mieux, bientôt je me souviendrai de tout. Je me souviens déjà de ce qui s'est passé hier et avant-hier et je commence à savoir certaines choses sur moi. » Elle se les énuméra : « J'ai connu quelqu'un qui s'appelait Laura, ma mère peut-être, j'ai coupé des roses avec des ciseaux d'argent et j'ai beaucoup voyagé. » Soudain, elle se sentit sombrer. C'était bien peu. Vraiment très peu.

– Sabrina ?

Max la regardait.

– Excuse-moi. Tu disais ?

– Toujours dans tes rêves.

Il leva les yeux au moment où Mme Besset pénétrait dans la pièce.

– Un monsieur vous attend dans votre bureau, Monsieur. Un monsieur très sérieux qui dit être le père Chalon, encore qu'à le voir on croirait jamais que c'est un prêtre. Il dit qu'il attendra que vous ayez fini de déjeuner.

– Non, faites-le entrer. Il va déjeuner avec nous. C'est un ami, ajouta Max à l'intention de Stéphanie. J'aimerais que tu fasses sa connaissance.

Stéphanie regarda l'homme qui entrait dans la pièce : il était petit et mince, avec une barbe poivre et sel soigneusement taillée et des yeux d'un noir profond. L'homme lui fit un baisemain en disant :

– Quel bonheur de vous connaître ! Max m'a tellement parlé de vous.

– Assieds-toi, fit Max. Mme Besset va t'apporter une assiette.

– Merci.

Robert prit place à la table sans quitter Stéphanie des yeux. « Plutôt jeune, pensa-t-il. Trente ans. Peut-être trente et un ou trente-deux. Mince, se tient bien droite : sportive, sans doute. » Il reconnut le polo à col roulé blanc et le jean que Max avait achetés à Marseille. Robert l'avait accompagné, amusé de l'assurance avec laquelle Max choisissait les tailles et les styles : cet homme-là savait habiller une femme.

Mais c'était surtout la beauté de Stéphanie qui frappait Robert, une beauté que ses yeux vifs et intelligents rendaient plus vibrante encore. Il n'avait pu s'en rendre compte lorsqu'il avait aidé à la transporter à Marseille : alors, il avait juste pu constater qu'elle avait sûrement été belle. À présent, il la regardait comme il aurait contemplé un Botticelli ou l'une des superbes créatures de Titien. Il sentit s'exercer sur lui l'attrait de cette beauté, le désir de s'en approcher, comme pour s'imprégner de sa perfection, une perfection telle qu'elle aurait pu laisser croire à un monde sans souffrances. Robert prit soudain conscience du long silence qui accompagnait ses pensées et dit :

– Je suis ravi de vous voir en meilleure santé.

Sabrina lança à Max un regard interrogateur.

– C'est Robert qui nous a amenés à l'hôpital à Marseille, expliqua-t-il.

– Je n'aurais pas cru que vous vous rétabliriez si rapidement, dit Robert. Vous n'avez plus aucune trace de contusion. Et votre blessure au front ? C'est ce qui nous faisait le plus peur.

D'instinct, Stéphanie porta la main à la cicatrice que cachaient désormais ses cheveux.

– Elle va beaucoup mieux. Je vais beaucoup mieux.

– Votre mémoire aussi ?

– Non, fit-elle en glissant un regard vers Max. Tu m'avais promis de ne pas...

– Je ne l'ai dit qu'à Robert, parce qu'il est notre ami le plus proche. Nous ne le dirons à personne d'autre. Je te le promets.

– Le plus proche ?

Stéphanie attendit que Mme Besset eût fini de dresser le couvert de Robert et de le servir. Max lui versa un verre de vin, tandis que le prêtre attrapait la miche de pain au centre de la table.

– Nous sommes en affaires, Robert et moi, dit Max. Rien qui puisse t'intéresser...

– Pourquoi ?

– Ça pourrait t'intéresser plus tard, mais pas aujourd'hui. Sais-tu que Robert a eu une vie tout à fait passionnante ?

– Vraiment ? répondit Stéphanie, qui, pour la première fois depuis son arrivée dans la maison, se surprit à éprouver un peu de curiosité.

Jusqu'alors elle n'avait ouvert aucun des nombreux livres de la bibliothèque. Elle ne lisait pas non plus les quotidiens qui arrivaient chaque jour, ni aucun magazine. Elle avait vaguement songé faire un tour à Cavaillon, surtout les jours de marché, mais Max avait dit que c'était encore trop tôt. Elle n'y tenait pas assez pour insister.

Ce jour-là, le vent soufflait, et, dans l'atmosphère chaleureuse de la salle à manger, Stéphanie fut heureuse de parler à quelqu'un qui ne soit ni un médecin, ni une infirmière, ni Max. Au-delà de la profonde tristesse qui pesait sur elle comme une chape, au-delà des terreurs qui hantaient ses nuits, elle sentit en elle un frémissement de vie qui lui fit plaisir. Elle sourit à Robert. Elle l'aimait bien. Avec son pantalon en velours côtelé et son pull en V bleu marine qui laissait apparaître une chemise déboutonnée, il avait l'air d'un écolier.

– Quel âge avez-vous ? lui demanda Stéphanie.

– Quarante et un ans, répondit-il. Bientôt quarante-deux.

– Vous ne les faites pas.

– C'est que je ne les sens pas. Je fais beaucoup de vélo. Peut-être m'accompagnerez-vous, un jour ?

– Je ne sais pas si... je sais faire du vélo.

– Il n'y a qu'un moyen de le savoir, c'est de commencer à pédaler. Et si vraiment vous ne savez pas, je me ferai un plaisir de vous apprendre.

– J'aimerais essayer, Max, fit-elle en se tournant vers lui. Tu n'y vois pas d'inconvénient ? Est-ce que je pourrais acheter une bicyclette ?

– Bien sûr, si tu en as envie. Mais on va attendre, ajouta-t-il à l'intention de Robert, que Sabrina ait repris des forces.

– Elle est bien assez forte pour les chemins des environs, autour des vignes et des cerisaies. Même toi, tu y arriverais.

Max sourit.

– Je croyais que tu avais renoncé à faire de moi un athlète. Mais tu auras peut-être plus de chances avec Sabrina.

Stéphanie avait l'impression d'être une enfant entre deux adultes. Ils savaient tout, elle ne savait rien. Elle pouvait s'en remettre à eux. Et, paradoxalement, elle leur en voulait. « Ne me traitez pas comme une enfant. »

Pourtant, d'une certaine façon, elle en était une. Elle n'avait aucun passé, aucune expérience d'où tirer des enseignements pour l'avenir.

Elle décida de faire semblant et dit à Robert :

– Racontez-moi votre histoire.

– Très bien, si elle vous intéresse. Mon père était pirate, commença le prêtre en se calant sur sa chaise.

L'expression de Stéphanie le fit sourire.

– Ça m'amuse de dire ça, poursuivit-il. D'ailleurs, quand j'étais petit, mon père nous disait, à mes frères et à moi, qu'il était un pirate des hautes mers. Mais la réalité était moins spectaculaire : c'était un voleur habile et plutôt chanceux qui travaillait comme steward sur des paquebots de luxe. Il était petit mais particulièrement beau et bien bâti, et personne ne résistait à son charme. Jamais depuis je n'ai rencontré un homme qui soit aimé à ce point, et par tout le monde. Y compris, naturellement, par sa femme et ses six fils.

– Je ne savais pas ça, dit Max. Six garçons. Pas de filles ?

– Ma mère disait souvent que ce qui lui avait forgé le caractère, c'était d'avoir eu affaire à sept gaillards. Et, en effet, elle avait une grande force d'âme. Elle était femme de chambre à l'hôtel Fouchard. Le restaurant de l'hôtel avait trois étoiles dans le guide Michelin. L'endroit que j'aimais le plus au monde, c'était la cuisine de cet hôtel.

– Et votre père, il volait quoi ? lui demanda Stéphanie, le menton posé sur les mains, heureuse de constater qu'elle s'intéressait à la vie de quelqu'un d'autre.

– Tout ce qu'il pouvait. Des petites sommes, des bijoux, mais qui appartenaient à des femmes tellement couvertes d'or et de pierreries que le vol d'un bracelet ou d'une broche pouvait passer inaperçu jusqu'à ce qu'elles aient débarqué du bateau. Il prenait des risques inconsidérés et stupides, car il touchait d'excellents pourboires. C'était immoral, bien sûr, mais il était convaincu qu'il n'y avait pas d'autre moyen d'assurer une vie agréable à sa famille. Il s'en est tiré pendant tant d'années que tout cela avait fini par sembler normal. Au bout d'un certain temps, il se prit même pour un chef d'entreprise : son commerce, avec routine, système comptable et horaires, c'était la piraterie.

Stéphanie éclata de rire. Max et Robert la regardèrent comme si elle venait de se transformer sous leurs yeux. Et, en un sens, c'était ce qui s'était passé : son visage rayonnait. Pour Max, ce fut comme si la femme qu'il avait connue à Londres lui était revenue, exubérante, vive, s'émerveillant à chaque instant. Pour Robert, ce moment décida de la profonde amitié qu'il allait lui porter, l'amitié que peut concevoir un adulte envers un enfant à protéger dans un monde de dangers.

« Bien sûr, de nombreux dangers la guettent, se dit-il. Pour quelle autre raison Max voudrait-il faire croire à sa mort ? Qui fuit-il ? Que se passera-t-il si ceux qui le cherchent découvrent qu'il est en vie ? Que deviendra Sabrina ? Vers qui pourra-t-elle se tourner ? Vers moi, pensa Robert. Je m'occuperai d'elle. »

C'était une promesse qu'il se faisait.

– Où est votre père, maintenant ? demanda Stéphanie.

– Il est mort depuis longtemps. La fin de l'histoire est triste.

76

Malgré son charme légendaire, mon père était un homme colérique. À la maison, ma mère le contrôlait, mais, loin de sa famille, il était comme monté sur des ressorts, prêt à exploser à la moindre provocation. C'est arrivé quelquefois, et j'avais seize ans lorsque ça s'est produit pour la dernière fois. Un homme a voulu le faire chanter pour qu'il partage son butin avec lui. Ils se sont battus. L'homme a tué mon père d'un coup de couteau.

Stéphanie écarquilla les yeux.

– Mais il était très jeune. Et votre mère est restée seule avec six garçons à élever...

– Voilà bien des paroles de mère, remarqua Robert en souriant.

Stéphanie tressaillit, et Max précisa :

– Sabrina n'a pas d'enfants.

– Qu'en sais-tu ? demanda Stéphanie sur un ton impérieux.

– Tu m'as dit que tu ne t'étais jamais mariée. J'en ai déduit que tu n'avais pas d'enfants. Tu n'en as jamais parlé. J'ai eu l'impression que tu n'en voulais pas.

Il y eut un silence.

– Tu ne m'avais jamais dit ça, dit Stéphanie. Il y a beaucoup de choses comme ça que j'ai dites et que tu ne m'as pas racontées ?

– Quelques-unes, mais rien qui puisse nous aider à reconstituer ton passé. J'attendais que tu ailles mieux pour t'en parler. J'ai pensé que, si elles déclenchaient en toi certains souvenirs, tu les supporterais mieux si tu étais plus forte.

– Max, maintenant, je suis forte.

– Tu n'es pas encore tout à fait guérie. Chaque chose en son temps, Sabrina. Tu as promis de me faire confiance, je compte bien que tu tiennes ta promesse, dit-il en reservant à boire. Robert, finis ton histoire.

Le regard de Robert passait de l'un à l'autre. Il vit Stéphanie se crisper sur sa chaise et rapprocha la sienne de la table pour boire le café que Mme Besset venait d'apporter.

– Ma mère est donc restée seule avec six garçons. J'étais l'aîné, et, comme je gagnais déjà un peu d'argent, j'ai pu l'aider.

– Mais vous alliez à l'école ? demanda Stéphanie.

– Non, j'ai quitté l'école à douze ans. Ma mère n'a pas insisté pour que je continue. De toute façon, je n'étais pas un bon élève. Je ne voulais qu'une chose : rester dans les cuisines de l'hôtel Fouchard. J'accompagnais donc ma mère à son travail, et pendant qu'elle faisait les chambres je traînais dans les cuisines. Je me suis mis à faire la plonge, puis j'ai appris à plier les serviettes, à nettoyer l'argenterie, je rendais service comme je le pouvais. Jusqu'au jour où le chef m'a dit que je pouvais aider à éplucher les légumes. J'ai fait ça toute l'année de mes quatorze ans. À quinze ans, je préparais les salades. Et à seize, lorsque mon père est mort, je suis passé aide-pâtissier. J'étais peu payé, mais c'était toujours ça.

– Et alors ? demanda Stéphanie.

– Eh bien, j'ai fini par ouvrir mon propre trois étoiles. Et puis je me suis marié et j'ai eu un enfant.

– Mais...

– Mais un jour, il y a dix ans de ça, un soir où je travaillais tard, je me suis fait braquer. C'est là que ma vie a changé.

Stéphanie murmura :

– Encore un voleur.

– Eh oui, mon destin a été façonné par deux voleurs. Celui-ci est entré par-derrière alors que j'étais dans mon bureau. J'ai entendu un bruit – il essayait d'ouvrir le coffre dans la pièce à côté. Je l'ai surpris, nous nous sommes battus et je l'ai tué.

Stéphanie eut un sursaut.

– Vous aviez un couteau de cuisine.

– Bien vu ! Oui, cette fois c'est moi qui avais le couteau. Il était armé, mais il n'a pas eu le temps de réagir. C'était de la légitime défense et je n'ai pas été inculpé. L'affaire aurait pu s'arranger ainsi : j'étais libre, ça faisait un peu de publicité à mon restaurant... Mais tout a basculé : dans ma lutte contre le voleur, j'avais découvert en moi une rage meurtrière. Rien, absolument rien n'aurait pu m'empêcher de le tuer. J'ai compris alors que j'étais bien le fils de mon père.

Le silence tomba. Robert regardait ses mains, crispées sur le bord de la table.

– J'ai compris aussi que chacun de nous abrite à son insu quelque chose de si profondément enraciné que, même lorsque nous prétendons avec arrogance pouvoir prévoir nos réactions et contrôler nos actes, en vérité, nous n'en savons rien. Ainsi, nous ne connaissons qu'une part de nous-mêmes, que nous sommes souvent incapables de dominer. Je ne connaissais pas l'homme qui a tué le voleur. Il s'appelait Robert Chalon, il habitait mon corps, mais c'était un inconnu pour moi. Cette révélation m'a terrifié. Et je me suis dit alors qu'il était essentiel que je sache qui j'étais. Je pourrais ainsi aider les autres à connaître leur vraie nature et à faire le bien.

– Tu l'as bouleversée, dit Max.

Robert leva les yeux et vit des larmes couler sur le visage de Stéphanie.

– Pardonnez-moi, Sabrina, dit-il en lui prenant la main. Je ne me suis pas rendu compte. Bien sûr, vous non plus, vous ne savez pas qui habite votre corps. Alors laissez-moi vous aider, essayons ensemble de retrouver votre passé et votre vrai moi.

– Je ne sais pas comment m'y prendre, dit Stéphanie.

– Moi non plus, mais c'est peut-être plus facile à deux. J'ai une idée : on va commencer par la cuisine. Je parie que vous avez été un cordon-bleu. Ça peut revenir et nous aider à faire resurgir d'autres éléments de votre passé. Qu'en dites-vous ?

– Mme Besset ne va pas apprécier, dit Max.

Stéphanie sentit que, sous couvert de plaisanterie, il était mécontent.

Sans un regard pour lui, elle dit à Robert avec assurance :

– J'aimerais beaucoup. En fait, j'adorerais ça.

– Marché conclu. Deux matinées par semaine, ça vous irait ?

– Oh oui ! Je ne suis pas très occupée. Ce serait parfait. Mais je ne veux pas que Mme Besset apprenne que je suis amnésique.

– Vous pourriez lui donner sa journée ?

– Très bonne idée. Elle aura ses deux matinées par semaine... (Puis, se tournant vers Max, Stéphanie se ravisa.) Pardon, Max. Tu n'y vois pas d'inconvénient ?

– Si tu y tiens.

– Merci, dit Stéphanie, qui, à deux reprises, au cours de ce déjeuner, avait sollicité la permission de Max comme si, en effet, elle était une enfant.

Robert se leva.

– Je dois partir. Merci pour cet excellent déjeuner. On pourrait déjà décider des matinées où...

– Pourquoi n'avez-vous pas parlé de Dieu ? demanda brusquement Stéphanie. Pour aider les gens à se trouver, vous auriez pu devenir psychologue ou psychiatre, pas nécessairement prêtre.

Robert se rassit.

– Et des psychologues et des psychiatres, vous avez dû en voir beaucoup à l'hôpital, dit-il. Mais revenons à votre question. Après avoir tué cet homme, lorsque j'ai compris que je ne savais rien, j'ai été envahi de terreurs. Et le seul moyen de vivre avec cette ignorance et avec ces terreurs, ce fut pour moi d'admettre qu'il est des mystères que nous ne comprendrons sans doute jamais. Les gens aiment croire qu'avec du temps et de l'argent ils arriveront à tout comprendre. Mais, naturellement, ils se trompent. J'ai donc accepté ce grand mystère qui fait de nous des êtres uniques et, comme d'autres avant moi dans l'Histoire, je l'ai baptisé Dieu. Ce nom contient tout ce qui nous est inconnu, toutes nos peurs, tous nos rêves et aussi l'amour que nous donnons et que nous recevons. Je ne pouvais regarder en moi-même et aider les autres à le faire qu'à condition de reconnaître que ce mystère dominait mon existence. Les psychiatres et les psychologues semblent pouvoir se passer de Dieu, mais pas moi. Ai-je répondu à votre question ?

– Qu'est devenue votre famille ?

– Ma femme est morte il y a deux ans. Mon enfant est élevé par une famille dans le Roussillon. Parfois, ce que la vie nous retire d'un côté, elle nous le rend d'un autre. Mais nous reparlerons de tout cela. Je vais vous laisser, maintenant. Sabrina, on se revoit... après-demain matin ? A neuf heures ?

Stéphanie consulta Max du regard.

– Très bien, dit celui-ci. Je te raccompagne, Robert.

Stéphanie les suivit des yeux. Les volets craquaient sous les assauts du vent qui balayait les arbres. *Parfois, ce que la vie nous retire d'un côté, elle nous le rend d'un autre.* Certes, elle avait perdu son passé, mais la maison la protégeait, comme le faisaient Max et Mme Besset. Elle était vivante, chaque jour elle reprenait davantage de forces, et désormais elle avait un ami qui allait l'aider à se souvenir de son passé.

Sabrina et Garth recevaient leurs invités dans la pièce principale du Shedd Aquarium. On était au mois de février. Près de quatre mois s'étaient écoulés depuis l'enterrement de Stéphanie. Désormais, pour Sabrina, il était tout naturel de se trouver aux côtés de Garth, d'accueillir les hôtes d'une réception universitaire, sans se poser d'autres questions sur sa nouvelle vie. Il restait en elle l'inextinguible chagrin que lui causait la mort de Stéphanie, mais son amour pour Garth et les enfants était le plus fort.

Dans les locaux de l'aquarium, Garth et elle demeuraient côte à côte pour accueillir leurs invités. Autour d'eux, un mur de vitres circulaire laissait entrevoir des poissons exotiques aux lumineuses couleurs, des crustacés, des coraux et les ondulations des plantes aquatiques qui faisaient la fierté de l'aquarium de Chicago. Garth avait tout spécialement choisi cet endroit pour organiser une réception en l'honneur des principaux mécènes de l'Institut de génétique et pour en encourager d'autres. Il observait ses invités, qui s'émerveillaient des couleurs iridescentes de tel poisson très rare ainsi que des formes extraordinaires des crustacés venus de tous les océans. Sabrina et lui échangèrent un sourire.

– Je suis content que tu sois là, dit Garth. Poissons ou pas, sans toi, cette réception aurait été aussi ennuyeuse que les autres.

– Pas pour moi. J'adore te voir dans le monde, j'adore t'entendre parler en public. Bref, je t'adore.

Garth et Sabrina formaient un très beau couple, lui en smoking, elle portant un corsage doré et une longue jupe de satin blanc qu'elle avait rapportée de Londres. En arrivant, Claudia Beyer, la présidente de l'université, leur dit :

– Stéphanie, Garth, vous êtes resplendissants...

– Nous voulons juste réussir cette soirée, faire que tout le monde s'y sente bien. Dans les six semaines à venir, nous allons leur demander de l'argent, beaucoup d'argent. Les mois de février et mars sont une excellente période pour ça : les gens ont eu le temps d'oublier ce qu'ils ont dépensé pendant les fêtes.

Claudia sourit. Grande et mince, des cheveux gris coiffés en arrière, d'immenses lunettes en écaille, elle était vêtue d'un tailleur pantalon noir qui laissait apparaître un chemisier blanc, presque comme son mari, Philippe, professeur au département de français.

– Quel objectif vous êtes-vous fixé pour la fin de la campagne ?

– Trois millions quatre, répondit patiemment Garth, sachant bien que Claudia n'ignorait rien des différents budgets de l'université. Ce qui fera quinze millions au total. De quoi voir venir jusqu'à ce qu'on décide d'étendre nos activités.

– Vous avez un budget réceptions considérable, fit observer Claudia.

– Juste ce qui était prévu.

– Je sais. Vous aviez vu grand. Cela dit, je trouve formidable votre idée de l'aquarium.

– Je n'y suis pour rien, répondit Garth en jetant un coup d'œil à Sabrina.

– Je m'en doutais. J'ai toujours apprécié les idées de Stéphanie. D'ailleurs, Stéphanie, il faudra qu'on redéjeune ensemble. Il y a quelque chose dont j'aimerais vous parler. Voulez-vous que je vous appelle au magasin ?

– Parfait. Si je ne suis pas là, Madeline prendra le message. Ça me ferait très plaisir.

Claudia prit rapidement congé et se dirigea vers un groupe d'invités en train d'admirer un banc de poissons aux couleurs chatoyantes.

– Qu'est-ce qu'elle veut dire par : « Vous aviez vu grand » ? demanda Sabrina.

– Que nous pourrions dépenser moins pour arriver au même résultat. Je ne serais pas contre, mais je n'ai pas encore trouvé le moyen d'amener quelqu'un à aligner six ou sept zéros sur un chèque sans quelques mondanités pour adoucir la chose.

– Ce serait à Claudia de le faire. Ton rôle à toi, c'est de t'occuper de ton département et de la recherche, pas de faire des ronds de jambe pour obtenir de l'argent.

– Claudia m'aide beaucoup dans ce domaine, mais les gens qui signent des chèques avec beaucoup de zéros aiment bien voir en chair et en os la personne qui va en profiter. Ce que je peux comprendre, ajouta Garth. Tu es magnifique, ce soir, ma chérie. Ta tenue te va à ravir. J'aime beaucoup ta nouvelle coiffure. Tu t'es fait couper les cheveux, non ?

82

– C'est vrai. Je suis contente que ça te plaise, répondit Sabrina.

Elle eut soudain un sursaut de chagrin. Stéphanie avait eu les cheveux longs. Toutes deux les avaient portés lâches sur les épaules, et, lorsque l'une avait envie de se faire une natte ou un chignon, l'autre faisait de même. « Pourquoi me suis-je fait couper les cheveux ? J'en ai éprouvé l'envie en janvier et je n'ai pas eu un instant de doute. Pourquoi ? Pourquoi étais-je si sûre qu'il fallait le faire ? »

– À quoi penses-tu, mon amour ? dit Garth.

– Excuse-moi, répondit Sabrina en posant la main sur le bras de Garth. Je ne le fais pas exprès.

– Je sais. Tu veux danser ?

Il l'entraîna vers la piste.

– Tu sais, Garth, parfois, mon magasin à Londres me manque, dit Sabrina, hésitante.

Elle savait qu'il n'aimait pas l'entendre évoquer le passé.

– Le commerce des antiquités est tellement plus stimulant là-bas, en Europe, ajouta-t-elle.

– Tu trouves que ta vie ici manque un peu de sel ? fit Garth, inquiet.

– Pas le moins du monde, répondit Sabrina en riant. Je pensais juste qu'il serait peut-être bon que je passe quelques jours à Londres, aux Ambassadeurs. Je n'y suis pas retournée depuis deux mois. C'était la période de Noël. Ils étaient débordés... De toute façon, je pense qu'il faudrait que j'y fasse un saut tous les deux mois.

– Tu ne fais pas confiance à Nicholas et à Brian ?

– J'ai confiance en Brian. On travaille ensemble depuis longtemps. Mais je n'ai jamais travaillé avec Nicholas. Je ne sais pas comment il va s'en sortir entre trois magasins, Blackford's, Les Ambassadeurs et celui d'ici, à Evanston. C'est comme si je recommençais tout de zéro, et j'ai l'impression de ne rien contrôler si je n'y vais pas de temps en temps. Je tiens beaucoup à cette nouvelle affaire.

– Je le sais. Bien sûr qu'il faut que tu y ailles. Tu as ta maison là-bas, ça facilite les choses.

– Il y a aussi Mrs. Thirkell. J'ai décidé de la faire venir ici. Là-bas, elle n'a plus de quoi s'occuper et...

– De la faire venir ici ?

– C'est ça ou m'en séparer, et je ne le souhaite pas. Elle est avec moi depuis plus longtemps encore que Brian. Et pourquoi n'aurions-nous pas quelqu'un qui s'occuperait de nous et de la maison ? Tu sais combien elle est efficace.

La musique s'arrêta. Ils restèrent immobiles, l'un face à l'autre.

– Ça crée beaucoup d'hostilité sur un campus, lorsque certains professeurs ont l'air de vivre au-dessus de leurs moyens, dit Garth sans regarder Sabrina.

Elle se raidit.

– Et qui décide du niveau de vie de certains professeurs ?

– Personne, tu le sais bien. C'est une sorte de règle tacite à laquelle tout le monde se plie. Et je dois reconnaître qu'elle a parfois du bon...

– Autrement dit, toute personne vivant sur le campus doit obéir à cette règle ? D'après toi, si je prenais Juanita deux jours au lieu d'un, si je servais de meilleurs vins, si j'avais une voiture de sport, ça ferait jaser ? On nous mettrait à l'index ?

– Écoute, ce n'est pas moi qui ai inventé ça. Ça fait partie du monde dans lequel nous vivons. Lorsqu'on appartient à une communauté, on ne traite pas les autres de haut, ou on ne le leur laisse pas croire qu'on le fait. J'ai mieux à faire que de soigner des ego blessés et de m'occuper de ragots.

– Tout cela est ridicule, Garth. S'ils ne peuvent pas se payer une gouvernante, c'est leur problème. On ne juge pas les gens selon leur compte en banque.

– Tu ne sais pas ce que c'est que vivre sur un campus, répliqua Garth avec impatience. Tu pourrais essayer de comprendre ce que ressentent les gens qui ont tout juste de quoi faire vivre leur famille, sans superflu.

– Je pourrais essayer de comprendre ? Il fut un temps où je ne gagnais même pas de quoi me faire vivre moi-même, s'enflamma Sabrina. J'ai mis longtemps à faire des Ambassadeurs ce qu'ils sont. Et je n'ai jamais cessé de faire attention. Nous en avons déjà parlé. Tu me trouves peut-être trop dépensière, Garth ? Tu trouves peut-être que je jette notre argent par les fenêtres ?

– Non, mais il y a des choses que tu ne sais pas...

– J'en sais largement assez pour faire tourner ta maison, et je n'ai nullement l'intention de me laisser dicter ma conduite par une bande de professeurs bornés et leurs règles tacites.

– Nullement l'intention ? Qu'est-ce que ça veut dire ? Que tu feras ce que tu voudras, sans tenir compte de personne ? Même pas de ce qui m'importe ?

– Tu sais bien que c'est faux. Jusqu'à présent, je pense m'être occupée de ce qui t'importe : je crois l'avoir prouvé avec ta famille.

– C'est aussi la tienne.

Garth s'interrompit et prit une ample respiration.

– Tout ça à cause de l'élégante, de l'irremplaçable, de la très sophistiquée Mrs. Thirkell, ajouta-t-il. Je suis désolé, mon amour.

Son regard croisa celui de Sabrina, et ils partirent d'un grand éclat de rire.

– Moi aussi, je suis désolée. Je n'aurais jamais dû me mettre en colère.

– C'est juste le sel dont tu avais besoin dans ta vie. Moi, en revanche, je ne sais pas ce qui m'a pris...

– Toi, tu es sous la pression de l'Institut. Tout le monde t'aime et t'admire ; pourquoi as-tu si peur d'être différent des autres ?

– Le campus est une toute petite communauté, et nous avons tous besoin les uns des autres. Ce n'est pas aussi simple que cela peut le paraître à un étranger.

– Parce que je suis une étrangère ?

– Mais non, ce n'est pas ce que je voulais dire. Fais comme tu l'entends. Reviens avec Mrs. Thirkell. Le monde ne va pas s'écrouler, juste trembler un peu. Ils finiront bien par s'y habituer.

– Garth, est-ce bien de Mrs. Thirkell dont il est question ?

– Pas complètement, sans doute. Je dois être un peu jaloux de Londres. Je t'imagine là-bas, avec tes amis, si loin de nous, et souvent je me dis qu'ils risquent de te convaincre de retourner y vivre.

Sabrina caressa la joue de Garth.

– Il n'y a aucun risque. La seule personne qui puisse me convaincre de quelque chose, c'est mon mari.

La musique reprit, et ils se remirent à danser.

– Fais venir Mrs. Thirkell. Je suis sûr que les enfants vont l'adorer. Quand comptes-tu partir ?

– D'ici une semaine ou deux. J'ai aussi des achats à faire à Londres pour le magasin d'ici. Tu es sûr que ça ne t'ennuie pas ?

– Non, bien sûr que non, mais tu vas me manquer, fit Garth en posant un baiser sur les lèvres de Sabrina. Est-ce que tu sais seulement combien je t'aime ?

Claudia Beyer s'approcha d'eux à cet instant, et, de toute la soirée, ils n'eurent plus un moment d'intimité. À minuit, les invités s'apprêtèrent à partir, boutonnant manteaux de fourrure et grosses vestes de laine pour se protéger du froid mordant de février, et ils se dirigèrent vers les limousines que Claudia avait pris soin de louer pour la soirée.

– Délicate attention, dit Garth, comme le chauffeur leur tenait la portière. Si tu avais épousé un homme riche, tu pourrais circuler en limousine tous les jours.

Sabrina s'abstint de lui dire qu'autrefois elle avait épousé un homme riche : elle n'avait aucune raison d'évoquer Denton, qui ne faisait plus partie de sa vie et auquel elle ne pensait plus depuis des années.

– J'aime mon mari, dit-elle, avec ou sans limousine. Tu crois que la soirée a été réussie ?

– J'en suis certain. Mais maintenant je ne veux plus penser à l'argent, je préfère penser à nous. Tu as fait l'admiration de tous, ce soir, tu sais...

Il l'attira à lui et l'embrassa.

« Cinq mois, presque six, que nous sommes ensemble, pensa Sabrina en se pelotonnant contre Garth, alors que dehors la neige dessinait ses flocons sur les vitres de la limousine. Oui, presque six mois que je suis arrivée ici, mentant à tous, et je suis restée, je suis tombée amoureuse, tandis que Stéphanie... »

Stéphanie

Ce prénom résonna comme un cri sourd en Sabrina. Stéphanie était morte, laissant derrière elle un vide, un brouillard, le ciel, l'espace tout entier, l'infini. Seuls restaient le souvenir, la nostalgie, l'amour.

Cependant, Sabrina avait découvert un autre amour, celui qu'elle portait à Garth et aux enfants, la passion de son métier, un nouveau style de vie. « Ma sœur est morte, et pourtant, pour la première fois de ma vie, j'ai plus que tout ce dont j'aurais pu rêver. » Certes, Sabrina avait connu quelques petites tensions avec Garth lorsqu'ils avaient appris à vivre ensemble tout en feignant aux yeux de tous d'être mariés depuis douze ans. Mais ces tensions ne comptaient pas, elles étaient sans importance. Ce qui comptait, c'était que, bien qu'elle eût perdu son double, la personne qui lui était le plus proche au monde, elle avait rencontré Garth, trouvé une famille, découvert un amour qu'elle n'aurait jamais cru exister. « Je ne sais comment expliquer cela. C'est comme si j'étais devenue à la fois Sabrina et Stéphanie. »

Elle poussa un soupir et se serra plus étroitement encore contre Garth alors que la voiture, enveloppée dans un tourbillon de neige, roulait vers le nord d'Evanston.

— Alors, cette partie de pêche ? pouffa Cliff tout en versant une bonne rasade de sirop sur sa gaufre.

— Rigole pas, répliqua Penny. Dans une soirée comme ça, si personne te parle, tu peux toujours demander aux poissons de te tenir compagnie.

Sabrina lui lança un regard interrogateur.

— Ça t'arrive que personne ne te parle ?

— Ben oui, de temps en temps.

— Je croyais pourtant que Barbara et toi, vous étiez les meilleures amies du monde ? fit Garth. Qu'est-ce qui se passe ? C'est fini ?

— Il se passe rien, répondit Penny, le nez dans son assiette. Je pensais aux poissons, c'est tout.

— C'est vrai que la plupart de tes amies ont des allures de

poissons, reprit Cliff. Elles ont toujours la bouche ouverte et l'air d'attendre l'heure du repas.

– C'est pas vrai ! s'écria Penny, les larmes aux yeux. C'est mes amies.

– Je croyais qu'elles te parlaient pas.

– Mais si ! C'est juste que...

– Ça suffit, dit Sabrina. Je crois qu'on a assez parlé des amies de Penny. On reprendra cette conversation plus tard, toutes les deux.

Cliff faisait lentement des huit dans son assiette avec sa gaufre. Bien qu'il eût l'air ailleurs, Sabrina sentit qu'il attendait quelque chose. Mais quoi ? Des détails sur la soirée ?

– On s'est bien amusés, dit-elle. L'endroit a fait l'unanimité. C'était tellement inattendu, et même un peu mystérieux, de se retrouver au milieu des coraux et des poissons dans la pénombre d'un aquarium. C'est probablement la première fois dans les annales de l'université que les professeurs étaient conviés à une réception dans l'obscurité.

– Certains te diraient que les universitaires sont toujours dans l'obscurité, dit Garth en souriant.

– Pas celui de la famille, répliqua Sabrina.

– Et Machin chose, il y était ? demanda Cliff, comme si de rien n'était.

– Machin chose ? répéta Garth.

– Lun, Lon, Loony... Tu vois bien qui je veux dire ?

– Lu, dit Penny. Lu Zhen. Ça fait jamais que cent fois qu'il vient dîner à la maison.

– Six ou sept, rectifia Sabrina. Cliff, tu sais très bien comment il s'appelle.

– Il y était ou pas ? demanda à nouveau Cliff.

– Non, répondit Garth. Il n'y avait aucun étudiant. Et qu'est-ce que ça peut te faire qu'il ait été là ou non ?

Cliff haussa les épaules.

– T'es jaloux, dit Penny.

– C'est pas vrai ! C'était juste pour savoir. Y a pas de quoi en faire un plat.

– Cliff l'aime pas, insista Penny.

– J'ai jamais dit ça !

« Et pourtant, c'est bien ce que tu penses, se dit Sabrina. Tu n'aimes pas le meilleur étudiant de ton père. Ce n'est peut-être pas très étonnant. Sans doute devrions-nous en parler avant de le réinviter. »

– Quel est le programme de l'après-midi ? demanda-t-elle pour changer de sujet.

– On pourrait aller à l'aquarium, répondit tout de suite Cliff. C'est une bonne activité pour un dimanche après-midi.

– Excellente idée, renchérit Sabrina avant que Garth ait eu le temps d'exprimer un quelconque veto. Je n'ai pas eu le temps de voir grand-chose hier soir, il y avait tellement de monde. Mais couvrez-vous bien, il fait un froid terrible dehors.

– On y va, alors ? demanda Cliff, incrédule.

– Je peux prendre ma boîte de peinture ? dit Penny.

– C'est trop salissant, Penny. Prends plutôt des crayons. Tu pourras peindre en rentrant à la maison. Garth, tu es d'accord pour l'aquarium ?

– Seulement si Cliff est capable de me trouver un cœlacanthe.

– Un quoi ?

– Regarde, dit Garth en saisissant un crayon et un bloc pour se mettre à dessiner.

Penny et Cliff se pressèrent contre lui, et Sabrina les regarda, émue. Elle avait découvert depuis ces cinq derniers mois ce qu'elle avait toujours désiré sans l'avoir jamais : une famille, des enfants à chérir, à élever, à guider. « Et ces enfants si tendres, si vivants, si curieux de tout et avides d'apprendre, c'est toi qui les as faits, Stéphanie, toi et Garth. »

– Je le trouve moche, dit Penny. T'as qu'à en chercher un si ça te chante, moi, je vais chercher des beaux poissons. Je ne veux dessiner que des belles choses.

– Il n'y a pas que des belles choses dans le monde, dit Cliff.

– Mais je suis pas obligée de les peindre, n'est-ce pas, maman ?

– Pas maintenant, répondit Sabrina. Mais si tu veux devenir artiste, il faudra regarder aussi bien le beau que le laid.

– Pourtant, Madeline et toi, vous n'achetez pas des meubles moches. Vous n'achetez que des belles choses.

Les yeux de Sabrina croisèrent le regard amusé de Garth.

– Tu as raison. Mais tu crois que j'aurais beaucoup de clients si j'achetais des choses laides ?

– Non, et on n'achètera pas non plus mes tableaux s'ils sont laids.

– Ce n'est pas pareil pour l'art. Les artistes nous donnent leur vision du monde et, dans leurs œuvres, nous cherchons la nôtre. Chaque œuvre d'art a probablement autant de sens que de spectateurs. Elle nous aide à mieux comprendre le monde et nous-même...

Penny dévisageait Sabrina avec attention.

– Tu vois que tout ça est bien plus compliqué que pour les antiquités, reprit celle-ci. On en reparlera un jour. Mais, à propos d'antiquités, je voulais vous dire quelque chose.

– Je vais regarder la télé, dit Cliff en se levant de table.

– Non, reste ici, répliqua Sabrina. De toute façon, pas de télévision le matin. Je sais que les antiquités ne te passionnent pas, mais c'est des magasins dont je veux vous parler : Collectibles, Les Ambassadeurs et Blackford's.

– Mais tu ne travailles qu'à Collectibles, dit Cliff. Les autres sont à Londres.

– Oui, mais les trois magasins m'appartiennent à moitié. Il faut donc que je m'occupe de ce qu'on achète et de ce qu'on vend, de ce que ça rapporte, du contact avec la clientèle, etc. Le téléphone ne suffit pas toujours pour ces choses-là. Il faut se montrer au moins une fois de temps en temps.

Il y eut un moment de silence, puis Penny s'écria :

– Tu ne peux pas faire ça ! Tu ne peux pas partir là-bas !

– Tu veux aller à Londres ? demanda Cliff. Mais tu ne peux pas faire ça ! Il faut que tu restes ici !

Penny éclata en sanglots. Garth et Sabrina se regardèrent : la réaction des enfants était prévisible.

– Écoutez, vous deux, dit Garth d'une voix ferme. Votre mère part pour Londres trois ou quatre jours, c'est tout.

– La dernière fois que tu y es allée, t'es pas revenue, cria Cliff. T'as envoyé des cadeaux, mais t'es pas revenue. Tu nous as même pas écrit.

– Je *suis* revenue, répondit calmement Sabrina.

– Ouais, mais ça a pris une éternité et il a fallu que papa aille te chercher. Papa, tu vas quand même pas la laisser repartir ? implora Cliff.

– Je ne vais pas l'en empêcher, si c'est ce que tu veux savoir...

– Moi, je l'empêcherais si c'était ma femme. Si tu nous aimes vraiment, ajouta-t-il en s'adressant à Sabrina, il faut pas que tu partes. Dans la classe, personne d'autre n'a une maman qui part tout le temps pour Londres.

– D'accord, la dernière fois, tu m'as envoyé les boîtes de peinture, reprit Penny. Mais c'était toi que je voulais et t'étais pas là et tu nous as même pas téléphoné !

Parce que votre père voulait que vous m'oubliiez, parce que j'étais une usurpatrice... Jusqu'au jour où il a compris à quel point je vous aimais et à quel point je l'aimais, lui. Vous étiez devenus ma vie. Alors il est venu me chercher.

– Juste trois ou quatre jours, répéta Garth. Ce n'est qu'un voyage d'affaires, comme quand je m'absente pour faire des conférences. Je reviens toujours, n'est-ce pas ?

– J'ai une idée ! s'écria Cliff en s'adressant à Sabrina. On va partir avec toi !

Sabrina éclata de rire face à tant d'entêtement.

89

– C'est une merveilleuse idée. En effet, un de ces jours, vous viendrez avec moi. Je vous montrerai Londres et d'autres villes d'Europe. C'est promis.

– Tu pars quand ? demanda Penny, toujours inquiète.

– Dans quelques jours. Mais, avant, vous allez avoir une surprise. Mrs. Thirkell va venir habiter avec nous.

– Qu'est-ce qu'elle viendrait faire ici ? s'exclama Cliff, d'instinct opposé à tout ce qui pouvait venir de Londres. Qu'elle s'occupe de la maison de tante Sabrina, on n'a pas besoin d'elle ici.

– Elle fera nos lits ? demanda Penny.

Cette réflexion de sa sœur permit à Cliff d'envisager soudain les choses sous un autre angle.

– C'est vrai ? Elle mettra la table et elle débarrassera ?

– Elle nous aidera autant que nous le lui demanderons, répondit Sabrina avec un sourire. Mais je crois qu'elle serait très chagrinée de vous priver de vos missions domestiques.

– Elle a pas besoin de le savoir.

– On en reparlera quand elle sera là, dit Garth. En attendant, allez ranger vos chambres si vous voulez visiter l'aquarium.

Cliff haussa ostensiblement les épaules et suivit Penny, qui était déjà dans l'escalier.

– Je vais ranger la cuisine, dit Sabrina.

– Laisse. Les enfants le feront avant de partir. Tu sais bien t'y prendre avec eux. C'est fou ce que les enfants ont besoin d'être rassurés. Je me demande si j'étais comme eux à leur âge. Je ne me souviens pas. Et toi ?

– Sans doute. Parce que nous déménagions si souvent que nous n'avions jamais l'impression d'être chez nous. La seule chose qui nous rassurait, c'était d'être ens...

Les mots s'étranglèrent dans sa gorge. Garth l'attira contre lui et la berça doucement.

– Ça va aller, mon chéri, dit-elle, la tête sur l'épaule de Garth. Merci d'être là. Tu sais, nous devrions vraiment le faire, ce voyage en Europe, tous ensemble : Londres, Paris, peut-être même la Provence. Je ne connais ni Avignon, ni Arles, ni Cavaillon...

– Tout ça en un seul voyage ? fit Garth, amusé.

– On peut tout de même y réfléchir. Pour les vacances de Pâques ? Ou d'été ?

– Ou alors au mois d'octobre. J'ai une conférence à La Haye. Les enfants peuvent manquer quelques jours d'école... Mais j'aimerais bien passer un peu de temps seul avec toi.

– Moi aussi. Mais maintenant que j'ai promis...

– On fera les deux.

90

Ils se sourirent. « Tant de projets et une vie entière pour les réaliser. »

Elle repensait là tout cela deux semaines plus tard, alors qu'elle roulait vers son magasin de Chicago : elle avait cru « emprunter » cette famille à sa sœur, et voilà qu'elle en faisait partie pour toujours. Elle n'arrivait pas à la quitter et remettait sans cesse son voyage pour Londres. Elle avait trop à faire à Evanston, et puis Londres ne l'attirait plus autant, surtout depuis l'arrivée de Mrs. Thirkell, qui avait révolutionné l'organisation de la maison.

« Une femme d'ordre », se dit Sabrina avec un sourire, alors qu'elle se dirigeait vers le Koner Building, où son client l'attendait, adossé à un pilier.

– Koner, dit-il en lui tendant la main.

C'était un homme trapu, avec un nez épaté, de petits yeux noirs très vifs et un costume italien qu'il portait avec des chaussures de daim bleues. Une chaîne de montre en or lui barrait le ventre.

Sabrina lui serra la main. Ils s'étaient parlé au téléphone mais ne s'étaient encore jamais rencontrés. Ils se dévisagèrent, chacun se demandant s'il pourrait faire affaire avec l'autre.

William Koner avait confié la réfection de l'entrepôt de dix étages qu'il venait d'acheter dans Printer's Row à l'architecte Vernon Stern. Il avait prévu un centre commercial au rez-de-chaussée, des lofts dans les étages et avait demandé à Sabrina de se charger de la décoration intérieure. C'était la première fois que Sabrina rencontrait les deux hommes. Elle suivit Koner dans le bâtiment.

Elle portait ce jour-là un jean délavé et un col roulé noir sous une veste en velours côtelé beige.

Stern était en retard. Koner s'impatientait.

Assise sur le rebord d'une fenêtre, Sabrina lui demanda :

– Pourquoi m'avez-vous convoquée pour ce travail ? Je ne me suis encore jamais occupée d'un chantier aussi important, monsieur Koner.

– Pour commencer, appelez-moi Billy et permettez-moi de vous appeler Stéphanie, dit Koner en mordillant sa pipe. Madeline Kane m'a fait visiter la maison que vous êtes en train de décorer à Lake Forest. C'est du bon boulot. Ce mélange d'ancien et de moderne me plaît beaucoup. Qui plus est, Madeline, avec qui j'ai déjà beaucoup travaillé, ne jure que par vous. Ma femme m'a dit que vous aviez aussi deux magasins à Londres...

La porte s'ouvrit à la volée, et Vernon Stern fit irruption dans la pièce. Grand, blond, bronzé, il semblait sortir tout droit d'un magazine de mode. Jean, santiags, chemise de soie mauve, veste de tweed, Vernon Stern cultivait le genre négligé impeccable. Sabrina se surprit à sourire. Il avait conçu quelques-uns parmi les plus beaux immeubles de Chicago, mais à l'évidence il était à lui-même sa création favorite.

Koner les présenta.

– Ravi de vous rencontrer, Stéphanie, fit Stern avec un regard appuyé.

Il garda longtemps la main de la jeune femme dans la sienne.

– J'aime beaucoup ce que vous faites, dit-elle en retirant doucement sa main.

Sans la quitter des yeux, lentement, Vernon Stern sortit ses plans ; Sabrina saisit son bloc, un crayon et un mètre, et ils commencèrent la visite du chantier. Au neuvième étage, elle s'arrêta soudain devant une baie vitrée.

– Quelle vue magnifique ! Cet étage mérite un traitement particulier. Vous permettez que je regarde les plans ?

Stern les étala sur le sol couvert de plâtre et de poussière. Ils se penchèrent tous les trois pour les examiner.

– Mais vous n'avez rien prévu de spécial, ici ! Rien de plus que pour les autres étages ! s'étonna Sabrina.

– À quoi pensez-vous ? demanda Stern.

– À deux appartements au lieu de quatre. Il est difficile de trouver des appartements de quatre ou cinq cents mètres carrés dans cette ville. À moins que vous ne les transformiez en duplex, ajouta Sabrina en évaluant la hauteur de plafond. Je verrais bien un salon sur deux étages, avec un escalier en colimaçon au milieu, de façon à ne rien perdre de la vue et à profiter pleinement de la lumière du jour.

– Bonne idée, répondit Stern sèchement.

– Désolée, fit Sabrina. J'empiète sur votre domaine.

– J'ai déjà fait ces deux propositions à Billy, qui les a écartées.

– Ce que je veux, c'est un maximum d'appartements, répliqua Koner. Deux cents mètres carrés sont amplement suffisants pour un appartement en ville. Et quatre appartements rapportent plus que deux.

– Pas nécessairement. D'ailleurs, j'ai apporté ces autres plans, au cas où... dit Stern.

Stéphanie et lui se mirent à travailler fébrilement jusqu'à ce que Koner leur rappelât sa présence :

– J'ai dit *quatre* appartements par étage. Et j'y tiens.

– C'est vous qui voyez, mais Stéphanie a quelques idées intéressantes que vous devriez examiner, répondit Stern.

– Vous les trouvez intéressantes parce qu'elles coïncident avec les vôtres, répliqua Koner.

– J'ai toujours beaucoup d'admiration pour les gens qui sont de mon avis.

Sabrina les interrompit.

– Nos propositions feront du Koner Building un bâtiment unique. On dira de vous que vous êtes un visionnaire, monsieur Koner.

– Ce genre de considérations n'a jamais fait la richesse d'un homme, rétorqua le promoteur.

Sabrina lut dans le regard de Vernon Stern une impatience et une frustration égales aux siennes.

– Vous avez peut-être raison, dit-elle enfin. Sans doute les appartements ordinaires se vendent-ils mieux que les appartements plus « spectaculaires ».

– L'ordinaire, voilà ce qui plaît aux gens, renchérit Koner. Ils ne veulent pas de surprises, mais des choses qui leur sont familières. Par ailleurs, les lofts se vendent très bien en ce moment, surtout auprès des jeunes...

– Je ne suis pas sûre que les jeunes ne veuillent pas de surprises, reprit Sabrina. Peut-être choisiraient-ils votre immeuble plutôt qu'un autre s'il avait quelque chose d'original, quelque chose dont ils puissent être particulièrement fiers, qu'ils puissent montrer à leurs amis.

Koner se perdit un long moment dans la contemplation de l'espace vide qui s'étendait devant lui.

– Peut-être..., finit-il par dire. Il suffit de trouver des gens qui paient pour le prestige et non pour l'ordinaire. Je vais y réfléchir, mais je ne vous promets rien.

– Félicitations, chuchota Stern à l'intention de Sabrina ; puis, s'adressant à Koner : Pendant que vous réfléchirez, nous allons commencer à travailler à l'agencement des étages inférieurs.

– C'est ça, pas de temps à perdre, répondit Koner.

– J'ai d'abord la maison de Lake Forest à terminer, fit calmement Sabrina.

Koner fronça les sourcils.

– Combien de temps ?

– Deux ou trois semaines.

– Mais vous en êtes aux finitions. Ça ne va pas vous prendre un plein temps. Vous pouvez commencer à avancer avec Vernon.

– Les finitions sont souvent très prenantes. Je ferai tout mon possible, mais je ne crois pas disposer de beaucoup de temps avant le mois d'avril.

– C'est un gros chantier, Stéphanie. En général, les gens se libèrent pour les gros chantiers.

– J'ai une famille, un magasin avec Madeline, un projet à Lake Forest que j'aimerais finir de mon mieux...

– Et moi, j'ai peut-être besoin de quelqu'un prêt à tout laisser tomber pour mes chantiers, l'interrompit Koner.

– C'est possible, répondit froidement Sabrina. Mais je n'ai pas pour habitude de laisser tomber mes clients. Si ça ne vous convient pas, je vous suggère de trouver quelqu'un d'autre.

Furieux, Koner soutint un moment son regard puis lui tendit la main.

– Je ne veux personne d'autre. Tu es d'accord pour travailler avec Stéphanie, Vernon ?

– Et comment !

– Marché conclu.

– Je vous ferai parvenir mon contrat, dit Sabrina. Je suppose que votre avocat voudra y jeter un œil.

– N'oubliez pas que vous n'êtes pas architecte. Votre partie, c'est la peinture et les moquettes. Je veux un contrat simple et un forfait, comme je vous l'ai déjà dit.

– Mais, moi, je vous ai déjà dit que je ne travaillais pas comme ça. (« La peinture et les moquettes ! », se répéta-t-elle à elle-même en embrassant du regard les fenêtres cassées, les fissures dans les murs, le sol défoncé et les poutres en acier rouillé, qui la laissèrent songeuse.) Je vais vous envoyer mon contrat, Billy, reprit-elle. Et je vous ferai un devis quand j'aurais calculé le nombre d'heures nécessaires.

– O.K., Stéphanie. Vous êtes sûre de vous. J'aime ça.

– Moi aussi, dit Stern. Et j'ai hâte de travailler avec vous.

Impatiente de raconter son rendez-vous à Garth, Sabrina reprit sa voiture. « Désormais, j'aurai toujours besoin de partager tout ce que je fais, tout ce qui m'arrive avec Garth. Nous sommes deux. »

Comme elle pénétrait dans l'allée, elle aperçut Penny qui se précipitait, en larmes, vers la voiture. Garth n'était pas encore rentré et il fallait, avant de songer à partager sa joie avec lui, s'occuper de Penny. À peine eut-elle ouvert la portière que la petite fille se précipita dans ses bras.

– Je suis là, ma chérie. Calme-toi, fit-elle en lui caressant la tête. Tu vas me raconter tout ça à l'intérieur parce que dehors il fait trop froid. Que dirais-tu d'un bon chocolat chaud ?

– Mrs. Thirkell veut que je boive du thé...

– Penny, Mrs. Thirkell n'est là que depuis quelques jours, elle ne sait pas encore que la meilleure consolation, dans la vie, c'est le chocolat chaud.

Sabrina prépara son chocolat chaud à Penny, puis toutes deux s'installèrent sur le canapé du salon. De l'autre côté de la baie vitrée, les branches des arbres fouettaient le mur de la maison tandis que de lourds nuages s'amoncelaient dans le ciel.

– Maintenant, Penny, raconte-moi ce qui t'arrive, dit Sabrina.

Mais, se cramponnant en silence à son bol, incapable de prononcer un mot, la petite fille se remit à pleurer.

– Penny, je ne peux rien faire pour toi si tu ne me dis pas ce qui se passe. C'est à cause de l'école ?...

En observant le visage fermé de Penny, Sabrina se remémora la conversation du petit déjeuner deux semaines auparavant. « Si personne te parle, tu peux toujours demander aux poissons de te tenir compagnie. »

– C'est à cause de tes amies ?

– C'est pas mes amies ! Elles veulent pas de moi !

– Comment ça ?

– Ben, tu sais, elles se mettent ensemble, elles discutent, elles me regardent et elles se mettent à rire... Et puis, avec les garçons, elles fument des... des... de l'herbe, et elles me disent de venir avec eux après la classe. J'irais bien, mais j'ai peur, alors je leur dis que je peux pas parce que je dois aller faire des courses avec toi, et elles se moquent de moi, elles me traitent de bébé...

Intérieurement folle de rage, Sabrina parvint néanmoins à garder son calme.

– Et aujourd'hui, que s'est-il passé ?

– C'est Greg... Il m'a donné sa cigarette, il en restait qu'un tout petit bout et... et je l'ai prise parce que je voulais plus qu'on se moque de moi. Mais je ne suis pas arrivée à la fumer parce que ça sentait mauvais, et puis *j'y arrivais pas*, tout simplement. Alors il me l'a arrachée des mains en me disant avec une voix écœurée que j'étais qu'une pauvre fille et il m'a poussée contre le mur. Et là... il s'est frotté contre moi, et puis il a mis sa main là, ajouta Penny en désignant sa poitrine, et il a dit que j'étais plate et il m'a poussée vers les autres. Alors ils se sont mis en rond et ils m'ont tous poussée comme si j'étais un ballon de football... C'est les filles qui ont dit qu'il fallait me laisser tranquille, alors ils se sont écartés et je me suis enfuie...

Sabrina embrassait le front et les yeux humides de Penny, lui caressait la tête, sans pouvoir dire un mot tant elle était révoltée. « Que pouvons-nous faire ? Comment pouvons-nous la protéger, Garth et moi ? » Elle écarta les lourdes mèches de cheveux noirs qui couvraient le visage de la petite fille et la regarda comme si elle la voyait pour la première fois. Elle était belle, elle avait des yeux d'un bleu profond, des pommettes hautes, un corps mince et ferme. Penny était sportive, elle faisait de la natation, jouait au tennis, mais tout ce que Sabrina voyait, c'était la fragilité d'une enfant, son besoin de protection.

95

– Penny, dit-elle enfin, tu tiens absolument à être amie avec ces filles ?

– Bien sûr. Comme tout le monde.

– Pourquoi ça ?

– Parce qu'elles sont les meilleures, répondit Penny avec le plus grand sérieux. Elles savent tout, elles sont grandes, c'est elles qui décident qui sera dans le premier groupe pour la cantine et qui pourra rester sous le préau quand il pleut... Des trucs comme ça, tu vois. Et si t'es amie avec elles, t'as toujours la meilleure part et puis... c'est toujours beaucoup plus rigolo avec elles qu'avec les autres.

– Est-ce qu'elles sont les meilleures en classe ?

– Non, mais c'est pas ça qui compte... Moi, tu vois, j'ai de bonnes notes, mais j'ai beaucoup moins la cote qu'elles.

– Pourtant, à t'entendre, elles n'ont pas l'air si gentilles...

Penny demeura un instant silencieuse.

– Elles sont gentilles si tu leur plais.

– Ça, c'est à la portée de n'importe qui. Ce qui est beaucoup plus difficile, c'est d'être gentil avec les gens qu'on n'aime pas trop. Moi, c'est ceux qui sont capables de ça que j'admire.

Penny poussa un soupir et ne répondit rien.

– Ils sont combien dans cette bande ? lui demanda Sabrina.

– Six garçons et cinq filles.

– Ça ne fait pas beaucoup. Et les autres dans la classe ? Tu n'as pas envie d'être amie avec eux ?

– Non, c'est pas ça... C'est juste que... il se passe pas autant de choses avec eux.

– Et Barbara Goodman ? Elle était bien ta meilleure amie il y a deux mois.

– Elle l'est toujours, d'une certaine façon... Mais des fois elle est de leur côté et puis après elle vient me dire qu'elle veut juste être mon amie à moi... Je crois qu'elle sait pas bien ce qu'elle veut.

– Tu en as parlé avec elle ?

– Je peux pas lui dire que je veux qu'elle soit avec moi et pas avec eux, alors que moi aussi je voudrais plutôt être avec eux qu'avec elle, répondit Penny en se mordillant un ongle.

– On dirait que vous êtes deux à ne pas savoir ce que vous voulez. Maintenant, Penny, écoute-moi bien, dit Sabrina en prenant un peu de recul afin de regarder la petite fille dans les yeux. Ils se droguent à l'école et ils se droguent aussi sans doute après l'école. C'est pour ça qu'ils te proposent de venir avec eux après les cours, n'est-ce pas ?

– Je ne sais pas. Je les ai jamais suivis. Mais sûrement. Ils en parlent.

– Je suppose qu'ils boivent, aussi.

– Surtout de la bière. En tout cas, c'est ce qu'ils disent. Et du whisky aussi, de temps en temps.

– Et qu'est-ce qu'ils font d'autre après l'école ?

Il y eut un long silence. Penny but une gorgée de chocolat puis posa son bol et dit :

– Ils couchent ensemble.

Sabrina resta saisie. « Ils ont onze ans, seulement onze ans. Pourquoi leurs vies vont-elles si vite ? Pourquoi ces gosses n'ont-ils pas d'enfance ? »

Elle avait déjà abordé le sujet avec Penny au mois d'octobre, un jour où la petite fille était rentrée bouleversée de l'école : dans les vestiaires, après la gym, ses amies ne parlaient que de sexe, plus exactement de « baise », avait dit Penny. Sur le moment, Sabrina avait préféré ne pas la gronder pour avoir employé ce mot. L'essentiel était ailleurs. Elle lui avait dit qu'il ne fallait surtout pas confondre l'amour et la « baise », qu'on ne couchait pas avec quelqu'un aussi facilement qu'on serrait une main et qu'elle devrait attendre de rencontrer un homme avec qui elle aurait envie de tout partager pour faire l'amour avec lui.

Mais, à l'époque où elles avaient eu cette conversation, les camarades de classe de Penny ne faisaient que parler dans les vestiaires... À présent, c'était différent.

Sabrina regarda par la fenêtre : tout dans leur rue était si calme, si paisible, si rassurant... Mais le monde ne ressemblait pas à cette rue. « Qu'est-ce que je faisais, moi, à onze ans ? Il devait bien y avoir de la drogue à la pension, mais personne n'en parlait. Nos amis, à Stéphanie et à moi, ne buvaient jamais plus d'un verre de champagne dans les soirées. Et, à cet âge-là, personne ne songeait réellement à faire l'amour. C'était une affaire d'adultes et nous ne nous considérions pas comme des adultes puisque nous étions à l'école. Mais les camarades de Penny ont onze ans et se prennent déjà pour des adultes. »

– Tu es fâchée, maman ? demanda Penny, l'air inquiète.

– Non, ma chérie, bien sûr que non. Je pensais juste aux garçons et aux filles de ta classe. Si tu ne veux pas faire comme eux...

– Évidemment que je ne veux pas. Mais ils arrêtent pas d'en parler et si tu ne fais pas comme eux ils se moquent de toi, ils te parlent plus, ils font comme si tu n'existais pas, comme si t'étais personne... Et... c'est dur.

– Alors ça te donne envie de faire comme eux, c'est ça ?

Penny entortilla une mèche de cheveux autour de son doigt et garda les yeux fixés sur ses genoux.

– Penny ?

– Non, répondit enfin celle-ci.

– M'as-tu déjà menti ?

Penny fit non de la tête.

– Et maintenant ?

Silence.

« Je n'ai jamais eu d'enfants. Jamais je n'ai aidé personne à grandir. Et si je me trompais, si je ne trouvais pas les mots ? »

Elle repensa à son rendez-vous du matin. Comme elle avait été fière de ses compétences et d'avoir tenu tête à Koner ! Il était tellement plus facile de concevoir la décoration d'un immeuble que d'aider une petite fille à entrer dans l'adolescence.

« Que dois-je lui dire ? Qu'attend-elle de moi ? »

La porte d'entrée claqua derrière Cliff, qui se débarrassa bruyamment de son sac à dos. Une manche de son maillot de football était déchirée à l'épaule.

– M'man, tu peux m'arranger ça ? J'en ai besoin pour demain.

– Tu pourrais dire bonjour, fit Sabrina.

– Salut, m'man. Salut, Penny. Tu peux me recoudre mon maillot, m'man ?

– Plus tard. Tu as des devoirs ?

– Oui, un peu. Mais j'en ai pas pour longtemps.

– Même en sciences naturelles ?

– Ouais, ouais. Où est-ce que je laisse mon maillot ?

– Dans le lave-linge. Je ne peux pas coudre à travers la boue.

– Qu'est-ce qu'il y a à dîner ?

– Je ne sais pas. Demande à Mrs. Thirkell.

– Et pourquoi toi tu ne fais plus la cuisine ?

– Parce que je parle avec ta sœur.

– Laver le maillot, faire les devoirs, parler avec Mrs. Thirkell. Ça n'arrête pas une minute, dans cette maison...

Sabrina réprima un sourire puis se tourna vers Penny, toujours blessée, tourmentée, attendant que sa mère lui parle. L'arrivée intempestive de Cliff avait un peu détendu Sabrina. Le mieux qu'elle pût faire pour ces deux enfants, c'était de leur dire ce qui, selon elle, était juste et important. Si elle se trompait, elle ne pouvait qu'espérer qu'ils lui pardonneraient un jour.

– Penny, je crois que tu ne me dis pas toute la vérité. Tu as tellement envie de faire partie de cette bande que, même si ça te fait peur, tu es prête à la suivre. Eh bien, moi, je te dis que tu ne vas pas le faire.

Penny redressa brusquement la tête, les yeux écarquillés.

– Non seulement boire de l'alcool et se droguer est interdit aux enfants, mais c'est aussi un terrible gâchis. À votre âge, on est sain de corps et d'esprit, mais il suffit de pas grand-chose pour tout faire basculer. Vous avez la vie devant vous, tout vous est possible : l'amitié, la connaissance, l'amour, mais vous devez les découvrir progressivement. Ces enfants dans ton école sont prêts à tout gâcher pour le plaisir de jouer aux adultes.

Penny la dévisagea.

– On ne fait pas l'amour à onze ans, Penny, reprit posément Sabrina. Tes copains peuvent toujours fanfaronner, ils ne savent rien. Ils sont trop jeunes. Je t'ai déjà dit que faire l'amour, ce n'était pas comme pratiquer un sport après l'école. Faire l'amour, c'est une façon de dire je t'aime avec son corps. Et tes copains à l'école sont comme des Lego qui s'emboîtent n'importe comment, sans rien à l'intérieur...

Penny pouffa de rire.

– Ils jouent les grands, reprit Sabrina, mais ce sont eux les bébés. Je parie qu'ils rient parce qu'ils ont aussi peur que toi, mais ils sont allés trop loin pour pouvoir le reconnaître. Penny, si jamais j'apprends que tu es allée chez qui que ce soit, même chez l'une de tes copines, sans ma permission, si jamais j'apprends que tu te drogues, que tu bois ou que tu couches avec un garçon, tu seras privée de sortie pendant un an. Pas pendant une semaine ni un mois... Pendant *un an*. Plus de cours de dessin, plus d'amis à la maison, plus de cinéma le samedi après-midi, plus de planétarium, plus d'aquarium, plus d'excursions avec papa, Cliff et moi. Me suis-je bien fait comprendre ?

– C'est pas juste, répondit faiblement Penny.

– Ce n'est pas injuste. Quand tu seras en âge de quitter la maison, tu prendras toi-même tes décisions, mais, en attendant, c'est ton père et moi qui décidons de ce qui est juste ou pas.

– Mais je ne veux pas partir ! s'écria Penny en se jetant dans les bras de Sabrina. Je ne veux pas vous quitter.

– Bien sûr que non, mais tu grandiras, dit Sabrina en lui caressant les cheveux. En attendant, rassure-toi, nous sommes tous là, autour de toi, et ça, ça ne changera pas, je te le promets.

Elle leva les yeux et vit Garth dans l'embrasure de la porte. Il avait encore son imperméable sur le bras et son attaché-case à la main. Il lui adressa un regard interrogateur. Sabrina secoua négativement la tête et dit :

– Non, tu ne nous déranges pas. Nous venons d'avoir une longue conversation, n'est-ce pas, Penny ?

– Oui, mais je ne sais toujours pas quoi leur répondre quand ils...

– Tu n'as qu'à leur dire que ta mère t'a privée de sorties

pendant un an. J'ai fait ça l'automne dernier avec Cliff, et ça a très bien marché.

– Avec Cliff ? Pourquoi ? Qu'est-ce qu'il avait fait ?

– Ça, c'est entre Cliff et moi. Toujours est-il que ça a marché pour lui et qu'il n'y a pas de raison que ça ne marche pas pour toi aussi. Finalement, il y a quelques bonnes vieilles recettes qui fonctionnent toujours...

– Encore faut-il savoir les utiliser, l'interrompit Garth. Dis donc, Penny, tu ne nous avais pas dit que deux de tes marionnettes étaient en vitrine chez Kroch !

Penny se leva d'un bond.

– En vitrine ? Mes marionnettes ? Comment ça se fait ?

– Elles étaient posées contre une pile de livres de travaux manuels, avec une étiquette marquée « Marionnettes de Penny Andersen ». J'étais très fier.

Penny dansait d'un pied sur l'autre.

– On peut aller voir ? Mrs. Casey a dû les prêter pour la vitrine sans me le dire. On y va ? Tout de suite ? *S'il vous plaît !*

Garth et Sabrina échangèrent un bref regard.

– D'accord, on fait un saut chez Kroch, dit Garth, ensuite tu nous laisseras un peu de temps, à ta mère et à moi.

Sabrina les regarda s'éloigner. En voyant les cheveux un peu trop longs de Garth, sa veste élimée et ses chaussures éculées, elle se dit qu'ils avaient bien les moyens de lui acheter une nouvelle garde-robe mais qu'il n'accepterait jamais, toujours à cause d'éventuels commentaires de ses collègues. La pression des pairs. Rien de très différent de ce que vivait Penny. « Peut-être n'échappons-nous jamais au regard des autres, songea Sabrina. On tient toujours compte de ce qu'ils veulent voir et de ce qu'on veut leur montrer. Ma pauvre petite fille est encore bien jeune pour affronter tout ça. »

Mais, lorsqu'elle fut de retour, Penny ne parlait déjà plus que de la vitrine et des compliments que lui avait adressés le marchand.

– Je vais avoir ma photo dans le journal. Il faut que je le dise à Cliff !

Tandis qu'elle se précipitait à l'étage, Garth s'assit sur le canapé à côté de Sabrina. Mrs. Thirkell apparut presque aussitôt avec un plateau sur lequel étaient disposés une bouteille de vin, deux verres et des amuse-gueule.

– Il y a eu plusieurs appels pour vous aujourd'hui, lady. J'ai laissé les messages sur votre bureau.

– Merci, Mrs. Thirkell. Nous dînerons un peu plus tard que d'habitude, à sept heures et demie. Vous serez gentille de vérifier que Cliff s'est bien lavé les mains. Il est parfois un peu trop attaché à la boue de son terrain de football...

– J'ai une photo du plus grand joueur de cricket anglais, et il a les mains impeccablement propres. Je vais la montrer à Cliff, répondit Mrs. Thirkell avec un sourire avant de s'éclipser.

– Ingénieuse, notre Mrs. Thirkell, fit Garth sur un ton un peu ironique. Mais parle-moi plutôt du Koner Building. Comment ça s'est passé ? ajouta-t-il en servant un verre de vin à Sabrina.

4

Stéphanie était seule. Max s'était rendu à Marseille, et Mme Besset était au marché. Hormis le bruit d'une pluie printanière qui crépitait sur le toit de tuile, la maison était silencieuse.

– Je n'en ai que pour deux ou trois jours, avait dit Max le matin même en bouclant un petit sac de voyage.

Après son départ, Stéphanie avait erré de pièce en pièce en caressant les meubles du bout des doigts. Puis, de l'autre côté de la baie striée de pluie, elle avait regardé les collines qui s'étendaient au loin.

– Ma maison. C'est ma maison, se disait-elle tout haut.

Elle aimait le silence. C'était la première fois qu'elle se retrouvait seule depuis qu'elle et Max étaient entrés dans cette maison.

J'habite ici. Même si je ne sais rien sur moi, j'ai cette maison et un nom, Sabrina Lacoste – encore que je ne m'y fasse toujours pas. J'ai aussi une gouvernante, un jardinier, un intendant et... un mari.

Dans la cuisine, Mme Besset avait laissé un plat de tomates à la provençale et des tranches de rôti de veau pour le déjeuner. Elle avait dressé la table pour une personne, avec une bouteille de vin. Pour son café, Stéphanie n'avait plus qu'à appuyer sur le bouton *expressa*. La cuisine était immaculée, la maison aussi, le linge repassé et rangé, les plantes arrosées : il n'y avait plus rien à faire.

Stéphanie sortit de la cuisine et monta à la grande chambre que Max occupait seul depuis maintenant un mois. Mme Besset était passée par là aussi ; le lit était fait, les vêtements en ordre, la salle de bains récurée. Pourtant, partout on sentait la présence de Max : le livre sur sa table de nuit, sur la commode, son peigne, ses épingles de cravate et ses boutons de manchettes, ainsi qu'une poignée de monnaie dans le vide-poches et, dans un cadre d'argent, la photo de Stéphanie.

Distraitement, elle voulut ouvrir le premier tiroir de la commode. Il était fermé à clef. « Étrange, se dit-elle. Il n'a pas confiance en moi ou en Mme Besset. » Elle essaya les autres tiroirs : ils étaient tous fermés.

Lorsque, au petit déjeuner, Max lui avait annoncé qu'il partait en voyage d'affaires, Stéphanie avait demandé :

Quelles affaires ?

– Import-export, avait-il répondu évasivement.

– Max, ça suffit, cette fois, je veux savoir, avait insisté Stéphanie. Tu m'as dit un jour que tu travaillais avec Robert. Je lui ai posé la question, et il a répondu que tu lui donnais de l'argent pour ses œuvres. Vous êtes tellement secrets, tous les deux. C'est insupportable. Je déteste ça.

– Nous ne sommes pas secrets. C'est juste que ces choses-là ne t'intéresseraient pas. J'exporte dans des pays en voie de développement du matériel agricole et des machines pour les chantiers de construction : des tracteurs, des élévateurs, des pelleteuses...

– Tu y vas, dans ces pays ?

Ça arrive, mais rarement. Je fais tout depuis mon bureau de Marseille et d'ici.

– Mais qu'est-ce que tu fais au juste si tu ne vas pas dans ces pays négocier les contrats de vente, si tu ne les rédiges pas toi-même, si tu ne vas pas acheter tes tracteurs et tes pelleteuses et si tu ne les livres pas ?

– C'est sans doute que je ne fais pas grand-chose, répondit Max en souriant. En fait, je négocie les contrats par téléphone. J'ai des agents sur place qui s'occupent des détails. La plupart du temps, je traite directement avec les gouvernements. Plus le pays est pauvre, plus ses gouvernants ont l'esprit tortueux, et plus ils font de l'obstruction. Même le meilleur des gouvernements n'est qu'une pyramide d'agents dont le seul souci est de ne pas perdre leur place. Mais, comme ils sont toujours le neveu ou le cousin de quelqu'un, ça leur donne une certaine assurance. Ceux qui n'ont pas de relations sont souvent les plus débrouillards et les plus intéressants, mais ils passent leur temps à se protéger en créant des complications à chaque étape de la négociation. Mon job consiste à démêler les complications.

Stéphanie sourit.

– J'aime t'écouter. Tout devient un roman avec toi.

Max saisit la main de Stéphanie.

– Je n'aime pas te laisser. J'aimerais t'emmener, mais je n'aurais pas de temps à te consacrer.

– Et Robert, que fait-il dans tout ça ?

– Robert s'est fixé comme objectif de sauver la jeunesse de ce

103

bas monde. Il a quelques missionnaires dans différents pays, qui éduquent, forment et placent des jeunes gens. Je lui donne de l'argent, c'est tout. C'est aussi simple que ça.

« Simple, pensa Stéphanie alors qu'elle se tenait debout devant la commode de Max. Très simple. Dans ce cas, pourquoi met-il tout sous clef ? »

Elle s'assit au bord du lit et regarda sa photo. « Je t'aime », lui répétait Max chaque soir en l'embrassant sur le front avant de la laisser regagner sa petite chambre du rez-de-chaussée. La veille, il l'avait longuement tenue dans ses bras avant de l'embrasser chastement. Et, lorsqu'il avait desserré son étreinte, pour la première fois Stéphanie avait ressenti un manque et avait presque eu envie de retrouver la chaleur de ses bras.

Mais elle ne l'avait pas fait. Parce que rien n'avait changé : elle continuait de croire qu'il lui cachait des choses. Elle ne lui faisait pas confiance.

Toujours assise sur le lit de Max, elle éprouva une impression de malaise, et le silence commença de lui peser. L'atmosphère lourde de la pièce semblait étouffer le crépitement de la pluie. Stéphanie se mit à trembler. Elle eut le sentiment de plonger à nouveau dans le brouillard qui l'enveloppait lorsqu'elle était à l'hôpital.

– Je ne veux pas être seule, dit-elle tout haut. Je n'ai jamais été seule et je ne veux pas l'être maintenant.

Je n'ai jamais été seule.

Était-ce la vérité ? Dans ce cas, elle avait dû vivre chez ses parents jusqu'à la pension – si toutefois elle était allée en pension. Après quoi, elle avait dû retourner vivre chez eux ou se marier – si elle s'était mariée. Mais Max lui avait dit qu'elle n'avait jamais été mariée et n'avait jamais eu d'enfants.

Que s'était-il passé après ? Comment était-elle devenue la femme de Max et que faisait-elle sur ce yacht au large de la Côte d'Azur ?

Le brouillard et le silence se resserrèrent en elle. « Je voudrais retrouver mon passé, ma vie, savoir qui je suis ! »

Elle sauta sur ses pieds et dévala l'escalier pour se précipiter dans la cuisine. Afin d'échapper au silence, elle fit couler de l'eau dans l'évier et ouvrit le congélateur d'où elle sortit des glaçons qu'elle laissa bruyamment tomber dans un verre. Elle emporta son déjeuner dans la salle à manger et se servit un verre de vin. Puis son regard se porta sur la chaise vide à côté d'elle. Max lui manquait.

– Je ne veux pas être seule, dit-elle à nouveau.

Dans l'après-midi, elle fit un feu dans la cheminée de la bibliothèque, où elle feuilleta longuement un livre d'art. Lorsqu'elle entendit Mme Besset rentrer, elle bondit dans la cuisine, heureuse d'échapper à sa solitude.

— Mais vous êtes trempée, madame Besset !

— Comme un canard, Madame, répondit gaiement la gouvernante.

Elle ôta son imperméable et se sécha vigoureusement les cheveux avec une serviette de toilette avant de commencer à ranger les provisions.

— Laissez-moi vous aider, dit Stéphanie.

— Non, non, Madame, asseyez-vous. Voulez-vous que je vous prépare un café ?

— Pour l'amour du ciel ! je vous en prie, madame Besset, laissez-moi faire quelque chose...

— Non, Madame, ça ne serait pas correct.

— C'est moi qui décide de ce qui est correct ou pas.

— Pardonnez-moi, Madame, mais vous ne pouvez pas me demander d'oublier tout ce qu'on m'a appris jusqu'ici, répliqua Mme Besset.

— Je vous demande seulement de ne pas oublier que c'est Monsieur et moi qui décidons dans cette maison. Et j'en ai assez de rester assise à ne rien faire. Je vous demande donc, madame Besset, de me faire un peu de place et de me laisser vous aider à ranger.

Jamais Stéphanie ne s'était montrée aussi autoritaire. Éberluée, Mme Besset écarquilla les yeux : jusqu'alors, elle n'avait eu affaire qu'au mari, c'était lui qui donnait les ordres ; désormais, elle devrait aussi compter avec la femme, dont l'humeur changeait sans cesse. Mais c'était une bonne place, et bien payée. Elle s'adapterait à la situation.

— Je vois que vous allez mieux, Madame, dit-elle en souriant. Ça fait plaisir. Je serais ravie que vous m'aidiez.

Elles commencèrent toutes deux à vider les paniers : aubergines, oranges, citrons, poireaux, pommes de terre, chou rouge, olives noires, endives, épinards, betteraves se succédaient en un chapelet de couleurs. Mme Besset fredonnait. Stéphanie sentit lentement le bien-être l'envahir. « Je me demande si j'ai eu des amies, se dit-elle. J'en suis sûre. Je suis sûre que j'ai eu une amie très proche. »

— Je vais vous faire du poulet pour dîner, Madame, avec une salade d'endives, dit Mme Besset. Madame désire-t-elle autre chose ?

— Oui, j'aimerais que vous cessiez de m'appeler « Madame », répondit Stéphanie.

— Comment voulez-vous donc que je vous appelle, Madame ?

— J'ai un prénom.

– Oh, Madame ! Mais ce serait tout à fait incorrect. Je n'y arriverais jamais.

– Tant de conventions, de règles à respecter, dit Stéphanie avec un soupir. Vous et Mrs. Thirkell, vous êtes bien les mêmes...

– Qui ça, Madame ?

Le regard de Stéphanie s'illumina.

– Mrs. Thirkell, répéta-t-elle.

– Qui est cette personne, Madame ?

– Quelqu'un que j'ai connu autrefois, fit-elle avec désinvolture pour masquer l'excitation qui s'était emparée d'elle.

Mrs. Thirkell. Ce devait être une gouvernante, comme Mme Besset. Mais où ? Ça, je n'en sais rien, mais ce n'est pas grave. L'essentiel, c'est que je me souvienne. Et je me souviens.

– C'est un nom qui ne sonne pas français, dit négligemment Mme Besset en ôtant quelques dernières plumes restées sur le poulet. Regardez-moi ça... On ne peut vraiment plus faire confiance aux bouchers, de nos jours...

Stéphanie la regarda un instant en silence.

– Madame Besset, je voudrais que vous m'appreniez à conduire, dit-elle.

– Mais, Madame, M. Lacoste serait très contrarié, dit Mme Besset en levant vers elle un regard perplexe. C'est à lui de décider de ces choses-là, pas à moi.

Stéphanie se dit que Max ne voulait pas la laisser quitter la maison. Il trouvait toujours un prétexte pour refuser de l'emmener à Cavaillon, en promenade, ou même à L'Auberge de la colline, le petit restaurant qui se trouvait au bout de leur rue. Ils y avaient dîné un soir, un seul.

Pourtant, Robert avait dit qu'il fallait multiplier les sorties pour avoir une chance de déclencher les souvenirs. « J'ai besoin de voir autre chose que cette maison et ce jardin, de faire d'autres rencontres pour stimuler ma mémoire, se dit Stéphanie. Si je prends part à la vie, les choses me reviendront. Il faut que je sorte d'ici. Et, pour ça, il faut que je sache conduire. »

– Vous n'avez qu'à demander à Monsieur, dit gentiment Mme Besset. Toutes les femmes conduisent, de nos jours. Nous ne sommes plus au XIXe siècle.

Stéphanie sourit.

– Je le lui demanderai. Mais pour l'instant il est absent, et je ne sais même pas quand il va rentrer. S'il vous plaît, madame Besset, j'ai tellement envie de commencer...

– Je comprends : c'est difficile de vivre si loin de la ville, sans voiture. D'accord, Madame, dit-elle après un moment de réflexion, nous pourrions commencer, et Monsieur continuera les leçons à son retour. Vous n'avez jamais conduit, Madame ? Même pas essayé ? Jamais ?

« Sûrement. De même que j'ai dû faire la cuisine. Ce sont des choses que font les femmes. Si seulement je pouvais me souvenir... »

– Non, répondit Stéphanie. Je n'ai jamais appris. Mais je veux m'y mettre. Tout de suite. Cet après-midi même.

– Mais la pluie, Madame ! Ce n'est pas ce qu'il y a de mieux pour...

– On ira lentement. Pas loin. Je ne vous demande pas d'aller à Cavaillon aujourd'hui, l'implora Stéphanie.

– J'espère bien que non, marmonna Mme Besset. Laissez-moi enfourner le poulet, et on y va.

Max avait pris la Renault et laissé l'Alfa Romeo dans le garage. En passant devant, Mme Besset marmonna :

– Ne comptez pas sur moi pour prendre celle-là...

Elles coururent sous la pluie vers la petite Citroën de la gouvernante. Stéphanie prit place au volant.

– Maintenant, Madame, commença Mme Besset, toute remplie de son importance, voici la clef de contact, l'embrayage, le frein, l'accélérateur et le levier de vitesse.

Elle poursuivit en lui montrant comment faire les premières manœuvres, et bientôt Stéphanie se retrouva sur la petite route qui faisait le tour du plateau dominant Cavaillon. Très crispée au début, Stéphanie ne fut pas longue à se détendre.

– C'est parfait, dit Mme Besset. Vous apprenez si vite qu'on dirait que vous avez déjà conduit.

– C'est vrai, répondit Stéphanie. Je me sens merveilleusement à l'aise.

Au volant de la voiture, elle se sentait comme ivre de liberté. Elle pouvait aller où elle voulait. À Cavaillon, à Aix-en-Provence, à Arles, à Roussillon, à Saint-Rémy, à Gordes, à Avignon, dans tous ces endroits dont parlaient Max, Mme Besset et Robert.

Un quart d'heure plus tard, elle s'arrêtait doucement devant L'Auberge de la colline.

– Bravo, Madame ! s'écria Mme Besset. Vous vous êtes arrêtée en douceur. Mais nous ne sommes pas encore arrivées à la maison.

– Nous n'allons pas à la maison, répondit Stéphanie d'une voix ferme en se dirigeant vers le parking du restaurant.

Tandis qu'elle cherchait du regard un endroit où se garer, Stéphanie oublia de freiner et heurta une haie. Les deux femmes poussèrent un cri.

– Votre voiture ! J'ai abîmé votre voiture ! s'écria Stéphanie. Oh ! madame Besset, je suis navrée ! Comment ai-je pu...

– Ce n'est rien, Madame. Ne vous en faites pas. Vous vous en êtes très bien sortie jusqu'ici.

– Mais regardez ce que j'ai fait. Pourquoi ai-je oublié de freiner ? Pourquoi ? Oublier, oublier... Je ne sais qu'oublier ! cria-t-elle.

– Calmez-vous, Madame. Ce n'est rien.

– Non, nous vous rachèterons une voiture. Je suis désolée, j'aurais dû savoir que je ne pourrais pas...

Mme Besset posa une main rassurante sur son bras.

– Pour quelqu'un qui n'a jamais conduit, vous vous en tirez très bien. Ma voiture aura besoin d'un coup de peinture, c'est tout. Il n'y a rien de cassé. Cela ne me tracasse pas, et je ne veux pas que cela vous tracasse non plus.

– Merci, dit Stéphanie avec un pâle sourire. Je vais essayer de faire une marche arrière pour nous sortir de là.

– Laissez-moi faire, Madame. Nous allons rentrer.

Stéphanie secoua la tête en silence. « Je ne vais pas abandonner comme ça », se dit-elle.

– Non, madame Besset, c'est moi qui nous sortirai de là et c'est moi qui conduirai jusqu'à la maison. Mais, avant, nous avons bien mérité un petit verre de vin.

Mme Besset voulut protester puis elle se ravisa, sentant qu'il était inutile, désormais, de vouloir contrer Stéphanie.

Le restaurant était presque vide, mais les tables étaient déjà dressées dans l'attente de la clientèle du soir. Stéphanie et Mme Besset s'assirent près de la cheminée.

– Deux verres de vin rouge, commanda Stéphanie en lançant un regard interrogateur à Mme Besset, qui, après un instant d'hésitation, acquiesça en silence.

Le propriétaire les servit. Stéphanie goûta le vin, qu'elle trouva excellent. La pièce était calme. Deux hommes assis au fond lisaient *Le Provençal,* tandis que deux autres jouaient aux échecs. Un homme installé seul face à une carafe de vin les regardait. De la cuisine s'échappaient des bruits de vaisselle et de casseroles.

À nouveau, le bien-être envahit Stéphanie. Ce moment partagé avec Mme Besset autour d'un verre de vin, par ce pluvieux après-midi d'hiver, lui donna l'envie d'avoir une amie.

– Êtes-vous mariée, madame Besset ?

– Oui, Madame.

– Vous avez des enfants ?

– Oui, Madame.

– Ils sont petits ? Ils habitent avec vous ?

– Non, Madame.

– Madame Besset ! Je vous demande une conversation, pas une série de questions-réponses comme si c'était l'oral du bac. Il n'y a quand même pas de mal à se parler entre femmes ! À moins que vous ne trouviez cela incorrect ? Si c'est ce que vous souhaitez, je vous promets de vous ignorer dès que nous serons à la maison, et même de me montrer assez hautaine...

Mme Besset sourit. Son visage se détendit. Elle voyait en Stéphanie une femme enfant et commençait à éprouver une certaine tendresse pour elle, toujours si seule.

– J'ai sept enfants, fit-elle, se rapprochant. Trois garçons et quatre filles. J'ai eu le premier à seize ans et le dernier à vingt-huit. Ils sont grands, maintenant. Quatre d'entre eux ont déjà fondé une famille.

– Et votre mari, que fait-il ?

– Il est agriculteur, comme mon père et mon oncle. L'exploitation est assez importante pour nourrir deux familles.

– Votre mère est morte ?

– Oui, depuis trente ans, d'une tumeur. Elle ne faisait pas confiance aux médecins et on l'a soignée trop tard.

– Elle ne vous a donc pas aidée à élever vos enfants.

– Non, mais de ce côté-là j'ai eu de la chance. Je n'ai jamais eu de problèmes avec eux.

– À vous entendre, tout paraît si simple, dit Stéphanie avec un sourire.

– Mais tout est simple, Madame, lorsqu'on est solide et qu'on a bon cœur.

– Êtes-vous heureuse dans votre vie ? Avec votre famille ?

– Bien sûr, Madame.

– Avez-vous déjà voyagé ?

– Oui, un peu. Je suis allée à la mer, à Nice et à Marseille. Mais il y avait beaucoup trop de monde. Je suis aussi allée à Orange et à Vence, mais vous voyez, Madame, ce que je préfère, c'est les champs, les collines qu'on voit ici. Lorsqu'on a trouvé un endroit où on est bien, des gens avec lesquels on est bien, il est inutile de chercher ailleurs. Il existe sûrement des endroits plus intéressants, mais je sais que je me perdrais moi-même à les chercher : je ne serais plus chez moi.

Stéphanie sentit les larmes lui monter aux yeux et elle détourna le regard. Mme Besset se pencha vers elle.

– J'ai dit quelque chose qui vous a fait de la peine, Madame ?

– Bien sûr que non. J'étais juste en train de me dire que je vous enviais. Votre vie est si claire : vous avez des enfants, une famille, vous vous connaissez tous. Vous savez d'où vous venez et où vous allez. Vous savez qui vous êtes...

– Ce n'est pas bien difficile, répondit Mme Besset avec un léger haussement d'épaules. Nous sommes nous-mêmes, nous

109

n'essayons pas de ressembler à qui que ce soit. Nous sommes bien ensemble. Nous nous entendons bien. J'ai un bon mari, de bons enfants, une bonne place chez vous et Monsieur, et une bonne santé. Que demander de plus ?

– Et pourquoi travaillez-vous chez nous ? Vous m'avez dit que l'exploitation suffisait à nourrir vos deux familles.

– C'est vrai, mais nos fils vont bientôt la reprendre. Une génération en pousse toujours une autre. Dans quelque temps, nous allons nous retirer, mon mari et moi, dans une maison que nous avons achetée à Saint-Saturnin-lès-Apt, à trente kilomètres d'ici. C'est pour ça que je mets de côté l'argent que me donne Monsieur. Et puis vous savez, Madame, j'aime mon travail, j'aime m'occuper d'une maison – c'est ce que je sais le mieux faire. Et j'ai l'impression que vous avez besoin de moi, Monsieur et vous...

– Qu'est-ce qui vous fait penser ça ? demanda Stéphanie, intriguée.

– C'est parce que je crois que vous n'avez pas encore trouvé votre endroit à vous. Monsieur, peut-être, mais pas vous. On a le sentiment que vous ne savez pas ce que vous pouvez attendre l'un de l'autre, presque comme si vous étiez des étrangers. On dirait que vous vous apprivoisez. Et puis vous faites chambre à... Mais je me mêle de ce qui ne me regarde pas.

– À part, c'est bien ce que vous alliez dire, n'est-ce pas ? Ça a bien dû vous arriver à vous aussi ?

– Comment ça, Madame ?

– Quand vous étiez malade, ou quand votre mari l'était, vous avez bien dû faire chambre à part pour que l'autre puisse dormir.

– Oui, ça a dû arriver...

– C'est ce qui se passe en ce moment entre Monsieur et moi. J'étais blessée, je dormais mal et on a pensé qu'il était préférable que j'aie ma chambre.

– Pour toujours, Madame ? osa demander Mme Besset.

Stéphanie éluda la question.

– Tout change, dans la vie. Peut-être pas pour vous et les vôtres, mais, pour moi, je ne sais pas ce qui se passera dans une semaine ou dans un mois.

Elle regarda la montre en or que Max lui avait offerte à sa sortie de l'hôpital.

– Il est l'heure de rentrer. Monsieur va sûrement appeler et s'inquiéter de ne pas nous trouver.

– Vous avez raison, Madame, fit Mme Besset, à nouveau sur la réserve. Si Madame préfère que je conduise...

– Non, je veux ramener la voiture à la maison. Il faut bien que j'apprenne la marche arrière, je ne peux pas faire des marches avant toute ma vie.

– C'est juste, Madame, répondit Mme Besset en souriant.

– Vous allez me montrer comment faire, dit Stéphanie, avant d'ajouter, en lui prenant la main : Madame Besset, il faut que je vous remercie pour tout, et surtout pour cet après-midi. Nous avons appris à mieux nous connaître. J'espère qu'un jour vous m'emmènerez dans votre famille...

– Si Madame le désire...

– Puisque je viens de vous le dire, répliqua Stéphanie avec un peu d'impatience, avant d'aller décrocher son imperméable de la patère.

La magie de l'après-midi s'était évanouie. Elles n'étaient plus deux amies, mais deux femmes dans un café où, dans la cheminée, le feu mourait doucement. Dehors, la nuit était tombée. Il pleuvait toujours. Elles traversèrent en courant le parking qu'éclairaient de hauts réverbères. Stéphanie prit place au volant, songea qu'il allait falloir faire une marche arrière, conduire dans le noir, sous la pluie, et faillit demander à Mme Besset de les ramener. Mais elle se ravisa : cette femme n'avait jamais fait plus de cinquante kilomètres hors de chez elle. « Si elle peut conduire, moi aussi, je peux y arriver », se dit-elle.

Mme Besset lui donna des instructions qui lui permirent de réussir la manœuvre, et bientôt elle se retrouva sur la route, en direction de la maison. Une fois devant le garage, elle coupa le contact et poussa un long soupir. « Je l'ai fait. J'y suis arrivée. Sans accident, à part quelques égratignures. Mais je n'ai pas détruit cette voiture, cette petite merveille. »

Mme Besset se précipita dans la cuisine tandis que Stéphanie demeurait un moment dans le garage. Elle contempla la voiture de sport de Max. « Je conduirai celle-là aussi, pensa-t-elle. Et la Renault. À moins que je n'en aie une à moi. Je ne vais tout de même pas lui demander la permission d'aller au marché chaque fois que j'en ai envie. On verra ça dès son retour. » Elle posa la main sur le capot rutilant. « J'irai partout. Je rencontrerai des gens. J'entrerai dans les magasins, je m'achèterai des choses. Je parlerai à tout le monde. Et, au bout d'un moment, je saurai où est mon endroit à moi. Et je ne serai plus perdue. »

5

Mme Besset n'était pas là. Robert et Stéphanie avaient la cuisine pour eux seuls. Des bourrasques de vent faisaient trembler les vitres, mais le soleil brillait et les fleurs commençaient à percer la terre fraîchement retournée. C'était bientôt l'été. Debout devant la cuisinière, Robert plongea une cuillère en bois dans une casserole où frémissait une sauce.

– Goûtons un peu ça, fit-il en portant la cuillère à sa bouche. Hum ! c'est un miracle que des ingrédients si différents puissent former une telle harmonie. Dommage que les peuples et leurs gouvernements ne puissent apprendre à en faire autant !

– Un miracle, ça ne s'apprend pas, dit Stéphanie.

– Certes. Il ne leur reste que la prière. Une bien piètre solution face aux problèmes de ce monde.

– Pourtant, Robert, vous devez croire en la prière...

– C'est le cas, Sabrina. Mais la prière à elle seule ne suffit pas. S'ils veulent progresser, connaître l'espoir, les peuples doivent agir, ajouta-t-il en tendant la cuillère à la jeune femme. À vous de goûter et de me dire s'il manque quelque chose à cette sauce.

– Merveilleux. Mais... peut-être un peu fade ?

– Bravo, Sabrina. C'est un plaisir d'avoir une élève comme vous. Nous allons rajouter un peu de citron et un soupçon de sel et de poivre...

– Mais comment faites-vous ? Vous ne mesurez jamais rien. Comment voulez-vous que je suive une recette avec une méthode pareille ?

– Vous n'allez suivre aucune recette, Sabrina, mais apprendre à marier les ingrédients. Je vais vous dire une chose ; la cuisine, c'est comme la vie : il faut éviter la rigidité, l'absolutisme et privilégier la variété, la liberté. Sans cela, la cuisine devient aussi plate que la vie. Mais vous le savez déjà : on sent dans vos gestes que la cuisine ne vous est pas totalement étrangère.

– C'est faux. Tout est nouveau pour moi, répliqua Stéphanie. Si vous ne m'aviez pas montré comment faire, je n'aurais même pas su épluchez une pomme de terre...

– Allons, dit Robert en posant le bras sur ses épaules. Je sais combien ce qui vous arrive est terrible. Mais vous vous en sortez très bien. Vous ne pouvez pas obliger votre passé à vous revenir : il faut être patiente, laisser faire le temps. Détendez-vous donc, profitez de cette belle maison et des gens qui vous entourent. Max sera là dans deux heures, et nous n'avons pas fini de préparer le dîner. La sauce des coquilles Saint-Jacques est prête. Il nous reste encore le coq au vin et la marquise au chocolat... Heureusement que je ne mange pas comme ça tous les jours ! Mais nous devons fêter le retour de Max et votre deuxième leçon de cuisine. Au travail !

Stéphanie se mit gaiement à l'ouvrage en songeant que Robert avait raison : elle était merveilleusement entourée et habitait une maison de rêve. Ses sautes d'humeur l'effrayaient elle-même : elle passait sans transition du désarroi à l'euphorie et de l'euphorie à la tristesse. À présent que Robert l'avait consolée, elle retrouvait la sensation qu'elle avait éprouvée une semaine auparavant dans la voiture de Mme Besset. Elle se sentait un être à part entière et son passé lui manquait moins.

Observant les gestes rapides et sûrs de Robert, elle tentait de l'imiter tout en prêtant une oreille attentive à ses conseils et aux anecdotes qu'il lui racontait :

– C'est dans *Alice au pays des merveilles* que Lewis Carroll fait dire au morse : « Un peu de pain nous sera, je crois, nécessaire ; poivre et bon vinaigre de vin... »

– Alice au pays des merveilles ? Qu'est-ce que c'est ? C'est une histoire ? Avec un morse qui parle ? Vous l'avez, Robert ? J'aimerais bien la lire.

Robert se sentit soudain plein de compassion pour cette femme si belle, si vive et curieuse de tout, mais qui n'avait rien en elle à quoi se raccrocher. « Nous tenons le passé pour acquis, se dit-il. Nos souvenirs nous rassurent sur notre place dans le monde, nous donnent une base pour l'avenir. Qu'est-ce que je ferais si je me réveillais un matin la tête vide de tout, même de mon propre nom ? Je ne peux même pas l'imaginer. Ça doit ressembler un peu à la mort... Mais cette femme n'est pas morte. Elle est jeune, elle est belle, et nous devons tous l'aider à reconstruire sa vie. Cela dépend de nous. »

Robert avait pensé tout cela dans les quelques instants qu'il lui avait fallu pour mettre le coq au vin sur le feu.

— Il me semble que j'ai dû garder un exemplaire d'*Alice au pays des merveilles*, répondit-il. Je tâcherai de le retrouver. C'est un conte plein de sagesse, écrit par un mathématicien anglais qui connaissait bien les petites manies des hommes. On en reparlera ensemble quand vous l'aurez lu. Maintenant, filez vous changer pendant que je nettoie la cuisine. Max ne va pas tarder : il a dit qu'il serait là à six heures et il est toujours ponctuel.

— Vous l'aimez beaucoup, n'est-ce pas ? dit Stéphanie.

— C'est vrai, beaucoup. C'est un homme de parole.

— Savez-vous..., commença-t-elle, hésitante. Savez-vous en quoi consistent ses voyages d'affaires ?

— Il me dit qu'il exporte du matériel agricole, entre autres.

— Et vous le croyez ?

— Je n'ai aucune raison de ne pas le croire. Pas vous ?

— Je ne sais pas. Il est tellement secret. Je n'arrive jamais à savoir ce qu'il pense.

— Il vous aime. Ça, vous le savez.

Stéphanie resta un moment silencieuse puis reprit :

— J'ai l'impression que vous n'êtes pas dupe de ce qu'il vous raconte sur son travail. Vous venez de dire : « Il me *dit* qu'il exporte du matériel. »

— Rien ne vous échappe, Sabrina. Mais je n'ai aucune raison de douter de ce que me dit Max. Je pense simplement qu'il n'est pas homme à se contenter de ce travail-là. Il me semble donc possible, et même probable, qu'il s'implique dans d'autres entreprises plus stimulantes pour l'esprit.

— Il dit qu'il vous donne de l'argent, ainsi qu'à d'autres prêtres dans le monde.

— C'est vrai. Max nous aide à financer certains de nos programmes. En fait, il est très généreux...

— Ce sont des programmes éducatifs pour les jeunes ?

— Oui. Mais nous les aidons aussi à trouver une maison, à soutenir leurs parents et leurs frères et sœurs, à s'intégrer dans le système politique de leur pays, lorsqu'il en existe un.

— Lorsqu'il en existe un ?

— Beaucoup de pays ne connaissent que la dictature.

— Vous leur apprenez à comprendre la politique propre à leur pays ?

— Oui, d'une certaine façon... Maintenant, Sabrina, ajouta Robert avec un sourire, si vous n'allez pas vous changer, Max va vous prendre pour Mme Besset lorsqu'il rentrera.

Stéphanie lui rendit son sourire.

– J'y vais, Robert. Mais je n'ai pas fini de vous questionner...
Max et vous faites trop de mystères...

Dans son bain, Stéphanie oublia Robert pour ne penser qu'à
Max. Depuis une semaine qu'il était parti, la maison paraissait chaque jour plus grande et plus silencieuse. « Je me suis habituée à sa
présence », se dit-elle en attrapant son peignoir.

Puis elle enfila un ensemble de soie couleur ivoire que Max
lui avait acheté un jour à Aix-en-Provence, alors qu'elle était encore
malade. C'était la première fois qu'elle le mettait et elle s'y sentit
belle. Elle passa un peigne dans ses cheveux. Elle les avait délibérément laissés repousser afin de voir celle qu'elle avait été autrefois,
cette inconnue inaccessible qu'elle ne pouvait pas même imaginer.

Elle souleva sa frange pour examiner la cicatrice qui lui barrait
le front. Elle était longue, mais nette, et commençait à s'effacer, à
l'instar des petites marques qui lui cernaient les yeux et striaient
ses joues et son cou. « On ne les verra bientôt plus du tout, se dit
Stéphanie en chaussant ses escarpins. À part moi, il ne me manquera plus rien. »

Elle contempla son reflet dans le miroir.

– Du tonnerre ! *Smashing !* dit-elle tout haut en anglais.

Ses yeux s'écarquillèrent de surprise.

– *Smashing !* répéta-t-elle. Est-ce que j'ai vécu dans un endroit
où les gens disaient *smashing* ?

Des phares balayèrent la fenêtre ; elle entendit une voiture
s'arrêter puis le claquement d'une portière. « J'y penserai plus
tard », se dit-elle en se précipitant dans le hall pour se jeter dans
les bras de Max.

– C'était long, dit-il en posant ses lèvres sur celles de Stéphanie.
Bien trop long loin de toi.

Stéphanie sentit soudain son corps s'éveiller. Elle se serra
davantage contre Max et se laissa aller dans ses bras.

– Ma chérie, ma Sabrina, tu m'es revenue, fit Max, soudain
bouleversé de désir.

Il fit mine de la soulever pour l'emmener à l'étage. Mais alors
un bruit se fit entendre dans la cuisine.

– C'est Robert, dit Stéphanie. Il est là. Nous avons passé la
journée à te préparer un dîner de fête.

– Dommage... Mais que s'est-il passé cette semaine pour te
changer à ce point ? J'ai l'impression de retrouver la Sabrina sensuelle que je connaissais.

« Ainsi, j'étais sensuelle », se dit la jeune femme en saisissant
la main de Max pour l'entraîner vers la cuisine.

De tout le dîner, Max ne quitta pas Stéphanie des yeux. Il fit
l'éloge de ce somptueux repas et se montra disert sur son séjour à

Marseille, où il avait notamment rencontré son contact au Guatemala, Carlos Figueros. Stéphanie crut remarquer un bref regard entre Max et Robert à l'évocation de ce nom.

À la fin du dîner, Robert les quitta, promettant de revenir deux jours plus tard pour une nouvelle leçon de cuisine. À peine Max eut-il refermé la porte d'entrée que Stéphanie se jeta dans ses bras et, pour la première fois, ils gravirent ensemble l'escalier qui menait à sa chambre.

Max déshabilla lentement Stéphanie, et elle se laissa faire, bercée par la douce chaleur des mains qui caressaient son corps. Mais, lorsqu'il embrassa ses seins, Stéphanie sentit la panique l'envahir. « Je ne sais pas comment on fait. Je ne suis même pas sûre de le vouloir. » Pourtant, si elle ne se rappelait pas avoir jamais fait l'amour avec lui, son corps, lui, se souvenait.

Au petit matin, Max et elle passèrent une robe de chambre et descendirent dans la cuisine où ils finirent la marquise au chocolat du dîner.

– Il y a longtemps que je ne me suis pas senti aussi bien. Très exactement depuis le 24 octobre, dit Max.

– Qu'est-ce qui s'est passé le 24 octobre ? demanda distraitement Stéphanie, ensommeillée.

– Rien.

– Si, dis-moi ce qui s'est passé ce jour-là.

– Ça peut attendre.

– Max, je t'en prie.

– Eh bien, c'est le jour où le yacht a explosé. Depuis, à aucun moment je n'ai été sûr que nous allions nous retrouver. Jusqu'à cette nuit. C'est tout ce que je voulais dire.

– Mais tu ne m'as jamais raconté ce qui s'est passé. Chaque fois que je te pose la question, tu changes de sujet.

– Rien ne presse. Les détails de l'accident pourraient te choquer. J'ai eu tort de l'évoquer. Parle-moi plutôt de toi. Qu'est-ce que c'est que cette histoire dont tu as parlé hier au dîner. Tu as appris à conduire ? C'est une plaisanterie, je suppose.

– Absolument pas. Mme Besset m'a appris.

– Mme Besset ? répéta Max en fronçant les sourcils. Je t'avais dit que je t'apprendrais le moment venu.

– Eh bien, le moment était venu et tu n'étais pas là, répondit Stéphanie avec une pointe d'agacement. Je ne suis pas une enfant, Max. Ni ta prisonnière, n'est-ce pas ? Aurais-tu l'intention de me séquestrer à vie ?

– Bien sûr que non. Ne sois pas stupide. Je veux seulement être sûr que tu as complètement récupéré.

– Il y a un mois que ça va beaucoup mieux.

– Mais tu as toujours des maux de tête et des accès de dépression...

– Eh bien, conduire me remonte le moral.

– Jusqu'où as-tu conduit ?

– Pas très loin. Nous sommes sorties deux fois. Une fois sous une pluie torrentielle et la deuxième alors qu'il faisait un temps magnifique. C'était merveilleux. J'ai adoré. Je ne voulais plus m'arrêter. J'avais envie d'aller à Cavaillon, mais Mme Besset a pensé qu'il était préférable d'attendre ton retour.

– C'est visiblement la seule chose sensée qu'elle ait faite pendant mon absence. Je devrais la virer immédiatement. Elle n'a pas le droit de...

– Max, tu ne la vireras pas. Elle ne l'a fait que parce que j'ai insisté. Je l'aime beaucoup, je veux qu'elle reste. Je ne sais pas ce que nous ferions sans elle.

Max regarda longuement Stéphanie sans rien dire, puis il ajouta :

– Ça ira pour cette fois. Mais je ne donne pas d'ordres à la légère. Comprends bien, Sabrina, que je ne tolérerai pas d'avoir sous mon toit des domestiques qui les enfreignent. J'entends que mes ordres soient scrupuleusement respectés, en toute occasion et par tout le monde.

– Par tout le monde ? répéta Stéphanie en se reculant sur son siège pour mettre entre eux un peu de distance. Dois-je comprendre que tu ne parles pas seulement des domestiques ? Tu parles aussi de moi, n'est-ce pas ? Je suis censée obéir *scrupuleusement* à *tes* ordres dans *ta* maison. Mais n'est-ce pas aussi la mienne ?

– Naturellement. Nous la partageons, comme nous partageons nos vies. Mais tu ne sais rien du monde, Sabrina, tu as tout à apprendre. Je suis responsable de toi, tu dois me laisser te guider et te conformer à ce que je dis. Bon sang, Sabrina, est-ce que tu sais seulement combien j'étais inquiet quand tu étais à l'hôpital ? Sans moi, tu serais morte. C'est moi qui décide comment te protéger pour que plus rien, jamais, ne te fasse du mal.

Stéphanie resta sans voix. Les paroles de Max lui firent l'effet d'une gifle.

– J'ai besoin d'ordre dans ma vie, poursuivit Max. Cette maison est notre refuge à tous les deux. Je te promets de prendre toujours soin de toi, que tu ne manqueras jamais de rien. Je ferai tout ce qui est en mon pouvoir pour que tu sois heureuse. Mais tu ne peux pas aller contre ma volonté, Sabrina. J'ai décidé seul de ma façon de vivre depuis longtemps et je n'ai aucun intérêt à laisser y pénétrer le chaos.

– Je n'ai fait qu'apprendre à conduire. Où est le chaos là-dedans ?

– Nulle part. Tu as raison, j'exagère. Mais je ne supporterai pas que l'on remette en cause mon autorité.

– Ton autorité ?

– Ma chérie, tu ne t'attends tout de même pas à ce que je me plie aux ordres de qui que ce soit ? Pour ce qui est d'apprendre à conduire, tu n'aurais pas pu attendre encore une semaine ou deux ? Si tu me l'avais demandé, j'aurais été ravi de te donner des leçons. En fait, j'attendais ce moment avec impatience.

Stéphanie demeura silencieuse. Sa joie d'apprendre à conduire, le plaisir du dîner avec Robert, la douceur de la nuit, tout avait disparu. Elle se sentait aussi impuissante, aussi vulnérable et aussi seule qu'à l'hôpital et dans les premières semaines de son arrivée dans cette maison.

« C'est moi qui décide comment te protéger. »

« J'ai décidé seul de ma façon de vivre depuis longtemps. »

« Je ne supporterai pas que l'on remette en cause mon autorité. »

Stéphanie garda les yeux baissés sur ses mains, qu'elle tenait sagement posées sur ses genoux. La seule chose que Max n'avait pas dite, c'était que si elle n'était pas d'accord elle pouvait partir.

« Mais où irais-je ? Je ne sais rien. Je n'ai pas d'argent. Je n'ai nulle part où aller. Et je n'ai personne, sauf Max. »

Elle sentit sa gorge se serrer et ferma les yeux pour retenir ses larmes. Personne, sauf Max. Certes, il y avait Robert, qui lui aussi prenait soin d'elle, mais il avait sa vie, avec toutes ses contraintes. Certes, il y avait Mme Besset, mais elle avait un mari, une famille, une maison et des idées bien arrêtées sur ce qui se faisait et ce qui ne se faisait pas ; et héberger sa patronne, même provisoirement, ça ne se faisait certainement pas.

Max ne voulut pas rompre le silence ; quant à Stéphanie, elle ne le pouvait pas. Elle se trouvait seule avec un homme qu'elle connaissait à peine dans une petite ville du sud de la France, nichée entre champs et collines. Elle n'avait rien qui fût à elle, pas même son nom. Elle ne possédait que ce que Max lui avait donné. Il devait bien y avoir quelque part dans le monde des gens qui la connaissaient et qui se demandaient ce qu'elle était devenue. Mais elle les avait perdus. Elle n'avait pas d'amis, pas de famille à part Max. Elle était perdue pour tout le monde, y compris pour elle-même. Mais pas pour Max.

– Ma chérie, dit-il enfin en prenant les mains de Stéphanie dans les siennes. Nous allons faire beaucoup de choses ensemble, nous allons beaucoup voyager, tu vas apprendre tant de choses que ça sera comme si tu n'avais jamais rien oublié. Tu te sentiras forte. Viens, maintenant, nous allons transporter tes affaires dans ma chambre.

Elle le suivit sans un mot. « Je lui appartiens », se dit-elle en frissonnant.

Une fois dans la petite chambre de Stéphanie, Max sortit les vêtements de la penderie et les posa sur le lit. Il serra les produits de beauté dans une boîte, les chaussures et les pull-overs dans deux autres.

– Tu vas me dire où tu veux que je range toutes ces affaires. J'ai acheté une armoire et une commode exprès.

– Je ne les ai jamais vues, dit Stéphanie.

– Elles sont dans le dressing. Mais, si tu préfères les avoir dans la chambre, il suffit de les déménager, dit Max alors qu'il traversait le salon, suivi de Stéphanie.

La pièce était illuminée de soleil.

– Qu'est-ce que tu as fabriqué, ici ? demanda-t-il.

– J'ai changé quelques bricoles.

– C'est ce que je vois.

Max posa le carton qu'il s'apprêtait à porter dans sa chambre et arpenta la pièce, examinant la disposition des meubles, des lampes, des vases, des bibelots, des tableaux et des tapis comme s'il les découvrait pour la première fois.

– Pourquoi as-tu fait ça ?

– Ça n'allait pas avant.

– Qu'est-ce qui n'allait pas ?

– Ce n'était pas harmonieux.

– En quoi ?

– Je ne sais pas. Je le sentais, c'est tout.

– Tu le sentais, c'est tout ? L'idée que cette pièce n'était pas harmonieuse t'est venue comme ça, de nulle part ?

– Ce n'était pas une idée, mais une certitude. Je savais que je pouvais améliorer l'aménagement de cette pièce. J'aurais aimé changer quelques meubles, mais j'ai fait avec ceux que j'avais sous la main et avec deux autres, que j'ai trouvés dans le grenier.

– Et qu'est-ce qui a bien pu te faire croire que tu serais capable d'en tirer un meilleur parti ?

– *Je n'en sais rien.* Je t'ai déjà dit que je le sentais, un point, c'est tout !

– Rien d'autre ?

– Max, essaies-tu de me dire que j'ai dû faire ça avant ? Que c'était mon métier ? Tu m'as pourtant dit que je ne t'avais jamais parlé de mon métier. Est-ce que je t'aurais parlé de décoration ?

– Non, répondit-il sèchement. Je n'ai aucune raison de croire que tu étais décoratrice. Mais c'était peut-être ton passe-temps. Nous n'avons aucun moyen de le savoir. On verra bien s'il te vient d'autres inspirations de ce genre. Est-ce que ç'a été le cas quand tu as fait la cuisine avec Robert ?

– Il est convaincu que j'ai dû passer pas mal de temps derrière les fourneaux.

– On peut supposer ça de la plupart des femmes. D'où as-tu sorti le tapis que tu as posé devant la cheminée ?

– Du grenier. Mme Besset m'y a emmenée. J'ai l'impression que ce tapis est ancien...

– Pourquoi ne m'as-tu pas attendu pour me demander la permission ?

Cette question souleva en Stéphanie une vague de colère. Elle avait fait tout son possible pour rendre cette pièce plus belle et savait y avoir réussi. Non content de ne pas même la remercier, Max lui faisait subir un interrogatoire et la traitait comme une domestique.

« " Je ferai tout ce qui est en mon pouvoir pour que tu sois heureuse. " On n'en est pas encore là », se dit Stéphanie avant d'ajouter avec impatience :

– Si ça ne te plaît pas, tu n'as qu'à tout remettre comme avant.

– Non, répondit Max pensivement. En effet, c'est mieux comme ça. Vraiment beaucoup mieux. Tu as l'œil. Merci, ma chérie. J'espère que tu n'attendras pas que je sois parti pour t'attaquer aux autres pièces.

La colère de Stéphanie couvait toujours mais ne trouvait plus d'objet. Elle se demanda si, dans le passé, elle avait été capable de tenir tête à Max. Mais ils ne s'étaient connus que quelques jours. « Je ne le connaissais pas alors et je ne le connais toujours pas. Combien de temps va-t-il me falloir pour savoir qui il est ? »

Max la regardait, attendant qu'elle réagît à sa proposition.

– Non, naturellement, dit-elle enfin avant de le suivre dans l'escalier.

Il leur fallut moins d'une demi-heure pour installer les affaires de Stéphanie dans la chambre de Max. Il pendit les vêtements dans l'armoire tandis qu'elle rangeait sa lingerie et ses bijoux dans la commode.

– Max, dit-elle en posant quelques livres sur l'une des deux tables de nuit, est-ce que nous avons un exemplaire d'*Alice au pays des merveilles* ?

– Aucune idée. Je ne lis pas de romans. Pourquoi ?

– C'est Robert qui m'en a parlé. J'aimerais le lire.

– Eh bien, si nous ne l'avons pas, nous l'achèterons.

Stéphanie s'étira en bâillant. Ses paupières étaient lourdes.

– Je crois que je vais retourner me coucher. Tu n'es pas fatigué, toi ?

– Non, j'ai l'habitude des nuits blanches. Allonge-toi. Je serai dans mon bureau.

Stéphanie eut envie de dire : « Des nuits blanches, pourquoi ? » mais elle avait trop sommeil. Elle s'étendit sur le lit de Max – « non désormais c'est aussi mon lit » – et sentit qu'il posait sur elle une couverture, avant de sombrer dans un profond sommeil.

Max se tenait au-dessus d'elle et la regardait. La vue des cicatrices, toujours visibles sous les cheveux, le bouleversait encore. Il ne supportait pas que quelque chose pût diminuer la beauté de Stéphanie. Il voyait presque en elle l'une de ces œuvres d'art dont il était collectionneur. En effet, l'art avait été son métier pendant vingt ans, jusqu'à ce fameux mois d'octobre. Il avait sans doute été le plus chanceux et le plus doué des trafiquants d'art, envoyant ses émissaires aux quatre coins du monde pour piller tombes, musées et temples – parfois par pans entiers. Il revendait les œuvres à des collectionneurs européens et américains prêts à payer des fortunes pour les obtenir. S'il avait eu autant de succès, c'était parce qu'il était plus qu'un simple homme d'affaires : tout comme ses clients, il connaissait la valeur intrinsèque de chaque objet, et on le sollicitait souvent en tant qu'expert lorsqu'il s'agissait de compléter une collection ou de vendre une pièce.

À présent, alors qu'il contemplait la femme étendue sur son lit, il éprouvait la même colère que s'il s'était trouvé face à une œuvre irremplaçable et abîmée. En même temps, il ne pouvait s'empêcher d'éprouver une certaine satisfaction : ses cicatrices, son amnésie la rendaient moins parfaite, donc, plus dépendante de lui. Et il avait besoin de cette dépendance. Au cours des derniers mois, son amour pour elle n'avait cessé de croître, au point de devenir presque une obsession qui le rongeait à tout moment, en toute circonstance. La nuit qui venait de s'achever n'avait fait que renforcer son désir de la posséder entièrement, pour toujours, de voir enfin sa passion payée de retour. Stéphanie l'aimerait, Max en était certain.

Pourtant, lorsque, quelques heures plus tard, elle vint le rejoindre dans son bureau, il voulut la prendre dans ses bras, et la jeune femme eut un mouvement de recul instinctif. Surpris et blessé, Max dit, en resserrant son étreinte :

– Que se passe-t-il ?

– Je ne sais pas. J'ai juste eu... peur.

– Peur de ton mari qui t'enlace, chez toi, après une nuit d'amour ?

Elle ne répondit rien. Il posait les mains sur elle comme si c'était un dû, *son* dû. Mais n'était-ce pas le cas ? Après tout, elle l'avait épousé. Elle vivait avec lui. Elle avait fait l'amour avec lui toute la nuit.

— Que se passe-t-il ? demanda-t-il à nouveau.

— Je ne sais pas, fit-elle en se libérant de son étreinte.

Il n'essaya pas de la retenir.

— C'est que... je ne sais pas qui tu es au fond de toi, poursuivit Stéphanie. *Je ne te connais pas !* explosa-t-elle enfin.

— Qu'aimerais-tu savoir au juste ? demanda calmement Max.

— Tout. Ce que tu veux vraiment, ce qui t'inquiète, ce qui te rend heureux, ce qui te fait peur.

— Parce que tu as peur, *toi* ?

— Non. Je devrais ? Il y a cette explosion dont tu ne veux pas me parler et tout ce que tu sais sur moi et que tu ne me dis pas...

— Qu'est-ce qui te fait croire que je ne t'ai pas dit tout ce que je savais ?

— Je ne sais pas. Je le sens.

— Comme pour le salon..., dit-il en souriant.

Mais Stéphanie restait sombre.

— Oui, c'est ça. Quelque chose ne va pas entre nous, et il y a sûrement une raison. J'ai l'impression que tu me caches certaines choses et je veux savoir pourquoi. Peut-être n'es-tu pas aussi sûr de toi que tu le prétends, peut-être as-tu peur de ne pas toujours pouvoir maîtriser les choses et les gens qui t'entourent...

— Je n'ai pas peur et je ne cache rien, répliqua Max. Tu en sais autant sur moi que n'importe qui, sans doute même plus. Je ne suis pas comme Robert, je ne montre pas mes sentiments ; il faudra t'y faire. Le sujet est clos. J'ai horreur de perdre mon temps en de vaines discussions. Que voudrais-tu faire aujourd'hui ?

Stéphanie voulut tenter encore de lui faire comprendre que, tant qu'il lui dissimulerait des choses, tant qu'elle ne sentirait pas d'harmonie entre eux, elle ne pourrait l'aimer. Puis, résignée, elle abandonna, préférant remettre cette idée à plus tard : plus tard, elle lui ferait comprendre et alors peut-être l'aimerait-elle.

— On peut faire un tour en voiture ? dit-elle. Tu me laisses conduire jusqu'à Cavaillon... On pourrait y déjeuner et visiter la ville. Je n'y suis encore jamais allée.

— Tout ce que tu voudras. Laisse-moi juste cinq minutes pour finir mon travail, répondit Max en retournant à son bureau.

La jeune femme le regardait trier des papiers, s'attendant à discerner sur son visage une expression de colère, mais elle n'y lut que de la concentration. Au bout de quelques instants, elle quitta la pièce pour se rendre dans la cuisine, où elle trouva Mme Besset en train d'ouvrir et de fermer l'un après l'autre tous les placards.

– Il y a quelque chose qui ne va pas ? demanda Stéphanie.

– Non, Madame. Chaque chose est à sa place et il n'y a rien de cassé.

– Nous ne voulions pas envahir votre cuisine, Mme Besset.

– Est-ce que les leçons vont continuer ?

– Oui, aussi souvent que possible, répondit Stéphanie avec un peu plus d'agressivité qu'elle ne l'aurait souhaité.

Ils voulaient tous avoir la mainmise sur quelque chose : Mme Besset sur sa cuisine, Robert sur son école et ses cours, Max sur elle et sur la maison. « Et moi, dans tout ça ? pensa-t-elle. De quoi pourrais-je m'occuper ? Si j'avais été bonne à quelque chose, si j'avais eu un métier, je m'en serais souvenue. Au moins des bribes.

« Après tout, l'épisode du salon est peut-être un signe. Max a dit que j'avais l'œil. " C'était peut-être ton passe-temps. " Quoi qu'il en soit, je savais très exactement ce que je voulais en réaménageant le salon et ça m'a fait un bien fou...

« Je pourrais peut-être travailler. Je pourrais aider les gens à arranger leurs maisons. Même sans les faire payer. Pour mon plaisir. Pour qu'on me dise décoratrice, pour avoir une identité. Pour savoir exactement qui je suis. »

Mme Besset, qui continuait à s'affairer dans la cuisine, l'arracha à ses pensées.

– De toute façon, disait-elle en maugréant, je n'aurais pas confié ma cuisine à n'importe qui...

« Tiens donc, se dit Stéphanie. Mais c'est *ma* maison, *ma* cuisine et c'est *moi* qui décide. Et si cette femme est encore là aujourd'hui, c'est bien grâce à moi », ajouta-t-elle dans son for intérieur.

Puis elle entendit les pas de Max dans le couloir et le rejoignit alors qu'il se dirigeait déjà vers le garage. Il lui ouvrit la portière de la voiture du côté du conducteur.

– Maintenant, montre-moi ce que tu sais faire.

Stéphanie prit place au volant et se trouva soudain paralysée. Le regard de Max pesait sur ses mains et sur son visage. Elle ne savait plus par où commencer.

– La clef, dit-il.

– Je sais, répondit-elle froidement.

Au même instant, tout lui revint, elle fit démarrer la voiture et recula doucement pour sortir du garage. Ce ne fut qu'une fois sur la route qu'elle avoua :

– Je ne sais pas comment on va à Cavaillon.

– Première à droite et toujours tout droit, répondit Max, amusé.

Stéphanie se détendit un peu et, pour la première fois,

s'autorisa à regarder le paysage qu'elle n'avait vu jusqu'alors que depuis la terrasse de la maison. Des vignes, des champs de melons et de pommes de terre s'étendaient au pied des somptueuses collines du Lubéron.

Elle ralentit en pénétrant dans la grande artère bordée de platanes de la ville.

– Où va-t-on ? demanda-t-elle.

– Où tu veux.

Elle se lança au hasard des rues, passa devant un supermarché, devant des magasins, des cafés, pour aboutir enfin sur la grande place de Cavaillon. Voulant tout voir, Stéphanie roulait au pas et elle ne tarda pas à se faire vigoureusement klaxonner par des automobilistes pressés.

– Ne fais pas attention à eux, dit Max.

Elle ne l'entendit pas, pas plus qu'elle n'entendait les autres, tant elle était captivée par le spectacle de la rue : un kaléidoscope de couleurs, de mouvements, de gens, qui l'éblouissait après tant de mois passés dans le silence de la maison de pierre. « Je fais partie du monde, je suis vivante, je suis moi – qui que je puisse être. Et j'aime ça. »

Prenant confiance en elle, elle accéléra pour entrer dans le flot de la circulation et emprunta les rues commerçantes qui jouxtaient la place. Arrivée cours Gambetta, alors qu'elle regardait les vitrines des magasins bordant les deux côtés de la rue, elle pila soudain devant l'un d'eux.

– Max, il faut que je m'arrête. Où est-ce que je peux me garer ?

– Nulle part.

– Tu ne voudrais pas chercher une place pour moi ? Je t'attends dans cette boutique.

Max suivit son regard et aperçut le plus grand magasin de la rue. Derrière une vitrine légèrement poussiéreuse s'amoncelaient meubles, céramiques, draperies, poufs, lampes et tentures. Au-dessus de la porte s'inscrivait en lettres d'or : Art et Décoration.

– Tu veux acheter des meubles ?

– Pourquoi pas ? fit Stéphanie en sortant de la voiture.

En vérité, elle n'avait nulle autre intention que de voir ce qui se trouvait à l'intérieur de la boutique. Fascinée, elle n'entendit même pas Max grommeler en faisant le tour de la voiture pour s'installer à la place du conducteur.

– Attends-moi là, dit-il. Ne va pas te perdre dans la ville.

Mais Stéphanie avait déjà traversé le trottoir et pénétrait dans le magasin. Lorsqu'elle eut poussé la porte, elle découvrit un capharnaüm de consoles, de vases, de porcelaines chinoises, de sofas, de chaises, de fauteuils à bascule, de bureaux patinés, de plats d'argent remplis de ronds de serviette et de salières. Sur le sol s'entassaient des paniers d'osier débordant de nappes et de serviettes aux motifs provençaux. Il n'était pas un objet dans le magasin qui n'en contînt un autre. L'air était chargé de l'odeur empoussiérée des vieux velours, des tapisseries anciennes. « On dirait un grenier », pensa Stéphanie avec la certitude croissante d'avoir découvert un endroit où enfin elle allait se sentir chez elle.

Une femme à la longue silhouette, d'une beauté austère, pénétra dans la pièce.

– Puis-je vous renseigner, madame ?

– Oui, fit Stéphanie, s'arrêtant au hasard sur un objet. Ce bureau... Il a l'air très ancien.

– 1730–1740, à en juger par les tiroirs et par la forme des pieds.

Elle ouvrit un tiroir, et Stéphanie se pencha pour regarder. Tout à coup, elle se sentit soudain happée par le parfum particulier qui s'en dégageait, et, comme malgré elle, ses mains se mirent à caresser lentement le bois.

– Bel ouvrage, dit-elle enfin.

– C'est vrai, répondit la femme. Vous vous y connaissez en antiquités ? ajouta-t-elle en scrutant le visage de Stéphanie.

– Non, absolument pas, mais j'aimerais beaucoup. J'aime les vieux meubles...

Elle se dirigea vers une commode où trônait un magnifique chandelier à onze branches.

– Connaissez-vous l'origine de ce chandelier ?

– Il est signé. Il date de 1770 environ. Comme vous pouvez le constater, il est en bronze doré. C'est l'une de mes pièces préférées. Il a son pendant au Palazzo Reale de Turin.

– Et il coûte ?

– Cinquante mille francs, madame.

– Est-ce un prix raisonnable, selon vous ?

– C'est une pièce très rare, répondit la femme.

– Et quand on aime, on ne compte pas, n'est-ce pas ?

L'antiquaire répondit d'un sourire avant d'ajouter :

– Puis-je vous donner d'autres renseignements ?

– Oh oui, j'adore votre magasin, dit Stéphanie en promenant le regard sur toutes les merveilles accumulées autour d'elle. Vous me laisseriez travailler ici ? demanda-t-elle à brûle-pourpoint. Je ferais n'importe quoi, tout ce que vous me diriez, je sais que je suis capable d'apprendre et de me rendre utile. Je voudrais tellement rester ici ! Je voudrais tellement...

Elle vit Max pousser la porte du magasin et baissa la voix.

– Je ne sais pas si j'ai le droit, il faut que je demande à...

quelqu'un, mais si c'était possible est-ce que vous, vous seriez d'accord ?

La femme regarda Max qui se dirigeait vers elles puis se tourna vers Stéphanie et lui répondit en aparté :

– J'aimerais beaucoup, j'ai l'impression que nous nous entendrions très bien, mais, vous comprenez, j'ai déjà deux employées, et je n'ai pas les moyens d'en prendre une troisième. Mais revenez me voir dans quelques mois, les choses auront peut-être changé... On ne sait jamais.

Max entendit ces derniers mots.

– On ne sait jamais quoi ? fit-il à l'intention de Stéphanie.

– Si je pourrais travailler ici.

– Et pourquoi ça ?

– Parce que j'aime cet endroit..., répondit-elle en retenant les larmes qu'elle sentait lui monter aux yeux.

C'était comme si une porte était en train de se refermer sur son rêve.

– Max, je ne fais rien de toute la journée et je voudrais travailler, me rendre utile. Ce serait tellement merveilleux de pouvoir le faire ici...

– Seulement ici, ou n'importe où ?

– Seulement ici.

– Il y a d'autres magasins.

– Pas comme celui-ci.

– Tu as dit que tu voulais redécorer la maison, acheter de nouveaux meubles. Ça devrait pourtant te tenir occupée un moment...

– L'un n'empêche pas l'autre.

– Je préférerais que tu restes à la maison. Maintenant que tu sais conduire, tu vas pouvoir aller te promener dans d'autres villes et acheter tout ce que tu voudras pour la maison ou pour toi. Tu n'as pas besoin de travailler.

– Ce n'est pas une question d'argent, Max. Je veux travailler. Quel mal y a-t-il à cela ? J'aimerais être compétente dans un domaine, pouvoir être fière de moi. Ça n'a vraiment rien à voir avec l'argent. Je travaillerais même gratuitement.

Il y eut un silence. Max revit Les Ambassadeurs, le magasin d'antiquités que possédait Sabrina Longworth à Londres. Depuis l'accident, il avait envisagé qu'elle puisse retrouver la mémoire et avait élaboré plusieurs explications lui permettant de justifier ce qui s'était passé : toutes tournaient autour du fait que la bombe posée à bord du yacht les visait tous les deux.

Il ignorait ce que la jeune femme savait au juste du trafic de fausses porcelaines auquel avaient participé Ivan Lazlo et Rory Carr. Lui-même avait mis quelque temps à comprendre. Il se demandait si elle n'avait pas acquis l'un de ces faux sans le savoir, avant de découvrir la vérité. Si tel était le cas et si elle leur avait demandé des explications Lazlo et Carr auraient été ravis de se débarrasser d'elle et de Max par la même occasion. Mais qu'elle eût ou non été au courant, le seul fait qu'elle était avec Max suffisait à la rendre dangereuse.

Il pourrait lui dire qu'elle était devenue une cible à cause de lui. Mais il ne pourrait pas lui expliquer pourquoi il ne voulait pas qu'elle travaille dans un magasin, même dans une petite ville comme Cavaillon.

Peu après leur arrivée, il avait compris qu'ils n'étaient pas complètement à l'abri du danger. Dans la mesure où l'on n'avait pas retrouvé le corps de Max Stuyvesant, l'auteur de l'attentat devait se demander si celui-ci était vraiment mort et le rechercher.

Max ne pouvait pas en parler à Stéphanie puisqu'elle ignorait l'existence d'un Max Stuyvesant. Pour devenir Max Lacoste, il s'était teint les cheveux, s'était laissé pousser la barbe et évitait soigneusement les endroits fréquentés par les touristes anglais. Autant de choses qu'elle n'avait pas besoin de savoir. À présent, elle formulait une demande qui paraissait si simple qu'il ne pouvait refuser d'y accéder. Quelque chose s'était libéré dans sa mémoire et l'avait amenée ici à son insu. Max frissonna intérieurement. C'était un risque supplémentaire. Mais il devait s'y résoudre.

– Eh bien, madame, fit-il à l'intention de l'antiquaire, qui s'était éloignée de quelques pas pour les laisser parler librement. Ma femme semble avoir envie de faire gratuitement son apprentissage dans votre magasin. J'espère seulement que nous reparlerons de la question du salaire dans quelques mois, lorsque vous saurez toutes les deux ce qu'elle est capable de faire.

Stéphanie regarda Max avec tant de gratitude que la femme s'en étonna. Pourquoi une si jolie jeune femme était-elle à ce point dépendante d'un homme ? « Je ne peux pas dire non, se dit la femme. Je dois l'aider à échapper à l'emprise de son mari, ne serait-ce que quelques heures par jour. »

– Je serai ravie de vous avoir ici, madame, dit-elle. Je m'appelle Jacqueline Lapautre. Je préférerais que vous m'appeliez Jacqueline plutôt que « madame ».

Stéphanie poussa un soupir de soulagement et lui tendit la main :

– Moi, c'est Sabrina Lacoste. Je vous remercie de m'accepter ici. Je ferai tout ce que vous voudrez. Est-ce que je pourrai venir tous les jours ?

– À mon avis, deux jours par semaine suffiraient, dit Max.

Jacqueline lui décocha un regard noir.

– Pour l'apprentissage, j'aimerais mieux que Sabrina vienne tous les jours quelques heures, monsieur.

– Soit, nous allons faire l'essai pendant un mois. Mais je veux que tu rentres déjeuner, Sabrina.

Le regard de Stéphanie croisa celui de Jacqueline avant de se poser à nouveau sur Max.

– Mais, Max, c'est impossible. En plus, tu as dit que tu allais devoir voyager de plus en plus... Et puis il nous reste les petits déjeuners et les dîners.

– Eh bien, fais comme tu l'entends. Je t'attends dans la voiture. Je suis garé en bas de la rue.

Il sortit.

– Il veut seulement me protéger, dit Stéphanie lorsqu'il fut parti.

Jacqueline sourit.

– Je ne vois pas ce qui pourrait te menacer ici. Bienvenue à Art et Décoration.

6

Sabrina descendit de l'échelle posée dans la vitrine de Collectibles où elle venait d'accrocher un rideau ancien. Le soleil jouait dans les jours de la dentelle, projetant des motifs lumineux sur le fauteuil et le repose-pieds italiens qu'elle avait disposés dans la vitrine. Après avoir contemplé un instant l'ensemble, elle décida d'y ajouter une lampe Art déco en bronze.

– Stéphanie, c'est ravissant ! s'exclama Madeline Kane en sortant de l'arrière-boutique.

C'était un petit bout de femme au visage très fin que rehaussait la noirceur de ses yeux.

– Je n'aurais jamais pensé à associer ces objets.

– Il manque encore quelque chose, dit Sabrina. Où sont passés les vieux lorgnons qu'on a achetés le mois dernier ?

– Ils sont sur le bureau Louis XV. Je vais les chercher.

Lorsque Madeline les lui rapporta, Sabrina les posa en équilibre sur le bras du fauteuil.

– Maintenant, le livre...

Elle attrapa une édition originale d'*Alice au pays des merveilles* qu'elle avait mise de côté et feuilleta l'ouvrage jusqu'à ce qu'elle eût trouvé l'illustration qu'elle cherchait : elle représentait Alice et la chenille.

– Nous adorions ce livre, Stéphanie et moi... murmura-t-elle en posant le livre ouvert sur le fauteuil.

– Qu'est-ce que tu viens de dire ? demanda Madeline.

– Rien, je... je me parlais toute seule, balbutia Sabrina. J'adorais ce livre quand j'étais petite. Je me disais juste que je ne l'avais pas relu depuis des années. Je ne sais même pas si Penny et Cliff l'ont lu. Il faut que je pense à leur poser la question.

Elle regarda sa montre.

– Il faut que je file, maintenant. Je suis très en retard.

Le téléphone sonna à cet instant et, mécaniquement, elle décrocha.

– Stéphanie, c'est Brian.

– Oh ! Brian, je suis terriblement en retard. Est-ce que je peux vous rappeler ?

– Je voulais simplement savoir si vous aviez l'intention de venir à Londres.

– Justement, j'y pensais. Je devais venir en février, mais j'ai eu trop à faire ici. Il y a un problème ?

– Non, mais ça serait une bonne idée de venir nous voir. Après tout, c'est votre magasin. Je sais que vous ne pouvez pas être partout, mais vous aviez dit que vous vous occuperiez aussi bien de Londres que d'Evanston. Vous ne croyez tout de même pas que vous allez me laisser tout seul pour tenir la boutique ici et surveiller Nicholas...

– Je vous arrête tout de suite, Brian. Je vais venir, mais je ne sais pas encore quand exactement. Je vous appelle demain. Vous me raconterez ce qu'il se passe.

– Il faut que vous veniez.

« Je ne peux pas partir. J'ai trop à faire ici. » Depuis février, lorsqu'elle avait parlé à Garth de se rendre à Londres, tout l'avait retenue à Evanston, et notamment le chantier du Koner Building. Mais à présent, il semblait y avoir urgence, Brian réclamait sa présence avec insistance.

Elle se demanda s'il ne vaudrait pas mieux vendre Les Ambassadeurs et couper définitivement toute attache avec Londres. Puis elle se ravisa : « Non, pas encore. Plus tard, peut-être. Il est encore trop tôt pour prendre une telle décision. »

Elle devait s'occuper de son magasin à Evanston, des Ambassadeurs et de Blackford's, le magasin de Nicholas.

– Je vais faire tout mon possible pour venir, Brian. Mais j'ai un chantier en cours ici. Est-ce que ça peut attendre encore quinze jours ?

Il y eu un silence au bout du fil.

– Si vous ne pouvez vraiment pas faire autrement.

– Enfin, Brian, ne me dites pas que vous ne pouvez pas vous entendre avec Nicholas pendant encore deux semaines. Je sais que vous trouvez toujours des solutions. C'est d'ailleurs pour ça que je vous fais entièrement confiance.

– Je sais, répondit Brian. Je ferai de mon mieux. Tenez-moi au courant, dit-il avant de raccrocher.

Sabrina passa rapidement sa veste en tweed rouge et lança à Madeline :

– Je reviens à deux heures.

130

– Bon déjeuner.

Sabrina crut percevoir une intonation de réprobation dans la voix de Madeline.

– Ça t'embête de devoir garder le magasin ? lui demanda-t-elle.

– Bien sûr que non. Tu m'as prévenue depuis la semaine dernière.

– Pourtant il y a quelque chose qui te tracasse, je le vois bien.

– Ça se voit à ce point-là ? Décidément, je ferais un mauvais joueur de poker. Mais ce n'est rien d'important, Stéphanie.

– C'est important dès l'instant où ça te tracasse. C'est mon déjeuner qui te pose un problème ?

– Oui, en quelque sorte. En fait, c'est surtout le nombre de gens que tu connais, des gens importants, intéressants. Moi, je ne connais personne comme ça. Mes amis n'ont pas leur photo dans le journal.

– Les criminels aussi ont leur photo dans le journal, répondit Sabrina en souriant.

– Tu sais bien ce que je veux dire, Stéphanie. C'est vrai, je suis un peu jalouse, mais ça ne m'empêche pas d'être contente pour toi. Tu vis pleinement tout ce que tu fais. C'est un talent que je n'ai pas. Ce n'est pas que je vive mal, mais j'ai l'impression de passer à côté de la vie. Mais vas-y, Stéphanie, je ne devrais pas t'embêter avec mes états d'âme. On ne fait pas attendre une présidente d'université.

Sabrina se pencha pour embrasser Madeline sur la joue.

– Je ne serai pas longue.

Claudia Beyer habitait à quelques blocs du campus. Sabrina l'aperçut de loin, qui se dirigeait vers sa maison. Les deux femmes arrivèrent au même moment devant la porte de Claudia.

– Bonjour, Stéphanie. Je vous ai proposé un déjeuner chez moi parce que c'est le seul endroit où on puisse être tranquilles. J'espère que ça ne vous dérange pas.

– Non, pas du tout, Claudia. Vous savez combien j'aime votre maison.

– Je pense la redécorer un jour, et j'aurai besoin de vos conseils, répondit Claudia en invitant Sabrina à pénétrer dans le hall d'entrée.

Elle la précéda jusqu'à la salle à manger dont les fenêtres ouvraient sur un jardin intérieur fleuri de roses et de géraniums. Claudia et Sabrina s'installèrent à une table. Une jeune fille en tablier blanc entra dans la pièce. Elle disposa devant les deux une corbeille de pain, une carafe d'huile d'olive et un plat de salade niçoise.

– Merci, Violette, dit Claudia en français.

– Madame désire du vin ? demanda la jeune fille en s'adressant à Sabrina.

– Non, merci, répondit celle-ci également en français. Je n'arrive pas à travailler l'après-midi si je bois du vin au déjeuner.

– Mais, Stéphanie, vous parlez parfaitement le français, dit Claudia lorsque Violette fut sortie.

– J'ai été élevée en Suisse. Mais maintenant j'ai rarement l'occasion de parler français. Vous avez de la chance d'avoir une jeune Française chez vous.

– Et vous une vieille Anglaise, à ce qu'il paraît..., dit Claudia en souriant.

Sabrina haussa les sourcils.

– Ne me dites pas que la nouvelle de l'arrivée de Mrs. Thirkell est parvenue jusqu'à votre bureau ! J'espère que personne n'a rien trouvé à y redire ?

– Vous savez, il y a toujours des gens pour penser que le confort est incompatible avec l'austérité de la recherche et toujours des gens pour se demander d'où on tire l'argent nécessaire...

– D'où on tire l'argent ? répéta Sabrina. Je ne comprends pas.

– Nous en reparlerons plus tard. Voulez-vous de la salade ?

Sabrina avait envie d'insister puis elle y renonça, songeant qu'elle risquait de se montrer impolie.

– Parlez-moi de Violette, dit-elle en se servant.

– C'est la fille d'un couple d'amis français. Elle est venue pour apprendre l'anglais, mais, comme elle n'est arrivée que la semaine dernière, nous nous parlons encore en français. À propos, vous venez de me dire que vous aviez été élevée en Suisse. Je l'ignorais. Vous êtes si secrète...

– C'est que je préfère écouter les autres.

– À moins que vous ne souhaitiez pas évoquer votre passé...

Sabrina eut un pâle sourire.

– J'aime trop le présent pour m'occuper du passé.

– Votre sagesse me surprendra toujours, Stéphanie. Vous êtes jeune et pourtant, à l'inverse de beaucoup de femmes, vous semblez savoir parfaitement où vous allez.

– Mais vous aussi, Claudia. On rencontre peu de femmes présidentes d'université.

– Vous savez, au début de mon mariage, j'écrivais des poèmes. C'est lorsque j'ai commencé à publier qu'on m'a proposé d'enseigner la littérature à la faculté. De là je suis passée directrice du département, puis présidente.

– Et votre mari, Philippe, est-il heureux de votre réussite ?

– Plus ou moins. Il n'est jamais facile pour un homme d'admettre que sa femme a une position beaucoup plus en vue que la sienne et gagne mieux sa vie. Mais Philippe l'accepte et nous sommes heureux ensemble.

Sabrina ne put s'empêcher de penser à Garth et à leur bonheur, que rien n'entravait malgré la mort de Stéphanie. C'était pour préserver ce bonheur qu'elle avait sans cesse remis son voyage à Londres, où l'attendait une autre vie, une vie plus libre, mais qu'elle ne désirait plus.

Claudia interrompit le cours de ses pensées.

– Vous savez que nous tenons beaucoup à Garth. Il donne du prestige à la faculté, sans parler des subventions que son nom nous permet d'obtenir. Il vous en parle quelquefois ?

Claudia avait posé la question avec un peu trop de désinvolture, ce qui alerta Sabrina.

– Ça lui arrive. Il est fier des subventions, mais il l'est tout autant des fonds privés qu'il réunit pour le nouvel institut.

– Il est vrai qu'il fait un travail remarquable, dit Claudia. (Puis après un long silence :) Vous savez, Stéphanie, les temps sont durs pour l'université. Je ne sais pas si vous en parlez souvent, Garth et vous, mais, en ce moment, mieux vaut faire attention...

– Attention à quoi ?

– À ce que pensent les autres. Beaucoup de gens ne comprennent pas ce que nous faisons, et il suffit qu'un quelconque redresseur de torts vienne dire que nous gaspillons l'argent du contribuable pour que tout le monde se range derrière lui.

– Et alors ?

– Alors les médias se penchent sur la question et, au moment de voter les subventions, le Congrès ne tarde pas à faire machine arrière. Les députés n'ont aucune idée de ce qu'est la recherche ; ils ne voient pas plus loin que la prochaine élection. Alors comment voulez-vous qu'ils comprennent des projets qui prennent des années et aboutissent parfois à un vaccin aussi décisif que celui contre la polio, et parfois à rien du tout ?

– Vous pensez au député Leglind, dit Sabrina.

– Je vois que vous lisez les journaux. En effet, je pense à Oliver Leglind, mais il n'est pas le seul. Il est le pire, mais sans l'appui des autres il n'aurait aucune influence.

– Qu'est-ce que Garth a à voir dans tout ça ?

– Les professeurs les plus en vue, les plus impliqués dans les projets financés par l'État, se doivent d'être conscients des enjeux et de la situation précaire de l'université.

– Vous croyez que Garth n'a pas conscience du danger ?

– Je n'ai pas parlé de danger, j'ai parlé de précarité. Et je suis sûre que Garth a conscience de tout cela.

– Dans ce cas, je ne vois pas où vous voulez en venir. Je comprendrais mieux si vous me parliez ouvertement, fit sèchement Sabrina.

Il y avait manifestement une menace dans les propos de Claudia, mais Sabrina ne pouvait l'identifier. Il allait falloir se battre, mais contre quoi ?

– Ne le prenez pas mal, je ne parle pas plus clairement parce que, pour l'instant, je n'ai rien d'autre que des intuitions, fit Claudia. Et je ne peux les confier qu'à quelqu'un comme vous.

– Et votre mari ? demanda Sabrina.

– Philippe ne s'intéresse pas aux questions administratives.

Sabrina comprit soudain que cette femme devait se trouver bien seule face à ses soucis, à son travail. En lui parlant, Claudia avait essayé de briser un peu sa solitude, mais sans y parvenir tout à fait. Elle n'était pas encore prête.

Sabrina regarda sa montre et se leva.

– Il faut que je rentre. Madeline m'attend. Merci de ce déjeuner... et de cette conversation. J'espère que nous recommencerons souvent.

Les deux femmes échangèrent une chaleureuse poignée de main.

– J'adore cette idée.

– Mais la prochaine fois, nous déjeunerons chez moi.

– Cela me ferait très plaisir.

Sabrina sortit de la maison et emprunta la rue inondée de soleil qui descendait vers le bas du campus. « Il faut que je parle de tout ça à Garth », se dit-elle. Elle était presque arrivée à Collectibles lorsqu'elle aperçut au coin de la rue un jeune garçon à l'air désœuvré. Elle reconnut Cliff, et son cœur bondit dans sa poitrine.

– Qu'est-ce que tu fais là ? Qu'est-ce qui se passe ? lui demanda-t-elle, à peine arrivée à sa hauteur.

– Pas grand-chose.

– Comment ça, « pas grand-chose » ? Tu devrais être en classe à l'heure qu'il est !

– Ouais, mais je m'ennuyais.

– Tu t'ennuyais ?

– Bah, oui. On fait toujours la même chose, répondit Cliff en haussant les épaules.

– Tu ne disais pas ça l'année dernière.

Cliff haussa à nouveau les épaules.

– Réponds-moi, insista Sabrina.

– Faut croire que ça a changé.

– Ça quoi ? Qu'est-ce qui a changé ?

– J'ai pas vraiment envie d'en parler.

– Et pourquoi ?

– Parce que tu comprendrais pas.

– Je pourrais essayer, Cliff. Parfois je comprends assez bien les choses, tu le sais. Et puis qu'est-ce que tu faisais à m'attendre, si ce n'était pas pour me parler ?

– C'est..., c'est ce mec, répondit Cliff d'une voix étranglée.

Sabrina faillit lui demander de qui il parlait, mais elle ne fut pas longue à comprendre.

– Tu veux dire Lu Zhen. Cliff, je sais que tu ne l'aimes pas, mais il ne tient tout de même pas énormément de place dans ta vie. Ce n'est qu'un étudiant de ton père et, qui plus est, il va repartir en Chine dès qu'il aura soutenu sa thèse.

– Il vient dîner à la maison la semaine prochaine.

– Et alors ? C'est si terrible que ça ? Il est loin de son pays et ton père pense qu'il faut lui permettre de retrouver une famille de temps en temps. C'est un garçon bien élevé, même s'il est difficile de lui faire parler d'autre chose que de ses travaux.

– Je le hais.

– Tu y vas fort.

– Je te dis que je le hais.

– Cliff, la haine est un sentiment très lourd et très envahissant. On se réveille le matin avec un poids qu'on ne comprend pas et, au bout d'un moment, on se souvient. Ensuite on y pense toute la journée, quoi qu'on fasse. On éprouve de la haine envers quelqu'un. C'est ce que tu ressens, Cliff ?

– Oui, Comment tu le sais ?

Sabrina passa un bras autour des épaules de Cliff.

– Moi aussi, j'ai connu des moments difficiles, tu sais : il y avait des choses dont j'avais peur, des gens que je n'aimais pas, des gens que je pensais haïr... En fait, c'était surtout de la jalousie.

– Ce n'est pas de la jalousie, s'empressa de répondre Cliff.

– Alors c'est quoi ?

– C'est juste de la haine. J'en ai assez de le voir. Il ne fait pas partie de notre famille. Il est trop différent.

– Parce qu'il est chinois ? s'exclama Sabrina, indignée.

– Il est trop différent, c'est tout. On ne devrait fréquenter que les gens qui nous ressemblent. Tout le monde le dit à l'école.

– Tu veux dire que si un Néo-Zélandais, un Esquimau ou un Martien venaient frapper à la porte, tu ne leur ouvrirais pas sous prétexte qu'ils sont différents ?

– C'est pas pareil.

– Comment ça ?

– Ils pourraient nous raconter des choses sur leur pays...

– C'est bien ce que fait Lu Zhen. Il nous raconte son enfance à Beijing et comment il est arrivé à obtenir une bourse pour venir étudier ici...

– Oui, ça, pour parler, il parle. Et tout le monde l'écoute, baba, parce qu'il vient d'ailleurs !

Sabrina réfléchit un instant et dit :

– C'est vrai que nous lui accordons beaucoup d'attention. Peut-être avons-nous pitié de lui parce qu'il est tout seul alors que nous, nous formons une famille.

– Il est pas tout seul !

– Je ne suis pas d'accord, Cliff. Lorsque les gens parlent beaucoup, c'est souvent parce qu'ils emmagasinent des quantités de choses jusqu'à ce qu'ils trouvent quelqu'un pour les écouter.

L'air buté, Cliff donna un coup de pied dans une pierre.

– J'y peux rien, moi, s'il est tout seul. Ça m'empêche pas de le haïr.

– Je ne te demande pas de l'aimer, ni même de l'apprécier. Mais il est important pour ton père que nous aidions ce garçon. C'est un étudiant brillant et ton père...

– Ça, je suis au courant. Il est brillant et je ne le serai jamais autant que lui. Alors, ce que je pense, tout le monde s'en fout !

– On ne s'en fout pas, pour reprendre une expression que j'aimerais bien ne plus entendre, Cliff. Nous t'aimons et nous voulons que tu sois heureux. Ce n'est pas parce qu'un étudiant est brillant...

– Alors que je ne le suis pas !

– Je ne vois pas le rapport avec notre amour pour toi.

– C'est pourtant clair. Papa n'aime que les cracks, les super diplômés et les chiens savants.

Sabrina attrapa Cliff par les épaules pour le tourner vers elle.

– Tu crois vraiment qu'un étudiant peut prendre ta place dans le cœur de ton père ? Si c'est le cas, tu es vraiment stupide. Or, tu es tout sauf stupide. Tu es un bon élève, Cliff, tu es curieux de tout et quand tu veux tu peux vraiment être brillant. Cela dit, si tu sèches l'école, ça ne durera pas.

– Ça ne t'arrive jamais, à toi, de ne pas avoir envie d'aller travailler ?

– Non, parce que j'aime mon métier. Mais il y a beaucoup d'autres choses que je n'aime pas faire.

– Alors tu ne les fais pas.

– Sauf si j'y suis obligée. Et aller en cours, c'est une obligation pour toi, Cliff. Maintenant, il faut que je passe au magasin voir si

Madeline n'a besoin de rien. Elle est restée seule une bonne partie de l'après-midi.

– Je peux venir avec toi ?

– Naturellement, mais à mon avis tu ferais mieux de passer à l'école prendre tes livres et te renseigner sur les devoirs à faire pour demain.

– Qu'est-ce que je vais dire aux profs ?

– Tu vas leur dire que tu avais besoin de me parler. C'est la vérité, non ?

– Oui, mais on n'est pas censé sortir sans autorisation.

– Il fallait y penser avant, Cliff. Maintenant, c'est à toi de régler le problème.

Ils étaient arrivés devant la porte de Collectibles. Cliff gardait les yeux baissés.

– Tu pourrais peut-être appeler le principal et lui dire que c'était une urgence.

– Non, Cliff, débrouille-toi, répondit Sabrina en l'embrassant sur la joue. J'ai confiance en toi.

– C'est vrai ?

– Bien sûr.

Cliff eut un maigre sourire et reprit lentement le chemin de l'école. Sabrina le regarda s'éloigner. Au coin de la rue, il redressa la tête, allongea le pas, et Sabrina se sentit fière de lui.

Ce fut d'ailleurs ce qu'elle rapporta à Garth le soir même, lorsque tout le monde fut monté se coucher et qu'ils se retrouvèrent tous deux seuls dans le salon. Sabrina portait une robe de chambre de velours bleu que Garth lui avait offerte quand il était allé la chercher à Londres à Noël.

– J'adore cette matière, dit-il en caressant l'épaule de Sabrina. Mais ce que j'adore par-dessus tout, c'est la femme qui la porte. Raconte-moi ta journée, ma chérie.

– Je n'en ai pas vraiment envie, répondit Sabrina.

– Pourquoi ? Tu as des problèmes ?

– Je pensais en avoir fini avec ceux de Penny, et maintenant c'est le tour de Cliff.

– D'accord, il est soupe au lait et boudeur, dit Garth, mais à douze ans ça n'a rien d'extraordinaire.

– Avant, il n'était ni soupe au lait ni boudeur, Garth. Il est juste malheureux à cause de ton protégé, Lu Zhen.

– C'est de la jalousie, il s'en remettra. J'ai déjà essayé de lui en parler, mais il n'écoute pas.

– Il t'écoutera si tu prends la peine de lui parler vraiment. Il est malheureux, il a besoin de toi et il trouve qu'il n'y en a que pour Lu Zhen.

– C'est normal lorsqu'il est notre invité. Ce n'est pas parce que, une fois de temps en temps, je ne viens pas embrasser Cliff dans son lit que je ne l'aime plus. Il est assez grand pour le savoir.

– Même grand, on a toujours besoin de s'entendre dire qu'on est aimé.

– Tu as raison. Je ne suis pas sûr de le dire assez aux enfants. Je te promets d'essayer de reparler à Cliff. Est-ce qu'il y a autre chose qui ne va pas ?

– Non. Comme prévu, j'ai déjeuné avec Claudia à midi. On a passé un bon moment ensemble. Elle a besoin de quelqu'un à qui parler.

– Pourquoi ?

– Elle s'inquiète du tour que prennent les choses au Congrès.

– Oliver Leglind ?

– Oui, entre autres. Et Claudia pense que tu devrais te méfier.

– Je me méfie. Ça fait partie du jeu. Mais ne t'inquiète pas, nous sommes toujours très prudents en ce qui concerne les subventions accordées par l'État. Les enjeux sont trop importants. Cela dit, je refuse qu'Oliver Leglind et ces histoires de subventions viennent s'ajouter à la longue liste des questions qui troublent notre tranquillité.

– À ce propos, j'ai eu un coup de fil de Brian. On dirait qu'il y a un problème aux Ambassadeurs.

– Donc, tu veux aller à Londres.

– Non, ce n'est pas que je veuille y aller, mais je crois que ça s'impose. Je n'y suis pas allée en février, tu te souviens, et...

– Mon amour, tu n'as pas besoin de te justifier. Seulement, ne nous abandonne pas trop longtemps.

– De toute façon, je ne le pourrais pas. J'ai trop de travail avec le chantier de Billy Koner. Mais... pourquoi ne viendrais-tu pas avec moi ? On pourrait prendre quelques vacances.

– Pas cette fois. Toi, tu vas te faire du souci à propos de Brian, de Nicholas et de Billy Koner, et moi je ne penserai qu'aux travaux de recherche de Lu Zhen, à Cliff et peut-être même à Oliver Leglind. Mais ce n'est que partie remise. Tu sais combien j'ai envie d'aller en Europe avec toi.

Sur ces paroles, Garth enlaça Sabrina. Ils restèrent un long moment ainsi, à écouter le silence qui régnait dans la maison. De l'autre côté de la fenêtre, la rue s'étirait, tel un ruban noir, à travers la ville endormie. Les réverbères projetaient des halos bleutés sur les trottoirs déserts. Les maisons se découpaient comme de noires sentinelles contre le ciel nuageux que teintaient de rose les lueurs des gratte-ciel de Chicago.

— Ne trouves-tu pas étrange que tous les amoureux du monde croient avoir inventé l'amour ? dit Garth en serrant Sabrina contre lui. Les gens tombent amoureux au moment et à l'endroit où ils s'y attendent le moins. Ils ne cessent de s'en émerveiller, comme si personne d'autre avant eux n'avait connu cela. Et ils ont raison, ajouta-t-il en approchant ses lèvres de celles de Sabrina.

Leurs corps se retrouvèrent, se reconnurent comme après une longue séparation. Ils se souriaient, laissant le désir les envahir.

— Nous avons créé ce que nous sommes l'un pour l'autre, dit Garth, et rien ni personne ne pourra nous l'enlever, quoi qu'il arrive. Maintenant, mon amour, si nous allions nous coucher...

— Tu as raison, il est tard, répondit Sabrina en se levant.

La phrase que lui avait dite Claudia lui revint soudain à l'esprit :

« Vous êtes jeune et pourtant vous semblez savoir parfaitement où vous allez », « Oui, pensa Sabrina, avec cet homme-là, dans cette maison, mais jamais avec un autre, ailleurs. »

Ils gravirent l'escalier serrés l'un contre l'autre. Et les lumières de leur maison, les dernières allumées dans la rue, s'éteignirent l'une après l'autre.

7

Stéphanie sentait que sa vie commençait de se construire. Chaque jour, chaque semaine qui s'écoulait lui fabriquait peu à peu passé. Elle se réveillait tous les matins auprès de Max dans leur chambre que baignait le soleil. Les objets et les gens qui l'entouraient lui devenaient familiers, et elle n'avait plus le sentiment d'être perdue et de sombrer dans un abîme de solitude. Désormais, elle pouvait se souvenir de la veille et faire des projets pour le lendemain.

Elle avait aussi un emploi du temps Du lundi au vendredi, de 9 heures à 13 heures, elle travaillait à Art et Décoration. Elle consacrait un après-midi par semaine à son cours de cuisine avec Robert ; les autres, elle les réservait à Max, lorsqu'il n'était pas en voyage. Sinon, elle repensait l'aménagement de la maison, bavardait avec Mme Besset ou, confortablement installée dans le salon, lisait des livres choisis dans la bibliothèque de Max.

Elle y avait découvert un exemplaire illustré d'*Alice au pays des merveilles* Une vieille édition reliée cuir avec un ruban doré pour marque-page. Elle l'ouvrit un jour après le déjeuner, alors que Mme Besset était partie faire des courses. Elle se mit à le parcourir et ne s'arrêta qu'un bon moment plus tard, le cœur battant, prenant soudain conscience qu'elle venait de lire d'une traite dix pages en anglais, sans la moindre hésitation, sans buter sur un seul mot.

Après tout, il n'y avait rien d'étonnant à cela : elle savait, depuis l'hôpital, qu'elle parlait trois langues couramment.

« Et pourtant il me semble incroyable que ce soit si facile », se dit-elle en replongeant dans sa lecture.

Alice ramassa l'éventail et les gants ; ensuite, comme la pièce était chaude, elle se mit à s'éventer sans arrêt tout en parlant : « Mon Dieu ! Mon Dieu ! Comme tout est bizarre aujourd'hui ! Pourtant, hier, les choses se passaient normalement. Je me demande si on m'a changée pendant la nuit. Voyons, réfléchissons : est-ce que j'étais bien la même quand je me suis levée ce matin ? Je crois me rappeler que je me suis sentie un peu différente. Mais, si je ne suis pas la même, la question qui se pose est la suivante : Qui diable puis-je bien être ? »

Stéphanie resta interdite : « Je ne suis donc pas la seule à me poser cette question. » Elle lut le livre jusqu'au bout, puis revint au début et le relut en s'attardant longuement sur un passage de la fin.

Et le Griffon ajouta :
– Allons, à présent, c'est ton tour de nous raconter tes aventures.
– Je peux vous raconter les aventures qui me sont arrivées depuis ce matin, dit Alice assez timidement ; mais il est inutile que je remonte jusqu'à hier ; car, hier, j'étais tout à fait différente de ce que je suis aujourd'hui.

« Peut-être existe-t-il plusieurs façons de se perdre, songea Stéphanie, comme hypnotisée par l'image représentant le Griffon. Alice finit par savoir qui elle est et elle revient à son point de départ. C'est peut-être ce que Robert a voulu me dire lorsqu'il m'a conseillé de lire ce livre. »

Elle posa l'ouvrage bien en évidence sur une table afin de l'avoir à portée de main dès que l'envie la prendrait d'en relire un passage. « Je me demande si je l'ai déjà lu. Peut-être qu'en me concentrant je finirais par me rappeler quelque chose. »

Elle cherchait sans cesse à retrouver sa mémoire, s'efforçant de faire remonter des souvenirs par association d'idées. « Maison », disait-elle tout haut et, fermant les yeux, elle essayait de visualiser une maison, des pièces, des meubles, un jardin..., mais les seules pièces, le seul jardin qui surgissaient devant ses yeux étaient les siens – ceux qu'elle partageait avec Max. Elle tentait aussi de se représenter une famille, en vain : aucun visage ne lui apparaissait jamais. Peu à peu, elle renonça à vouloir arracher le voile qui masquait son passé. Les médecins avaient dit qu'un jour peut-être tout lui reviendrait ; Robert disait de même. En attendant, elle se contenterait du présent.

Lorsque Max n'était pas en voyage, ils passaient ensemble des après-midi complices à se promener en voiture dans les environs, s'aventurant sur des petites routes, s'arrêtant au hasard des villages pour chiner chez les brocanteurs. À mesure que Stéphanie se fabriquait de nouveaux souvenirs, qu'elle travaillait, conduisait et sentait sa vie se reconstruire, elle prenait de l'audace.

– Tu ne me parles jamais vraiment de toi, dit-elle un jour à Max. Tu trouves toujours le moyen de détourner la conversation, comme si j'étais une gamine, comme s'il y avait des choses que je ne devais pas entendre.

– Que veux-tu savoir ?

Ils passaient l'après-midi à Aix-en-Provence, où une averse les avait contraints à se réfugier au café des Deux Garçons. Installés près d'une vitre, ils voyaient le haut du cours Mirabeau, avec la statue du roi René. Max contemplait le profil de Stéphanie alors qu'elle observait, de l'autre côté de l'artère bordée de platanes, la façade des hôtels particuliers qu'ornaient des balcons en fer forgé. Elle portait un jean blanc et un col roulé noir, avec un collier d'argent et de longues boucles d'oreilles qu'il venait de lui offrir. On ne voyait presque plus ses cicatrices, sa beauté était redevenue presque aussi pure et saisissante que par le passé, et Max éprouva une légère fierté. Il avait sauvé la vie de Sabrina Longworth, sauvé sa beauté, pour créer Sabrina Lacoste. Elle était son œuvre, elle lui appartenait. Tout allait si bien qu'il se prenait presque à croire que rien ne viendrait entraver son bonheur. Se sentant détendu, il consentit à s'ouvrir un peu à Stéphanie.

– Je t'ai parlé de la mort de ma mère et de mes voyages avec mon père... Tu t'en souviens, n'est-ce pas ?

– Oui, naturellement, répondit la jeune femme, légèrement agacée. La Hollande, la Belgique, l'Allemagne, l'Espagne... bien sûr que je me souviens. Ensuite, tu es parti pour Londres. Mais tu ne m'as jamais dit comment tu t'entendais avec ton père, par exemple. Ni si tu l'aimais.

– Je ne me rappelle pas. Il m'a emmené avec lui parce qu'il n'y n'avait personne d'autre pour s'occuper de moi. Au début, j'avais un peu peur de lui. Il avait un caractère de chien et horreur de rester plus de quelques semaines au même endroit. Très vite, il cherchait un prétexte pour déménager et, en général, le prétexte, c'était qu'il s'était battu avec quelqu'un. Une fois, j'ai essayé d'intervenir, je ne sais plus comment, et j'en ai pris pour mon grade... Mon père m'a emmené à Londres et je l'ai quitté dès que j'ai récupéré.

– Tu parles comme un téléscripteur. Tu livres des faits, sans émotion. On dirait qu'il n'y a jamais eu d'amour dans ta vie.

– Il y a eu de la nécessité. C'est ce qui fait avancer la plupart des gens. Tu crois qu'ils sont nombreux à avoir la chance de connaître l'amour ? dit-il en prenant la main de Stéphanie. Je dirai qu'ils sont plutôt rares, mais ceux pour qui l'amour arrive un peu tard l'apprécient d'autant plus.

– Tu ne t'es jamais amusé dans ta vie ?

– Je n'ai jamais vraiment su. Je ne me demande pas si je m'amuse ou non. Je prends beaucoup de plaisir à ce que je fais, c'est tout.

– Et que fais-tu au juste ?

– Je vis avec toi, je te fais découvrir la Provence, je passe du temps avec Robert et avec mes collaborateurs à Marseille...

– Ce n'est pas ce que je te demande. Je te demande de me parler de ton métier.

– Je t'ai déjà dit que j'exportais du matériel agricole vers des pays en voie de développement.

– Tu me l'avais dit avant que je perde la mémoire ?

– Je ne sais pas. C'est possible, mais nous avons surtout parlé de l'avenir.

– Eh bien, moi, je crois que tu fais plus qu'« exporter du matériel agricole ».

– Et qu'est-ce qui t'amène à croire ça ?

– Le fait que tu prennes du plaisir à ton travail. Je ne vois pas quel plaisir un homme aussi intelligent et curieux que toi pourrait prendre à exporter du matériel agricole. Tu dois faire autre chose, et j'aimerais savoir quoi.

Un garçon vint leur servir les cafés qu'ils avaient commandés. Max attendit qu'il se fût éloigné pour répondre :

– Tu sais que c'est le premier compliment que tu me fais depuis l'accident, ma chérie.

Stéphanie le regarda, éberluée.

– C'est vrai ? Le premier ? Je suis désolée. Tu as été si bon avec moi.

– Ne confonds pas compliments et gratitude...

– En fait, Max, tu voudrais que je t'admire pour ce que tu es. Mais pour cela il faudrait que j'en sache davantage sur toi.

Il se prit à imaginer ce que pourrait être la réaction de la jeune femme s'il lui disait froidement : « Ma chère Sabrina, je dirige une petite imprimerie à Marseille. Nous imprimons des cartons d'invitation, du papier à en-tête, des faire-part de naissance et autres bricoles inoffensives, mais notre principale activité, ce sont les faux billets. Nous expédions à travers le monde la valeur de centaines de millions de francs, dans toutes les devises, soigneusement empaquetés et dissimulés à l'intérieur d'engins agricoles... »

Même fou amoureux, il ne lui livrerait pas ses secrets. Il ne faisait confiance à personne, hormis aux quelques complices avec lesquels il travaillait. De toute façon, elle n'avait pas besoin d'en savoir davantage pour l'aimer. Cela n'aurait aucune incidence sur leur vie : ils seraient heureux, quoi qu'il arrive.

Une fois encore, Max essaya de détourner la conversation.

– Je tâcherai de te donner d'autres raisons de m'admirer, répondit-il enfin. Maintenant, raconte-moi un peu ta matinée.

– Max, ça suffit ! s'écria Stéphanie. Je ne suis pas une enfant et je ne veux pas être traitée comme telle. Tu t'entoures d'un mur de secrets. Ne compte pas sur moi pour admirer cette attitude ! Je ne supporte plus les secrets – tout mon passé n'est qu'un secret, je refuse que mon présent en soit aussi un !

Elle saisit son imperméable et se précipita hors du café. La pluie avait cessé, et elle se fraya un chemin entre les touristes qui venaient d'investir à nouveau la terrasse de l'établissement. Relevant sa capuche afin de se protéger des gouttes qui tombaient des arbres, elle descendit le cours Mirabeau d'un pas pressé, puis, arrivée à hauteur d'une fontaine moussue, elle s'arrêta et s'assit sur la margelle de pierre.

Très raide, les poings serrés, elle regardait ostensiblement à l'opposé de la direction d'où Max allait sans doute venir. Elle mit un moment avant de comprendre qu'elle ne ressentait pour une fois ni solitude ni anxiété, mais tout simplement de la colère, une colère froide. Elle laissa libre cours à cette colère, consciente que c'était là le premier pas vers l'indépendance, vers l'âge adulte de sa nouvelle vie. Elle se rappela l'impression d'être une enfant qu'elle avait ressentie le jour où elle avait rencontré Robert, lors de ce déjeuner où elle s'était trouvée assise entre Max et lui. Elle se rappela avoir éprouvé le même sentiment lorsqu'il lui avait donné son premier cours de cuisine, lorsqu'elle avait pris sa première leçon de conduite avec Mme Besset, lorsque, pour la première fois, elle s'était laissée aller dans les bras de Max, terrifiée à l'idée de faire l'amour avec lui.

« Mais maintenant je grandis, se dit-elle. Je suis capable de me débrouiller toute seule. Et il faudra que Max et les autres apprennent à me traiter en adulte. »

Devant elle, trois femmes faisaient traverser l'avenue à des écoliers. L'espace d'un instant, leurs cris excités couvrirent le brouhaha de la circulation. En les voyant passer, Stéphanie se leva, obéissant à une inexplicable envie de les suivre, puis leur emboîta le pas. « Mais je suis complètement folle ! Que m'arrive-t-il ? » se dit-elle en s'arrêtant brusquement. Elle les suivit encore du regard jusqu'à ce qu'ils aient disparu au coin d'une étroite ruelle. « Je me demande quel âge ils ont. Huit ans ? Neuf ans ? Ils sont si drôles à cet âge-là, si ouverts, si tendres. »

Un enfant passa en courant devant elle, le visage baigné de larmes. D'instinct, Stéphanie l'attrapa au passage et s'agenouilla pour la serrer dans ses bras.

– Ne pleure pas, ça va s'arranger. Je suis là. Je vais t'aider. Dis-moi ce qui t'arrive. Tu as perdu tes camarades ?

La petite fille fit oui de la tête et hoqueta entre deux sanglots :

– J'ai vu un... petit... chien. Je me suis arrêtée... pour le... caresser... et j'ai... j'ai perdu... ma... ma classe...

– Je les ai vus passer, ne t'inquiète pas, on va les retrouver.

La jeune femme écarta les cheveux mouillés qui collaient au visage de l'enfant et lui embrassa le front et les joues. Elle la serra contre elle comme si jamais plus elle ne devait la lâcher.

– Mais où ils sont ? dit la petite fille en pleurant. La maîtresse va être fâchée, et papa et maman vont me gronder.

Lui prenant la main, Stéphanie se releva avant de lui demander :

– Comment t'appelles-tu ?

– Lisa Vernet.

– Viens, Lisa. On va retrouver ta classe, et ton papa et ta maman ne sauront pas que tu t'es perdue, dit-elle en l'entraînant d'un pas vif vers la rue qu'avaient empruntée les écoliers.

La rue était à peine assez large pour permettre le passage d'une voiture, et il n'y avait pas de trottoir. Trébuchant sur les pavés mouillés, elles arrivèrent sur une minuscule place où débouchaient trois rues. Lisa leva un regard interrogateur vers Stéphanie.

– Par là, fit celle-ci avec une assurance feinte, alors qu'en réalité elle ne savait absolument pas quel chemin les enfants avaient pu prendre.

– Notre maîtresse s'appelle Mme Frontenac, gazouillait Lisa tout en marchant. Elle te plairait beaucoup, elle est très jolie, comme toi. Elle a une petite fille, aussi, et c'est pour ça qu'elle est plus gentille avec les filles qu'avec les garçons. Parce que les garçons, ils font toujours beaucoup plus de bêtises que les filles.

Stéphanie avançait aussi vite que possible en tenant Lisa par la main. Il n'y avait aucune trace du passage de la classe. Le cœur battant, elle commença de se demander si elle ne s'était pas trompée et si elle était vraiment capable d'assumer la responsabilité d'un enfant.

Tout à coup, elle crut entendre confusément des voix enfantines, que couvrait le babil de Lisa.

– Tais-toi un instant, Penny, s'il te plaît.

– Quoi ? demanda Lisa.

– Tais-toi un instant, répéta Stéphanie.

Elles s'immobilisèrent en silence et entendirent effectivement des rires d'enfants.

– On les a trouvés ! On les a trouvés ! s'écria Lisa, lâchant la main qui tenait la sienne pour courir dans la direction d'où venaient les cris.

Stéphanie la suivit et, au coin de la rue, découvrit les enfants qui s'attroupaient autour de Lisa. Tous les petits parlaient en même temps.

L'une des maîtresses s'avança vers elle, la main tendue.

– C'est vous qui avez si gentiment raccompagné Lisa ? Je suis sa maîtresse, Marie Frontenac.

– Sabrina Lacoste. J'ai trouvé Lisa toute seule dans la rue, terrifiée et perdue. Elle a peur d'être punie. J'espère qu'elle ne le sera pas.

– Pourtant il faudrait que son aventure serve d'exemple aux autres.

– Il me semble que lorsqu'elle leur aura raconté la peur qu'elle a eue la leçon sera suffisante.

– On dirait que vous connaissez bien les enfants, madame Lacoste. Vous êtes professeur, vous aussi ?

– Non.

– Mais vous avez sûrement des enfants.

– Non. Enfin... bredouilla Stéphanie avant de changer brusquement de sujet. Je travaille chez une antiquaire de Cavaillon, Art et Décoration.

– Ah ! je connais ce magasin, dit Marie Frontenac. Une vraie merveille. Vous ne voudriez pas venir en parler à la classe, un jour ? Vous leur expliqueriez ce qu'on appelle des antiquités. À leur âge, on a une mauvaise perception du passé. Vous pourriez peut-être les aider à comprendre comment les meubles, l'architecture, l'art, les objets anciens nous parlent des autres époques.

– Je ne suis pas qualifiée, répondit Stéphanie. Je viens à peine de commencer.

– Mais vous en savez en tout cas plus que nous. Voudriez-vous y réfléchir ?

Stéphanie avait envie de revoir Lisa. « Peut-être étais-je institutrice ? À moins que je n'aie eu des enfants. Pourtant, Max dit que non. Oh, je ne sais plus... »

– Je viendrai peut-être, dit-elle enfin. Je vous appellerai quand je me serai décidée.

– Voici mes coordonnées, dit Marie Frontenac en lui tendant une feuille de papier où elle avait inscrit son adresse et son numéro de téléphone. Appelez-moi, cela me ferait très plaisir. Maintenant, il faut que j'y aille. Je vous remercie de tout cœur pour Lisa. Lisa, dit-elle en s'adressant à la petite fille, viens dire au revoir à la dame qui t'a aidée à nous retrouver.

Stéphanie se baissa pour que Lisa puisse l'embrasser.

146

– Merci, madame, dit celle-ci. Puis, après un temps d'hésitation : Je peux vous poser une question ?

– Bien sûr.

– Pourquoi vous m'avez appelée Penny, tout à l'heure ?

Stéphanie eut un mouvement de recul.

– Je t'ai appelée Penny ? Je ne m'en souviens pas.

– Oui, vous m'avez dit : « Tais-toi un instant, Penny. »

– C'est peut-être que tu m'as fait penser à quelqu'un qui s'appelait Penny... Mais ne t'en fais pas, je connais ton vrai nom et je reviendrai bientôt te voir.

– Super ! s'écria Lisa avant de rejoindre sa classe en gambadant.

– Merci encore, Sabrina. J'espère que nous aurons l'occasion de mieux faire connaissance la prochaine fois, dit Marie Frontenac.

– Moi aussi, je l'espère.

Stéphanie se mit à marcher, essayant de retrouver son chemin en se repérant grâce à la porte ouvragée d'un hôtel particulier, à un pot de fleurs renversé sur un trottoir, à un volet cassé, à une bicyclette posée contre un mur... « Je me souviens, je me souviens. Je me souviens de tout, maintenant. »

Mais, quelques minutes plus tard, elle sentit le silence se refermer sur elle. Il n'y avait pas âme qui vive. Les rues étaient désertes. Elle ne reconnaissait plus rien, elle n'avait plus d'indices pour regagner le cours Mirabeau. La peur l'envahit. « J'ai trouvé Lisa toute seule dans la rue, terrifiée et perdue. J'espère qu'elle ne sera pas punie. Moi non plus je ne vais pas être punie, se dit-elle. Je n'ai rien fait de mal. À moins qu'avant l'accident... Qu'est-ce que j'ai pu faire, pendant toutes ces années dont je ne me souviens pas, pour mériter ça ? »

Elle se mit à courir, tourna à droite, à gauche, puis encore à droite, à la recherche de quelque chose qu'elle aurait déjà vu. Mais tous les immeubles lui paraissaient désespérément identiques. Elle en vint même à se demander si elle n'avait pas eu seulement l'impression de courir, si elle avait véritablement bougé. Cette pensée lui donna le vertige et elle s'adossa contre un mur. « Je ne sais ni où je suis ni où je vais. »

Poussée par une peur croissante, elle se remit à courir à travers les rues étroites, s'écorchant les mains contre la pierre de Rognes des immeubles. Soudain, elle déboucha au milieu du cours Mirabeau, où elle aperçut Max, debout près de la fontaine.

– Alors, satisfaite de ta petite escapade ? lui dit-il d'un ton glacé.

– Max, tu ne peux pas savoir comme je suis heureuse de te voir, répondit Stéphanie, à bout de souffle, en se jetant dans ses bras. J'ai aidé une petite fille qui s'était perdue à retrouver sa classe. J'espère que tu ne t'es pas fait trop de souci.

– Je me suis demandé si j'allais te revoir...

Stéphanie lui lança un regard noir.

– Où voulais-tu que j'aille ?

– Je n'en ai pas la moindre idée. Resterais-tu avec moi uniquement parce que tu n'as nulle part où aller ?

– Je ne sais pas, répondit-elle après un long silence.

Il lui prit la main et ils marchèrent jusqu'à la place des Quatre-Dauphins, où il avait garé la voiture.

– Je t'ai déjà dit que tu finirais par m'aimer. Tu m'as aimé autrefois et tu m'aimeras encore.

– Pas si tu me traites comme une enfant.

– Je te traite comme une femme. Mais comprends-moi une fois pour toutes, Sabrina : je n'ai pas l'habitude de parler de moi ni de ce que je fais.

– Tu m'as parlé de ta mère, de la Hollande, de l'Espagne...

– Ça devrait te suffire.

Tandis qu'il lui ouvrait la portière côté passager, Stéphanie lui demanda :

– Tu as des activités illicites ? C'est ça ? Tu ne veux pas me raconter ce que tu fais parce que c'est illégal ?

– Est-ce que ça changerait quelque chose entre nous ?

– Et l'explosion sur le bateau ? Elle est liée à ces activités ?

– Tu sais bien que l'explosion était un accident, répondit Max en prenant place au volant.

– À l'hôpital, tu m'as dit que tu me protégerais. Mais tu n'as jamais dit de quoi.

– C'est drôle que tu te souviennes de ça, repartit Max, songeur, alors que tu as presque tout oublié de cette période.

– Je n'ai pas cessé d'y penser depuis. J'entends encore ta voix me dire que tu me protégerais.

– Et c'est ce que je ferai, répondit-il en mettant le contact. Nous vivons dans un monde froid, hostile, un monde de solitude. Et je ferai tout pour que tu sois entourée, pour qu'autour de toi il y ait des gens qui t'aiment.

– Dis-moi si ce que tu fais est illégal.

– Est-ce que ça changerait quelque chose entre nous ?

– Non, parce que je ne t'aime pas, mais, si je t'aimais, ça changerait quelque chose.

– C'est brutal, mais au moins c'est franc. Seulement, tu m'aimeras, Sabrina, j'en suis sûr, et ce jour-là peut-être que je te dirai ce que je fais, mais pas aujourd'hui. Tu n'as pas fini de me raconter l'histoire de cette petite fille que tu as aidée.

À nouveau Max éludait la question, mais cette fois Stéphanie n'eut pas envie de s'enfuir. Elle n'avait nulle part où aller et n'était guère tentée par l'idée de se retrouver seule. Max était son point d'ancrage, le centre de sa vie. Il prenait soin d'elle... et puis, même si elle ne l'aimait pas – « pas encore », se dit-elle –, ils étaient mariés.

– Max, est-ce que je t'ai déjà parlé de quelqu'un qui s'appelait Penny ?

– Non, jamais. Tu connais quelqu'un qui s'appelle Penny ? demanda-t-il alors qu'ils empruntaient déjà des petites routes de campagne.

– Je crois que oui. Et je suis sûre que c'est une enfant. Une élève, peut-être..., ou ma fille.

– Quand nous nous sommes connus, tu m'as dit que tu n'avais pas d'enfant. Et je ne t'ai jamais entendue dire que tu avais été professeur.

– Je n'en sais rien.

– Comment s'appelle la petite fille que tu as ramenée ?

– Lisa.

Elle lui raconta sa rencontre avec Marie Frontenac, la maîtresse de Lisa, qui l'avait invitée à parler devant la classe.

– Marie Frontenac dit que les enfants ont une mauvaise perception du passé. C'est curieux qu'elle m'ait parlé de ça, à moi qui n'ai pas de passé.

– Ce n'est pas ton histoire qui l'intéresse, c'est un exposé sur la façon dont les antiquités nous parlent des époques révolues, de la vie quotidienne d'autrefois.

– Oui, les meubles, les objets anciens font du passé quelque chose qui existe encore, quelque chose de vivant, n'est-ce pas ? Tout ce qu'il n'est pas pour moi.

Ils restèrent un moment silencieux tandis que défilaient le long de la route les coteaux quadrillés de vigne de la campagne aixoise. Les premiers iris perçaient au pied des murets de pierre et les genêts commençaient à fleurir, répandant leur parfum entêtant.

– Ça fait trente ans que je collectionne les objets d'art et les tableaux, reprit Max tout à coup. Je pourrais peut-être t'aider, pour ton exposé.

– Je ne savais pas que tu étais collectionneur, s'étonna Stéphanie.

Et elle comprit que c'était là le seul moyen d'en apprendre davantage sur lui : recueillir les bribes d'informations qu'il lui livrerait incidemment. « Encore que Max ne dise jamais rien incidemment... », pensa-t-elle.

– Je serais ravie que tu m'aides. Je ne sais vraiment pas par où commencer.

Ils parlèrent peinture, meubles, dentelles, porcelaines, argenterie, marqueterie... Stéphanie s'émerveilla de l'étendue des connaissances de Max : on eût dit qu'il avait passé sa vie à étudier l'art.

– Tu trouveras dans la bibliothèque beaucoup de livres spécialisés qui pourront t'aider, lui dit-il. Je t'en dresserai une liste.

Alors qu'ils approchaient de Roussillon, le soleil perça les nuages, rehaussant de couleur les dégradés orange, rouges et ocre des maisons qui grimpaient à flanc de colline jusqu'au village.

– C'est ici qu'habite le fils de Robert, murmura Stéphanie. Je serais curieuse de le rencontrer.

– N'y compte pas trop, répondit Max. Robert ne mélange pas ses vies.

– Parce qu'il en a plusieurs ? demanda la jeune femme en souriant.

– Oui, pas mal, à ma connaissance.

« Encore des secrets », songea Stéphanie.

Mais cette fois elle ne ressentit aucune colère, tant elle était émue par la beauté du paysage qui s'étendait autour d'elle : les maisons brûlées de soleil du village de Roussillon, perché au sommet de collines boisées, les champs et les jardins où le printemps laissait déjà quelques taches de couleur, les nuages qui s'écartaient, tel un rideau de scène, pour faire apparaître le bleu du ciel et un croissant de lune encore pâle.

Ils n'étaient plus très loin de Cavaillon. Stéphanie se sentait légère, débarrassée de ses peurs. Tout s'arrangerait, elle finirait par voir ses désirs se réaliser.

Max était à ses côtés. Elle éprouvait un sentiment de sécurité avec lui. Il lui communiquait sa force, sa confiance en lui, comme dans un jeu de miroir.

Mais je ne veux pas être le reflet de Max. Je veux être moi-même.

Et si c'était un criminel ?

« Impossible, se dit-elle tout de suite. Il aime donner aux situations une allure dramatique, il était en colère parce que je suis partie sans lui, c'est pour ça qu'il m'a laissé entendre qu'il pouvait avoir des activités illégales. Histoire de m'agacer. Mais, si c'était le cas, Robert ne serait pas son ami. »

Pourtant, Stéphanie ne parvenait toujours pas à accorder à Max son entière confiance. Elle ne pouvait chasser de son esprit le sentiment que, bien qu'intéressant, passionné et sincèrement amoureux d'elle, Max était quelqu'un de dangereux. Chaque jour un détail lui donnait à penser qu'il était en danger ou qu'il était lui-même un danger pour les autres. Mais jusqu'alors elle n'avait jamais songé qu'il pût avoir véritablement une activité criminelle.

Chaque jour aussi elle se disait qu'il lui mentait, qu'il en savait plus sur son passé qu'il ne voulait l'avouer. C'est pour cela qu'elle ne pouvait ni lui faire confiance ni l'aimer.

« De toute façon, je ne suis pas sûre d'être capable d'aimer qui que ce soit tant que je ne me serai pas retrouvée, songea Stéphanie. Et puis qui d'autre pourrais-je aimer ? Je ne connais personne. Pourtant, j'aimerais tellement rencontrer quelqu'un qui me ferait redécouvrir l'amour. »

Elle se rappela la façon dont elle avait accueilli Max le soir de son retour, après son premier voyage. Elle s'était sentie sûre de son amour et de son désir pour lui, elle avait été heureuse d'être sa femme. Mais jamais cela ne s'était reproduit depuis. Jamais elle n'avait retrouvé ce sentiment.

« S'il est vrai que je l'ai aimé autrefois, s'il est vrai que je lui ai fait confiance – pourquoi l'aurais-je épousé, sinon ? –, aujourd'hui, c'est terminé. »

– Tu ne dis rien ? dit Max alors que la voiture pénétrait dans l'allée conduisant à leur maison.

– Non, j'ai trop de choses en tête, répondit évasivement Stéphanie.

– Eh bien, moi, je n'en ai qu'une, je pense à ce soir. Que dirais-tu d'aller dîner au restaurant ? À La Bartavelle, par exemple.

– Bonne idée, mais j'ai peur que Mme Besset ne nous ait déjà préparé quelque chose.

– Non, je l'ai appelée d'Aix pour la prévenir.

– Décidément, tu ne laisses rien au hasard.

– Je voulais qu'on ait une soirée de fête tous les deux. Je pars demain pour une semaine.

– Où ça ?

– À Marseille et à Nice.

– Je pourrais t'accompagner. Je ne connais pas du tout la Côte.

– Tu sais bien que je déteste l'idée de passer une semaine loin de toi, mais nous nous verrions à peine. Je vais travailler jour et nuit. Et puis je préfère te faire découvrir ces villes à ma façon, quand nous aurons le temps, quand je pourrai me consacrer entièrement à toi. Bientôt, c'est promis.

Dans le garage, il coupa le contact et se tourna vers Stéphanie pour la prendre dans ses bras.

– Ma chérie, tu sais que je t'aime. Si j'avais la possibilité de changer de vie pour passer tout mon temps avec toi, je le ferais.

Il l'embrassa, posant doucement une main sur ses seins. Stéphanie s'abandonna dans ses bras en pensant que c'était plus facile ainsi, plus facile que de se demander si oui ou non elle avait envie de faire l'amour avec lui, plus facile que de lui dire qu'elle avait besoin d'y réfléchir. Elle sentit son corps se dissocier de ses pensées, qui demeuraient froides, indifférentes. En montant l'escalier qui menait à leur chambre, elle se serra contre Max ; après tout, elle était sa femme, il s'occupait d'elle et elle lui devait bien ça. Elle avait sans doute tort, mais elle aurait le temps d'y penser plus tard, lorsqu'il serait parti.

Max regarda le rivage s'éloigner à toute vitesse. Carlos Figueros conduisait vite. Son hors-bord dépassait aisément les voiliers et les yachts, laissant derrière lui un sillage blanc et droit.

– Ici, au moins, on sera tranquilles, dit Figueros en coupant le moteur. Tu as quelque chose pour moi ?

– Oui, la liste des prochaines cargaisons, répondit Max en tirant un dossier de son attaché-case. Et toi ?

– Le règlement des derniers faux billets expédiés et la liste des dons qui ont été faits.

Il fouilla dans la poche intérieure de sa veste et en sortit une enveloppe Kraft ainsi qu'un calepin grand comme la paume de sa main. Il tendit l'enveloppe à Max en disant :

– Quatre-vingt-cinq mille francs.

– Quel est le montant des dons ?

– Tu ne me fais pas confiance, Max ? demanda Figueros avec une grimace. On a donné huit mille cinq cents francs aux prêtres. C'est-à-dire dix pour cent de ta part, comme prévu, ajouta-t-il en lui remettant le calepin.

Max le feuilleta en plissant les yeux pour déchiffrer la minuscule écriture de Figueros.

– Guatemala, Haïti, Chili. Rien pour l'Afrique ?

– Non, cette fois on n'a rien donné non plus pour la Russie, l'Europe de l'Est, le Moyen-Orient et la Chine. Le père Chalon prétend qu'en dispersant l'argent on donne trop peu, ce qui revient à ne rien donner du tout. Veux-tu qu'on fasse autrement ?

– Non, c'est à lui de décider. Fais ce qu'il te dit.

Max empocha l'argent sans recompter et arracha du calepin la page qu'il venait de lire. Il tendit le dossier à Figueros.

– Voilà le programme des mois à venir. Il va du 1er mai à la fin juillet. Rien de très compliqué.

Figueros tourna lentement les pages, lisant attentivement chaque ligne. Pendant ce temps, Max contemplait un voilier sur lequel quatre jeunes gens s'entraînaient à hisser le foc. Il avait hâte de retourner à terre mais n'en dit rien, attendant la réaction de Carlos Figueros.

– Je vois qu'il y a une livraison pour l'Angleterre, dit enfin celui-ci. Mais tu n'as pas mis de chiffre.

Max saisit la feuille pour vérifier.

– Il devrait pourtant y en avoir un. Ce n'est pas normal. J'avais demandé à ma secrétaire de compléter ce document avant de le taper. Je verrai ça avec elle dès que je serai au bureau.

– Elle n'y est pas.

– Elle n'est pas au bureau ? Tu es passé voir ?

– Je me suis arrêté pour lui dire bonjour en venant. Le bureau était fermé, répondit Figueros.

– À l'heure qu'il est, elle est peut-être arrivée. Elle n'a jamais manqué un seul jour. Ramène-moi aux entrepôts. Si elle est malade, on pourra toujours l'appeler ou passer chez elle.

– Bien, dit Figueros en remettant le contact.

La bateau vibra sous leurs pieds puis donna l'impression de décoller, décrivant un large cercle avant de revenir vers la côte. Max se remémora la dernière fois où il s'était trouvé dans un hors-bord. C'était entre Monte-Carlo et Nice. Il revit Stéphanie, le visage baigné de sang, inconsciente. Derrière eux flottaient les ultimes débris du *Laffitte*. « De ce côté-là, plus de danger, se dit-il. Ils nous croient morts. »

Ils accostèrent et se rendirent directement aux entrepôts Lacoste et fils à l'autre bout du quai. Max tourna la poignée de la porte, mais le bureau était toujours fermé.

– Je n'aime pas ça, marmonna-t-il en sortant sa clef.

La pièce était sombre et humide. Le bureau était vide, les tiroirs fermés à clef. Annuaires, atlas et cartes étaient à leur place sur les étagères. Max jeta un œil à l'éphéméride posé sur le bureau.

– Samedi. C'était il y a quatre jours. Je ne l'ai pas eue depuis. C'est le jour où je suis parti pour Nice. Mais, bon sang, où peut-elle bien être ? Elle ne m'a pourtant pas parlé de vacances.

Il prit le téléphone, composa le numéro de sa secrétaire et raccrocha sans laisser de message lorsqu'il entendit la voix sur le répondeur.

– Elle n'habite pas loin d'ici. J'ai envie de faire un saut chez elle.

– Je t'accompagne, dit Figueros.

Lorsqu'ils frappèrent à la porte de son appartement, personne ne vint leur ouvrir. Max frappa à nouveau. Un homme passa alors la tête par la porte d'en face.

– Ça ne sert à rien d'insister, monsieur. La police est venue. La jeune femme et son fiancé ont eu un accident de voiture. Ils sont morts sur le coup.

– On vient de recevoir le linge de table, annonça Jacqueline en déballant un paquet de sets matelassés.

Stéphanie caressa les cotonnades soyeuses aux motifs raffinés : de petites fleurs ornaient les sets, des feuilles et des branches décoraient les nappes et les serviettes. Le magasin n'était pas encore ouvert ; Jacqueline et elle étaient assises par terre dans la pièce à demi éclairée, au milieu des cartons ouverts – elles avaient posé à proximité, sur une petite table basse, un cutter, une paire de ciseaux et deux cafés. Par la vitrine, on entrevoyait le cours Gambetta qui commençait à s'animer : les gens quittaient les cafés pour se rendre au bureau, les commerçants ouvraient leurs boutiques, les camions de livraison gênaient la circulation et des automobilistes impatients klaxonnaient nerveusement.

Le bruit et l'agitation de la rue ne parvenaient pas à troubler le calme qui régnait à l'intérieur du magasin. Jacqueline et Stéphanie parlaient à voix basse, en sirotant leur café dans un décor de meubles et de tissus chaleureux qui donnaient à la pièce l'allure d'un salon familier. Jacqueline avait demandé à Stéphanie de venir un peu plus tôt ce matin-là pour l'aider à déballer les cartons. Depuis deux semaines qu'elles travaillaient ensemble, c'était la première fois que les deux femmes trouvaient un petit moment pour bavarder tranquillement. « Comme deux amies, se dit Stéphanie. Cela ne m'est arrivé qu'une fois, avec Mme Besset. »

– Bien sûr, ceux-là sont neufs, poursuivait Jacqueline en défaisant d'autres paquets et en disposant nappes, sets et serviettes dans des corbeilles. Le linge de table ancien – dentelle, soie et lin – est rangé dans l'armoire du fond. Je te le montrerai plus tard.

– Je l'ai déjà regardé hier pendant que tu étais sortie, dit Stéphanie. J'ai aussi trouvé un livre sur les tissus anciens dans l'arrière-boutique. Je l'ai lu hier soir.

Jacqueline sourit.

– Je n'aurai bientôt plus rien à t'apprendre. Mais, tu sais, tu n'es pas obligée de tout lire en une nuit. Je n'ai pas l'intention de te faire passer un examen.

– Je le fais par plaisir. Je lis toujours tard quand mon mari s'absente.

– Ton mari est un homme impressionnant. J'aimerais bien le connaître mieux, dit Jacqueline en pliant une large nappe, sur laquelle elle posa huit serviettes, entourant l'ensemble d'un gros ruban de crêpe vert auquel elle fit un nœud. J'ai regretté que vous n'ayez pas pu venir à mon dîner l'autre soir, reprit-elle.

– Ton dîner ?

– Oui, samedi soir. Je vous ai envoyé un carton. Je sais que c'est un peu ridicule puisqu'on se voit tous les jours, mais je voulais te faire une surprise. Et puis j'ai un côté vieux jeu : j'aime bien faire revivre un peu les manières d'autrefois, dit-elle encore avant de s'interrompre quelques instants et d'ajouter : Il me semble que la surprise est plus complète que je ne l'aurais souhaité.

– Max ne m'a rien dit, fit Stéphanie. Nous avons passé la journée de samedi à Aix, mais nous aurions eu tout le temps de venir. D'ailleurs, nous sommes sortis dîner, ce soir-là. Max voulait qu'on fasse un peu la fête parce qu'il partait le lendemain. Pourtant, il aurait quand même pu me prévenir.

– Les maris pensent souvent qu'ils n'ont pas besoin d'expliquer leurs décisions.

Elles échangèrent un regard et un sourire complices.

– Je ne savais pas que tu étais mariée, dit Stéphanie.

– Je l'ai été, mais je ne le suis plus. Je me suis mariée deux fois. Je n'en suis pas très fière, d'ailleurs : j'aurais dû tirer les leçons de l'échec de mon premier mariage. C'était une erreur de jeunesse. Pour le second, en revanche, je n'avais aucune excuse : j'avais cinquante ans passés.

– Mais quel âge as-tu ? lui demanda Stéphanie, étonnée.

– Bientôt soixante-deux ans. À beaucoup d'égards, c'est un âge très agréable. Je remarque seulement que je n'ai plus la même patience qu'autrefois : je ne veux plus perdre de temps avec des gens qui n'en valent pas la peine.

– Tu ne fais pas ton âge.

– Ah bon ? À quoi doit-on ressembler à soixante-deux ans ?

– Je ne sais pas, répondit Stéphanie en riant. Tu devrais avoir l'air plus... vieille. À soixante-deux ans, on ne bouge pas les meubles comme tu le fais, on ne grimpe pas aux échelles, on ne fait pas du hors-piste à Chamonix, on se repose de temps en temps, et j'imagine qu'on a les cheveux gris.

– Pour ce qui est des cheveux, rassure-toi, je triche, répondit Jacqueline. En revanche, pour le reste, c'est bien moi : j'ai la chance d'avoir une excellente santé et beaucoup d'énergie. Après tout, soixante-deux ans, ce n'est pas si vieux que ça. On peut encore faire plein de choses à cet âge-là. Et toi, Sabrina, quel âge as-tu ?

Au lieu de répondre, la jeune femme lui posa immédiatement une question.

– Tu crois que tu te remarieras ?

Jacqueline la dévisagea avec étonnement. Elle connaissait déjà assez Stéphanie pour savoir qu'elle n'était pas du genre à se montrer délibérément impolie. Pourtant, cette fois, c'était le cas. Pourquoi refusait-elle de dire son âge, alors qu'elle était manifestement plus jeune qu'elle ? « Ça viendra peut-être », se dit-elle, choisissant de répondre à la question plutôt que d'insister.

– Non, je ne crois pas que je me marierai une troisième fois. Financièrement, je n'ai besoin de personne. Et puis je n'ai pas envie de revivre un autre échec. J'aime vivre seule, à mon rythme, avec mon mode de vie à moi. La solitude ne me pèse pas. J'ai beaucoup d'amis, beaucoup d'activités... et un compagnon, aussi, naturellement.

Stéphanie s'était arrêtée d'ouvrir les paquets et restait immobile, fixant le visage à peine ridé de Jacqueline. Que celle-ci se fût ainsi confiée à elle lui faisait plaisir. Elle avait l'impression de faire partie de sa vie, d'entrevoir ce que pouvait être une véritable amitié. Elle pensa à Max et comprit combien jusqu'alors elle avait été seule, sans une femme à qui parler. Elle posa alors à Jacqueline une question qu'elle n'aurait jamais osé poser à quiconque.

– Aimes-tu ton compagnon ?

– Non, et lui non plus ne m'aime pas. Ce n'est pas le plus important ; l'essentiel, c'est d'être bien ensemble et de prendre du bon temps.

– Est-ce que tu lui fais confiance ?

– Confiance ? Voilà bien un mot de femme mariée. Je ne me pose pas la question. Et toi ?

– Oui, moi, je me la pose.

À peine eut-elle prononcé ces mots que, comprenant qu'elle allait enfin pouvoir se livrer, Stéphanie en éprouva un immense soulagement.

– Ce n'est pas que je n'aie pas confiance dans l'amour de Max, poursuivit-elle. Je sais qu'il ne me laissera jamais tomber. C'est plutôt que je n'ai pas confiance en..., en ce qu'il prétend être.

– Nous sommes rarement ce que nous prétendons être : nous avons tous dans notre vie des zones d'ombre, des pans du passé qu'on préfère dissimuler, des peurs, des envies cachées, des haines, des amours... À moins que...

Jacqueline s'interrompit et regarda un long moment Stéphanie sans rien dire, puis elle reprit :

– À moins que tu n'aies des doutes d'un autre ordre. Sur son intégrité, peut-être...

La jeune femme hocha la tête.

– Ne t'inquiète pas, continua l'antiquaire. Ces choses-là finissent toujours par se savoir. Crois-moi, dans le mariage, on finit toujours par en apprendre plus qu'on ne le voudrait sur son mari.

– Moi, je veux tout savoir, répondit Stéphanie. J'ai horreur des zones d'ombre.

– Je comprends, mais dis-toi bien qu'un peu de mystère ne fait jamais de mal, dans un couple. C'est son mystère qui rend l'autre

156

intéressant, qui donne envie de le connaître à fond, d'accéder à une entente parfaite.

– C'est ce que tu ressens pour l'homme avec lequel tu es ?

– Non. Sinon, nous serions en train de vivre une grande passion plutôt qu'une amitié amoureuse. Nous sommes très différents l'un de l'autre. Et ni l'un ni l'autre nous n'éprouvons le besoin de tout partager ni de percer nos mystères respectifs. Nous nous complétons bien. Il me manquerait si nous nous séparions, mais je ne lui en voudrais pas, je lui serais reconnaissante des bons moments que nous avons passés ensemble. Je suis sûre qu'il en dirait autant. Et c'est très bien comme ça.

Sur ces mots, Jacqueline attrapa un autre carton et l'ouvrit d'un coup de cutter en prenant soin de ne pas abîmer le linge qui se trouvait à l'intérieur.

– Il y a longtemps que vous êtes mariés ? demanda-t-elle à Stéphanie.

– Non, à peine quelques mois, répondit celle-ci, toujours immobile.

– Tu vas voir, la première année est très instructive. C'est pendant cette période que l'on apprend le plus de choses. Ces zones d'ombre qui te contrarient tant ne vont pas tarder à s'éclaircir, dit Jacqueline tout en dépliant de nouvelles nappes. Puis elle ajouta, sans lever les yeux : Quel âge as-tu, Sabrina ?

Il y eut un long silence.

– Je ne sais pas.

L'antiquaire redressa brusquement la tête.

– Qu'est-ce que tu veux dire ?

– Je veux dire que je suis amnésique. Les seuls souvenirs que j'ai remontent au mois d'octobre dernier. J'ai perdu la mémoire et je ne sais plus qui je suis.

– Oh, ma pauvre petite, dit Jacqueline, abandonnant immédiatement ce qu'elle était en train de faire pour prendre Stéphanie dans ses bras. C'est atroce. Tu ne te souviens vraiment de rien du tout ?

– Rien que de petites choses. J'ai coupé des roses avec des ciseaux d'argent. Je crois que ma mère s'appelait Laura. J'ai connu quelqu'un qui s'appelait Penny, une petite fille, sans doute. Je n'ai jamais vécu seule et...

– Et tu as déjà fait de la décoration.

– Peut-être. Je ne sais pas...

– Mais si. Je te vois faire depuis quinze jours. Tu ne cesses de remanier la disposition des meubles dans le magasin.

– Excuse-moi. Je ne m'en suis pas rendu compte.

– Pourquoi t'excuses-tu ?

– Parce que c'est ton magasin, pas le salon de ma maison.

– Mais plus tu traiteras le magasin comme ton salon, mieux ce sera. Rien ne m'empêchait de freiner tes élans. Mais tu as l'œil, tu as le sens de l'harmonie. J'aime tout ce que tu as changé dans le magasin. Je parierais volontiers que tu as été décoratrice autrefois. Maintenant, raconte-moi ce qui s'est passé. Tu as eu un accident ? Tu as été blessée ?

Stéphanie releva sa frange et montra à Jacqueline la cicatrice sur son front.

– J'étais sur un bateau qui a explosé. J'ai perdu connaissance, Max m'a sortie de là et m'a soutenue dans l'eau jusqu'à ce qu'un autre bateau nous prenne à son bord. Du moins, c'est ce qu'il prétend ; je ne me souviens plus de rien. J'ai passé deux mois à l'hôpital, à Marseille. La chirurgie esthétique a très bien réussi, et Max dit que je suis exactement comme avant. Mais...

– Mais quoi ?

Stéphanie hésita un instant : ce qu'elle s'apprêtait à confier à Jacqueline, elle ne l'avait dit ni à Robert, ni à Max, ni à personne.

– Il y a une semaine environ, j'ai appelé l'hôpital à Marseille et j'ai parlé à l'un des médecins qui s'étaient occupés de moi. Parce que j'ai aussi oublié une bonne partie de mon séjour à l'hôpital, et je voulais qu'il me redise ce qu'il pensait de mon amnésie. Il a dit qu'elle n'était pas seulement due au coup que j'ai reçu sur la tête. Il y a, semble-t-il, une chose dont je refuse de me souvenir, une chose que je veux garder enfouie en moi et qui fait que j'ai tout effacé de ma mémoire. Le médecin appelle ça une amnésie psychogénique.

– Comment peut-il en être sûr ?

– Toute l'équipe médicale est unanime, paraît-il.

– Et toi, qu'est-ce que tu en penses ?

– Je ne sais pas. Je n'arrête pas de ressasser cette histoire. Je me demande sans cesse quelle horreur j'ai bien pu commettre pour avoir besoin de la gommer aussi complètement.

– Ça n'a peut-être rien à voir avec toi. C'est peut-être simplement quelque chose que tu as vu ou entendu, lui dit doucement Jacqueline.

– Non, je sens que c'est ma faute, répondit Stéphanie d'une voix presque inaudible. Je ne peux pas l'expliquer, mais la première chose qui me vient à l'esprit quand je me réveille le matin, c'est que j'ai fait quelque chose de mal. Seulement je ne me rappelle pas quoi, tout simplement parce que je ne me rappelle rien.

– Oh, ma pauvre petite, répéta l'antiquaire en serrant la jeune femme dans ses bras.

Stéphanie s'abandonna contre cette épaule rassurante. Et, là, elle se sentit en sécurité, protégée, à l'abri des doutes et des questions qui la torturaient sans relâche.

Quelqu'un tambourina soudain à la porte du magasin.

– Oh, mon Dieu, tu as vu l'heure qu'il est ! Et on n'a pas fini de déballer ces cartons ! s'écria Jacqueline dans un sursaut. Il faut que j'aille ouvrir, Sabrina. Tu veux bien finir de défaire les paquets dans l'arrière-boutique ? On rangera plus tard. Et puis, ajouta-t-elle après un silence, il faudra qu'on reparle de tout ça.

– Merci de m'avoir écoutée, répondit Stéphanie d'une voix tremblante en commençant à ramasser les emballages vides éparpillés sur le sol. Je vais allumer le magasin.

La pièce s'illumina, révélant la beauté et la patine des meubles, la transparence des porcelaines chinoises dans les vitrines des armoires peintes, la subtile harmonie des cachemires et des tentures anciennes.

Stéphanie pénétra dans l'arrière-boutique et posa les cartons sur une longue table de chêne déjà encombrée d'objets à emballer pour les clients, de lampes à réparer, de draperies à plier. Sur une petite table qui servait de bureau, un ordinateur trônait entre un pot à crayons et un bol de café de la veille. Stéphanie prit mécaniquement le bol pour aller le vider dans l'évier. Elle le rinça et le posa sur l'égouttoir. Puis elle se baissa pour ramasser un rouleau de bolduc tombé de la table et le remit à sa place, avec les autres rouleaux. Écartant les lampes, les vases et les carnets de commande, elle se ménagea un espace pour pouvoir commencer à travailler. Pendant tout ce temps, elle ne cessa de penser à la conversation qu'elle venait d'avoir avec Jacqueline. Cette femme lui donnait l'impression d'avoir une vie tellement libre, dépourvue de contraintes. Une vie tellement différente de la sienne. « Tant que je serai avec Max, je ne connaîtrai pas cette liberté. Mais je suis liée à lui. La seule vie que je connaisse est celle qu'il m'offre. Et c'est une vie agréable, je devrais lui en être reconnaissante, je n'ai pas le droit de me plaindre. Qui plus est, comment pourrais-je envisager de vivre sans Max ? J'ai bien trop peur. Je ne sais pas ce que je ferais sans sa force, sans sa protection.

« Mais quand aurai-je enfin ma propre force ? Quand serai-je enfin moi-même ? Quand vais-je oser ? »

Elle entendit, provenant de la boutique, les voix de deux femmes qui s'émerveillaient devant un sofa xviiie et celle d'un homme qui parlait d'une série de tableaux. Jacqueline lui disait :

– Ça tombe très bien. J'ai vendu les derniers il y a quelques jours et j'ai d'autres clients intéressés. Ils apprécient surtout les paysages.

– Dommage, répondit l'homme en riant. Les derniers que j'ai

peints sont abstraits. Je t'ai apporté des Ektas. S'ils ne conviennent pas à ta clientèle, je les porterai à la galerie Lefèvre.

– Non, Léon, tu ne peux pas me faire ça ! Tu m'as promis l'exclusivité sur la région.

Une femme surgit dans l'embrasure de la porte de l'arrière-boutique et interpella Stéphanie.

– S'il vous plaît, madame, quel est le prix de cette nappe ?

– Mille cinq cents francs, répondit-elle en jetant un regard à celle que la femme lui désignait. Avec les serviettes, naturellement.

– J'adore ce motif. Je les prends tout de suite. Mais je cherche aussi un cadeau pour une pendaison de crémaillère. Quelque chose de plus petit..., de moins cher, bien sûr. Que pouvez-vous me conseiller ?

Stéphanie réprima un sourire puis sortit de l'arrière-boutique et préceda la cliente dans le magasin. Elle lui désigna un portant en disant :

– Les nappes sont toutes là, je vous laisse réfléchir.

– Non, non, choisissez pour moi. Ces gens-là ne vont pas m'inviter souvent à dîner. Je ne verrai pas souvent la nappe. Tiens, si je prenais la jaune... Je déteste cette couleur, mais, eux, ils sont du genre à l'aimer...

– Elle n'est pas jaune, elle est quercitrine, fit une voix d'homme derrière elles. C'est une promesse de soleil, de brise fraîche, d'amour, de jeunesse et de bon vin.

Les deux femmes firent volte-face. Adossé au mur, un homme leur souriait. Il avait à peu près l'âge de Stéphanie, était à peine plus grand qu'elle et portait un jean délavé et une chemise blanche. Son bronzage soulignait la blondeur de ses cheveux et le vert de ses yeux. Il échangea avec Stéphanie un regard de connivence. Elle reconnut la voix qu'elle avait entendue depuis l'arrière-boutique. C'était l'homme qui avait parlé peinture avec Jacqueline.

– Quercitrine ? Quercitrine ? dit la cliente, médusée. Je n'ai jamais entendu ce mot-là. Je ne saurais même pas l'écrire. Qu'est-ce que c'est ?

– C'est un pigment qu'utilisent les peintres, expliqua Jacqueline en approchant. Alors vous prenez les deux ? La rouge et la jaune ?

Sans laisser à la femme le temps de répondre, Stéphanie lui prit les nappes des mains en disant :

– Je vais vous faire un paquet.

– À moins que madame ne veuille autre chose, dit l'antiquaire.

Le visage de Stéphanie s'empourpra. Troublée par la présence de l'homme, par le regard insistant qu'il posait sur elle, elle avait commis un impair.

– Oui, dit la cliente. Je voudrais voir ce vase, là-bas, ajouta-t-elle en s'éloignant.

– Excuse-moi, Jacqueline. Je ne sais pas où j'ai la tête, dit Stéphanie, gênée.

– Ne t'en fais pas. Léon a le don de perturber les gens. Léon, je te présente Sabrina Lacoste. Sabrina, Léon Dumas. Tu as dû voir des tableaux de Léon, ici. J'ai vendu le dernier quelques jours après ton arrivée.

– En effet, je l'ai vu. Et puis nous en avons un chez nous, répondit la jeune femme en serrant la main que lui tendait Léon.

– Lequel ? demanda celui-ci.

– *Les Alpilles*. Ce paysage avec sa petite maison me fait penser à un Van Gogh.

– C'est justement en hommage à Van Gogh que j'ai mis la petite maison, dit Léon, le regard pétillant de joie. Vous connaissez la chaîne des Alpilles ?

– Non, répondit Stéphanie en reculant brusquement. Excusez-moi, il faut que j'aille faire ce paquet.

Elle s'enfuit dans l'arrière-boutique.

Je connais Van Gogh. Je connais son tableau représentant les Alpilles. Mais, depuis des mois que je regarde cette toile, jamais encore je n'avais pensé à lui. Peut-être que je commence à me souvenir. Peut-être que les choses commencent à me revenir.

La silhouette de Léon se dressa dans l'encadrement de la porte.

– Ai-je dit quelque chose qui vous a blessée ?

– Non, répondit Stéphanie en tirant une longue feuille de papier Kraft de son rouleau. Je voulais juste faire ce paquet.

– Je ne vous crois pas tout à fait.

Léon l'observa en silence alors qu'elle emballait la nappe et les serviettes rouges. La voix de Jacqueline, dans la boutique, leur parvenait confusément.

– Vous avez dit : « Nous en avons un chez nous. » Vous êtes mariée ?

– Oui.

– Et qui a acheté le tableau ? Vous ou votre mari ?

– Mon mari. Il l'avait acheté avant notre rencontre.

– Il a bon goût, dit Léon en s'avançant vers elle. J'ai été ravi de faire votre connaissance. J'espère que nous nous reverrons bientôt, ajouta-t-il.

– Moi aussi, répondit la jeune femme.

Ils se serrèrent un long moment la main, sans se quitter des yeux. Stéphanie ne le trouvait pas vraiment beau, mais il avait du charme et un visage qui respirait la curiosité, l'intelligence et l'humour. Il la dévisageait comme s'il voulait tout savoir d'elle.

« J'espère que nous nous reverrons bientôt. » Elle sentait qu'il avait dit cela non par politesse, mais mû par un véritable intérêt. Léon gardait toujours sa main dans la sienne, et elle n'essayait pas de se dégager. C'était comme s'ils se parlaient sans avoir besoin des mots.

« Quand vais-je oser ? » se répéta Stéphanie. Puis elle se dit qu'elle avait peut-être déjà commencé...

8

Mrs. Thirkell tendit à Lu Zhen le plat contenant le poulet rôti et les pommes de terre sautées.

– Vous allez bien en reprendre, jeune homme. À votre âge, on a besoin de protéines. Surtout quand on fait des études et qu'on est tout maigrichon. Allez, encore un morceau et quelques pommes de terre, ça ne peut pas vous faire de mal.

– Il n'en veut plus, grogna Cliff.

– Bien sûr qu'il en veut, dit Penny en regardant Lu Zhen. Il est bien élevé, c'est tout. Et moi, est-ce que je pourrai en reprendre aussi, Mrs. Thirkell, quand il se sera servi ?

Sabrina et Garth échangèrent un sourire.

– Ma fille ferait une parfaite petite diplomate, dit Garth. Vas-y, Lu, ressers-toi. Tu n'as plus le choix, on ne peut qu'obéir à Penny.

Avec un sourire en coin, Lu reprit du poulet et des pommes de terre. Mrs. Thirkell poussa un long soupir de satisfaction et avança le plat vers Penny.

– Est-ce que les poulets sont différents en Chine ? demanda celle-ci.

– Ils ont les yeux bridés, dit Cliff.

– Cliff ! s'exclama Garth, indigné.

– Ce n'est pas drôle, renchérit Sabrina.

– Je crois qu'ils sont exactement comme les vôtres, répondit Lu Zhen. J'ai vécu dans un village à la campagne, et les poulets que j'y ai vus m'ont paru assez ordinaires.

– Je croyais que tu avais grandi à Beijing, dit Sabrina. Quand as-tu habité à la campagne ?

– Quand j'étais petit. À une époque le gouvernement a envoyé les gens des villes travailler dans les champs et les villages. Et, avec ma famille, nous sommes partis vers l'ouest.

– On a déraciné des millions de gens comme ça, expliqua

Garth. Sans tenir compte de leur situation familiale ni du métier qu'ils exerçaient. Le père de Lu était pourtant physicien et sa mère professeur d'anglais.

Lu sourit à nouveau, d'un sourire à peine perceptible.

– Mon père a passé cinq ans à charrier du fumier. Ma mère était lingère.

– Pourquoi ils ont fait ça ? demanda Cliff, intrigué malgré lui.

– Le gouvernement trouvait que les intellectuels et les gens qui travaillaient dans les bureaux avaient oublié d'où ils venaient et qu'ils devaient retourner vivre avec les paysans.

– Qu'est-ce que ça veut dire ?

– Les dirigeants avaient décrété que les gens des villes se croyaient supérieurs aux paysans, alors que tout le monde devait être pareil.

– Mais les gens ne sont pas tous pareils, dit Penny.

– D'après notre gouvernement, si.

– Votre gouvernement avait tort. Personne ne s'est plaint ? Chez nous, les gens se plaignent tout le temps du gouvernement.

– Ça ne se passe pas comme ça, en Chine.

– Je sais bien que vous n'avez pas le droit de vous plaindre tout haut. On nous a appris ça à l'école. Mais quand vous êtes à la maison, en famille, en train de dîner, vous ne discutez pas entre vous ?

– Ça arrive.

– Est-ce que votre gouvernement continue à croire que tout le monde est pareil ? demanda Cliff.

– Moins, semble-t-il.

– Où sont tes parents, maintenant ?

– À Beijing. Mon père enseigne à la fac et ma mère est prof dans un collège.

– C'est ta mère qui t'a appris l'anglais ? demanda Penny.

– Oui, mais je l'ai étudié à l'école, aussi. Tout le monde veut apprendre l'anglais. Surtout les scientifiques. L'anglais est la langue de la science dans le monde entier.

– J'aimerais bien apprendre le chinois, dit Penny.

– Je pourrais t'apprendre quelques mots, si tu veux.

– Vraiment ? Tu ferais ça ? Ça serait super ! Personne à l'école ne connaît un mot de chinois. Dis-moi un mot tout de suite.

– *Ma*.

– Qu'est-ce que ça veut dire ?

– Mère.

– Mais c'est la même chose en anglais, c'est pas intéressant ! Dis-moi un mot *vraiment chinois*.

– *C'est* un mot vraiment chinois. Mais en voilà un autre : *hen hao chi.*

– Qu'est-ce que ça veut dire ?

– « Délicieux ». Tout comme ce dîner. Je vais t'en dire un autre : *youyi*, qui signifie « amitié ».

Penny répéta les mots qu'elle venait d'entendre.

– Tu m'en apprendras d'autres ?

– Si tu veux.

– Je veux en connaître plein. Pas juste un mot par-ci, par-là, mais des phrases entières pour faire croire que je parle vraiment le chinois. Comme ça, je pourrai le faire à l'école et ça en mettra plein la vue à toutes ces pimbêches.

Songeuse, Sabrina regarda Penny en se demandant quels problèmes, anciens ou récents, pouvaient bien motiver sa véhémence. Elle aborderait le sujet lorsqu'elles seraient seules ; pour le moment, elle voulait profiter de la conversation, heureuse que Cliff s'y intéresse enfin. Elle ressentait toujours un petit pincement au cœur lorsque Lu Zhen passait la porte : lorsqu'elle le voyait, lorsqu'elle l'entendait, les deux semaines qu'elle avait passées en Chine avec Stéphanie un an auparavant lui revenaient brutalement à la mémoire. C'est à Hong Kong que les deux sœurs avaient échangé les clefs de leurs maisons, lançant ainsi les dés d'une partie qui allait se révéler fatale, à Hong Kong qu'elles s'étaient vues pour la dernière fois.

Ce douloureux pincement s'estompa au moment où ils passaient à table, au moment où Sabrina rendossa son rôle de maîtresse de maison accueillant sous son toit un étudiant étranger, le rôle de Stéphanie Andersen.

– Est-ce que tu as l'impression d'être quelqu'un d'autre quand tu parles anglais ? demanda-t-elle à Lu. La langue fait si profondément partie de notre identité qu'avec toutes ses nuances, parfois intraduisibles, elle conditionne notre façon de voir le monde et de nous voir nous-mêmes. Tu crois que nous restons ce que nous sommes quand nous parlons une autre langue que la nôtre ?

– Tu devrais le savoir, maman, dit Cliff. Tante Sabrina et toi, vous parliez bien le français, quand vous étiez à l'école en Suisse.

– Oui, mais seulement en classe. Dans nos chambres, entre nous, nous revenions toujours à l'anglais. Je crois que si je devais vivre en Suisse ou en France aujourd'hui, si je devais parler uniquement le français, j'aurais du mal à savoir qui je suis. Qu'est-ce que tu en penses, Lu ?

– À la fac, je parle le chinois avec d'autres étudiants de mon pays. C'est très important pour moi. Comme ça, je n'ai pas l'impression de me laisser submerger par le laxisme américain, par cette langue débraillée...

– Débraillée ! s'exclama Cliff avec indignation.

– Oui, c'est l'impression que me donne votre langue. Elle est très désinvolte, elle manque de forme, de tenue, à l'image du peuple américain, d'ailleurs. Alors que la langue chinoise est très précise, rigoureuse, jamais ambiguë.

– L'anglais n'est pas une langue débraillée, insista Cliff.

– « Débraillée » n'est sans doute pas le mot juste, dit Garth. Je dirais plutôt que l'américain est une langue « désinvolte ». Quoi qu'il en soit, je suis content que Lu ait appris l'anglais, parce que si son projet aboutit, comme nous l'espérons, il a devant lui une brillante carrière de scientifique.

Lu regarda longuement Garth et lui dit :

– Merci.

Il y eut un silence, puis Sabrina relança la conversation.

– Tu pourrais peut-être nous parler un peu de ce fameux projet ?

– J'ai peur qu'il ne vous intéresse pas.

– C'est à toi de le rendre intéressant, répondit Garth. L'autre jour, tu m'as dit que tu avais l'intention de continuer la recherche quand tu serais rentré dans ton pays, que tu voulais enseigner et diriger un institut de génétique. Les meilleurs professeurs sont ceux qui savent rendre un sujet intéressant devant n'importe quel auditoire, même et surtout si cet auditoire n'y connaît rien.

Lu haussa imperceptiblement les épaules.

– Ce qui m'intéresse, ce sont les problèmes d'immunologie. Les lymphocytes – c'est-à-dire les globules blancs – sont les cellules que nous connaissons le mieux. La recherche progresse beaucoup dans ce domaine. Je travaille plus précisément sur les maladies auto-immunes. Quand les cellules B et T...

– Les quoi ? s'écria Penny.

– Pardon. On appelle cellules B et T les lymphocytes qui identifient les cellules étrangères dans notre corps et les détruisent. C'est grâce à elles que nous pouvons guérir d'un rhume ou d'une grippe – du moins lorsqu'elles font leur boulot. Mais c'est un système très complexe, qui peut ne pas marcher quand il y a des déficiences génétiques. Et alors ce système se retourne contre le corps.

– Se retourne contre le corps ? répéta Sabrina. Qu'est-ce que ça veut dire ?

– Les cellules B et T ne font plus la différence entre les cellules étrangères qui envahissent le corps et le corps lui-même. Ce qui signifie, expliqua Lu devant le regard perplexe de Penny, que les lymphocytes, qui sont censés nous défendre en attaquant les cellules

166

étrangères, se mettent à nous attaquer *nous*. C'est comme ça qu'on développe des maladies comme la polyarthrite évolutive, la sclérose en plaques, la myasthénie, certaines formes de diabète et la maladie d'Addison. Toutes sont des maladies auto-immunes. Moi, j'ai choisi de travailler sur la polyarthrite évolutive. J'essaie de remplacer le gène déficient qui contrôle la croissance des lymphocytes par un gène sain, afin que le corps puisse produire de nouveaux lymphocytes qui n'attaqueront pas les tissus.

– Est-ce qu'on pourrait soigner le sida avec ta méthode ? demanda Cliff.

– Non, le sida vient du virus HIV. Et puis, de toute façon, le sida ne m'intéresse pas.

– Pourquoi ? Le sida est une maladie horrible qui tue beaucoup de gens.

– Et la polyarthrite évolutive en handicape des millions..., dont ma mère. Je lui ai promis que, quand je rentrerai en Chine, j'aurai trouvé le moyen de les soigner, elle et beaucoup d'autres malades.

– Ça serait une révolution médicale, reprit Garth. Tout le département est en ébullition : Lu est en train de repousser les limites de la science dans ce domaine. Nous sommes très fiers de lui. Sa démarche est excellente, et il a de bonnes idées sur la nature du problème et la façon de l'aborder. Si ses expériences réussissent, elles donneront ses lettres de noblesse à notre nouvel institut.

Sabrina vit le visage de Lu se fermer. « Il veut garder pour lui seul toute les retombées de cette affaire, se dit-elle. Il n'a l'intention de les partager ni avec le département, ni avec l'institut, ni avec Garth Andersen. Il est sans doute persuadé qu'il va avoir le prix Nobel. Et, si j'en crois ce que m'a dit Garth, ce ne serait pas impossible. »

– Vous êtes les seuls à travailler dans cette direction ? demanda-t-elle.

– Non, nous sommes une bonne douzaine, répondit Garth. Mais je ne pense pas que les autres soient aussi avancés que nous. Le laboratoire Farver de San Francisco est peut-être celui qui nous suit de plus près. J'ai parlé à Bill Farver il y a quinze jours et il avait l'air aussi surexcité que nous. Mais eux n'ont pas la chance d'avoir un chercheur comme Lu.

Cliff fit ostensiblement mine d'avoir un haut-le-cœur.

– Tu n'as pas honte, Cliff ? lui dit Sabrina, qui, en même temps, comprenait sa réaction.

Elle lança à Garth un regard réprobateur. Quel besoin avait-il toujours d'insister si lourdement sur les mérites de Lu, comme s'il était absolument indispensable que son étudiant se sentît sans cesse aimé et admiré ? Comme si lui dire qu'il avait devant lui une brillante carrière de scientifique n'était pas suffisant ?

« Quelles que soient ses raisons, se dit Sabrina, il pourrait garder ses louanges pour le campus et s'abstenir de les prodiguer à la maison, surtout devant Cliff. On en a parlé ensemble il n'y a pas longtemps, mais j'ai l'impression qu'il va falloir recommencer. »

– À propos, professeur, commença Lu, je voulais vous poser une question sur les polymorphismes du peptide...

Les deux hommes se lancèrent dans un long débat incompréhensible à qui n'entendait pas leur jargon. Sabrina les regardait en souriant. Elle éprouvait admiration et tendresse pour Garth, toujours si passionné, et beaucoup d'affection pour Lu – même si elle sentait que celui-ci ne serait peut-être jamais capable d'une passion aussi sincère que celle de son mari.

La jeune femme parcourut la table du regard : la nappe aux motifs provençaux, les bougies jaunes qui encadraient le vase de jonquilles et de narcisses, et les assiettes de Moustiers qu'elle avait dénichées des années auparavant à Paris, aux puces de Clignancourt. C'était comme si le soleil avait pénétré à flots dans la pièce, faisant rayonner les visages autour de la table. Elle sentit un immense bien-être l'envahir. Il y avait chaque jour davantage de bonheur dans sa vie, un bonheur qui n'effaçait pas sa tristesse, mais qui l'adoucissait. « Je me sens si bien, je suis heureuse, se dit-elle. Mais prudence : le bonheur est en danger quand on le tient pour acquis. »

Elle jugea que l'aparté scientifique auquel se livraient Garth et Lu avait assez duré : Cliff s'était renfrogné et Penny donnait des signes d'impatience.

– Nous sommes un peu sur la touche, vous savez, dit-elle d'un ton léger. Votre conversation prend un tour un peu trop savant et technique.

– Plus qu'un peu trop, répondit Garth en souriant. Pardonne-moi. Le problème, c'est que j'ai tellement de travail avec le nouvel institut que je n'ai pas beaucoup de temps à consacrer à Lu. J'ai eu envie de me rattraper un peu... On ne t'entend pas beaucoup, Cliff, ajouta-t-il comme s'il prenait conscience qu'il n'avait pas assez parlé à son fils au cours du dîner. Qu'est-ce que vous faites en sciences à l'école, en ce moment ?

– Pas grand-chose. On s'ennuie.

– Je croyais que cette matière te plaisait.

Cliff haussa les épaules et dit, en lançant un regard à Sabrina :

– Je peux sortir de table ?

– Avant le dessert ! s'exclama Garth. C'est assez inhabituel de ta part ! Et puis nous avons un invité et la moindre des politesses, Cliff, c'est que tu restes avec nous jusqu'à la fin du repas.

– Ça, je ne risque pas de l'oublier, que nous avons un invité !

– Et si tu m'aidais à débarrasser, dit providentiellement Mrs. Thirkell qui venait de pénétrer dans la salle à manger.

– Et après je serai obligé de rester à table, maman ? demanda encore Cliff.

– Ton père vient de te le dire, répondit Sabrina.

– Pas de bol, grommela le jeune garçon en commençant à empiler les assiettes.

– N'en prends pas trop à la fois, lui dit Mrs. Thirkell avant de le suivre dans la cuisine.

– Il ne m'aime pas, dit Lu lorsque Cliff fut sorti. Est-ce que j'ai fait quelque chose qui lui a déplu ?

– À douze ans, on a beaucoup d'idées et de sentiments contradictoires, lui répondit Sabrina. Il n'a pas encore fait le tri dans tout ça. Tu n'étais pas comme lui quand tu avais son âge ?

– Chez nous, on n'a pas le temps de se poser des questions aussi futiles. Nous, nous devons consacrer toute notre énergie et notre attention à notre pays. C'est lui qui nous donne la possibilité de recevoir une éducation et de mener une vie productive. Nous n'avons pas le droit de perdre bêtement notre temps.

– Quoi ? s'exclama Penny.

– Dans ce cas, nous sommes très honorés que tu aies trouvé le temps de venir dîner avec nous, répliqua Sabrina, amusée.

L'air gêné, Lu dit :

– Vous comprenez, je n'ai pas le droit de plaisanter : mon gouvernement et ma famille comptent que je fasse honneur à notre pays et que je mette mon savoir au service de la Chine tout entière quand j'y retournerai.

– En voilà une responsabilité pour un jeune homme de vingt-deux ans, dit Garth. J'espère que la Chine tout entière ne te condamnera pas si tu ne réussis pas aussi bien que prévu.

– Pourquoi voulez-vous que je ne réussisse pas aussi bien que prévu ? Vous venez de me dire que j'avais devant moi une brillante carrière scientifique.

– Si tout se passe bien, je le crois sincèrement. Cela dit, je suis sûr que ton gouvernement continuera à te soutenir et que ta famille sera toujours derrière toi, quoi qu'il...

Garth s'interrompit en voyant sur le visage de Lu l'expression d'un trouble profond.

– Assez parlé boutique pour ce soir, reprit-il. Qui veut du café ? Lu ?

– Oui, volontiers, répondit l'étudiant d'une voix éteinte.

Il garda le silence tandis que, en servant le café, Garth évoquait la cérémonie qui allait inaugurer la construction du nouvel Institut de génétique.

— Elle va avoir lieu dans un peu moins d'un mois, et Claudia et moi n'avons pas encore commencé à rédiger nos discours, dit-il comme Mrs. Thirkell et Cliff entraient dans la pièce avec le dessert. Logiquement, plus nous traînerons, plus nos discours seront brefs. Si un laboratoire pouvait découvrir le gène de la concision, je crois qu'il ferait le bonheur des officiels du monde entier.

Sabrina découpa et servit le gâteau en souriant. La conversation roula sur d'autres sujets, le visage de Lu se détendit, mais il demeura silencieux. Lorsqu'il se leva pour prendre congé, il s'arrêta à côté de Cliff.

— Je suppose que toi, tu n'as pas envie d'apprendre le chinois. Mais, tu sais, je jouais au foot en Chine et je pourrais te raconter certaines choses que m'a apprises mon entraîneur. Enfin..., si tu es d'accord.

Percevant l'effort que faisait Lu, Sabrina retint son souffle, dans l'attente de la réponse de Cliff, tiraillé entre sa jalousie et son amour du football.

— Ouais, peut-être..., dit enfin le jeune garçon, puis, apparemment honteux d'afficher si peu de bonne volonté, il ajouta : Oui, bien sûr. Merci.

Sabrina poussa un soupir de soulagement. Son regard croisa celui de Garth. « Il a besoin de nous », se dit-elle. En raccompagnant Lu à la porte, elle se rendit compte que ce « il » désignait aussi bien Cliff que Lu.

Garth regarda celui-ci descendre les marches du perron. C'était une douce soirée de mai, que rafraîchissait une légère bruine. Lu ouvrit son parapluie avant de se retourner pour faire un geste d'au revoir. Garth ferma la porte et prit Sabrina par le bras.

— Merci de m'aider à arrondir les angles, lui dit-il tandis qu'ils revenaient dans la salle à manger.

— Tout le monde y a mis du sien. Il t'aime beaucoup, tu sais.

— Lu ? Qu'est-ce qui te fait penser ça ?

— Ça se lit sur son visage.

— Moi, je ne lis rien du tout sur son visage. Il cache tellement ses sentiments. Voilà deux ans que je le connais, et c'est la première fois qu'il évoque la nécessité de répondre aux attentes de son gouvernement.

— Je crois tout de même qu'il te considère comme un père.

— Eh bien, je n'y vois pas d'inconvénient, si ça ne perturbe pas Cliff.

— Il faut lui expliquer. Mais tu ne crois pas que tu en fais beaucoup avec Lu ? Est-ce qu'il a vraiment besoin d'être regonflé comme ça tout le temps ?

— Je ne sais pas, répondit Garth. Peut-être que non. Tu as sans doute raison. Je m'en suis encore rendu compte ce soir. Mais ce garçon est toujours tellement tendu, insatisfait, que je passe mon temps à essayer de lui remonter le moral. Il y en lui un côté désespéré, presque autodestructeur. Il ne peut jamais vraiment se détendre ni s'amuser. Parfois, j'ai presque envie de le rassurer comme un enfant. Mais je vais faire attention à partir de maintenant... et parler à Cliff.

Ils arrivèrent à la porte de la salle à manger, qu'ils trouvèrent vide. Garth prit Sabrina dans ses bras et lui donna un long baiser.

— Baiser volé..., murmura-t-il alors que la porte de la cuisine s'ouvrait bruyamment et que Penny et Cliff faisaient irruption dans la pièce.

— Vous êtes trop vieux pour vous embrasser, dit Penny.

— Il n'y a pas d'âge pour s'embrasser, répondit Sabrina en se serrant plus étroitement contre Garth. D'ailleurs, votre père et moi, nous serions assez d'accord pour que vous veniez nous le prouver avant de monter vous coucher...

Penny et Cliff vinrent donner un baiser à leurs parents, et Garth se sentit envahi par un formidable sentiment de gratitude, de bonheur... Avec sa femme dans les bras, ses enfants à ses côtés, il eut soudain l'impression d'être plus solide, plus confiant que jamais : comme si plus rien, désormais, ne pouvait lui résister...

Une semaine plus tard, il affrontait le mandataire du député Leglind. L'homme avait pénétré dans son bureau en se présentant avec assurance.

— Roy Stroud. Je suis heureux de faire votre connaissance, professeur. Il y a longtemps que j'attends ce moment. Je suppose que c'est le nouveau bâtiment dont nous avons tant entendu parler, ajouta-t-il en se dirigeant vers une petite table où trônait la maquette du futur Institut de génétique.

Petit, râblé, la moustache hirsute, des lunettes à monture métallique qui lui glissaient sur le nez et une chaîne de montre qui lui barrait le ventre, il se balançait sur les talons en examinant la maquette.

— Magnifique. Vraiment magnifique. Vous vous élevez un très beau monument, professeur.

— Je l'élève à la science, répliqua Garth.

Stroud poussa une petite voiture sur la route qui contournait la miniature du bâtiment.

— Ça me rappelle mon enfance. J'en avais toute une collection comme ça, quand j'étais petit. Je crois qu'il ne m'en manquait pas une. Pas une seule. Bien, ajouta-t-il en se tournant vers Garth. Je ne voudrais pas abuser de votre temps...

Garth lui désigna un fauteuil et se demanda rapidement s'il devait s'asseoir à côté de Stroud ou rester de l'autre côté de sa table de travail. Il opta pour la seconde solution, préférant garder entre eux la distance de son bureau.

– Peut-être pourriez-vous me dire ce qui me vaut l'honneur de cette visite.

– Comme vous pouvez vous en douter, il s'agit de la faculté. Vous n'ignorez pas que le député Leglind est aussi président de la Commission parlementaire science, espace et technologie. Ces derniers temps, il a été submergé par un torrent de lettres d'électeurs, inquiets des sommes faramineuses dévolues aux universités. Vous comprenez, il n'y a aucun contrôle : personne ne vérifie la façon dont ces fonds sont dépensés, donc, personne ne sait vraiment où va l'argent. Par conséquent, pour répondre à cet avalanche de courrier – un cri du peuple, en quelque sorte –, le député a décidé de se pencher sur la façon dont les universités emploient les fonds qui leur sont alloués.

– Un torrent, une avalanche, ça fait combien de lettres, exactement ? demanda Garth du tac au tac.

Stroud étouffa un rire.

– J'ai peut-être un langage un peu trop imagé, professeur, je vous le concède. Je ne peux pas vous dire le nombre exact de lettres que nous avons reçues, mais je maintiens l'emploi du mot « torrent ».

– Qu'attendez-vous de moi, au juste ?

– Des informations. Les vérifications vont commencer le mois prochain, et vous serez sans doute amené à témoigner. Mais pour l'instant nous nous contentons de réunir des informations. Le député Leglind est un homme qui aime avoir la primeur de l'information et qui déteste les surprises. C'est pour cette raison que nous débroussaillons le terrain. Qui plus est, nous sommes des gens curieux, professeur, curieux surtout de la façon dont est dépensé l'argent du gouvernement. Ma première question sera donc...

– Ce n'est pas l'argent du gouvernement, c'est le nôtre, celui du contribuable, répondit froidement Garth. En nous donnant des fonds, le gouvernement ne jette pas l'argent par les fenêtres, il investit. En ce qui concerne cette université, le gouvernement investit dans la recherche génétique, et la recherche génétique peut modifier considérablement l'existence des gens : leur espérance de vie, leur confort, leur productivité, l'avenir de leurs enfants. La plupart d'entre eux trouveraient que c'est là un investissement plutôt sage.

– C'est possible, si toutefois l'argent est utilisé à bon escient. À ce propos, j'aimerais vous poser une question sur une soirée que vous avez donnée au Shedd Aquarium de Chicago le 20 février dernier.

Garth dévisagea longuement Stroud.

– Vous plaisantez, j'espère.

– Je ne plaisante jamais, professeur.

– Vous entrez dans mon bureau en parlant des sommes faramineuses dévolues aux universités et vous me cuisinez sur une manifestation qui a coûté cinq mille dollars et qui était destinée à collecter des fonds.

– Ah, vous appelez ça une manifestation destinée à collecter des fonds ? J'avais cru comprendre qu'il s'agissait d'une soirée privée.

– Qui vous a dit cela ?

– Peu importe. Quelqu'un qui en a entendu parler. Louer l'aquarium, vous savez, ça ne passe pas inaperçu. Un beau buffet, un orchestre, des limousines pour vous ramener chez vous... Tout cela n'évoque guère le sérieux universitaire, n'est-ce pas ? Comme vous vous en doutez, moi aussi j'ai été étudiant, à la faculté de droit, et jamais mes professeurs n'ont dansé au milieu des poissons, n'ont commandé de buffet à un traiteur ni ne sont rentrés chez eux en limousine.

– Ces réceptions sont prévues dans notre budget, dit Garth, qui s'était justifié de la même façon devant Claudia lors de cette fameuse soirée. Les gens qui donnent de grosses sommes d'argent aiment bien qu'on les dorlote un peu. Nous organisons ces manifestations dans les lieux les plus agréables possible afin de remercier ceux qui nous ont aidés à financer les programmes passés et d'encourager ceux qui vont être amenés à financer les programmes à venir. Nos invités savent que, tôt ou tard, nous ferons de nouveau appel à leur générosité. Des soirées de ce genre font partie intégrante du système.

– Vous semblez oublier le gouvernement qui vous donne... Pardon, qui investit sur vous. Cet argent est censé servir à la recherche, pas à la location d'un aquarium. Mais s'il n'y avait que ça... Vous avez aussi organisé un dîner au Ritz-Carlton le 8 décembre, au Français le 20 janvier, et le 10 mars vous avez loué un bateau de croisière sur le lac Michigan pour un dîner de gala. Je me permets de vous faire observer, professeur, que vous semblez tous faire montre d'un excellent appétit.

Abasourdi, Garth observa un long moment le mandataire du député Leglind.

– Notre budget réceptions représente 0,5 pour 100 de l'argent

173

que nous consacrons à la recherche proprement dite. Et chaque soirée nous rapporte plusieurs fois ce qu'elle nous a coûté.

– Oui, jusqu'à maintenant. Mais, lorsque vous organisez une soirée, vous ne savez pas du tout ce qu'elle vous rapportera. Vous avez juste un espoir, et parfois les espoirs sont déçus. L'espoir n'est pas une façon de conduire les affaires. Surtout quand il s'agit de l'argent du gouvernement. Cela dit, je suis d'accord avec vous : ce ne sont pas là vos plus grosses dépenses. La plus grosse est incontestablement ce grandiose institut que vous êtes en train de vous construire.

– Que je suis en train de construire pour l'université. Et pour la science.

– Mais dans cet immeuble il y a une cuisine, un salon façon club, un auditorium, quelques bureaux coquets et des salles de réception. La question que nous nous posons, professeur, c'est ce que tout cela a à voir avec la science.

Garth restait si calme qu'il semblait à peine respirer. Toute personne le connaissant aurait su qu'il était fou de rage.

– Puisque nous en sommes aux questions, j'en ai moi aussi certaines à vous poser, reprit-il. Pourquoi le député Leglind est-il hostile à la science ? Croit-il faire du bien au pays en attaquant le travail des scientifiques ? Ou a-t-il besoin de détruire quelque chose pour bâtir sa carrière politique ?

Sur ces mots, Garth se leva de son fauteuil et, les deux poings sur son bureau, menaçant, se pencha vers Stroud.

– À moins, poursuivit-il en haussant la voix, que le député Leglind n'appartienne à cette race de politiciens qui exposent le Parlement à la risée générale. Cette race de politiciens qui font du spectacle, du cirque plus que des lois, cette race de politiciens qui ne croient en rien et ne reculent devant aucun acte démagogique dès lors qu'approchent les élections.

Il s'interrompit un instant.

– J'attends votre réponse.

– Vous devriez avoir honte, professeur, dit lentement Stroud en secouant la tête. L'homme dont vous parlez est un député qui a mis sa vie au service de son pays et qui est loin de profiter du confort dont vous bénéficiez, vous, les professeurs. Et, en dépit de tout cela, vous l'attaquez. Le député Leglind se soucie de la science, il s'en soucie beaucoup, mais il se préoccupe aussi de la façon dont sont utilisés les fonds du gouvernement, qui sont dépensés sur le campus, dilapidés dans des soirées dansantes, gaspillés pour des bâtiments luxueux. Il est bien décidé à éliminer ceux qui ne travaillent pas réellement pour la science. Les vrais scientifiques dépensent l'argent du gouvernement en équipements de laboratoire, pas en frivolités. Ils n'ont pas besoin de cuisines, de salons, d'auditoriums ni de soirées de gala. Les vrais scientifiques s'occupent de science, un point, c'est tout. Voilà l'avis du député Leglind.

Garth fit le tour de son bureau et se dirigea vers la porte.

– Si votre député s'intéressait un tant soit peu à la science, vous me demanderiez à quoi servira le nouvel institut, quelle sera sa capacité d'accueil, comment seront équipés ses laboratoires, sa bibliothèque, quels seront les intervenants qui utiliseront l'auditorium, à quels lycéens ou à quels étudiants des universités voisines s'adresseront ses conférences, et quelles autres branches de la science pourront profiter de l'espace libéré dans le bâtiment actuel.

Stroud pivota sur son fauteuil, tandis que Garth ouvrait la porte de son bureau.

– Voilà le genre de questions que poserait un esprit curieux, une personne véritablement intéressée par le sujet, quelqu'un qui ne passerait pas son temps à fomenter des complots pour attiser la colère des électeurs, quelqu'un qui s'attacherait à mieux informer ce pays, à le rendre plus intelligent, à le faire avancer. Et, croyez-moi, les gens comme ça existent : des gens qui comprennent l'importance de la science et qui voient à quel point les États-Unis ont besoin de progresser dans ce domaine, pour notre bien à tous et pour celui du monde. Ils savent que si certaines universités commettent des abus, ce n'est pas une raison pour miner le travail auquel se livrent les scientifiques sérieux. Je ne peux pas croire que ces gens-là vous laisseront mettre en œuvre votre stratégie de la terre brûlée dans tous les campus.

Là-dessus, Garth regarda sa montre. « Attention, reste poli, se dit-il. Ou plutôt essaie de l'être à partir de maintenant. »

– Lorsque nous sommes convenus de ce rendez-vous, reprit-il, je croyais disposer d'une heure de plus. Mais je dois remplacer un collègue malade dans quelques minutes. Si vous souhaitez que nous poursuivions cette conversation, je vous propose de prendre rendez-vous avec ma secrétaire.

Stroud se leva lentement de son siège et attrapa son attaché-case, qu'il n'avait même pas ouvert.

– Je vous conseille de tenir des propos plus modérés lorsque vous témoignerez devant la Commission. Je vous dis ça à titre amical, professeur. Si le député Leglind me demande de revenir vous voir, je vous téléphonerai.

Garth le suivit des yeux un moment, jusqu'à ce qu'il eût disparu au coin du couloir, puis il sortit lui-même du bureau et prit la direction opposée. Il déboucha dans une cour où il s'assit sur un banc de pierre, près d'une petite fontaine. Étendu sur la pelouse, un étudiant dormait, la tête posée sur son bras replié, un livre ouvert à côté de lui. Garth regarda deux papillons qui se poursuivaient au-dessus des pages, puis il allongea les jambes, ferma les yeux, le visage tourné vers le soleil, et attendit que la colère l'abandonne.

Malgré des années de pratique, des dizaines de voyages dans le monde entier, malgré toutes ses conférences, ses relations avec les plus éminents chimistes et biologistes de tous les pays, il s'étonnait toujours naïvement que des gens n'ayant pas la moindre idée de son travail viennent lui mettre des bâtons dans les roues. Il se croyait protégé, à l'abri sur le campus, au sein d'une communauté toute dévouée à la vie de l'esprit, mais, en cela aussi, il était naïf. Le campus n'était pas un sanctuaire inviolable. L'université était devenue une vaste entreprise qui avait partie liée avec le gouvernement, la NASA, la Fondation nationale pour la science, l'Institut national pour la santé, et qui passait avec ces organismes des contrats mettant en jeu des sommes énormes.

Malgré tout cela, Garth Andersen était un professeur comme les autres : il se rendait chaque jour à son bureau et rentrait chez lui le soir avec pour seules préoccupations son travail et sa famille, les deux moteurs de son existence. Garth n'aimait pas les rapports de force : jamais il n'avait eu envie d'entrer en compétition avec les autres. En revanche, il savait que cet aspect-là de la vie manquait à Sabrina, que c'était l'une des raisons pour lesquelles elle désirait retourner à Londres. Il savait aussi que c'était ce que ses enfants apprenaient à l'école : ils devaient se battre, sinon par goût, du moins par nécessité. Mais lui se sentait loin de tout cela, se voulait loin de tout cela.

À sa manière, il avait toujours fait ce qu'il désirait et ce pour quoi il était doué. Et, comme il s'était toujours montré extrêmement brillant, il n'avait jamais connu d'échec ni même de frustration dans son travail. Il savait parfaitement de quoi il était capable ou incapable : peindre, sculpter, chanter juste, bricoler n'étaient pas dans ses cordes. La politique et le sport l'intéressaient, il aimait la littérature, le cinéma, le théâtre, l'opéra, mais il pouvait s'en passer : seuls comptaient sa famille et son travail.

Ainsi, lorsqu'un gars avec une chaîne de montre en travers de la bedaine pénétrait dans son bureau en prenant des airs de collecteur d'impôts tout droit sorti d'un roman de Charles Dickens, sa première réaction était de l'écarter de son chemin. « Qu'il aille se faire voir, se dit-il. De toute façon, tout ça va se tasser. Ils ne vont pas tarder à trouver autre chose à se mettre sous la dent : ici, il n'y a rien, et ils le savent. Il est venu me sonder, c'est tout. »

Garth regarda l'heure. Il ne lui restait plus que cinq minutes avant son premier cours de la journée. En se levant de son banc, il jeta un coup d'œil en direction de l'étudiant allongé sur la pelouse.

Celui-ci s'était réveillé, il était en train de fourrer son livre dans son sac à dos et s'apprêtait à partir. Le soleil était passé derrière le coin de l'immeuble, plongeant la cour dans l'ombre. Garth se dirigea vers la porte du bâtiment qui donnait sur les amphis.

Il pleuvait sur Londres. Des traînées humides lézardaient les immeubles gris. Des bourrasques de vent et d'eau venaient s'écraser contre la vitrine des Ambassadeurs. Le dos à la porte, Sabrina ferma son parapluie et pénétra à reculons dans le magasin.

– Mrs. Andersen ! s'écria Brian en sortant précipitamment de l'arrière-boutique.

Sabrina perçut dans la voix qui l'accueillait ainsi un mélange d'étonnement et de soulagement. Elle se dit que Brian n'avait sans doute toujours pas résolu les problèmes qui semblaient tant l'inquiéter lorsqu'elle l'avait eu au téléphone. Immédiatement, elle fut sur le qui-vive et, d'instinct, se mit à relever les modifications apportées à l'agencement du magasin : un nouveau sofa Empire, un fauteuil Directoire, deux pendules françaises. Sur l'une d'elles, on voyait l'étiquette avec le prix. Sabrina la retourna, sachant que Brian la regardait faire et qu'il s'en souviendrait pour la prochaine fois.

Elle déboutonna son imperméable. Le jeune homme l'en débarrassa et alla le pendre dans l'arrière-boutique à un portemanteau qu'elle n'avait encore jamais vu.

– Où l'avez-vous trouvé ? lui demanda-t-elle.

– C'est Nicholas qui l'a trouvé. Enfin... c'est plutôt Amélia, qui l'a acheté pour Blackford's, mais Nicholas ne veut pas l'admettre. Ils forment un drôle de couple, vous savez : je ne les vois presque jamais ensemble, et les rares fois où ça arrive, je remarque toujours qu'ils ne se portent aucune attention l'un à l'autre.

– Les problèmes conjugaux de Nicholas ne m'intéressent pas, répondit Sabrina, imperturbable en dépit de son agacement.

Jamais Brian ne se serait permis ce genre de commentaire avec lady Longworth. S'il le faisait maintenant, c'est parce qu'il pensait avoir affaire à une Américaine avide de ragots et ignorant les usages du monde. Elle s'installa à son bureau en merisier.

– Montrez-moi les livres de comptes.

Rougissant, Brian alla les chercher.

– Avez-vous besoin d'autre chose, Mrs. Andersen ?

– Oui. Asseyez-vous.

Elle feuilleta les livres, remontant au mois de décembre, la dernière fois qu'elle était venue aux Ambassadeurs. Elle laissa courir son doigt le long des colonnes où s'alignaient les chiffres des recettes et des dépenses.

177

– J'examinerai ça plus tard, mais au premier abord tout a l'air d'aller très bien. Maintenant, Brian, dites-moi ce qui ne va pas.

Mal à l'aise, Brian se mit à remuer sur sa chaise.

– Nicholas veut me renvoyer.

– Ça m'étonnerait. Il faudrait déjà qu'il m'en parle, or il ne m'en a pas dit un mot. Quelle raison aurait-il de vous renvoyez ?

– Il croit que je l'espionne.

– C'est le cas ? demanda Sabrina en plongeant son regard dans celui de son employé.

– En fait..., oui, bredouilla celui-ci. Mais uniquement en ce qui concerne Les Ambassadeurs.

– Et pourquoi l'espionnez-vous ?

– J'ai l'impression qu'il achète et revend certaines pièces sans passer par Les Ambassadeurs ni par Blackford's.

– Les clients vous auraient appelé. Ils appellent toujours quand ils viennent d'acheter quelque chose.

– Pas si Nicholas leur dit que notre affaire tourne mal, qu'on ne peut plus nous faire confiance, qu'on a perdu notre savoir-faire depuis la mort de lady Longworth.

– Est-ce *vraiment* ce que Nicholas leur raconte ?

– En tout cas, c'est ce qu'on m'a dit.

« Après tout, ce n'est pas impossible », songea Sabrina. Dans la tourmente qui avait suivi l'enterrement de Stéphanie, Nicholas avait déjà essayé de lui soutirer Les Ambassadeurs Elle l'avait arrêté net dans ses manœuvres, en lui montrant qu'elle voyait clair dans son jeu et en réagissant exactement comme l'eût fait lady Longworth. S'il récidivait, c'était qu'il devait croire Stéphanie Andersen trop absorbée par sa vie en Amérique pour se rendre compte de quoi que ce fût. Ou pour accorder une quelconque importance à ses manigances. « Obstiné, ce Nicholas », pensa-t-elle avant de s'adresser à nouveau à Brian.

– Olivia sait parfaitement que nous n'avons pas perdu notre savoir-faire. Et ses amis le savent aussi.

– Certains sont restés fidèles, répondit Brian d'un ton lugubre.

– J'en parlerai à Olivia, elle s'occupera de ça, repartit Sabrina. Autrefois, c'était Alexandra qui se chargeait de mettre un terme aux rumeurs et de me défendre face aux mauvaises langues. Maintenant, ce sera Olivia.

– Elle le faisait pour lady Longworth, murmura Brian, s'excusant presque de devoir rappeler à la jeune femme que, si Alexandra avait effectivement mis un terme à certaines rumeurs, c'était pour sa sœur et non pour elle.

Sabrina feignit de n'avoir rien entendu.

– Est-ce que vous avez autre chose à me dire ?

– Il y a une vente aux enchères jeudi. Lord Midgeford...

– Riscombe Park ? Vous ne m'avez pas envoyé le catalogue.

– J'avoue que j'ai un peu tardé à l'envoyer. Il devait vous arriver à Evanston ces jours-ci.

– Eh bien, j'irai jeudi. Essayez de vous procurer un autre catalogue et inscrivez-moi pour la vente. Il me faudra aussi une voiture.

– Nicholas aura la sienne, lady Long..., euh..., Mrs. Andersen.

– Si ce que vous m'avez dit est vrai, je ne tiens pas à faire la route dans la voiture de Nicholas. Je préfère qu'il vienne dans la mienne. Pouvez-vous obtenir les noms des clients susceptibles d'être intéressés par certains objets de Riscombe, notamment par l'argenterie xviiie ? Si mes souvenirs sont bons, Abner Midgeford était collectionneur. J'ai perdu le contact avec beaucoup des clients que cela pourrait intéresser.

Comme elle finissait sa phrase, elle se dit que Brian n'allait pas manquer de la reprendre ; il était en effet en droit de se demander comment Stéphanie Andersen avait pu perdre contact avec qui que ce fût, alors que c'était Sabrina Longworth qui avait vécu à Londres, dirigé Les Ambassadeurs et connu les amateurs d'argenterie xviiie. Mais Brian resta silencieux. « Il doit me prendre pour une folle. Son silence montre à quel point c'est un garçon discret », pensa Sabrina.

– Pouvez-vous appeler Nicholas et lui dire que j'aimerais dîner avec lui demain soir au Savoy ? À vingt heures. Vous serez gentil de nous réserver une table.

Elle passa le reste de l'après-midi à son bureau, à éplucher les livres de comptes et à lire son courrier. Elle ne cessait de regarder sa montre et, lorsqu'elle jugea qu'à Evanston il devait être l'heure de dîner, elle appela Garth et les enfants pour les rassurer, leur dire qu'elle rentrerait bientôt.

Brian dut partir de bonne heure car il avait un rendez-vous. Sabrina resta seule aux Ambassadeurs ; elle n'était pas pressée de retrouver la maison vide de Cadogan Square. Et puis elle aimait l'atmosphère du magasin, le parfum légèrement écœurant de la cire, l'odeur poussiéreuse des vieux objets. Autant de choses qui lui rappelaient non seulement sa boutique d'Evanston, mais aussi les expéditions de son enfance, lorsque Stéphanie et elle partaient chiner en compagnie de leur mère. « Chez tous les antiquaires on respire la même odeur, se dit-elle avec un sourire. Où que ce soit dans le monde, je me sens toujours chez moi dans un magasin d'antiquités. »

À cet instant, elle entendit retentir la sonnette de la porte d'entrée. « Brian aurait dû fermer à clef », se dit-elle en sortant précipitamment de son bureau.

– Je suis désolée. Nous sommes ferm... Denton !

Elle se dirigea vers l'homme qui venait de pénétrer dans le magasin en se répétant : *Je suis Stéphanie. Je ne suis pas Sabrina. Il s'attend à ce que...* Denton saisit tout de suite dans les siennes les mains de Sabrina.

– Je suis content de te revoir, Stéphanie. Tu as l'air en pleine forme. Il est vrai que la dernière fois que nous nous sommes vus c'était à l'enterrement de Sabrina. C'est vraiment incroyable ! dit-il en se penchant vers la jeune femme pour examiner de plus près son visage. Tu pourrais être elle, tu lui ressembles tellement. Je m'en étais jamais rendu compte. C'est frappant, tu sais. Ça me fait un choc. Je n'avais pas remarqué que vous vous ressembliez à ce point quand nous avions fait ce barbecue chez toi à..., où est-ce, déjà ? Evansville ?

– Evanston.

– Ah oui, c'est ça. Bien sûr, c'était il y a des années. Mais s'il y avait eu une telle ressemblance entre vous... j'aurais remarqué..., j'aurais dit quelque chose... Je n'ai rien dit, n'est-ce pas ? Non, bien sûr que je n'ai rien dit. Je m'en souviendrais. Oui, c'est ça : tu dû changer depuis.

Sabrina le dévisageait sans rien dire.

Denton s'éclaircit la voix. Ses yeux perçants et noirs regardaient de tous côtés. Il déambulait dans la pièce, en passant un doigt distrait sur les meubles, le pied des lampes et des pendules.

– Tu as des merveilles, Stéphanie. Sabrina avait un goût infaillible, et toi aussi, à ce que je vois. J'ai toujours admiré son instinct.

Menteur. Tu n'en avais rien à faire.

– Si on dînait ensemble ce soir, ajouta Denton, abandonnant l'examen d'une tapisserie pour se tourner vers Sabrina. Ça me ferait un plaisir immense. Je passais par là, et il m'a semblé t'apercevoir dans l'arrière-boutique. Tu ne dois pas connaître grand monde à Londres ; il se trouve que je suis libre, ce soir. Je ne vois pas pourquoi tu passerais la soirée seule.

Dîner avec Denton ? Ça serait sinistre, un peu comme revoir ma vie défiler à l'envers.

– Non merci, Denton. J'ai trop peu de temps et beaucoup de travail. Je vais rentrer à la maison et dîner en travaillant.

– Seule ? Tu ne peux pas faire ça. Il n'y a rien de pire pour la digestion et pour l'esprit. Tu sais, il y a des gens qui sont devenus fous à force de manger seuls.

Elle ne put s'empêcher de sourire. Elle se demanda comment il avait fait pour ne pas changer en presque quinze années. Son visage poupin, ses joues roses, sa petite moustache, sa fascination pour lui-même, son besoin désespéré d'être entouré à tout moment pour se convaincre qu'il était heureux..., tout cela était si familier à Sabrina. Denton lui paraissait comme figé dans un moule, exactement le même que le jour où elle l'avait épousé.

– Tu es magnifique quand tu souris, tu ne devrais jamais avoir l'air renfrognée ni même trop sérieuse, Stéphanie. Sabrina avait le même sourire que toi, tu sais... Bien sûr que tu sais : personne ne la connaissait mieux que toi. J'adorais son sourire. C'est lui, entre autres choses, qui m'attachait à elle.

En entendant ces mots, Sabrina haussa les sourcils.

– C'est la vérité, reprit Denton. Quand j'étais avec Sabrina, j'étais incapable de regarder une autre femme.

Menteur. Tu couchais avec toutes celles qui passaient près de toi.

– Et nous étions tellement heureux, tu sais. Deux êtres...

Menteur.

– ... qui s'adoraient. Nous formions un couple parfait, la coqueluche de la bonne société londonienne, tout le monde nous enviait. Nous étions faits l'un pour l'autre.

Menteur.

– Elle me manque, tu sais, poursuivit Denton. Même si notre mariage a échoué, je l'adorais et je l'admirais. Et je l'admire encore. Je veux que tu le saches.

Mais pourquoi tous ces mensonges ?

– J'ai vécu le moment le plus atroce de ma vie quand on m'a demandé d'identifier son corps. J'arrivais à peine à la regarder. Je me suis effondré comme un bébé, je tremblais de tout mon corps, je me suis presque évanoui.

Je parierais que c'est encore un mensonge.

– Et puis moi, les cadavres... Je n'ai jamais pu les regarder. Je n'arrive déjà même pas à penser à la mort. Alors la regarder...

Ça, je veux bien le croire.

– Pardonne-moi, Stéphanie, dit encore Denton. Je n'avais pas l'intention d'en parler, mais en te voyant... Mon Dieu, bien sûr, c'est encore pire pour toi que pour moi, et moi je continue à larmoyer devant toi... Je suis vraiment une bête. Je te demande pardon. Je suis confus. Dis-moi que tu me pardonnes. Dis-moi que ça ne nous empêchera pas de dîner ensemble. Dis-moi que ça ne change rien à notre amitié.

– Je te pardonne volontiers, Denton, mais permets-moi de te rappeler que nous n'avons jamais été amis ; il me paraît d'ailleurs très improbable que nous le soyons jamais. Et je ne dînerai pas avec toi parce que je préfère mille fois rester chez moi.

Il y eut un silence.

– Je croirais l'entendre. Tu as la même voix, le même accent étrange, la même façon de dire « il me paraît d'ailleurs très improbable »... Bien sûr, avec les jumeaux, c'est toujours difficile de savoir...

– Je vais fermer le magasin. Bonne soirée, Denton.

– Tu préfères vraiment dîner seule ?

– Oui.

– Elle disait ça aussi. Il lui arrivait brusquement de refuser de sortir et de vouloir rester seule. Vers la fin, ça lui arrivait de plus en plus souvent, et je sortais sans elle. Bien sûr, nous avions déjà quelques problèmes.

– Bonsoir, Denton.

– Eh bien..., bonsoir, Stéphanie, dit celui-ci en se dirigeant vers la porte, puis il se retourna comme s'il venait soudain de penser à quelque chose : À propos, as-tu jamais eu de nouvelles de Max Stuyvesant ?

Sabrina sentit son sang se glacer dans ses veines.

– Max ? Mais qu'est-ce que tu racontes ? Il est mort.

– Présumé mort. On n'a jamais retrouvé son corps. Je me disais que si par hasard il était vivant il aurait essayé de recontacter quelqu'un... Tu vois ce que je veux dire ?

– Non, je ne vois pas du tout. S'il était vivant, il serait rentré chez lui. Pourquoi irait-il ailleurs ? Il t'aurait appelé. Tu faisais partie de ses amis. C'est toi qui nous..., qui les a présentés, n'est-ce pas ? Si mes souvenirs sont bons, Sabrina m'a dit que tu l'avais emmenée en croisière sur le yacht de Max et que c'est comme ça qu'ils s'étaient connus. Il s'agissait sans doute du même yacht, d'ailleurs... C'est plutôt toi que Max aurait appelé et pas moi, ajouta-t-elle enfin après un silence.

Denton hocha la tête.

– Tu as sans doute raison. Mais s'il refaisait surface – excuse-moi, les mots sont vraiment mal choisis –, je veux dire s'il réapparaissait – je sais bien qu'il y a peu de chances, tout le monde a été tué et on a retrouvé les autres corps... Mais tout de même, si jamais il était vivant et qu'il t'appelait... j'espère que tu me le dirais. Tu comprends, je n'arrive pas à croire qu'il soit vraiment mort. Il m'a toujours paru indestructible.

– Je te le dirais, répondit Sabrina d'une voix apaisante. Maintenant, il faut que je ferme.

– Bien sûr, c'est vrai, pardon.

Denton ouvrit la porte, mais une violente bourrasque le repoussa vers l'intérieur de la boutique.

– Impossible de sortir avec un temps pareil.

– Tu es bien arrivé jusqu'ici, tu devrais pouvoir repartir, dit froidement Sabrina. Rentre chez toi, Denton. Je ne veux pas de toi ici.

– Voilà qui est clair. Mais c'est dommage, tu sais, Stéphanie, je pensais vraiment qu'on pourrait être amis. Je repasserai peut-être un de ces jours, juste pour voir si tu vas bien. Je me sens responsable envers toi. Tu es la sœur de Sabrina...

Il attendit encore un instant une réponse, une réaction, mais, devant le silence obstiné de la jeune femme, il se raidit, ouvrit la porte, remonta le col de son manteau et s'élança tête baissée sous la pluie.

Sabrina tremblait nerveusement. Que se passait-il ? Que pouvait-il bien chercher ? Ou que redoutait-il ? Elle revit le frémissement de sa moustache lorsqu'il avait dit : « Je repasserai peut-être un de ces jours... »

Toujours tremblante, elle enfila son imperméable. « J'avais un chapeau de pluie Burberry's, dans le temps. Il ne doit plus être là, maintenant. Stéphanie s'en sera servi... » Elle se hissa sur la pointe des pieds pour atteindre une haute étagère dans la remise. Ses doigts rencontrèrent un chapeau soigneusement plié. « Ma Stéphanie, tu me l'as laissé. »

Et elle fondit en larmes. Pleurant toujours, elle prit son parapluie, éteignit les lumières et quitta le magasin en tirant le chapeau sur ses yeux. Abritée sous son parapluie, elle marcha jusqu'à une station de taxis où elle attendit un long moment avant que l'une de ces vieilles voitures noires si caractéristiques de Londres vînt s'arrêter à côté d'elle le long du trottoir. Une fois assise, elle dit au chauffeur :

– Au cimetière de Kensington.

– Ils ne vont pas tarder à fermer, mademoiselle. Et ce n'est pas vraiment un lieu de promenade par ce temps.

– Je veux y aller quand même. Je ne resterai pas longtemps. Pourrez-vous m'attendre ?

– Si vous étiez ma fille, je ne vous laisserais pas...

– Je sais ce que je fais, répondit Sabrina.

– D'accord, d'accord, dit l'homme en la regardant attentivement dans son rétroviseur.

Le taxi s'arrêta devant le portail du cimetière.

– Vous voulez bien m'attendre ? demanda Sabrina.

– Je ne risque pas de vous laisser seule ici, mademoiselle.

– Merci.

Elle descendit, pénétra dans le cimetière et emprunta un petit chemin qui serpentait entre les tombes. Elle avait pensé initialement venir le lendemain matin, mais elle n'avait pu attendre.

Curieusement, elle avait plus l'impression de retrouver Stéphanie à Londres qu'à Evanston : c'était effectivement à Londres que sa sœur avait passé le dernier mois de son existence et, partout où elle allait, Sabrina sentait sa présence. Maintenant, elle voulait revoir sa tombe. La pluie lui fouettait le visage et faisait battre son long manteau contre ses mollets. Le jour de l'enterrement aussi, le temps était gris, la silhouette des arbres dépouillés se découpait contre des nuages bas, un vent froid glaçait le cortège. Sabrina se demanda si le soleil brillerait jamais sur ce cimetière et sur la tombe de Stéphanie.

Elle continua d'avancer, luttant contre le vent, jusqu'à ce qu'elle eût reconnu la dalle de marbre blanc. Elle l'avait commandée au mois de février et avait envoyé au marbrier le texte à graver sur la pierre. C'était un poème de Yeats, l'un des préférés de Stéphanie. Sabrina passa une main humide sur les lettres dorées.

LADY SABRINA LONGWORTH

J'irai par monts et par vaux
Et trouverai sa retraite ;
J'embrasserai ses lèvres et je prendrai ses mains,
Je marcherai dans l'herbe longue
Et cueillerai jusqu'à la fin des temps
Les pommes d'argent de la lune,
Les pommes d'or du soleil.

La pluie passait comme des larmes froides sur le marbre. Sabrina s'agenouilla sur l'herbe détrempée et se mit à pleurer. Une main se posa soudain sur son épaule, et elle entendit la voix du chauffeur de taxi.

– Mademoiselle...

Elle était là depuis dix minutes déjà et tremblait si violemment qu'elle n'eut même pas la force de lever les yeux vers lui.

– Le cimetière va fermer et vous allez attraper mal.

Elle accepta le bras qu'il lui tendait. L'homme l'aida à se relever et la soutint jusqu'au taxi. Elle ne vit rien des rues qu'ils prenaient, rien des trottoirs où s'écoulaient de longs rubans de parapluies noirs, rien des vitrines illuminées qui tremblotaient de l'autre côté des vitres ruisselantes du taxi. Recroquevillée sur le siège arrière, comme paralysée, glacée, Sabrina pleurait en silence.

Une fois à Cadogan Square, elle ouvrit la porte de la maison où personne ne l'attendait et laissa tomber sur le sol son parapluie, son imperméable et son chapeau trempés. Un filet d'eau s'en échappa et coula jusqu'à un tapis rapporté de l'un de ses voyages

184

au Mexique. Sabrina le regarda, indifférente, et gravit l'escalier qui menait au salon. Il n'y avait pas de feu dans la cheminée. « Toute seule, se dit-elle tristement. J'ai pourtant dit à Denton que c'était ce que je voulais. »

Elle fit du feu, ouvrit les robinets de la baignoire, y versa des sels de bain et alla se préparer un thé. Lorsqu'il eut infusé, elle apporta sa tasse dans la salle de bains et la posa sur une tablette. Puis elle se dévêtit et se laissa glisser dans l'eau. Ses larmes avaient cessé de couler et, peu à peu, ses tremblements disparaissaient aussi. La chaleur pénétrait son corps et lui rendait la paix.

Ici aussi, Stéphanie était partout présente. Sabrina croyait la voir aller et venir dans la pièce, le soir de son arrivée à Londres, ouvrant et fermant tiroirs et placards, à la découverte de tout ce qui allait être à elle l'espace d'une semaine, cette semaine qu'elles avaient voulu voler à leurs vies respectives. Elle imagina sa sœur debout devant le miroir, essayant une robe qui, d'une façon saisissante, accentuait leur ressemblance.

« Il faut que je cesse d'y penser, se dit Sabrina. C'est si réel... J'ai l'impression qu'elle est encore vivante. »

Elle s'obligea à réfléchir aux problèmes des Ambassadeurs, à ceux de Brian et de Nicholas. Il fallait qu'elle se prépare à son dîner du lendemain en compagnie de Nicholas. Elle envisageait souvent de vendre Les Ambassadeurs et savait qu'elle le ferait un jour, mais personne, et Nicholas moins que quiconque, ne pourrait la déposséder de son magasin.

Lorsqu'elle le retrouva au Savoy, elle était calme, mais sur ses gardes. Au début, Nicholas était loin de se méfier.

– Je vous ai apporté un petit cadeau, Stéphanie, dit-il en lui tendant une boîte or et argent. Sabrina les aimait beaucoup.

Assis à une petite table à côté de la fenêtre, ils avaient vue sur la Tamise et sur le pont de Waterloo. Des rideaux de velours encadraient ce splendide panorama. Vêtu d'un costume classique aux manches lourdement empesées, Nicholas s'était laissé tombé dans le fauteuil Voltaire avec un soupir. Sabrina avait choisi ce restaurant parce qu'elle savait qu'il était le préféré de Nicholas.

– J'ai pensé que vous les aimeriez aussi, poursuivit-il. C'est un petit cadeau de bienvenue. J'ai été très étonné quand Brian m'a annoncé votre arrivée – vous n'aviez pas donné de date exacte –, mais je suis ravi de cette surprise. Et puis c'est bientôt votre anniversaire – en septembre, n'est-ce pas ? –, et vous ne serez peut-être pas à Londres à ce moment-là. J'offrais toujours une bricole à Sabrina pour son anniversaire.

C'est faux. Par ailleurs, nous ne sommes qu'au mois de mai...
Mon anniversaire est dans quatre mois. Sabrina ouvrit la boîte.

– Nicholas, dit-elle, quelque peu interdite, un œuf Fabergé,
c'est plus qu'une bricole.

Elle sortit de son écrin un œuf en vermeil serti de pierreries
qui s'ouvrit sous ses doigts, révélant un minuscule panier de fleurs
en pierres précieuses.

– Il est en parfait état, murmura-t-elle.

– Vous méritez ce qu'il y a de mieux, rétorqua gaiement
Nicholas.

– Merci, c'est très gentil.

« Il essaie de me soudoyer », ajouta-t-elle pour elle-même. Elle
lui sourit, heureuse soudain d'être à nouveau au cœur de l'action
et de croiser le fer avec des êtres qui cachaient leur jeu.

– Voilà qui devrait m'amadouer pour ce début de soirée, dit-
elle.

Nicholas se raidit : il avait horreur d'être percé à jour.

– Parlez-moi de la saison d'hiver, reprit Sabrina. J'ai constaté,
en feuilletant les livres de comptes, qu'elle avait été plutôt calme.

– Oui, plutôt. Vous savez, la situation économique actuelle
n'encourage pas aux achats. Les gens attendent de voir comment
les choses vont tourner. Je ne me fais pas de souci, pourtant, ma
chère Stéphanie. Nous avons largement de quoi supporter une,
voire deux mauvaises saisons, s'il le faut.

– Voire deux..., répéta pensivement Sabrina. Et faites-vous
quelque chose pour qu'une mauvaise saison devienne une bonne
saison ?

– Oui, je discute avec les clients, comme toujours, je rencontre
de nouveaux acheteurs potentiels, j'essaie de prévoir l'avenir.
L'essentiel, c'est de rester en contact, de ne pas se laisser oublier
par les clients ni par leurs relations.

– Vous voulez dire que vous continuez d'œuvrer de tout cœur
pour Blackford's et pour Les Ambassadeurs

– C'est exactement cela, Stéphanie. Vous avez tout compris. Il
ne faut jamais cesser de travailler, jamais.

– Mais la question, c'est de savoir pour le compte de qui on
travaille, n'est-ce pas, Nicholas ?

– Je vous demande pardon ? dit celui-ci avant de terminer son
Martini.

Il fit signe au garçon de lui en apporter un autre et, saisissant
distraitement sa fourchette, se mit nerveusement à tracer d'invisibles dessins sur la nappe.

– Vous parlez souvent par énigmes, ma chère Stéphanie,

continua-t-il. Je ne suis pas le seul à juger cela assez déroutant, et parfois même franchement désagréable.

« C'est tout ce qu'il a trouvé pour essayer de me faire peur ? » se dit Sabrina avant de répondre, imperturbable :

– Si c'est la vérité, croyez que je le regrette. Jamais personne ne m'a fait ce reproche. Mais, bien sûr, pour les ragots, vous êtes mieux placé que moi, ajouta-t-elle en guettant l'effet que produisaient ses paroles sur le visage de son associé. Je suis soucieuse de notre réputation, Nicholas. J'ai l'intention d'ouvrir deux nouveaux magasins, à New York et à Paris – c'était faux, l'idée lui en était venue à l'instant, mais elle se dit : « Après tout, pourquoi pas ? » Puis elle poursuivit : – Et je ne tolérerai pas que quoi que ce soit vienne ternir notre image. Nous n'avons que deux choses à offrir à nos clients : notre compétence et notre honnêteté – vous le savez aussi bien que moi –, et une telle réputation ne se fait pas en un jour. J'ai mis trop longtemps à faire des Ambassadeurs ce qu'ils sont pour laisser qui que ce soit...

– Ma chère Stéphanie, vous semblez oublier que c'est votre sœur qui a créé les Ambassadeurs

– C'est la même chose ! s'écria brusquement Sabrina en tapant du plat de la main sur la table.

Elle s'interrompit soudain, surprise d'avoir ainsi perdu son sang-froid. Jamais encore elle n'avait élevé la voix dans une discussion d'affaires ni manifesté ainsi sa colère en public « C'est le fait de revenir ici au bout de tant de mois, sans y revenir vraiment, parce que ma vie est ailleurs. » Nicholas la dévisageait, ahuri.

– Stéphanie ?

– Pardonnez-moi, dit-elle. Je me suis emportée. Bien sûr, c'est ma sœur qui a créé Les Ambassadeurs mais j'ai souvent l'impression de parler pour nous deux, surtout lorsqu'il s'agit de travail. Comme vous le savez, nous étions très proches. Il n'en demeure pas moins que je ne permettrai à personne d'attenter en quoi que ce soit à ma réputation ou à celle du magasin.

– Bien sûr, bien sûr, répondit Nicholas en hochant la tête et en lui lançant un regard perçant. Toutefois, si vous me permettez une petite remarque personnelle, Stéphanie, vous paraissez très tendue. À mon avis, vous voulez trop en faire. Pourquoi ne retourneriez-vous pas auprès de votre mari et de vos enfants ? De toute évidence, vous êtes une épouse et une mère formidables. Pourquoi ne me laisseriez-vous pas diriger Les Ambassadeurs ? Je continuerais à vous rendre des comptes régulièrement et je vous garantis que vous en seriez satisfaite.

– Ce qui me satisfait, Nicholas, répondit doucement Sabrina, c'est de travailler avec les trois magasins que nous avons maintenant, avec d'autres que nous pourrions acquérir, et d'être tenue au courant de toutes les ventes et de tous les achats importants qui ont lieu aux Ambassadeurs et chez Blackford's. Ce qui me satisfait, Nicholas, c'est la confiance que je peux avoir en mes associés.

– Naturellement, Stéphanie, mais vous ne pouvez pas prétendre diriger une affaire en Angleterre alors que vous vivez de l'autre côté de l'Atlantique. Il y a chaque jour des décisions capitales à prendre. Elles mettent en jeu des milliers de livres, parfois même des millions. C'est autre chose que vos petites transactions dans votre boutique de Chicago.

– Evanston.

– Oui, bien sûr, Evanston. Toujours est-il que...

Un garçon vint lui apporter un autre Martini et remplit à nouveau le verre de Sabrina avec la bouteille de vin qui se trouvait sur la table.

– Je vous répète, Nicholas, reprit-elle, que je n'ai l'intention d'abandonner aucun des magasins. Je continuerai avec votre aide et votre coopération, à Brian et à vous. Je suis propriétaire des Ambassadeurs, j'espère que vous vous en souviendrez. Je crois que le sujet est clos.

– *Le sujet est clos* ? Ma chère Stéphanie, ce n'est pas à vous d'en décider, répondit Nicholas après une longue gorgée de Martini. Le fait est que j'ai amené aux Ambassadeurs des clients beaucoup plus importants que ceux avec lesquels Sabrina traitait avant sa mort. Mon rôle consiste à dénicher et à acheter des meubles, des bijoux, des tableaux parmi les plus rares au monde.

– Je croyais que les affaires ne marchaient pas. La situation économique, etc.

– Même lorsque la saison est mauvaise, je trouve des clients. Alors que vous, vous n'êtes pas en mesure de traiter avec eux. Sabrina aurait pu le faire, mais, hormis votre ressemblance physique, vous n'avez rien de commun. Vous n'avez pas la carrure nécessaire pour travailler ici, Stéphanie. Londres n'est vraiment pas un endroit pour vous, vous êtes beaucoup plus à votre place à Evanston, avec votre famille et vos amis. Je vous promets de vous verser régulièrement votre part des bénéfices...

– Pardonnez-moi, l'interrompit Sabrina alors que le serveur revenait vers eux. Peut-être pourrions-nous commander ?

Le visage de Nicholas s'empourpra.

– Je n'ai pas encore choisi... Que prenez-vous ?

– Des coquilles Saint-Jacques en entrée, et un magret de canard.

– Parfait. Je prends la même chose.

188

– Un vin rouge, peut-être, pour accompagner le canard ? demanda le sommelier, qui venait de rejoindre le serveur.

– Oui, un châteauneuf-du-pape, dit Sabrina. En avez-vous encore de 1958 ?

– Oui, il nous en reste quelques-unes, Madame, répondit l'homme d'un air approbateur.

Lorsque le serveur et le sommelier se furent éloignés, Nicholas s'étonna.

– Elle vous parlait donc de *tout* ? Y compris de ses millésimes préférés ?

– Oui. Maintenant, si j'ai bien suivi, nous en étions aux bénéfices. C'est vous qui décideriez du montant des chèques que vous m'enverriez ? Personne d'autre que vous n'aurait un droit de regard sur les comptes ?

– Un navire n'a qu'un maître à bord, Stéphanie. Mais je vous promets de servir au mieux vos intérêts.

– Vraiment, Nicholas, répondit Sabrina en éclatant de rire, vous avez vraiment cru qu'un Fabergé suffirait à me faire avaler cela !

À nouveau, l'homme rougit.

– Jouons franc jeu, Stéphanie, dit-il. Vous êtes d'une compagnie très agréable, cependant – je regrette d'avoir à vous le répéter, mais c'est très important –, vous êtes loin d'avoir la classe et l'élégance de votre sœur. Vous êtes une maîtresse de maison et une mère exemplaires, deux occupations admirables mais qui ne préparent en rien à traiter avec les grandes fortunes de ce monde. Vous avez beau porter ses vêtements, habiter sa maison, commander le vin dont elle vous a parlé, vous restez une pâle imitation de Sabrina Longworth. Vous n'avez ni son expérience ni son aisance en société, et, de ce fait, c'est plutôt moi qui devrais m'inquiéter pour notre réputation. Je ne peux plus mettre nos magasins en péril en vous permettant d'intervenir dans nos affaires. Les enjeux sont trop importants.

Sabrina s'était penchée vers lui. Seuls quelques centimètres séparaient encore leurs visages.

– Une pâle imitation ? répéta-t-elle avec un grand sérieux. C'est ce que vous prétendez alors que tout le monde a du mal à croire que je ne suis pas Sabrina, ajouta-t-elle en soutenant un long moment le regard de Nicholas. Je vous plains, il faut que vous soyez vraiment dans une situation désespérée pour en arriver là. Je ne vais pas vous demander de quels enjeux vous parlez ni ce qui vous rend si impatient de vous débarrasser de moi. À vous de vous sortir de votre pétrin. En revanche, voici ce que j'ai décidé : je vais écrire à tous nos clients et aussi aux autres – à tous ces éminents personnages que vous évoquez – que nous tenons plus que jamais à les satisfaire et que nous défendons leurs intérêts. Qu'il s'agisse ou non d'une pièce importante, nous ne la livrerons au client qu'après avoir minutieusement examiné son état et clairement défini sa provenance. Ces lettres partiront en début de semaine avec ma signature. Il serait bon, si nous devons rester associés, qu'elles portent également la vôtre.

Le visage de Nicholas s'assombrit. Les yeux semblaient lui sortir de la tête.

– Vous ne pouvez pas agir ainsi.

– Et pourquoi donc ?

– C'est mettre en cause mon intégrité et me faire passer pour un imbécile.

– Je ne vois pas en quoi.

– Vous ne pouvez pas écrire des choses pareilles. Ce serait une erreur.

– Je ne le pense pas.

– Vous n'avez pas besoin de vous justifier ainsi devant des clients qui savent déjà ce que vous pouvez faire pour eux.

– Peut-être que si.

– Vous ne reviendrez pas sur votre décision ?

– Non, certainement pas.

Nicholas resta un instant figé puis repoussa brutalement son fauteuil.

– Dans ce cas, nous n'avons plus rien à nous dire.

Sans jeter un regard à Sabrina, il tourna les talons et sortit, la laissant seule.

Le sommelier s'approcha et lui présenta la bouteille de sorte qu'elle pût en lire l'étiquette. La jeune femme eut un hochement de tête approbateur. Quelques minutes s'écoulèrent avant que le serveur apporte deux assiettes de coquilles Saint-Jacques.

– Vous pouvez remporter celle de M. Blackford en cuisine. Il ne se sentait pas bien. Il est parti.

Le serveur eut l'air étonné. L'instant d'après, le maître d'hôtel se précipitait à la table de Sabrina.

– Si Madame souhaite partir, nous comprendrons parfaitement... Madame ne nous devrait rien...

Sabrina lui sourit.

– J'ai une faim de loup.

Il la regarda un moment, avec l'air de se demander comment une femme comme elle pouvait ne pas être embarrassée de dîner seule dans un restaurant chic. Mais elle continua de lui sourire, et il finit par s'incliner.

– Si je peux faire quoi que ce soit...

190

– Merci. Rien pour l'instant.

Elle le regarda s'éloigner. En vérité, elle était très embarrassée, mais pas pour les raisons que soupçonnait le maître d'hôtel. L'hostilité de Nicholas l'avait ébranlée : il lui semblait qu'elle la cernait de toute part et rendait Londres inhospitalière, voire dangereuse. Elle but une gorgée de l'excellent vin rouge qu'elle avait commandé et sentit la tristesse et la solitude l'envahir. Être au cœur de l'action, croiser le fer avec des êtres qui cachaient leur jeu lui plaisait finalement moins qu'elle ne l'avait supposé. C'était un terrible gaspillage d'énergie qui l'empêchait de se concentrer sur son mariage, sur l'éducation des enfants, sur son foyer, qui l'empêchait d'aimer les siens.

Le serveur apporta le magret de canard accompagné de riz sauvage. L'appétit de Sabrina avait disparu, mais elle allait manger, ne fût-ce que pour leur prouver à tous, à Nicholas, à Denton et aux serveurs du Savoy, qu'elle était capable de dîner seule. Pourtant, sa famille et sa maison lui manquaient. Elle aurait aimé croiser le regard de Garth de l'autre côté de la table, écouter le bavardage et même les disputes des enfants. Elle aurait aimé entendre la maison craquer et savoir qu'elle était à l'abri derrière des fenêtres et des portes closes. « Je ne veux plus avoir deux vies, se dit-elle. Je n'en veux qu'une. »

Mais elle ne laisserait pas Nicholas avoir le dessus. Elle trouverait un acheteur pour Les Ambassadeurs et se retirerait de Blackford's. Elle avait toujours su que ce moment viendrait. À présent qu'il était arrivé, elle constata combien elle était impatiente de rompre ces liens. Pourtant, elle agirait sans précipitation : maintenant qu'elle savait ce qu'elle voulait, elle ferait les choses dans les règles, même si cela devrait prendre quelques mois. « Je vais aussi vendre la maison, se dit-elle. Peut-être que d'ici à septembre, tout sera terminé.

« Septembre. Mon anniversaire. Et je serai enfin chez moi. »

9

Stéphanie et Léon se rencontrèrent sur le trottoir cours Gambetta. La jeune femme était en train de sortir sa bicyclette de la remise du magasin lorsque le peintre arriva à sa hauteur.

– Je vous guettais, dit-il en lui serrant la main. Me permettez-vous de faire un bout de chemin avec vous ?

Elle avait eu un pincement au cœur quand elle l'avait aperçu. Maintenant elle lui souriait.

– Mais vous n'avez pas de bicyclette, Léon !

– Si, j'en ai une. Comme vous, dans la remise. C'est un signe, vous ne trouvez pas ? ajouta-t-il, badin. Alors vous me permettez de vous accompagner ?

– Oui, volontiers.

– Je reviens tout de suite.

Quelques minutes plus tard, Léon sortait sa bicyclette.

– Vous avez une destination précise ? demanda-t-il encore à Stéphanie.

– Non. J'avais envie de faire un tour jusqu'à l'un des villages sur la colline. Je n'en connais que trois.

– Êtes-vous déjà allée à Fontaine-de-Vaucluse ?

– Non, jamais.

– Eh bien, c'est décidé, voilà notre destination. Oh, pardonnez-moi : j'ai l'impression de vous forcer un peu la main. Certes, j'aimerais vous montrer l'un de mes coins préférés, mais ce que j'aimerais par-dessus tout, c'est passer l'après-midi avec vous. Nous irons où vous voudrez.

– Fontaine ? Est-ce qu'il y a vraiment une fontaine ?

– Une fontaine souterraine, la source de la Sorgue. C'est un endroit magique.

– Eh bien, c'est décidé, voilà notre destination, dit gaiement Stéphanie.

Léon lui lança un sourire complice en disant :

– Avez-vous déjeuné ?

– Non, je voulais profiter pleinement de l'après-midi. J'ai une pomme dans mon sac.

– Nous pourrions déjeuner là-bas, s'il n'est pas trop tard. J'aimerais vous faire connaître le café Chez Philippe. Encore un de mes endroits préférés.

Stéphanie réfléchit un instant.

– On verra. Je ne pourrai peut-être pas rester tout l'après-midi, Léon.

– Quels sont les villages que vous connaissez déjà ?

– Je suis allée jusqu'à Maubec la semaine dernière, et puis aussi à Robion et à Oppède. Mais j'ai surtout roulé à travers les vignes.

– Les côtes ne vous font pas peur, à ce que je vois. Dans ce cas, il faudra impérativement aller à Ménerbes et à Bonnieux.

– Où trouvez-vous le temps de peindre et faire toutes ces promenades ? demanda Stéphanie.

– Je sors presque toujours tôt le matin. Sept heures, six heures, parfois même cinq. C'est d'ailleurs un horaire que je vous recommande. Peut-être me rejoindrez-vous un matin : il y a moins de circulation, l'air est frais. Nous sommes fin juin, et il fait vraiment trop chaud pour... Mais j'y pense : il y a combien de temps que vous êtes arrivée à Cavaillon ?

– À peine quelques mois. Vous n'avez pas l'impression qu'il y a plus de circulation aujourd'hui que les autres jours ? dit Stéphanie en poussant sa bicyclette au bord du trottoir en attendant que le feu passe au vert.

– Oui, vous avez raison. Mais, quand je suis à vélo, j'essaie de ne pas y penser. Je pars du principe que si aucun conducteur n'a envie de me rentrer dedans, et réciproquement, nous devons arriver à nous éviter. Jusqu'ici, en tout cas, ça a marché. Quand nous aurons traversé la grande route, nous prendrons à droite au premier carrefour. C'est une petite départementale, il y aura moins de voitures. Je peux passer devant, si vous préférez.

Stéphanie fit signe qu'elle approuvait. Elle se sentait jeune, libre et heureuse. Elle n'avait pas revu Léon depuis leur première rencontre, six semaines auparavant. Il n'était pas repassé à la boutique. Ses dernières toiles avaient été livrées par un ami qui possédait une camionnette. En les déballant avec Jacqueline, Stéphanie avait demandé incidemment si Léon passerait voir l'accrochage ou s'il allait apporter d'autres tableaux.

– Avec lui, on ne sait jamais, avait répondu Jacqueline. Il est tellement imprévisible. Tu ne trouves pas ces tableaux magnifiques ? Ils n'ont rien à voir avec ses paysages, bien sûr, mais ils gardent la même force.

Depuis, Stéphanie n'avait plus évoqué Léon. Au bout d'un certain temps, elle avait cessé d'y penser. Elle avait honte d'imaginer qu'elle pourrait « oser » avec lui. « Je suis mariée, se dit-elle. Comment pourrais-je avoir une aventure avec Léon ? Je ne dois pas me servir de Léon ni de qui que ce soit pour me libérer de Max. Il faut que j'y arrive par moi-même, que j'apprenne à faire les choses par moi-même ; je ne peux pas toujours demander aux autres de m'ouvrir la route. »

– C'est vert, dit Léon avec un sourire, la tirant de ses rêveries.

Ils traversèrent la route puis roulèrent jusqu'à la nationale où une succession ininterrompue de camions et de voitures les doublèrent à toute allure. Stéphanie serrait les dents, les yeux rivés au dos de Léon, s'efforçant d'ignorer le vacarme des camions, les vibrations qu'ils produisaient sur la chaussée. Les mains crispées sur le guidon, elle avait à tout moment la certitude que le prochain camion allait la projeter dans le fossé. Mais bientôt ils arrivèrent au carrefour et empruntèrent une petite route bordée de cyprès.

Le vacarme de la nationale cessa instantanément. Stéphanie entendait le sifflement de leurs pneus sur la route, le lent bourdonnement des abeilles et le chant lointain d'un coq. Elle se détendit enfin et rattrapa Léon, qui avait ralenti pour l'attendre.

– Ça va mieux ? demanda-t-il.

– Beaucoup mieux. Cette route est ravissante.

Ils roulèrent en silence jusqu'au bout d'une haie de cyprès puis s'engagèrent dans les vignes qui partaient en étoile depuis les mas. Le soleil se faisait plus ardent. Stéphanie s'essuya le front du revers de la main. Elle aimait le sourire de Léon lorsque leurs regards se croisaient et appréciait son silence, qui lui permettait de laisser libre cours à ses pensées et de s'imprégner des beautés du paysage : les jets d'eau des arrosages automatiques formaient des arcs-en-ciel en jouant avec le soleil, la lavande semait des petites taches mauves sur le bord de la route, le romarin poussait au hasard entre les pierres, de grosses grappes de fruits perçaient le feuillage dense des cerisiers. Ils dépassèrent des paysans en maillot de corps et pantalon noir qui les saluèrent d'un cordial bonjour. Stéphanie avait l'impression que la terre lui communiquait sa force et sa vigueur. Ce paysage lui paraissait si serein et hors du temps qu'elle croyait presque que rien d'autre n'existait, que Léon et elle étaient seuls au monde.

« Ce doit être ça, le bonheur », pensait-elle. Quoi qu'elle ait pu ressentir auparavant, en compagnie de Max, de Robert, de Mme

194

Besset ou de Jacqueline, jamais encore elle ne s'était formulé les choses de cette façon.

La route s'élargissait, bordée de poteaux électriques, de réverbères, de petits murets, autant de signes annonçant une agglomération. Stéphanie et Léon s'engouffrèrent sous un immense pont de pierre puis longèrent deux falaises hautes et sombres. Ils arrivaient à Fontaine-de-Vaucluse.

– On va laisser les vélos ici, dit Léon en s'arrêtant sur la place. C'est une ville où il est plus agréable de marcher.

Ils attachèrent leurs bicyclettes et s'éloignèrent rapidement de la place noire de monde pour s'engager sur le sentier qui longeait la rivière. De l'autre côté du chemin pentu s'étageaient des échoppes de souvenirs. Léon s'arrêta devant une terrasse.

– Voici le café Chez Philippe. Attendez-moi un instant.

Il descendit rapidement les trois marches de pierre qui conduisaient sur la terrasse et fut de retour quelques instants plus tard.

– Nous aurons une table dans une demi-heure, annonça-t-il. Promenons-nous encore un peu.

Ils gravirent le sentier qui menait à la source. Lorsqu'ils furent en haut, Stéphanie eut le souffle coupé. Elle oublia Léon et s'approcha de l'eau calme comme un miroir qui reflétait la haute falaise de pierre. À quelques pas de là, la même eau s'écoulait en un torrent tumultueux dont l'écume roulait furieusement sur les rochers. En bas des chutes, la Sorgue formait un large ruban émeraude.

Stéphanie s'assit au bord du petit lac, à l'endroit où l'eau si calme se transformait en une chute assourdissante. Autour d'elle, des enfants couraient et sautaient de pierre en pierre en criant. Leurs parents, conscients du danger, tentaient de les retenir. Stéphanie paraissait ne pas s'apercevoir de leur présence. Elle était absorbée dans la contemplation des myriades de gouttelettes qui dansaient dans l'air au-dessus des rochers mauve et brun auxquels l'eau, au cours des siècles, avait donné une patine lisse et brillante. La jeune femme eut l'impression de se fondre dans l'eau, de lutter contre le courant pour finalement se laisser emporter. C'était comme si elle était à nouveau à l'hôpital, prisonnière de son brouillard, incapable de s'en échapper ni même de bouger. Comme ces matins où elle se réveillait en sursaut dans son lit, à Cavaillon, elle tentait de rattraper un rêve pour y déceler un indice de son passé mais ne trouvait qu'un vide aussi bruyant que l'eau qui rugissait à ses pieds.

Un peu en retrait, Léon l'observait. Elle était belle. Il avait envie de faire son portrait, mais ce qui l'intriguait, surtout, c'était l'incertitude qui émanait d'elle. Ce n'était qu'une intuition, bien sûr, mais Léon faisait confiance à ses intuitions, à ses émotions, à son imagination, sachant qu'elles le conduisaient toujours à la vérité. Ainsi, il sentait que cette femme si belle et si pleine de charme semblait ignorer parfois qui elle était et d'où elle venait. Au lieu d'écarter cette idée comme une absurdité, Léon se surprit à se poser des questions sur le passé de Stéphanie.

Il la contempla alors avec le regard du peintre : une femme vêtue d'un bermuda bleu et d'une chemise blanche, assise sur un rocher gris, face à une falaise sombre où s'accrochent des arbres. Devant elle, une eau calme. Les cheveux de la femme balaient ses épaules. Grande et mince, elle se tient droite, le regard fixé sur les tourbillons de l'eau. Léon se demanda ce que cette vision pouvait éveiller en elle. Il remarqua ses mains nouées, ses muscles tendus, comme si elle essayait intérieurement de nager à contre-courant ou d'échapper au tourment de ses pensées.

Il sortit de son sac à dos un carnet à croquis, un fusain et se mit à dessiner d'une main sûre d'abord le décor – une foule qui s'agitait autour d'une femme immobile, laissant étrangement autour d'elle un espace vide –, ensuite la femme elle-même. « Sabrina, se dit-il. Un prénom attirant. Un mystère attirant. Tentant et irrésistible.

« Et un mystère marié.

« Cela dit, moi non plus, je ne suis pas libre, pensa Léon. Je ne suis peut-être pas marié, mais ce n'en est pas moins compliqué. Il ne faut pas que nous précipitions les choses, Sabrina et moi. Nous avons le temps. »

Au bout d'un moment, il s'approcha d'elle et posa la main sur son épaule.

– On pourrait peut-être aller déjeuner maintenant, lui dit-il doucement.

– Bien sûr, pardon, répondit Stéphanie en sortant de sa rêverie.

Elle saisit la main qu'il lui tendait et se leva.

– Merci de m'avoir amenée ici, reprit-elle. Vous aviez raison, c'est un endroit magique.

– On dirait qu'il vous rappelle quelque chose, dit Léon en se penchant vers la jeune femme. Quelque chose de beau... ou de bouleversant ?

– Non, il ne me rappelle rien, c'est simplement le spectacle de cette rivière qui me bouleverse. D'où part cette source ?

– Jusqu'ici, personne n'a réussi à le découvrir, pas même le commandant Cousteau !

– Personne ! Ça semble incroyable. Cette source si puissante et si belle ne laisse paraître qu'une partie d'elle-même...

– Nous sommes nombreux à ne laisser paraître qu'une partie de nous-mêmes, répondit Léon en observant Stéphanie.

– Oui, bien sûr.

Ils s'apprêtaient à faire demi-tour, quand elle jeta un dernier regard au torrent.

– Je voudrais n'avoir jamais à quitter cet endroit.

– Nous n'allons pas le quitter vraiment, vous allez voir.

Ils reprirent le chemin jusqu'à Chez Philippe, où on leur désigna une table sur la terrasse ombragée qui dominait la Sorgue.

– Vous ne pouviez mieux choisir, Léon. Décidément, je fais de merveilleuses découvertes, aujourd'hui.

– Malheureusement, nous ne sommes pas les seuls à faire cette découverte, répondit le peintre en souriant alors qu'une serveuse leur apportait la carte. Si je veux être vraiment seul ici, je viens en hiver, quand les touristes ont déserté les lieux. Il n'y a personne, hormis les ondines et les elfes qui habitent les cavernes au flanc des falaises.

– Des ondines et des elfes ? Vous en avez déjà vu ?

– Non, pas encore. Mais on n'a pas besoin de voir pour croire.

Accoudée à la table, Stéphanie regarda Léon d'un air amusé.

– Vous croyez aux choses invisibles ?

– Je crois que certaines choses dépassent notre entendement : les mystères, la magie, l'avenir, le sens du passé.

– Et ça ne vous fait pas peur ?

– Non, au contraire, ça me rend heureux. La vie serait bien morne sans mystères ni miracles. Je crois en eux parce qu'ils remplissent mon existence.

– Vous voulez dire votre peinture.

– Savez-vous, Sabrina, dit Léon en lui prenant la main, que vous êtes la première personne qui ait compris tout de suite ce que je voulais dire par là ? La plupart des gens pensent que je saisis un pinceau et que je peins ce que j'ai devant les yeux, tout comme ils pensent que les écrivains racontent la vie de leur entourage et que les scientifiques n'analysent que ce qui est tangible. C'est absurde : nous peignons, nous écrivons et nous étudions ce que nous ne pouvons voir ; le reste appartient aux journalistes et aux caméras. Ce qui guide le pinceau du peintre, la plume de l'écrivain ou les réflexions du scientifique, c'est quelque chose qui se trouve en lui – ou hors de lui, peut-être, qui sait ? Nous ne comprenons jamais complètement quelle est la force qui nous pousse ni d'où vient notre intuition. À quoi bon essayer, d'ailleurs ? L'essentiel, c'est que ce soit là. Je crois qu'on attend notre commande, Sabrina. Je vous conseille l'omelette aux truffes et les tomates à la provençale, à moins que vous ne préfériez...

– Ce sera parfait.

Léon passa la commande et choisit une bouteille de côtes-du-rhône. La serveuse revint avec couverts, serviettes, carafe d'eau et bouteille de vin qu'elle s'apprêtait à disposer sur la table : Léon dut lâcher la main de Stéphanie.

– Êtes-vous déjà allée au mont Ventoux ? lui demanda-t-il lorsque la serveuse se fut à nouveau éloignée.

– Non, j'attends d'être assez entraînée pour le gravir à bicyclette. J'ai un ami qui le fait toutes les semaines. Il dit que d'ici à un mois ou deux, avec un peu d'entraînement, je serai capable de le suivre.

– Parce que vous tenez à grimper jusqu'au sommet ?

– Oui.

– Ce serait une sorte de revanche, n'est-ce pas, Sabrina ? Mais sur quoi ?

– Sur rien. Ce serait une revanche, un point c'est tout. Maintenant, parlez-moi de vos tableaux. Avez-vous toujours été peintre ?

– Oui, depuis l'âge de quatre ans. Je me souviens même du premier jour et de ma première boîte de craies de couleur. C'était un cadeau d'anniversaire. Je l'ai emportée dans ma chambre et, pendant l'heure de la sieste, j'ai couvert les murs de dessins représentant des personnages, des animaux domestiques et des bêtes sauvages que j'avais vues au zoo. Sans oublier les ondines et les elfes, naturellement. Je crois que tout cela se ressemblait beaucoup. Je n'en garde pas le souvenir. Tout ce que je sais, c'est que j'ai usé les craies dans la journée.

– C'est vos parents qui vous ont raconté cela ou vous qui vous en souvenez ?

– Aussi étonnant que cela puisse paraître, ce sont mes souvenirs à moi. En fait, c'est le seul jour de ma petite enfance dont je me souvienne. Je me revois encore devant ces quatre murs blancs avec cette boîte de craies toute neuve. Le rêve de tous les peintres. Je suis sûr que je n'ai jamais été aussi heureux depuis.

Les yeux de Stéphanie fixaient les siens mais semblaient regarder ailleurs.

– C'est merveilleux, dit-elle.

Sans pouvoir véritablement se l'expliquer, Léon sentait qu'elle ne parlait pas de la même chose. Mais il avait résolu de ne pas l'interroger. Manifestement, elle préférait écarter toute question personnelle. « La prochaine fois, peut-être, se dit-il. Ou celle d'après. » Il attendrait le temps qu'il faudrait.

– Vous avez continué à dessiner et à peindre tout le temps ?

198

Quand vous étiez enfant, vous n'aviez pas d'autre passe-temps ?

– Aucun. J'étais un garçon très sage. Je suis fils unique, et mes parents avaient beaucoup de projets pour moi. Mais, moi, je n'en avais qu'un, peindre, et je n'en ai jamais changé, même si, pour leur faire plaisir, j'ai tâté un peu à la médecine, au droit, à la science... Autant d'activités respectables. Mais rien à faire, je revenais toujours à ce que ma mère appelait mes « gribouillages ».

– Est-ce qu'ils sont fiers de vous, maintenant ?

– Ils sont fiers de ma réussite, mais ils pensent qu'elle m'est arrivée par des voies détournées : pour eux, je m'amuse plutôt que je ne travaille.

– Où habitent-ils ? demanda Stéphanie en souriant.

– À Lyon.

– Vous êtes né là-bas ?

– J'y suis né et j'y ai passé mon enfance, répondit Léon en reculant sur son siège alors que la serveuse apportait les assiettes et remplissait à nouveau leurs verres. J'ai quitté le lycée au bout de deux ans, reprit-il. J'ai voyagé en stop, j'ai travaillé sur des cargos – j'ai sillonné l'Europe, l'Angleterre, l'Amérique, l'Afrique, l'Inde, avant d'atterrir à Goult, ce qui fait la joie de mes amis et le désespoir de mes parents.

– Je connais Goult. J'ai dîné un soir à La Bartavelle.

– Excellent restaurant. Il est à deux pas de chez moi.

– Goult est un drôle de village, dit Stéphanie. Presque un village fantôme. Il me fait penser à une ville médiévale que tout le monde aurait fuie sous l'assaut des pillards.

Léon eut un petit rire.

– La description est parfaite. C'est bien pour ça que mes parents ne me comprennent pas. Ils croient que je me suis enterré dans un village de reclus, avec des maisons de pierre aux volets fermés, que je me suis coupé du monde. En fait, j'ai trouvé mon observatoire idéal, un endroit d'où je descends parfois pour examiner de plus près ce qui a retenu mon attention.

– Et qu'est-ce qui retient votre attention ?

– Vous, répondit doucement Léon.

Stéphanie resta sans voix et détourna le regard, se concentrant sur les minuscules bulles qui dansaient à la surface de l'eau bleu-vert de la Sorgue. Les yeux de Léon aussi étaient bleu-vert. Elle sentait son regard peser sur elle. Il l'avait laissée mener la conversation comme s'il avait senti qu'elle ne voulait pas qu'on lui pose de questions. Elle en fut à la fois étonnée et reconnaissante. Certes, il avait fait quelques tentatives pour la faire parler d'elle, mais, devant ses réticences, il n'avait pas insisté.

Stéphanie ne put s'empêcher d'éprouver une pointe de déception : s'il avait persévéré, elle aurait peut-être fini par répondre. « C'est ridicule, se dit-elle. Je lui ai fait clairement comprendre que je ne souhaitais pas répondre, j'ai changé de sujet ; il est discret, c'est tout. » Pourtant, l'étrange sentiment de déception qu'elle sentait poindre en elle ne s'estompa pas tout à fait. Elle crut sentir à nouveau la main rassurante de Léon se poser sur son épaule, cette main qui avait pris la sienne au début du repas, et elle sut qu'elle avait envie de lui parler.

« Je veux me confier à lui, je veux lui faire confiance, lui dire tout ce qu'il y a en moi. Parce que je crois qu'il me comprendrait.

« Je veux faire l'amour avec lui. »

Cette idée lui donna l'impression d'un gouffre qui s'ouvrait en elle. « Je n'ai pas le droit de penser ça. Je suis mariée avec Max. Avec lui, j'ai une maison, il m'a donné la seule vie que je connaisse. Je lui dois... »

– Et puis l'opéra, le théâtre, le cirque, poursuivait Léon. Et aussi les marchés, les librairies, les marchands de jouets, les antiquaires, la bicyclette, la randonnée, les bons films, les bons restaus et les bons amis. Dans le désordre, bien sûr.

Il vit que Stéphanie le regardait, médusée.

– Vous m'avez bien demandé ce qui retenait mon attention ?

– C'est une longue liste pour un garçon très sage.

– J'ai dû gagner en curiosité avec l'âge, répondit Léon en souriant.

– Et vous n'avez pas continué vos études ?

– Non, je détestais les salles de classe, les professeurs, les devoirs. Maintenant je le regrette : il y a tant de choses en littérature, en histoire et en science que j'aimerais connaître avec exactitude plutôt que par petits bouts, comme c'est le cas. Mais, quand j'étais jeune, j'avais horreur qu'on organise le monde à ma place. En peignant, je créais un univers et des images qui, pour moi, avaient un sens. Je savais que je devais croire en moi et en ma façon de faire, que, sinon, je ne serais jamais peintre. Je le crois toujours, mais quand j'étais jeune j'allais trop loin, je croyais que la seule chose importante au monde, c'était ma peinture. C'est pour ça que j'ai fait ce qu'il fallait pour me faire virer de l'école. Mon père a eu beau tout essayer : menacer le directeur, me donner des coups de martinet...

– Il vous donnait des coups de martinet ?

– Oui, il croyait que c'était un bon moyen de me faire comprendre que la vie est rude, semée d'embûches, de douleurs et de déceptions, que je ne m'en sortirais qu'à condition de faire preuve de discipline, de concentration, d'application et

200

d'obéissance inconditionnelle à l'autorité. Discipline, concentration et application pouvaient me servir dans la peinture, mais naturellement ce n'était pas là la leçon qu'il avait souhaité me donner. Quant à l'obéissance inconditionnelle à l'autorité, comme vous l'imaginez, ce fut un fiasco total.

– Je ne pense même pas que vous ayez jamais essayé, répondit Stéphanie en éclatant de rire.

– Vous n'avez pas tort, dit Léon avec un sourire. Pour moi, l'obéissance était une chose qui nécessitait beaucoup d'énergie pour trop peu de satisfactions. Je travaillais, j'économisais pour m'acheter des fournitures. Voilà où passait mon énergie.

– Où travailliez-vous ?

– Au début je posais pour des artistes. Je n'étais pas mal payé et j'aimais leur compagnie. Ils me donnaient des choses aussi – des carnets de croquis, des toiles, des tubes de peinture – et me présentaient à des marchands et à des galeries. Quand je suis revenu de mes voyages, j'ai montré mes tableaux à certains des marchands que j'avais rencontrés à cette époque, et ils me les ont presque tous achetés. J'ai eu beaucoup de chance.

– Ou beaucoup de talent.

– Il y a toujours une part de chance dans la vie, Sabrina. Le destin nous joue des tours que tout notre talent et toute notre expérience ne peuvent parfois contrer. C'est une chose que nous ne devons jamais oublier.

Penchés l'un vers l'autre, Léon et Stéphanie continuèrent de discuter alors que le restaurant se vidait lentement et que la serveuse apportait des cafés aux derniers clients. Ils demeurèrent ainsi, à parler au bord de la rivière, jusqu'à la fin de ce long après-midi d'été.

Assis dans un obscur recoin d'un café de Carpentras, Max buvait un cognac et jurait en silence, furieux de devoir attendre. Tous ceux qui travaillaient pour lui savaient qu'on ne le faisait pas attendre impunément. Or Doerner avait – Max jeta un coup d'œil à sa montre – quatre minutes de retard. « Seulement quatre minutes, et pourtant j'ai l'impression que ça fait un quart d'heure. Il faut que je me calme », se dit-il. Mais cela lui était impossible. Il ne s'était pas détendu depuis la mort de sa secrétaire, et c'était d'ailleurs la raison de son rendez-vous avec Doerner, à qui il avait demandé de se renseigner sur l'enquête en cours.

Il avait prévenu Stéphanie qu'il rentrerait plus tard que prévu mais qu'il serait là pour le dîner. La veille, elle s'était promenée à bicyclette jusqu'à Fontaine-de-Vaucluse, lui avait-elle dit. Mais, ce jour-là, elle devait rester à la maison. Et Max l'imaginait, allant de pièce en pièce, élaborant des projets de décoration, discutant avec Mme Besset, indiquant au jardinier où il devait installer les bacs de fleurs sur la terrasse. Tout son être essayait de s'évader de ce café sordide pour rejoindre la femme qu'il aimait, mais la réalité le rattrapait : il était vissé là, à attendre un imbécile qui tardait à venir lui faire le récit de ce qui était arrivé à sa secrétaire. Tant qu'il l'ignorait, il ne pouvait rien faire.

– *Es tut mir leid*, dit Doerner en se glissant sur la banquette en face de Max.

Il était grand, légèrement voûté, le crâne un peu dégarni et portait des lunettes.

Max accueillit ses excuses d'un petit hochement de tête résigné et fit signe au serveur d'apporter un deuxième cognac.

– Alors ? demanda-t-il.

Ils parlèrent allemand et s'interrompirent néanmoins lorsque le garçon vint servir Doerner.

– Il semblerait qu'il s'agisse d'un accident.

– Il *semblerait* ?

Doerner tira une enveloppe de la poche intérieure de sa veste et la tendit à Max.

– Ils revenaient d'une soirée à Toulon et rentraient à Marseille. Ils avaient dit à leurs amis qu'ils prendraient l'autoroute, mais en fait ils ont pris la nationale. Sans doute par erreur. Il était tard, et ils avaient pas mal bu. Ils ont sans doute voulu faire demi-tour pour récupérer l'autoroute au Beausset ; à hauteur du village, ils ont perdu le contrôle de la voiture. Elle a fait plusieurs tonneaux. D'après la police, ils auraient tous deux été éjectés et tués sur le coup.

– Il n'y a pas eu de témoins ?

– Non, mais quelqu'un qui les suivait sur la route a vu une voiture ralentir à l'endroit où ils avaient été éjecté puis faire demi-tour et repartir dans l'autre sens. Un peu comme pour vérifier quelque chose.

– Est-ce que la police pense qu'on les suivait depuis Toulon ? demanda Max.

– Elle n'en sait rien. Tous les invités semblent dire que non et qu'il s'agit bien d'un accident. Il était trois heures du matin, ils avaient bu, il y avait beaucoup de virages. Mais la police n'a pas clos le dossier.

– Tous les invités habitaient Toulon ?

– Oui, pour la plupart. Quelques-uns habitaient Marseille, un couple était venu d'Aix et trois personnes de Nice. Certains ont passé la nuit là-bas.

– Tu as pu les interroger ?

202

– J'ai pu seulement en questionner onze. J'ai coché leurs noms sur la liste que je viens de te donner. Mais je ne sais pas s'ils m'ont dit la vérité.

Max parcourut la liste. Il ne connaissait aucun des noms qui y figuraient.

– Il n'en manque aucun ?

– Non, tu les as tous.

– Est-ce que la police va les mettre sous surveillance ?

– Elle prétend que oui, ce qui ne veut pas dire qu'elle le fera. Elle a l'air de privilégier la thèse de l'accident.

– Mais elle n'en est pas convaincue.

– Ça, les flics ne le diront jamais.

Max respira longuement son cognac, termina son verre et dit enfin :

– Est-ce qu'il y a autre chose dans le rapport ?

– Non, des détails, rien que tu ne saches déjà.

– Reste en contact avec eux, il se peut qu'ils découvrent autre chose, dit Max en tapotant nerveusement le bord de la table. En attendant, occupe-toi de me trouver une nouvelle secrétaire.

– Je t'en ai peut-être déjà trouvé une. J'aurai la réponse quand tu reviendras à Marseille.

– Je reviens jeudi.

Max régla les consommations puis quitta le bar. Doerner suivrait un peu plus tard. « Les flics ne sont pas convaincus. Je ne sais pas si les invités m'ont dit la vérité. »

Tout en conduisant, Max réfléchissait. Certes, il ne connaissait aucun des noms sur la liste, mais ça ne voulait rien dire : Denton pouvait très bien avoir envoyé quelqu'un qu'on n'avait jamais vu dans la région, quelqu'un capable de suivre sa secrétaire, de se lier avec elle et de se faire inviter dans une soirée... À moins qu'il n'ait même pas été présent à la soirée. À moins qu'il n'ait suivi la fille jusqu'à Toulon et attendu que son petit ami et elle prennent la route pour rentrer chez eux.

Max n'en savait guère plus qu'auparavant.

À la sortie de Carpentras, il accéléra, brancha la climatisation, ouvrit la radio et se cala dans son siège, l'œil sur l'aiguille du compteur, qui atteignit rapidement cent soixante-quinze kilomètres à l'heure. La vitesse l'avait toujours aidé à prendre des décisions. Il lui fallut à peine quelques kilomètres pour comprendre qu'il devait impérativement quitter la région.

Max ne croyait pas aux coïncidences, il ne croyait pas non plus que la mort de sa secrétaire fût accidentelle. Il sentait confusément que Denton devait se trouver derrière cette affaire, qu'il s'agissait d'un avertissement.

Et pourtant, au cours des huit mois qui s'étaient écoulés depuis l'explosion, personne ne s'était intéressé à lui. Comment Denton aurait-il pu le retrouver ? C'était impossible...

Non, rien n'était impossible.

Denton était un imbécile doublé d'un dilettante : il se serait vanté d'avoir réussi à se débarrasser de Max et de Sabrina et serait passé à autre chose.

Mais il était également obstiné, vindicatif et peureux. Un cocktail explosif.

Max savait tout cela depuis le début, depuis le moment où il avait commencé à préparer sa disparition ; par conséquent, il n'avait jamais prévu de rester plus de quelques mois en France. Il avait monté la société Lacoste et fils et l'avait dirigée depuis Londres pendant un an, projetant de la laisser à Hermann Doerner et à Carlos Figueros dès que l'affaire roulerait. Après quoi, il devait partir, créer une autre entreprise aux États-Unis ou en Amérique latine et s'installer là-bas.

L'achat d'une maison n'entrait pas dans ses plans, ni la vie avec Sabrina Longworth. Mais Max s'était laissé aller au confort de sa nouvelle existence : son affaire marchait bien, il avait une belle maison et il savait que Sabrina ne voudrait pas partir.

Désormais, il ne pouvait plus se laisser aller au confort. Pas avec Denton dans les parages. Qui plus est, Sabrina aussi rendait les choses plus difficiles : il savait ce qu'il devrait lui dire au cas où la mémoire lui reviendrait, mais, pour accepter sa version de l'histoire, Sabrina devait l'aimer. Or – il le savait – elle ne l'aimait pas, pas encore.

Il pensait que plus l'amnésie serait longue, plus il y aurait de chances qu'elle soit définitive. Mais il ne pouvait en être sûr : rien n'était prouvé médicalement. Depuis quelque temps, semblait-il, les choses dont il pouvait être sûr se faisaient de plus en plus rares. Toute sa vie, Max s'était fié à son instinct, mais, depuis peu, cet instinct, sa dureté, sa brutalité même lui paraissaient de faibles armes.

« On s'en sortira, se dit-il. Robert vendra la maison et tout ce qu'elle contient. Un déménagement serait trop visible. Carlos nous achètera une maison à Buenos Aires ou à Los Angeles, peut-être même à Toronto. Il louera un entrepôt pour nos affaires. Il nous préparera une vie toute faite dans laquelle nous pourrons entrer comme dans un gant. Nous ne pouvons pas changer de noms, je ne pourrais pas le justifier aux yeux de Sabrina. Mais ce n'est pas si grave. Après tout, le danger n'est peut-être pas imminent.

« Je ne vais rien lui dire ce soir, songea-t-il alors que la voiture s'engageait dans l'allée qui conduisait à la maison. Ça peut attendre encore une semaine ou deux, le temps que j'établisse un plan précis et que je sache où nous irons. »

Max fut soudain saisi d'un doute, qu'il écarta pourtant aussitôt. Bien sûr qu'elle viendrait avec lui. Elle n'avait pas le choix.

Au cours du dîner, Stéphanie ne fut guère loquace, et Max fut heureux de ne pas avoir à parler. Cette nuit-là, il n'arriva pas à dormir et s'enferma dans son bureau, comme il avait l'habitude de le faire pour travailler. Au matin, il entendit la jeune femme quitter la maison pour se rendre à Cavaillon. Il ne sortit de son bureau que beaucoup plus tard, pour accueillir Robert.

– Tu as l'air fatigué, lui dit celui-ci. Tu as encore des insomnies ?

– L'insomnie n'a rien à voir là-dedans, j'avais du travail, c'est tout. Contente-toi de soigner tes étudiants, tes peuplades ou tes révolutionnaires, mais pas moi.

– Ce ne sont pas vraiment des révolutionnaires, mon ami. À propos, je te remercie pour l'argent. Le dernier versement était particulièrement généreux.

– Je t'ai fait une petite rallonge parce qu'on a eu un bon trimestre.

– Je me suis douté que tu y étais pour quelque chose. Je ne vois décidément pas comment tu peux faire autant de bénéfices avec une petite imprimerie et quelques exportations. Mais je n'y connais rien. Max, comme toujours quand je viens te voir, j'ai besoin de ton aide.

– De quoi as-tu besoin ?

– D'un passeport, d'un visa, d'un permis de conduire et de deux ou trois lettres portant le cachet de la poste d'Haïti.

– Rude pays, Robert.

– Les pays qui ne le sont pas n'ont pas besoin de moi.

– À quel nom veux-tu qu'on établisse le passeport et le visa ?

– Wallace Lambert. Ça te paraît assez pompeux pour le fils d'un homme d'affaires britannique important ?

– C'est ce qu'il est ?

– Bien sûr que non. Mais c'est ce que croiront les gens à Haïti. Alors, que penses-tu du nom ?

– Il est parfait. Je suppose que tu veux que les lettres lui soient adressées.

– Oui.

– Et pour quand te faut-il ces documents ?

– Dans une semaine. Ça irait ?

– Est-ce que les lettres peuvent attendre ton homme à Haïti ?

– Non, j'en ai besoin ici.

– Dans ce cas-là, il me faudra quinze jours, répondit Max. Tout le reste est facile, mais les lettres vont prendre du temps.

– Va pour quinze jours. Merci d'avance, Max. Une dernière chose : je vais bientôt faire sortir quelqu'un du Chili. Est-ce que tu as une livraison prévue là-bas pour bientôt ?

– Oui. Nous allons y expédier deux excavateurs neufs dans un mois environ, vers la fin juillet, et rapatrier les anciens ici. Ça pourrait coller avec tes plans ?

– Je vais faire en sorte que ça colle. Il s'agit d'une jeune femme, Jana Corley. Elle est toute menue et tiendra sûrement dans la caisse d'un excavateur.

– Une jeune femme ! Jusqu'alors, c'étaient toujours des hommes...

– Depuis quelque temps, les femmes sont de plus en plus nombreuses à nous rejoindre. Elles sont aussi idéalistes que les hommes, tu sais, peut-être même plus, et tout aussi friandes d'aventure. Et puis elles sont très efficaces ; elles n'ont pas beaucoup d'assurance, mais elles coopèrent avec les prêtres locaux.

– Avec *tes* prêtres locaux.

– Oui, bien sûr, ceux de notre réseau. Avec eux, elles aident les gens de ces pays à comprendre qu'ils peuvent peser dans la balance.

– Et créer un jardin d'enfants, par exemple, rétorqua Max, amusé.

– Dans un village où il n'existe aucune école, un jardin d'enfants est déjà une victoire. Et puis si chaque année on peut ajouter une classe...

– Ça irait plus vite de faire la révolution.

– Ça serait plus sanglant, aussi, et absolument pas gagné.

– Mais vous n'avancez qu'à pas de fourmi : vous aidez les paysans à manifester quand le gouvernement bloque les réserves de nourriture pour les riches, vous ouvrez des cliniques où les enfants peuvent se faire vacciner. Ça reste superficiel, ça ne change rien au fond du problème.

– Ça modifie l'image que ces gens ont d'eux-mêmes : ils commencent à peine à comprendre qu'ils peuvent prendre en main leur destin. Tant qu'ils ne l'auront pas vraiment compris, ils seront toujours dépendants d'une aide extérieure.

– Vous n'êtes que des gosses idéalistes.

– Pas des gosses, des femmes et des hommes remplis d'espoir. Si tu travaillais avec eux, tu ne serais pas aussi cynique. Ils s'intègrent complètement à la vie des pauvres de ces pays.

– Jusqu'au moment où le gouvernement les débusque et où tu dois les faire sortir clandestinement.

– C'est toi et moi qui les faisons sortir clandestinement. Tu sais tout cela, Max. Nous en avons déjà parlé. Je te soupçonne d'aimer me l'entendre répéter, comme un enfant qui veut qu'on lui raconte tout le temps la même histoire.

– Peut-être, répondit Max avec un sourire pincé.

– Tu ne devrais pas te fâcher quand quelqu'un essaie de te comprendre, poursuivit Robert. Si on fait l'effort de comprendre quelqu'un, c'est qu'on l'aime. Tu sais, je ne cherche pas à mettre mon nez dans tes mystérieuses affaires. Je ne me mêlerai de rien tant que tu ne me demanderas pas mon aide. En attendant, je profite de celle que tu veux bien m'apporter, même si tu ne crois pas vraiment aux causes que je défends. Si tu le fais, c'est peut-être parce que tu as envie de faire le bien et de racheter ainsi certaines choses... C'est pour ça que tu veux sans cesse m'entendre répéter que ton argent sert une bonne cause.

Max ne répondit rien. Mécontent, il eut ce mouvement de recul instinctif qui le saisissait chaque fois qu'il se sentait percé à jour. En même temps, il fut impressionné et, pour la première fois, il éprouva pour Robert une sympathie bien différente de l'affinité de circonstance qui les unissait jusqu'alors. « Si on fait l'effort de comprendre quelqu'un, c'est qu'on l'aime. » Max se dit que, peut-être, avec le temps, et s'il lui en laissait la possibilité, Robert pourrait devenir mieux que l'une de ces relations lointaines qu'il avait entretenues toute sa vie, qu'il pourrait devenir un ami.

Mais il était déjà trop tard : bientôt Max serait loin.

– Eh bien, soupira Robert, j'aurai plus de détails sur le voyage de Jana dans quinze jours. Je te tiendrai au courant dès que possible. Tu sais, j'ai parfois l'impression qu'on est comme deux gamins qui fument dans les toilettes. La clandestinité, ça ne s'apprend ni derrière les fourneaux ni au séminaire. Carlos, Hermann et toi, vous semblez nager là-dedans comme des poissons dans l'eau. Je serais prêt à parier que vous avez d'autres activités clandestines – dont j'ignore tout. Mais je ne peux que vous remercier de mettre votre expérience au service des causes que je défends. Je passe mon temps à te remercier, Max. Qu'est-ce que je pourrais faire pour toi en échange ? Je vais à Marseille cet après-midi. Tu as besoin de quelque chose, là-bas ?

– Arrête-toi à l'entrepôt : tu leur diras ce dont tu as besoin pour la personne que tu veux envoyer à Haïti. Je vais les appeler pour les prévenir de ton arrivée.

Ils se serrèrent la main en souriant, avec le sentiment d'être plus proches l'un de l'autre qu'ils ne l'avaient encore jamais été.

– J'y pense, dit encore Robert, j'ai croisé Sabrina en ville, ce matin. Elle se rendait à son travail. Je l'ai trouvée resplendissante. Toujours aussi belle, mais en plus elle semblait très épanouie.

– Tu ne la trouves pas épanouie, d'habitude ?

– Mais quand nous cuisinons ensemble j'ai parfois l'impression qu'elle fait semblant d'être heureuse pour ne pas m'inquiéter. Alors que ce matin, quand je l'ai aperçue, elle était seule dans sa voiture, et son visage rayonnait. On dirait que ça va mieux entre vous, en ce moment.

– Oui, beaucoup mieux.

Robert scruta le visage de Max et reprit :

– Tu sais, je l'aime beaucoup. Il lui manque tant de choses, et pourtant elle ne demande jamais rien, elle ne se plaint jamais. Je l'admire, je voudrais qu'elle soit contente d'elle et de sa vie. J'espère vraiment que ça se passe bien entre vous. Je suis sûr qu'elle est heureuse à Cavaillon ; on dirait qu'en très peu de temps elle a réussi à s'y sentir chez elle.

– Je te raccompagne, dit brusquement Max. J'ai quelques coups de fil à passer, ajouta-t-il, comme pour s'excuser, une fois qu'ils furent à la porte. Je te vois demain, n'est-ce pas ? C'est votre journée cuisine ?

– Non, pas cette semaine. Je ne serai pas encore revenu de Marseille. On reprend les leçons la semaine prochaine.

Ils échangèrent une nouvelle poignée de main. En suivant Robert des yeux, Max se dit que partir était sans doute ce qu'il avait de mieux à faire : Robert était trop clairvoyant. Il eut alors une bouffée de tristesse : où qu'il décide de vivre, quelles que soient les affinités qui pourraient le lier aux gens qu'il allait rencontrer, jamais il ne pourrait baisser la garde, jamais il ne pourrait se laisser aller à la confiance.

Il regarda la petite voiture s'éloigner sur la route puis disparaître dans le virage et, pour la première fois, se demanda si Robert n'était pas lui aussi en danger. Sans doute que non. Rien ne permettait de soupçonner un petit curé de Cavaillon d'être à la tête d'un réseau d'activistes qui opérait partout dans le monde. « Nous sommes de la même race, pensa Max. C'est probablement pour ça que nous nous comprenons si bien. Deux contrebandiers dans un monde truffé de policiers, de douaniers, de patrouilles et de papiers d'identité. Ma contrebande à moi vise peut-être à gonfler mon compte en banque, tandis que celle de Robert sert à soulager les plus démunis dans leurs souffrances, mais nous sommes pareils et nous avons besoin l'un de l'autre. C'est bien malgré moi qu'il l'a compris. »

Il entendit alors le téléphone sonner dans son bureau et se précipita pour répondre.

– Je viens de recevoir le contrat iranien, disait la voix de Carlos. Tu passes au bureau ou je te l'envoie ?

– Je passe jeudi.

Il y avait des mois qu'il était en pourparlers avec les Iraniens et, enfin, le contrat venait d'être signé : ils allaient acheter des engins de construction à la société Lacoste et fils. Max n'avait jamais douté que l'affaire se ferait un jour : personne n'ignorait qu'il existait en Iran des factions désireuses de renverser le gouvernement, et quel meilleur moyen de déstabiliser un pays que de l'inonder de fausse monnaie ? Il tenait ce contrat, ce qui constituait pour lui une véritable victoire.

Max s'imagina Carlos assis dans ce bureau que tout le monde, Robert compris, croyait être une petite imprimerie liée à Lacoste et fils. Un bureau comme tant d'autres, avec des étagères ensevelies sous des dossiers, des rames de papier, des enveloppes et des tampons. Sur un comptoir étaient présentés, à l'intention des clients, des modèles de cartes de visite, de cartons d'invitation, de papier à lettres et de faire-part. Tout était bien rangé, modeste, fait pour inspirer confiance.

Une petite porte ouvrait sur la salle des machines, avec sa photocopieuse couleur, ses deux presses offset et son scanner. Au fond de la pièce, une autre porte, toujours fermée. Et derrière l'antre de l'Américain Andrew Frick, un faussaire de génie – comme l'avait lui-même admis le juge la dernière fois qu'Andrew était passé devant un tribunal. Frick se disait un véritable artiste. Reproduire et imprimer de l'argent dans toutes les devises possibles était sa passion. Il avait mis au point un mélange savamment dosé d'encre et de poudre de métal magnétique qui imitait parfaitement celles utilisées pour les billets dans le monde entier. Il avait aussi découvert des pigments non fluorescents qui avaient la blancheur de la fibre de coton et qui échappaient aux ultraviolets.

Les faux billets d'Andrew Frick étaient d'une perfection telle que certains experts avaient évoqué à leur propos le raffinement d'un Botticelli. Max avait offert à Andrew Frick une situation en or : il était libre de ses horaires, fort bien rémunéré, disposait de l'équipement le plus moderne qui fût, d'un appartement près du port et d'un crédit illimité chez Fauchon et aux Galeries Lafayette.

Frick avait brûlé ses vaisseaux en Amérique. Il avait transporté en France tout ce qui lui appartenait et s'était lié à tout jamais à Max Lacoste. Pour rien au monde il n'aurait voulu travaillé avec quelqu'un d'autre.

C'est grâce à des associés comme lui que Max pouvait tranquillement diriger ses affaires depuis sa maison de Cavaillon.

Reprenant le fil de sa conversation téléphonique avec Carlos, il lui demanda :

– Combien veulent les Iraniens ?

– Cent cinquante millions de rials.

– Livrés quand ?

– Dans un mois. Je leur ai proposé trois pelleteuses pour la fin juillet. S'ils en ont une de trop, le contrat spécifie qu'ils peuvent la retourner.

Max calcula mentalement que cent cinquante millions de rials n'occuperaient pas plus de deux ou trois mètres cubes dans l'un des engins. Les Iraniens convertiraient en francs les trente-sept millions de rials qui représentaient la commission de Max et les renverraient dans la pelleteuse réexpédiée à Marseille.

– C'est O.K. pour toi ? demanda-t-il à Carlos.

– Oui, je crois qu'on n'a rien oublié, mais vérifie quand même.

– Très bien, je serai là jeudi, vers huit heures, huit heures et demie. À propos, le père Chalon va passer vous voir. Il a besoin de papiers d'identité. Il te racontera ça. C'est urgent.

– Comme toujours avec lui. C'est tout ?

– Oui, à jeudi.

Après avoir raccroché, Max resta un instant debout à côté de son bureau. « Bien sûr, Robert est en danger, et autant que moi, se dit-il. On court toujours le risque d'une trahison, d'une coïncidence malheureuse. Une piste qui semble ne mener à rien peut à tout moment devenir aussi évidente qu'un panneau indicateur et vous sauter aux yeux.

« C'est pour ça qu'il faut que je parte.

« Et c'est pour ça qu'un petit prêtre de Cavaillon devra sans doute aussi partir un jour.

« Peut-être partirons-nous tous les trois. À moins que Robert ne nous rejoigne plus tard. Sabrina accepterait mieux de quitter le pays s'il nous accompagnait. Je lui en parlerai. »

Max alla fermer la porte de son bureau et se remit à sa table de travail.

– Je suis en manque de promenade et de pique-nique, disait Léon à l'autre bout du fil. Il y a déjà cinq jours que nous sommes allés à Fontaine-de-Vaucluse et que je ne fais plus d'exercice.

– Et vos sorties à bicyclette au lever du jour ? demanda Stéphanie.

Elle se trouvait dans l'arrière-boutique d'Art et Décoration une heure avant l'ouverture du magasin. Elle avait pris l'habitude d'arriver tôt chaque matin afin de pouvoir, l'espace d'un bref et merveilleux moment, être seule dans la boutique et s'y sentir chez elle. C'était son secret. Maintenant, il y avait Léon. Un autre secret. C'était la première fois qu'il appelait depuis l'après-midi qu'ils avaient passé ensemble.

– Je travaille tellement en ce moment que je n'ai pas le temps de penser à la bicyclette. Je viens de commencer une nouvelle série de tableaux très différente de tout ce que j'ai fait jusqu'à présent. Vous voulez venir les voir à l'atelier ?

– Oui, volontiers.

– On pourrait y passer un jour en rentrant de promenade, suggéra Léon. Qu'est-ce que vous faites, cet après-midi ?

– Cet après-midi, je ne suis pas libre. Mais jeudi, peut-être...

– C'est dans trois jours...

Stéphanie resta silencieuse.

– Va pour jeudi, reprit Léon. Je vous laisse choisir la promenade, moi, je me charge du pique-nique. Je vous appellerai mercredi à la même heure, si vous êtes d'accord. Vous m'avez manqué, Sabrina. Je ne cesse de penser à la journée que nous avons passée ensemble.

– Moi aussi, répondit la jeune femme.

Elle raccrocha le combiné d'une main tremblante. Jeudi, Max serait à Marseille. Elle venait sciemment de proposer un rendez-vous à Léon un jour où Max serait absent.

– Tu n'es pas très bavarde, aujourd'hui, lui dit Jacqueline un peu plus tard, alors qu'elles installaient ensemble des porcelaines chinoises dans la vitrine. Tu as un problème ?

– Oui, mais je dois le résoudre seule. C'est compliqué.

– Si c'est compliqué, c'est que c'est une histoire d'amour. Mais elle est sans doute moins compliquée que tu ne le crois. L'amour donne souvent l'impression d'être un labyrinthe, or il suffit de trouver le fil.

– Tu l'as trouvé, toi, avec ton ami ? demanda Stéphanie.

– Oh, tu sais..., entre lui et moi, c'est plus simple. Nous ne sommes pas dans un labyrinthe. Notre fil, c'est l'amitié. Sans doute as-tu du mal à trouver celui qui te lie à Max...

– Oui, c'est un peu ça : je ne sais pas vraiment à quoi tient notre relation.

– Tu te demandes, dit Jacqueline en la dévisageant, si vous partagez un mariage, une amitié, une compagnie, un arrangement ou une relation d'affaires.

– Une relation d'affaires ?

– Oui, après tout, il t'offre un toit, un nom, sa protection et en contrepartie tu lui offres tes huit mois de souvenirs, ton affection, mais pas ton amour. Je connais peu d'hommes qui s'en satisferaient dans le cadre d'un mariage, mais ça peut parfaitement se concevoir dans celui d'une transaction.

– Je crois que mon amnésie l'arrange.

– Vraiment ? Pourquoi ?

– Je n'en sais rien. Mais il ne m'encourage absolument pas à retrouver des souvenirs, comme peut le faire Robert.

– Et quand tu te détends, quand..., quand vous faites l'amour, tu ne te sens pas plus en confiance ?

Stéphanie ne répondit pas et parut un moment se concentrer sur les couverts aux manches nacrés qu'elle disposait autour des porcelaines.

– Je ne me sens jamais en confiance, dit-elle enfin.

– Qu'est-ce qui t'en empêche ?

– Je t'en ai déjà parlé. Je n'arrive pas à croire ce que me dit Max.

– Alors, c'est que ce qu'il peut t'offrir ne te suffit pas. Tu as besoin de plus. J'espère que tu vas rencontrer quelqu'un qui t'apportera ce que tu cherches. À moins que ce ne soit déjà fait. C'est peut-être d'ailleurs ce qui te préoccupe, ce matin.

Jacqueline attendit une réaction qui ne vint pas. Puis elle reprit :

– Tu sais que tu peux me parler, Sabrina.

– Je le sais. Je le ferai sûrement, mais pour l'instant les choses sont encore trop embrouillées dans ma tête.

Un client poussa la porte de la boutique, faisant retentir le carillon. Soulagée de pouvoir échapper à la conversation, Stéphanie se précipita au-devant de lui. Elle ne parvenait pas à s'expliquer le malaise qu'elle ressentait. D'ordinaire, elle n'avait aucune difficulté à parler à Jacqueline. Mais, ce jour-là, les mots refusaient de franchir ses lèvres.

– Que comptes-tu faire pendant mon absence ? lui demanda Max le soir même, au cours du dîner.

– J'ai prévu d'arranger cette salle à manger, si tu es d'accord, répondit Stéphanie. J'aimerais me débarrasser de tous ces meubles. Ils sont trop lourds pour un espace comme celui-ci. On a une table au magasin que j'aimerais essayer. Et Jacqueline connaît un ébéniste chez lequel je pourrais trouver de jolies chaises et une desserte.

Mais ce n'étaient pas ses projets de décoration qui intéressaient Max.

– Quoi d'autre ? demanda-t-il.

– J'ai vu un chandelier qui...

– Ce n'est pas la question que je te pose. À part redécorer, que vas-tu faire d'autre ?

– Max, on a cette conversation chaque fois que tu t'absentes. Je n'ai pas planifié mes journées minute par minute, et même si c'était le cas je ne vois pas pourquoi je devrais te donner mon emploi du temps. Tu ne me donnes pas le tien à Marseille.

– Tu as prévu des promenades à bicyclette ?

– Oui, je vais peut-être aller à Roussillon avec Robert.

– C'est tout ?

– Non, je vais sans doute me promener à pied aussi. Je ne l'ai encore jamais fait.

– Où ça ?

– Je n'en sais rien.

– Si Madame me permet une suggestion, intervint Mme Besset qui venait d'entrer dans la pièce avec le plateau de fromages, je connais une promenade magnifique au-dessus de Saint-Saturnin. Vous vous souvenez, c'est la ville où nous voulons nous retirer, mon mari et moi, quand nous aurons vendu la ferme à notre fils. Je connais bien ce coin-là. Vous pourrez vous garer sur la place, et derrière l'église vous trouverez un escalier qui date des Romains. Je suis sûre que ce que vous découvrirez en haut vous plaira.

– Qu'est-elle censée découvrir ? demanda Max.

– Les ruines d'une ville médiévale. Avec de vieilles tours, des maisons abandonnées et une petite route.

– À vous entendre, ça a l'air idyllique, répondit Stéphanie. Ça me paraît une très bonne idée.

– Prends un appareil photo, dit Max. J'aimerais bien voir à quoi ça ressemble.

– Si tu veux.

Je suis en train de mentir à Max, de le tromper. Et ça m'est très facile. Comme si ce n'était pas la première fois.

Stéphanie se mit à trembler de tous ses membres, sans pouvoir s'arrêter. « Je me sens si mal. Qu'est-ce qui m'arrive ? »

– Sabrina, que se passe-t-il ?

– Madame !

Max aida la jeune femme à se lever de sa chaise et, d'un geste agacé, congédia Mme Besset.

– Vous nous servirez le café dans la bibliothèque.

Il étendit Stéphanie sur le canapé.

– Peux-tu me dire ce qui se passe ?

– Non.

Elle était à bout de souffle, comme si elle avait couru.

Max s'assit à côté d'elle et lui prit la main.

213

– Ferme les yeux, respire calmement. Veux-tu que j'appelle un médecin ?

– Non.

– Tu es malade ?

– Non, je ne crois pas, je ne sais pas.

Elle garda les yeux fermés jusqu'à ce que cessent ses tremblements. Lorsqu'elle les rouvrit, la première chose qu'elle vit fut son exemplaire d'*Alice au pays des merveilles*, ouvert sur la table basse devant elle.

Je peux vous raconter les aventures qui me sont arrivées depuis ce matin, dit Alice... ; mais il est inutile que je remonte jusqu'à hier, car, hier, j'étais tout à fait différente de ce que je suis aujourd'hui.

« Cette phrase a quelque chose à voir avec ce que je ressens en ce moment. Mais quoi ? Je ne sais pas.

Hier, j'étais tout à fait différente de ce que je suis aujourd'hui.

« Oui, bien sûr. Je savais qui j'étais, j'avais un nom, des souvenirs, un passé, un avenir. Mais est-ce bien de cela qu'il s'agit ? Je ne sais pas. Il faut que j'y réfléchisse, que j'essaie de comprendre... »

– Tu te sens mieux ? demanda Max.

– Oui, merci, répondit Stéphanie en se redressant.

« J'y réfléchirai plus tard, quand je serai seule. »

– Max, dis-moi ce que tu vas faire à Marseille, reprit-elle.

Mme Besset entra dans le salon pour apporter le café et posa le plateau sur la table basse, alors que Stéphanie et Max continuaient de discuter tranquillement. La soirée s'écoula, pareille aux autres. Stéphanie n'y repensa plus : les deux jours suivants, elle eut beaucoup de travail avec Jacqueline, fit des courses avec Max à Saint-Rémy, élabora des plans de décoration pour la salle à manger. Et songea à la journée de jeudi.

– Votre Mme Besset est une perle, dit Léon. Je ne connaissais pas du tout cet endroit.

Ils suivaient un large sentier rocailleux, vestige d'une ancienne voie romaine qui surplombait le village de Saint-Saturnin. Le chemin était bordé d'un mur de pierre en ruine. Il commençait au pied des restes d'un ancien château qui dominait la fertile vallée en contrebas et s'étirait sur plus de trois kilomètres, serpentant entre des bories qui autrefois avaient été des habitations et ne formaient plus désormais que de petits monticules de pierres noircies.

– Je voudrais pouvoir faire revenir les gens qui vivaient ici, dit Stéphanie, les voir aller et venir, travailler, voir les enfants jouer... J'y pense : où allaient-ils chercher de l'eau ?

– Il y a peut-être eu une rivière en bas, répondit Léon alors que, du haut de la falaise, ils scrutaient la vallée. Elle doit sûrement être asséchée, maintenant. S'il n'y avait pas eu d'eau, il n'y aurait pas eu de village.

Ils avançaient lentement. Léon portait leur pique-nique dans un sac à dos. Ils s'étaient équipés pour la marche : shorts, T-shirts et casquettes pour protéger leurs visages des morsures du soleil. Léon avait un petit carnet de croquis dans sa poche et Stéphanie un appareil photo attaché à sa ceinture.

– A-t-on écrit l'histoire des gens de ce village ? demanda-t-elle.

– Je ne sais pas. Mais j'ai des livres sur l'histoire de la Provence dans ma bibliothèque. Je verrai si je peux vous trouver ça.

– Tout a disparu, murmura la jeune femme. On devrait toujours écrire ce qui arrive ; oui, on devrait tout noter chaque jour. On n'y pense pas, mais tout peut disparaître si facilement, si définitivement...

– Rien ne disparaît jamais vraiment, fit Léon d'un ton désinvolte.

En réalité, il pesait ses mots, espérant amener Stéphanie à parler d'elle.

– Rien ne cesse jamais d'exister autour de nous, reprit-il. C'est ce que j'essaie de montrer dans mes tableaux. Les vies et les souvenirs du passé font partie intégrante de nous, même si on ne les entend plus, même si on ne les voit plus. Rien n'a disparu ; seulement, nous n'avons pas trouvé la clef qui permet d'accéder à ce qui n'est plus.

Ils étaient seuls dans un décor de ruines. Arbustes et fleurs de rocailles s'accrochaient à la moindre motte de terre entre les pierres, des lézards filaient en zigzag sur le chemin pour disparaître dans l'ombre d'un buisson, des oiseaux voletaient au-dessus des nids qu'ils avaient construits dans les murs fissurés des maisons, les genêts en fleur embaumaient.

– C'est ma vie qui a disparu, dit Stéphanie sans regarder Léon. Vous avez raison, bien sûr, elle est sûrement quelque part, dans les lettres que j'ai écrites, dans le travail que j'ai accompli ou dans la mémoire des gens que j'ai connus. Mais pas dans la mienne. Pas dans ma mémoire. Je n'en ai pas.

Intérieurement, Léon remercia Stéphanie de s'être ainsi ouverte à lui. À cet instant précis, il sut qu'il l'aimait. « Mon Dieu, se dit-il, vivre sans souvenirs, quelle terrible solitude. »

– Et Max ? demanda-t-il simplement.

– Il dit qu'il ne peut pas m'aider.

– Racontez-moi tout – vous voulez bien ? – depuis le commencement.

– Le commencement, fit Stéphanie d'une voix désabusée. Il est très récent, le commencement. Il remonte à huit mois à peine. C'était en octobre.

En marchant, elle lui raconta tout, jusqu'à son malaise et au passage d'*Alice au pays des merveilles* qui l'avait tant bouleversée. Lorsqu'elle eut fini, le village en ruine était déjà loin derrière eux et ils avançaient à travers des champs grillés par le soleil. Ils aperçurent une petite ferme sur leur droite, un âne dans un enclos, du linge qui séchait et un enfant qui jouait à la balle contre un mur. Puis ils arrivèrent à la lisière d'un bois.

Léon lui prit la main.

– On va trouver un endroit où pique-niquer.

Ils marchaient d'un même pas, et Stéphanie fut rassurée par cette main qui serrait fermement la sienne. Elle se sentit soudain incroyablement légère. Elle lui en avait dit plus qu'à Robert, plus qu'à Jacqueline. Elle lui avait parlé comme elle se serait parlé à elle-même.

En pénétrant dans le bois, ils furent saisis par une fraîcheur soudaine. Au bout de quelques minutes, Stéphanie vit Léon plonger sous les arbres au bord du sentier. Elle le suivit et découvrit avec lui une petite clairière ouvrant sur un ciel sans nuages. Des herbes hautes perçaient le tapis de feuilles mortes qui s'étendait sous leurs pieds.

– Voilà notre salle à manger, annonça Léon en s'asseyant et en sortant de son sac à dos du fromage, du saucisson, un bocal d'olives noires, une miche de pain de campagne et une bouteille de vin. J'ai aussi pensé aux verres, aux couteaux, aux serviettes et au dessert. Vous n'avez pas une petite faim ?

– Non, pas encore. Il fait si bon ici, si frais. J'aimerais me reposer un peu.

– Comme vous voudrez, répondit Léon en tirant de sa poche son carnet de croquis et un crayon.

En quelques traits rapides et précis, il commença à dessiner Stéphanie, adossée contre un arbre, les jambes étendues, le visage tourné vers lui.

– Vous verrez, en visitant mon atelier, dit-il sans lever les yeux de son dessin, que depuis notre promenade de l'autre jour je n'ai peint que vous. Si cela vous déplaît, il faut me le dire.

– Au contraire. Les gens qu'on voit dans les tableaux ont l'air d'avoir une vie à eux. Certes, ils sont figés dans l'instant, mais ils reflètent ce qu'ils ont été et laissent imaginer ce qu'ils vont devenir. J'imagine que vos tableaux représenteront à la fois moi... et quelqu'un d'autre. Ils me montreront peut-être celle que j'étais. Et puis je suis heureuse de savoir que vous pensez à moi.

Léon leva les yeux vers la jeune femme.

– Oui, je pense à vous tout le temps. Et vous, vous pensez à moi ? ajouta-t-il en souriant.

– Oui. Même si je ne devrais pas. J'ai un mari...

– La question n'est pas là. Je ne veux pas le savoir. Je préfère profiter de l'instant présent. Déjeunons, si vous le voulez bien.

Il posa son carnet de croquis et servit deux verres de vin. Stéphanie s'approcha de lui alors qu'il préparait une tartine de fromage qu'il lui tendit. Ils restèrent un moment silencieux, puis Léon reprit :

– Vous savez, souvent, quand je suis en train de peindre, je m'éloigne un peu de la toile pour regarder ce que j'ai fait : alors je vois une belle harmonie de couleurs et de formes, et je me demande de quelle partie de moi elle a bien pu sortir. En commençant le tableau, je n'avais pas l'idée de peindre cela, je ne connaissais pas ces images. Elles ont surgi d'elles-mêmes.

– Elles vous sont sûrement dictées par votre passé, dit Stéphanie. Quel âge avez-vous, Léon ?

– Trente-six ans.

– Trente-six années d'expériences accumulées dans votre mémoire et qui ne demandent qu'à reparaître sous votre pinceau. Parce que vous, vous vous souvenez de tout, depuis que vous avez quatre ans.

– Non, personne ne se souvient de tout. Mais vous avez raison de dire que les expériences du passé ne demandent qu'à réapparaître. C'est le cas pour tout le monde, même pour vous. Vos souvenirs vont vous revenir au moment où vous vous y attendrez le moins, comme les miens me reviennent lorsque je peins. Ils vous reviendront parce que vous aurez vu, entendu ou lu quelque chose qui les ravivera. C'est d'ailleurs déjà ce qui s'est passé, ce jour où vous avez appelé la petite fille Penny, où ce nom, Mrs. Thirkell, vous a échappé, ou encore la fois où vous avez dit à Max que vous aviez souvent déménagé. Et puis, en voyant mes tableaux, vous m'avez parlé de Van Gogh. Tout est là, Sabrina, vos pensées, vos connaissances, vos amours, vos peurs, toutes ces expériences vécues en... À propos, quel âge avez-vous ?

– Je ne sais pas.

– Que je suis bête, excusez-moi. Eh bien, nous allons vous donner un âge. Trente et un ans ? Trente-deux ? Ça vous va ?

Stéphanie sourit et dit :

– Et quel est le jour de mon anniversaire ?

– Aujourd'hui, pourquoi pas ? Aujourd'hui 30 juin, vous avez trente et un ans et nous allons fêter ça, dit Léon en remplissant à nouveau leurs verres. Donc, vous avez trente et un ans de pensées, de connaissances, d'amours, de peurs et d'un tas de petites choses que vous préféreriez peut-être oublier définitivement, mais qui dorment en vous et qui vous attendent, comme le grenier d'une vieille maison de famille, avec toute sa poussière et ses secrets. Les souvenirs sont là, bien rangés dans votre mémoire, et puis un jour un coup de vent s'engouffre dans le grenier, met tout sens dessus dessous et permet à certaines choses oubliées de resurgir inopinément...

– *C'est impossible !* vous ne comprenez donc pas que c'est impossible ?

– Mais si, je comprends. Pardonnez-moi, je suis tellement persuadé qu'un jour vous vous souviendrez.

– Et pourquoi ?

– Parce que vous êtes jeune et forte. Parce que vous ne vous résignez pas. Parce que certaines choses vous sont déjà revenues.

– Et surtout parce que vous croyez aux contes de fées, à la magie et aux miracles.

Ils échangèrent un sourire, et elle pensa qu'après tout Léon avait peut-être raison : si de tels moments existaient, ils incitaient à croire en la magie.

– Si vous me le permettez, j'aimerais vous aider à retrouver votre passé.

Stéphanie acquiesça, et il lui prit la main. « C'est avec lui que je me sens chez moi. Et avec personne d'autre », se dit-elle.

Ils restèrent un long moment les mains jointes dans la paisible chaleur de cet après-midi d'été. Stéphanie sentit s'estomper en elle la tourmente des mois passés : elle respira plus calmement. Après un long silence, Léon lui dit :

– J'ai eu tort de prétendre ne rien vouloir savoir de votre mariage. Racontez-moi.

La jeune femme eut un petit coup au cœur. La question de Léon la ramenait à la réalité. « J'ai l'impression que ma vie n'est qu'une suite de commencements et que je ne sais jamais par où commencer. »

Suivit un long silence, que le peintre brisa.

– Vous ne vous rappelez pas l'avoir épousé, c'est cela ? Ni avoir bâti aucun projet avec lui, pas plus que l'explosion du bateau. Mais vous vous rappelez certaines choses que les médecins vous ont dites à l'hôpital. Leur avez-vous parlé de Max ? Ou de votre mariage ?

– Je ne me souviens pas. Ce dont je me souviens, c'est que c'est Max qui m'a acheté tous mes vêtements, et qu'il ne s'est jamais trompé : c'était toujours la bonne couleur, la bonne taille. Il est resté auprès de moi jusqu'à ce que ma vie ne soit plus en danger ;

ensuite il a partagé son temps entre ses affaires et l'hôpital. C'est Robert qui nous a trouvé la maison de Cavaillon, mais c'est Max qui l'a arrangée avec des meubles et des tableaux de sa collection. Il m'a dit qu'il avait acheté vos *Alpilles* il y a dix ans, à la galerie Rohan, à Paris.

– En effet, je l'ai peint à cette époque. C'était la première fois que j'exposais dans cette galerie. Et j'y suis resté fidèle depuis.

– Je croyais que Jacqueline était la seule à exposer vos tableaux.

– C'est un arrangement entre nous, mais j'envoie la plupart de mes toiles à la galerie Rohan. Revenons à vous : vous ne me dites que des choses que tout le monde peut voir. Ce qui m'intéresse, c'est ce qu'il y a derrière.

– Je sais, répondit Stéphanie, et tout d'un coup les mots lui vinrent plus facilement qu'elle ne l'eût jamais cru possible. Je ne l'aime pas. J'ai essayé, pourtant, il y a entre nous un abîme de non-dit. Je crois qu'il en sait plus sur mon passé qu'il ne veut bien le reconnaître, mais je n'ai aucun moyen de le vérifier ni de mettre Max à l'épreuve. Ce n'est qu'une impression, bien sûr, mais si forte que je n'arrive pas à lui faire confiance. Je le crois lorsqu'il me dit qu'il m'aime, il est très bon pour moi : il me laisse faire des choses qu'il n'approuve pas vraiment, comme travailler avec Jacqueline ou faire la cuisine avec Robert...

– Quel mal y a-t-il à cela ?

– Je ne sais pas. Je ne pense pas non plus qu'il ait envie d'une épouse oisive qui passe ses journées sur une chaise longue, à manger des chocolats et à fredonner des chansons d'amour.

Léon éclata de rire.

– Charmant tableau, en effet.

– Max a eu la même réaction que vous le jour où je lui ai demandé si c'était ce qu'il attendait de moi. Ça l'a amusé, mais il ne m'a pas dit pour autant ce qui le dérangeait dans le fait que je travaille avec Jacqueline ou que je cuisine avec Robert. En revanche, il est content que je redécore notre maison et que je m'y installe un atelier.

– Parce que pendant ce temps, vous êtes à la maison, vous ne bougez pas.

– Oui, et parce que... ça me donne des raisons de rester.

– Vous n'en avez pas d'autres ? demanda Léon.

– Peut-être que non, répondit Stéphanie, hésitante. Et je n'en suis pas très fière. Je dois tout à Max : ma vie, ma maison, la chance de me refaire une existence, l'amitié de Robert... Sans Max, je n'aurais rien.

– Mais vous pensez qu'il ment.

– Le mot est un peu dur. En fait, je ne peux jamais être sûre de rien avec Max. J'ai énormément d'affection pour lui, vous savez. C'est un bon compagnon, et il est toujours là quand j'ai peur ou quand je me sens perdue. Pourtant il y a en lui quelque chose qui me fait penser au danger... Ça peut paraître idiot, je le sais. Il dirait que je suis folle s'il m'entendait. Mais je n'arrive pas à me défaire de cette impression et, ajouta-t-elle après un silence, je sais que je n'y arriverai jamais.

– Que comptez-vous faire maintenant ? lui demanda Léon, suspendu à ses lèvres.

– Je ne sais pas encore. J'ai déjà songé à le quitter, mais j'ai tant de raisons de ne pas le faire. Je ne veux pas lui faire de peine ; il ne le mérite pas. Et puis j'ai peur. Je sais si peu de choses. Toute seule, je ne sais pas ce que je ferais. Maintenant que j'ai un travail, il me sera peut-être plus facile de le quitter. Mais le moment n'est pas encore venu. Et puis...

Son regard se porta sur la main de Léon, qui serrait toujours la sienne. Elle baissa la voix et murmura :

– Je ne veux pas troquer une dépendance contre une autre, une protection contre une autre.

– Et nous ? Que faites-vous de nous ? Vous savez, Sabrina, l'amour peut prendre d'autres formes que la dépendance ou la protection. Et puis on peut ne protéger quelqu'un que lorsqu'il en ressent le besoin.

Stéphanie eut le sentiment d'être enfin comprise, de pouvoir enfin tout dire.

– Je veux être avec vous.

– Moi aussi. Et découvrir avec vous tout ce que nous ignorons encore, nous fabriquer des souvenirs rien qu'à nous, dit Léon avec une solennité mêlée de tendresse.

Stéphanie songea que l'instant ressemblait presque à des fiançailles, que désormais quelque chose était scellé entre eux. Sans lui lâcher la main, le peintre ajouta :

– Il faut que je vous dise que je vois quelqu'un depuis quelques mois. Mais je vais arrêter...

– Léon, je ne vous le demande pas. Moi-même, je ne peux pas encore...

– Je sais que vous ne pouvez pas encore quitter Max. Mais il ne serait pas honnête de ma part de rester avec cette femme. De toute façon, nous sommes avant tout de bons amis. Les choses ont toujours été très claires entre nous, et je veux que ça continue comme ça.

– Jacqueline dit la même chose de son compagnon. À vous entendre, tout a l'air si simple !

– Vous a-t-elle dit son nom ? demanda Léon en dévisageant Stéphanie.

– Non, elle m'a seulement dit qu'ils avaient...

Elle s'interrompit, son regard plongea dans celui de Léon et elle s'écria :

– Non. C'est impossible. Ce n'est pas vrai, Léon. Je ne veux pas croire... Ça ne peut pas être...

– Et pourquoi pas ? dit doucement celui-ci. Vous savez, nous nous connaissons depuis longtemps, c'est d'ailleurs pour cette raison que je lui confie certains de mes tableaux. Il y a un an, environ, nous nous sommes trouvés chacun à un moment de notre vie où nous avions besoin d'un compagnon. Ce n'était pas l'amour que nous cherchions, mais un peu de chaleur et de réconfort. Et c'est ce que nous nous sommes apporté l'un à l'autre. C'est une femme remarquable, vous savez, une amie très chère.

– Mais c'est aussi *mon* amie, rétorqua Stéphanie. C'est elle qui m'a offert un travail, c'est elle qui m'apprend chaque jour quelque chose. Nous nous racontons... presque tout. Je ne veux pas lui faire de mal. Je ne veux rien faire qui puisse la blesser.

– Sabrina, c'est une histoire entre Jacqueline et moi, pas entre Jacqueline et vous.

– Vous ne voulez donc pas comprendre ? Je lui ai parlé de Max, elle m'a parlé de vous. Nous sommes deux femmes qui se parlent, qui se font confiance. Elle est ma seule amie, elle me donne beaucoup, et je ne veux pas lui voler quelqu'un à qui elle tient.

– Mais qu'est-ce que vous croyez, Sabrina ? Qu'on peut me voler comme une petite cuillère en argent dans votre magasin ?

Stéphanie eut un petit rire.

– Je suis désolée. Le terme est mal choisi, mais...

– Pour ce qui est des sentiments de Jacqueline, elle tient à moi comme à un ami, pas comme à un amant, je vous l'ai déjà dit. Et il semblerait qu'elle vous l'ait dit aussi.

– Elle m'a dit que vous aviez besoin l'un de l'autre.

– Elle a dit ça ? dit Léon, étonné.

– Oui. Elle a dit que vous passiez ensemble de bons moments, que vous aviez besoin l'un de l'autre et que si vous deviez vous séparer vous lui manqueriez énormément.

Léon contempla longuement la jeune femme.

– Sabrina, je connais très bien Jacqueline et je ne peux pas croire qu'elle ait formulé les choses de cette façon.

Stéphanie détourna les yeux et se demanda ce qu'elle devait exactement à Jacqueline : la loyauté, la gratitude, l'affection... mais certainement pas le mensonge.

– En réalité, elle a dit que vous lui manqueriez énormément

les premiers temps mais qu'elle vous serait reconnaissante des bons moments que vous aviez passés ensemble. Et qu'il en serait de même pour vous.

– Elle a raison. Maintenant, écoutez-moi bien : Jacqueline et moi n'avons jamais cherché l'amour ensemble et nous n'avons donc pas espéré une relation qui dure. Nous avons toujours su que cela pouvait changer à tout moment et que nous resterions des amis. Rares sont les gens qui ont connu cela : un ami qui apporte de la lumière aux heures sombres de la vie, qui chasse les ombres, qui nous redonne confiance en ce que nous sommes et en ce que nous faisons. C'est exactement ce que nous avons fait l'un pour l'autre, Jacqueline et moi. Mais jamais nous n'avons touché à nos mystères respectifs, ni même essayé...

Stéphanie ouvrit de grands yeux.

– Apparemment, reprit Léon, vous avez déjà entendu cela. J'ai l'impression qu'elle vous a dit tout ce qui importe entre elle et moi. Maintenant, je vais vous dire ce qui importe entre vous et moi.

Il posa la main de Stéphanie contre ses lèvres et l'embrassa tendrement.

– Je t'aime, Sabrina. Je veux rester avec toi et t'aider à redécouvrir le monde et toi-même. Moi aussi, j'ai beaucoup à apprendre de toi. Nous passerons ensemble le temps que tu pourras me consacrer, je ne veux pas te bousculer, je ferai ce que tu voudras, et un jour...

Un bonheur inouï s'empara de Stéphanie. Elle n'avait pas de passé, elle ne croyait pas vraiment pouvoir un jour le retrouver, mais désormais elle voyait se dessiner un avenir. Elle se sentait soudain jeune, forte, sûre d'elle et de l'amour de cet homme. Elle n'était plus seule. Le sentiment de faire partie du monde, d'avoir un rôle à y jouer, qu'elle avait tant recherché, elle l'éprouvait enfin.

Sans qu'ils eussent presque bougé, ils furent dans les bras l'un de l'autre. Stéphanie laissa aller sa tête contre l'épaule de Léon.

– Je t'aime, dit-elle, soulagée de pouvoir enfin prononcer ces paroles.

Lorsqu'ils s'embrassèrent, comme malgré elle, ses bras attirèrent le corps de Léon contre le sien. Elle connaissait enfin le désir et l'amour, et, pour Sabrina Lacoste, pour cette femme dont tous les souvenirs n'avaient pas plus de huit mois, c'était la première fois.

10

– Bonjour, Mrs. Andersen, dit le gardien du parking. Combien de temps restez-vous aujourd'hui ?

– Environ trois heures, Juan, répondit Sabrina en glissant le ticket qu'il venait de lui donner dans son sac, puis elle saisit sur le siège arrière son attaché-case et sa petite mallette d'échantillons. Comment s'est passé le mariage de votre ami ?

– Ç'a été une super-fiesta. Ils ont intérêt à rester mariés, avec un départ comme celui-là. C'est gentil d'y avoir pensé, madame. Vous voulez que je vous lave votre voiture, aujourd'hui ? J'ai un peu de temps.

Sabrina s'apprêtait à dire non, par principe, parce que laver la voiture était le job de Cliff, puis elle se ravisa : ces dernières semaines, Cliff rentrait tous les soirs épuisé de son stage de football, et après tout il était en vacances.

– Oui, je veux bien, dit-elle. Il y a aussi une tache de glace ou de pizza sur le siège arrière. Si vous pouviez essayer d'y faire quelque chose...

– Ah ! les enfants..., remarqua Juan en souriant. Je mets ça sur votre note ?

– Oui, s'il vous plaît.

La fraîcheur du garage contrastait avec la chaleur lourde et moite qui assaillit Sabrina lorsqu'elle déboucha dans Dearborn Street. Les gaz d'échappement, l'odeur des poulets qui tournaient sur leurs broches dans un restaurant à proximité, le parfum épicé des œillets à la devanture d'un fleuriste stagnaient dans l'air. On était fin juillet. Elle se dit que jamais elle n'avait connu chaleur plus écrasante.

Une fois devant le Koner Building, elle trouva la porte ouverte et s'étonna que Vern fût déjà là, lui qui d'ordinaire les faisait toujours attendre, Koner et elle.

Ses pas résonnèrent dans l'immeuble vide alors qu'elle gravissait l'escalier menant à la pièce qu'ils avaient provisoirement convertie en bureau.

– Bonjour, lui lança Vernon Stern. Ça vous en bouche un coin que je sois déjà là, non ?

– Oui, en effet, répondit Sabrina, amusée par son air de petit garçon qui se serait caché pour faire une surprise.

À nouveau, elle ne put s'empêcher de remarquer à quel point Vernon Stern était séduisant avec ses cheveux blonds frisés, son jean, ses santiags et cette chemise bleue qu'il portait avec une négligence étudié.

– Mais qu'est-ce que vous transportez, là-dedans ? dit-il en soulevant l'attaché-case de Sabrina pour le poser sur la table de travail, qui se trouvait au centre de la pièce.

– Quelques échantillons de bois, de papier peint, de carrelage et de marbre italien. Autant dire que je transporte une carrière, répondit Sabrina en ouvrant sa mallette. Voici mes propositions. J'ai terminé tard hier soir, je n'ai pas eu le temps de les revoir et j'aimerais avoir votre avis.

Vernon feuilleta le classeur que lui avait tendu la jeune femme.

– Ça m'a l'air parfait. On dirait que vous avez pensé à tout. Du marbre dans l'entrée des duplex. Ça me plaît beaucoup. Et dans les autres ? Ah oui…, du parquet Chantilly, dit-il encore en tournant quelques pages. Excellent choix. C'est la première fois que je bosse avec quelqu'un qui a un tel sens de la tradition. C'est plus courant chez les Européens que chez les Américains. On voit que vous vous êtes amusée, dit-il enfin en levant les yeux vers Sabrina.

– Oui, beaucoup. On travaille toujours mieux en s'amusant.

– Je suis entièrement d'accord avec vous. J'ai souvent constaté que mes immeubles les moins réussis étaient ceux où j'avais suivi à la lettre les instructions du client.

– Pourquoi aviez-vous accepté ?

– Parce que quand on débute on est obligé d'en passer par tous les caprices du client. L'essentiel étant de conserver sa place sur le marché et de se faire un nom. Après, on peut se permettre de dire non. Je crois que je vais bientôt arriver à ce stade.

– Je vous le souhaite. Ça donne un tel sentiment de puissance, de pouvoir enfin décider seul de ce qu'on va faire.

Vernon regarda Sabrina, l'air intrigué.

– Est-ce votre cas ?

– Non, plus vraiment... C'est de la vieille histoire.

– Une histoire que, naturellement, vous ne voulez pas me raconter.

La jeune femme resta silencieuse.

– Je ne plaisante pas. J'aimerais beaucoup en savoir davantage sur vous. Vous êtes une femme fascinante, Stéphanie. Vous êtes tout à la fois : une mère de famille hors pair, une antiquaire chevronnée, une décoratrice d'exception..., mais il y a autre chose, et je n'arrive pas à savoir quoi.

– Et pourquoi devriez-vous le savoir ?

– Parce que je n'aime pas les mystères. Je suis un gars très terre à terre, vous savez. Je dessine des bâtiments, je ne fais pas de poésie. Vous m'avez dit que vous aviez grandi en Europe, ce qui explique votre accent et sans doute votre goût pour la tradition, mais j'ai l'impression que vous ne laissez paraître qu'une partie de vous-même. Vous êtes si réservée, si secrète. C'est un véritable défi que d'essayer de vous connaître mieux...

Il s'interrompit, comme dans l'attente d'une réponse. Mais Sabrina resta muette.

– Manifestement, le silence ne vous fait pas peur. C'est rare. La plupart des gens diraient n'importe quoi pour meubler un silence. Pas vous. Ça aussi, ça me fascine.

Il s'arrêta à nouveau, puis reprit :

– Eh bien, ça sera peut-être pour un autre jour. Je ne renonce pas si facilement, vous savez, ajouta-t-il en continuant de feuilleter le classeur de Sabrina. Je vois que vous avez mis une double porte vitrée à la chambre à coucher ?

– Oui, je sais que vous aviez prévu une porte pleine, mais comme on la voit au fond du couloir depuis l'entrée j'ai pensé qu'on pourrait la remplacer par deux battants d'un beau vitrail ancien.

– C'est vrai, encore faut-il le trouver.

– Il y en a chez Salvage One. Mais je connais aussi d'autres adresses.

– Comme ça, vous connaissez Salvage One, le rêve de tous les décorateurs.

– Et leur cauchemar. Ces entrepôts remplis de portes, de fenêtres, de cheminées, de vieux éviers, d'appliques murales et de pare-feu récupérés dans des immeubles démolis font penser aux vies brisées des gens qui les habitaient. Tant de drames, de rêves et d'espoirs déçus... Quand je vais là-bas, que je me promène dans les étages, j'entends toujours une voix me dire que tout meurt, qu'on devrait tout noter chaque jour, car tout peut disparaître si facilement, si définitivement...

– Oui, j'ai déjà ressenti cela. C'est pourquoi je pense qu'il ne faut croire en rien : tout est si fragile.

– Ce n'est pas parce qu'une chose est fragile qu'il ne faut pas croire en elle. Au contraire. Il faut croire en elle et tout faire pour la protéger.

225

– J'admire votre façon de vous battre.

Ils échangèrent un regard complice. Sabrina se dit que finalement cet homme lui plaisait bien et qu'elle appréciait de travailler avec lui.

– Avez-vous d'autres questions à me poser sur mes propositions d'aménagement ?

– Oui, répondit-il en tournant encore quelques pages du classeur. Je ne comprends pas à quoi correspondent ces points d'interrogation.

– Ce sont des choses sur lesquelles Billy, vous et moi ne nous sommes pas encore mis d'accord. Billy trouve le marbre trop cher, par exemple. J'espère que nous pourrons régler ces questions aujourd'hui.

– Bien sûr, dit Vernon en refermant le classeur. Où travaillez-vous, Stéphanie ? Vous avez un bureau ?

– Je me sers du grenier de notre maison, en attendant mieux. Pourquoi ?

– Nous avons un bureau vide dans notre société. Si vous le voulez, il est à vous.

Sabrina eut l'air étonnée.

– C'est une proposition très généreuse, Vern.

– Au contraire, je dirai qu'elle est plutôt égoïste. Ça me permettrait de vous voir davantage.

Sabrina sentit peser sur elle le regard bleu qui détaillait ses jambes nues sous la légère jupe indienne, la chemise en coton échancrée jusqu'à la naissance des seins. Vernon lui prit la main.

– J'adore parler avec vous, Stéphanie. Et travailler avec vous, aussi. En réalité, je n'arrête pas de penser à vous. J'aime vos silences et vos mystères. J'aime votre façon d'être, de penser. J'aime votre beauté. Chaque fois que nous terminons une séance de travail, je me sens floué parce que je voudrais rester avec vous, et j'ai l'impression qu'il en est de même pour vous. Et puis, ajouta-t-il encore après un bref silence, nous formons une bonne équipe. Je nous verrais bien travailler à nouveau ensemble, et même sur des chantiers plus importants que celui-ci.

– C'est vrai, nous formons une bonne équipe, répondit Sabrina, pensive.

Elle trouvait inouï qu'un garçon en apparence si réservé pût se montrer aussi direct et cynique. « Comme ma vie à Londres est loin, désormais : là-bas, qu'un homme influent me fasse des avances en me laissant miroiter de nouveaux contrats ne m'aurait pas surprise. »

Elle pensa à Garth et sourit intérieurement. L'idée qu'il pût y avoir quelqu'un d'autre dans sa vie lui paraissait invraisemblable.

Autrefois, lorsqu'elle faisait une rencontre, il lui arrivait de s'imaginer en train de dîner en tête à tête, au théâtre, ou même au lit. Maintenant que Garth était entré dans sa vie, elle était incapable de se l'imaginer. « Comment Vernon Stern peut-il croire un seul instant que j'ai envie de rester avec lui alors qu'il est l'heure de rentrer et de retrouver Garth ? Je croyais que ce gars me plaisait bien, mais je me suis trompée. La seule chose qui m'intéresse en lui, c'est son travail. »

— Voilà une affaire réglée, dit Vernon, affichant toujours le même sourire enfantin. Vous pourrez emménager dans votre nouveau bureau dès que vous le souhaiterez. Prévenez-moi juste pour que je puisse avertir ma secrétaire.

— Je pense que c'est inutile, répondit Sabrina en dégageant sa main pour s'éloigner un peu. Je vous remercie, mais je suis très bien dans mon grenier.

Elle avait envie de ne rien ajouter, pourtant, elle poursuivit d'une voix amicale, quoique un peu distante, comme si elle évoquait tout haut une question abstraite et sans rapport avec Vernon, comme si elle avait déjà oublié ce qu'il lui avait dit. « Ça nous permettra de continuer à travailler ensemble sans qu'il y ait de malaise ou de malentendu », pensa-t-elle.

— Vous savez, Vernon, la vie est compliquée et dangereuse ; tout peut basculer si vite que lorsqu'on a trouvé un foyer, un travail et l'amour il ne faut pas jouer avec le feu et risquer de tout perdre. Il y a quelque chose de miraculeux dans le bonheur, et les miracles sont rares.

En silence, Stern déroula lentement ses plans et en agrafa les coins dans le bois de la table, comme pour retrouver une contenance.

— En ce qui me concerne, dit-il enfin avec une feinte légèreté, les dieux ont peut-être fait des miracles professionnels, mais on ne peut pas dire qu'ils se soient beaucoup préoccupés de ma vie privée.

Il comprit soudain que la jeune femme ne l'écoutait pas mais qu'elle regardait fixement le *Chicago Tribune* posé sur la table.

— Excusez-moi, dit-elle en s'emparant du journal, où elle venait de déchiffrer l'un des gros titres.

UNE COMMISSION PARLEMENTAIRE ENQUÊTE SUR L'UTILISATION
DES FONDS ACCORDÉS PAR LE GOUVERNEMENT AUX UNIVERSITÉS

Le député Oliver Leglind, président de la Commission parlementaire science, espace et technologie, a annoncé aujourd'hui que, suite aux nombreuses plaintes dénonçant irrégularités et fraudes dans l'utilisation des fonds accordés par le gouvernement aux instituts de recherche, il lançait une enquête auprès des lycées et des universités.

L'une des principales universités mises en cause est la Midwestern University d'Evanston.

Roy Stroud, le conseiller de la Commission, a cité Garth Andersen parmi les professeurs appelés à témoigner : « Le professeur Andersen a reconnu que certaines universités commettaient des abus, mais il a aussi accusé la Commission – avant même qu'elle ait entendu un seul témoin – de " fomenter des complots pour attiser la colère des électeurs en mettant en œuvre une stratégie de la terre brûlée dans tous les campus ". »

Selon Roy Stroud, les autres professeurs appelés à témoigner sont... »

– Excusez-moi, répéta Sabrina en se précipitant dans le couloir où se trouvait un téléphone.

Elle aperçut Billy Koner, qui montait l'escalier.

– Vern est dans le bureau, lui lança-t-elle tout en composant le numéro de Garth à la faculté.

– Il est déjà là ? s'exclama Koner, étonné.

– Oui, mais moi je vais devoir partir, répondit Sabrina. Vous trouverez mes propositions dans le classeur. Étudiez-les avec Vern et appelez-moi.

– Vous plaisantez, dit Koner, furieux, alors que Sabrina se détournait, le combiné contre l'oreille. Je vous attends dans le bureau, grogna-t-il en passant devant elle.

Ce fut une secrétaire qui répondit à Sabrina.

– Le professeur Andersen est au laboratoire. Il a dû reprendre le cours du professeur Collins. Il se passe quelque chose ? Trois journalistes ont déjà appelé ce matin.

– Pouvez-vous lui faire passer un message au laboratoire ?

– Oui, je peux y faire un saut, si vous le souhaitez.

– Dites-lui de m'appeler. Non, je serai sur la route. Dites-lui plutôt que je l'appellerai de la maison dans un quart d'heure. Et, s'il vous plaît, faites votre possible pour éloigner les journalistes.

Sabrina raccrocha et composa immédiatement le numéro de la maison.

– Mrs. Thirkell, vous avez eu des journalistes au téléphone, ce matin ?

– Trois ou quatre, lady. Tous pour le professeur Andersen. Je leur ai dit que je ne savais pas quand il rentrerait.

– Continuez à leur faire cette réponse toute la journée. Si Penny et Cliff rentrent avant moi, dites-leur de ne pas bouger et de m'attendre.

228

Lorsqu'elle revint dans le bureau, elle trouva Billy Koner et Stern en train de lire le *Chicago Tribune*.

– C'est votre mari ? demanda Koner.

– Oui, je suis navrée, Billy, mais je dois partir.

– À cause de l'article ? Je ne vois pas où est le problème. Il n'a qu'à aller à Washington leur expliquer que l'argent a été dépensé pour la recherche, et l'affaire est dans le sac. C'est sûr, ce n'est pas très malin de les accuser de complots, mais on ne pend pas les gens pour si peu. Quel besoin avez-vous d'aller lui tenir la main ?

– Je veux être à ses côtés. Quand Roy Stroud est venu le voir, il était clair que Leglind et lui voulaient donner beaucoup de publicité à cette histoire. Leglind veut jouer les héros. Et, pour ça, il faut qu'il fabrique des méchants contre lesquels se battre.

– Votre mari, un méchant ? Ce n'est qu'un petit prof de rien du tout. Les politiques s'attaquent à de plus gros poissons : des banquiers, des magnats de l'industrie... Ça, ça leur fait de la pub, parce qu'il est question de gros sous. Vous prenez les choses trop à cœur, Stéphanie. Ça vient sans doute de ce que vous fréquentez des universitaires : ces gens-là vivent sur un nuage, dans un monde à part, ils ont perdu le sens des réalités.

– Non, Billy, Leglind a besoin d'un tremplin pour arriver à ses fins, dit Sabrina en secouant la tête avec impatience, et il profite de la vulnérabilité des professeurs : isolés dans leurs universités, dans leurs projets de recherche, les enseignants ne voient pas venir les coups.

– Enfin, Stéphanie, Leglind n'a absolument pas besoin de tremplin, rétorqua Billy Koner. Je le connais, nous avons grandi ensemble. J'ai mis plus d'argent dans ses campagnes que tous ses électeurs réunis. Il n'a besoin de personne pour arriver.

– Je ne savais pas que vous le connaissiez. Dans ce cas, vous savez mieux que quiconque ce qu'il pense. C'est un homme puissant, mais peut-être que le Parlement ne lui suffit pas. Peut-être qu'il vise le Sénat, ou même la Maison-Blanche !

Koner changea de visage et dit :

– Ils visent *tous* la Maison-Blanche.

– Tous ? Sans exception ? s'étonna Sabrina. Après tout, pourquoi pas ? Mais moi, ce qui m'intéresse pour l'instant, c'est ce que raconte Oliver Leglind. Il paraît qu'il met son nez dans tous les budgets, sauf ceux de son État, et maintenant il semblerait qu'il veuille le mettre dans les fonds accordés aux chercheurs. Vous comprenez, il joue sur du velours, les chercheurs sont des cibles faciles parce qu'on ne trouvera jamais le produit de leurs travaux dans les rayons d'un supermarché. Et si je peux soutenir mon mari au moment où Leglind s'en prend à lui, je le ferai, quoi qu'il arrive et aussi longtemps qu'il faudra.

Après un silence, Koner reprit le journal.

– Je lis ici : « Le professeur Andersen a reconnu que certaines universités commettaient des abus. »

– C'est ce que prétend Roy Stroud. Moi, je ne suis pas sûre que Garth ait dit cela. Mais admettons qu'il l'ait fait. Après tout, des abus, il y en a partout. Gouverner est en soi un abus.

Koner éclata de rire.

– Vous avez raison. À Washington, ils en connaissent un rayon, sur les abus. Alors, comme ça, votre mari ne va pas nous sortir des gènes que je pourrai acheter au supermarché ?

– Je crains que non, répondit Sabrina en souriant.

– Mais il peut peut-être modifier le patrimoine génétique des vaches pour qu'elles donnent plus de lait, pour que leur viande soit moins grasse. Et ça finit par arriver dans les rayons des supermarchés, n'est-ce pas ?

– En effet, certains chercheurs travaillent sur le sujet... Tant qu'on leur en laisse les moyens. Il faut bien que quelqu'un paie pour la recherche.

– Pourquoi les universités ne le font-elles pas ?

– Elles le font. Autant qu'elles le peuvent.

– Sans jamais gaspiller l'argent du contribuable ?

– Sans doute que si. Je ne pense pas qu'on ait trouvé le moyen de tirer profit de chaque centime investi. Vous devez connaître ça, vous aussi. De toute façon, là n'est pas la question pour le moment. Maintenant que votre ami d'enfance est lancé à ses trousses, je pars rejoindre mon mari. Je vous téléphone.

– Entendu, entendu. Je vais parler à Ollie, grogna Koner. Je vais voir ce qu'il a derrière la tête. De toute façon, il ne va sûrement pas tarder à avoir besoin d'argent. Je ne connais pas un homme politique qui n'en ait pas besoin. À peine élus, ils recommencent à réclamer du fric pour leur prochaine campagne. C'est à se demander où Ollie trouve le temps de courir après les profs. Ce n'est certainement pas de ce côté-là qu'il y a le plus de gaspillage. Écoutez, Stéphanie, je vais l'appeler. Comme ça, aujourd'hui, vous pourrez continuer à travailler avec Vern. D'accord ?

– Non, aujourd'hui, je vais rejoindre Garth.

– Mais on est vendredi ! Vous allez passer tout le week-end ensemble !

– Téléphonez à Leglind si vous voulez, Billy. Mais faites-le en votre nom, moi, je ne vous le demande pas. Cela dit, je serais curieuse de savoir ce qu'il a à vous raconter. Vous pouvez me joindre à la maison.

Elle lui serra la main, ainsi qu'à Stern, ramassa son attaché-case et sortit en courant de l'immeuble pour se précipiter vers le parking.

– J'ai pas eu le temps de la laver, Mrs. Andersen, vous aviez dit trois heures...

– Aucune importance, Juan. Ça sera pour la prochaine fois.

Sur la route, Sabrina s'arrêta à une station-service d'où elle appela Garth.

– Tu as vu le *Chicago Tribune* ?

– À l'instant. C'est ennuyeux, mais pas de quoi faire un drame.

– Je rentre à la maison.

– Ce n'est pas la peine, ma chérie.

– J'y tiens, Garth. Contrairement à toi, je crois que c'est plus qu'ennuyeux.

– Tu as peut-être raison, mais je n'ai pas encore eu le temps de bien y réfléchir. Tout va si vite en ce moment. J'ai vu Lu ce matin, il a terminé sa thèse et écrit un article que je dois soumettre à *Science* la semaine prochaine. Finalement, c'est bien que tu rentres maintenant. Je te raconterai tout ça à la maison.

– En attendant, promets-moi une chose : refuse de répondre aux journalistes. Je veux d'abord qu'on parle ensemble de la conversation que je viens d'avoir avec Billy Koner. Il connaît bien Leglind. C'est lui qui finance une bonne partie de ses campagnes. Il va l'appeler.

Lorsqu'elle gara la voiture devant la maison, Sabrina aperçut Garth et Lu en grande conversation sur les marches du perron. Garth vint à sa rencontre et l'embrassa.

– Je n'ai pas pu faire autrement que de le recevoir. Tu comprends, il est tellement tendu, en ce moment. C'est un cap décisif dans sa vie : ce n'est plus un étudiant, il est en train de devenir un vrai scientifique.

De loin, Sabrina sourit à Lu.

– Ça n'a pas l'air de lui faire tellement plaisir, dit-elle.

– Je sais, je lui ai demandé si quelque chose n'allait pas. Il m'a assuré que non. On dirait qu'il a peur que la revue refuse son article... Pourtant je ne cesse de lui répéter qu'ils vont sûrement le publier avant la fin de l'année. Je ne vois pas ce qui le tracasse. Je n'ai pas voulu insister.

– Tu as raison. Nous avons d'autres soucis.

Lu les rejoignit dans l'allée.

– Je m'en vais. Mais si vous aviez un moment ce week-end, professeur... Demain, peut-être...

231

– Non, Lu, ce week-end, ça va être difficile. De toute façon, il ne nous reste plus qu'à attendre la réponse du rédacteur en chef.

– Oui, mais vous n'avez pas encore envoyé l'article.

– Je t'ai dit que j'allais le faire la semaine prochaine.

Lu eut un moment d'hésitation puis hocha la tête et dit merci d'une voix polie, monocorde, presque distante.

– C'est étrange, fit Sabrina en le regardant s'éloigner, tu sembles bien plus enthousiaste que lui.

– Il était presque hystérique quand il est arrivé, et maintenant il repart comme un somnambule. Peut-être que je devrais quand même trouver un moment pour le voir demain.

– Garth, tu ne crois pas que tu ferais mieux de t'occuper un peu du justicier Leglind ?

Garth sourit et prit la jeune femme par la taille pour la conduire jusqu'au perron, où ils s'installèrent sur la balancelle.

– Je suis heureux que tu sois rentrée, dit-il en serrant Sabrina contre lui, heureux de t'avoir avec moi. Je t'aime, tu sais.

– Moi aussi, je t'aime, et j'avais hâte de te retrouver. On est seuls ?

– Oui, les enfants ne sont pas encore rentrés et Mrs. Thirkell est sortie faire des courses. Mais elle nous a préparé du thé glacé. Je t'en sers un verre ? dit-il en attrapant le broc sur la table basse.

– Oui, s'il te plaît.

– Alors, raconte-moi ce que t'a dit Billy Koner.

– J'ai l'impression qu'il va conseiller à Leglind de chercher d'autres victimes.

– Pourquoi ferait-il ça ?

– Soit parce que j'ai réussi à le convaincre que vous ne gaspilliez pas l'argent du contribuable, soit parce qu'il a compris que les travaux de son immeuble n'avanceront pas tant que cette affaire ne sera pas réglée.

– Je ne vois pas pourquoi Leglind l'écouterait.

– Je te l'ai dit au téléphone tout à l'heure, c'est Billy qui finance sa carrière politique.

– Tu as demandé à ce Billy de parler à Leglind ?

– Non, Garth. D'autant que je ne suis même pas sûre que ce soit une bonne idée. Cela dit, tu n'y as pas été de main morte, avec Stroud.

– J'ai parlé un peu vite, c'est vrai. Et quand je m'en suis rendu compte c'était trop tard.

– Tu as vraiment dit qu'il y avait des abus dans les universités ?

– Non, j'ai seulement dit que, s'il y en avait, ce n'était pas une raison pour s'en prendre à *tous* les chercheurs.

– Et les « complots », la « stratégie de la terre brûlée », ça, tu l'as dit ?

– Hélas, oui.

– Quand crois-tu qu'ils vont te demander de témoigner ?

– En septembre ou en octobre, peut-être plus tard. Ils n'ont pas l'air si pressés. En attendant, ils font la une des journaux, c'est une bonne publicité pour eux.

– Heureusement que tu as déjà trouvé des mécènes pour le nouvel institut.

– En effet, mais je préférerais tout de même que ces gens ne pensent pas, après avoir lu le journal, que je jette leur argent par les fenêtres.

– C'est ce qui te tracasse ?

– Entre autres choses. Je suppose aussi que je ne garderai pas longtemps mon poste de directeur si je suis nommément mis en cause.

– Mais personne ne peut t'accuser d'avoir détourné de l'argent.

– Non, en revanche, on peut m'accuser de tirer la couverture à moi, de travailler pour ma gloire, de vouloir me faire un nom.

Sabrina repensa aux propos que lui avait tenus Vernon Stern le matin même.

– Si c'est important pour certains, en tout cas, pour toi, ça ne l'a jamais été.

– Essaie donc de faire comprendre ça à Leglind.

La sonnerie du téléphone retentit à cet instant et Garth rentra précipitamment dans la maison pour aller répondre.

Sabrina resta seule un moment, le regard perdu dans le vague. Tout paraissait si calme, si rassurant autour d'elle. L'air saturé d'humidité formait comme un voile de brume qui noyait la rue : on eût dit une peinture aux couleurs passées par le soleil. Elle songea à ce désir, dont elle avait fait part à Stern, de tout noter car le bonheur pouvait s'évanouir d'un moment à l'autre. « Mais rien de grave ne nous arrivera jamais tant que nous serons ensemble, Garth et moi. »

– C'était Claudia, dit celui-ci en surgissant sur le perron. Ton Billy Koner n'a pas perdu de temps. Il a déjà appelé Leglind, et Leglind a déjà appelé Claudia pour lui dire que l'enquête n'avait révélé aucune irrégularité à la Midwestern University, comparé à ce qu'il se passe ailleurs. En conséquence de quoi, aucun de nous ne sera appelé à témoigner.

– Il n'a pas été difficile à acheter, celui-là, remarqua Sabrina avec ironie.

– Qu'est-ce que je ferais sans toi ? dit Garth en passant un bras sur ses épaules et en l'embrassant tendrement. Les choses ont l'air de s'arranger, mais Claudia ne décolère pas et moi non plus. Le mal est fait, cet article est sorti, et tout le monde va penser qu'il n'y a pas de fumée sans feu. Mais Leglind ne s'en tirera pas comme ça. On compte lui rendre une petite visite à Washington, la semaine prochaine. Il ne pourra pas refuser un rendez-vous à la présidente d'une grande université et au directeur de son Institut de génétique après les avoir accusés à tort. Sinon, les journaux en feront leurs choux gras.

— Je suis contente que vous y alliez tous les deux. Plus vite cette affaire sera réglée, mieux ça vaudra.

— Tu ne veux pas rentrer, ma chérie ? Il fait plus frais à l'intérieur.

— Non, j'aime bien rester sur la balancelle à regarder la rue. Et puis cela ne nous arrive pas si souvent d'être un moment tranquilles tous les deux à cette heure-ci.

— C'est vrai, j'ai l'impression d'avoir quinze ans et d'avoir séché les cours pour aller flirter.

Ils échangèrent un sourire et restèrent ainsi un long moment enlacés, silencieux, à contempler les ombres des arbres qui s'étiraient de l'autre côté de la rue. Les voisins rentraient du travail. Un bus s'arrêta non loin de leur maison, et des enfants en descendirent bruyamment, Penny en tête. Elle avait déjà rejoint ses parents sur la balancelle quand Cliff, visiblement dans un mauvais jour, arriva dans l'allée en traînant les pieds.

— Vous êtes déjà là ? grommela-t-il.

— Tu pourrais peut-être dire bonjour ? dit Garth.

— Pardon. Salut, répondit le garçon sans le regarder.

— Tu n'as pas l'air très heureux pour quelqu'un qui rentre du foot. Je croyais pourtant que tu aimais ça, dit Sabrina.

— Ouais, c'est pas mal.

— Il y a deux jours, c'était génial, lui fit observer Garth.

Cliff haussa les épaules et lança un regard oblique à Sabrina. Il s'assit sur la dernière marche du perron et se mit à donner des coups de pied dans le gravier.

— Lu Zhen était là, dit Penny. Il a dit qu'il venait regarder Cliff jouer.

— Ça alors ! Je n'aurais jamais cru qu'il aurait le temps, dit Garth. Je me souviens qu'il t'avait proposé de te parler du football chinois, ajouta-t-il à l'intention de Cliff. C'est ce qu'il a fait ?

— Oui, un peu.

— Il nous a annoncé qu'il avait fini son article, reprit Penny. Est-ce que ça veut dire qu'il va bientôt rentrer en Chine ?

– Oui, répondit Garth. Il a terminé sa thèse et compte rentrer dans son pays dès que son article aura été publié.

– Où ? Dans *Newsweek* ? Dans *Time* ? Dans *People* ? demanda Penny.

– Non, dans *Science*, lui répondit son père avec un sourire. Les articles comme ceux de Lu paraissent dans des revues spécialisées. Mais je ne l'ai pas encore envoyé. Je le ferai la semaine prochaine, quand j'aurai eu le temps de le relire tranquillement.

– Encore ? demanda Sabrina avec étonnement. Je croyais que tu l'avais déjà lu et relu.

– Je ne l'ai que parcouru. Je n'ai pas eu le temps de le lire intégralement. Si j'en crois Lu, ça va faire l'effet d'une bombe dans les milieux scientifiques. Et nous aurons tous vraiment de quoi être fiers de lui.

– Merde alors ! s'écria Cliff, qui, exaspéré, venait de se cogner la tête contre la rampe de l'escalier.

Le regard de Garth croisa celui de Sabrina.

– Pourquoi ne rentrez-vous pas, tous les deux ? dit-elle. Vous pourriez nous préparer une citronnade. Il n'y a plus de thé glacé.

– Excellente idée, approuva Garth. Excuse-moi, glissa-t-il à l'oreille de la jeune femme. Je me suis encore laissé déborder par mon enthousiasme. Tu viens, Cliff ?

– Ouais, bougonna celui-ci avant de suivre son père dans la maison. De toute façon, il fait trop chaud ici.

Dans la cuisine, Garth sortit les citrons du réfrigérateur et répartit les tâches.

– Moi, je coupe, et toi, tu presses, d'accord ?

– Ouais...

Cliff pressa les premiers citrons en s'arc-boutant avec une telle vigueur sur le presse-agrumes qu'il éclaboussa généreusement le plan de travail et sa chemise. Son père ne fit aucun commentaire. Puis, lorsqu'ils eurent versé le jus dans un broc, Cliff alla chercher des glaçons dans le congélateur et les laissa tomber de toute sa hauteur dans le broc. Une fois encore, la citronnade inonda le plan de travail. Alors il regarda fixement Garth, attendant une réflexion sur l'état de la cuisine, de ses vêtements et sur le fait qu'il ne s'était pas lavé les mains avant d'aller chercher les glaçons. Mais rien ne vint, hormis cette suggestion :

– On va s'asseoir dans le salon. Penny et ta mère ne vont certainement pas tarder à rentrer.

Le garçon resta immobile.

– J'ai des trucs à faire dans ma chambre.

– Tu les feras plus tard. Il faut que je te parle. C'est important.

Cliff haussa les épaules et s'affala sur le canapé du salon. Garth sortit deux verres et le suivit avec la citronnade.

– Je crois qu'il faut qu'on discute un peu de Lu Zhen, tous les deux, dit-il en s'asseyant à côté de son fils. On dirait que tu ne l'aimes pas beaucoup.

– Ça n'a pas d'importance.

– Pourquoi ?

– Parce qu'il va rentrer chez lui.

– Ça, on le sait depuis toujours. Il n'a jamais été question qu'il reste ici.

– Non, je veux dire qu'il va rentrer chez lui bientôt, la semaine prochaine ou quelque chose comme ça, répondit Cliff.

– À mon avis, il faudra encore attendre un peu, rétorqua son père. Il va patienter jusqu'à ce que son article soit accepté, et d'habitude ça prend bien quelques semaines.

– Pourtant, t'avais dit que ça irait plus vite, cette fois.

– Peut-être. C'est ce que j'espère, en tout cas. Mais qu'est-ce que ça change, Cliff ? Lu Zhen est l'un de mes étudiants et parfois notre invité ici, rien de plus. On ne peut pas parler de lui ou l'inviter à dîner sans avoir l'impression que la guerre est déclarée ! Peux-tu me dire pourquoi ?

Cliff répondit par un haussement d'épaules.

– Qu'est-ce que je suis censé comprendre ?

– Que je ne l'aime pas !

– Ça, je l'ai bien remarqué. Ce que je te demande, c'est pour-quoi, insista Garth.

Il se tut, attendant une réponse qui tardait à venir. Alors il versa la citronnade dans les verres puis leva les yeux sur le visage fermé de son fils, il lui découvrit un regard triste, inconsolable. Cliff avait douze ans et cherchait ses marques. Il avait peur de perdre la place qu'il occupait dans le cœur de son père, une place dont jusqu'alors il n'avait jamais douté.

– Je vais te dire quelque chose sur Lu, reprit Garth. C'est quelqu'un qui a peur. La plupart de mes étudiants marchent à l'ambition ou au désir de bien faire ; d'autres, plus rares, ont envie de gagner de l'argent. Mais Lu, lui, ne marche qu'à la peur. J'ai l'impression qu'on fait peser de lourds espoirs sur lui dans son pays, comme dans ces contes de fées où le prince doit combattre le dragon, trouver le trésor et enlever la princesse sans se mettre en retard pour le dîner.

Cliff pouffa malgré lui.

– Si c'est ça, il a qu'à leur dire, aux gens de son pays, qu'il veut qu'on lui fiche la paix, qu'il est pas leur esclave.

– Je ne crois pas qu'il puisse le leur dire. Le gouvernement paie ses études, et ses parents économisent sou après sou pour qu'il ait de quoi manger et s'habiller. Pour moi, le problème, c'est que Lu est un bon scientifique mais qu'il ne marche qu'à la peur. Et je suis son directeur, je dois l'aider, lui donner confiance. Ce qui n'a rien à voir avec les sentiments que j'éprouve pour mon fils.

– Si, ça a à voir, lui répondit Cliff après un silence. Parce que..., parce que vous êtes tous tellement excités quand il se passe un truc dans votre labo. Vous parlez des lymphocytes et de tous ces bidules comme si c'étaient des personnes, et des personnes vraiment formidables. Et avec Lu vous restez assis là, à discuter avec des mots que je connais pas, que j'ai jamais entendus, et j'ai l'impression que je suis pas assez intelligent pour piger ni pour faire quoi que ce soit d'aussi chouette, et que je le serai jamais...

– Stop ! l'interrompit Garth en posant son verre sur la table basse devant lui avant de se tourner complètement vers son fils pour le regarder droit dans les yeux.

« Mais pourquoi n'avons-nous encore jamais eu cette conversation ? se demanda-t-il alors. Est-ce moi qui me suis laissé envahir par mon travail, envahir par l'amour, ou est-ce que les autres pères passent, eux aussi, des années à côté de leurs fils sans leur parler, en faisant comme si tout était acquis, comme si tout allait bien ? »

– Cliff, tu ne peux pas juger maintenant de l'intelligence que tu as ni de celle que tu auras, reprit-il. Tu es en train de découvrir les choses, de les apprendre. Si demain tu me disais : « Voilà, je suis comme ça et je veux faire tel ou tel travail pour le restant de mes jours », je serais très déçu. Je ne veux pas que...

– Tu serais *déçu* ? l'interrompit Cliff.

– Oui, très. Je ne tiens pas à ce que tu ressembles à Lu. Je veux que tu aies une jeunesse, pas que tu t'enfermes dans un domaine pour comprendre plus tard que tu as fait fausse route. Je ne tiens pas à ce que tu décides trop vite de ton avenir. Tu sais, ajouta Garth en souriant, tu as déjà plus de confiance en toi que je n'en avais à ton âge. Plus d'équilibre aussi. Moi, j'ai toujours voulu être un scientifique. J'étais convaincu que rien d'autre n'était intéressant ni ne méritait que j'y consacre du temps. C'est plus tard que j'ai compris qu'il y avait beaucoup de lacunes dans ma vie, que je me suis passionné pour l'histoire, la littérature, l'art. Tu as de l'avance sur moi dans ce domaine.

– Je suis nul à l'école.

– Parce que tu n'attaches pas encore vraiment d'importance à ton travail. Mais, dès que tu auras décidé que l'école mérite autant d'attention que le foot, tu seras sûrement un excellent élève. En attendant, tu te donnes à toi-même la chance de tout essayer. Et je t'admire pour ça.

– Tu m'admires..., répéta Cliff avec une grimace incrédule.

– Oui. Parce que tu es curieux de tout, ouvert à tout. Ce que j'essaie de te dire, c'est que ça, ça me rend plus fier de toi que n'importe quel but marqué dans un match de foot. Tu es mon fils, je t'aime et, en plus, je suis fier de toi. Il m'arrive ce qui peut arriver de mieux à un père : avoir son fils pour ami.

Cliff avait écouté attentivement son père, sans le quitter des yeux. Ses traits s'étaient détendus, toute trace de tristesse avait disparu de son regard. Pourtant, un doute demeurait.

– Et Lu ? fit-il.

– Quoi, Lu ?

– Tu pourrais en dire autant de lui : que tu l'aimes, que c'est un ami, parce qu'il est intelligent et que vous pouvez discuter de trucs entre vous et...

– Cliff, la différence, c'est que tu es mon fils, et le seul fils que je veuille. Tu comptes parmi les trois personnes sans lesquelles je ne pourrais pas vivre, tu comprends ? Je m'intéresse à ce que tu fais et je suis heureux quand, toi, tu t'intéresses à ce que je fais.

Un long silence suivit cette dernière phrase.

– Alors tu t'en fiches des notes que je peux avoir ?

Garth sourit intérieurement : Cliff essayait de voir jusqu'où il pouvait aller, s'il existait des limites à l'amour que son père lui portait.

– Non, je ne m'en fiche pas et je préférerais aussi que tu ne sèches pas les cours, répondit-il.

– Et si je le faisais ?

– J'en serais très triste.

– Pourquoi ?

– Parce que je suis triste quand tu es malheureux, et je crois que tu le serais si tu séchais les cours, toi qui as toujours horreur de manquer quoi que ce soit. Et puis ça t'empêcherait d'aller jouer au football. Vous êtes privés de sport, je crois, quand vous avez été absents ?

– Ouais... Tu sais, maman m'a déjà dit tout ça : que j'étais curieux de tout et que je pouvais apprendre beaucoup de choses si j'essayais.

– J'en déduis que, parfois, on a besoin de s'entendre répéter les choses. Peut-être que tu vas les croire, maintenant, ajouta Garth en passant un bras autour des épaules de son fils. Tu sais, Cliff, si on veut se créer des problèmes, on peut toujours, mais est-ce vraiment indispensable ? Laissons cela aux scientifiques, c'est leur gagne-pain. Nous, nous avons la chance de former une merveilleuse famille, d'habiter une belle maison dans une ville agréable et de bien nous amuser ensemble. Tu ne penses pas que c'est suffisant ?

– Faut croire, répondit Cliff. Puis, après un silence : Il va revenir dîner ici ?

Garth poussa un soupir de lassitude.

– Quelle chaleur ! s'exclama Sabrina en pénétrant dans la pièce, Penny sur les talons. On ne tient plus, dehors ! De quoi étiez-vous en train de discuter, tous les deux ?

– Cliff se demandait si Lu allait revenir dîner à la maison, répondit Garth sur un ton qu'il voulait neutre.

La jeune femme devina qu'ils venaient d'avoir une longue conversation, mais que, manifestement, elle n'avait pas encore porté ses fruits.

– Bien sûr qu'il va revenir dîner ici. Nous allons certainement lui organiser une petite fête avant son départ. C'est la moindre des choses. Et il faudra être particulièrement gentil avec lui, ajouta-t-elle à l'intention de Cliff, pour qu'il sache que nous lui souhaitons beaucoup de succès dans ses projets.

Seul un grognement maussade lui répondit.

– Tu sais, continua Sabrina, il est aussi *ton* invité. Tu es chez toi, ici, et nous le recevons tous ensemble.

– Ouais, mais...

– Il n'y a pas de mais. Ça ne te coûte rien d'être gentil puisque tu ne le reverras jamais.

– D'accord, d'accord...

La porte d'entrée s'ouvrit, et Mrs. Thirkell pénétra dans la maison en bataillant avec ses sacs à provisions.

– Cliff, tu ne voudrais pas..., commença-t-elle.

– J'arrive, répondit celui-ci en se levant d'un bond pour la débarrasser de deux de ses sacs. Pourquoi est-ce que vous ne conduisez pas ? Ça vous simplifierait la vie.

– Parce que, dans ce pays, vous roulez du mauvais côté. C'est contre nature, et je n'ai pas envie de prendre des habitudes comme ça, lui rétorqua-t-elle avant de se précipiter sur le téléphone qui sonnait dans la cuisine. Cliff, tu veux bien poser les courses sur le plan de travail ?

Dans le salon, Garth, Sabrina et Penny continuaient de discuter.

– Maman, t'as pensé à demander à papa, pour ce soir ?

– Pour ce soir ? dit Garth.

– Penny est invitée chez Carla Shelton, mais on ne sait pas qui sera à cette fête.

– Shelton ? Je ne connais pas ce nom.

– Ils viennent d'arriver dans le quartier.

– Oui, ils habitent la grande maison avec un jardin devant laquelle on est souvent passés et qui était à vendre depuis longtemps, expliqua Penny. C'est l'anniversaire de Carla. Est-ce que je peux y aller, papa ?

– Ça ne nous dit toujours pas qui sera à cette fête. On a déjà parlé de ça, Penny, tu te souviens ? répondit Sabrina.

– Lady, l'interrompit Mrs. Thirkell en passant la tête par la porte du salon. La princesse Alexandra vous demande au téléphone.

La jeune femme mit quelques secondes avant de comprendre.

Alexandra ? Je suis à Evanston, en famille, en train d'essayer de savoir à quel genre de fête veut se rendre ma fille de onze ans pendant que mon fils déballe les commissions dans la cuisine. Qu'est-ce que la princesse Alexandra Martova vient faire ici, même au téléphone ?

– Merci, Mrs. Thirkell, je vais la prendre à côté, dit enfin Sabrina en quittant rapidement le salon. Alexandra ? dit-elle en décrochant l'appareil. Mais où es-tu ?

– À Chicago, à l'hôtel Fairchild. Ma chérie, je sais que je suis impardonnable de ne pas t'avoir prévenue plus tôt. Mais nous ne sommes là que pour vingt-quatre heures, Antonio a une affaire à traiter ici. Il est pris jusqu'à minuit, et j'aimerais que ton mari et toi veniez dîner avec moi ce soir. Tu sais, ta sœur me manque énormément. Ça me ferait plaisir de passer la soirée avec toi. Tu ne m'en veux pas de te dire ça ?

– Non, répondit simplement Sabrina.

Elle ferma les yeux et, l'espace d'un instant, se retrouva dans la peau de lady Longworth, à Londres, en train d'échafauder des plans avec Alexandra pour la soirée, pour le week-end ou pour la prochaine croisière... Une croisière, le yacht de Max, l'explosion...

– Ma chérie, si tu es occupée..., poursuivait son amie.

– Non, moi aussi j'aimerais te voir. Pourquoi ne viendrais-tu pas plutôt à la maison ? On dînerait et on aurait tout le temps de bavarder.

– Chez vous ? Mais vous n'habitez pas Chicago !

– En taxi, il y en a pour vingt minutes... À moins qu'Antonio n'ait encore loué une limousine...

Elle s'interrompit brusquement.

Mais qu'est-ce qui me prend ? Je ne mets décidément pas long-temps à me trahir. J'espérais pourtant qu'avec l'habitude...

– C'est fou que Sabrina t'ait raconté autant de petits détails sur nous. Je ne m'y ferai jamais. Oui, tu as raison, nous avons loué une limousine et je serai ravie de venir vous rendre visite. Huit heures, ça vous va ?

Sabrina sourit en songeant que c'était bien là un horaire européen. Aux États-Unis, les gens dînaient plus tôt.

240

– Huit heures, c'est parfait, répondit-elle. À tout à l'heure, Alexandra.

– Maman, dit Penny en se précipitant dans la pièce alors que Sabrina venait à peine de raccrocher. Je peux y aller, alors ? Barbara a la permission.

– Tu ne m'avais pas dit ça...

– J'ai oublié.

Garth les rejoignit.

– Je crois qu'on peut laisser Penny y aller. Vivian s'est sûrement renseignée avant d'autoriser Barbara à se rendre à cette fête.

La jeune femme hocha lentement la tête.

– D'accord, mais retour à dix heures et demie, dernier carat.

– Dix heures et demie ! Mais, maman, on est vendredi !

– J'ai dit dix heures et demie. On reparlera des horaires quand tu auras douze ans.

– Barbara, elle, elle a la permission de minuit.

– Ça m'étonnerait beaucoup.

– Quand ses parents font une fête à la maison, elle...

– Et quand elle sort, elle rentre à... ?

– Dix heures et demie, avoua Penny à contrecœur. Je peux mettre ma robe neuve ?

– Oui, si Mrs. Thirkell a le temps de te faire l'ourlet.

Penny se rua hors de la pièce en appelant à tue-tête Mrs. Thirkell. Garth se tourna vers Sabrina.

– Tu te débrouilles bien avec les enfants. Ils ont effectivement besoin qu'on leur dise non de temps en temps. Tu sens toujours quand il faut le faire.

Toujours... Depuis septembre seulement. Au début, c'était facile d'être sévère parce qu'ils n'étaient pas encore mes enfants. Mais ils sont devenus les miens : je me suis fait du souci pour eux, j'ai voulu les protéger.

– Je les aime, Garth, tu sais, dit-elle en venant se lover dans les bras de son mari.

– Que voulait Alexandra ?

– Parler. Elle est de passage à Chicago et vient dîner à huit heures. J'ai du mal à l'imaginer ici, mais j'ai comme l'impression qu'elle a envie de parler du passé. Tu n'es pas obligé de rester.

– J'en profiterai peut-être pour retourner au bureau et lire l'article de Lu. Ça ne t'ennuie pas ?

– Pas du tout. Mais ça m'arrangerait que tu ailles chercher Penny à dix heures et demie, ou que tu sois rentré avant pour que je puisse le faire.

– J'irai la chercher, répondit Garth en embrassant Sabrina.

Ils restèrent un long moment enlacés, à écouter les voix rieuses des enfants dans la maison. La jeune femme repensa à la rapidité avec laquelle son moi londonien avait repris le dessus dès qu'elle avait entendu Alexandra au téléphone. Un moment, elle eut le sentiment de serrer ses deux vies dans chaque main. Puis, sans un instant d'hésitation ni de regret, elle se vit ouvrir la main et laisser échapper l'existence londonienne.

– Non, je n'irai jamais vivre là-bas, dit Sabrina à Alexandra ce soir-là.

Elles étaient seules dans la bibliothèque, avec devant elles, posées sur la table basse, deux tasses de café et de la tarte aux pommes préparée par Mrs. Thirkell.

– Ça, c'était la vie de Sabrina Longworth, poursuivit-elle. La mienne est ici.

Alexandra l'observa un long moment.

– Tu as une mine superbe. Je n'en aurais pas dit autant la dernière fois que je t'ai vue à Londres. Il est vrai que c'était le jour de l'enterrement... Quand je pense à tous ces gens qui étaient là, chez elle, et qui se jetaient sur leurs assiettes comme s'ils avaient peur de ne plus jamais manger...

– Ou peur de perdre la vie, répondit posément Sabrina. Si les gens mangent après les enterrements, c'est pour se convaincre que tout va bien, qu'ils sont en bonne santé, que tout fonctionne en eux, que la mort est encore loin.

– C'est fou, je croirais entendre ta sœur. Elle aurait dit exactement la même chose, et sur le même ton, observa Alexandra en inclinant légèrement la tête pour mieux examiner son amie. C'est curieux : tu lui ressembles et en même temps tu ne lui ressembles pas. Je me souviens qu'après l'enterrement je t'observais au milieu de tous ces gens en train de bâfrer, et je me disais que je devenais folle : j'étais convaincue que tu étais Sabrina... J'en aurais mis ma main au feu. Aujourd'hui, c'est différent. Tu es... Comment dire ?... plus douce que ne l'était Sabrina. Non, ce n'est pas ça. Tu es plus calme, moins survoltée.

– Plus heureuse, peut-être.

– Je ne sais pas. Sabrina avait des soucis – on en a tous –, mais je crois qu'elle était heureuse. Tu sais, nous passions de bons moments ensemble.

– Je sais, répondit la jeune femme en lui souriant, contente de revoir Alexandra.

Grande, gracieuse, élégante, celle-ci avait des yeux bleus en amande et de longs cheveux blonds. Elle portait ce soir-là un pantalon de soie couleur crème et un chemisier assorti. Émeraudes et diamants scintillaient à son cou, à ses oreilles et à ses poignets.

Sabrina avait perdu le vernis lié à sa vie londonienne, du temps où elle était toujours en représentation. Mais, dans sa robe de coton, avec son collier d'ambre et ses ballerines, elle se sentait aussi à l'aise qu'Alexandra. « Cette vie-là ne me manque absolument pas », pensa-t-elle.

– Tu es resplendissante, Alexandra. Es-tu aussi heureuse que tu en as l'air ?

– Oui, et ça m'étonne moi-même. J'aime travailler avec Antonio, et pour la première fois de ma vie je me sens utile. Et puis je suis très amoureuse de lui. Il a beaucoup changé, grâce à Sabrina, d'ailleurs. Elle lui a beaucoup appris avant de le plaquer.

– Antonio ? Beaucoup appris ?

Sabrina était éberluée. Lorsqu'elle l'avait connu, Antonio lui avait paru imperméable à tout changement.

Mais c'est Stéphanie qui l'a quitté.

– Et qu'a-t-il appris ? demanda-t-elle encore.

– Que les autres – y compris les femmes – peuvent avoir leurs idées à eux et leurs emplois du temps à eux, et tout aussi légitimes que les siens. Je ne dis pas que cela lui vient naturellement, j'ai parfois besoin de le lui rappeler. Mais il fait des progrès, et je n'ai jamais été aussi bien avec lui. Je regrette de ne pas pouvoir raconter ça à Sabrina.

– Elle aurait été heureuse, pour vous deux.

– Maintenant, ma chérie, raconte-moi un peu ce que tu comptes faire de tes magasins à Londres. Je croyais que tu les avais fusionnés avec celui d'ici.

– C'est ce que j'ai fait, mais je commence à me demander si c'était une bonne idée. C'est fou ce qu'une maison et une famille demandent d'énergie...

– Tu viens juste de découvrir ça ?

– Non, mais je m'aperçois que c'est trop pour moi. Je ne m'en sors pas comme je voudrais.

– Je comprends. Sabrina, elle, aurait pu le faire. Elle n'avait ni mari ni enfants. Et puis, toi, tu te consacres tellement à ta famille. C'est dommage que Garth n'ait pas pu rester ce soir. J'aime bien ce genre d'homme. Intelligent et sexy à la fois, et puis il te regarde d'une façon... qui provoquerait l'envie de toutes les femmes. Je pensais voir tes enfants aussi... À propos, quel âge ont-ils ?

– Onze et douze ans. C'est l'âge où on commence à prendre de l'autonomie. Penny est à une fête, et Cliff, en haut, dans sa chambre, en train de jouer sur son ordinateur avec un copain.

– Et ton mari travaille.

– Il a voulu nous laisser un peu seules.

– C'est gentil de sa part... Je voulais te demander quelque chose, ajouta Alexandra après un long silence.

– Je m'en doutais.

– Tu t'en doutais ?

– Oui, je me doute que tu n'es pas venue à Chicago rien que pour accompagner ton mari.

– Décidément, c'est incroyable : Sabrina aussi savait toujours quand j'avais une idée derrière la tête.

– Alors, cette idée ?

– As-tu l'intention de vendre Les Ambassadeurs ?

– Je n'ai parlé de ce projet qu'à une personne : Sidney Jones, et je lui avais pourtant demandé de ne rien dire pour l'instant.

– Eh bien, Sidney est un avocat qui a du discernement. Un jour, je lui ai confié que j'avais toujours rêvé de posséder ce magasin et que si quelqu'un d'autre le rachetait je ne m'en remettrais pas. C'est comme ça qu'il m'a conseillé de te contacter.

– Tu as *toujours* rêvé de posséder Les Ambassadeurs ?

– Non, j'exagère, évidemment. Mais, depuis quelques mois, j'y pense sérieusement. J'ai beaucoup appris en travaillant avec Antonio, maintenant, j'aimerais avoir ma propre affaire. Et puis je marcherais dans les traces de Sabrina, j'aurais l'impression qu'elle n'est pas tout à fait partie. Bien sûr, au début, j'aurais besoin d'être aidée par des experts, mais, à Londres, ce n'est pas ça qui manque... Ne préférerais-tu pas que ce soit moi qui reprenne Les Ambassadeurs plutôt que de les vendre à un étranger ?

– Si, j'en serais très heureuse. Je vends le magasin un million de livres.

Alexandra éclata de rire.

– Je vois que tu as déjà pensé à tout : tu as même converti le prix en livres. J'imagine que, pour ce prix-là, tu ne vends que les murs.

– Non, le fonds aussi.

– Dans ce cas, tu es lésée.

– Je ne suis plus très au fait du marché londonien. Si tu penses que je suis lésée, tu n'auras qu'à me reverser la moitié de ce que tu vendras jusqu'à ce que tu renouvelles le stock. Après, nous serons quittes.

– Je ne comprends pas, Stéphanie : tu te doutais aussi que j'allais te le proposer ?

– Non bien sûr, mais l'idée me séduit assez. Je n'avais pas envie de vendre le magasin de Sabrina à un étranger. La maison non plus, d'ailleurs, mais j'imagine qu'elle ne t'intéresse pas.

– Sidney m'en a parlé aussi. Tu sais que j'ai déjà une maison, et si bien aménagée par Sabrina que je ne l'abandonnerais pour rien au monde. Cela dit, j'ai des amis qui en cherchent une. Tu serais d'accord pour que je leur en parle ?

La jeune femme eut un moment de panique. Tout lui échappait si rapidement. Elle avait cru qu'elle devrait rencontrer des gens, vérifier des références, faire l'inventaire du magasin, autant d'étapes qui lui auraient laissé le temps de tourner la page, de dire définitivement adieu à ce qui avait été sa vie. Mais soudain tout allait trop vite, on était en train de lui arracher son passé et, dans un mouvement instinctif, elle tendit la main comme pour freiner le cours des choses.

Puis, aussitôt, ses réticences s'évanouirent.

– Je veux bien que tu en parles à tes amis, Alexandra. Je te remercie. Je croyais que ce serait très pénible de couper avec Londres, de me séparer des affaires de Sabrina... Mais si c'est toi qui les reprends, j'ai l'impression qu'elles restent dans la famille. Tu crois qu'on aura signé d'ici à septembre ? J'aimerais avoir tout réglé pour mon anniversaire.

– Le 19 septembre, c'est ça ? Eh bien, pourquoi pas ? Pour une fois, avocats et notaires mettront les bouchées doubles.

Sur ces paroles, Alexandra se leva pour se diriger vers le bar et, avec le plus grand naturel, servit deux verres de porto.

– On va arroser ça, dit-elle en rejoignant Sabrina sur le canapé et en lui tendant un verre.

– On va aussi arroser ta visite à Chicago. J'espère qu'il y en aura d'autres.

– Tu sais, pour Antonio, il n'y a que le Brésil et l'Europe ; le reste ne l'intéresse pas. Pourquoi ne viendrais-tu pas, toi ? Je suis beaucoup à Paris, et maintenant je serai plus que jamais à Londres. Et puis je ne te l'ai pas dit, nous venons d'acheter une maison en Provence, entre Gordes et Cavaillon. Tu pourrais venir nous voir avec ta famille. Je suis sûre que les enfants...

– J'en parlerai à Garth. Il doit participer à un séminaire à La Haye en octobre, et nous pensions passer une semaine à Paris en amoureux. Peut-être pourrait-on passer deux jours chez vous...

La sonnerie du téléphone retentit. Sabrina regarda sa montre.

– Il est dix heures. Ça doit être Penny. Excuse-moi un instant, Alexandra.

Lorsqu'elle décrocha, elle entendit la voix de Garth, une voix pressée, presque essoufflée.

– J'en ai pour plus longtemps que prévu. Tu peux aller chercher Penny ?

– Garth, tu sais bien que je n'aime pas laisser Cliff tout seul.

– Alexandra est encore là, non ?

– Dis-moi ce qu'il se passe. C'est grave ?

– Je n'en sais rien encore. Je te raconterai.

– Ça a quelque chose à voir avec l'article de Lu ?

– Oui. Demande à Alexandra de rester avec Cliff jusqu'à ton retour. Je ne serai pas long.

Garth raccrocha et se plongea à nouveau dans l'article de Lu, si méticuleusement présenté : des paragraphes clairement espacés, une frappe parfaite, des formules, des notes soigneusement rédigées...

Lu avait passé deux ans à essayer de développer chez des souris de laboratoire une polyarthrite évolutive pareille à celle des humains, afin que les scientifiques pussent rapidement tester de nouveaux traitements qui pourraient permettre de guérir cette maladie. Selon lui, un seul gène contrôlait le développement des lymphocytes responsables de la polyarthrite. Lorsque son étudiant avait commencé ses recherches, Garth s'était dit qu'il risquait fort de découvrir qu'en réalité plusieurs gènes étaient en cause. Il avait suivi Lu pendant la phase préparatoire de sa recherche puis, accaparé par le projet du nouvel institut, l'avait laissé finaliser le processus. Lu lui avait dit avoir réussi à prouver que le développement des lymphocytes était le fait d'un seul gène. C'est pourquoi Garth pensait qu'il avait fait faire un pas de géant à la science.

Pourtant, il gardait à l'esprit les résultats des expériences précédentes, résultats qui s'étaient révélés ambigus et n'avaient jamais véritablement démontré le nombre de gènes impliqués. Il se souvenait aussi de conversations avec d'autres chercheurs soutenant la théorie selon laquelle il y avait certainement plusieurs gènes en cause.

Et ce vendredi soir, dans le silence de son bureau, toutes ces questions lui revenaient à l'esprit alors qu'il était en train de lire l'article si affirmatif et intelligemment construit de Lu. Au terme d'une troisième lecture, il résolut d'appeler son ami Bill Farver. « Avec le décalage horaire, à San Francisco, il n'est que sept heures du soir. Il doit encore être au bureau. » En effet, il parvint à joindre Farver à son laboratoire.

– Bill, je pensais que tu serais heureux d'être le premier à apprendre que Lu Zhen a terminé ses recherches. Je suis en train de relire son article.

– Eh bien, je vous tire mon chapeau, les gars, même si je ne suis pas ravi de m'être fait doubler.

– Où en êtes-vous, de votre côté ?

– On bute toujours sur cette histoire de deuxième gène. Je ne sais pas encore pour combien de temps. J'ai hâte de lire le papier de Lu et de voir comment il s'est tiré de ce pétrin.

246

Naturellement, Garth et Farver étaient concurrents, et jamais ils n'avaient discuté la question dans le détail. À présent qu'il s'estimait coiffé au poteau, Farver accepta de comparer les techniques mises en œuvre par les deux laboratoires. Au bout de vingt minutes de discussion, il dit :

– Décidément, je ne vois toujours pas comment ton protégé a pu arriver à ce résultat. J'ai ici deux chercheurs hors pair qui me jurent qu'il y a forcément un deuxième gène. D'accord, ce qu'ils disent n'est pas parole d'Évangile, mais j'ai suivi leur travail et je croirais assez qu'ils ont raison. As-tu vérifié le travail de Lu étape par étape ?

Garth s'apprêtait à répondre avec exaspération que oui, bien sûr, qu'après tout c'était son rôle de directeur... Mais il s'arrêta : effectivement, il n'avait pas vérifié toutes les étapes du travail de Lu. Trop occupé, il avait fait confiance à son étudiant... et puis il voulait tellement le voir réussir qu'il avait sans doute manqué de circonspection.

– Je vais revérifier, répondit-il à Farver.

– Est-ce que ton nom figure sur son article ? L'avez-vous déjà envoyé quelque part ?

– Non.

– Heureusement. On n'est jamais assez prudent.

– Merci de tes conseils, Bill. Je te tiendrai au courant.

Garth raccrocha et se rendit au laboratoire de Lu où dormaient les souris qu'il avait utilisées pour ses recherches. Si Farver avait raison, la progéniture des souris de Lu serait en bonne santé, elle ne porterait aucune trace de polyarthrite. Il préleva du sang dans la queue de cinq d'entre elles et plaça les éprouvettes dans l'agitateur puis dans l'analyseur et attendit impatiemment de voir les résultats sortir sur l'imprimante. Lorsque, enfin, les colonnes de chiffres commencèrent à défiler sous ses yeux, avant même la fin de la page il comprit que l'article de Lu était une supercherie.

11

Stéphanie entendit la clef tourner dans la serrure et la porte d'entrée s'ouvrir puis se refermer. Jacqueline pénétra dans la fraîcheur du magasin, qui contrastait avec la canicule de juillet. Elle se dirigea vers l'arrière-boutique.

– Bonjour, Sabrina, tu as passé un bon week-end ? Qu'est-ce que vous avez fait de beau, Max et toi ? Vous vous êtes promenés ? dit-t-elle en ouvrant un placard d'où elle sortit des chaussures à hauts talons qu'elle troqua contre ses tennis. Eh bien, ma chérie, tu ne me réponds pas ? Il y a quelque chose qui ne va pas ?

– Oui.

« *Sabrina, c'est une histoire entre Jacqueline et moi, pas entre Jacqueline et vous.* » Elle crut entendre la voix de Léon, se retrouver dans ses bras et sentir la chaleur de son corps dans la clairière où ils avaient fait l'amour. Mais quatre jours s'étaient écoulés depuis, elle avait eu un week-end pour réfléchir, et son secret était trop lourd pour elle : il fallait qu'elle parle à Jacqueline. « Parce que c'est bien une histoire entre elle et moi. Léon et elle ont sans doute passé le week-end ensemble, et je ne peux pas continuer à faire comme si de rien n'était. »

– Si tu as un problème, on peut en parler, dit Jacqueline en s'asseyant sur le bord du bureau.

Elle fit un geste vers Stéphanie, qui se dégagea.

– Non, attends, s'il te plaît. Il faut que je te dise... Ce week-end, tu as dû voir...

– Ce week-end, je n'étais pas là. Je suis partie pour Paris vendredi après-midi et je suis rentrée tard hier soir. Qu'est-ce que j'aurais dû voir ?

– Léon.

Jacqueline se raidit, comme si tout son corps était en attente, comme si tout en elle écoutait.

– Alors c'est toi..., dit-elle dans un murmure. Je n'avais pas pensé à...

– Je ne comprends pas, l'interrompit Stéphanie. Tu viens de me dire que tu n'étais pas à Cavaillon. Tu n'as pas pu lui parler.

– Il est passé à la maison samedi et, voyant que j'étais absente, il a laissé une lettre avec un bouquet de fleurs. Je n'ai pas ouvert la lettre en rentrant, il était trop tard, j'étais fatiguée, et puis, quand un homme laisse des fleurs et une lettre, ça ne peut vouloir dire qu'une chose... Ne te cache pas, ma chérie. Regarde-moi.

Stéphanie leva les yeux vers elle.

– Je ne savais pas. Et quand il me l'a dit, j'étais déjà...

– Tu étais déjà amoureuse de lui. Et lui de toi, naturellement, puisqu'il m'a écrit cette lettre, dit Jacqueline avec un pâle sourire. Léon et moi, nous nous étions promis de ne pas faire traîner les choses, de ne pas nous mentir si, un jour l'un ou l'autre, nous rencontrions quelqu'un.

– Pardonne-moi, Jacqueline. Crois-moi, je n'aurais jamais fait ça si...

– Mais si, tu l'aurais fait. Ça devait arriver, et de toute façon tu n'aurais pu lutter contre tes sentiments sans te détruire. Et puis que devrais-je te pardonner : d'aimer Léon ? C'est l'homme le meilleur que je connaisse. Pourquoi devrais-tu regretter de l'aimer ?

– Je ne regrette pas de l'aimer. Je regrette de te faire de la peine.

– Oh, la peine... Il faut bien en avoir un peu de temps en temps, ça prouve qu'on est vivant. Je suis heureuse. (Jacqueline eut un moment d'hésitation en prononçant ce mot, elle s'éclaircit la gorge et poursuivit :) Je suis heureuse pour vous deux, et surtout pour toi qui es si jeune et...

– Mais toi aussi...

– Oui, mais moi je ne suis plus si jeune. Et tu as tellement besoin d'amour.

– Qui n'en a pas besoin ? (Stéphanie eut un petit rire nerveux en ajoutant :) Tu ne trouves pas cette conversation surréaliste ?

– Surréaliste ? Je dirai plutôt que nous sommes des êtres civilisés.

– En ce qui me concerne, je suis aussi un être *marié*...

– Nous sommes en train de parler de ton bonheur, de ce dont tu as besoin, ce qui n'a pas forcément de rapport avec Max.

– Il est tout de même mon mari.

– Ce n'est un problème que si tu veux épouser quelqu'un d'autre et avoir des enfants. Et je suppose que... c'est le cas.

– Léon et moi n'avons parlé ni mariage ni enfants. C'est juste que... je l'aime. J'ai envie d'être avec lui même quand je suis avec

Max. Il n'empêche que je suis la *femme* de Max, que j'ai des devoirs envers lui...

– On croirait entendre une Américaine. Après tout, tu es peut-être américaine, qui sait ? Non, c'est impossible, poursuivit Jacqueline après réflexion, tu ne parlerais pas aussi bien le français. Cela dit, je me demande où tu vas chercher des idées pareilles. Pourquoi ne pourrais-tu aimer un autre homme que ton mari, surtout si ton mariage ne t'apporte pas ce que tu recherches ? Es-tu moins gentille avec Max ? Lui fais-tu du mal ?

– Je vais lui en faire. Comme Léon t'en fait à toi.

Imperceptiblement, le visage de Jacqueline se durcit. Stéphanie comprit que, depuis quelques minutes, son amie essayait de faire « comme si », comme si elle-même, Stéphanie et Léon étaient les personnages d'une pièce dont elle aurait aidé à écrire le dénouement, comme si elle pouvait rester extérieure à cette histoire, comme si elle n'était pas concernée.

Mais elle l'était. *Ce n'est un problème que si tu veux épouser quelqu'un d'autre et avoir des enfants.* À aucun moment Jacqueline n'avait prononcé le nom de Léon. Stéphanie remarqua les efforts qu'elle faisait pour se contenir : le dos droit, la tête haute, comme si elle craignait de se briser, telle une porcelaine ancienne, au moindre mouvement, à la moindre émotion qu'elle pourrait laisser paraître. Il y avait dans son maintien une fierté désespérée ; la jeune femme songea à ce qu'elle ressentirait, elle, si Léon lui déposait ainsi une lettre accompagnée d'un bouquet de fleurs, et les larmes lui vinrent aux yeux.

– Ah non ! tu ne vas pas pleurer, dit Jacqueline avec autorité. Ni toi ni moi nous n'allons pleurer ! Au lieu de cela, on pourrait peut-être...

Elles entendirent le carillon de la porte du magasin et échangèrent un regard. Elles savaient toutes deux qui venait d'entrer ; l'espace d'un instant, elles eurent ensemble le sentiment de partager un secret et, de ce fait, furent plus proches l'une de l'autre qu'elles ne le seraient jamais d'aucun homme. Mais cette étrange complicité du chagrin était fugitive. Jacqueline poussa un soupir, et elles sortirent de l'arrière-boutique pour rejoindre Léon.

– Bonjour, lui dit un peu froidement Jacqueline.

Le peintre sortit de la pénombre où il était resté et s'arrêta devant une table où était posée l'une de ses plus petites toiles. Puis il salua les deux femmes d'une voix neutre.

– J'ai pensé, dit-il à l'intention de Jacqueline, que tu n'avais peut-être pas lu ma lettre.

– Tu me connais bien.

– Je crois qu'il vaut mieux que je vous laisse seuls, dit Stéphanie. Je serai dans l'arrière-boutique...

– Non, reste, lui répondit son amie. Nous n'avons rien à nous cacher. C'est vrai, Léon, je n'ai pas lu ta lettre. Je le ferai ce soir.

Le regard de Léon passait de l'une à l'autre.

– J'ai comme l'impression que ce n'est plus nécessaire.

– Mais si, ça l'est. Ainsi, j'aurai une trace de toi. C'est bien mieux qu'une conversation un samedi matin.

– J'ai rappelé dimanche.

– Je sais. J'ai eu ton message. Tu as voulu t'assurer que je n'étais pas rentrée plus tôt que prévu et que je n'allais pas passer le dimanche après-midi seule entre les fleurs et la lettre. Ça te ressemble bien. Tu es l'homme le plus gentil et le plus attentionné que...

Incapable de finir sa phrase, elle recula de quelques pas et leur tourna le dos, la main posée sur une petite console à proximité, comme si elle redoutait de tomber.

Stéphanie esquissa un mouvement vers elle, mais Léon lui prit le bras pour l'arrêter. Au même moment, Jacqueline se retourna. La jeune femme remarqua que ses traits étaient presque austères, ses joues plus creuses, ses pommettes plus saillantes qu'à l'ordinaire. Il y avait peut-être des larmes dans ses yeux, mais la pénombre qui régnait dans le magasin ne permettait pas de les discerner. Jacqueline regarda un long moment Stéphanie et Léon, debout l'un près de l'autre, formant déjà un couple.

– Vous allez bien ensemble. Je vous aime beaucoup tous les deux. Et... je vous souhaite beaucoup de bonheur.

– Moi aussi, je te souhaite tout le bonheur possible, Jacqueline, dit Stéphanie. Tu es une merveilleuse amie.

– J'espère que tu continueras à me parler comme avant. Je serais vraiment triste si tu ne le faisais pas.

– Bien sûr, répondit la jeune femme, tout en songeant que si elle pouvait parler de Max à Jacqueline jamais elle ne pourrait lui parler de Léon.

« Il y a toujours dans nos vies des compartiments sombres, des recoins obscurs, où nous laissons entrer certaines personnes et d'où nous excluons les autres, pensa-t-elle. C'est comme un tissu dont la trame inextricable mêlerait secrets, illusions et espoirs déçus. »

Un frisson la parcourut.

– Tu ne te sens pas bien ? lui demanda Jacqueline.

Mais, avant que Stéphanie eût le temps de répondre, une cliente pénétra dans le magasin.

– Mon Dieu, il est déjà dix heures ! s'exclama l'antiquaire.

– Je vais allumer, dit la jeune femme en se précipitant vers l'arrière-boutique.

– Quant à moi, je retourne à l'atelier, dit Léon en la rejoignant au fond de la boutique. Tu es sûre que ça va, Sabrina ? Je te trouve bien pâle.

– Ça va, ne t'inquiète pas. Il m'arrive d'avoir des absences. Je te remercie d'être passé ce matin.

Léon l'embrassa légèrement sur les yeux et au coin de la bouche.

– Je t'adore, j'ai envie de toi. Je veux passer ma vie avec toi, chaque instant, chaque jour. Nous avons tellement de choses à nous dire, mon amour.

– Oui, tellement, répondit Stéphanie, bouleversée. Je vais t'appeler, vite, mais je ne sais pas quand nous pourrons...

– Oui, appelle-moi. À l'atelier ou à la maison. N'importe quand, quand tu voudras. Mais appelle-moi. Je t'aime.

La jeune femme le suivit des yeux alors qu'il traversait le magasin. Il s'arrêta pour échanger quelques mots avec Jacqueline, qui délaissa un instant sa cliente, puis il l'embrassa sur la joue et disparut. Stéphanie pensa à Max et se dit qu'elle devait absolument lui parler. Le soir même. « Il faut que je lui dise que je veux le quitter, divorcer, être libre... libre de choisir ma vie. » La voix de l'antiquaire l'arracha à ses pensées.

– Sabrina, tu voudrais m'apporter les carafes qui sont arrivées ce matin, s'il te plaît ?

– Oui, bien sûr.

Elle déballa rapidement les carafes et les porta dans le magasin. La matinée passa très vite. Il y eut une foule de clients, et elle n'eut plus le temps de penser à rien jusqu'au moment où elle se retrouva dans sa voiture, sur la route de Cavaillon. Les mains crispées sur le volant, elle cherchait comment annoncer à Max qu'elle le quittait.

« Ne m'en veux pas, Max. Tu m'as offert une vie très agréable, mais à présent il faut que je construise la mienne. »

« Ne m'en veux pas, Max. Je t'aime beaucoup, je te dois tant, mais je suis tombée amoureuse de... »

« Ne m'en veux pas, Max. Mais je crois qu'il est temps que je vive seule. »

« Ne m'en veux pas, Max. Je ne veux pas te faire de peine, mais j'ai rencontré quelqu'un avec qui j'aimerais... »

« Ne m'en veux pas, Max. Mais je ne peux plus vivre avec toi, parce que je ne t'aime pas et parce que tu me caches des choses, parce que tu n'es pas honnête avec moi. Je me demande même si tu veux vraiment que je guérisse, que je me souvienne, que je retrouve mon passé... »

« Oui, voilà ce que je vais lui dire », décida-t-elle alors que, déjà, elle se garait devant la maison. En fait, c'était pour cette raison qu'elle le quittait. Mais ce n'était pas la seule. Elle le quittait pour pouvoir être avec Léon, pour pouvoir s'abandonner à son amour. Elle n'aimait pas Max, elle ne lui faisait pas confiance, et ce depuis le début, depuis l'hôpital, mais elle était restée avec lui parce qu'il la protégeait. Elle eut le sentiment d'être emportée par une vague de désespoir. *Rien n'a changé. J'ai toujours besoin qu'on me protège. Je passe d'un refuge à l'autre, comme je l'ai fait en quittant mon père pour la pension, et la pension pour Garth.*

Garth.

Comme en écho, le nom se répéta en elle. Garth, Garth, Garth. Stéphanie essaya de se concentrer, de le relier à quelque chose ou à quelqu'un. Mais rien ne vint. Ce prénom ne lui évoquait rien. Garth, Garth, Garth. Ce n'était pas un nom qu'elle avait entendu à Cavaillon, pas un nom courant dans la région. « Est-ce que j'étais mariée avec lui ? À moins que je n'aie juste vécu avec lui... *Mais qui était-il ? Et qui étais-je ?* » cria-t-elle intérieurement en martelant le volant de ses deux poings. Un long coup de klaxon retentit, qui alerta Mme Besset.

– Madame, Madame, qu'est-ce qui se passe ? dit celle-ci en ouvrant la portière de la voiture. Comme vous êtes pâle ! Vous ne vous sentez pas bien ? Laissez-moi vous aider...

– Non, ça ira, madame Besset.

– Mais Madame, vous tremblez comme une feuille. Prenez au moins mon bras...

Stéphanie accepta son aide pour sortir de la voiture. Lorsqu'elle leva les yeux, elle aperçut Max.

– Laissez-moi faire, madame Besset. Et apportez-nous une boisson fraîche. Nous serons dans le salon.

Passant un bras autour des épaules de la jeune femme, il la conduisit jusque dans la maison.

– Assieds-toi sur le canapé et raconte-moi ce qui t'arrive.

– Max, qui est Garth ?

– Garth ? Je n'en ai pas la moindre idée.

– Je ne t'en ai jamais parlé ?

– Jamais. Quel est son nom de famille ?

– Je ne sais pas.

– C'est à ça que tu viens de penser dans la voiture ? C'est un simple nom qui t'a mise dans cet état ?

– Oui, il m'est revenu avec tant d'évidence... Tu es bien sûr que je n'ai jamais prononcé ce nom-là ?

– Sabrina, je te le promets. Je m'en souviendrais : ce n'est pas un nom qui court les rues. Tu crois avoir connu quelqu'un qui s'appelait Garth ? As-tu une idée de qui cela pouvait être ?

Stéphanie scruta attentivement le visage de Max, guettant ce battement de paupières, ce léger pincement des lèvres qui parfois le trahissaient, laissaient supposer un mensonge ou une omission. Mais, là, rien. Max ne cillait pas et soutenait son regard. Elle sut qu'il disait la vérité, que ce Garth n'avait pas plus de sens pour lui que pour elle.

– Je crois que j'étais mariée avec lui. Ou que je vivais avec lui, tout simplement.

– C'est impossible.

– Pourquoi ?

– Parce que tu me l'aurais dit, ma chérie. Nous avons parlé de ces histoires-là avant...

Mme Besset entra dans la pièce avec un plateau sur lequel étaient posés une carafe d'eau, un seau à glace et une bouteille de jus de fruits.

– Le déjeuner est prêt, Monsieur. Mais je ne sais pas si Madame a faim.

– Tu veux déjeuner ? demanda Max à Stéphanie. J'ai à te parler, mais je préférerais que tu te sentes mieux.

– Tu as un problème ?

– Peut-être bien, mais rien d'insurmontable. Tu veux bien déjeuner ?

Docile, la jeune femme le suivit sur la terrasse où Mme Besset avait dressé la table à l'ombre d'un platane. De là, ils avaient vue sur un petit champ de cerisiers à flanc de colline et, plus loin, sur les toits de Cavaillon qui tremblotaient dans une brume de chaleur.

– Quelle vue magnifique, murmura Stéphanie.

– Il y en a des milliers comme ça dans le monde, et tout aussi belles, lui répondit Max en lui tendant le plat de rôti froid et les petits légumes qu'avait préparés Mme Besset. Oui, il y a tellement d'endroits que tu ne connais pas encore et que j'aimerais te faire découvrir.

– Tu es en train de me parler de voyages, Max, c'est ça ? Mais pourquoi ? Nous commençons à peine à nous sentir bien ici. Qu'est-ce qu'il se passe ? Tu veux fuir ? Je t'en supplie, dis-moi ce qu'il se passe, Max.

Celui-ci lut la peur dans les yeux de Stéphanie et renonça à lui faire part de ses projets. Elle était déjà suffisamment troublée par ce nom qui venait de faire irruption dans sa mémoire. Mais qui pouvait bien être ce Garth ? Max Stuyvesant et Sabrina Longworth avaient fréquenté les mêmes cercles mondains à Londres et n'avaient connu aucun Garth. « C'est sans doute un prénom qu'elle a entendu dans son enfance, se dit Max. Je ne sais pas si le fait que des souvenirs aussi lointains lui reviennent est bon ou mauvais signe. Est-ce que cela signifie qu'elle va bientôt se souvenir de tout ? Mais ça fait huit mois, maintenant ; une amnésie qui dure si longtemps ne peut quand même pas... »

— Dis-moi ce qu'il se passe ! insista la jeune femme sur un ton impérieux.

— Rien qui mérite que tu t'inquiètes, ma chérie, répondit Max avec désinvolture en remplissant leurs verres.

Il allait falloir préparer le terrain, mais lentement. Il pouvait encore attendre quinze jours avant de lui annoncer qu'ils devaient quitter la région. Il mettrait ce délai à profit pour finir d'organiser leur départ.

— Je t'ai dit qu'il n'y avait rien d'insurmontable, reprit-il. Nous ne sommes pas obligés d'en parler aujourd'hui. Ça peut attendre.

— Qu'est-ce qui peut attendre ?

— Rien. Oublie ce que j'ai dit.

— Max, je n'oublie plus rien. Et, si tu as des problèmes, je veux le savoir.

— Je n'ai pas de problèmes. Ne t'inquiète pas, dit-il encore en lui prenant la main. Mais je suis très touché que tu te fasses du souci pour moi.

Je suis amoureuse d'un autre. Je te quitte.

Stéphanie détourna le regard, cherchant les mots.

Tu crois que si je me fais du souci pour toi c'est une preuve d'amour. Tu te trompes. Je m'inquiète parce que tu as été bon pour moi et que je ne veux pas te savoir en danger. Mais je ne t'aime pas. J'en aime un autre et je veux être avec lui. Je te quitte.

Cependant, les mots ne franchissaient pas ses lèvres. S'il avait des ennuis ou s'il était menacé, elle ne pouvait pas l'abandonner. Et, ce jour-là, il y avait dans la voix de Max et sur son visage quelque chose qu'elle n'avait encore jamais perçu, une anxiété, une inquiétude si surprenantes chez cet homme qu'elle ne put se résoudre à lui dire qu'elle le quittait ni même qu'elle y songeait.

Mais je ne peux pas partager son lit, ni continuer à faire...

— Je vais partir une quinzaine de jours, dit-il. Je déteste te laisser, mais il faut que je voie quelques-uns de mes collaborateurs et je vais devoir beaucoup bouger. Sinon je t'aurais demandé de m'accompagner.

Soulagée, Stéphanie baissa les yeux pour éviter son regard.

— Toujours ton import-export ? demanda-t-elle.

— Oui.

– Les gens que tu vas rencontrer vont t'aider à résoudre tes problèmes ?

– J'espère en tout cas qu'ils vont me donner les renseignements dont j'ai besoin. Tout ira bien, Sabrina. Mme Besset est là, et puis tu sembles bien t'entendre avec Jacqueline. Tu pourrais profiter de mon absence pour finir d'aménager la maison. Tu me la feras visiter à mon retour.

« Deux semaines, se dit Stéphanie. Deux semaines entières. Max réglera ses problèmes, et, quand il rentrera, je lui annoncerai que je le quitte. Entre-temps j'aurai trouvé un appartement. Parce que, même si je veux vivre avec Léon, j'ai besoin d'avoir un endroit rien qu'à moi. Peut-être que, seule, je pourrai me concentrer et retrouver certaines pièces du puzzle. Laura, Mrs. Thirkell, Penny, Garth. »

Elle se répéta intérieurement ces noms. Ils n'évoquaient rien pour elle. Aucun visage ne lui revenait, aucune voix, aucune conversation, aucun sourire. Laura, Mrs. Thirkell, Penny, Garth.

Rien.

« Mais je me souviendrai, se dit-elle encore. J'y arriverai. Robert y croit, Léon aussi. Un jour, tout me reviendra. »

– ... je ne veux pas que tu t'inquiètes parce que je ne suis pas là, poursuivait Max. Si tu préfères, je peux aussi m'arranger pour faire des allers et retours et rentrer à la maison entre mes rendez-vous.

– Non, ne t'en fais pas. Tout ira bien. Tu as raison, je vais finir d'arranger la maison. Deux semaines, ça me laisse beaucoup de temps. Il faut que je trouve des rideaux pour la chambre. J'ai vu un tissu...

Ils commencèrent à parler de la maison. Max communiqua à Stéphanie les instructions qu'elle devait transmettre à l'intendant et au jardinier, lui demanda de faire suivre son courrier à son bureau de Marseille, et ils abordèrent ainsi une foule de petits détails domestiques qui leur permettaient à l'un et à l'autre de taire ce qu'ils devaient se dire. En se protégeant ainsi mutuellement par leur silence, ils étaient peut-être plus proches qu'ils ne l'avaient été depuis ce jour où Stéphanie s'était réveillée à l'hôpital et où Max lui avait dit qu'il était son mari.

Il partit tôt le lendemain matin. En se penchant sur le lit pour embrasser la jeune femme, il lui dit qu'il l'aimait, qu'elle allait lui manquer et qu'il l'appellerait tous les soirs.

– Fais attention à toi, Max.

– Ne t'inquiète pas, répondit-il en l'embrassant une dernière fois.

Puis il prit sa valise et sortit de la chambre.

Stéphanie donna à Mme Besset une longue liste de commissions, transmit à l'intendant et au jardinier les instructions de Max, après quoi, elle partit travailler. Elle arriva de bonne heure au magasin et, lorsqu'elle entendit le téléphone, décrocha dès la première sonnerie.

– On peut se voir cet après-midi ? dit Léon.

– Oui.

– Je t'attendrai devant le magasin à une heure.

– D'accord, mon amour.

À une heure pile, Léon garait sa voiture devant le magasin.

– Je veux te montrer mon atelier. Je t'ai préparé un bon déjeuner. Je t'emmène, ou tu me suis en voiture ?

– Je te suis.

– Combien de temps avons-nous ?

– Autant que nous voulons.

– Max est parti ?

– Oui.

Léon attendit que la jeune femme eût regagné sa voiture et, quelques minutes plus tard, ils quittaient Cavaillon en empruntant de petites routes qui serpentaient à travers la campagne. Vignes, champs de melons et de coquelicots se succédaient, dormant sous un ciel sans nuages. Comme dans un rêve, Stéphanie avait l'impression de découvrir la vallée pour la première fois. Elle se sentait enveloppée par la chaleur, la lumière, le rouge vif des coquelicots, et elle eut l'impression de comprendre enfin ce qu'était le bonheur de vivre.

Devant elle, Léon prit une route qu'elle reconnut être celle de Goult, où Max et elle étaient allés dîner. Mais, avant le centre de la petite ville médiévale, il s'engagea sur un chemin étroit, à peine assez large pour une voiture et bordé de chaque côté par un mur naturel de buissons et d'arbres.

Au bout de quelques instants, ils débouchèrent dans un immense jardin fleuri. La jeune femme eut le souffle coupé devant cet éblouissant foisonnement de couleurs qui semblaient avoir surgi au hasard, mais dont l'harmonie révélait l'orchestration d'un artiste. Çà et là poussaient des petits carrés de légumes, d'herbes de Provence et de salades : frisées, scaroles, laitues, roquettes se pressaient les unes contre les autres.

Stéphanie rangea sa voiture derrière celle de Léon et le rejoignit. Elle leva les yeux vers la maison au toit de tuiles rouges où se dressaient trois cheminées qui lui firent penser à un dessin d'enfant. L'espace d'un instant, elle se demanda où elle avait pu voir un dessin d'enfant, mais déjà Léon lui prenait la main pour la conduire vers la lourde porte de bois.

– L'atelier est derrière. Mais d'abord nous allons passer à la maison.

Ils suivirent un long couloir qui traversait la bâtisse de part en part. Le peintre guida la jeune femme dans une immense pièce au sol couvert de tommettes rouge sombre qu'égayaient des poufs et des tapis marocains. Des tableaux ornaient les murs : des Tàpies, des Rothko, un gigantesque cheval bleu de Rothenberg, des dessins de De Kooning et de Berthe Morisot.

– Ce sont mes artistes préférés, dit Léon. Je n'accroche jamais mes toiles chez moi.

Stéphanie suivit Léon jusqu'à la porte de derrière. Il l'ouvrit, et ils se retrouvèrent dans un nouveau jardin ombragé de cyprès, au fond duquel était nichée une autre maison, plus petite, qui paraissait être une réplique de la précédente. Léon s'effaça pour laisser entrer Stéphanie et resta en retrait, l'observant, alors qu'elle s'avançait au centre de la pièce, sous la verrière. Autour d'elle s'amoncelaient chevalets, tableaux inachevés, tabourets tachés de peinture, palettes, pinceaux et brosses. Près de la fenêtre, un petit évier au bord duquel était posée une cafetière, un énorme géranium, un portemanteau auquel il manquait un bras, un vieux fauteuil et un divan enseveli sous les tissus. Une table basse croulait sous les livres d'art, les magazines et les carnets de croquis.

Et, sur tous les murs, des portraits de Stéphanie.

Stupéfaite, elle pivota sur elle-même et vit son image se répéter à l'infini, dans des croquis au fusain, des pastels, des aquarelles, des sanguines... C'était elle, assise sur les rochers de Fontaine-de-Vaucluse, elle dans la forêt de Saint-Saturnin, elle encore, pensive, à la terrasse d'un café, ou en train d'ajuster un abat-jour dans le magasin de Jacqueline, elle toujours, lisant, rêvassant à côté d'une fenêtre ouverte. Léon l'avait peinte sous tous les angles : de face, de profil, de trois quarts, comme s'il avait désespérément tenté de retenir son sujet avant qu'il ne s'échappe.

Et toujours, au coin de la bouche, dans le mouvement de la tête, dans l'expression du regard, il y avait cette tristesse, cette détresse qu'elle ne pouvait cacher et que le peintre avait saisies.

– Même quand je souris, dit-elle, songeuse, en se tournant vers lui. Je suis vraiment comme ça ?

– Plus ou moins.

– Comment fais-tu ? Personne d'autre ne me voit comme tu me vois, ni Max, ni Robert, ni Jacqueline.

– C'est peut-être parce que je t'aime.

– Non, ce n'est pas ça. Je crois que tu vois plus loin que la plupart des gens.

– Je ne serais peut-être pas peintre si ce n'était pas le cas, répondit Léon en refermant la porte avant de reboucher distraitement un tube de gouache. La première règle pour un peintre – et je suis sûr qu'il en est de même pour les écrivains –, c'est de se laisser pénétrer par ce qu'il sent, ce qu'il voit, sans analyser, sans chercher à comprendre. Un peu comme une éponge. Quand on est jeune, on n'écoute que sa propre voix, on ne fait attention qu'à soi. La plupart des gens ne dépassent pas ce stade-là, quel que soit leur âge. Mais l'artiste doit apprendre à voir et à entendre au-delà de l'évidence. C'est comme si tu étais assise auprès d'un lac et que tu voyais soudain une truite sortir de l'eau pour attraper un insecte. Dans la fraction de seconde où elle va sauter, tu te rappelleras avoir vu des petites rides troubler la surface de l'eau, des rides à peine visibles, mais qui auraient pu te laisser prévoir ce qui allait se passer. Alors si tu exerces ton regard, si tu te concentres, petit à petit, sous la surface calme et lisse des choses, tu vas commencer à percevoir d'autres univers. Pardonne-moi, Stéphanie, s'interrompit-il avec un rire piteux, je me laisse aller. Tu dois me trouver très pompeux.

– Non, tu parles en homme qui réfléchit, qui comprend et qui aime ce qu'il fait, répondit la jeune femme en s'approchant des portraits.

– Elle les étudia lentement, l'un après l'autre, jusqu'au moment où elle se trouva devant une peinture à l'huile, la seule de l'atelier : elle la représentait deux fois.

– Mes deux Sabrina, dit doucement Léon en la rejoignant devant le tableau.

Deux femmes, identiques à l'exception de leurs vêtements, se faisaient face, souriant vaguement, tellement absorbées l'une dans l'autre qu'elles semblaient coupées du monde. L'une paraissait dans la lumière et l'autre dans l'ombre.

Stéphanie observa longuement la toile, sans un mot, comme fascinée. Envahie par une joie inexplicable, elle semblait ne plus vouloir s'en éloigner.

– C'est bizarre, dit-elle enfin. Je suis sûre d'avoir déjà vu ce tableau... Mais c'est impossible, n'est-ce pas ?

– Oui, je l'ai commencé hier et fini cette nuit. Peut-être as-tu rêvé que tu étais deux ? La Sabrina dont tu ne te souviens pas et celle d'aujourd'hui ?

– C'est sûrement ça... Quoi d'autre, sinon ? Léon, je veux acheter cette toile. Je peux ?

– Tu n'y penses pas. Elle est à toi, elles sont toutes à toi. Tu n'as pas besoin de demander, tu prends celles que tu veux.

– Merci. Je veux juste celle-là. Elle me donne l'impression d'être chez moi. Et, d'ailleurs, c'est là que je l'accrocherai, chez moi.

– Chez toi ?

Sans quitter le tableau des yeux, Stéphanie répondit :

– Oui, je vais chercher un appartement à Cavaillon. Je ne peux plus vivre avec Max.

Léon l'attrapa doucement par les épaules pour qu'elle se tourne vers lui.

– Tu es bien sûre de toi ? Il ne faut pas que tu le quittes sous prétexte que c'est ce que je désire.

– Tu ne m'as jamais demandé de le quitter.

– Bien sûr que non. Je n'en ai pas le droit. Je n'ai pensé qu'à ça tout le week-end, mais je me suis dit qu'il fallait que ça vienne de toi. Il faut que tu sois sûre de toi...

– Je le suis. Je ne veux pas passer ma vie avec Max, mais avec toi.

Léon la serra dans ses bras et, dans la chaleur de cette étreinte, Stéphanie retrouva la lumière et les couleurs qu'elle avait senties l'envelopper sur la route, alors qu'elle le suivait jusque chez lui. Elle posa la main sur sa nuque et tendit ses lèvres vers celles de Léon. Une image lui traversa l'esprit, celle d'une chambre d'hôpital blafarde et d'un brouillard, d'un néant. Puis l'image s'évanouit comme elle était venue. Il n'y avait plus de place pour elle dans le bonheur de Stéphanie, le bonheur de vivre et d'être aimée.

– On pourrait déjeuner plus tard, lui chuchota le peintre au creux de l'oreille.

La jeune femme acquiesça en silence et se laissa guider vers le divan. Lentement, ils se dépouillèrent de leurs vêtements puis s'étendirent, laissant leurs mains explorer leurs corps et tracer sur leur peau de tendres caresses.

– C'est exactement ce que je fais quand je te peins, murmura Léon. Je te caresse, je découvre ton corps.

– Je t'aime, dit Stéphanie, sentant la bouche de son amant s'aventurer à la naissance de ses seins.

Il la pressa contre lui, la souleva contre son ventre, puis l'emporta dans son désir.

Assis dans le hors-bord, Max et Robert sortirent leurs sandwichs et leur Thermos de café. Les lointaines lumières de la côte leur permettaient à peine de se distinguer l'un l'autre. Ils parlaient comme de vieux amis.

– Max, je te remercie de m'avoir accompagné, dit le prêtre.

– C'est normal. Tu sais bien que je suis là quand tu as besoin de moi.

– Mais cette histoire t'empêche de rentrer chez toi.

– Je rentrerai un peu plus tard, dès que nous aurons fini.

– Tu sais, ce n'est pas bien difficile, mais ça va toujours mieux à deux. On te devra une fière chandelle, Jana et moi. Sabrina va être contente de te revoir. Ça fait longtemps que tu es parti, non ?

– Deux semaines. C'est long sans elle. J'ai parfois l'impression d'avoir à nouveau quinze ans : dès que je passe quelques jours loin d'elle, j'ai du mal à dormir et je manque d'appétit.

Max s'étonna lui-même d'avoir prononcé ces paroles. « Ça doit être l'obscurité. Elle me donne l'impression de me parler à moi-même, sinon, je n'aurais jamais dit une chose pareille. Mais je sais que Robert ne me juge pas. »

– De toute façon, nous ne nous quitterons plus, poursuivit-il. Nous allons sans doute partir.

– En voyage ? demanda le prêtre. (Puis, se ravisant :) Non, je vois que ce n'est pas ce que tu veux dire. Dis-moi ce que tu as derrière la tête.

Celui-ci se demanda s'il allait confier à Robert ses projets puis décida que non. Il avait modifié certains de ses plans et en avait forgé de nouveaux au cours des quinze jours qui venaient de s'écouler, afin que ni Denton ni personne ne pût en avoir connaissance. Moins il se livrerait aux confidences – y compris avec Robert –, plus il se sentirait en sécurité.

– Nous partons juste en voyage. Ce sera la première fois. Ce n'est pas le cargo qu'on entend ?

– Oui. Et on a de la chance, il est à l'heure.

À la jumelle, ils observèrent le cargo en provenance du Chili, qui lentement faisait route dans leur direction.

– Il sera là dans cinq, dix minutes, reprit Robert.

Max crut percevoir de l'inquiétude dans sa voix.

– Je te sens nerveux. Pourtant, tu viens de me dire que ce n'était pas une opération difficile. Et puis, pour toi, ce n'est pas une première...

– C'est vrai, d'habitude je ne suis pas aussi nerveux, répondit le prêtre. Mais tu verras, Jana est si petite. Je me dis qu'elle doit être plus fragile que les autres.

– Enfin, Robert, elle revient d'un pays où elle apprenait aux paysans à combattre pour leurs droits, d'un pays où l'on n'a aucune pitié pour les gens comme elle. Tu ne l'aurais pas envoyée en mission là-bas si tu l'avais crue vulnérable.

– Je sais, mais dans le monde d'aujourd'hui...

– Un monde qu'elle pense pouvoir rendre meilleur.

– Mais c'est ce qu'elle fait, Max. Et c'est ce qu'ils font tous, tous ces jeunes gens qui partent si courageusement lutter contre l'injustice, où qu'elle se trouve. Est-ce que je t'ai déjà dit qu'ils sont pour la plupart issus de familles aisées ? Ils ont tout ce qu'il leur faut, ils ont reçu une bonne éducation, ils sont habitués au luxe et aux privilèges d'un milieu qui admire et récompense plus la richesse que la pauvreté. S'ils viennent me trouver, c'est parce qu'ils ont besoin de quelque chose en plus, qu'ils ont besoin de pouvoir se dire : « Voilà ce que j'ai fait pour contribuer à rendre le monde meilleur. » Et, en m'aidant, c'est ce que tu te dis, toi aussi, Max.

Celui-ci resta silencieux : il songeait à sa vie où toutes sortes de trafics lui avaient permis d'accumuler une fortune. Le hors-bord tangua doucement au moment où le cargo arrivait à sa hauteur. Robert se pencha vers l'intérieur de l'embarcation pour allumer une lampe tempête et dit :

– C'est maintenant qu'il faut faire le signal. On est bien au niveau du dernier appontement ?

– On est pile là où il faut, répondit Max.

Tenant la lampe tempête à bout de bras, le prêtre émit le signal à quatre reprises, puis attendit un moment avant de recommencer encore deux fois. Les deux hommes rangèrent alors leur Thermos de café, déplièrent une large couverture, puis répétèrent le signal. Après quoi, ils attendirent.

C'était la première fois que Max accompagnait Robert dans l'une de ses expéditions nocturnes visant à récupérer ses protégés. Jusqu'alors il s'était contenté de savoir que ceux-ci voyageaient dans les caisses qui renfermaient les engins de la société Lacoste et fils réexpédiés vers Marseille. Lors de l'embarquement, les hommes de Max mettaient dans les caisses un peu d'eau et de nourriture et, une fois le cargo en pleine mer, un complice, membre de l'équipage, venait libérer le passager clandestin. Celui-ci se mêlait alors discrètement aux trente ou quarante personnes qui – économie ou goût de l'aventure – préféraient renoncer au confort d'une traversée sur un paquebot de ligne régulière pour partager la vie des marins sur un cargo de marchandises. Lorsque ce dernier approchait des côtes de la France, le protégé de Robert guettait le signal puis sautait dans l'eau pour rejoindre le hors-bord où l'attendait le prêtre.

Mais, cette nuit-là, aucune silhouette ne glissa par-dessus bord pour nager jusqu'au petit bateau. En revanche, lorsque le cargo les eut dépassés, Max et Robert aperçurent des hommes en uniforme sur le pont.

– Il y a quelque chose qui cloche. On rentre, dit Max.

– Laisse-lui encore quelques minutes, je t'en prie, répondit le prêtre.

Max mit le moteur en route alors que déjà le cargo accostait. Il était fou de rage. C'était lui qui courait le plus de risques. Une simple petite erreur pouvait suffire à tout compromettre : sa société, son système, sa vie même.

— Tu es sûr qu'elle a quitté le Chili ? demanda-t-il.

— Oui, j'en suis sûr. On me l'a confirmé par téléphone. Tu as raison, il faut rentrer. Mais ne t'en fais pas, elle est sans doute encore cachée.

— Je l'espère. Qu'est-ce qui t'a pris de faire confiance à une fille pour un coup aussi risqué ?

— Ce n'est pas une fille, Max, c'est une femme et, comme tu le disais si justement tout à l'heure, elle a affronté des situations bien plus difficiles.

Max ne répondit rien. Les deux hommes accostèrent devant l'entrepôt Lacoste et fils et se dirigèrent vers un bar situé à proximité du quai où était amarré le cargo. Robert se fondit dans la foule des marins bruyants qui se bousculaient dans le bar enfumé pour obtenir des informations. Puis il rejoignit son compagnon, qui l'attendait dans un coin avec deux bières.

— C'est la douane, annonça le prêtre. Ils vont fouiller le cargo. Ils en choisissent un au hasard, et ce soir c'est tombé sur nous. Il va falloir...

— Tu ne trouves pas bizarre qu'ils aient choisi précisément le soir où l'une de tes protégées est à bord ? Comment peux-tu être sûr qu'ils n'ont pas été renseignés ?

— Ça, impossible de le savoir. Mais il aurait fallu que ça vienne du Chili...

— Ou du type chargé d'ouvrir la caisse pendant la traversée.

— Dans ce cas, la police serait déjà là en train de chercher un clandestin. Or on parle juste d'un contrôle de routine. Il faut qu'on réfléchisse à...

— Merde.

— Mais enfin, tu as toujours su qu'il y avait un risque dans ces opérations. Pourquoi voudrais-tu que ce soit plus grave ce soir ?

— Je ne sais pas, répondit Max.

En fait, si, il savait. Il savait que l'étau se resserrait. Pour la première fois, il se demanda si cette idée de partir pour Los Angeles, Rio, Buenos Aires ou ailleurs était réaliste. Depuis le mois d'octobre, il avait feint de mener l'existence normale d'un homme marié, travaillant, profitant de ses moments de loisir pour se promener en Provence. Pas la vie d'un type en fuite, obligé de se cacher. Mais, en réalité, rien n'était normal dans sa vie. Il n'était pas marié, il se cachait, et bientôt il serait aussi en cavale. Il avait voulu écarter la réalité et à présent elle le rattrapait. Il s'était comporté avec imprudence, comme un adolescent transi d'amour et insouciant du reste.

« Bon sang, se dit-il. Il faut que je fiche le camp d'ici tant qu'il est encore temps. »

– Je vais voir ce qui se prépare, dit Robert. Je reviens.

Il se fraya un chemin dans la foule qui encombrait le bar, essayant de distinguer à travers l'épais rideau de fumée deux officiers des douanes qui venaient d'entrer. Il resta un moment debout à côté d'eux puis revint vers Max et lui fit signe de sortir.

– C'est demain qu'ils fouillent le cargo ; ce soir, ils se contentent d'assister au déchargement. Ils vont boucler la cargaison dans leurs entrepôts. Jana est là, je le sais. Si on arrive à la faire sortir, personne n'en saura rien. Mais, bien sûr, les caisses seront sous clef, et il y aura un gardien. Tu ne saurais pas, par hasard, où se trouvent les entrepôts de la douane ?

– Si, ils sont au bout du quai. Il n'y a qu'une entrée et un seul gardien. Il va falloir le neutraliser.

– Je m'en charge. Donne-moi les clefs de ta voiture.

– Je t'attends ici, répondit Max en les lui tendant.

Un peu plus tard, le prêtre reparut, vêtu d'une soutane, les cheveux et la barbe soigneusement peignés.

– Qu'est-ce que tu fiches dans cet accoutrement ?

– Mon ami, cet accoutrement, comme tu dis, inspire confiance, même si en l'occurrence elle est mal placée. Maintenant, tu vas me laisser m'occuper du gardien, et je te dirai quand nous pourrons passer à l'étape suivante.

– Sois prudent, insista Max en posant la main sur le bras de Robert.

– Je le suis toujours, rassure-toi.

Les deux hommes longèrent le quai jusqu'au sombre bâtiment des entrepôts de la douane. Robert demanda à son complice de l'attendre un peu plus loin. Puis il se dirigea vers l'unique fenêtre allumée, sortit une fiasque de cognac de sous sa soutane, en but une gorgée, tapa contre le carreau et se laissa rapidement tomber sur le sol.

La porte des entrepôts s'ouvrit brusquement sur un homme trapu et musclé, qui scruta un moment l'obscurité.

– Mais, mon père, qu'est-ce que vous faites là ?

– Je me repose un peu après la fête, répondit Robert d'une voix épaisse. Tu comprends, mon gars, fit-il, comme saoul, l'évêché m'envoie à Paris...

– Une ville de truands, grogna le gardien. Pas de quoi faire la fête, mon père. Vous feriez mieux de rester à Marseille.

– J'ai pas le choix, lui rétorqua le prêtre en se redressant maladroitement pour lui tendre la bouteille. Même si t'aimes pas Paris, tu peux boire un coup à ma santé, mon gars.

– Pas pendant le service. C'est contraire au règlement.

– Allez, juste une goutte, pour me faire plaisir.

– Si vous insistez, répondit l'homme en saisissant la fiasque.

Il but une gorgée puis, l'air satisfait, s'essuya les lèvres du revers de la main.

– Maintenant qu'on a bu à ma santé, on va boire à la tienne, d'accord ? dit Robert en sortant une autre fiasque de sous sa soutane.

L'homme ne fut pas long à s'asseoir à côté du prêtre et il but à tout ce qu'on voulait : sa femme, ses quatre fils, ses trois filles, ses frères, ses sœurs, son grand-père qui travaillait dans une coopérative oléicole, etc. Robert l'accompagnait en prenant soin de n'absorber que des petites gorgées. Pourtant, au bout d'un moment, il commença à se demander s'il allait pouvoir tenir le coup. Enfin, l'homme piqua lentement du nez puis vacilla et s'effondra contre le mur en ronflant.

Le prêtre se releva et alla rejoindre Max, qui l'attendait toujours au coin des entrepôts.

– Ce type a une descente incroyable. Il y a un trousseau de clefs attaché à sa ceinture, mais je ne crois pas qu'on arrive à le lui enlever.

– Dans ce cas, il faut lui enlever sa ceinture. Mais d'abord portons-le à l'intérieur.

Les deux hommes attrapèrent chacun le garde sous un bras, le traînèrent dans la pièce puis défirent sa ceinture et la tirèrent par les passants du pantalon. L'homme émit un ronflement plus bruyant que les autres lorsque, dans un cliquetis de clefs, ils détachèrent le trousseau.

– Il dort comme une masse. Il a beaucoup bu ?

– Presque une bouteille de cognac.

– Eh bien, il va s'amuser, demain, pour expliquer ça à ses supérieurs. À mon avis, il va s'inventer une grave crise de foie ou un truc dans ce goût-là. Attends-moi, je vais vérifier le registre.

Max parcourut de l'index chaque colonne, jusqu'à ce qu'il eût trouvé la cargaison Lacoste et fils.

– Cinquième étage, dit-il. On va monter à pied. Je ne veux pas risquer de rester coincé dans un ascenseur. Il faut faire vite, Robert. Je ne sais pas quand ils vont venir relever la garde.

Il ouvrit la porte qui menait aux entrepôts, puis ils empruntèrent l'escalier après avoir refermé à clef derrière eux. À chaque palier se trouvait une fenêtre. Ils renoncèrent à utiliser leurs lampes de poche pour ne pas être vus de l'extérieur et grimpèrent rapidement les cinq étages en s'aidant de la rampe. Enfin, ils arrivèrent à une porte d'acier que Max poussa lentement.

– Il faut qu'on soit sortis de là dans dix minutes au plus tard.

À bout de souffle, il songea un instant qu'il devrait se mettre au vélo, comme Robert, que cette course dans les escaliers semblait ne pas avoir affecté.

La pièce était plongée dans le noir, et les deux hommes allumèrent leurs lampes de poche. Ils entendirent soudain un grattement, immédiatement suivi d'un bruit de fuite. Le prêtre fit volteface.

– Qui est là ? C'est peut-être...

– Non, ce n'est pas ta protégée. C'est un rat qui détale. Les entrepôts en sont pleins. Toi, tu prends à gauche. Moi, je vais à droite. Allez, dépêche-toi, il n'y a pas de temps à perdre.

Ils parcoururent les allées formées par des murs de conteneurs et de caisses empilés jusqu'au plafond ; des caisses gigantesques, presque aussi vastes que des pièces, et d'autres plus petites s'alignaient interminablement. Les faisceaux lumineux de leurs lampes cherchaient les tampons ou les étiquettes indiquant la provenance et le destinataire. Autour d'eux, pas un bruit, à tel point que Max ressentit le besoin de heurter sa lampe de poche contre l'un des panneaux de bois pour se rassurer. Ce fut alors qu'il aperçut la caisse qui lui était destinée.

– Vite, Robert, par ici. J'ai trouvé.

– Où es-tu ?

– Ici, répondit Max en éclairant le plafond jusqu'à ce que le prêtre se fût repéré et l'eût rejoint. C'est celle-ci. Mais j'entends rien à l'intérieur.

– Jana ne connaît pas ta voix. C'est normal qu'elle reste silencieuse. Avec quoi comptes-tu ouvrir la caisse ?

– Avec ça, répondit Max en sortant un tournevis de sa poche.

Il se mit à dévisser le panneau qui se trouvait devant lui, tandis que Robert l'éclairait.

– Tu te souviens, dit celui-ci, quand je t'ai dit qu'on était comme deux gamins qui allaient se cacher dans les toilettes pour fumer ?

– Comment se fait-il qu'un curé comprenne si bien l'excitation que provoque le danger ? La plupart du temps, vous menez des vies protégées et recluses. Tu es une anomalie, Robert.

– Non, je ne suis pas une anomalie, mais je sais que le danger peut être séduisant. Encore que je ne coure pas après.

– Sans danger, sans risque, rien ne vaut d'être vécu.

Au moment où il prononçait ces mots, Max parvenait à écarter le lourd panneau de bois qu'il avait dévissé.

– Jana ! s'écria Robert. Ma chère Jana !

Assise entre les roues de l'excavateur, la jeune fille avait les genoux sous le menton, les bras serrés autour des jambes.

– C'est toi, Robert ? dit-elle en levant vers les deux hommes des yeux immenses, aveuglés par le faisceau lumineux que le prêtre braquait sur son visage enfantin.

Il baissa la lampe et tendit la main à Jana pour l'aider à sortir. Agrippée à lui, elle s'extirpa en trébuchant de sa cachette.

– Quand as-tu su que la douane allait fouiller le bateau ? lui demanda Robert.

– Il y a environ six heures. Je suis tout de suite retournée me cacher.

– Tu as bien fait, Jana. Je te présente mon ami Max Lacoste. C'est grâce à lui que nous avons pu te rapatrier. Max, voici Jana Corley.

– On fera les présentations plus tard, répliqua Max avec impatience. Il ne reste plus rien là-dedans ? Pas de nourriture ? Pas d'eau ? Pas de déchets ?

– Non, on a tout nettoyé.

Max vérifia rapidement l'intérieur de la caisse puis reprit son tournevis et revissa le panneau.

– Dépêchons-nous, dit-il en les guidant vers l'escalier qu'ils dévalèrent dans l'obscurité.

Ils avaient passé sept minutes dans les entrepôts.

Max ferma la porte à clef et tendit le trousseau à Robert.

– Jana et toi, vous lui remettez sa ceinture, avec le trousseau dessus, pendant que je fais le guet.

À nouveau, il était essoufflé, les jambes flageolantes. « Quand on aura quitté la France, je me mettrai au vélo avec Sabrina, je rejouerai au tennis », se dit-il tout en surveillant les quais qui s'étiraient de part et d'autre des docks déserts.

Robert et Jana le rejoignirent. Il les conduisit jusqu'à une sombre ruelle qui se trouvait derrière les entrepôts puis jusqu'à une avenue, vivement éclairée, où s'alignaient bars, restaurants et sexshops. Des prostituées attendaient le client sur le trottoir, des couples flânaient en faisant du lèche-vitrines, une famille avec un bébé dans un kangourou hésitait devant la carte d'un restaurant, les échos bruyants des juke-box se déversaient par les portes ouvertes des cafés où l'on entrevoyait des hommes assis en train de boire, de jouer aux cartes, de plaisanter avec les passants en quête de compagnie.

– La voiture est garée un peu plus loin, dit Max.

– Jana a sans doute faim. On pourrait peut-être grignoter quelque chose avant de partir pour Cavaillon, suggéra le prêtre.

– Je préférerais partir tout de suite. Il est déjà minuit passé. Jana, pouvez-vous tenir encore deux heures ?

Pour la première fois depuis qu'ils avaient quitté l'obscurité des entrepôts, Max regarda vraiment la jeune fille.

Il constata qu'elle le regardait fixement sans doute depuis quelques instants déjà, et comprit sur-le-champ qu'elle l'avait reconnu.

« Est-ce que je t'ai déjà dit qu'ils sont pour la plupart issus de familles aisées ? » « Jana Corley. »

Petite, blonde, mince, très jolie, elle avait un port de tête et une allure qui trahissaient son appartenance à la bonne société.

« Ils ont tout ce qu'il leur faut, ils ont reçu une bonne éducation, ils sont habitués au luxe et aux privilèges d'un milieu qui admire et récompense plus la richesse que la pauvreté. »

En d'autres termes, elle avait fréquenté les mêmes cercles que Max Stuyvesant. « Corley, se dit encore celui-ci. J'ai connu un Corley – Richard, Ramsay ou Ralph, quelque chose dans ce goût-là. Propriétaire d'une usine à Manchester. Il avait une maison quelque part dans les environs de Londres. » Ils s'étaient rencontrés une ou deux fois aux garden-parties d'Olivia Chasson. Jana avait pu y être invitée.

Combien y avait-il de chances pour que l'une des jeunes protégées de Robert eût connu Max Stuyvesant et pour qu'elle eût été rapatriée clandestinement en France dans une caisse appartenant à Max, le seul soir où celui-ci se trouvait présent ?

Il n'y avait pas une chance sur un million pour qu'une chose pareille puisse se produire.

Et pourtant cela était bel et bien arrivé.

Max Stuyvesant, avec son nouveau nom, sa nouvelle barbe, ses cheveux teints, se retrouvait dans une rue du Vieux-Port à minuit et demi, en plein mois de juillet, face à une jeune activiste qui le connaissait.

Sans le quitter des yeux, Jana lui demanda :

– Comment avez-vous dit que vous vous appeliez ?

– Max Lacoste, répondit-il, imperturbable.

« Il s'attend à ce que je révèle sa véritable identité », se dit la jeune fille. Elle perçut tout ce qu'il y avait d'invraisemblable dans la situation : elle était tendue, engourdie, éprouvée par ce qu'elle venait de vivre, et voilà qu'elle discutait avec un homme qui, la dernière fois qu'elle l'avait rencontré, était en train de boire du champagne dans une garden-party à Kent, un homme qui, pour tout le monde, était mort. Un homme qui s'attendait à ce qu'elle parle. « Mais quel intérêt aurais-je à cela ? se dit-elle. Il aide Robert, et Robert est l'être le plus généreux que j'aie jamais connu ; il est sûrement meilleur juge que moi. Et, à l'en croire, c'est grâce à cet homme que je suis sortie du Chili. Tout ça ne me regarde pas, je n'ai pas à m'en mêler. »

Elle tendit la main à Max.

— Enchantée, monsieur Lacoste. Je vous dois donc d'être enfin ici ?

— Vous le devez à ma société.

— Et c'est votre équipe qui a organisé mon départ ?

— Oui.

— Et vous, vous étiez là pour me libérer de ma caisse. Je vous remercie. Vous devez avoir beaucoup d'estime pour Robert et pour ce qu'il fait.

— Nous sommes d'excellents amis, s'empressa de répondre le prêtre avant d'ajouter : Jana, veux-tu qu'on aille te chercher quelque chose à manger ?

— Non, merci. Je peux attendre. Il y a beaucoup de route jusqu'à... l'endroit où nous allons ?

— Cavaillon. Tu vas dormir chez moi, cette nuit, et demain tu pourras rentrer à Londres. Nous sommes à deux heures de Cavaillon, sans doute moins, si c'est Max qui conduit. Mais vraiment, Jana, tu ne veux rien ?

— Non, Robert, tout va bien.

— Attendez-moi ici, dit Max en disparaissant dans un café d'où il ressortit quelques minutes plus tard avec un jambon-beurre et un Coca. Vous pourrez manger dans la voiture, dit-il à la jeune fille.

— Merci, répondit-elle.

Mais il ne l'entendit pas, il était déjà loin devant ; Robert et Jana durent presser le pas pour le rattraper.

Dans la voiture, elle dévora son sandwich, but son Coca puis s'endormit, pelotonnée sur la banquette arrière. Elle ne rouvrit les yeux qu'une fois à Cavaillon. Elle remarqua le long regard que Max posa sur elle lorsqu'elle lui dit au revoir et suivit Robert dans sa maison où l'attendait un canapé-lit entre les draps duquel elle se glissa immédiatement.

Le lendemain matin, le prêtre la conduisit à l'aéroport d'Avignon. Elle devait prendre un avion pour Paris, où elle attraperait le vol de Londres.

— Tu vas prendre un peu en vacances, lui dit-il devant le guichet d'enregistrement. Tu viens de passer huit mois au Chili. C'est une longue mission.

— Je me demandais si tu avais d'autres projets pour moi.

— Aucun pour l'instant. Rien ne presse, Jana. Tu ne crois pas qu'il serait temps que tu t'amuses un peu ? Tu n'as pas un petit ami à Londres ?

– Si, mais...

– Eh bien, tu vas t'occuper de lui, dit Robert en l'embrassant sur les deux joues et en la serrant dans ses bras. Je suis très fier de toi, tu sais. Et je te suis reconnaissant, aussi. C'est grâce à des gens comme toi que je garde espoir. Maintenant, dépêche-toi si tu ne veux pas rater ton avion. Je t'appellerai dans quelques semaines.

– Il y a tant de bonté chez cet homme...

Allongée auprès d'Alan, le soir même, Jana lui relatait son séjour au Chili ainsi que son périlleux voyage de retour.

– Il ne demande rien pour lui, poursuivit-elle. Tout ce qu'il veut, c'est que les gens soient heureux, qu'il y ait une justice.

– À mon avis, il doit quand même en tirer une satisfaction personnelle, répondit paresseusement Alan en caressant doucement sa compagne. Ce que tu as maigri ! On dirait que tu n'as rien mangé depuis huit mois.

– J'ai mangé ce que tout le monde mange là-bas. Voudrais-tu m'expliquer ce que tu entends par « satisfaction personnelle » ?

– Jouer aux cow-boys et aux Indiens, aux gendarmes et aux voleurs, aux bons et aux méchants, c'est tout de même cent fois plus excitant que de célébrer des baptêmes en barbotant dans l'eau bénite.

– Il ne fait pas que ça : il dirige une école, aussi...

– C'est bien ce que je dis, jouer aux gendarmes et aux voleurs, c'est tout de même nettement plus excitant que d'être directeur d'école primaire.

– Bien sûr. Mais Robert croit sincèrement pouvoir rendre le monde meilleur. Meilleur pour tous, et surtout pour les pauvres gens.

– Je sais, je connais la rengaine. Mais tout le monde aime le frisson du danger. Toi aussi, sinon, tu n'irais pas dans ces pays-là. D'ailleurs, il faudrait qu'on parle un peu de ça tous les deux.

« Oh non, se dit Jana. Pas maintenant. Je t'aime bien, Alan ; peut-être qu'un jour je t'aimerai pour de bon, mais pour l'instant je n'ai aucune envie de me marier. J'ai vingt-six ans, et je ne suis prête ni à abandonner ce que je fais ni à m'installer. »

Elle chercha rapidement un sujet qui lui permît de détourner la conversation.

– Alan, tu te souviens de Max Stuyvesant ?

– Oui. Il est mort dans l'explosion de son bateau. C'était l'année dernière, non ?

– Eh bien, si tu me promets de garder le secret, je vais te dire quelque chose.

– Je te promets tout ce que tu voudras, ma chérie.

– Alan, je ne plaisante pas. Il faut absolument que ça reste entre nous.

– Jana, tu sais bien que je suis bavard.

– Dans ce cas, je ne te dis rien.

– Allons, pour toi, je ferai un effort. Et puis, maintenant que tu as commencé, il faut que tu ailles jusqu'au bout. Ça a quelque chose à voir avec Max ? C'était un sournois, tu sais. C'était lui le propriétaire de Westbridge. Tu te souviens de cette affaire ?

– Oui, je me souviens. Alors, c'est vrai, tu me promets de ne rien dire ?

– Je te donne ma parole. Je te le jure sur toutes les nobles têtes que compte ma nombreuse famille.

– Il n'y a pas de nobles dans ta famille.

– Mais si, je crois qu'on a un duc quelque part. J'ai jamais vraiment fait attention à tout ça. Ça m'a toujours paru tellement surfait. Tiens, regarde lord Longworth, par exemple, tu lui trouves un air noble, toi ?

– Non, on ne peut pas dire que Denton ait des allures de prince charmant, répondit Jana en riant. Tu l'as revu récemment ?

– Oui, je le vois de temps à autre. On est au même club, et tu sais bien que tout le monde se retrouve toujours dans les mêmes soirées ; elles sont toutes aussi ennuyeuses les unes que les autres depuis que tu es partie, d'ailleurs. Mais Denton n'est pas un mauvais bougre, après tout. Max et lui étaient très liés.

– Je ne le savais pas.

– Moi non plus, mais quand Stuyvesant a été tué il a pété les plombs. Il a passé son temps sur les talons de la police, à leur demander s'il était vraiment mort, disant que son ami Max n'était pas du genre à mourir, qu'il était comme les chats, qu'il avait encore une bonne quinzaine de vies en réserve, etc. J'ai jamais vu quelqu'un dans cet état-là. Alors, c'est quoi, ton secret ?

– Eh bien..., j'ai rencontré Max Stuyvesant en France.

– Tu veux dire son fantôme.

– Non, je l'ai vu, lui. Il n'est pas mort. Il se porte comme un charme et il habite dans une petite ville de Provence, Cavaillon. Enfin, je ne suis pas sûre qu'il habite là. Il nous y a déposés, Robert et moi, et il est reparti. Mais il doit vivre dans le coin, parce que, quand on a quitté Marseille, il nous a dit qu'il rentrait chez lui. Et puis, à part la barbe et les cheveux teints, il n'a pas changé. Il n'était pas roux, avant ?

– Oui, avec pas mal de cheveux blancs, répondit distraitement Alan. Tu es bien sûre que c'était lui ?

– Naturellement. Je l'ai croisé chez Olivia. En fait, la première fois que je l'ai vu, c'était il y a très longtemps. Denton était là aussi,

avec Sabrina – tu te souviens ? sa femme. C'était avant leur divorc
Et la photo de Stuyvesant s'étalait dans tous les journaux a.
moment de l'affaire Westbridge. C'est très curieux...

– Curieux ! C'est complètement dingue, oui ! Pourquoi ferait-il
croire à tout le monde qu'il est mort ? Mais peut-être qu'il ne sait
plus qui il est. Peut-être qu'il a perdu la mémoire.

– Non, il sait que je l'ai reconnu. Il attendait que je dise quelque chose.

– C'est ce que tu as fait ?

– Non, Alan, c'est un ami de Robert. Il l'a aidé à me faire
sortir du Chili. J'ai une dette envers lui. J'étais cachée dans une
caisse appartenant à sa société. Si on m'y avait trouvée, il aurait pu
être poursuivi.

– Il s'en serait sorti. Il aurait fait semblant de n'être au courant
de rien.

– Ç'aurait quand même été un coup dur pour lui. Sa société
a sûrement bonne réputation, et je suis persuadée qu'il n'a plus
d'activités clandestines, que l'époque de Westbridge est finie et bien
finie.

– Et toi, tu n'étais pas clandestine, peut-être ?

– Ça n'a rien à voir. Ça, c'était une bonne action, c'était pour
Robert.

– Eh bien, ça aussi, c'est incroyable, si tu veux mon avis. Ce
n'est pas vraiment le genre de Max de s'associer avec un prêtre
pour aider les gens dans la misère.

– Pourtant, c'était bien lui. Peut-être essaie-t-il de racheter les
erreurs du passé... Alors pourquoi ne pas le laisser tranquille ? Je
n'ai pas le droit de le dénoncer. Je ne le ferai jamais. Ni toi non
plus, Alan.

– Non, bien sûr. Sauf que ce n'est pas très sympa de ne pas
dire à ceux qui s'inquiètent pour lui qu'il est en vie.

– Alan ! Tu as juré !

– Mais enfin... Les journalistes, la police, tous ces gens-là
devraient être au courant. Et ses amis, tu y penses ?

– S'il avait voulu leur faire savoir qu'il était vivant, il le leur
aurait dit lui-même.

– Ça ne doit pas être aussi facile de décrocher son téléphone
pour dire : « Salut, vieux, ici Max Stuyvesant, je sais que tu me crois
mort depuis un bail, mais il se trouve que... »

Malgré l'impression de malaise qui la gagnait, Jana ne put retenir un éclat de rire.

– Tu as promis de garder le secret.

Alan haussa les épaules et dit :

– Maintenant, si on laissait un peu tomber Max ? Ça fait huit mois que je ne t'ai pas vue et, à mon avis, on a mieux à faire... Tu peux rester avec moi, ce week-end ?

– Oui, murmura Jana en lui passant les bras autour du cou. J'ai dit à mes parents que je ne rentrais que lundi.

– Alors, on a trois jours rien qu'à nous, chuchota Alan en la serrant contre lui.

Ce ne fut qu'au milieu de la semaine suivante, lorsqu'il se rendit au club, que le jeune homme tomba sur Denton Longworth, accoudé au bar. Il lui raconta, sous le sceau du secret le plus absolu, que son cher ami Max Stuyvesant était bien vivant et qu'il habitait en France, quelque part du côté de Cavaillon.

12

Garth mit sous clef, dans le réfrigérateur, les échantillons du sang des souris de Lu Zhen, puis il ferma son bureau et quitta le bâtiment en claquant la porte derrière lui. Il traversa rapidement le campus, blessé de ce qu'il ressentait comme une trahison et furieux contre Lu et contre lui-même. Il était une heure du matin, pourtant, l'air était encore lourd. Les réverbères diffusaient une lumière que l'humidité rendait trouble. Les arbres semblaient s'affaisser sur eux-mêmes, endormis. Les pas de Garth sur le pavé des allées résonnaient bruyamment dans le silence du campus. Il aperçut des lumières aux fenêtres des dortoirs et s'imagina les étudiants en train de se détendre ou de travailler à leur table. Et, parmi eux, derrière l'une de ces fenêtres, Lu Zhen devait être en train d'écrire à sa famille que son cher professeur Garth Andersen allait bientôt envoyer son article à une revue spécialisée, que toutes ces années d'étude et de sacrifice allaient être enfin récompensées par un succès retentissant et un triomphal retour au pays.

« Presque triomphal, se dit Garth. Presque. » Le cher professeur Andersen s'était montré quelque peu négligent : il avait cautionné une escroquerie intellectuelle qu'il avait été à deux doigts d'annoncer au monde entier comme une grande découverte scientifique.

« Il faut que je parle à Lu, se dit-il en s'arrêtant net. Pourquoi attendre demain ? Il faut que je lui dise ce que j'ai découvert, que son article ne sera pas publié et qu'il est définitivement grillé ici. » Il prit la direction des dortoirs puis ralentit le pas avant de s'arrêter à nouveau. Non, il allait d'abord rentrer à la maison et discuter de l'affaire avec Sabrina.

Il bifurqua pour s'engager sous le haut porche gothique qui marquait l'entrée du campus et rentra chez lui. Arrivé devant la maison, il trouva le plafonnier du perron encore allumé ainsi que les fenêtres de leur chambre. Il entra et gravit quatre à quatre l'escalier qui menait à l'étage. Sabrina vint à sa rencontre. Elle l'embrassa, et Garth sentit alors se relâcher la tension qui l'avait tourmenté toute la soirée.

– Il reste du café et de la tarte dans la bibliothèque. À moins que tu ne préfères un whisky, dit en souriant la jeune femme.

– J'opte pour le whisky.

Ils descendirent ensemble l'escalier, serrés l'un contre l'autre. Garth s'émerveillait de ce que, pour l'accueillir à la maison, il y eût toujours une porte ouverte, un porche éclairé, quelque chose à boire ou à manger, et surtout de l'amour, tant d'amour...

– Tu ne peux pas savoir comme c'est bon de te retrouver, dit-il à Sabrina. J'étais dans une colère folle, et je ne pensais qu'à rentrer pour en parler avec toi.

Dans la bibliothèque, il se servit un scotch avec des glaçons. Une chaude lumière enveloppait la pièce : des meubles, des livres, des piles de journaux et de revues éparpillées partout, son univers familier.

– Comment as-tu fait, pour Penny ? Est-ce qu'Alexandra a bien voulu attendre que tu rentres ?

– Oui, bien sûr. Penny ne m'a pas beaucoup parlé de sa soirée. J'essaierai d'en savoir plus demain, répondit la jeune femme en se servant une tasse de café. Maintenant, raconte-moi. Que s'est-il passé avec Lu ?

– Il a truqué ses résultats. Ses expériences ont échoué, et il a rédigé son article comme si elles avaient réussi. Un article très brillant, parfaitement construit, mais un tissu de mensonges.

– Ce sont ses expériences qui ont échoué, ou lui qui a commis des erreurs en les réalisant ?

– Elles ont échoué. Elles ne pouvaient tout bonnement pas réussir, répliqua Garth. Ça n'a pas l'air de te surprendre outre mesure, ajouta-t-il, songeur, en dévisageant sa femme.

– Mais si, bien sûr que je suis surprise...

– Mais pas plus que ça. Tu ne lui as jamais vraiment fait confiance, n'est-ce pas ?

– C'est vrai, depuis quelque temps je commençais à avoir des doutes sur lui. Mais je n'aurais jamais imaginé une chose pareille. Je pensais simplement qu'il allait tirer la couverture à lui ou se servir de toi pour se faire valoir.

– Il a fait pire. Et j'aurais dû m'en rendre compte plus tôt. Il m'est arrivé de me poser des questions sur ses résultats, mais il était tellement sûr de lui, et, moi, j'avais tellement confiance en lui que je n'ai pas suivi son travail d'assez près. Et puis, ce soir, j'ai appelé Bill Farver : il m'a dit que son laboratoire butait précisément sur les questions qui me travaillaient. Lu connaissait mes réserves – je lui en avais parlé –, et il a dû rencontrer ces problèmes au cours de sa recherche, pourtant, de toute évidence, il n'en a pas tenu compte. Il aurait pu appeler Bill ou d'autres biologistes pour confronter ses résultats aux leurs, mais il est tellement arrogant...

– Auraient-ils accepté d'en parler avec lui ? Je croyais que la concurrence était très rude dans la recherche ?

– Elle l'est. Tu as raison : ils ne lui auraient peut-être rien dit. Mais s'il me l'avait demandé il y a longtemps que j'aurais moi-même appelé Bill. Je n'ai pas été assez prudent, j'en prends conscience maintenant, mais Lu aurait pu me demander d'essayer de savoir dans quel sens travaillaient les autres chercheurs. Il sait très bien que j'aurais fait ça pour lui. Seulement il était tellement sûr de lui...

– Ou il avait peur.

– C'est possible, répondit Garth après un silence, mais je crois plutôt qu'il a des œillères et qu'il ne voit rien. Maintenant, peut-être que la peur a aussi joué un rôle là-dedans.

Il se mit à arpenter furieusement la pièce, frôlant les piles de livres amoncelées sur le sol, déplaçant çà et là un objet sous le regard rassurant et indulgent de Sabrina.

– Le pire, c'est qu'il ait cru pouvoir s'en tirer comme ça. Il travaille pourtant dans l'un des secteurs les plus en vue de la science. Des centaines d'autres chercheurs attendent la publication du moindre article pour reproduire l'expérience décrite et pousser plus loin la recherche. Et il savait pertinemment que personne ne pourrait jamais reproduire ses expériences, parce qu'elles ne marchaient pas, mais ça ne l'a pas empêché de continuer. Il a échafaudé une structure élégante sur des fondations plus que douteuses, comme si l'élégance était tout ce qui comptait. Et je n'étais pas là. J'aurais dû faire un point avec lui chaque semaine, le forcer à expliquer et à défendre chaque étape de ses expériences. Mais je lui ai fait confiance. Et j'ai eu tort.

– Ce n'est sans doute pas la première fois que cela se produit, repartit Sabrina.

– Bien sûr, ce n'est ni la première ni la dernière fois, dit Garth avec un petit rire désabusé. Il y aura toujours des gens qui truqueront leurs résultats lorsqu'ils se trouveront dans une impasse. Je n'ai jamais compris comment on pouvait faire ça, pas plus que je ne comprends Lu. Mais je sais que ça existe. Ces gens-là finissent souvent à la une du *New York Times*, avec un scandale sur les bras. Et c'est aussi ce qui me serait arrivé si j'avais envoyé cet article. J'aurais pu dire adieu à l'Institut de génétique, bien heureux si on m'avait laissé continuer à enseigner, et Claudia aurait subi un tas de pressions pour se débarrasser de moi.

Il contempla un moment les parois noircies de la cheminée et ajouta :

– J'étais si fier de lui.

Sabrina entendit le désespoir percer dans la voix de son mari ; elle n'eut plus qu'une idée : le consoler et l'aider à surmonter cet échec.

– Garth, il t'a donné toutes les raisons d'être fier de lui. Tu ne pouvais absolument pas soupçonner qu'il allait agir ainsi.

– Mais sa trahison dépasse le cadre de son travail. En truquant ses résultats, ce n'est pas seulement sa carrière qu'il a mise en jeu, mais aussi la mienne, et le sort de notre famille. Quand je pense à tous ces dîners qu'il a passés avec nous, à faire semblant d'apprécier notre compagnie... Ça aussi, c'était un mensonge.

– Non, il aimait vraiment être avec nous, rétorqua la jeune femme en se levant pour aller rejoindre Garth, toujours debout au milieu de la pièce. Sa famille lui manquait, il était heureux d'être accueilli dans la nôtre, et il nous aime tous. Il t'adore, tu le sais. Je t'ai déjà dit qu'il te regardait avec une admiration sans bornes. Es-tu sûr qu'il a bien évalué toutes les conséquences de son acte ?

– Il travaille avec d'autres scientifiques, il est intelligent. Il savait très bien ce qu'il faisait.

– Quand tu lui parleras, essaie de savoir ce qu'il avait dans la tête au lieu de le mettre immédiatement en cause. Il n'a peut-être pas vu tout ce que son acte impliquait. J'ai du mal à croire qu'il t'ait mis sciemment en danger.

– Je ne sais pas. Peut-être, répondit Garth après réflexion. Je crois plutôt qu'il savait ce qu'il faisait, qu'il le regrettait, mais que ses sentiments à mon égard n'étaient pas assez forts pour lutter contre les pressions conjuguées de sa famille et de son gouvernement. J'en saurai plus demain matin, ajouta-t-il en prenant Sabrina dans ses bras. Tu sais, la seule chose qui calmait ma colère, tout à l'heure, c'était de penser que j'allais te retrouver en rentrant. Tu es la seule personne qui m'aide à y voir clair. Tu as le don de me redonner confiance quand tout semble s'écrouler. Grâce à toi, je retrouve le courage de me battre. Tu m'aides comme...

« Comme personne ne l'a jamais fait. » Ce fut ce que pensa Garth, mais cela il ne le dit pas. Et jamais il ne pourrait le dire. Jamais il ne pourrait avouer que Stéphanie et lui s'étaient éloignés l'un de l'autre depuis tant d'années, qu'ils étaient devenus incapables de se soutenir, de se faire véritablement du bien l'un à l'autre, d'être ensemble face au monde.

– Toi aussi tu m'aides, lui répondit la jeune femme. Chaque jour je m'émerveille de mon bonheur, de notre entente. C'est si bon d'être avec toi, ajouta-t-elle en lui tendant les lèvres et en s'abandonnant entre ses bras.

Dans leur étreinte, ils sentaient tous deux la chaleur et la confiance de leur amour, un amour qu'ils savaient toujours plus solide, semaine après semaine, mois après mois, un amour que ne risquait plus d'entamer le passé.

– Si on montait, murmura Garth à l'oreille de Sabrina. J'ai eu envie de toi toute la soirée.

– Je croyais que tu l'avais passée à réfléchir sur des expériences truquées...

– Une partie de moi pensait aux expériences, l'autre te désirait. En toute circonstance, il y a toujours une partie de moi qui te désire, dit-il en conduisant Sabrina vers l'escalier.

– Les lumières..., commença-t-elle.

– Mrs. Thirkell les éteindra demain matin. Tu voulais que j'apprenne à me faire servir. Comme tu peux le constater, je fais beaucoup de progrès.

La jeune femme éclata de rire et, dans ce rire, Garth entendit son amour, sa joie, son bien-être, un bien-être qu'il partageait et qu'il était heureux d'avoir su éveiller en elle. « Un homme qui peut apporter cela à la femme qu'il aime devrait pouvoir soulever des montagnes. »

Ils pénétrèrent dans la chambre qu'illuminait un clair de lune d'une blancheur éclatante. Leurs deux corps s'abattirent sur le lit pour se redécouvrir dans une étreinte passionnée. « Faire l'amour, c'est comme se parler, se dit Sabrina. Avec Garth, quoi que l'on fasse, où que l'on soit, on se parle. » Et elle s'abandonna au plaisir qui s'emparait d'elle.

Ils restèrent éveillés jusqu'au petit matin, profitant de chaque seconde passée ensemble, comme dans la hantise que quelque chose pût mettre un terme à leur bonheur : la maladie, la mort, ou bien encore le genre d'événement imprévisible et fou qui les avait réunis un an auparavant. Cette nuit-là, ils firent l'amour plus intensément que jamais.

Alors qu'il traversait le campus, le lendemain matin, un peu étourdi par le manque de sommeil, Garth revoyait le sourire de Sabrina, et le souvenir du plaisir partagé flottait encore en lui. Il lui semblait appartenir à deux mondes totalement étrangers l'un à l'autre : le monde de l'amour et celui qu'il allait affronter maintenant, où régnaient la peur, le mensonge et le conflit. Il songea à la confrontation qu'il allait avoir avec Lu Zhen quelques instants plus tard, au rendez-vous qui les attendait, Claudia et lui, à Washington, aux députés qu'on pouvait si facilement acheter, aux démarches nécessaires pour toute demande de subvention, aux projets de recherche qui aboutissaient et à ceux qui n'aboutissaient pas, à ces étudiants qui lui prenaient tant de son temps et qui méritaient le meilleur de lui-même. Et il se dit que le couple qu'ils formaient, Sabrina et lui, ne céderait jamais aux pressions de ce monde-là. Ils seraient vigilants, se protégeraient et – dussent-ils y consacrer toute leur attention et toute leur énergie – ils ne laisseraient rien s'immiscer dans leur bonheur.

Il avait appelé Lu pour lui donner rendez-vous à dix heures et, lorsqu'il arriva à la porte de son bureau, l'étudiant l'y attendait déjà.

– Bonjour, professeur, dit celui-ci, tout sourire, en lui tendant la main. Je suppose que vous voulez me parler de la notice que nous allons envoyer à *Science* pour annoncer ma découverte. Je l'ai rédigée hier soir. Ils vont la publier dans leur prochain numéro, n'est-ce pas ? Et l'article sortira dans celui d'après. Comme vous l'avez dit, les grandes découvertes ne restent pas longtemps dans les tiroirs. Alors voilà la notice, ajouta-t-il en sortant un feuillet de son cartable. À mon avis, elle est complète.

– Peut-être pas..., répondit Garth en ouvrant la porte de son bureau.

Il alla s'asseoir à sa table de travail. Toujours souriant, son papier à la main, Lu approcha une chaise et se pencha vers Garth.

– Qu'est-ce qui pourrait manquer ? demanda-t-il.

– Le descriptif détaillé de ton expérience, afin que d'autres scientifiques puissent la reproduire.

– La reproduire ? répéta Lu en ouvrant de grands yeux.

Garth l'observait sans ciller, et, peu à peu, le visage de Lu s'assombrit et son sourire disparut.

Il vit son professeur ouvrir le premier tiroir de son bureau pour en sortir un exemplaire relié de son article, se diriger vers le réfrigérateur, y prendre des échantillons de sang puis saisir un dossier contenant les résultats. Avec des gestes lents et précis, Garth aligna tous ces éléments devant Lu.

– Je n'enverrai ni ta notice ni ton article à *Science*. Tu sais pourquoi.

– Non, je ne comprends pas. J'ai fait cet article sous votre direction. Vous m'aviez dit que vous l'enverriez lundi.

– Je t'avais dit aussi que je le relirais pendant le week-end. C'est ce que j'ai fait très attentivement hier soir, et ton postulat sur le gène unique ne m'a pas convaincu. Nous en avions parlé plusieurs fois, tu en conviendras, même si je n'ai pas vérifié derrière toi chacune de tes expériences.

– Mais il s'agit bien d'un gène unique ! Si vous avez lu mon article, vous avez vu que je suis arrivé à le prouver !

Il y avait sur le visage de Lu tant de chagrin et d'incompréhension que, l'espace d'un instant, Garth se demanda s'il ne s'était pas trompé en faisant ses prélèvements, si les appareils du laboratoire avaient bien fonctionné, si Bill Farver ne s'était pas fourvoyé...

Impossible. Autant d'erreurs n'auraient pu se produire simultanément la veille, comme par coïncidence. C'était trop improbable. Et Garth avait déjà eu l'occasion de constater qu'en Lu Zhen sommeillait un acteur consommé.

– Voici les résultats des prélèvements que j'ai faits sur tes souris hier soir. Je ne te propose pas de les lire, tu sais ce qu'ils contiennent. Tu dois en avoir des tonnes comme ça dans tes dossiers. À moins que tu ne les aies détruits pour dissimuler le fait que tes souris sont en parfaite santé ? Dans ce cas, celui-ci pourrait peut-être tout de même te rafraîchir la mémoire.

Après un silence, Garth tendit le long listing à son étudiant, qui ne fit pas un geste. Il garda les mains sur ses genoux, mais haussa imperceptiblement les épaules.

– Vous savez, professeur..., dit-il enfin. Ça n'a aucune importance. J'ai commis une erreur dans le déroulement de l'expérience. C'est une faute, je le reconnais, mais il s'agit juste d'une erreur de procédure. Alors, bien sûr, elle a affecté mes résultats, mais pas le projet lui-même. Je n'ai qu'à recommencer correctement l'expérience, et les résultats seront exactement ceux que je donne dans mon article. D'autres scientifiques pourront la reproduire et verront que je dis la vérité. Professeur, je *sais* que j'ai raison, et c'est l'essentiel. Ce qui compte, c'est la théorie et les expériences, pas mes erreurs de procédure. Comme vous le voyez, il n'y a pas de quoi s'inquiéter.

Garth n'en croyait pas ses oreilles. Il dévisageait Lu Zhen comme s'il se trouvait face à une nouvelle espèce, une espèce qui lui était encore inconnue. Lu lui retournait un regard confiant, de scientifique à scientifique. Le silence se prolongea, troublé seulement par les pas et les voix des jeunes gens qui empruntaient le couloir pour se rendre aux laboratoires. On était samedi, jour où les étudiants travaillaient et où les professeurs se reposaient, tondaient la pelouse, bricolaient ou faisaient leurs courses. Pour tout le monde, un week-end comme les autres, mais pas pour Garth. Pour lui, ce week-end marquait la fin d'un rêve, et il sentit la peine et la colère qui l'avaient saisi la veille l'envahir à nouveau.

Néanmoins, il n'en laissa rien paraître et resta assis, immobile. Le temps s'écoulait lentement, et, bientôt, Lu ne supporta plus ce silence.

– Vous allez envoyer l'article et la notice, dit-il lentement.

– Non, bien sûr que non. Décidément, tu es inconscient. Ton article n'est ni plus ni moins qu'un conte de fées, que tu as toi-même baptisé « article scientifique ». Et c'est encore toi qui t'es baptisé « scientifique ». Mais tu n'en es pas un. Tu ne peux pas prétendre faire partie de la communauté scientifique. Nous vouons nos vies à la recherche, et notre règle est la fidélité absolue à ce qui peut être prouvé. Une expérience ne vaut rien si on ne respecte pas la procédure et...

– Professeur, l'interrompit Lu, vous me parlez comme à un débutant et, qui plus est, vous vous répétez : tout ce que vous me dites, je l'ai déjà lu dans l'introduction de votre livre. C'est convaincant, bien sûr, mais, dans la réalité, les choses sont rarement aussi nettes, vous le savez bien, vous qui avez affaire à des politiciens et à des hommes d'affaires. *Tout le monde* détourne la règle. Je n'ai fait que détourner une information, c'est tout, parce que je *sais* que mon expérience marchera, parce que je sais que d'autres aboutiront aux mêmes résultats. Je *suis* un scientifique, et aussi sérieux que n'importe quel autre.

– Tu ne te préoccupes pas de science, rétorqua Garth sans se départir de son calme, malgré la colère qui montait en lui, et davantage encore depuis que Lu lui avait fait remarquer qu'il se répétait. Tu serais prêt à publier un mensonge pour satisfaire ton arrogance : tu crois détenir la vérité en dépit des expériences qui prouvent que tu as tort.

– Je n'ai pas tort ! Professeur, ça marche ! Vous étiez si enthousiaste... Pensez à la gloire qui va retomber sur vous et sur votre institut. Vous serez célèbre dans le monde entier ! Professeur ! Le prix Nobel !

Pour la première fois, Garth éprouva du mépris pour Lu.

– J'ai parlé avec Bill Farver hier soir. Comme tu le sais, il travaille sur le même postulat que toi. Avec son équipe, il est arrivé à la conclusion qu'il devait y avoir au moins deux gènes, peut-être plus...

Il développa son argumentation, décrivant d'autres théories, d'autres expériences en choisissant soigneusement chaque mot, chaque formule, afin qu'aucun doute ne pût encore subsister dans l'esprit de Lu. Lorsqu'il eut terminé, celui-ci regardait ailleurs, par la fenêtre, les traits tirés, livide, comme s'il avait vieilli de plusieurs années en quelques minutes.

– Jamais au cours de mes expériences je n'ai rencontré d'indices permettant de soupçonner l'existence de deux gènes, murmura l'étudiant en regardant enfin son professeur.

– Si, il y avait des indices, et nous en avons parlé, d'ailleurs, répondit Garth d'un ton neutre. Tu as tout bonnement choisi de ne pas les voir.

— Vous savez bien qu'à un moment ou à un autre un scientifique est obligé de choisir, de se concentrer sur certaines choses et d'en ignorer d'autres. Professeur, ça ne me prendrait pas longtemps de revenir en arrière et de développer une nouvelle approche. J'ai tellement de matière. Je suis convaincu que je pourrais trouver la réponse et battre le laboratoire Farver. J'en sais plus qu'eux.

— Tu ne sais rien du tout. Tu es intelligent, Lu, mais tu marches à l'arrogance, à l'ambition et à la peur. Tu as raison quand tu dis qu'un scientifique fait des choix, mais il ne les fait pas arbitrairement au début de ses expériences : il les fait une fois qu'il a exploré *toutes les autres possibilités*. Tu étais pressé, alors tu as décidé dès le départ de ce que tu allais trouver, et tu as ajusté tes expériences en fonction de ce que tu souhaitais obtenir. Quand tu as vu que ça ne marchait pas, tu as faussé tes résultats et tu m'as laissé mettre mon nom sur cette supercherie.

— Mais je me suis dit... que quand je referai l'expérience, sans répéter les mêmes erreurs, je...

— Ton projet tout entier est une erreur ! Tu ne comprends donc pas ? Et tu me demandais de cautionner un article bourré de chiffres falsifiés ! Même si tu avais raison, même si ton expérience marchait ultérieurement, j'étais désigné comme directeur et coauteur d'une fraude. C'était ça que tu me laissais en cadeau avant de repartir pour la Chine ?

— Vous auriez survécu. Vous êtes célèbre. Tout le monde dit que vous êtes l'un des meilleurs, et puis vous avez l'Institut, votre famille... Vous avez tout. Moi, si vous n'envoyez pas mon article, je n'ai plus rien. Je ne pourrai pas rentrer chez moi. Je n'aurai nulle part où aller. Je ne trouverai même pas de travail sans votre appui. Il ne me restera plus une seule chance.

Un peu troublé par la rancœur et le désespoir qu'il percevait dans les propos de Lu, Garth dit :

— Je crois que tu devrais rentrer en Chine. Avec ton doctorat, tu pourras trouver du travail là-bas. Peut-être que d'autres professeurs te donneront leur appui. Je ne te poursuivrai pas, je ne dirai à personne ce que tu as fait, mais si on me demande...

— Vous allez quand même me faire un certificat ?

— Après ça ? Certainement pas. Je t'ai dit que d'autres professeurs t'apporteraient sans doute leur soutien. Si tu rentres en Chine, je ne dirai rien. Cela étant, si on me pose la question, je ne mentirai pas.

— Rien ne vous oblige à dire la vérité.

— Si, la science, ma foi en la science et moi-même, en tant que scientifique. Si tu avais cru comme moi en la science, rien de tout cela ne serait arrivé, dit Garth en se levant de son bureau. Maintenant, il faut que je m'en aille, j'ai promis à ma famille de la rejoindre pour l'après-midi. Je te rends ton article. Il y a pas mal de choses que tu pourras réutiliser, surtout dans la première partie, qui, elle, est très réussie. Je suis désolé, Lu, ajouta-t-il en s'éclaircissant la voix, plus que tu ne l'imagineras jamais.

Le jeune homme lui lança un long regard haineux, lui arracha l'article des mains et quitta la pièce.

Garth poussa un soupir et s'aperçut qu'il tremblait. Il en voulait à Lu de sa brutalité, de sa stupidité et de son arrogance. Elles le décevaient chez un sujet aussi brillant.

Il mit les échantillons sous clef dans le réfrigérateur avant de sortir de son bureau. Dehors, la canicule s'abattit sur lui. Il se dépêcha de sortir du campus pour rentrer chez lui. « Et oublier Lu, oublier la déception, mes propres faiblesses et le désastre que j'ai frôlé. » Il emprunta des rues somnolentes où les maisons et les arbres s'estompaient dans une brume de chaleur. « Je suis un fantôme dans une ville abandonnée », se dit-il. Il ne rencontra personne sur le trajet. Seuls lui parvenaient les cris et les rires des enfants qui s'ébattaient dans les piscines. Lorsqu'il ouvrit la porte de la maison, l'air frais l'enveloppa comme pour l'attirer à l'intérieur. « Enfin », songea-t-il, soulagé.

En montant à l'étage, il passa devant la cuisine, où Mrs. Thirkell fredonnait en travaillant. Il entendit des voix dans la chambre de Penny, jeta un regard par l'entrebâillement de la porte et aperçut sa fille et Barbara Goodman, assises par terre en tailleur entre les lits jumeaux, tellement absorbées par leur conversation qu'elles ne levèrent même pas la tête. Sabrina était assise sur une banquette dans le couloir. Lorsqu'il approcha pour l'embrasser, elle posa un doigt sur ses lèvres pour lui signifier de ne pas faire de bruit.

– Ç'a été très dur ? lui demanda-t-elle à mi-voix.

– Triste et rageant. Tu ne serais pas en train d'écouter aux portes, par hasard ?

– Si, chuchota la jeune femme en lui faisant une place à côté d'elle. Penny n'a rien voulu me dire sur sa soirée d'hier, alors quand je les ai entendues discuter...

– ... des Lego, tu sais, qui s'emboîtent n'importe comment, avec rien à l'intérieur, disait Penny.

Barbara gloussa puis parla à son tour, adoptant un ton aussi sérieux que l'était celui de Penny.

– C'est pas vrai. Elles en jettent un max, et elles portent des fringues que ma mère refuse de m'acheter, et elles ont le droit de tout faire ! Tout leur est permis ! C'est pas comme nous...

– Je sais. Sauf que… c'est parce que personne ne fait attention à elles, répondit Penny.

– Eh bien, elles en ont, une de ces veines. Tu ne détestes pas ça, toi, qu'on te dise tout le temps ce que tu dois faire, à quelle heure tu dois rentrer, et ce que je sais encore…

– Bien sûr, mais, tu sais…, si personne ne fait attention à elles, c'est peut-être que personne ne les aime.

– Qui ça, personne ?

– Leurs parents.

– Bien sûr qu'ils les aiment, leurs parents. Les parents aiment toujours leurs enfants. C'est dans les gènes. T'as qu'à demander à ton père.

– Oui, mais ma maman dit qu'elles sont comme des Lego avec rien à l'intérieur et qu'elles ne savent rien à rien.

– Arrête ! Elles savent tout ! Elles s'amusent, et tu le sais bien. Honnêtement, tu n'avais pas envie de les rejoindre à l'étage, hier soir ?

– Un peu, répondit Penny après un silence.

– Bien sûr que t'en avais envie, repartit Barbara. Quand elles t'ont posé la question, tu leur as répondu que tu monterais sûrement plus tard.

– Tu sais bien que si tu leur dis non elles se moquent de toi. Et puis j'avais pas dit à papa et maman qu'elles seraient à cette soirée. J'avais juste dit que toi tu y allais. Alors j'ai pensé que s'il se passait quelque chose je ne pourrais pas en parler à maman. Si je l'avais fait, elle aurait su que je lui avais menti.

– Tu lui as pas menti : tu lui as pas tout dit, c'est pas pareil. De toute façon, t'as pas besoin de tout lui dire. T'es plus un bébé.

– Mais à toi je te dis tout, pourtant !

– Entre amies, c'est pas la même chose.

– Mais maman est aussi mon amie. Elle trouve toujours les mots qui aident.

– Ouais, comme cette histoire de Lego…

– Eh bien, c'est pas si bête. Pourquoi tu ne veux pas me dire ce qu'elles faisaient à l'étage hier soir ?

– Parce que tu n'es pas venue avec nous, alors que je t'attendais. *Moi*, je les ai suivies ; toi, t'es pas venue alors que tu m'avais promis. On aurait dit que tu t'en fichais, de moi.

– J'arrêtais pas de me demander si je devais ou pas. J'en avais envie et en même temps je ne voulais pas y aller. Parce que… elles me font peur, tu sais, j'y peux rien. Elles parlent fort, je ne pige pas leurs blagues et je me sens idiote. Maintenant, dis-moi ce qu'elles fabriquaient là-haut.

– Elles étaient vautrées sur les canapés de cuir, elles se

laissaient glisser par terre en rigolant, elles racontaient des histoires, elles buvaient de la bière, tout ça, quoi... La télé marchait. Et Arnie et Vera ont couché ensemble.

– Devant tout le monde ?

– Non, bien sûr que non. Quelqu'un leur a dit de le faire, mais ils ont préféré aller dans une chambre.

– Je déteste Arnie. Il était avec ceux qui m'ont bousculée l'autre jour dans la cour. Vera aussi, je la déteste. Elle arrête pas de se moquer de moi. Et..., et toi, qu'est-ce que tu faisais là-haut ?

Barbara resta silencieuse.

– Non ? T'as pas fait ça ? reprit Penny.

– Non, mais j'en avais vraiment envie, histoire de voir. Tu sais, elles parlent que de ça et elles n'aiment que les filles qui le font. Joey a commencé à m'attirer vers une des chambres, il a mis sa main là et puis il m'a mis sa langue dans la bouche. C'était vraiment dégoûtant, il sentait la bière. Et il suçait comme un malade, j'ai cru qu'il allait m'arracher la langue. Beurk ! Un truc horrible.

– Il te suçait la langue ? C'est dégueulasse.

– T'as raison. C'était dégueulasse.

– Alors, qu'est-ce que t'as fait ?

– Je l'ai poussé par terre.

– Tu l'as poussé par terre ?

– Oui, je l'ai poussé, il s'est pris les pieds dans un pouf et il est tombé à la renverse.

– Il devait être furax.

– Ouais, il m'a traitée de tous les noms. Et tout le monde se marrait.

– À cause de lui ?

– Non, à cause de moi ! Ils m'ont traitée d'idiote, d'allumeuse et de pauvre conne. Ils se sont mis en cercle autour de moi et ils ont fait une espèce de ronde en chantant « pauvre conne, pauvre conne, pauvre conne ». L'horreur ! Je ne les avais jamais vus comme ça.

– Parce que, toi, t'es toujours en train de leur tourner autour. On dirait que t'aimes ça. Moi, je déteste te voir avec toute cette bande.

– C'est pas que j'aime leur tourner autour. D'ailleurs, la plupart du temps, je les hais. Je les ai jamais accompagnés là où ils vont après l'école, pourtant, ils m'ont souvent demandé. Mais, tu sais, je pourrais pas supporter qu'ils se moquent de moi tout le temps, comme ils l'ont fait hier soir. Comme ils le font avec toi. Et puis ils sont quelquefois sympas. Penny, j'aimerais vraiment être comme eux et faire partie de leur bande.

– Ils confondent l'amour et la baise.

– Qu'est-ce que tu racontes ?

– Ce qu'ils font, c'est pas l'amour. Ils font ça aussi facilement que s'ils se serraient la main.

– Se serrer la main ? gloussa Barbara. D'où tu sors ça, encore ?

– De ma mère.

– Arrête un peu avec ta mère ! Je l'aime bien, elle est gentille, mais côté sexe elle y connaît rien. Elle est trop vieille.

– C'est même pas vrai. Maman sait tout, et en sexe aussi. D'abord papa et elle arrêtent pas de s'embrasser. Et tous les samedis et dimanches matin la porte de leur chambre reste fermée. Un jour, Cliff et moi, on a écouté, on les a entendus parler et faire ces... drôles de bruits, tu vois ce que je veux dire ?

Garth passa un bras autour de la taille de Sabrina.

– Il faudrait peut-être revoir l'isolation phonique de la maison, lui chuchota-t-il.

– Du moment que nous nous aimons, nous n'avons rien à cacher, répondit la jeune femme en souriant.

– Et j'ai compris qu'ils étaient en train de le faire, poursuivait Penny.

– Eh bien, moi, repartit Barbara en soupirant, je n'ai jamais eu l'occasion d'entendre des choses pareilles. Mes parents ne s'embrassent pas beaucoup, en tout cas, pas devant moi. Le soir, ils ferment leur porte, et le matin ils se lèvent avant moi. À mon avis, ils ne font pas ça très souvent. Dommage... Ta mère t'a dit que c'était comme se serrer la main ? ajouta-t-elle après un silence.

– Non, elle a dit qu'il ne fallait pas que ça soit comme se serrer la main, que ce n'était pas comme un sport qu'on pratique après l'école.

Barbara éclata de rire et dit :

– Les filles, cet après-midi, vous avez le choix entre basket-ball, gymnastique et baise. Ça serait affiché sur le tableau dans le préau, et on cocherait l'activité choisie.

– Chut ! dit Penny. Parle plus bas.

Sa camarade baissa un peu la voix avant d'ajouter :

– T'aimerais pas essayer, quand même ? Pour voir ce que c'est *vraiment* ? À les entendre, c'est vraiment génial. Et, comme je ne sais pas de quoi elles parlent, je me sens *petite*, tu vois ; j'ai l'impression qu'elles sont déjà adultes et que moi je suis restée un bébé.

– Ma mère dit qu'on doit attendre de rencontrer un homme avec qui on a envie de tout partager pour faire l'amour avec lui. Que c'est toute la différence entre faire l'amour et baiser.

– Penny a de la chance d'avoir une mère comme toi, dit Garth en embrassant Sabrina sur la joue.

286

– Elle a pas pu dire ça ! s'exclama Barbara. Elle a pas pu dire
« baiser ».

– Bien sûr que si. Elle le dit pas souvent parce que c'est un
gros mot. Mais un jour on en a discuté parce que je lui ai raconté
qu'à l'école on ne parlait que de baise et de masturbation.

– En tout cas, c'est pas elle qui va en classe tous les jours avec
ces filles-là.

– Elle dit que c'est que des gamines, et que si elles se moquent
de nous c'est parce qu'elles ont peur mais qu'elles veulent pas
l'avouer. Elles sont allées trop loin, elles peuvent plus reculer et
elles savent pas comment s'en sortir.

– Si tu veux mon avis, elles n'ont pas l'air d'avoir peur. En
tout cas, hier soir, elles avaient pas la frousse.

– Je te parie que si.

– Eh bien, Arnie et Vera, ils avaient l'air très à l'aise quand
ils sont entrés dans la chambre.

– Tu les as vus faire ?

– Non, ils avaient fermé la porte.

– Alors comment tu sais qu'ils l'ont fait ?

– Parce qu'ils l'ont dit quand ils sont ressortis.

– Et après, qu'est-ce que t'as fait ? Pourquoi t'as mis tout ce
temps à redescendre ? T'as fait autre chose ?

– Oui.

– Mais tu m'as rien dit !

– J'allais le faire... J'ai essayé la coke. Ils étaient tous en train
d'en renifler.

– T'as pris de la coke ?

– Juste un peu.

– Combien ?

– Je ne sais pas. Mais sûrement pas beaucoup.

– Et qu'est-ce que ça t'a fait ?

– Ça m'a chatouillé le nez.

– Mais tu t'es sentie comment ?

– Bien. Comme si tout était parfait. Ils ont arrêté de se moquer
de moi, je faisais partie du groupe, je me sentais adulte. C'était
vraiment bien.

– Et après, t'as fait quoi ?

– Rien de spécial, je suis restée là. Et puis j'en ai eu marre
parce qu'ils se sont remis à être comme avant. Alors je suis redes-
cendue.

– C'est tout ?

– Ouais, ça n'a rien d'extraordinaire : c'est juste que tu te sens
bien pendant un moment. T'as qu'à essayer ; tu pourrais leur en

demander, ils en ont plein. Et puis on pourrait aussi leur demander ce qu'ils font le week-end et après l'école.

— Tu crois qu'ils prennent de la coke ?

— Ouais, et ils font l'amour, aussi. Je suis sûre qu'ils nous laisseraient venir avec eux. Ils m'ont dit qu'ils aimaient les vierges.

— C'est impossible. Je n'arrive pas à croire que des enfants puissent dire des choses pareilles, dit Sabrina dans un souffle, prête à bondir dans la chambre.

Mais Garth la retint.

— Laisse, elle se débrouille très bien sans nous.

— Alors, qu'est-ce que t'en penses ? insistait Barbara.

— J'en pense que c'est non, répondit Penny d'une voix de plus en plus assurée. Je n'ai aucune envie de ressembler à ces filles. Ma mère dit qu'elles gâchent leur vie, qu'elles ne savent pas qui elles sont, ni...

— C'est idiot de dire ça. Elles savent parfaitement qui elles sont !

— Ouais, mais elles savent pas ce qu'elles deviendront quand elles seront adultes, vraiment adultes. On a la vie devant nous, tout nous est encore possible : l'amitié, la connaissance, l'amour, mais on doit attendre et les découvrir progressivement. Alors moi, je préfère attendre.

Sabrina poussa un long soupir de soulagement. « Voilà peut-être ce que j'ai fait de mieux dans ma vie. » Elle posa la tête sur l'épaule de Garth, qui l'embrassa tendrement sur le front.

— Et puis de toute façon, termina Penny, abattant sa dernière carte, si ma mère apprenait que je traîne avec elles, elle me boucleriait pendant un an.

— Un an ? C'est dégueulasse ! C'est pas juste !

— Je sais, mais elle, elle trouve ça juste. Elle dit que c'est important pour moi. Et d'une certaine façon... je la crois.

— Tu la crois ?

— Tu sais, quand je parle avec elle, j'ai l'impression que tout ce qu'elle dit est juste.

— C'est parce que c'est ta mère.

— Peut-être que c'est aussi parce qu'elle n'a pas tort, répondit Penny.

« J'aime bien la façon dont ma fille raisonne », se dit Garth.

— Tu sais, Penny, poursuivit Barbara, si tu le fais pas, je le ferai pas non plus. Si on était deux, on pourrait au moins en parler, mais j'ai pas envie de le faire seule.

— Tu feras rien du tout ?

— Non. Mais elles vont recommencer à se moquer de moi.

– On n'aura qu'à rester ensemble, et on s'inventera un code. On se parlera chinois.

– Je ne connais pas un mot de chinois.

– Moi, si. Lu Zhen m'a appris quelques phrases. Il est vachement sympa. Quand il reviendra dîner, je lui demanderai de m'en apprendre d'autres et je te les dirai.

– C'est encore plus difficile que le français, non ? demanda encore Barbara.

Puis la conversation dériva sur le nouveau professeur de français qu'elles allaient avoir à la rentrée prochaine, sur la pièce de théâtre qu'allait monter la classe cette année-là et sur certains pull-overs à la mode qu'elles avaient repérés dans une vitrine. Quelques instants plus tard, elles quittèrent la chambre avec l'idée qu'un goûter serait le bienvenu.

– Mrs. Thirkell a toujours quelque chose de prêt. Elle est extra. Papa dit qu'elle est comme le soleil et l'Empire britannique : elle ne capitule jamais. Je crois que ça veut dire qu'elle ne se pose jamais, qu'elle est toujours là quand on a besoin d'elle.

– T'en as de la chance, dit Barbara. Tu vis comme une princesse.

Leurs voix s'évanouirent dans l'escalier. Sabrina souriait.

– Je suis contente que Penny ait retenu ce que je lui ai dit. Je suis fière d'elle. Elle sait qu'elle peut nous parler, qu'on sera toujours là si elle a besoin d'aide. J'y pense, Garth, Claudia a appelé tout à l'heure, on a eu une longue conversation toutes les deux. Elle m'a raconté que vous alliez à Washington la semaine prochaine et m'a demandé ce que je ferais, à sa place, avec Leglind. J'ai du mal à croire qu'elle ait vraiment besoin de mon avis.

– Qu'est-ce qu'elle a dit, au juste ?

– Elle cherche un moyen d'amener Leglind à publier un démenti. Elle voulait me demander mon avis.

– Que lui as-tu conseillé ?

– De faire un peu de chantage. De lui dire que vous seriez ravis de l'associer aux cérémonies de lancement du nouvel Institut pour le remercier de son soutien à la communauté scientifique, mais que, dans la situation actuelle, vous auriez l'air de vouloir l'acheter. S'il veut être invité, il sera donc obligé de démentir publiquement les accusations qu'il a portées contre vous.

– Ça me déprime qu'il faille toujours en passer par là.

– Ce qui te déprime, surtout, c'est que ça va marcher.

– Oui, parce qu'il y a beaucoup de députés honnêtes, mais que ceux qui réussissent sont corrompus. Et ça ne vaut pas seulement pour le Parlement, c'est partout pareil. Qu'est-ce que Claudia a pensé de ta suggestion ?

– Elle a pensé que c'était plus réaliste que de faire appel aux bons sentiments de Leglind.

– Évidemment, il n'en a pas. Bien, nous verrons tout ça au moment du rendez-vous.

– Avez-vous décidé de ce que vous alliez dire l'un et l'autre ? Vous êtes-vous réparti les tâches ?

– Elle m'a demandé de la laisser parler. Je serai curieux de voir ça. Elle qui ne dit jamais un mot plus haut que l'autre, j'aimerais bien la voir chapitrer un député.

Et, en effet, Claudia n'éleva pas la voix dans le bureau d'Oliver Leglind ; elle parla même si doucement que le député et Roy Stroud durent tendre l'oreille.

– Merci de nous avoir accordé si rapidement un rendez-vous, dit-elle.

Les deux hommes échangèrent un regard surpris : ils ne s'attendaient pas qu'une femme en charge de tant de responsabilités pût adopter un ton si doux.

– Nous avons été très heureux d'apprendre par M. Stroud que nous étions hors de cause, poursuivit Claudia. Il n'en demeure pas moins que cette affaire nous a porté un tort considérable.

Le député fronça les sourcils. C'était un homme au physique étrange : de petite taille, il avait des bras démesurément longs pour son buste et des jambes trop courtes. Restait son épaisse chevelure ondulée, qui faisait manifestement sa fierté. Garth le savait capable de magnétiser une foule, de la faire sortir de sa torpeur en lui racontant comment le gouvernement gaspillait son argent et menaçait les fondements mêmes de la vie américaine. Mais, à cet instant précis, Leglind n'était pas en train de haranguer une foule. Ses petits yeux, qui perçaient sous des sourcils broussailleux, avaient une expression à la fois perplexe et impatiente.

– Je pensais que vous seriez heureux de vous savoir mis hors de cause, dit-il. Il paraît que vous n'approuvez pas les travaux de notre Commission et que vous avez conseillé au professeur Andersen de ne pas témoigner.

– Personne ne m'a jamais rien dit de tel, l'interrompit Garth. J'ai toujours été disposé à témoigner. M. Stroud le sait parfaitement.

– En effet, j'ai eu vent de la discussion que vous aviez eue avec lui, professeur. Vous semblez penser que je manque de curiosité. Vous avez laissé entendre que je ne m'intéressais pas vraiment à la science et que je fomentais des complots.

– J'ai dit cela, c'est vrai, et vous voudrez bien m'en excuser. Ces remarques étaient déplacées.

Leglind resta silencieux. Garth s'amusait de la façon dont une simple excuse désarmait immanquablement même le plus pugnace des adversaires.

– Heureux de vous l'entendre dire, fit Roy Stroud. Peu de gens ont le courage de reconnaître leurs erreurs. Mais je crois que M. le député ne comprend pas en quoi notre décision de vous mettre hors de cause ne vous donne pas pleine satisfaction.

– Vos accusations continuent de planer sur notre université, répondit Claudia.

– Je ne vois pas où vous voulez en venir, dit Roy Stroud.

– Ce que madame veut nous dire, c'est que nous n'avons publié aucun démenti, repartit froidement Leglind. Cela nous est impossible, puisque vous refusez que les professeurs de votre université témoignent devant la Commission. En tout cas, c'est ce que l'on nous a rapporté. Donc, si l'objet de votre visite est d'obtenir un démenti officiel, j'ai le regret de vous dire que vous avez fait le voyage pour rien.

– Je ne crois pas, rétorqua Claudia. Nous sommes aussi venus vous parler des cérémonies d'inauguration du nouvel Institut de génétique.

Elle brossa alors un tableau flatteur de ces cérémonies qui attireraient l'attention des spécialistes du monde entier et où apparaîtraient de riches mécènes comme Billy Koner, de prestigieux intervenants, voire des Prix Nobel, ainsi que des hommes politiques très en vue. Garth remarqua aux coins de sa bouche une petite moue dédaigneuse alors qu'elle tendait une liste de noms au député Leglind.

– Inutile de vous dire que cette liste est encore confidentielle, mais nous vous l'avons apportée parce qu'il serait naturel que vous y figuriez.

Elle s'interrompit un instant avant de rappeler à son auditoire que le député avait demandé l'ouverture d'une enquête afin de déterminer s'il était réellement opportun de construire un nouvel institut.

– Vous comprendrez qu'il nous est difficile, dans ce contexte, de vous inclure parmi nos fervents défenseurs. Certains diraient que nous essayons de vous corrompre. Tout le monde connaît votre intérêt pour la science, et cet Institut sera à la pointe de la recherche et de l'enseignement, mais comment faire oublier vos accusations ? À dix mois de l'inauguration, un démenti est encore possible. Mais la décision ne nous appartient pas. Et si nous avons fait tout ce chemin pour venir jusqu'à vous, monsieur le député, c'est dans l'espoir que vous pourriez nous aider à résoudre ce dilemme.

Délicatement, presque avec déférence, Leglind prit la liste que lui tendait Claudia et la lut attentivement à plusieurs reprises.

– Roy, dit-il enfin, nous pourrions offrir à boire à nos invités.

Le *Chicago Tribune* du 20 août était ouvert sur la table de Sabrina, dans son grenier, où elle travaillait aux finitions du Koner Building. Il y avait déjà dix jours que la déclaration d'Oliver Leglind avait paru à la une du journal. Et, depuis, la jeune femme y jetait régulièrement un œil.

Il est de notre devoir à tous, en tant que défenseurs de la démocratie, d'étudier et de vérifier la véracité des informations qui nous parviennent. Mais lorsque, dans notre quête de vérité, nous découvrons que certaines informations sont fausses, il nous faut rapidement reconnaître notre erreur afin de protéger la réputation et l'intégrité des intéressés. Tel fut le cas récemment en ce qui concerne la Midwestern University et son Institut de génétique. Quand il ouvrira ses portes l'année prochaine, cet Institut, à la pointe de la recherche et de l'enseignement, constituera un phare pour la science dans le monde entier. La Commission parlementaire science, espace et technologie avait reçu des informations mettant en cause le montage financier de l'Institut et l'usage que faisait l'université des fonds alloués par le gouvernement. La Commission aurait failli à ses devoirs si elle n'avait pas enquêté. Ses investigations ont montré que l'Institut dirigé par le professeur Garth Andersen était un modèle du genre et que la Midwestern University utilisait de façon pleinement justifiée les fonds accordés par l'État. Il se commet beaucoup d'exactions dans notre grand pays, et il est de notre devoir de les dénoncer, mais nous devons aussi applaudir toutes les magnifiques réalisations qui...

« Autant de paroles ronflantes pour dissimuler le fait que seuls l'intéressent son pouvoir et son image, et pour dissimuler aussi qu'on peut l'acheter », se dit Sabrina en retournant à ses échantillons de moquettes, de tentures, de parquets et de carrelages. Désormais, tout était décidé : il ne lui restait plus qu'à emballer les échantillons et à les envoyer aux fournisseurs en passant la commande. Le Koner Building avait été son plus gros chantier. Maintenant que sa partie du travail était terminée, elle se sentait à la fois soulagée et un peu triste. En dessous d'elle, la maison vide dormait dans la lourde chaleur de cet après-midi du mois d'août. Tout était calme et silencieux : c'était le jour de congé de Mrs. Thirkell. Penny et Cliff étaient chez des copains, et Garth parti faire une mystérieuse course à Chicago. Penny avait déclaré le matin même au petit déjeuner qu'elle soupçonnait son père d'aller acheter le cadeau d'anniversaire de maman.

– Parce que c'est dans quinze jours, avait-elle dit. Cliff et moi, on a déjà préparé nos cadeaux.

Dans quinze jours, il y aura un an que je vis ici, un an que je suis Stéphanie Andersen, un an que j'aime cette famille qui est devenue la mienne.

Un an auparavant, elle avait encore deux vies, deux maisons, deux affaires. Bientôt, tout serait terminé, elle aurait signé les papiers qui allaient faire d'Alexandra la propriétaire des Ambassadeurs. Elle avait encore sa maison de Cadogan Square, mais les amis d'Alexandra souhaitaient l'acheter et s'y installer dès le mois de décembre. « À ce moment-là, je n'aurai plus qu'une maison, qu'une famille, qu'une affaire, un seul centre à ma vie », se dit-elle en descendant les cartons au coursier qui attendait en bas, devant la maison. À peine avait-il tourné au coin de la rue que la sonnerie du téléphone retentit.

– Stéphanie, c'est Vernon Stern. Je voulais savoir où vous en étiez avec vos commandes.

– Elles viennent de partir.

– Parfait. Je n'étais pas vraiment inquiet, mais j'ai l'habitude de tout vérifier.

– À votre place, j'aurais fait de même.

– J'espère que nous nous reverrons bientôt, Stéphanie, ajouta Vernon après un silence. J'ai beaucoup apprécié de travailler avec vous.

– Moi aussi. Vous m'avez appris beaucoup de choses. Je m'apprêtais d'ailleurs à vous écrire pour vous en remercier.

– M'écrire ! Comme c'est formel ! Nous pourrions plutôt dîner en tête à tête.

– Non, nous ne pourrions pas, répondit Sabrina du tac au tac. En revanche, si vous voulez venir dîner à la maison, vous serez le bienvenu.

– Je ne dis pas non, mais, vous savez, c'est toujours un peu difficile, pour les célibataires comme moi, d'être invité chez des amis, de partager un moment leur vie de famille et de rentrer ensuite tout seul chez soi. Sans compter qu'avec vous, Stéphanie, c'est différent : je dois avouer que je n'ai pas très envie de vous voir dans le rôle de l'épouse comblée.

– Si vous êtes vraiment mon ami, Vernon, ça devrait vous faire plaisir, au contraire.

– Vous savez, je vous admire de ne pas faire partie de ces gens qui courent toujours après quelque chose : l'argent, la célébrité, une maison plus grande, une voiture, un nouveau conjoint... Il y a en vous une sérénité qui me fascine. Vous savez si bien qui vous êtes et ce que vous attendez de la vie...

Lorsqu'ils eurent raccroché, Sabrina repensa au mot « sérénité ». Le plus beau cadeau que lui avait fait Garth, c'était précisément cette sérénité.

En entendant s'ouvrir la porte d'entrée, elle se dit que les enfants rentraient plus tôt que d'habitude. Elle se dirigea vers le salon et s'arrêta net dans l'embrasure de la porte. Lu Zhen se tenait au milieu de la pièce, le visage hagard, les yeux exorbités, la cravate en bataille. Et un petit revolver au poing. Il dévisagea Sabrina avec affolement.

– Vous n'étiez pas censée être là.

– Mais, Lu, qu'est-ce qui vous prend ?

Il agita le revolver d'une main hésitante, comme s'il attendait que quelqu'un lui dise ce qu'il devait en faire.

– Lu, qu'est-ce qui vous prend ? répéta Sabrina.

Le jeune homme rejeta la tête en arrière, et son bras se raidit.

– Asseyez-vous, Mrs. Andersen.

– Lâchez d'abord cette arme. Qu'est-ce qui vous arrive ?

– Mrs. Andersen, je vous ordonne de vous asseoir.

– Je vais m'asseoir, Lu, nous allons nous asseoir tous les deux, mais d'abord donnez-moi ce revolver.

Le cœur battant, Sabrina se dit qu'elle vivait un cauchemar : des choses pareilles n'arrivaient que dans les films.

– Donnez-le-moi, reprit-elle d'une voix enrouée. (Elle s'éclaircit la gorge avant d'ajouter :) Je vais le ranger, je ne dirai rien à personne. Le professeur Andersen n'en saura rien.

– Le professeur Andersen ! s'écria Lu avec dépit. C'est lui que je viens voir. Vous étiez censée être au travail. Il ne devait y avoir personne d'autre que lui dans la maison. Asseyez-vous, lui intima-t-il encore une fois en la menaçant de son arme.

Sabrina s'assit sur le bras d'un fauteuil.

– Pourquoi...

– Asseyez-vous *dans* le fauteuil ! J'ai dit *dans* le fauteuil !

La jeune femme se laissa glisser sur le siège sans quitter Lu Zhen du regard.

– Pourquoi avez-vous pris un revolver pour venir ici ?

– Parce que je n'avais pas d'autre solution. Mais ce n'est pas à vous que je veux parler, c'est au professeur et à personne d'autre.

– Je ne sais pas quand il va rentrer. Pourquoi ne pas vous asseoir en attendant son retour ?

– Plus jamais je ne m'assiérai chez vous.

– Quel culot ! lui lança Sabrina. Nous vous avons toujours accueilli ici comme si vous faisiez partie de la famille.

– Je n'ai jamais fait partie de votre famille ! Vous vous moquiez de moi !

– C'est faux, et vous le savez. Depuis deux ans, nous nous sommes beaucoup occupés de vous. Je sais que votre famille vous manque et que vous vous êtes fait peu d'amis ici.

– Ce n'est pas le problème, grommela Lu Zhen.

– Alors quel est le problème ? Je peux peut-être vous aider, mais pas sous la menace. Est-ce ainsi que vous traitez vos amis ?

– Je n'ai pas d'amis dans cette maison.

– À qui la faute ? Il n'y a pas si longtemps, nous étions vos amis, et vous étiez même impatient de venir dîner ici. Maintenant, posez ce revolver.

– J'en ai besoin.

– Pour quoi faire ? Pour me tuer ?

De la tête, Lu Zhen fit signe que non. Très pâle, il baissa le bras et regarda le revolver qui pendait au bout de sa main.

– Non, je ne veux pas vous tuer, dit-il enfin.

– Vous ne voulez tuer personne. Vous savez très bien que ça ne ferait qu'aggraver les choses. Lu, donnez-moi cette arme. On ne peut pas continuer à rester là comme des ennemis.

Le jeune homme la regarda longuement, et, au moment où Sabrina sentait qu'il allait basculer, la porte d'entrée s'ouvrit brutalement sur Garth et les enfants.

– Mais bon Dieu... ! s'exclama Garth.

– Restez où vous êtes ! cria Lu.

– Mais qu'est-ce que tu fabriques avec un revolver en plastique ? lui demanda Penny.

– Il n'est peut-être pas en plastique, dit Cliff en poussant sa sœur vers l'escalier.

Garth s'élança dans la pièce.

– Donne-moi ça ! Bordel, puisque je te dis de me donner ce revolver !

– N'approchez pas ! hurla Lu, au bord de l'hystérie. N'approchez pas !

– Tu ne toucheras à personne dans cette maison, tu m'as compris ? C'est à *moi* que tu en veux. Laisse-les tranquilles, si tu tiens à ta peau. Viens dehors, on va s'expliquer.

– Je n'irai nulle part avec vous ! Vous avez ruiné ma vie !

Il fit volte-face au moment où Penny et Cliff commençaient à gravir l'escalier.

– Revenez ici tout de suite, vous deux ! Vous croyez que je ne sais pas que vous allez appeler la police ?

– Laisse-les tranquilles ! hurla Garth en se précipitant vers Lu, qui braqua le revolver au niveau de sa tempe.

– Je te déteste, cria Penny. Je croyais que t'étais gentil, que t'allais m'apprendre le chinois ! Tu es méchant, je te déteste, répéta-t-elle en se précipitant dans les bras de sa mère.

– Je ne suis pas méchant, répondit Lu d'une ton presque enfantin. C'est *vous*..., vous qui croyez que vous pouvez attraper quelqu'un et l'écrabouiller comme ça, ruiner toute sa vie, ses espoirs...

– Ne fais pas ça ! Ne fais pas ça ! cria Cliff en le voyant brandir à nouveau le revolver.

Terrorisée, Sabrina serra Penny contre elle, se penchant pour essayer de la protéger. Oui, Lu Zhen pouvait les tuer. Au journal télévisé, on voyait sans cesse des individus qui, ayant perdu la raison, s'étaient procuré une arme : sous le coup de la colère, ils ne trouvaient d'autre solution que de tuer. « Penny et Cliff ne peuvent pas mourir. Ils ne peuvent pas mourir. » La jeune femme sentit une peur panique l'envahir.

– Lâche cette arme ! rugit Garth en se jetant sur Lu.

Celui-ci esquiva l'attaque et, à reculons, gagna l'autre bout de la pièce, les menaçant toujours.

– Et si je ne la lâche pas ? Qu'est-ce que vous pouvez faire ? Rien.

– Je t'ai dit de sortir. Nous allons parler...

– Parler ! À quoi ça sert de parler ? On a déjà parlé dans votre bureau. Je sais que je n'ai rien à attendre de vous. Vous êtes jaloux de moi parce que je vous ai dépassé, parce que je vais avoir le prix Nobel, que je serai célèbre et que vous, vous resterez à croupir dans votre Institut minable. Mais je mérite le succès, moi ! Est-ce que vous savez seulement comment j'ai pu travailler, depuis deux ans ? Sûrement plus que vous ne l'avez jamais fait dans toute votre vie. Vous, les Américains, vous ne savez pas ce que c'est de travailler comme ça. Parce que vous avez tout, vous croyez que tout vous est dû, vous décidez pour les autres, et si quelqu'un fait quelque chose qui vous déplaît vous vous en débarrassez comme d'un déchet. Mais je ne suis pas un déchet ! En tant que scientifique, je vaux autant que vous, professeur Andersen, même plus ! J'ai fait ma thèse, j'ai conduit mes expériences, vous m'avez prédit une brillante carrière et maintenant je vous jure que vous allez faire tout ce que je vous dis parce que, cette fois, c'est moi qui commande ! Vous allez appeler la rédaction de *Science* et dire que vous envoyez mon article, qu'il faut le publier immédiatement.

– D'accord, je vais appeler *Science*. Mais seulement quand nous serons sortis. Je prends le téléphone avec moi, on appellera depuis le porche.

– Je ne vous crois pas. Vous dites ça uniquement pour me faire sortir d'ici. Vous vous croyez tellement malin ? Vous pensez que vous pouvez m'avoir aussi facilement ? Mais je sais que vous n'appellerez pas, parce que vous êtes jaloux, parce que mon article vaut plus que tout ce que vous avez fait dans votre putain de vie.

– Ton article est une escroquerie, s'écria Garth malgré lui.

– Ce n'est pas une escroquerie ! Vous avez dit vous-même qu'il était important ! Vous avez eu tort de croire ce que vous ont raconté les autres chercheurs. Ils vous ont menti pour ne pas dévoiler leurs travaux. Eux aussi sont jaloux parce que je suis jeune et que je débute. Vous devriez le savoir. Mon article n'est pas une escroquerie, et il faut qu'il soit publié pour que je puisse rentrer chez moi !

– Mais tu sais bien que personne ne pourra jamais reproduire tes expériences. Tu n'arrives donc pas à te fourrer ça dans le crâne ? Toute la communauté scientifique saura que tes expériences ne marchent pas.

– Elles marcheront. Il suffit d'exécuter correctement la procédure. De toute façon...

– De toute façon, d'ici là tu seras en Chine, c'est ça ? Et tu crois peut-être que les scientifiques chinois ignorent ce que le reste du monde fait en biologie moléculaire ?

– Je m'occuperai de ça là-bas.

– Comment ?

– Je n'en sais rien !

Au paroxysme de la fureur, Lu avait hurlé ces derniers mots. Soudain, il pointa le revolver vers le plafond et tira. D'instinct, Garth fit un bond en arrière. Penny poussa un cri strident. Le coup de feu résonna dans toute la maison. Des débris de plâtre tombèrent sur leurs têtes.

– Lu, écoute-moi, je t'en prie, écoute-moi, dit Sabrina. Tu ne gagneras rien à nous faire du mal. Ce sera encore pire pour toi. Lâche cette arme, Lu, lâche cette arme.

Mais Lu l'entendait à peine. Un instant, il avait eu l'air étonné, déconcerté, comme surpris lui-même de son geste, puis le désespoir s'empara à nouveau de lui.

– Vous voyez que ce n'est pas un jouet, professeur. Je ne plaisante pas, et vous ferez ce que je vous dis parce que vous avez peur, n'est-ce pas ? L'éminent professeur Andersen a peur ! Vous vous imaginez que tous vos petits étudiants tremblent devant vous, mais maintenant c'est vous qui tremblez ! Quel effet ça vous fait ? Si vous n'appelez pas cette revue, vous le regretterez. Appelez-les tout de suite ! J'ai dit tout de suite !

– Et une fois que je les aurai appelés, qu'est-ce que tu feras ? Tu partiras d'ici satisfait ? Ou tu nous tueras tous parce que tu sais que tu ne t'en sortiras pas ? Tu es piégé, Lu, ajouta Garth en faisant un pas vers lui. C'est fini.

– Stop ! cria le jeune homme.

– Pense à ton pays, tu as encore ta chance, là-bas. Ton dossier académique est excellent, tu obtiendras facilement un poste d'enseignant en Chine. Tu as un avenir. Mais pas si tu utilises cette arme, dit encore Garth, continuant d'avancer

« Oh, mon chéri, pensa Sabrina du fond de sa terreur. Tu es toujours tellement rationnel, mais la raison ne suffit pas toujours. »

– Ne faites pas un pas de plus ! aboya Lu. Vous ne connaissez rien à la Chine. Je sais que tout ira très bien là-bas, mais d'abord il faut que mon article soit publié ! Il faut que j'aie un nom !

– Un nom que tu te seras fait en trichant.

– Non ! Je n'ai pas triché. Et si vous ne faites pas ce que je dis, ajouta-t-il en braquant le revolver vers Sabrina et Penny, je vous tuerai tous ! Vous ne me croyez pas, mais je le ferai, parce que je n'ai rien à perdre !

Une fraction de seconde, il eut l'air irrésolu ; Garth et Cliff profitèrent de cet instant d'hésitation pour se jeter sur lui et le plaquer au sol. Un coup de feu partit. Penny poussa un hurlement.

– Garth ! cria Sabrina en bondissant du fauteuil. Mon Dieu ! Garth ! Cliff !

– Tout va bien, dit Garth en s'agenouillant auprès de Lu, qu'agitaient de silencieux sanglots.

– T'as vu, papa, on lui a sauté dessus au même moment ! s'exclama Cliff, tout étonné de se retrouver à cheval sur le corps de l'étudiant.

– C'est que, toi et moi, nous formons une bonne équipe, renchérit son père en arrachant le revolver de la main inerte de Lu. Tout va bien, ma chérie, ajouta-t-il en se redressant pour prendre Sabrina dans ses bras. Quand je pense qu'il aurait pu vous faire du mal...

– Nous avons tous eu peur, dit-elle en laissant aller sa tête contre la poitrine de Garth.

– Papa ? demanda Penny. Qu'est-ce qu'il va faire quand Cliff va le lâcher ?

– Rien du tout, il est en minorité. Cliff, va ranger ça dans la bibliothèque, ajouta-t-il en tendant le revolver à son fils. On s'en débarrassera plus tard.

– Oui, dit le jeune garçon, les yeux écarquillés, fier de se voir confier une telle responsabilité.

Puis il se leva lentement, guettant le moindre mouvement de Lu, mais celui-ci resta immobile, la tête dans les bras, les épaules secouées de tremblements. Cliff prit précautionneusement le revolver que lui tendait son père et, presque sur la pointe des pieds, se dirigea vers la bibliothèque.

– Il ne peut rien faire, répéta Garth pour rassurer Penny, toujours recroquevillée dans son fauteuil. C'est fini, maintenant. On cherchera la balle plus tard. Elle s'est sûrement logée dans un meuble. L'essentiel, c'est que nous soyons tous sains et saufs.

Sabrina vint s'agenouiller à côté de la petite fille.

– C'est fini, ma chérie. Lu a fait quelque chose de très mal, mais je suis sûre qu'il le regrette, maintenant. Et personne n'a été blessé. Nous sommes tous là...

– J'ai eu tellement peur, maman. Je croyais qu'il ne pouvait rien nous arriver dans notre maison.

– Eh bien, tu vois, grâce à ton père et à Cliff, il ne nous est rien arrivé. On en reparlera plus tard, si tu veux bien. Pour l'instant, il faut qu'on s'occupe de Lu Zhen. Tu ne veux pas monter dans ta chambre ?

– Cliff va venir avec moi ?

– Pose-lui la question, il est sûrement encore dans la bibliothèque.

– Penny sortit de la pièce pour aller rejoindre son frère, et Sabrina poussa un soupir de soulagement.

– Comment expliquer à une petite fille de son âge que le monde est rempli de dangers de toutes sortes et que, même chez elle, elle n'est pas vraiment à l'abri ?

– Nous lui dirons que nous faisons tout notre possible pour nous protéger mutuellement parce que nous nous aimons, répondit Garth en serrant la jeune femme contre lui. Mais, quand l'amour ne suffit pas, c'est sur la prudence et sur la chance qu'il faut compter. Tu as été formidable, ma chérie.

– J'étais terrifiée, oui.

– Moi aussi. Maintenant, je crois que nous devrions appeler la police, mais en même temps je n'en ai pas vraiment envie. Qu'en penses-tu ?

– Je ne sais pas. Ce garçon est dans un tel état qu'on ne peut pas le laisser partir comme ça. Ce qu'il aurait de mieux à faire, ce serait de rentrer directement en Chine, chez ses parents, et de réfléchir à tout ça avant de prendre un nouveau départ. Mais, en attendant, il ne peut pas rester seul. Tu ne connais personne qui pourrait l'accueillir ?

– Je ne lui connais pas d'amis... À moins que... Il y a ce professeur de chimie, tu sais, celui qui vient de Hong Kong. Il est jeune, célibataire, et Lu l'a vu de temps en temps. Je vais l'appeler. On peut compter sur lui. Je vais lui raconter toute l'histoire.

– Non ! s'écria Lu en se relevant brusquement. Ne dites rien à personne. Je vous en prie. Surtout pas au professeur Shao Meng. Il a... une très bonne opinion de moi.

— Tu ne peux pas rester seul, dit Garth. Shao Meng est un homme de cœur, qui aurait très bien pu être ton ami si tu étais allé vers lui. C'est lui qui décidera s'il doit ou non en parler. Tu n'as plus le choix.

— Il n'aura plus aucune estime pour moi.

— Ça, c'est ton problème. Assieds-toi là pendant que je l'appelle. Et ne bouge pas.

Lu se laissa tomber sur une chaise, les bras ballants. Il profita de ce que Garth était en train de téléphoner dans le vestibule pour apostropher Sabrina.

— Ça ne vous dérange pas que votre mari détruise ma vie ?

— C'est curieux que tu ne comprennes pas qu'il fait précisément le contraire. Il te redonne une chance. Quel avenir aurais-tu, en tant que scientifique, si l'on découvrait que tu as triché ? Comme ça, tu vas pouvoir rentrer en Chine avec ton doctorat, et personne ne saura ce que tu as fait.

Lu marmonna quelques mots inaudibles.

— Qu'est-ce que tu dis ? lui demanda la jeune femme.

— Des doctorats, il y en a à la pelle. Moi, ce que je veux, c'est réussir, être célèbre.

— Tu y parviendras peut-être un jour, mais pas si tu continues à te mentir et à nous mentir à tous.

— Je ne mens pas. Ce sont les autres qui mentent. Le professeur Andersen a tort de les écouter.

Sabrina le dévisagea avec stupeur. « Après tout ce qui s'est passé, il n'en démord pas, il n'en tire aucune leçon. À croire que son aptitude à se raconter des histoires est illimitée. »

— Maintenant, vous ne m'aimez plus, n'est-ce pas ? demanda encore Lu.

— Je ne vois rien d'étonnant à cela : non seulement tu as failli ruiner la carrière de mon mari, mais en plus tu débarques ici avec un revolver en menaçant de nous tuer tous. Comment pourrais-je encore t'aimer ?

— Il ne serait rien arrivé à la carrière de votre mari.

— Lu, cesse de te raconter des histoires ! Essaie de regarder la vérité en face, pour une fois ! Je suis sûre que le soir, quand tu es dans ton lit, tout seul avec tes pensées, tu sais très bien que tu as commis une faute, ajouta la jeune femme en scrutant attentivement le visage décomposé de Lu. Dans la journée, tu arrives peut-être à te persuader du contraire, mais je suis sûre que la nuit, quand tu es seul avec toi-même, tu te dis la vérité.

Lu la foudroya du regard.

300

– Ce que je me raconte le soir ne regarde que moi.

– En effet, répondit calmement Sabrina.

Quelques instants plus tard, Garth reparut.

– Shao Meng arrive. Dès demain, il te mettra dans un avion pour la Chine, dit-il à l'intention de Lu. Tu appelleras tes parents de chez lui. Si tu lui poses le moindre problème, nous appelons la police.

Plus aucune parole ne fut prononcée jusqu'à l'arrivée de Shao Meng. Sabrina et Garth lui confièrent Lu. Ils suivirent des yeux la voiture jusqu'à ce qu'elle eût disparu en bas de la rue.

– Quel gâchis... Un garçon si prometteur, et qui pouvait tant espérer de la vie..., murmura Garth en prenant la main de Sabrina alors qu'ils retournaient au salon.

– La vie peut encore lui apporter beaucoup. Peut-être que cette histoire va le faire mûrir.

– J'ai du mal à le croire.

– Moi, je suis plutôt optimiste. Regarde tout ce que nous avons traversé ensemble : Leglind, les problèmes des enfants, et tout à l'heure cette scène digne du pire des westerns... Et, chaque fois, tout s'est bien terminé.

Garth s'assit dans un fauteuil et, souriant, attira sa femme sur ses genoux.

– Tu as raison, nous avons beaucoup de chance d'être ensemble. Il ne faudrait jamais l'oublier.

Ils s'embrassèrent. Sabrina se dégagea de leur étreinte et s'éloigna un peu de lui.

– Il faut que je te dise quelque chose. J'aurais dû t'en parler plus tôt, mais j'ai préféré attendre d'être sûre. Je vends Les Ambassadeurs à Alexandra, ainsi que mes parts de Blackford's. On signe dans quinze jours. Des amis à elle vont acheter la maison de Cadogan Square. L'affaire sera conclue en décembre.

– Tu vends la boutique et la maison ? Tu es sûre que c'est bien ce que tu veux ?

– Tout à fait sûre. Il y a longtemps que j'y réfléchis. Deux vies, c'est trop pour moi. Les rebondissements de celle-ci me suffisent amplement.

Garth éclata de rire, attira la jeune femme contre lui et, lorsque Penny et Cliff firent irruption dans la pièce, ils trouvèrent à nouveau leurs parents en train de s'embrasser.

– Oh, pardon ! s'exclama le jeune garçon en s'arrêtant net sur le seuil du salon, les yeux brillants de ce mélange de joie et de gêne que ressentent toujours les enfants lorsqu'ils ont l'impression de surprendre les grandes personnes.

– De quoi nous demandes-tu pardon ? dit son père. Tu sais

301

bien que vous ne nous dérangez jamais. Vous pouvez venir, Lu est parti, tout est calme à présent.

Son regard se promena dans la pièce, il songea à sa maison, redevenue un refuge pour les siens, et à cette femme, qui avait définitivement adopté leur famille.

13

C'était le début de septembre, deux semaines après le voyage de Max à Marseille. En traversant le salon, Stéphanie remarqua qu'il manquait trois tableaux, dont *Les Alpilles* de Léon Dumas. Max était au téléphone dans son bureau. Elle attendit dans l'embrasure de la porte qu'il eût raccroché.

– Max, où sont passés les tableaux ?

Celui-ci adopta l'air étonné de quelqu'un qui ne pense pas devoir expliquer ses décisions.

– Je les ai envoyés à la restauration.

– À la *restauration* ?

– Non, à vrai dire, ils sont au garde-meubles. Assieds-toi, Sabrina, il faut que je te parle.

– Pas ici, rétorqua instinctivement la jeune femme, comme pour différer l'annonce d'un événement qu'elle pressentait désagréable. On pourrait aller se promener, il fait un temps magnifique, ce matin.

– Si tu veux, répondit Max avec un léger haussement d'épaules.

Ils sortirent de la maison et longèrent la terrasse avant d'emprunter l'allée qui descendait en pente douce jusqu'au portail. Le soleil du matin réveillait le parfum de la lavande, du thym et des dernières roses de la saison.

– Je t'ai un peu délaissée ces derniers temps, ma chérie. Pardonne-moi.

– Tu as été très occupé, répondit Stéphanie.

En réalité, elle s'était réjouie de toutes ces nuits où Max avait travaillé tard : ainsi, elle n'avait pas eu à se refuser à lui.

– Alors, tu ne veux pas me dire ce qu'il se passe ? Tu as l'air inquiet, poursuivit-elle.

– J'ai de nouveaux projets, répondit Max en lui prenant la

main. Mais je ne voulais pas t'en parler trop tôt, de peur que le changement ne te perturbe.

– Quel changement ?

– Un changement dans mes affaires, un déménagement.

Ils étaient arrivés devant une petite église qu'encerclaient des tombes. Ils poussèrent la petite barrière de bois et pénétrèrent dans le cimetière. Stéphanie guida Max vers un banc, à l'ombre d'un arbre immense. Il passa un bras autour de sa taille et l'embrassa sur le front.

– Tu es déjà venue ici ?

– Oui. Robert m'a indiqué cet endroit. J'y viens parfois quand je veux être seule pour réfléchir. Maintenant, dis-moi ce qu'il se passe. Qu'as-tu fait des tableaux ?

– Ils sont dans un entrepôt à Marseille.

– Mais pourquoi ?

Comme il s'apprêtait à répondre, un homme vêtu d'une veste de cuir, d'un bleu de travail et portant un chapeau sombre pénétra dans le cimetière. Son regard croisa celui de Max puis, lentement, il se dirigea vers un petit muret au bord de la falaise et s'absorba dans la contemplation des toits de Cavaillon.

– Rentrons, dit Max en saisissant la main de Stéphanie pour la reconduire jusqu'à la route.

Sur le chemin du retour, il ne cessa de jeter des regards derrière eux, comme s'il craignait d'être suivi. Le calme de la campagne, la beauté et la pureté des paysages qui s'étendaient sous leurs yeux ne parvenaient pas à l'apaiser. Il incita la jeune femme à presser le pas et, une fois arrivé devant leur maison, dit enfin :

– J'ai mis pas mal de choses au garde-meubles en prévision du déménagement.

– Mais pourquoi veux-tu quitter Cavaillon ?

– Sabrina, on en a déjà parlé : il y a tellement de villes et de pays que nous ne connaissons pas et qui sont largement plus intéressants que Cavaillon. Pourquoi voudrais-tu rester enfermée dans ce bout du monde ?

– Je ne me sens pas du tout enfermée. J'aime Cavaillon. C'est chez moi. J'ai enfin trouvé un endroit à moi.

– Tu en trouveras d'autres. Nous en trouverons d'autres ensemble.

– Je n'en veux pas d'autres.

– Peut-être n'auras-tu pas le choix...

– Je l'aurai, riposta Stéphanie en dégageant sa main de celle de Max, alors qu'il s'apprêtait à ouvrir la porte d'entrée. Pourquoi ne restons-nous pas dehors ?

– Parce que je suis plus à l'aise à l'intérieur.

– Pas moi.

Elle pensa à Léon, qui, lui, adorait le soleil, le grand air, l'odeur de la terre, les arbres, une nature dont il tirait sa force. Jamais elle ne pourrait dire cela de Max, qui ne se sentait bien que dans un univers fermé, artificiel, plein de secrets.

Elle le suivit néanmoins jusque dans le salon, où il s'installa sur le canapé, lui ménageant une place à côté de lui. Mais la jeune femme préféra s'asseoir sur le bras d'un fauteuil.

– Je ne quitterai pas Cavaillon, Max.

– Si, tu le feras, dit celui-ci en soutenant son regard, comme pour la plier à ses volontés. Tu n'as pas le choix. Tu n'as que moi. Ce n'est pas parce que cette Jacqueline t'apprend un métier qu'elle va te garder sous son aile indéfiniment. Est-ce que tu crois vraiment que tu vas manquer à quelqu'un à Cavaillon ?

– Je vais manquer à Robert.

– Robert ne sera peut-être plus là.

Stéphanie leva brusquement les yeux.

– Il quitte Cavaillon ?

– Pas tout de suite. Mais il devra peut-être le faire bientôt.

– Pourquoi ?

Il a ses raisons.

– Quelles sont les tiennes ?

Max se leva pour aller se servir un verre au bar.

– Mais tu ne bois jamais le matin ! s'exclama la jeune femme avec surprise.

– Eh bien, ce matin, si.

– Max, je n'en peux plus, dis-moi ce que tu as à me dire. Tu ne vas pas toujours fuir. Je veux tout savoir, y compris... comment tu gagnes ta vie.

Elle l'avait surpris. Il lui lança un regard sévère.

– Tu n'as pas cru un mot de ce que je t'ai dit, n'est-ce pas ?

– Je n'ai surtout jamais cru que tu me disais tout. Maintenant, je veux savoir.

Max retourna s'asseoir et resta un moment silencieux, à contempler son verre.

– Eh bien, si tu y tiens, dit-il enfin. Il y a à Marseille un homme qui travaille pour moi. C'est un graveur de génie, un artiste qui...

– Comment s'appelle-t-il ?

Il hésita un instant avant de répondre :

– Andrew Frick. Tu ne dois jamais prononcer son nom. Je le protège.

– Tu le protèges de quoi ? De la police ?

– Entre autres. Andrew fait des faux billets, et, moi, je les vends dans le monde entier, en grosses quantités, à ceux qui en ont besoin. Ils s'en servent à des fins personnelles, ou pour renverser un gouvernement, faire sortir des prisonniers, équiper des armées privées, ou même construire des écoles.

– Tu fabriques et tu vends des faux billets, répéta Stéphanie, songeuse.

Elle revit la porte du bureau, toujours fermée à clef, et repensa au nombre de fois où elle s'était demandé si Max n'était pas impliqué dans un trafic quelconque. Elle eu un haut-le-cœur. Puis, soudain, elle comprit.

– Comment expédies-tu ces faux billets ?

Max ne répondit rien, et Stéphanie poursuivit :

– Tu les expédies par bateau, dans tes engins agricoles.

– Oui.

– Pourquoi ?

– Parce qu'on ne peut pas transporter de telles quantités de billets dans des bagages.

– Ce n'est pas ce que je te demande. Ce qui m'intéresse, c'est pourquoi tu fais ça.

Elle s'obligea à le regarder droit dans les yeux pour essayer de savoir à quoi il pensait. Elle partageait sa vie depuis plus de huit mois mais n'avait toujours pas la moindre idée de ce qui se passait dans la tête de cet homme. Le regard gris ne lui livra aucun indice ; il était aussi dur et froid que d'ordinaire.

– Max, continua-t-elle, pourquoi as-tu besoin de faire ça ? Ne pourrais-tu pas gagner autant d'argent – en tout cas assez pour vivre – en ayant une activité légale ?

Il se leva, se dirigea vers elle et lui prit les mains.

– Je t'aime, Sabrina. Tu as fait de ces derniers mois les plus beaux de ma vie. Tu m'as donné un foyer. Tu es la plus belle femme que j'aie jamais connue, la plus mystérieuse, aussi, et j'ai envie de te garder près de moi quoi que je fasse, où que je sois.

– Tu ne m'as toujours pas expliqué pourquoi tu faisais ça, répéta la jeune femme d'une voix calme.

Max hésita et, avec un pâle sourire un peu triste, dit :

– Parce que c'est la seule chose que je sache faire, et aussi celle que je fais le mieux.

– Mais enfin, c'est ridicule, tu es si cultivé. Tu pourrais faire beaucoup d'autres métiers.

– Il faut croire que c'est celui que je préfère.

– En attendant, c'est à cause de ça que tu veux quitter Cavaillon, n'est-ce pas ? Parce que la police a découvert quelque chose ? À moins que ce ne soit quelqu'un d'autre, quelqu'un qui pourrait représenter un danger...

– Il n'y a pas que ça.

– Tu n'as tout de même pas... tué... quelqu'un ?

– Non.

L'atroce ironie de la situation rendait Max fou de rage : même à présent qu'il était prêt à le faire, il ne pouvait toujours pas lui dire la vérité. Il ne pouvait pas lui parler de Denton, ni lui dire qu'ils étaient tous les deux en danger parce que ce dernier avait déjà essayé de les tuer. Pour ce faire, il aurait fallu évoquer Sabrina Longworth et tout ce passé qu'il lui avait caché jusqu'à présent.

– Je n'ai tué personne. Je ne suis d'ailleurs pas du tout sûr d'être capable de le faire. Si nous devons quitter Cavaillon, c'est que mes affaires nous y obligent.

– Ce n'est pas vrai. Tu fuis. Tu fuiras toujours, n'est-ce pas ? Et tu te cacheras au lieu de vivre libre. Il y aura toujours quelque chose qui t'obligera à fuir et à te cacher. Je refuse cette vie-là. Même si j'avais envie de quitter Cavaillon, je ne m'enfuirais pas avec toi.

– Mais nous ne serons pas en fuite, Sabrina. Nous achèterons une nouvelle maison, nous découvrirons un nouveau pays. Nous serons ensemble. C'est tout ce qui compte...

Max lut sur le visage de la jeune femme que ce n'était pas là un argument suffisant. Il sentit s'ouvrir une faille en lui et continua, néanmoins, essayant de la convaincre, de lui faire ressentir ce qu'il éprouvait lui-même.

– Je pensais à la Californie, Los Angeles, peut-être. Là-bas, il y a tout : les montagnes, le désert, l'océan. Ou à Rio de Janeiro. J'y ai des relations, des gens qui pourraient t'aider à trouver un autre magasin d'antiquités, à moins que tu ne veuilles monter ta propre boutique. Ce sera un nouveau départ pour nous. Et nous serons ensemble.

Stéphanie fit non de la tête et essaya de se lever, mais Max lui tenait toujours les mains et l'obligeait à rester assise.

– Je suis prisonnière ? dit-elle avec colère.

– Tu ne peux pas partir quand je te parle !

– Je peux partir quand je veux ! s'écria-t-elle avant d'ajouter plus doucement : Enfin, Max, je viens à peine de me faire une nouvelle vie, et tu veux déjà me forcer à l'abandonner. Je refuse. Je veux rester ici. C'est ma maison, j'y suis bien, *tout m'y est familier*, et pour moi c'est ce qu'il y a de plus important en ce moment. Ce n'est pas parce qu'un jour, en Chine, j'ai eu l'idée de changer de vie quelque temps que je veux recommencer ! C'était simplement... Mais qu'est-ce que je dis, Max ?

Elle lui jeta un regard égaré. Les paroles qu'elle venait de prononcer résonnaient encore dans sa tête... *Changer de vie quelque temps*. « Qu'est-ce que ça veut dire ? Qu'est-ce que ça veut dire ? »

– Max, est-ce qu'avant l'explosion je t'ai dit que j'étais allée en Chine ?

– Aucune idée. Si tu y es allée, en tout cas, tu ne m'en as pas parlé.

– Pourquoi serais-je allée là-bas ? Max, aide-moi ! Je ne t'ai jamais rien dit qui aurait pu sous-entendre un voyage en Chine ?

– Non. Je ne crois pas que tu y sois allée. Peut-être as-tu eu le projet d'y aller. À moins que ce ne soit une amie à toi qui...

– J'y suis allée, répondit Stéphanie, impassible. Et je fuyais quelque chose.

Mais elle n'en savait pas davantage, le brouillard s'était refermé sur ses souvenirs. Elle retira ses mains de celles de Max, se leva et se dirigea vers la porte.

Il l'arrêta.

– Tu ne pars pas. Nous n'avons pas encore terminé cette conversation.

La jeune femme crut percevoir enfin une émotion dans son regard : « Il a peur, se dit-elle. Ou alors il est juste inquiet. » Plus elle l'observait, plus il lui semblait voir se creuser les rides sur son visage. « Il a soixante ans. Ça ne doit pas être facile de tout recommencer, de changer de pays et de vie à soixante ans. Surtout seul. »

Elle comprit qu'une fois encore elle ne pourrait pas lui parler de Léon et qu'en réalité jamais elle ne le pourrait. Max partirait en ne connaissant qu'une partie de la vérité. Stéphanie refusait d'affronter les incertitudes d'une fuite. Il lui serait plus facile de vivre avec cette idée qu'avec celle d'un amant.

– Je ne quitterai pas Cavaillon, reprit la jeune femme. Tout ce que je veux est ici.

– Tu ne sais même pas ce que tu veux.

– Détrompe-toi.

– Rien ne dure, Sabrina. Ce que tu crois avoir, c'est seulement ce que tu as sous les yeux aujourd'hui. Demain, la semaine prochaine, ou l'année prochaine, tout sera différent.

– Toi, tu vis les choses comme ça, et je le comprends. Mais moi je crois que tout peut durer. Cette ville, mes amis, cette maison, ce...

– Tu n'auras pas cette maison.

– Tu vas me l'enlever ?

– Tu n'as pas les moyens de te l'offrir.

– D'accord. Dans ce cas, j'en trouverai une plus petite. Robert ou... Jacqueline m'aideront. Et je trouverai aussi un autre travail si elle ne peut pas me prendre à plein temps. Quant à Mme Besset, elle n'aura pas de mal à nous remplacer. Elle connaît tout le monde, dans la région.

– Ta place est à mes côtés, Sabrina.

Max avait prononcé ces mots sur un ton suppliant, et il se maudit intérieurement. Max Stuyvesant n'avait jamais imploré personne. Il se détourna et, à cet instant, vit, debout sur la terrasse, l'homme au chapeau et à la veste de cuir qu'il avait aperçu dans le cimetière, près de l'église. Il était adossé à un arbre, en train d'allumer une cigarette. Lorsqu'il jeta son allumette, il leva les yeux et son regard croisa celui de Max.

– Bon sang, elle a parlé. Cette Jana a parlé...

Il se dirigea vers la baie qui ouvrait sur la terrasse. « Il faut leur faire face. Ne pas leur laisser penser que j'ai peur. »

– Qu'est-ce que vous foutez ici ? Dégagez ! Marcel ! cria-t-il, et le jardinier apparut au coin de la maison. Faites sortir cet homme. Il doit être saoul. Après, fermez le portail à clef, bon Dieu.

Il revint dans la pièce, les mains enfoncées dans les poches.

– Excuse-moi, Sabrina.

– Qu'est-ce que tu as dit ? Qui est Jana ? demanda la jeune femme, effrayée par la colère et la peur qui perçaient dans la voix de Max.

– Écoute-moi, ma chérie. Nous n'avons plus beaucoup de temps. Tout est prêt pour le départ, et tu vas venir avec moi. Tu es ma femme, ta place est à mes côtés, je te le répète. Rien ne nous retient ici. Tu t'es fait des idées sur Cavaillon parce que c'est le seul endroit que tu connaisses, comme un adolescent qui s'attache à sa chambre d'enfant. On peut se faire un chez-soi n'importe où dans le monde. Tout peut être reproduit ailleurs. Viens avec moi, dit-il encore en lui tendant la main. Je t'aime. Je prendrai soin de toi. Je te donnerai tout ce que tu voudras, je te rendrai heureuse, je te le promets. Nous aurons une vie merveilleuse.

– Non.

Stéphanie demeura immobile à l'autre bout de la pièce. Elle eut pitié de Max, de l'insistance qu'il mettait à la supplier, lui qui avait pour principe de ne jamais rien demander à personne. Et elle eut peur pour lui : son désespoir le rendait vulnérable. Pourtant, elle se sentait déjà détachée de lui et ne voulait plus rien avoir à faire avec cet homme.

– Tu parles comme si j'étais ta chose, lui dit-elle, mais ce n'est pas le cas. Et ma place n'est pas à tes côtés. Je n'aime pas la vie que tu t'es faite, Max.

– Je ne te demande pas de l'aimer. Tu peux même ne rien en savoir.

– Si je restais avec toi, je serais aussi impliquée que toi, tout simplement parce que je vivrais de l'argent que tu gagnes. Je refuse d'être complice. Et je refuse aussi d'être tout le temps en fuite, de devoir me cacher, de regarder sans cesse derrière moi...

— Mais est-ce que tu comprends ce que je dis ? Je pars ! hurla Max, furieux de la voir ainsi lui résister et faire si peu de cas de son amour. Ce n'est pas un jeu, Sabrina ; je pars pour de bon. Tu sais ce que ça veut dire ? Tu te rends compte de ce que ça va être, pour toi, de rester seule ? Tu ne sais pas ce qu'est la solitude.

— Je ne serai pas seule.

— Tu comptes sur Robert...

— Je compte sur moi.

— Tu ne peux pas.

— Si, je peux ! Cesse de me dire que je ne peux rien faire ! Tu as essayé de me maintenir sous ta coupe, Max. Je le sais. Tu n'as jamais voulu que je retrouve la mémoire. Tu voulais que je sois comme une petite fille, que j'aie besoin de toi en permanence. Mais je ne suis plus une enfant. Et cela non plus, ce n'est pas un jeu.

Il attendit encore un moment, les yeux rivés sur ceux de Stéphanie, puis fit volte-face et sortit brutalement de la pièce. La jeune femme resta là où elle était, tremblant de tout son corps après lui avoir tenu tête. À présent qu'il l'avait quitté, le salon était plongé dans le silence, comme la campagne après l'orage. Peu à peu, Stéphanie cessa de trembler. C'était fini. « Je compte sur moi. » Bientôt elle se séparerait de Max, sans doute pour ne plus jamais le revoir. Elle en éprouva une certaine tristesse. Mais tout ce qu'elle venait d'entendre ce matin-là balaya cette tristesse et elle put envisager avec indifférence le départ de cet homme, le moment où elle lui prendrait la main et l'embrasserait pour la dernière fois.

Mais ce moment n'arriva pas. Max demeura enfermé dans son bureau toute la journée. Et lorsque Stéphanie se réveilla à cinq heures, le lendemain matin, il était déjà parti. Elle avait mis le réveil pour pouvoir commencer de bonne heure l'ascension du Ventoux à bicyclette.

Mme Besset était déjà dans la cuisine, en train de pétrir du pain.

— Monsieur a dû partir très tôt, Madame. Sa voiture n'était plus là quand je suis arrivée. Est-ce qu'il va rester longtemps absent ?

— Je n'en sais rien, répondit la jeune femme en buvant son café debout dans la cuisine.

Elle eut le sentiment de sentir la terre trembler sous ses pieds. Max était parti. Et, cette fois, pas en voyage d'affaires, mais à des milliers de kilomètres, et pour toujours. Elle était seule. « Non, pas seule », se dit-elle. Elle pensa à cette maison, vide désormais, à ces vastes pièces qu'elle avait meublées et réaménagées au cours des

310

derniers mois, elle pensa au jardin qu'égayaient les dernières fleurs de l'été, aux placards toujours si bien rangés de Mme Besset.

« Tu n'auras pas cette maison. Tu n'as pas les moyens de te l'offrir. »

Elle alla à la fenêtre de la cuisine. Dehors, Marcel coupait des fleurs pour que Mme Besset pût en faire un bouquet.

« À qui appartient cette maison ? »

Pour la première fois depuis plusieurs mois, elle sentit le vide l'engloutir à nouveau. Un épais brouillard se refermait sur elle. « Je ne suis pas chez moi, ici. Je ne suis chez moi nulle part. »

– Il est parti pour quelques jours, Madame ? insistait Mme Besset. J'aimerais le savoir pour avoir une idée des courses que je dois faire.

– Je vous ai déjà dit que je n'en savais rien ! riposta Stéphanie avec colère, puis elle prit une ample respiration et s'excusa : Pardonnez-moi, madame Besset, mais c'est vrai, je n'en sais rien. Je vous le dirai dès que j'aurai plus d'informations.

Elle avait envie d'échapper à tout prix au regard noir et brillant de Mme Besset, un regard qui semblait voir tant de choses et en deviner davantage encore.

– Je vais faire un tour sur le mont Ventoux à bicyclette, poursuivit-elle. Pourriez-vous me préparer un sandwich et deux bouteilles d'eau ?

– Bien sûr, Madame. C'est une sacrée promenade.

– Je ne sais pas encore si je grimperai jusqu'au sommet.

Sur ces mots, la jeune femme retourna dans sa chambre, où elle enfila rapidement sa tenue de cycliste. Dans un petit sac à dos, elle fourra son porte-monnaie, ses clefs de voiture, une crème solaire et un K-Way, puis elle redescendit dans la cuisine, où Mme Besset lui donna son pique-nique.

– Je serai de retour en milieu d'après-midi, lui dit-elle.

Dans le garage, elle fixa sa bicyclette sur le toit de la voiture et sortit en marche arrière dans l'allée. Une fois sur la route, elle remarqua une voiture garée à proximité de la maison. Au volant, un homme dont le chapeau noir dissimulait le regard. Il lui parut vaguement familier, et Stéphanie lui adressa un signe de tête avant de s'éloigner. Il était cinq heures et demie du matin.

L'air était transparent, le bleu du ciel tirait sur le rose ; chaque feuille, chaque brin d'herbe semblait se découper nettement dans le paysage avant que s'abattent les heures chaudes de la journée. La jeune femme conduisait avec aisance, doublant sans crainte les camions qu'elle redoutait tant autrefois. Autour d'elle, la campagne commençait de s'éveiller. Elle apercevait au loin le sommet crayeux du Ventoux sur lequel se dressaient une station radar et un émetteur de télévision.

Elle ralentit en pénétrant dans le village de Bédoin, perché sur une colline que dominait majestueusement la montagne. À cette heure de la journée, les étroites ruelles étaient désertes, à l'exception de la place du marché où les maraîchers commençaient à décharger. Ils dressaient des étals couverts de fruits, de légumes, de paniers, de linge coloré, d'herbes de Provence, de bocaux d'olives, de charcuterie et de fromages frais. Le reste du village dormait encore. Stéphanie eut l'impression de tout voir pour la première fois, car pour la première fois aussi elle était seule, livrée à elle-même.

Elle quitta le village et gravit en voiture une partie du flanc boisé du Ventoux avant de se garer à proximité d'un bosquet de cèdres qui la dissimulait presque totalement aux regards. Elle descendit sa bicyclette du toit, se prépara et, à six heures et quart, elle commença son ascension. La route serpentait entre des vergers de cerisiers et de pêchers, des forêts de chênes, de bouleaux et de pins parasols qui, peu à peu, s'effaçaient pour céder place à la garrigue.

La jeune femme ne tarda pas à trouver son rythme, laissant défiler dans sa tête, tout en pédalant, des images et des pensées qu'elle n'essayait pas de retenir.

« Max est parti.

« Il m'a laissé la maison.

« À qui appartient-elle ?

« Robert doit le savoir, c'est lui qui l'avait trouvée pour Max.

« Il me dira ce que je peux faire. Y rester un moment, ensuite la vendre.

« Max devra récupérer l'argent de la vente, mais comment le lui faire parvenir ?

« Et où irai-je ?

« Je pourrais vivre avec Léon. C'est ce qu'il veut. Moi aussi.

« Non, pas encore. Je lui ai dit que je voulais vivre seule. *Je dois compter sur moi.*

« Léon a compris. Il comprend toujours tout.

« Je l'aime. Je l'aime tellement. »

Les mots scandaient en elle les mouvements de son corps. Commençant à peiner, elle se baissa pour changer de vitesse et, à ce moment-là, fut dépassée par une voiture au volant de laquelle elle entrevit un homme portant un chapeau sombre. Elle ne l'avait pas entendue et, surprise, fit une embardée, dérapant sur le bas-côté.

Il faut que je fasse attention, je pourrais me casser le poignet.

« Drôle d'idée », se dit-elle. Puis elle n'y pensa plus, laissant

312

son esprit ralentir et accompagner la cadence qu'adoptaient ses muscles. Son regard restait fixé sur le sommet du Ventoux. Il était de plus en plus proche, les arbres avaient presque disparu. Bientôt, seule demeurerait la pierre blanche qui coiffait la montagne. Le soleil était plus haut dans le ciel, mais, à mesure que Stéphanie gravissait la côte, l'air fraîchissait. Elle respirait profondément, ne pensant qu'à son ascension. Elle prit un ultime virage et, enfin, atteignit le sommet.

À bout de souffle, elle abandonna sa bicyclette contre un muret et ouvrit une bouteille d'eau qu'elle vida presque entièrement. Il était huit heures du matin. En bas, dans la vallée, il devait déjà faire chaud, mais là, à plus de mille mètres d'altitude, il faisait si frais que la jeune femme, saisie de frissons, dut enfiler son K-Way. Elle était seule ; l'heure était trop matinale pour les touristes, et le restaurant n'avait pas encore ouvert ses portes. Le vent semblait régner en maître. Laissant sa bicyclette, Stéphanie fit à pied le tour de la station radar rouge et blanc de l'armée de l'air et de l'émetteur de télévision.

Elle contempla un long moment la plaine provençale qui s'étendait à perte de vue : les Alpes couronnées de blanc, dans le fond, le Lubéron, la vallée du Rhône, Marseille, l'étang de Berre et les Alpilles, qui lui rappelèrent le tableau de Léon. « Il devrait être avec moi, ici ; nous devrions profiter de ce paysage ensemble. Tant de beauté ne peut que se partager. »

Elle sentit alors un immense bonheur l'envahir. « J'ai tout l'avenir devant moi : une nouvelle vie, un nouveau départ avec Léon. Parce que j'arriverai à me souvenir, j'y mettrai le temps qu'il faudra, mais je retrouverai celle que j'étais. Et je serai heureuse. »

En pensant à Léon et à la vie si riche qui l'attendait, Stéphanie sourit. Au même moment, elle aperçut une ombre qui se profilait à côté d'elle, leva instinctivement les yeux et découvrit l'homme qui venait de surgir devant elle. Dans sa main gantée, il serrait un revolver si petit qu'on eût dit un jouet. L'arme était braquée sur elle. La jeune femme poussa un cri, et l'inconnu lui agrippa le bras.

– Taisez-vous. Ne faites pas un geste. Restez où vous êtes, comme si vous regardiez la vue.

– Que voulez-vous de moi ? dit-elle d'une voix qu'elle-même ne reconnut pas. Je n'ai pas beaucoup d'argent, mais je vais vous donner ce que j'ai. Mon porte-monnaie est dans mon...

– Taisez-vous, bordel ! dit l'homme en se penchant sur elle, si près que son chapeau noir effleura le front de Stéphanie. Ce n'est pas votre argent que je veux, c'est votre mari. Où est-il ?

– Ça y est, je sais où je vous ai vu. C'était hier, dans le cimetière. Et, ce matin, vous étiez devant la maison, dans votre voiture.

– Où est-il ?

– Je ne sais pas.

– Ne me racontez pas d'histoires, répondit l'inconnu en lui enfonçant le revolver dans les côtes. J'ai passé la nuit à surveiller votre maison. Il n'est pas sorti et, pourtant, je sais qu'il n'est plus là. Où est-il ?

– Il est parti, je vous le jure.

La jeune femme tremblait de tous ses membres, sa respiration était haletante. La pression du revolver contre son corps lui faisait mal, son agresseur tenait son visage si près du sien qu'elle pouvait sentir son haleine. Il avait des traits étranges, presque ceux d'un chérubin, avec un petit nez et des lèvres rouges et charnues. « Léon, Léon, se répétait Stéphanie, affolée. Je ne peux pas mourir maintenant. Il nous reste tant de choses à vivre ensemble. »

– Vous me faites mal. Que me voulez-vous ?

– Où est-il allé ?

– Je vous ai dit que je n'en savais rien ! Je ne peux pas vous le dire ! Arrêtez, je vous en prie... Vous me faites mal.

– Pauvre conne, j'arrêterai quand tu m'auras dit où il est. Il n'est pas à Marseille. J'ai vérifié. Où est-il ?

– Je ne sais pas !

« Il connaît les entrepôts de Max à Marseille. Que sait-il d'autre ? D'où vient-il ? »

– Qu'est-ce que vous lui voulez ? poursuivit la jeune femme. Qu'est-ce que vous *nous* voulez ?

– Je le veux, lui. J'en ai rien à foutre de toi, ce que je veux, c'est que tu me dises où il est.

– Je ne peux pas. Il est parti pendant que je dormais. Il ne m'a pas dit où il allait.

– Tu mens, répondit l'homme en resserrant son étreinte sur le bras de Stéphanie, lui imprimant une douloureuse torsion.

– Je ne vous mens pas, je vous le jure. Je vous en prie, arrêtez, vous me faites mal, laissez-moi tranquille, je ne peux rien vous.

– D'accord, puisque tu ne veux rien me dire, tu vas me conduire à l'endroit où il se cache.

– Mais je n'en sais rien ! Puisque je vous le dis. Nous ne vivons plus ensemble !

L'inconnu eut un mouvement de surprise. La jeune femme sentit le revolver s'écarter légèrement de ses côtes.

– Depuis quand tu ne vis plus avec lui ?

– Depuis hier soir. Il est parti et il ne reviendra pas. C'est tout ce que je sais.

– Foutaises ! Je vous ai vus roucouler tous les deux à côté de la petite église. Il avait vraiment pas l'air d'un type sur le point de te quitter.

Stéphanie lui lança un regard désespéré, ne sachant plus comment se faire comprendre.

– Il est parti et il ne reviendra pas.

– Merde ! s'exclama l'homme en voyant un car de touristes se ranger sur le parking en contrebas. Viens, on se casse !

– Mais pourquoi ? Je n'ai rien à vous dire ! Partez, laissez-moi, je vous jure que je ne sais rien.

– Ta gueule !

Le car déversa son flot de touristes en uniforme de vacances : chapeaux de paille, T-shirts de coton et appareils photo en bandou-lière. L'inconnu poussa la jeune femme le long du muret, derrière la station radar.

– Ma voiture est là-bas, dit-il en désignant de son revolver l'autre extrémité de l'aire de stationnement, où Stéphanie avait laissé sa bicyclette. Tu vas marcher gentiment à côté de moi, et surtout tu la boucles.

– Où allons-nous ?

– Rejoindre ton mari, je te l'ai dit.

Soudain, l'homme regarda fixement les longues jambes nues de sa prisonnière et, cette fois, pressa le revolver contre ses seins.

– On pourrait faire une petite pause sur la route et se donner un peu de bon temps, hein, ma jolie ? On n'est pas si pressés que ça. Où qu'il soit, ton bonhomme t'attendra, ajouta-t-il en glissant rapidement sa main gantée entre les jambes de la jeune femme.

– Non ! s'écria-t-elle. Si vous posez la main sur moi, jamais vous ne saurez où il est.

– Tu vois bien qu'on y arrive. Tu vas me dire où il est, petite conne. Tu crois que tu vas me résister, mais quand j'en aurai fini avec toi, tu ne... On file à la voiture, s'interrompit-il en entendant les touristes approcher.

Ils s'arrêtèrent au coin des bâtiments de la station radar et attendirent que le groupe se fût éloigné. Terrorisée par le sourire lubrique de l'homme autant que par son arme, Stéphanie se sentait comme figée, prise dans la glace. Son regard balaya rapidement le champ de pierres qui s'étendait autour d'eux. Elle n'avait aucune issue.

Rangeant bientôt caméras et jumelles, les touristes regagnè-rent leur car, mettant fin à leur concert d'exclamations admiratives sur la beauté du paysage.

– On y va, dit l'inconnu en passant la main de la jeune femme sous son bras, afin d'offrir aux regards l'image d'un couple en pro-menade.

À cet instant, une voiture s'arrêta sur le parking dans un crissement de pneus, éraflant au passage celle de l'homme.

– Quel est le fils de p..., commença celui-ci avant de constater que Max se tenait derrière le volant.

– Qu'est-ce que tu dis de ça ? dit ce dernier en descendant du véhicule.

Stéphanie profita de la surprise de son agresseur pour se dégager et courir vers son mari.

– Max, ne reste pas là ! cria-t-elle.

Au même moment, elle entendit une détonation dans son dos et vit Max chanceler puis s'écrouler. Elle trébucha, se releva immédiatement et, courant toujours, constata que son genou saignait.

– Max, va-t'en !

– Baisse-toi, Sabrina ! lui cria-t-il d'une voix rauque.

L'homme tira un nouveau coup de feu, et Stéphanie plongea sur le sol. Grimaçant de douleur, elle rampa rapidement sur les cailloux jusqu'au bâtiment de la station radar. Deux autres détonations retentirent, tandis que Max, plié en deux, traversait le parking pour se mettre à couvert. La jeune femme alla se recroqueviller dans un coin de la station radar. D'où elle se trouvait, elle ne voyait plus ni Max ni l'agresseur et n'entendait que le bruit du mistral qui s'engouffrait dans le bâtiment désert. Soudain, Max fut à ses côtés. Il passa un bras sur ses épaules et l'attira contre lui. Une manche de sa chemise était tachée de sang.

– Tu es blessé...

– Chut, répondit Max en posant ses lèvres sur celles de Stéphanie. Je t'aime. Je ne pouvais pas te quitter comme ça. Reste là. Ne bouge surtout pas

Serrant contre lui son bras ensanglanté, il longea le mur et ramassa une grosse pierre, qu'il projeta à l'autre bout de la station. La pierre heurta le mur, rebondit sur le trottoir puis disparut.

Depuis sa cachette, la jeune femme vit une ombre s'avancer vers l'endroit où la pierre avait touché le mur. Presque au même instant, elle entrevit une autre ombre qui s'abattit sur la première. Max s'était jeté sur le dos de l'homme, et tous deux roulaient dans les cailloux.

S'il était plus âgé que son adversaire, Max était aussi plus grand et plus lourd. Sa peur – « Il la tuera, il ne se contentera plus de me tuer moi, elle peut l'identifier » – lui donnait tous les courages. Dans la lutte, le revolver roula sur le trottoir.

Stéphanie bondit et le ramassa.

– Max ! Je l'ai, Max !

Dans un sursaut, celui-ci parvint à dégager son bras et, à l'aveuglette, saisit l'arme que lui tendait la jeune femme. Il tira.

L'inconnu poussa un cri et pressa les mains contre son ventre. Max fit feu à nouveau, mais la balle alla se perdre dans les cailloux.

Stéphanie se précipita sur lui et, l'enlaçant pour le soutenir, lui dit :

– Prenons la voiture, vite. Il faut aller chez un médecin. Est-ce que tu peux...

– Non, attends. Il faut que... je reprenne... mon souffle. Ces choses-là... ne sont... plus de mon âge.

– Qui est cet homme ?

– Quelqu'un l'a... envoyé. Pour me... tuer. Sabrina, il faut que... tu quittes... Cavaillon. Ils te veulent... aussi.

– Non, il a dit que c'était toi qu'il cherchait.

– C'est un sous-fifre. Il ne... sait rien. Je... suis revenu pour ça... Pour te chercher. Je ne pouvais pas... te laisser. Il était... à la maison ? demanda-t-il avec un grognement de douleur.

– Oui, je l'ai vu dans sa voiture quand je suis partie ce matin. C'est lui aussi qui était dans le petit cimetière hier. Tu l'as vu, Max. Qui l'a envoyé ?

– Aucune importance... L'essentiel... c'est qu'on ne reste pas... là.

– À quoi bon ? Il t'a retrouvé une fois, il te retrouvera encore.

– Non, j'ai joué de malchance, mais ça ne se... reproduira plus. C'est une bêtise. J'ai voulu... rendre service à un ami... une bonne action... J'aurais dû me méfier... Les bonnes actions ont toujours... un revers. Mais toi il ne te retrouvera... pas. Écoute-moi...

– Comment as-tu su que j'étais ici ?

– Par Mme Besset. Et puis... je l'ai aperçu sur... la terrasse hier. Il était... forcément encore... dans le coin. Quand je suis... sorti par-derrière, à minuit, je ne... l'ai pas vu, mais je savais... qu'il devait être là... quelque part. Alors... il a fallu... que je revienne. Je ne... pouvais pas... te laisser. Sabrina, il faut... que tu partes... Tu n'es pas en... sécurité ici.

– Ce n'est pas ce que tu m'as dit hier.

– Je pensais que... l'amour..., le fait d'être ensemble..., répondit Max avec un ricanement malheureux. Ce qu'il faut... être bête... pour croire que l'amour... suffit.

En pleurant, Stéphanie se serra contre lui, plus proche qu'elle ne l'avait jamais été.

– Il faut que je t'emmène chez un médecin. Les clefs sont sur la voiture ?

– Oui, répondit-il en caressant de sa main valide la joue de la jeune femme. Tu es si belle. Tu as été tout pour moi. Sabrina, écoute-moi... Si je ne m'en sortais pas...

– Je t'interdis de dire ça ! Maintenant, dépêchons-nous.

– ... Il faudrait que tu appelles Robert. Il prendra soin de toi, poursuivit Max. Il sait ce qu'il y a à faire. Appelle Robert. Promets-le-moi.

– Bien sûr, je l'appellerai, de toute façon. Il va nous aider. Maintenant, je t'en prie, fais un effort, je ne vais pas pouvoir te porter.

Max tenta de se redresser et, une fraction de seconde, quitta l'homme des yeux. Celui-ci mit l'instant à profit pour se ramasser sur lui-même et, dans un ultime effort, prendre assez d'élan et se jeter sur eux. La tête de Stéphanie alla heurter le trottoir et tout s'obscurcit devant ses yeux. Elle sentit un corps tomber sur elle et l'écraser de tout son poids. Elle ne parvenait plus à respirer, le sang battait violemment à ses tempes. Elle voulut crier, mais aucun son ne passa ses lèvres. « Je vais mourir », se dit-elle, et, en même temps, elle entendit un coup de feu, puis un autre et encore un autre. Dans un sursaut vital, elle parvint à se libérer de la masse inerte qui l'étouffait.

Sa vue se brouilla sous la douleur lancinante qui irradiait sa nuque, puis elle distingua la tête de Max, immobile à côté de la sienne. Essayant de respirer calmement, elle se mit à quatre pattes et se pencha vers lui. Sa chemise baignait dans le sang. Ses yeux ouverts fixaient le vide.

– Non, non, non... C'est impossible.

Elle posa deux doigts sur le cou de Max, cherchant à sentir les battements du sang dans ses veines.

– Je t'en supplie, ne meurs pas, ne meurs pas...

Il n'y avait plus rien de vivant sous ses doigts. Elle resta pourtant un long moment à côté du corps, sans parvenir à comprendre que Max était mort.

Enfin elle se redressa et observa quelques rides profondes apparues récemment sur le visage figé ; elle regarda aussi le halo de cheveux grisonnants, la barbe fournie, puis passa une main sur les yeux de Max et les ferma.

– Il ne fallait pas revenir, murmura-t-elle. Il ne fallait pas... Tu étais parti. Il ne savait pas où te trouver. Tu étais en sûreté. Et même si tu voulais revenir, quand tu as vu sa voiture, tu aurais pu faire demi-tour, il était encore temps de fuir.

À quelques pas de là, l'inconnu gisait en travers d'un rocher, le pantalon trempé de sang, ses yeux ouverts tournés vers le ciel. Stéphanie entendit un car de touristes grimper la côte jusqu'au parking.

Les bâtiments de la station radar dissimulaient la scène aux regards indiscrets. On ne pouvait voir les deux cadavres ni depuis l'aire de stationnement, ni depuis la plate-forme panoramique. La jeune femme se dit sans trop réfléchir qu'elle devait les cacher. Elle ignorait ce que Max avait fait, elle ignorait aussi qui avait envoyé cet homme pour les tuer et, incapable de pouvoir fournir à la police quelque explication que ce fût, elle résolut de garder le secret, du moins tant qu'elle n'aurait pas pu parler à Robert. Il lui dirait ce qu'il convenait de faire. Il en savait certainement plus qu'elle.

Pleurant, haletant de chagrin et de fatigue, elle traîna successivement les deux corps jusque dans un renfoncement du bâtiment, puis elle empila de grosses pierres devant eux. S'il prenait l'envie à certains touristes de faire le tour de la station radar pour admirer la vue de ce côté-là du sommet, il leur serait presque impossible de rien discerner, tant la niche de pierres où elle avait dissimulé les corps était sombre et reculée.

Elle se pencha une dernière fois sur Max pour lui caresser la joue et embrasser ses yeux.

– Pardonne-moi, Max, pardonne-moi de n'avoir pu t'aimer. Pardonne-moi de n'avoir pas voulu partir avec toi. Si seulement je pouvais...

Le Ventoux répercuta l'écho d'un crissement de pneus. Un nouveau car arrivait. La jeune femme entendit le chauffeur donner ses consignes aux passagers : ils avaient dix minutes pour admirer la vue, ne devaient pas partir se promener dans la montagne ni s'approcher trop près du bord. Le moteur d'un autre car couvrit sa voix.

Stéphanie ôta son K-Way déchiré, remit rapidement de l'ordre dans ses cheveux et épongea son genou blessé avec un mouchoir. Puis elle respira amplement, essayant d'apaiser les tremblements qui agitaient ses membres. Elle aurait voulu que quelqu'un la soutienne, elle aurait voulu pleurer contre une épaule, mais il n'y avait personne.

« Il faut que je compte sur moi. Robert va m'aider. Max a dit qu'il savait ce qu'il fallait faire. Robert va m'aider pour tout. Et Léon... Oh, Léon, mon amour, quand je me sentirai plus forte, quand je ne viendrai plus vers toi comme une enfant qu'il faut consoler, alors nous vivrons ensemble. »

Quelques minutes à peine s'étaient écoulées depuis que les deux autocars étaient venus se ranger sur l'aire de stationnement. Stéphanie tremblait toujours, mais elle arrivait à se tenir droite, la tête haute. Elle s'éloigna du bâtiment à petits pas rapides et se dirigea vers la voiture de Max sans jeter un regard aux touristes qui commençaient à envahir la plate-forme. La clef était bien sur le tableau de bord. Elle mit le contact, fit marche arrière et reprit la route.

Il fallut attendre vingt et une heures, ce soir-là, avant qu'il fît assez sombre pour que Stéphanie, Andrew Frick et Robert pussent rouler jusqu'au sommet du Ventoux sans être vus. Quand elle était arrivée chez le prêtre, le matin même, après une course folle dans les rues de Cavaillon, la jeune femme s'était précipitée en sanglotant dans ses bras, et ensemble ils avaient versé pour Max les seules larmes qui seraient sans doute jamais versées sur sa disparition. Alors, épuisée, elle s'était effondrée sur un canapé, pendant que Robert, tentant de surmonter son chagrin et ce sentiment d'irréalité qui saisit à l'annonce de toute mort, appelait Andrew Frick.

Cet homme si confiant, ce roc invulnérable, ce manipulateur consommé, doté d'un instinct de survie sans pareil... Comment pouvait-il être mort ? Malgré toutes ces activités obscures sur lesquelles il avait résolu de fermer les yeux, sachant qu'il les aurait réprouvées, Robert ne pouvait s'empêcher de se dire que, si Max avait mis autant de talent et d'énergie au service d'une cause honnête, il aurait fait des miracles : il avait aidé Robert quand celui-ci avait eu besoin de lui ; au-delà de leurs différences, ils avaient été des amis.

Le prêtre ignorait tout des liens qui unissaient les deux hommes, mais l'adresse et le numéro de téléphone d'Andrew Frick figuraient parmi les consignes qu'avait laissées Max : il fallait le contacter en priorité. Ce fut lui qui, avec son van, conduisit Robert et Stéphanie en haut du Ventoux alors que la nuit tombait.

– L'essentiel, c'est que la police n'apprenne rien, dit-il.

– En effet, acquiesça le prêtre.

Il avait passé la journée à débattre avec sa conscience, mais avait fini par conclure que les enjeux étaient trop importants pour permettre à la police d'ouvrir une enquête. Désormais, il avait pour devoir de protéger Stéphanie. Max lui avait dit qu'elle risquait d'être en danger. Une enquête policière l'exposerait, sa photo paraîtrait dans les journaux, on saurait où la trouver. Par ailleurs, quelles qu'aient pu être les activités de Max, elles ne résisteraient sûrement pas à des investigations poussées, et cela aussi pourrait mettre en cause la jeune femme. Robert devait lui communiquer le numéro d'un compte en banque en Suisse, lui transmettre le titre de propriété de la maison ; les voitures et les meubles anciens aussi seraient à elle. Mais, si la police mettait son nez dans les affaires de son mari, Stéphanie risquait de se retrouver sans rien et compromise pour avoir été l'épouse de cet homme-là.

« Nous allons te faire des funérailles secrètes et des adieux secrets, mon ami, à toi qui aimais tant le secret. »

– Il faut qu'on ne puisse retrouver aucun des deux, dit-il à Andrew.

– D'accord. On va s'en occuper.

Une fois au sommet du Ventoux, Frick suivit les indications de Stéphanie et rangea son van à proximité de l'endroit où étaient cachés les corps. Ils les transportèrent dans le fourgon puis s'occupèrent de charger aussi la bicyclette abandonnée sur place.

– La voiture de l'homme..., commença-t-elle. On trouvera peut-être quelque chose dedans.

– Naturellement, il ne t'a pas dit comment il s'appelait ? lui demanda Robert.

– Ni d'où il venait, répondit-elle en faisant non de la tête. Mais Max le savait. Il savait pour qui il travaillait, mais il n'a pas voulu me le dire. Il savait qui voulait le... tuer.

Andrew passa un bras consolateur sur les épaules de Stéphanie et ne put s'empêcher de penser qu'elle était sans doute la plus belle femme qu'il eût jamais vue. « Sacré Max, il n'y avait que toi pour garder cachée une femme pareille. Quand je pense que tu avais soixante ans et qu'elle t'est quand même tombée dans les bras. Tu vas me manquer. Qu'est-ce que je vais faire sans toi ? »

Ils descendirent jusqu'à l'aire de stationnement où l'inconnu avait garé sa voiture et constatèrent qu'il s'agissait d'un véhicule de location. À l'intérieur, ils découvrirent un autre revolver, trois passeports aux noms et aux nationalités différents, une carte de la Provence, une Thermos de café, un sandwich entamé ainsi qu'une photo de Max, déchirée dans un magazine.

– Mais il n'a pas de barbe ! s'exclama Robert.

– Et il est roux. Je ne savais pas que Max était roux, dit Stéphanie. Il a l'air tellement plus jeune sur cette photo.

Elle se sentit gagnée par une profonde tristesse, prenant conscience, une fois encore, qu'elle ne savait rien de celui dont elle avait partagé la vie.

– La barbe lui allait bien, commenta Andrew. Ça lui donnait l'air sauvage, l'air de quelqu'un pas comme tout le monde.

– Et c'était le cas, soupira le prêtre. Max ne se laissait enfermer dans aucune catégorie. Son existence ne ressemblait à aucune autre.

– Il faut qu'on fiche le camp d'ici, dit l'Américain en ramassant tout ce qui se trouvait dans le véhicule, à l'exception de la Thermos et du sandwich.

Ils reprirent le van et roulèrent jusqu'au bouquet de cèdres et de pins où Stéphanie avait garé sa voiture avant d'entamer son ascension du Ventoux. « Tout s'est passé ce matin, et j'ai l'impression que ça fait une éternité », se dit-elle. Les deux hommes prirent avec eux des pelles qu'ils avaient emportées et, quelques mètres plus loin, dans les bois, commencèrent à creuser deux tombes, tandis que la jeune femme les éclairait avec une lampe de poche.

– Je vais creuser un peu plus loin, fit Robert. Je ne veux pas que Max repose à côté de cet individu.

– Comme tu veux, grommela Andrew. Du moment que le fils de pute qui l'a envoyé ne peut pas le retrouver... Ça, ça devrait le travailler, non ? Son tueur disparaît, Max aussi, et on n'en entend plus parler. Il n'a aucun moyen d'apprendre ce qui s'est passé. Ça va sûrement le faire bouger.

Il était minuit lorsque les deux hommes étendirent les corps dans les tombes. Une légère brise s'était levée, qui caressait leurs visages ruisselants de sueur et les joues couvertes de larmes de Stéphanie.

– Notre Père..., commença Robert d'une voix douce. Nous remettons Max Lacoste entre Tes mains, d'une manière peu conventionnelle, mais dans Ton amour et dans Ta grâce. C'est un homme qui s'est écarté de la voie de la Lumière, un homme dont la vie n'a pas été exemplaire, mais que nous ne pouvons entièrement condamner. Max était compliqué, secret, mais au fond de lui il était bon. C'était un homme qui, même lorsqu'il défiait la loi, se souciait des autres, faisait le bien et était capable de partager argent, énergie et talent. Il aurait pu être beaucoup plus... ou beaucoup moins. Il n'a jamais été totalement heureux, et il a connu des joies et des tristesses, des réussites et des échecs, l'amour et aussi la peur. Il fut mon ami et l'ami de beaucoup d'autres, parfois même sans le savoir. Je suis persuadé que, s'il avait vécu, il aurait pu mettre tout son talent au service de notre cause. Maintenant, Seigneur, nous Te confions le soin de son âme, au nom du Père, du Fils et du Saint-Esprit. Amen.

Puis le prêtre alla seul faire une brève prière sur la tombe du meurtrier, avant de revenir aider Andrew à fermer les tombes. Ils pelletèrent la terre, la tassèrent avec leurs pieds et la recouvrirent de branchages et de feuilles mortes.

Stéphanie s'agenouilla à l'endroit où Max était enterré. « C'était mon mari, se dit-elle. Je ne sais pas pourquoi, mais je ne suis jamais arrivée à me convaincre vraiment que nous étions mariés, de même que je ne peux toujours pas tout à fait croire que je m'appelle Sabrina, mais Max s'est occupé de moi comme un mari, et c'est ce qui compte. »

– Ma chérie, il faut y aller, dit Robert en posant une main sur son épaule.

Il l'aida à se relever et la soutint jusqu'à sa voiture. Il prit le volant et démarra. Andrew les suivait avec le van. Ils traversèrent des villages endormis, longèrent des corps de fermes que n'éclairait plus aucune lumière et, au terme d'un trajet qui leur parut à tous interminable, arrivèrent à Cavaillon.

– Tu vas rester chez moi cette nuit, dit le prêtre à Stéphanie. Je ne veux pas que tu rentres seule dans ta maison.

– Toi aussi, tu crois que je suis en danger. Tu penses, comme Andrew, qu'en ne voyant pas revenir l'homme ils vont se mettre à ma recherche.

– Je ne sais pas.

– Si, c'est ce que tu crois. C'est pour ça que tu veux que je reste chez toi.

– Peut-être. En tout cas, je ne veux pas prendre le risque.

Trop fatiguée pour discuter davantage, la jeune femme dit :

– D'accord, mais je voudrais d'abord avoir une conversation avec Andrew.

Elle voulait en effet l'interroger sur les affaires de Max à Marseille. Robert les laissa seuls dans son petit salon.

– Il y a un énorme marché de faux billets dans le monde entier, des centaines de millions de dollars chaque année, lui répondit sans difficulté l'Américain. Max fournissait un service, et j'avais l'honneur d'être son collaborateur. C'était un patron formidable, Sabrina, et aussi un ami formidable. Je veux dire par là qu'il se souciait des gens qui travaillaient pour lui, qu'il aimait la vie et qu'il aimait voir les choses se réaliser. Il me faisait un peu l'effet d'un marionnettiste qui aurait orchestré nos mouvements.

– Oui, c'était un peu ça, murmura Stéphanie. Max m'a dit avant de mourir qu'il avait fait une bonne action. Savez-vous laquelle ?

– Une bonne action ? Je ne vois pas.

– Il m'a dit que, si on l'avait retrouvé, c'était à cause d'une coïncidence, qu'il avait rendu service à un ami et que cela s'était retourné contre lui.

– Là, vous me posez une colle. Il ne me parlait jamais de sa vie privée, répondit Andrew en haussant légèrement les épaules.

– Est-ce que Robert est au courant ?

– De la bonne action ?

– De tout : les faux billets, la façon dont ils étaient expédiés...

– Bien sûr que non. Max m'avait demandé de ne jamais lui en parler. Il aimait beaucoup Robert, vous savez. Il ne voulait pas trop charger sa conscience. De toute façon, il ne faisait confiance à personne, pas même aux gens qu'il aimait. Oh, pardonnez-moi, je ne voulais pas...

– Ne vous excusez pas. Je sais qu'il était comme ça.

– Sabrina, si vous avez besoin d'aide, si vous avez besoin de quoi que ce soit..., je vous aiderai, je m'occuperai de vous. Si vous le voulez bien, naturellement.

– Merci, Andrew, mais tout ira bien, j'en suis certaine. Il y a Robert, et puis j'ai... des amis.

La jeune femme passa une nuit agitée : elle se réveillait en sursaut, croyant entendre la voix de Max, celle de Léon ou celle de Jacqueline, Mme Besset dans sa cuisine, ou bien encore le carillon de la porte du magasin. Elle crut entendre aussi le bruit mat de la terre tombant sur les corps. À l'aube, Robert la trouva recroquevillée sur le canapé, une main sous la joue, les yeux grands ouverts.

– Que regardes-tu si intensément ?

– J'essaie de voir l'avenir.

Robert songea qu'elle avait l'air d'une enfant en la voyant ainsi noyée dans un pyjama qu'elle lui avait emprunté, la marque des doigts encore imprimée en rouge sur sa joue.

– Ton avenir est partiellement assuré, dit-il avant de lui parler de l'héritage que lui laissait Max. Tu es une femme riche, Sabrina. Tu vas avoir besoin de quelqu'un pour gérer tes biens. Je connais deux personnes, l'une à Paris et l'autre à Marseille. Voici leurs noms.

Stéphanie prit les cartes de visite que lui tendait Robert. « Une femme riche. Mais j'ai déjà tout ce que je veux : une maison, un travail, des amis... et Léon. »

– Il faut que je te dise quelque chose, Robert : j'ai un ami. C'est quelqu'un qui compte beaucoup pour moi. Et j'aimerais te le présenter.

Le prêtre la dévisagea sans manifester aucune réaction.

– Max était au courant ?

– Non, je n'ai pas eu le courage de le lui dire. Je voulais, mais..., tu vois, il allait quitter Cavaillon. Et moi j'avais décidé de ne pas le suivre.

– Il m'avait dit que vous deviez faire un voyage ensemble...

– Non. Il est parti hier soir. Il ne devait pas revenir, et moi je voulais rester.

– À cause de ton ami ?

– En partie. Mais surtout parce que je me sens chez moi ici et que je n'ai pas envie de tout recommencer à nouveau ailleurs.

– Max était ton mari.

– Je ne pouvais pas le suivre, Robert. Max m'a raconté des choses sur sa vie, des choses dont je ne voulais pas faire partie... Tu sais, ça me fait tout drôle qu'on parle de lui comme ça, ajouta la jeune femme en frissonnant. Je m'imagine tout le temps qu'il va passer la porte et nous dire de cesser de parler de lui. Il avait horreur de ça. Tout comme il avait horreur que l'on en sache trop sur lui.

– Sabrina, je ne crois pas que Max t'aurait jamais abandonnée ici.

– Ce n'était pas ce qu'il voulait. Il a essayé de me convaincre de partir avec lui. Mais il savait que je ne l'aimais pas – je crois d'ailleurs que tu le savais aussi, Robert. Et il a dû se résigner à partir seul. Il savait qu'il était repéré et qu'il n'avait plus de temps à perdre. Finalement, il est revenu me chercher parce que, moi aussi, j'étais en danger.

– Par conséquent, il faut que tu partes. Et le plus vite sera le mieux.

– Mais où veux-tu que j'aille ?

– Je connais des gens chez qui je peux t'envoyer. Mais peut-être que si tu tiens tant à rester, c'est parce que ton ami ne veut pas partir...

– Je ne lui ai pas posé la question. Je l'aime, Robert, et je veux l'épouser. Mais, avant de lui demander de partager ma vie, je veux savoir ce qui m'attend.

– Il faut que tu partes, Sabrina. Je ne comprends pas que tu hésites encore après ce qui s'est passé hier. Si tu veux rester avec ton ami, demande-lui de quitter Cavaillon. Mais il est clair que tu dois partir.

– Je le sais, mais je ne peux pas prendre la décision tout de suite... Tout ce que je veux, pour l'instant, c'est que tu le rencontres, que tu saches qui il est.

– Pour que je te donne ma bénédiction.

– Oui.

– Et pour que je vous marie ?

– Quand nous serons prêts..., si tu le veux bien. Je n'aimerais pas que quelqu'un d'autre que toi nous marie. Dis-moi que tu es heureux pour moi, Robert, dit encore Stéphanie, les larmes aux yeux. Tu es ma seule famille.

Le prêtre l'embrassa sur le front.

– Peux-tu joindre rapidement ton ami ? Dis-lui de venir déjeuner avec nous au café Hélène.

Lorsqu'ils arrivèrent au café Hélène, on guida Stéphanie et Robert jusqu'à leur petite table dans un patio qu'embaumait le parfum des roses. Quelques instants plus tard, Léon les rejoignait. Il se précipita vers la jeune femme, lui prit les mains et les embrassa avec fougue.

– J'étais inquiet. Je t'ai appelée toute la journée, hier. J'ai même appelé Jacqueline, mais elle ne savait pas où tu étais.

– Il s'est passé tant de choses... Il faut que je te raconte, mais, avant, laisse-moi te présenter le père Robert Chalon.

Les deux hommes échangèrent une poignée de main et un regard qui, tout de suite, fut chaleureux.

– Je connais vos tableaux, dit Robert. Vous avez beaucoup de talent.

– Je vous remercie infiniment. Maintenant, racontez-moi ce qu'il s'est passé, répondit Léon en s'asseyant à la table et en prenant la main de Stéphanie.

Le prêtre commença son récit. Plus il avançait dans son histoire, plus Léon serrait la main de la jeune femme et se rapprochait d'elle.

– Quelle fin horrible ! Comme tu as dû avoir peur, ma chérie... Je veux que tu restes avec moi, ajouta-t-il en tournant vers le sien le visage de Stéphanie. Je veux t'aider quand tu en auras besoin et te protéger. Je ne veux plus jamais que tu revives des scènes pareilles... Je ferais n'importe quoi pour t'éviter ça.

– Tu sais, j'ai pensé à toi, lui dit la jeune femme. Je te parlais. Je te disais que je ne pouvais pas mourir, qu'il nous restait trop de choses à vivre ensemble.

– Désormais, nous ne nous quitterons plus. Et le père Chalon sera notre ange gardien, dit encore Léon en souriant au prêtre.

– Je le serai autant que je le pourrai, répondit celui-ci.

Ils passèrent tout l'après-midi à parler des événements de la veille et à évoquer la personnalité de Max. Robert leur raconta comment ce dernier l'avait aidé. Ensemble, ils essayèrent d'imaginer l'avenir et les dangers qui pouvaient encore guetter Stéphanie.

– Nous quitterons la région, dit enfin Léon. Pourquoi courir le risque de rester ? Rien ne nous retient ici. Nous choisirons une ville où nous pourrons repartir de zéro, où nous pourrons vivre aussi tranquillement que nous le souhaitons. J'ai des amis à Vézelay. Ils me prêtent leur maison de campagne chaque fois que je vais en Bourgogne. C'est là que nous habiterons. Qui aurait l'idée d'aller nous y chercher ? Le nombre de touristes rend tout le monde anonyme.

– C'est une ville magnifique, renchérit Robert.

– À peine à deux cents kilomètres de Paris. On pourra aller au théâtre, au concert, visiter des expositions... Qu'en dis-tu, Sabrina ?

– Ça me paraît bien, répondit la jeune femme sans oser répondre à Léon qu'à Vézelay, à Paris ou n'importe où dans le monde on pouvait la connaître.

Tant qu'elle ne se rappellerait pas qui elle était, elle n'aurait nulle part la certitude d'être anonyme. Mais elle ne voulait pas y penser pour l'instant : elle était avec Léon, c'était tout ce qui comptait pour elle. Sa peur effroyable, l'horrible tristesse de l'enterrement nocturne dans la forêt étaient désormais derrière elle. Le bonheur qu'elle avait ressenti en arrivant au sommet du Ventoux resurgit dans sa mémoire. « J'ai tout l'avenir devant moi : une nouvelle vie, un nouveau départ avec Léon. Parce que j'arriverai à me souvenir, j'y mettrai le temps qu'il faudra, mais je retrouverai celle que j'étais. Et je serai heureuse... »

Stéphanie songea que plus jamais les choses n'auraient l'air aussi simples. Elle savait dorénavant combien le bonheur d'une journée de soleil pouvait être fragile, que tout pouvait basculer d'un instant à l'autre. Elle savait que l'avenir lui apporterait d'autres peines, d'autres découvertes et d'autres rencontres, dont elle ne pouvait encore avoir idée. Mais si Léon et elle étaient ensemble, s'ils construisaient quelque chose, plus jamais elle n'éprouverait l'horrible sentiment d'une solitude absolue. « Parce que nous serons ensemble. Parce que rien ne nous séparera. »

– Alors ce sera Vézelay, poursuivait le peintre. Tu verras, c'est une ville merveilleuse. Nous nous y plairons, j'en suis sûr. Quand penses-tu pouvoir être prête ?

– Il y a la maison, répondit Stéphanie. Et Mme Besset. Je ne peux pas partir comme ça.

– Je m'en occupe, dit Robert. Il faut que tu partes très vite. Le mieux serait que tu ne retournes pas du tout chez toi. Mme Besset et moi, nous nous chargerons du déménagement et nous t'enverrons tout à Vézelay dès que vous serez installés.

– Robert a raison, dit Léon, tu vas rester avec moi.

Ils réglèrent rapidement quelques questions pratiques : comment payer Mme Besset, l'intendant et le jardinier, et ils organisèrent les deux déménagements. Le peintre devait aussi déménager son atelier.

– Une entreprise de taille, mais pas impossible, dit-il en souriant à la jeune femme. On va préparer la liste de ce que nous avons à faire avant notre départ. Je dois aller à Avignon demain, chercher des fournitures que j'y ai commandées. Tu vas venir avec moi, on en profitera pour réfléchir à tout ça.

– Tu oublies une chose : je ne peux pas laisser tomber Jacqueline du jour au lendemain, répliqua Stéphanie. Il faut que je lui laisse le temps de trouver quelqu'un pour me remplacer.

– Non, il faut que tu partes le plus vite possible, dit sévèrement Robert. Je me charge de tout expliquer à Jacqueline.

– Merci, mais Jacqueline est mon amie. Je vais lui laisser... une semaine pour se retourner.

Le regard de Léon croisa celui du prêtre.

– C'est trop. Nous partirons après-demain. Ce que nous n'aurons pas pu emporter, le père Chalon et Mme Besset nous l'enverront. Je passerai te chercher demain après-midi à la boutique, et nous irons à Avignon.

– Entendu, dit Stéphanie.

Elle se rappela soudain que Max lui avait fait découvrir à Avignon un antiquaire spécialisé dans les cartes anciennes. Elle y emmènerait Léon : jamais encore elle ne lui avait fait de cadeau, à lui, qui lui offrait tant.

Le lendemain, le peintre gara sa voiture le long du trottoir devant Art et Décoration, et attendit Stéphanie, qui s'occupait d'un dernier client. En l'observant de l'autre côté de la vitrine, alors qu'elle allait et venait dans le magasin, vêtue d'une légère robe blanche, il songea que, si rien n'était éternel, il ferait tout ce qui était en son pouvoir pour que dure cet amour-là.

La jeune femme ouvrit la portière de la voiture et prit place à côté de Léon.

– Pardonne-moi, dit-elle en l'embrassant, mais je n'ai pas arrêté de toute la matinée. Jacqueline a été adorable, tu sais. J'aimerais bien l'inviter à Vézelay. Tu crois qu'elle accepterait de venir ?

– Peut-être. Je suis passé chez toi aujourd'hui. J'ai aidé Mme Besset à emballer tes affaires et je lui ai payé son mois de septembre. Je lui ai dit que tu avais dû quitter la ville.

– Comment a-t-elle réagi ?

– Elle n'a pas été étonnée. Elle m'a dit qu'elle avait toujours pensé que Monsieur et Madame avaient beaucoup de secrets. Elle espère que tu garderas d'elle un bon souvenir.

– Elle sait bien que oui. Elle a été ma première amie, répondit Stéphanie, avant d'ajouter : Combien de temps allons-nous rester à Avignon ?

– Juste l'après-midi. Et, demain, nous serons chez nous, à Vézelay.

– Quand je pense que je voulais d'abord vivre seule, soupira la jeune femme. Je me disais que je devais faire cette expérience avant de pouvoir vivre avec toi.

– Et maintenant, que penses-tu ?

– Que je veux être avec toi. J'aime t'entendre dire *chez nous*.

Ils étaient déjà sortis de Cavaillon et traversaient des villages accablés de chaleur. Les rideaux des magasins étaient tirés. Les squares encore déserts attendaient les joueurs de boules de la fin d'après-midi. Bientôt Stéphanie et Léon aperçurent les tours du palais des Papes et franchirent l'une des portes qui marquaient l'entrée d'Avignon. Le peintre gara la voiture, tandis que Stéphanie attrapait sur le siège arrière une grande capeline ornée d'un long foulard rouge et orange.

– Tu es adorable avec ce chapeau. Tu le remettras à Vézelay pour que je fasse ton portrait. Il est neuf ?

– Oui, je viens de l'acheter. J'adore ces couleurs. Où allons-nous, maintenant ?

– Chez Monet, un magasin de fournitures artistiques.

Ils marchèrent jusqu'à la place de l'Horloge et s'arrêtèrent un moment devant le manège installé devant le théâtre. Stéphanie le regarda, comme fascinée, sans pouvoir détacher les yeux du spectacle des chevaux de bois, des éléphants et des trônes bariolés qui tournaient sur les accords d'un orgue de Barbarie.

– Il est superbe, murmura-t-elle. Comme les enfants doivent être heureux ici !

Léon lui prit le bras et la guida à travers les ruelles. Les gens retournaient au travail sous la chaleur encore lourde du milieu de l'après-midi. La jeune femme ôta un instant son chapeau pour passer la main dans ses cheveux et les rejeter en arrière. Ils arrivèrent dans une rue pavée de galets qui bordait la Sorgue, où l'on voyait encore de grandes roues à aubes moussues. C'était la rue des Teinturiers, le quartier des antiquaires.

Stéphanie reconnut l'une des boutiques.

– Léon, j'aimerais bien entrer ici. Je voudrais te faire un cadeau.

Lorsqu'ils eurent pénétré dans le magasin, elle fit lentement le tour d'une table, soulevant négligemment de lourds cartons à dessins à l'intérieur desquels les cartes étaient rangées dans des pochettes en plastique.

– Que penses-tu de celle-ci ?

– Elle est magnifique et très rare, répondit le peintre. C'est un Tavernier. J'ai toujours rêvé d'en avoir un, mais as-tu seulement une idée de ce qu'il peut coûter, ma chérie ?

– Aucune importance. Je veux te l'offrir.

Un petit homme passa la porte du fond, s'appuyant sur une canne. Il avait des cheveux blancs hirsutes et une barbe blanche taillée en pointe.

– Je peux vous aider, madame ?

La jeune femme lui dit qu'elle désirait acheter la carte, que Léon continuait d'examiner avec admiration. Il confia au propriétaire du magasin, tandis que celui-ci lui montrait d'autres trésors, qu'il était peintre et qu'il avait toujours considéré les cartes géographiques anciennes comme de véritables œuvres d'art. Puis, après avoir longuement discuté avec le vieil homme, il dit à Stéphanie :

– Ça ne t'ennuie pas, ma chérie, si nous ne la prenons pas

aujourd'hui ? J'ai peur de l'abîmer dans tous ces déménagements. On peut demander à monsieur s'il veut bien nous l'envoyer.

– Léon, je tiens absolument à t'offrir cette carte. Si tu préfères, on va attendre, mais ne compte pas que je l'oublie.

– Je peux vous la mettre de côté, si vous voulez, proposa l'antiquaire. Si vous me laissez votre carte, monsieur...

– Vous savez, les peintres ont des toiles, mais pas de cartes.

– Nous vous téléphonerons, dit la jeune femme.

Léon jeta un dernier regard à la carte que l'homme était en train de ranger amoureusement entre deux feuilles de papier cristal. Ils prirent congé puis sortirent de la boutique pour se rendre chez Monet Fournitures artistiques.

Léon y salua une femme aux larges épaules et aux bonnes joues rondes, à laquelle ses lunettes trop grandes donnaient un air de chouette sympathique. Ils commencèrent à parler peintures à l'huile et aquarelles, tandis que Stéphanie se promenait dans le magasin, s'amusant de l'alignement militaire des pinceaux, de cette explosion de couleurs, des toiles soigneusement rangées par ordre décroissant de taille et des palettes accrochées aux murs. La femme partit chercher de l'enduit dans l'arrière-boutique. Léon profita de son absence pour enlacer Stéphanie.

– Merci de ta patience, mon amour.

– Je m'amuse beaucoup, tu sais. Max n'aimait pas traîner dans les boutiques. Les vitrines lui suffisaient.

– Les maris n'ont jamais été des champions du shopping.

La vendeuse les rejoignit et emballa la commande du peintre.

– Avec mes remerciements, monsieur. J'espère vous revoir bientôt.

– Je le voudrais bien, dit Léon à sa compagne une fois qu'ils furent sortis. Mais je crois que, désormais, je vais devoir me fournir à Paris. Il faudra que je change mes habitudes.

La jeune femme s'arrêta net sur le trottoir, levant vers lui un regard inquiet.

– Je t'oblige à chambouler ta vie.

– Jamais je ne trouverai de meilleure raison de le faire, répondit-il en l'embrassant.

Ils continuèrent leur promenade dans les rues d'Avignon, bras dessus, bras dessous, deux amoureux libérés du piège qui avait failli se refermer sur eux.

– Bientôt, murmura Léon, bientôt nous aurons une nouvelle vie. Je me fais l'impression d'être un explorateur à la veille d'une nouvelle aventure.

« À la veille de deux aventures, rectifia intérieurement Stéphanie. Il y a celle que nous commençons ensemble, mais il y a aussi l'autre, que je dois encore vivre seule, pour découvrir qui je suis. J'y arriverai, je le sais. Bientôt. Tu m'y aideras, mon amour. Et qui sait si, à Vézclay ou à Paris, je ne trouverai pas la clef que je cherche depuis si longtemps ? »

Troisième partie

1

Un lourd après-midi du mois d'octobre, à Avignon, Sabrina était entrée chez Monet Fournitures artistiques. Elle portait ce jour-là une grande capeline ornée d'un long foulard rouge et orange et parlait avec la vendeuse de deux personnes qui, quelques semaines auparavant, étaient venues chercher une commande.

– Vous ne m'avez pas dit votre nom, mais, lorsque j'étais dans l'arrière-boutique, votre ami vous a appelée par votre prénom, Sabrina, et vous avez mentionné celui de votre mari, Max. »

La jeune femme vit les objets du magasin danser devant ses yeux et, chancelante, dut s'agripper au comptoir. *Sabrina et Max* Elle était venue chercher un fantôme dans cette ville et elle en trouvait deux.

Il ne pouvait s'agir d'une simple coïncidence. Quelqu'un usurpait l'identité de Sabrina Longworth et allait jusqu'à s'inventer un mari prénommé Max. Mais pourquoi ? Pour tout le monde, Sabrina Longworth était morte. Pourquoi vouloir s'approprier l'identité d'un mort ? Cela n'avait aucun sens... À moins que...

À moins que...

À moins que... Stéphanie. Oui, Stéphanie Andersen eût continué de jouer le rôle de Sabrina. Stéphanie... vivante.

C'était impossible.

Mais qui d'autre pouvait lui ressembler à ce point, porter ce prénom et avoir épousé un homme appelé Max ?

Et si elle n'était pas morte dans l'accident...

Oh, mon Dieu, Stéphanie, si seulement...

La vendeuse l'arracha à ses pensées et lui tendit un verre d'eau.

– Madame...

– Merci, dit Sabrina avant de boire quelques gorgées. Il faut m'en dire plus sur ces personnes, ajouta-t-elle. Je vous en supplie,

335

croyez-moi : je ne suis jamais venue dans votre magasin, je ne suis pas cette femme.

— Alors, c'était votre jumelle. Une ressemblance aussi frappante !

— Il faut me donner d'autres détails.

— Je vous ai dit tout ce dont je me souvenais. Je crois avoir déjà vu l'homme quelquefois. Il est peintre, mais je ne pense pas qu'il habite Avignon. Sans quoi il serait venu beaucoup plus souvent. Je suppose qu'il vit dans la région, peut-être aux Baux, comme beaucoup d'artistes.

— Et... la femme ? D'où venait-elle ?

— Je ne saurais pas vous le dire. Bien qu'ils aient parlé d'un mari, ils avaient tout l'air de vivre ensemble. Ou peut-être que...

— Oui ? dit Sabrina, suspendue à ses lèvres.

— Je me suis demandé s'ils n'étaient pas en train de fuir. Il y avait dans leur comportement une sorte d'urgence, de précipitation étrange.

À cet instant, un client pénétra dans le magasin. La vendeuse posa rapidement sa main sur celle de Sabrina.

— C'est tout ce que je peux vous dire, madame. Je regrette de ne pas pouvoir vous aider davantage.

— Merci, répondit la jeune femme.

Quelques secondes plus tard, elle était à nouveau dans la rue. C'était l'heure du déjeuner, les cafés étaient pris d'assaut, les commerçants baissaient le rideau de leurs boutiques. Sabrina songea à l'avion qui devait l'emmener Londres. Le lendemain, elle serait à Chicago.

Toujours immobile sur le trottoir, à l'ombre d'un platane, elle sentait sa tête près d'exploser.

« Votre ami vous a appelée par votre prénom, Sabrina, et vous avez mentionné celui de votre mari, Max. »

« Sabrina et Max. Après tout, Monte-Carlo n'est pas si loin, Monte-Carlo, l'explosion... »

La rue se vida de ses passants et, haletante, Sabrina s'adossa au platane.

Vivre une autre vie. C'était ce qu'avait dit Stéphanie un an auparavant, lors de leur séjour à Hong Kong. *Juste une aventure, Sabrina. Rien qu'une semaine. Une petite semaine de folie.*

La jeune femme se souvint de s'être demandé si sa sœur n'allait pas prendre goût à l'aventure et en vouloir davantage.

Était-ce ce qui s'était produit ? Avait-elle eu envie de refaire sa vie avec Max ? Avaient-ils organisé tous deux leur disparition ?

« Non, Stéphanie n'aurait jamais fait une chose pareille. »

« Votre ami vous a appelée par votre prénom, Sabrina, et vous avez mentionné celui de votre mari, Max. »

« Après tout, Monte-Carlo n'est pas si loin. »

Il y avait aussi ce vieux brocanteur qui s'était mis en colère quand elle lui avait soutenu que jamais elle n'avait mis les pieds dans son magasin : « Je comprends que vous ayez peu d'intérêt pour les cartes, vous vous intéressez plutôt aux meubles anciens, mais... »

– Que se passe-t-il ? dit tout haut Sabrina sur un ton suppliant. Qu'est-ce que ça veut dire ?

Et si... Stéphanie était vivante ?

Stéphanie. Vivante.

Son autre moitié, cette partie d'elle qu'elle avait perdue un an auparavant et qu'aucun bonheur n'empêchait de souffrir.

Stéphanie. Stéphanie.

Elle devait absolument la retrouver. Elle ne savait ni ce qu'elle allait découvrir, ni ce que tout cela signifiait, ni qui pouvait être cette femme, mais elle devait la retrouver.

« Vous vous intéressez plutôt aux meubles anciens. »

Sabrina revint sur ses pas, courant presque à travers les rues brûlées de soleil pour regagner la cour ombragée de son hôtel. On était en train d'y servir à déjeuner à des clients endimanchés qui parurent choqués de voir une jeune femme faire une irruption aussi brutale dans cette atmosphère feutrée. Elle s'arrêta puis, écarlate, pénétra dans le hall avant d'emprunter l'escalier qui menait à sa chambre.

« Je vais téléphoner, se dit-elle. Je n'ai pas le temps de faire tous les antiquaires de la région...

« Le temps... L'avion, Londres, et demain matin Chicago. »

Elle jeta un coup d'œil à sa montre. Il était une heure et demie à Avignon, donc sept heures et demie à Evanston. « Ils descendent pour le petit déjeuner. Garth. Les enfants. »

Les mots semblaient s'enfoncer en elle comme des pierres. « Garth. Les enfants. Garth. Garth. »

Elle essaya de les chasser de son esprit. « Pas maintenant. Plus tard. Maintenant il faut que je m'occupe de Stéphanie.

« Stéphanie serait vivante.

« Oh, Stéphanie, je t'aime, tu m'as manqué, j'ai eu de terribles moments de vide sans toi.

« Mais si elle est en vie, pourquoi nous a-t-elle laissés croire pendant un an qu'elle était morte ? Pourquoi ? Parce qu'elle veut continuer à être Sabrina Longworth ? L'épouse de Max ?

« Que Max ait préféré disparaître n'aurait rien d'étonnant. On pouvait aisément imaginer ce qu'il ferait dès qu'il saurait les journalistes sur la piste de Westbridge, de ses contrefaçons et de ses trafics d'objets d'art. Max Stuyvesant aurait minutieusement préparé son coup et puis, un jour, il se serait volatilisé. Et personne n'en aurait été surpris.

« Mais Stéphanie aurait-elle accepté de partager son exil ? Était-elle amoureuse à ce point ?

« Pourtant elle avait un mari, des enfants, une sœur. *Comment a-t-elle pu nous faire croire qu'elle était morte ?*

« Du calme, se dit encore Sabrina. C'est impossible, elle ne peut pas être vivante. Il s'agit soit d'une imposture, soit d'une simple coïncidence. »

Non, il y avait trop de coïncidences. Et plus la jeune femme songeait que sa sœur pouvait être vivante, plus l'idée contenait de réalité.

Elle se recroquevilla dans un fauteuil, décrocha le téléphone d'une main tremblante et attendit que la réception la mette en communication avec Evanston. Ce fut Mrs. Thirkell qui répondit. Sa voix, toujours si ferme et rassurante, réconforta Sabrina. Puis Garth prit l'appareil.

— Mon amour, tu ne peux pas..., commença-t-elle sans pouvoir continuer, impuissante à rassembler ses idées, à prononcer des paroles cohérentes.

— Qu'est-ce qui t'arrive, ma chérie ? Sabrina ! Parle !

L'inquiétude qui perçait dans la voix de Garth résonna en elle comme un écho. Elle ferma les yeux et crut sentir la douceur de ces lèvres, la chaleur de ce corps qu'elle connaissait si bien.

— Rien, répondit-elle dans un murmure à peine audible.

Les autres mots, tous ceux qu'elle aurait voulu lui dire, ne passèrent pas ses lèvres.

« Pardonne-moi, mon amour. Depuis que tu as découvert qui je suis, jamais je ne t'ai menti. Et je croyais ne plus jamais devoir le faire. Pourtant, aujourd'hui je ne peux pas te parler de ce qui m'arrive. Il faut que je fasse seule le chemin et que je sache ce qui s'est passé. C'est une histoire entre Stéphanie et moi. Pardonne-moi, mon amour, pardonne-moi, mais il faut que je sois seule pour parler à Stéphanie...

Parler à Stéphanie ?

« Je ne peux pas lui parler. Elle est morte. Depuis un an. Et il a bien fallu que je m'habitue à son absence. Mais si... si elle est en vie, je dois lui parler seule à seule et savoir pourquoi elle a fait ça. Elle me le dira. Jusqu'alors nous ne nous étions jamais rien caché. »

Sabrina prit une ample respiration et poursuivit enfin d'une voix plus claire :

— Ce n'est rien. Ne t'inquiète pas, tout va bien. Je t'aime et tu me manques, vous me manquez tous... Je déteste être loin de vous. Sans vous, tout me paraît si triste.

– Voilà un problème que tu peux facilement résoudre.

– Je sais. J'y réfléchis. Maintenant, raconte-moi un peu ce que vous faites, les enfants et toi.

– Tu ne rentres pas demain, c'est ça ?

« Comme tu me connais bien, presque trop bien. Tu comprends même ce que je ne dis pas. »

– Tu as raison, je compte encore rester quelques jours. Je crois que j'ai trouvé quelques objets intéressants pour Collectibles

– Tu es toujours à Londres ?

– Non, je suis à Avignon. Je dois contacter quelques antiquaires de la région. Je ne sais pas combien de temps ça va me prendre.

Garth resta silencieux. « Il sait que je mens, pensa la jeune femme. Je pars pour la France sans le lui dire et sans lui donner aucune explication. Il doit se demander si l'Europe, si mon ancienne vie ne m'ont pas rattrapée, et se dire qu'une année de vie familiale n'a peut-être pas suffi à me " ranger ". »

– Garth, je n'avais pas projeté de venir ici, tu sais. J'ai fait ça sur un coup de tête.

Chaque intonation de sa voix le suppliait de comprendre. Et Sabrina se dit qu'en réalité c'était peut-être le destin qu'elle suppliait.

– Rien n'a changé, poursuivit-elle doucement. Je te retrouve à Paris dans deux semaines, comme convenu, après ton séminaire. Penny et Cliff iront passer quelques jours chez Vivian et nous aurons notre voyage d'amoureux.

– Bien sûr, répondit Garth après un silence. Maintenant, parle-moi un peu de ce que tu fais en France.

La jeune femme sentit un immense soulagement l'envahir. Comment avait-elle pu croire que Garth serait fâché ? Comment avait-elle même pu imaginer qu'il redouterait quoi que ce fût ? Il savait qu'elle avait vendu Les Ambassadeurs ainsi que sa maison de Cadogan Square. Il savait qu'elle ne voulait plus vivre en Europe, fût-ce de temps en temps.

– J'ai vu Sidney Jones et j'ai signé les papiers pour la vente des Ambassadeurs. Maintenant, c'est fait, le magasin appartient à Alexandra. Mais j'y ai encore passé pas mal de temps, à éplucher les comptes, à discuter avec Brian, à faire l'inventaire...

– Une cure de désintoxication, en quelque sorte ?

– Oui, si on veut, répondit Sabrina avec un sourire. Mais, tu sais, ça n'a pas été aussi douloureux que je le croyais. Juste un peu nostalgique. Comme quand on quitte l'école.

– Bonne comparaison, dit Garth en riant. Au fait, as-tu une idée de ton itinéraire avant Paris ? Où est-ce que je pourrai te joindre ?

– Je ne le sais pas encore, mais je t'appellerai tous les soirs.

– D'accord. Maintenant, il faut absolument que je te passe les enfants. Ils trépignent pour te parler. On dirait qu'ils ont un tas de choses à te ra...

Avant même qu'il ait pu terminer sa phrase, Penny et Cliff lui avaient arraché le téléphone. Ils parlaient tous les deux dans le combiné, chacun essayant de couvrir la voix de l'autre avec le récit de ses activités du jour : rencontres, bonnes ou moins bonnes notes, buts marqués au football... Il n'était pas un mot qui ne ramenât Sabrina à Evanston, dans cette maison aux plafonds hauts, aux parquets cirés, avec ses cheminées de brique, ses étagères couvertes de livres, le grenier où elle travaillait, la cuisine et sa vieille banquette où tout le monde venait s'asseoir à un moment ou l'autre de la journée. « *Ma* maison, se dit-elle. Mon refuge. Et celui de notre famille. »

Cependant, le plaisir d'entendre les enfants le disputait en elle à l'impatience : elle avait hâte de pouvoir poursuivre ses recherches et bientôt elle trouva un prétexte pour mettre fin au babillage de Penny et de Cliff. À peine eut-elle raccroché qu'elle ouvrit l'annuaire et entreprit d'appeler tous les antiquaires et toutes les galeries de la région.

Elle décida de commencer par ceux d'Avignon et composa le numéro d'Arjuna, une boutique dont elle avait admiré la vitrine le matin même. Tout de suite elle demanda si quelqu'un répondant au nom de Sabrina Longworth y travaillait.

– Non, madame, il n'y a personne de ce nom-là ici, lui répondit la propriétaire, qui s'apprêtait à mettre un terme à cette brève conversation lorsque Sabrina s'empressa d'ajouter :

– Peu importe le nom de famille. Le prénom non plus ne vous dit rien ?

Une fois encore, la réponse fut négative, mais, avec ce premier appel, Sabrina s'était rendu compte que, si sa sœur se cachait bien avec Max, elle n'avait aucune raison de continuer à se faire appeler Longworth. Ils avaient certainement changé de nom.

« Si tant est que ce soit vraiment Stéphanie, si tant est qu'elle soit encore vivante. »

Pourtant, inexplicablement, ses doutes ne subsistèrent pas longtemps, et bientôt elle n'eut plus le sentiment de chercher un fantôme, mais sa sœur... vivante.

Elle consacra l'après-midi à passer en revue tous les antiquaires d'Avignon, d'Arles, des Baux-de-Provence et de Saint-Rémy. En vain. Le lendemain, elle appela ceux d'Aix-en-Provence et de Saint-Saturnin. Sans plus de succès. Elle déjeuna sur le pouce, une carte routière sous les yeux, puis attaqua méthodiquement toutes les petites villes situées entre Aix et Avignon : Apt, Fontaine-de-Vaucluse, Carpentras, Orange, Gordes, Roussillon. En fin de journée, elle aborda Cavaillon. Elle commença par un magasin nommé Art et Décoration.

Une voix féminine lui répondit, et Sabrina posa machinalement sa question. Elle l'avait répétée si souvent au cours des deux derniers jours que c'était à peine si les mots avaient encore un sens.

— Bonjour, madame. Est-ce que quelqu'un qui se prénomme Sabrina travaille dans votre magasin ?

— C'est toi, Sabrina ? fit la voix au bout du fil.

Le cœur de la jeune femme bondit dans sa poitrine.

— Vous la connaissez ?

— Sabrina, cesse cette plaisanterie. Où es-tu ?

— Je vous en supplie, dites-moi si Sabrina travaille chez vous.

— Je ne comprends pas... Cette voix... J'aurais juré que... Non, madame, Sabrina ne travaille plus ici. Elle a quitté la ville. Qui est à l'appareil ?

— Pouvez-vous me dire où elle est allée ?

— Non. Qui est à l'appareil ?

— Une... une amie. Il faut que je vous parle. Je veux vous rencontrer. À quelle heure ouvrez-vous demain matin ?

— À dix heures. Mais je ne vous connais pas, je ne vous dirai rien.

— Peu importe. À demain.

Ce soir-là, Sabrina ne put trouver le sommeil. Elle sortit de l'hôtel et alla s'installer place de l'Horloge, à la terrasse d'un café d'où l'on pouvait voir tourner le manège. Elle observait les passants, les heures qui tournaient sur le cadran de l'horloge à jaquemart ornant l'hôtel de ville. « Demain, je saurai. Elles ont travaillé ensemble, elles ont dû se parler. Cette femme pourra m'apprendre des choses sur Stéphanie. » Au petit matin, elle fit sa valise, régla sa note et prit un taxi pour la gare, où elle loua une voiture. En parcourant les quarante kilomètres qui séparent Avignon de Cavaillon, la jeune femme s'efforça de regarder le paysage avec les yeux de sa sœur : les agriculteurs préparaient les champs pour l'hiver, des brèches s'ouvraient parfois dans les hautes murailles que formaient les cyprès le long de la route et révélaient un mas entouré d'un jardin, une piscine, quelques fleurs. Stéphanie avait sûrement emprunté cette route. Elle avait vu ces mêmes champs, ces mêmes mas, ces mêmes piscines, ce paysage qui devait être aussi dépaysant pour elle qu'il l'était pour Sabrina.

Plus celle-ci approchait de Cavaillon, plus la circulation devenait dense. Elle eut quelque peine à trouver le centre ville. Vers dix heures, elle y pénétra enfin et fit le tour d'un rond-point au centre duquel jaillissait une fontaine. Remarquant à peine les gouttes d'eau qui venaient éclabousser son pare-brise, elle tenta de se repérer, un œil sur le nom des rues et l'autre sur la carte dépliée à côté d'elle. En arrivant sur le cours Gambetta, elle aperçut tout de suite l'enseigne en lettres d'or : Art et Décoration.

Comme elle ne parvenait pas à se garer, elle abandonna sa voiture dans une contre-allée et se précipita dans le magasin. Elle ne s'arrêta que lorsqu'elle se trouva au milieu des meubles, des lampadaires et des paniers débordant de linge qui encombraient la boutique. Celle-ci sentait un peu le renfermé, la lumière y était douce et diffuse, et la patine des meubles semblait parler de toutes les générations qu'ils avaient accompagnées. « J'adore ce genre d'endroit. Et Stéphanie aussi... »

– Sabrina ! Ma chérie, je te croyais partie ! Vous avez changé d'avis ?

Une grande femme, d'une beauté austère, ses cheveux blond cendré retenus par un serre-tête, sortit de l'arrière-boutique pour venir à sa rencontre.

– Je me faisais du souci pour toi, poursuivit-elle. Tu es partie si vite, sans un mot d'explication, sans laisser d'adresse où vous joindre... Léon et toi. Je m'étonnais aussi qu'il ait quitté son atelier si facilement... Et Max ? Qu'est-il devenu ? J'étais vraiment inquiète, tu sais. Vous vous êtes volatilisés, tous les deux. Pourquoi tant de mystère ?

L'antiquaire tenait serrées entre les siennes les mains de Sabrina. Celle-ci demeura un long moment silencieuse, piégée par l'absurdité de la situation. « Je suis Sabrina, qui joue à Stéphanie et qu'on prend pour Sabrina. Cette inextricable supercherie cessera-t-elle un jour ? » Elle secoua la tête comme pour en chasser ce cauchemar sans fin. La femme se méprit et dit en voyant son geste :

– Bon, si ce ne sont pas des mystères, alors dis-moi tout...

Malgré l'immédiate sympathie qu'elle avait éprouvée pour l'antiquaire, Sabrina comprit qu'elle ne pourrait ni lui dire la vérité ni rien apprendre d'elle. « Sans un mot d'explication, sans laisser d'adresse où vous joindre... Léon et toi. » Léon devait être ce peintre qui avait acheté des fournitures à Avignon. Stéphanie et lui avaient disparu, et cette femme ne savait rien.

Stéphanie – si c'était bien elle – n'avait pas voulu lui dire quoi que ce fût. Bien qu'elles eussent travaillé ensemble, elle ne lui avait donné ni explication ni adresse. « Je ne peux même pas lui demander quel était son nom de famille », se dit Sabrina, désespérée.

– Que t'arrive-t-il, ma chérie ?

– C'est tellement compliqué. Je suis venue pour savoir si...

La femme fronça les sourcils.

– C'est curieux. Quelqu'un a téléphoné pour toi, hier, et j'aurais juré reconnaître ta voix.

La vendeuse de Monet avait suggéré que Stéphanie se trouvait dans une situation d'urgence : « Je me suis demandé s'ils n'étaient pas en train de fuir. »

– Quelqu'un d'autre m'a demandée ? dit Sabrina.

– Non, personne. Ton ami Robert, le prêtre, est venu chercher une veste que tu avais oubliée ici. Il s'est montré très évasif et n'a pas voulu me dire où tu étais partie. Mais, Sabrina..., aurais-tu peur de quelqu'un ?

« Enfin une autre piste. Un prêtre qui en sait plus qu'il ne veut bien l'avouer. Il ne devrait pas être si difficile à retrouver, ce père Robert... » La jeune femme recula vers la porte, impatiente de quitter la boutique et de poursuivre ses recherches.

– Je ne sais pas, répondit-elle à l'antiquaire. Il y a tellement de choses que je ne comprends pas. Pardonnez-moi, je vous dirais tout, si je le pouvais. Je repasserai peut-être plus tard.

Elle ouvrit précipitamment la porte du magasin, courut jusqu'à sa voiture et, sans réfléchir, se dirigea vers un clocher qu'elle avait repéré en entrant dans la ville. Bientôt, elle vit se dresser devant elle une église qu'encadraient un presbytère et une école primaire. « Je vais demander, se dit-elle. Tous les prêtres de la ville doivent se connaître. »

Ne trouvant personne à l'intérieur de l'église, elle s'adressa à l'école. Elle poussa la porte derrière laquelle s'étirait un long couloir et finit par trouver le bureau du directeur. Elle frappa et, sans attendre, pénétra dans la pièce. Assis à sa table de travail, un homme petit et mince, avec une barbe poivre et sel soigneusement taillée, leva les yeux en entendant la porte s'ouvrir. Puis il s'exclama :

– Sabrina ! Ma chérie, mais qu'est-ce que tu fais là ? Pourquoi es-tu revenue ? Léon est avec toi ? Vous avez perdu la tête ou quoi ?

« Lui sait. Il sait tout. » La jeune femme ferma la porte derrière elle et fit quelques pas vers le bureau.

– Il faut que je vous parle. Est-ce que je peux le faire ici, ou risquons-nous d'être interrompus ?

– Que se passe-t-il ? Il est arrivé quelque chose à Léon ?

– S'il vous plaît, il faut que je vous parle. Ça va prendre un petit moment.

Le prêtre l'examina attentivement, l'air préoccupé.

– Ma chérie, je te trouve bien étrange aujourd'hui. Si tu veux me parler, on sera plus tranquilles chez moi ; pour une fois, personne ne campe sur mon canapé.

Il lui lança un regard complice, que Sabrina ne fit même pas semblant de comprendre. À lui elle allait dire la vérité. Et il la conduirait jusqu'à Stéphanie.

Elle le suivit dehors. Ils traversèrent la cour de l'école pour gagner le presbytère. L'appartement était minuscule et meublé d'une façon rudimentaire : un canapé, une chaise, une lampe, un évier et, dans un coin, un réchaud à gaz. Par une porte entrouverte, on apercevait un petit lit, avec un crucifix au-dessus de l'oreiller.

– Tu veux une tasse de thé ? De café ?

– Je veux bien du thé.

Tournant le dos à Sabrina, il fit bouillir de l'eau sur le réchaud. Pendant un moment ils n'échangèrent pas une parole, tous deux tendus, ne sachant ni l'un ni l'autre ce qu'ils allaient apprendre.

– Alors, ma chérie..., dit enfin le prêtre en posant deux tasses blanches sur une petite table devant le canapé. Que voulais-tu me dire ?

– C'est une histoire compliquée. Quand j'aurai fini de vous la raconter, je vous demanderai votre aide.

– Tu sais que tu peux toujours compter sur moi, Sabrina.

– Oui, je le sens, répondit la jeune femme en levant les yeux vers lui.

Cet homme respirait la bonté. Elle but une gorgée de thé puis posa sa tasse et, les mains sagement croisées sur les genoux, dit :

– D'abord, laissez-moi vous demander votre nom.

– Tu plaisantes ?

– Non.

– Très bien, je m'appelle Robert Chalon, comme tu le sais depuis bientôt un an.

– Merci. Maintenant, je vous serais reconnaissante de me laisser parler sans m'interrompre.

– Tu es bien autoritaire, tout à coup, repartit le prêtre avec étonnement. Mais, bien sûr, si tu le souhaites, je ne t'interromprai pas.

– Mon nom est Sabrina Longworth. Je suis née à...

– Sabrina ! Tu as retrouvé la mémoire ! C'est incroyable ! Pourquoi ne pas me l'avoir dit tout de suite ?

La jeune femme fixa un long moment son interlocuteur. « *Tu as retrouvé la mémoire !* Comment n'y avait-elle pas pensé plus tôt ? Soudain, tout s'expliquait. C'était l'évidence : le yacht, l'explosion, une blessure, sans doute, et cette année de silence parce que Stéphanie ignorait qui elle était.

« Mais pourquoi croyait-elle s'appeler Sabrina ?

344

« Max, bien sûr.

« Ils avaient survécu tous les deux et il lui avait dit qu'elle s'appelait Sabrina. Mais Sabrina comment ? Certainement pas Longworth, puisque Robert ne semblait pas connaître ce nom. »

– Continue, ma chérie, reprit le prêtre. Je ne t'interromprai plus, c'est promis.

– Ne vous méprenez pas. Attendez que je vous aie raconté toute l'histoire. Je suis née aux États-Unis et j'ai grandi en Europe. Je vivais à Londres, j'étais mariée et, quand j'ai divorcé, j'ai ouvert un magasin d'antiquités. J'avais une sœur qui avait épousé un professeur américain ; elle avait deux enfants. Elle s'appelait – elle s'appelle – Stéphanie Andersen. C'est ma sœur jumelle. C'est elle qui se trouvait sur le yacht avec Max.

Le visage de Robert se figea. Ébahi, il se pencha vers la jeune femme, les yeux rivés aux siens.

– Un jour, en septembre de l'année dernière, nous avons fait ensemble un voyage en Chine et nous avons décidé d'échanger nos vies, de nous les prêter, si vous voulez, juste pour une semaine. Nous avions l'une et l'autre besoin de nous échapper un peu. L'idée nous a amusées, c'était une aventure. Personne ne devait le savoir ni en souffrir. Mais ce genre de supercherie – le mot s'étrangla dans sa gorge – a aussi ses revers.

Puis elle lui raconta tout, depuis sa fracture du poignet jusqu'à l'explosion sur le yacht, en passant par son deuil, l'amour qu'elle avait découvert avec Garth et les enfants, la vie qu'ils avaient construite ensemble.

– Le mois dernier, poursuivit-elle, une amie m'a appelée pour me dire qu'elle m'avait vue dans une rue d'Avignon. Elle m'a dit que si ce n'était pas moi il ne pouvait s'agir... que de ma sœur ou bien d'un fantôme.

– Et c'étaient les deux, dit Robert, voyant que les mots devenaient de plus en plus difficiles à prononcer pour Sabrina.

Celle-ci hocha la tête. Le prêtre se leva pour remettre de l'eau à chauffer.

– Cette histoire est insensée, dit-il.

– Je sais. Tout ce que je dis paraît incroyable. Et pourtant je vous jure que c'est vrai.

– Nos vies ont toutes quelque chose d'incroyable, de théâtral, répondit Robert en sortant deux sachets de thé de leur pochette. Bien sûr, votre histoire l'est bien davantage encore : elle est à la fois fantastique et insolente. Je vous crois et je le regrette, car ce qui n'était qu'un caprice s'est transformé en un ouragan dévastateur. Mais parler de cela maintenant est inutile, ajouta-t-il en revenant s'asseoir à côté de la jeune femme. Savez-vous ce qui s'est passé avant l'explosion ?

– Non. Stéphanie m'a appelée de Londres la veille de son départ en croisière. C'est la dernière fois que j'ai entendu sa voix. Le lendemain..., un coup de fil m'annonçait qu'elle...

Le frisson d'horreur qui parcourut Sabrina l'empêcha de poursuivre.

– Elle vous manque beaucoup, dit le prêtre en lui servant une nouvelle tasse de thé.

– Nous étions si proches l'une de l'autre. C'est comme si quelque chose en moi était mort, comme si on m'avait arraché une partie de mon être. Tout le bonheur que je connais maintenant avec ma famille n'a pas pu effacer cette douleur.

– Ma pauvre enfant..., dit Robert, entrevoyant déjà tous les tourments qui guettaient les deux sœurs.

Cependant, l'heure n'était pas aux sombres pronostics. La femme qui était assise à ses côtés devait encore s'habituer à cette réalité : sa sœur était vivante, mais quel accueil allait-elle lui réserver ?

Sabrina était retombée dans le silence. Elle était épuisée, mais soulagée.

– C'est facile de vous parler, dit-elle enfin.

– Je l'espère. C'est toujours ce que me disait Sabrina..., enfin, Stéphanie. Pardonnez-moi, j'ai du mal à m'y faire...

– Je vous en prie, dites-moi où la trouver.

– Léon et elle sont partis pour Vézelay.

– Vézelay ? En Bourgogne ?

– Oui, ce n'est pas très loin de Paris. La ville est charmante, très touristique. Votre sœur et son ami pensent que, là-bas, ils seront anonymes.

– Pourquoi devraient-ils être anonymes ? De quoi ont-ils peur ? Est-ce qu'ils se cachent ?

– Oui..., peut-être. Nous n'en sommes pas sûrs, mais il est possible que Sabrina... que Stéphanie soit en danger. Nous avons pensé qu'il valait mieux qu'ils quittent la région. Ils voulaient commencer une nouvelle vie maintenant que Max...

– Max ? Il est ici ?

– Non, il est...

– C'est lui qui lui a dit qu'elle s'appelait Sabrina, n'est-ce pas ? Naturellement, il ne la connaissait que sous ce prénom. Quel était son nom de famille ?

– Lacoste. Comme lui.

– Comme lui ? Pourquoi ?

– Parce qu'elle était sa femme.

– Non, elle ne l'était pas. Elle ne l'aurait pas épousé. Elle n'aurait pas pu. Elle était déjà mariée.

Peu à peu Robert comprenait.

– Non, vous avez raison. Bien sûr, bien sûr qu'elle n'aurait pas pu l'épouser. Mais il lui a dit qu'il était son mari, et elle n'avait aucune preuve du contraire. Encore qu'elle m'ait souvent confié ne pas se *sentir* mariée avec lui, même s'il était profondément amoureux d'elle et même si elle lui était reconnaissante de la vie qu'il lui offrait. Mais il faut que je vous dise que Max...

– Je dois la retrouver. Je suis en voiture. Croyez-vous qu'en partant maintenant je pourrais être à Vézelay...

– Attendez plutôt demain. Vous avez l'air à bout de force. Une nuit de plus ou de moins ne changera pas grand-chose et je pourrai vous raconter un peu ce qui s'est passé ici.

– Non, je vous remercie de vouloir m'aider, mais je veux la voir, je veux que ce soit elle qui me raconte. Je ne peux pas attendre davantage. Le seul fait de savoir que ma sœur est vivante... Il faut que je la retrouve !

– Mais vous ne savez pas tout. Je vous ai dit que votre sœur était peut-être en danger. Il s'est passé des choses...

– Quel danger ?

– On n'en sait rien au juste. Mais...

– On n'en sait rien. Alors pourquoi perdre du temps à en parler ? Êtes-vous en train de me dire que je devrais me méfier ? Quel que soit ce danger, Stéphanie m'en parlera. Et nous l'affronterons ensemble.

– Elle n'est pas seule. Léon est avec elle.

– Aucune importance ! D'ailleurs, cela n'en a jamais eu. Quels qu'aient pu être nos compagnons, nous avons toujours été très unies. Rien n'a jamais pu briser notre lien.

« Mais aujourd'hui quelque chose pourrait peut-être briser ce lien. Garth... Penny... Cliff. Non, pas maintenant. Il est encore trop tôt pour y penser. »

– Comprenez-moi, poursuivit Sabrina. Je ne peux pas rester là assise à discuter. Dites-moi comment aller à Vézelay et dites-moi où habite ma sœur.

– D'accord, répondit Robert en se levant pour aller chercher une carte routière dans sa chambre.

Dans la marge, il nota une adresse et un numéro de téléphone.

– C'est à un peu plus de cinq cents kilomètres. Comme vous ne connaissez pas bien les routes d'ici, je vous propose de vous accompagner.

– Je vous remercie, mais je voudrais la voir... seule.

– Je comprends, dit le prêtre en hochant la tête. Alors laissez-moi vous montrer...

Ils se penchèrent tous les deux sur la carte, et Robert surligna en jaune l'itinéraire que devait emprunter la jeune femme.

– Ce n'est pas très compliqué, seulement, c'est fatigant. Promettez-moi de vous reposer de temps en temps. N'allez pas au bout de vos forces... Mais je ne sais pas pourquoi je vous dis ça : vous ne m'écouterez pas, ajouta-t-il en croisant le regard déterminé de Sabrina. Je vous souhaite bonne chance, mon enfant.

Elle sentit les larmes lui monter aux yeux.

– Je sais que vous êtes forte, dit encore le prêtre en la prenant dans ses bras. Mais la force ne suffit pas toujours. N'oubliez pas que je suis là si vous avez besoin de moi. N'oubliez pas que je serai toujours là pour vous deux.

– Merci, je n'oublierai pas, répondit la jeune femme en repliant la carte. Votre amitié a dû beaucoup compter pour Stéphanie.

– J'espère qu'elle comptera aussi pour vous.

Ils échangèrent un dernier sourire alors que Sabrina refermait doucement derrière elle la porte du presbytère. Une fois dans la rue, elle se précipita vers sa voiture.

Stéphanie et Léon avaient laissé derrière eux Cavaillon, ainsi que la violence et la peur qui y étaient attachées. Assis dans le petit jardin de leur maison au toit de tuiles orange, dissimulés à la vue des passants par un haut mur de pierre recouvert de vigne vierge, ils prolongeaient la soirée autour d'un verre, comme s'ils voulaient retenir ces premiers moments passés ensemble, cachés de tous, sauf de Robert. Le parfum des roses se mêlait à celui de la glycine.

– Du chèvrefeuille et du vin rouge, murmura soudain Stéphanie.

– Où était-ce ? Dans un jardin ? demanda tout de suite Léon.

La jeune femme essayait de ne pas laisser s'échapper ce fragment de souvenir.

– Oui, c'était sans doute dans un jardin avec un buisson de chèvrefeuille. Et du vin rouge. Et des gens, beaucoup de gens. Une soirée. Oui, c'est ça, Léon, c'était une soirée ! Pas dans un jardin, mais dans une cour entourée de buissons de chèvrefeuille.

– Qui y avait-il à cette soirée ? Qui étaient ces gens ?

– Je ne sais pas. Je ne me revois même pas au milieu des invités. Oh ! je déteste ça. Je me sens tellement perdue lorsqu'un bout de souvenir me revient, et puis plus rien. C'est comme si je trouvais un éclat de porcelaine et que je ne savais pas reconstituer le vase ou le bol auquel il appartient.

– Mais tu n'es pas perdue, ma chérie.

– Non, répondit Stéphanie avec un sourire de gratitude, heureuse de la présence de Léon et de l'amour qu'il lui portait. Je ne suis plus perdue.

Tous deux retombèrent naturellement dans un paisible silence, laissant place à la rêverie. Le soleil venait de se coucher et, dans la lumière du jour finissant, les ombres grandissaient. Le carré de ciel au-dessus de leur jardinet prenait une teinte gris-bleu où les nuages laissaient des traînées rouges et lilas. Des voix assourdies leur parvenaient de l'autre côté du mur. Respirant profondément, la jeune femme ferma les yeux et s'étira langoureusement.

– Je t'aime, dit-elle à Léon, qui se penchait au-dessus de la table pour l'embrasser.

– Nous sommes chez nous, mon amour, lui chuchota-t-il tendrement.

Plus tard, ils débarrassèrent, empilèrent rapidement les assiettes dans l'évier puis sortirent se promener dans Vézelay. Toutes les rues de la ville semblaient converger vers la basilique Sainte-Madeleine. Stéphanie et Léon flânaient main dans la main, s'émerveillant de la beauté des vieux immeubles, du charme des boutiques et des galeries minuscules, des fleurs qui partout ornaient fenêtres, balcons et trottoirs.

En montant vers la basilique, ils croisèrent des groupes de touristes qui s'apprêtaient à regagner leurs cars. Quand ils atteignirent le parvis, ils se retrouvèrent totalement seuls.

– Maintenant, Vézelay est à nous, dit le peintre, amusé. En tout cas jusqu'à demain matin.

– Tu sais, j'aime aussi cette ville lorsqu'elle est envahie par les touristes. Les gens ont l'air tellement heureux d'être ici !

– Et nous, donc, répondit Léon en l'embrassant.

Depuis deux semaines qu'ils vivaient à Vézelay, la basilique était devenue leur but de promenade préféré. Lorsqu'ils y étaient venus pour la première fois, Léon avait expliqué à Stéphanie qu'elle avait longtemps été un lieu de pèlerinage.

Ce soir-là, ils restèrent assis sur un muret de pierre jusqu'à ce que la nuit ne leur permît plus de rien distinguer. Puis ils reprirent le chemin de la maison.

– Tu veux bien qu'on s'arrête à l'atelier ? dit Léon. J'aimerais te montrer quelque chose. Je voulais attendre, mais finalement j'ai envie que tu les voies maintenant.

Il avait loué un atelier coincé entre un caviste et un charcutier. Assez vaste pour contenir les immenses toiles que Léon avait commencé à peindre à Goult, il était orienté à l'est et, le matin, la lumière y pénétrait à flots. Le peintre ouvrit la porte, et Stéphanie reconnut immédiatement deux portraits d'elle qu'elle avait déjà vus.

Elle pénétra dans la pièce et découvrit alors une série de tableaux qu'elle contempla longuement, l'un après l'autre : bien que d'une facture plus abstraite que les précédents, ils représentaient tous des enfants, des enfants qui jouaient, se cachaient, semblaient partager des secrets, des enfants aussi qui couraient vers une destination inconnue.

– Bien sûr, je ne les ai pas encore terminés, dit Léon pour briser le silence de Stéphanie. Il y a quelque chose qui ne va pas ?

– Autant d'enfants...

– Et alors ?

– Nous n'avons jamais parlé d'enfants.

– Non, c'est vrai. Nous nous connaissions à peine. Et puis tu étais mariée...

– Tu ne m'as même jamais dit si tu aimais les enfants, ni si tu en voulais.

– J'ai toujours aimé les enfants. Ils sont tellement mystérieux, imprévisibles, toujours intimidants de vérité, et puis si fascinants... Mais qu'est-ce qui te fait rire ?

– À t'entendre, on croirait que tu parles d'extraterrestres. Mais les enfants sont exactement comme nous, Léon, juste un peu plus ouverts. Et, même dans leurs secrets, ils sont plus honnêtes que nous.

– Je ne comprends pas.

– Je veux dire qu'ils n'attendent que ça : qu'on perce leurs mystères.

Elle s'approcha de la série de toiles, tellement absorbée dans leur contemplation qu'elle se parlait comme à elle-même.

– Ils sèment des indices pour qu'on les empêche de faire des bêtises, pour qu'on fasse attention à eux. Cliff, par exemple, faisait exprès de laisser traîner certaines choses dans sa chambre pour que je tombe dessus et que...

Stéphanie se retourna lentement. Elle était pâle et ouvrait de grands yeux, comme un somnambule qu'aurait réveillé une lumière aveuglante.

– Qui est Cliff ? demanda Léon.

– Je ne sais pas. J'ai l'impression que c'est... mon fils.

– Ou un frère ?

– Oui, peut-être bien. Mais beaucoup plus jeune que moi, alors.

– Ce qui n'aurait rien d'extraordinaire, répondit le peintre en attirant la jeune femme contre lui.

Il sentit sa respiration haletante, les palpitations de son cœur, et la garda dans ses bras jusqu'à ce qu'elle eût cessé de trembler. Puis elle se dégagea doucement de son étreinte.

– Et si c'était mon fils ?

– Dans ce cas, nous serions dans une situation plutôt compliquée. Nous le saurons bien un jour ou l'autre, mais à mon avis ça ne devrait pas tarder : j'ai l'impression que tu as de plus en plus de souvenirs.

Stéphanie eut un geste exaspéré.

– Non, Léon, je n'ai que des petits morceaux de souvenirs.

– C'est grâce à eux que tu vas pouvoir reconstruire ton passé. Un jour, toutes les pièces de la mosaïque se mettront en place et formeront un tout. Et, comme dans une mosaïque, chaque pièce a une grande valeur, mais n'a aucun sens tant qu'elle n'est pas intégrée dans un ensemble. C'est alors qu'elle te raconte une histoire. Est-ce que tu y crois ?

– Oui.

Stéphanie était sincère. Gagnée par la conviction de Léon, elle se dit que oui, un jour, elle saurait.

– Mais nous ne laisserons aucun fantôme du passé nous empêcher de vivre notre nouvelle vie, reprit le peintre. Nous prendrons les choses comme elles viennent. Et puis il faut qu'on parle des enfants. Jusqu'ici je n'en ai jamais eu envie, mais maintenant je voudrais en avoir... avec toi. Ce qui explique les tableaux que tu vois. Souvent ce que je souhaite apparaît sur le papier avant même que je sache l'avoir désiré. Sabrina, veux-tu que nous ayons des enfants ?

– Oui, répondit-elle, puis, très vite, elle s'interrompit, craignant de mentir à son compagnon.

Mais il ne méritait pas qu'elle l'entraîne dans ses doutes, ni dans le vide qui, quel que fût son bonheur, l'habitait encore. Alors elle poursuivit :

– Oui, Léon, moi aussi, j'ai envie que nous ayons des enfants.

– Et puis nous allons nous marier... Mon amour, je m'aperçois que je ne t'ai jamais posé la question, ajouta le peintre en s'approchant de Stéphanie pour lui prendre les mains : Veux-tu m'épouser ?

– Oui, répondit-elle encore. Oui, je veux t'épouser, mais... pas tout de suite. Tu comprends, on ne sait pas encore ce dont je vais me souvenir. On pourrait attendre quelques mois, un an, peut-être plus. Quelle importance du moment que nous vivons ensemble ?

– Je veux t'épouser, répéta calmement Léon. Je ne veux pas attendre. J'ai envie d'une famille, pas d'un concubinage. Je ne te forcerai pas, mais sache que j'y tiens beaucoup.

Une fois encore, Stéphanie se laissa convaincre par tant d'amour et de fermeté, et elle se dit que, quoi que l'avenir pût leur réserver, quels que soient les obstacles, ils les affronteraient ensemble.

– Nous allons inviter Robert à passer quelques jours à Vézelay, dit-elle enfin, consentante. Il pourra nous marier.

– On va l'appeler dès qu'on sera à la maison, s'empressa de répondre le peintre.

Il ouvrit la porte, s'effaça pour laisser la jeune femme sortir la première, puis éteignit les lumières et referma à clef derrière lui. Sans se presser, ils reprirent la ruelle déserte et à peine éclairée qui menait jusqu'au portail de leur maison. Dans le jardin, une bougie brûlait encore sur la table en bois d'olivier. La chaude lumière qui filtrait par les fenêtres éclairées donnait à la glycine, à la vigne vierge et à leurs visages une nuance dorée.

– J'aime cette maison, dit Stéphanie. Et je t'aime, toi. Merci de me donner tout cela, Léon.

– C'est moi qui devrais te remercier : avant toi, je ne connaissais qu'une chose, la peinture. Tout le reste me semblait périphérique, accessoire. Mais tu m'as ouvert les yeux sur ce qui est essentiel.

Il poussa la lourde porte de bois. Au milieu de l'escalier, la jeune femme murmura :

– La vaisselle...

– À mon avis, elle va devoir attendre demain matin, répondit le peintre en commençant à déboutonner doucement le chemisier de Stéphanie.

Ils s'étendirent sur le lit et se donnèrent l'un à l'autre avec une passion qui ne cessait de croître depuis leur départ de Cavaillon. Rien de ce qu'ils avaient l'un et l'autre connu auparavant n'avait la puissance de cet amour. Beaucoup plus tard dans la nuit, la jeune femme pencha son visage vers celui de Léon.

– Tu sais, même si je n'arrive jamais à en apprendre davantage sur mon passé, je me contenterai du peu que j'en sais. L'essentiel, c'est que nous soyons ensemble.

– Tu ne te contenteras peut-être pas toujours de ce que tu sais. Mais, quoi que tu finisses par découvrir, je n'imagine pas que cela puisse changer quelque chose entre nous. Ce qui nous arrive est si fort que rien ne pourra jamais le briser et... Tiens, on dirait qu'on sonne à la porte... Qui peut bien nous rendre visite à cette heure-ci ? À Vézelay, tout le monde est couché passé onze heures.

Stéphanie se raidit, terrifiée.

– Tu crois qu'on nous a suivis ?

– Non, c'est impossible, tu le sais bien. Robert a fait surveiller ta maison et on n'y a vu personne de suspect. C'est sans doute un quelconque colporteur... On fait comme si on n'était pas là ?

– D'accord.

Quelques secondes s'écoulèrent, puis la sonnette retentit à nouveau avec insistance, et la jeune femme fut saisie d'un inexplicable tremblement.

– C'est autre chose... Quelque chose... Mais qu'est-ce qui m'arrive ? dit-elle, affolée.

– Tu as peur, ma chérie, c'est tout. Je vais y aller, répondit Léon en se levant.

– Non, je n'ai pas peur, ce n'est pas ça... C'est juste que... c'est pour moi, dit-elle en sautant du lit.

– Comment peux-tu le savoir ?

– Je le sais, c'est tout.

Elle passa un déshabillé soyeux dans les tons vert et bleu que le peintre lui avait offert à Avignon.

– Je reviens tout de suite, dit-elle sur le seuil de la chambre.

– Attends-moi, je viens avec toi. Bon sang ! Qu'est-ce que j'ai fait de ma robe de chambre ?

– Elle est dans le placard, je crois. Mais ne t'inquiète pas, reste là, je serai de retour dans une minute.

Elle dévala l'escalier en passant les doigts dans ses longs cheveux pour tenter de se recoiffer. En entendant Léon ouvrir le placard, elle l'imagina en train de fouiller dans tous ces vêtements qu'ils n'avaient pas encore eu le temps de ranger. Puis elle traversa le vestibule et ouvrit la porte.

– Qu'est-ce que je peux faire pour...

Elle s'interrompit. Elle se trouvait face à elle-même, comme devant un miroir.

– Stéphanie ! s'écria la vision. Oh ! Stéphanie, Dieu merci, tu es...

Un long cri déchira la nuit. Puis ce fut le noir.

2

– *Sabrina !*

En entendant le cri de Stéphanie, Léon se rua dans l'escalier. Dans la pénombre du vestibule, il distingua son corps, étendu sur le sol, et, penchée sur lui, une femme dont les longs cheveux dissimulaient le visage. « On dirait les cheveux de Sabrina... » L'idée disparut aussi vite qu'elle était venue et il repoussa l'inconnue.

– Écartez-vous !

Il prit Stéphanie dans ses bras et la porta jusque dans le salon. Dans son dos, il entendit une voix qui disait :

– Laissez-moi vous aider, Léon, je vous en prie.

« Comment connaît-elle mon nom ? » se demanda-t-il, mais cette pensée fut aussi fugitive que la précédente. Il allongea Stéphanie sur le canapé.

– Sabrina, mon amour, que se passe-t-il ?

Anxieux, il s'assit à côté de la jeune femme et la prit dans ses bras pour la bercer tendrement. Puis il leva enfin les yeux sur celle qui l'avait suivi et qui se dressait maintenant face à lui. Alors, tout son corps se figea d'effroi.

– Mon Dieu, mais qui donc...

La femme tendit une main hésitante pour caresser les cheveux de Stéphanie.

– Éloignez-vous d'elle ! Ne la touchez pas ! Laissez-la tranquille !

« Laissez-nous tranquilles ! Je ne comprends pas : Sabrina est à la fois dans mes bras et là, debout devant moi », pensa-t-il, terrifié. Léon vit la pièce chavirer autour de lui. Incapable de réfléchir davantage, il résolut d'ignorer l'inexplicable vision.

– Réveille-toi, mon amour, réveille-toi, murmura-t-il en reportant toute son attention sur la jeune femme qu'il serrait contre lui. Tout ira bien.

Il embrassa ses cheveux, son cou, ses joues et vit enfin frémir ses paupières. Il lui semblait tenir tout son monde dans ses bras. Stéphanie était le cœur de sa vie. Mais son passé venait de faire irruption chez eux et menaçait de la lui arracher.

Léon comprit soudain qu'il avait refusé de voir la réalité en face. Avec quelle légèreté il lui avait assuré qu'elle se souviendrait de tout et qu'ensemble ils affronteraient son passé. Il s'en voulut d'avoir été naïf à ce point. On ne pouvait pas si facilement faire abstraction du passé : il vous rattrapait toujours.

– Tout va bien, mon amour, tout va bien.

Comme un enfant prononçant des formules magiques pour conjurer ses peurs, il ne cessait de répéter :

– Tout va bien, tout va bien, mon amour. Oui, tout ira bien.

Et, comme un enfant, il ajouta en lui-même : « Tout ira bien pour nous. »

– Je vous en prie, Léon, laissez-moi...

La femme se tenait tout près de lui, tendant la main vers Stéphanie. On eût dit qu'une force irrésistible l'y poussait. Léon ne pouvait plus feindre de ne pas la voir, nier sa présence. Il leva les yeux vers elle.

– Vous êtes sa sœur, n'est-ce pas ?

– Oui.

– Elle ne savait pas qu'elle avait une sœur. Encore moins une sœur jumelle.

Il l'observa attentivement, en artiste, essayant de discerner entre les deux visages une quelconque différence.

– Votre ressemblance est ahurissante. J'aurais pu vous prendre l'une pour l'autre.

La femme hocha gravement la tête.

– Je sais.

À nouveau, elle tendit la main et, cette fois, Léon n'essaya pas de l'arrêter lorsqu'elle saisit celle de Stéphanie et se pencha pour l'embrasser. Puis soudain, lorsque ses lèvres rencontrèrent la peau tiède de la jeune femme, elle tomba à genoux et posa sa joue contre la sienne.

« Stéphanie, Stéphanie... » Les sanglots qui l'avaient saisie semblaient ne jamais devoir prendre fin. Les yeux brouillés de larmes, elle écarta doucement une mèche de cheveux qui tombait sur le visage de sa sœur. *J'ai l'impression de me retrouver comme il y a un an, le jour de l'enterrement. J'ai posé ma tête contre le bois du cercueil et j'ai sangloté. On m'arrachait une partie de moi. Comment se fait-il qu'aujourd'hui elle soit là, à côté de moi ?*

– Je ne sais pas, je ne sais pas, murmura-t-elle en couvrant de baisers le front, la joue et les paupières fermées de Stéphanie. Je la croyais morte, ajouta-t-elle à l'intention de Léon.

Instinctivement, celui-ci resserra son étreinte, comme s'il voulait garder la jeune femme pour lui seul, pour la protéger du passé. Pourtant, le passé était là : c'était cette femme agenouillée à ses côtés, le corps tout entier tendu vers celle qu'elle semblait vouloir lui arracher.

– Est-ce qu'elle est mariée ? ne put s'empêcher de demander brusquement Léon. Est-ce qu'elle a des enfants ?

Sabrina sentit son sang se glacer dans ses veines et laissa lentement retomber sa main. Elle parut chanceler légèrement et vouloir mettre entre eux un peu de distance. Puis elle ouvrit la bouche, mais sans parvenir à lui répondre.

À cet instant, Stéphanie murmura quelque chose.

– Mon amour, mon amour..., dit le peintre en se penchant vers elle.

Elle ouvrit les yeux et ne vit que le visage de son compagnon.

– Léon ? Tu sais, j'ai cru que Sabrina était là et, d'un seul coup, tout m'est revenu... Je n'ai pas pu le supporter. C'était trop douloureux. Ce n'était pas elle ?

– Sabrina ? Mais, mon amour, *tu es* Sabrina.

– Non, elle est Stéphanie, fit une voix à côté de lui.

Stéphanie tourna la tête et poussa un cri sourd. Alors, elle s'arracha aux bras de Léon pour se jeter dans ceux de Sabrina.

Deux visages baignés de larmes, en tout point identiques, se pressaient comme pour se fondre l'un dans l'autre. Les deux femmes restèrent un long moment immobiles, pleurant doucement dans le silence de la nuit.

Le peintre s'éclipsa sans un mot dans la bibliothèque d'où il continua de les observer dans la pénombre. Il ne parvenait toujours pas à y croire : deux femmes d'une étonnante beauté et semblables jusqu'à la courbe de leurs bras lorsqu'elles s'enlaçaient, de leurs cils lorsqu'elles fermaient les yeux, jusqu'au son de leurs voix qui, comme à l'infini, ne cessaient de murmurer leurs deux prénoms.

« Stéphanie, se répéta-t-il. Elle s'appelle Stéphanie. Pourtant Max l'appelait Sabrina, comme tout le monde, d'ailleurs. Et elles se parlent en anglais. Enfin..., en américain. Et le plus naturellement du monde, sans le moindre accent. Sabrina – *non, Stéphanie* – parle à sa sœur en américain. Elle est américaine. Jamais je ne m'en serais douté. »

– Je t'aime, disait Sabrina. Je ne supportais pas l'idée que tu ne sois plus là. Tu m'as tellement manqué.

– Je ne me suis jamais souvenue de toi, lui répondit Stéphanie avec un frisson. Je me suis souvenue d'autres gens – j'avais des bribes de souvenirs qui ne se rattachaient à rien –, mais jamais de toi. Je t'aime et pourtant je ne me souvenais pas de toi. Pourquoi ? Tu ne peux pas savoir... Il est arrivé tant de choses ! Comment rattraper tout ce qui s'est passé ?

– Nous allons commencer par le commencement, répondit Sabrina avec un petit rire hésitant. Mais pas tout de suite. Nous aurons tout le temps de parler...

– Non, il faut qu'on parle maintenant. Il le faut. J'ai tout oublié... Tu le savais ? C'était horrible, comme d'essayer d'avancer dans un brouillard, dans un néant, comme si c'était...

– ... le vide. C'est aussi ce que je ressentais quand je pensais à toi : un vide immense.

– Oui, c'est ça. Je me souvenais du nom des choses, je parlais plusieurs langues, mais c'était tout. Un des médecins m'a dit que je refoulais mes souvenirs parce qu'il y avait un conflit en moi, un conflit qui me faisait souffrir ou qui me culpabilisait...

Sabrina chercha son regard. En vain. Stéphanie préféra détourner les yeux.

– Je ne me souvenais de rien sur moi, poursuivit-elle. Absolument rien. Et pourtant il devait bien rester quelque chose, puisque je sentais confusément que mon nom n'était pas Sabrina. Et puis Léon a fait un portrait de moi qui me représente avec un double. Chaque fois que je le regardais, je me sentais heureuse... Je n'arrive pas à y croire, ajouta-t-elle en secouant la tête. Tout m'est revenu, comme si rien ne s'était passé. Mais je ne sais rien de toi, de ce que tu as fait, de ce qui est arrivé... Et Penny, et Cliff ! Tu les as vus ? Tu as des nouvelles ?

Une fraction de seconde, Sabrina hésita avant de répondre :

– Oui, ils vont bien. Je crois que tu as raison : nous avons beaucoup de choses à nous dire. Tu crois qu'on pourrait se faire du thé ?

– Bien sûr, il faut qu'on se raconte tout. Mais on ne va pas rester comme ça toute la nuit. Allons dans la cuisine. Léon... Où es-tu ? Je voudrais que vous fassiez connaissance.

– Je suis là, dit le peintre.

L'instant d'après, il avait rejoint Stéphanie. « Penny et Cliff. Elle a déjà prononcé ces deux prénoms. Elle se demandait si ce n'étaient pas ses enfants. »

– Qu'aimeriez-vous boire ? poursuivit-il. Je peux vous faire du thé, si vous voulez... Puis il s'interrompit avant d'ajouter, à contrecœur : Ensuite, je vous laisserai seules...

Le visage de Stéphanie se troubla.

– Non, je préférerais que tu restes, répondit-elle en se levant. Ça ne t'ennuie pas, Sabrina ? J'aimerais que Léon sache tout.

– Comme tu voudras.

– Tu aimerais mieux qu'on soit seules toutes les deux ? Il y a si longtemps...

– C'est vrai, mais..., commença Sabrina avant de se lever, tendant la main à Léon : Ravie de vous connaître, Léon.

Malgré sa surprise et sa frayeur, le peintre perçut en un instant toute l'entente qui unissait les deux sœurs, tous ces non-dits qu'elles seules pouvaient comprendre, la force de leur attachement. Il sut qu'il ne pourrait briser ce lien ; il n'essaierait même pas. Et pourtant l'arrivée de cette femme changeait tout, elle bouleversait son monde et celui de Stéphanie. Néanmoins, elle lui inspirait de la sympathie. À cause de l'amour qu'elle portait à sa sœur, de son côté chaleureux et direct. Elle n'était pas du genre à mentir ni à se laisser entraîner dans les mensonges des autres. Léon prit la main que lui tendait Sabrina et crut voir son regard s'assombrir. Il se demanda alors ce qui, dans ces étonnantes retrouvailles, pouvait la faire souffrir.

– Léon Dumas, dit-il. Mais... je ne connais pas votre nom.

– Sabrina... Longworth, répondit-elle, bredouillant presque, avant de poursuivre : Je m'appelle aussi Stéphanie Andersen.

Stéphanie fronça les sourcils.

– Ça, c'est une vieille histoire... et puis ce n'était pas vrai.

– Comprends-moi, répondit Sabrina, on nous a dit que tu étais morte, et je ne pouvais pas...

– *Morte ?*

Stéphanie dévisagea longuement sa sœur. Soudain, il lui sembla voir s'assembler autour d'elle tous les événements de l'année écoulée ; chaque pièce du puzzle retrouvait sa place.

– Lacoste... Max Lacoste. Sabrina Lacoste. Mais c'était Max Stuyvesant, et moi j'étais Stéphanie Andersen. Ça, bien sûr, il ne pouvait pas le savoir. Il croyait que j'étais toi. Alors quand il me disait que je m'appelais Sabrina, que je n'avais pas eu d'enfants et que le prénom de Garth ne lui évoquait rien, c'était la vérité – du moins ce qu'il en savait. Il disait aussi qu'on était mariés, mais ça, c'était faux, je ne l'ai jamais épousé. Comment l'aurais-je pu ? Je suppose qu'il a inventé ce mariage après l'explosion du yacht. Ensuite il a changé de nom et fait croire à tout le monde que nous étions morts. Il nous a fait disparaître. Naturellement, toi aussi tu nous a crus morts. Comment aurait-il pu en être autrement ? Et alors – ajouta-t-elle en lançant un regard affolé à Sabrina – *tu ne pouvais plus revenir en arrière et reprendre ta vie.*

– Tu n'étais pas mariée avec Max ? s'exclama Léon qui, dans cette inextricable et sombre histoire, n'avait saisi que cela.

– Non, je n'étais pas la femme de Max. Alors tu m'as crue morte, Sabrina. Mais... le corps ? Qui... ?

– Je ne sais pas. Il faut qu'on réfléchisse à ça. Mais d'abord parle-moi de toi. Il faut tout me dire. Robert a voulu commencer à me raconter, mais j'ai...

– Tu connais Robert ?

– Oui, c'est grâce à lui que je t'ai retrouvée. Je te dirai toute l'histoire quand tu m'auras raconté la tienne...

– Mais pas debout au milieu du salon, l'interrompit Léon, sentant confusément qu'il fallait faire quelque chose qui ramenât les deux jeunes femmes à la réalité.

Il avait l'impression d'être en train de perdre Sabrina. « Non, se dit-il tout de suite, c'est Sté-pha-nie. Il ne faut pas que j'oublie : elle s'appelle Stéphanie. » Il lui semblait voir la femme qu'il aimait disparaître dans cette autre femme, sa sœur, la voir se fondre en elle, comme leurs voix se fondaient.

– Venez, on va faire du thé. Ensuite, vous pourrez parler. Je resterai tant que vous le souhaiterez.

Cette fois, les réticences vinrent de Stéphanie.

– Au fond, il vaudrait peut-être mieux que nous restions seules, dit-elle en lançant un regard à Sabrina.

– Je comprends, dit Léon en se dirigeant vers la cuisine, ne voulant rien laisser paraître de la peur qui ne cessait de grandir en lui.

– Laisse, mon chéri, je vais mettre de l'eau à chauffer.

Stéphanie délaissa un instant sa sœur pour le rejoindre. Elle passa un bras autour de sa taille et posa la tête sur son épaule.

– Pardonne-moi, poursuivit-elle. Je t'aime, je ne veux pas te faire de peine. Mais il y a tant de choses... Tout est si embrouillé, confus, et je ne peux rien te dire pour l'instant, pas encore... Peut-être que... En fait, je ne sais plus du tout où j'en suis.

Léon hésitait à lui parler, craignant de la troubler encore davantage. Mais il avait aussi besoin de se rassurer et de se faire une place dans l'étrange et complice proximité qui unissait les deux sœurs. Alors il résolut de ne pas se taire et prit la jeune femme dans ses bras.

– Je t'aime, et toi aussi tu m'aimes. Nous n'avons pas rêvé cet amour, ce n'est pas une chimère, nous ne nous sommes pas accrochés l'un à l'autre par désespoir : notre amour existe, il est bien réel. Nous nous sommes choisis en toute liberté et nous nous sommes promis tout ce que nous avions, tout ce que nous étions. Ce que nous avons pu être auparavant n'avait aucune importance. Dès l'instant où nous nous sommes aimés, la vie que nous nous sommes construite n'avait rien à voir avec le passé. Nous savions que notre amour nous changerait, qu'il changerait nos vies et *c'était ce que nous voulions* C'était ce qui nous rendait heureux. Je voudrais que tu ne l'oublies pas, Stéphanie.

– Je ne l'oublierai pas, répondit gravement celle-ci. Je ne pourrais pas. Je t'aime. Seulement, tout est si compliqué, ajouta-t-elle en passant doucement la main sur la joue de Léon. Je te raconterai plus tard, c'est juré. Je te raconterai tout. Mais c'est à Sabrina et à moi de remplir les blancs que nous avons laissés dans nos vies. Je ne vois pas comment tu pourrais nous y aider.

Léon avait le sentiment de voir Stéphanie se métamorphoser sous ses yeux : elle devenait plus forte, plus positive, plus sûre d'elle. « Parce que désormais elle a une identité, se dit-il. Le fait qu'elle ait retrouvé la mémoire et que sa sœur soit à ses côtés a comblé tous les vides que ni moi ni tout notre amour ne suffisaient pas à compenser. »

– Je t'attends en haut, dit-il en l'embrassant.

Il sentit le corps de la jeune femme répondre à son baiser avec la même passion qu'un peu plus tôt dans la nuit. Et ce fut cette impression-là qu'il emporta avec lui lorsqu'il quitta la pièce : il y avait entre eux une passion que personne ne pourrait jamais leur enlever.

Debout à côté de la cuisinière, le dos tourné à Sabrina, Stéphanie attendait que l'eau bouille. Elle tremblait tant que c'est à peine si elle eut la force de soulever la bouilloire.

– Laisse-moi t'aider, lui dit Sabrina.

– J'ai peur, lui répondit sa sœur, toujours sans se retourner.

– Moi aussi j'ai peur.

Toutes les paroles qu'elles n'avaient pas encore prononcées, toutes les questions qu'elles ne s'étaient pas encore posées, pour s'abandonner au bonheur de leurs retrouvailles, semblaient flotter entre elles dans la pièce.

Vas-tu vouloir reprendre tes enfants ? Que feras-tu de Garth ? Veux-tu rentrer chez toi ? C'est chez moi maintenant, c'est ma...

Voudras-tu renoncer à ma famille ? Vas-tu me céder ta place auprès d'eux ou bien vas-tu te battre ? C'est ma famille, ma maison, mes...

Mais rien de tout cela ne pouvait encore être dit.

Sabrina versa l'eau bouillante dans une théière.

– Où sont les sachets de thé ? murmura-t-elle.

Stéphanie ouvrit un tiroir d'où elle sortit quelques sachets, puis attrapa deux tasses dans le vaisselier.

– C'est injuste ! s'écria brusquement Sabrina, les yeux soudain remplis de larmes. Je te retrouve enfin, nous sommes ensemble...

On ne devrait rien avoir à redouter, on devrait plutôt faire la fête, se réjouir...

Mais il y avait trop d'obstacles entre elles : lentement, elles s'enlisaient dans un marais qu'elles avaient elles-mêmes créé un an auparavant.

Elles s'assirent à la table et se prirent les mains.

– Dis-moi ce qui t'est arrivé, dit Sabrina. Quand t'es-tu aperçue que tu ne te souvenais plus de rien ?

– Quand je me suis réveillée à l'hôpital à Marseille. Max était là, et je ne savais plus qui j'étais. Mais je ne veux pas parler de ça maintenant.

– Et c'est à ce moment-là que tu as eu l'impression de tomber dans le vide, d'errer dans un brouillard. C'est aussi ce que j'éprouvais quand je pensais à toi, que tu avais disparu dans un brouillard, dans un nuage, dans le vide... à l'infini.

– Oui, exactement. Tout me parvenait comme à travers des murs de coton, tout était assourdi, et je me sentais si *seule*. Même plus tard, quand il m'est arrivé de me sentir heureuse...

– Oui, je sais, même plus tard..., murmura Sabrina.

– Bien sûr que tu sais. Nous avons toujours ressenti les mêmes choses. Et toi, que faisais-tu ? Je ne veux pas parler de moi. Je veux que tu me parles de ma famille...

– Après. Raconte-moi d'abord ce qui t'est arrivé, parle-moi de Robert, de Léon, du magasin où tu as travaillé, de Max, de tout ce que tu as vécu.

– Non ! s'écria Stéphanie, arrachant ses mains à celles de sa sœur. Mes enfants ! Il faut que je sache ! Comment le leur as-tu annoncé ? Est-ce qu'ils me haïssent ? Ils m'ont crue morte. Ils ont cru que je les avais abandonnés et puis qu'on m'avait tuée...

– Garth l'a cru aussi.

– Oui, mais...

– Mais quoi ? demanda Sabrina.

– Ça lui aurait été égal, à lui. Les choses allaient si mal entre nous... Tu as dû t'en apercevoir tout de suite. Je n'ai pas osé te le dire à Hong Kong ; j'avais peur que tu ne changes d'avis et que tu ne veuilles plus de notre échange. Mais tu as bien dû t'en rendre compte dès ton arrivée à Evanston. C'est tout juste si j'existais pour Garth, et je n'avais qu'une seule envie : le quitter. Tu ne peux pas savoir comme j'ai été soulagée quand tu t'es cassé le poignet et que je suis restée à Londres. Ma hantise, c'était de retourner vivre avec lui.

Sabrina se raidit, s'efforçant de maîtriser les frissons qui s'emparaient de son corps.

– Qu'est-ce qui t'arrive ? demanda Stéphanie en se penchant

vers elle pour lui reprendre la main. Qu'est-ce qui t'arrive ? Pourquoi trembles-tu ?

– Ça va aller. Je te demande juste un instant.

Les doigts de Stéphanie caressaient doucement ceux de Sabrina. Ce fut alors qu'ils rencontrèrent deux bagues à son annulaire gauche.

– Tu es mariée ! Tu es mariée et tu ne me le disais pas ! Mais qu'est-ce que tu attendais ? Qui est-ce ?

Le regard de Sabrina erra jusqu'à la fenêtre dont la vitre noire renvoyait leur reflet et y vit deux êtres perdus dans l'obscurité de leurs vies. Elle prit une ample respiration, comme si elle s'apprêtait à plonger du haut d'une falaise dans l'inconnu. Il n'existait aucun moyen de cacher ni d'adoucir cette réponse.

– Garth.

Stéphanie repoussa brutalement sa chaise, dont les pieds crissèrent douloureusement sur le parquet.

– Qu'est-ce que tu racontes ? Tu t'es mariée avec Garth ! Mais tu dis n'importe quoi ! C'est impossible ! Tu ne le trouvais même pas sympathique. Ça fait un an : tu n'as pas pu vivre avec lui pendant tout ce temps, et encore moins l'épouser. Et puis, de toute façon, pourquoi aurait-il...

Son visage s'empourprait, elle avait le souffle court.

– Pourquoi inventes-tu une histoire pareille ? continua-t-elle. Tu n'es pas mariée !

– Nous nous sommes mariés à Noël dernier. Stéphanie, écoute-moi.

– Je ne te crois pas. Pourquoi auriez-vous fait cela ?

– Parce que nous nous aimons.

Sabrina avait cessé de frissonner. Recouvrant son sang-froid, elle résolut de tout raconter à sa sœur ; ensuite elles trouveraient bien l'une et l'autre un moyen de continuer à vivre. Elles décideraient alors de ce que serait le reste de leur existence. Un instant, elle regretta de ne pouvoir écarter tout cela pour profiter pleinement du miracle de ces retrouvailles. Mais c'eût été trop simple.

– Je ne pouvais plus revenir en arrière et reprendre ma vie : pour tout le monde, Sabrina Longworth était morte. Je ne pouvais plus être elle, plus jamais. Je vivais la vie de Stéphanie Andersen. Je savais que c'était une erreur, que cela ne pourrait pas durer et, à plusieurs reprises, j'ai essayé de quitter Garth. Mais il y avait toujours quelque chose, des problèmes à l'université, les enfants, un voyage à Stamford... C'est à ce moment-là qu'il a compris qui j'étais et... qu'il m'a chassée.

– Il a compris ? Quand ?

– Juste avant Noël.

– Avant Noël ? Et depuis le mois de septembre il ne s'était aperçu de rien ? Il n'avait même pas eu de soupçons ?

– Il avait de bonnes raisons de fermer les yeux sur certaines choses, de ne pas vouloir chercher d'explications. Il voulait croire que j'étais sa femme.

Stéphanie tressaillit. Puis, après un long silence, elle demanda :

– Il y a eu un enterrement ?

– Oui. À Londres.

– Et tu ne le lui as pas dit à ce moment-là ?

– J'ai essayé. Mais laisse-moi te raconter les choses dans l'ordre, s'il te plaît.

– Alors, comme ça, il a compris et il t'a virée, dit Stéphanie, voyant tout à coup les choses avec les yeux de sa sœur, comme il en avait toujours été depuis leur enfance. Ça a dû être horrible pour toi. Tu avais tout perdu, tu ne pouvais plus être ni Sabrina Longworth ni Stéphanie Andersen, tu n'avais plus droit à rien... Mais, en fait, tu n'as rien perdu, n'est-ce pas ? Tu es restée là-bas ?

– J'y suis retournée. Garth est venu me...

– Et quand il t'a virée il a dû tout dire à Penny et à Cliff, l'interrompit encore Stéphanie, qui, cette fois, retrouvait ses propres sentiments. Et les enfants m'ont détestée. C'est bien ça ? Oui, je sais qu'ils m'ont détestée. Il leur a dit que je les avais quittés pour me livrer à un jeu stupide, qu'ils ne comptaient pas pour moi et que...

– Stéphanie, il n'a rien...

– Ça ne devait durer qu'une semaine ! Ils auraient pu le comprendre, ça, tu ne crois pas ? Mais après ils m'ont cru morte, alors peut-être que... ils ne m'ont pas haïe tant que ça. Peut-être qu'ils m'ont regrettée...

– Il ne le leur a pas dit. Nous ne le leur avons jamais dit. Ils ne savent rien.

Stéphanie dévisagea fixement sa sœur.

– Depuis tout ce temps, ils ne savent pas que je suis partie. Ils croient que tu es leur mère ?

– Évidemment. C'était bien ce que tu voulais, non ? Quand tu m'as demandé de prendre ta place, j'étais bien censée les convaincre que j'étais leur mère, n'est-ce pas ? Oh ! pardonne-moi, Stéphanie. Oui, ils me prennent pour leur mère. Ou plutôt ils *savent* que je suis leur mère. Et il est vrai que je le suis depuis un an. De même que je suis la femme de Garth depuis le mois de décembre. Stéphanie, je vais te raconter toute l'histoire, mais je t'en prie, laisse-moi parler sans m'interrompre. Ne dis rien avant que je n'aie terminé. S'il te plaît.

– Tu m'as pris ma famille. *Tu m'as volé ma famille !*

– Ne dis pas n'importe quoi. Je ne t'ai rien volé. Ils n'étaient pas là, sur une étagère, à attendre que quelqu'un leur mette le grappin dessus. Ce sont des êtres humains, ils aiment et ils ont besoin d'amour. Je suis allée vers eux parce que tu me l'as demandé et je suis restée parce que...

– Parce que tu les voulais pour toi toute seule !

– *Non, parce que je les aime ! Parce que tu étais morte ! Parce qu'ils sont devenus ma famille !*

Un lourd silence suivit, pendant lequel les deux femmes restèrent dans une immobilité telle qu'on eût pu les croire sculptées dans le bois de leurs chaises. Elles étaient légèrement penchées en avant, comme si elles voulaient se toucher sans y parvenir, séparées par une invisible et infranchissable barrière. Stéphanie n'arrivait pas à comprendre : pendant plus d'un an, Sabrina avait réussi à jouer son rôle sans se couper, sans commettre d'erreurs, sans éprouver la moindre nostalgie pour son ancienne vie. Et elle avait si bien joué son rôle qu'elle avait entraîné avec elle toute une famille, sans que jamais ni les uns ni les autres ne posent une seule question. Elle était parvenue à leur faire croire que sa place était parmi eux. « Eh bien, non, se dit Stéphanie. C'est une imposture. »

Le bruit d'une lampe ou d'une chaise que l'on déplaçait au premier étage lui rappela soudain la présence de Léon : « Mon amour, qu'allons-nous faire ? » Elle l'imagina en haut, torturé d'angoisse, incapable de trouver le sommeil.

– Il doit être en train de dessiner, murmura-t-elle. C'est toujours ce qu'il fait quand quelque chose l'inquiète ou l'empêche de dormir. Il remplit des carnets de croquis...

– Tu l'aimes beaucoup, dit Sabrina.

– Plus que... presque plus que tout au monde. Nous allions demander à Robert de nous marier.

Renversant l'invisible barrière, Sabrina bondit de sa chaise et vint prendre Stéphanie dans ses bras. Elle sentit les larmes et le souffle chaud de sa sœur contre son épaule.

– Je vais tout te raconter, puis toi tu me parleras. Et ensuite, ensuite seulement, nous déciderons de ce qu'il convient de faire. Comme je voudrais qu'il n'y ait que...

– ... nous deux, reprit Stéphanie. Je sais. Tout serait tellement plus simple. Il nous suffirait de redécouvrir notre complicité. Ce serait...

– ... parfait.

Les deux jeunes femmes partirent d'un même éclat de rire.

– Nous ne connaîtrons jamais avec personne une si parfaite intimité, dit Stéphanie.

– Non, avec personne...

Peu à peu, pourtant, le sourire de Sabrina s'estompa, et elle resta debout, tête basse. Cet accord parfait, elles l'avaient connu quand elles étaient petites, et plus tard aussi, lorsque, vivant chacune de leur côté, elles se tournaient l'une vers l'autre pour chercher soutien et réconfort. Mais désormais elles étaient prises dans des désirs inextricables et incompatibles, et Sabrina ne voyait pas comment elles pourraient jamais retrouver leur entente.

Près de la cuisinière, Stéphanie s'apprêtait à faire chauffer de l'eau.

Avant même qu'elle fût revenue s'asseoir à la table, sa sœur commença son récit. Elle débuta par le coup de fil de Brooks qui, depuis Londres, lui annonçait l'explosion du yacht et la mort de tous les passagers. Elle lui décrivit l'enterrement, comment elle avait désespérément tenté de dire à tout le monde que ce n'était pas Sabrina, mais Stéphanie qui était morte.

— Personne n'a voulu m'écouter. Ils ont cru que le chagrin et le désespoir m'égaraient, que j'étais sous le choc. Et sans doute était-ce vrai. Je me suis effondrée. Je disais que je ne savais plus si j'étais Sabrina ou Stéphanie. Et puis Garth m'a emmenée.

Stéphanie imagina sa sœur tombant à genoux devant la tombe ouverte et criant : « Sabrina n'est pas morte... Ce n'est pas Sabrina... ! » Elle vit la famille et les amis qui formaient le cortège, suffoqués, et Garth qui emmenait Sabrina.

Pourtant, il restait une chose qu'elle ne comprenait pas.

— Mais avant, avant l'enterrement, comment as-tu pu croire que c'était moi dans le cercueil ?

— Je ne sais pas. La pièce était plongée dans la pénombre, avec juste quelques bougies. Je pleurais, tout se troublait devant mes yeux... et puis... ce corps ressemblait au tien. Je ne pouvais pas m'arrêter de pleurer... et pourtant... Je ne sais plus. Peut-être aurons-nous un jour la réponse...

Sabrina garda un instant le silence puis demanda :

— Je continue ?

— Oui, répondit Stéphanie.

Alors elle lui raconta tout ce qui s'était passé au cours de cette longue année ; elle lui parla aussi de son amour pour Garth, pour les enfants et de l'amour qu'ils lui portaient à elle. Puis vinrent l'appel de Gabrielle – « Je saurais vous reconnaître entre mille, toutes les deux. Si je te dis que je t'ai vue, c'est que je t'ai vue. C'était soit toi, soit elle, soit un fantôme » –, le voyage à Avignon, et enfin Cavaillon.

Le jour se levait quand elle acheva son récit : au-dessus de Vézelay le ciel prenait une teinte gris perle. Un bruit de pas, de porte que l'on refermait leur parvint depuis l'étage.

Stéphanie poussa un soupir.

– Pourquoi es-tu venue me chercher ? Rien ne t'y obligeait. Tu aurais pu rentrer et retrouver Garth, Penny et Cliff. Je ne me serais peut-être jamais rappelée qui j'étais.

– Tu ne penses pas ce que tu dis. Tu sais très bien pourquoi je suis venue. Il fallait que je te retrouve. Tu fais partie de moi, répondit Sabrina.

– Oui, dit sa sœur avec un pâle sourire. Merci. Ça fait bizarre d'avoir à te dire ça. Merci de m'avoir retrouvée, merci de m'avoir rendu mon passé. Merci de m'aimer.

Voudras-tu renoncer à ma famille ? Vas-tu me céder ta place auprès d'eux ou bien vas-tu te battre ? C'est ma famille, ma maison, mes...

Elles restèrent un moment assises en silence, le regard fixe et vague à la fois ; elles se retournèrent en même temps lorsque Léon entra dans la cuisine. Il s'arrêta net, saisi à la vue de ces deux visages identiques, de ces deux femmes figées dans des positions identiques, avec d'identiques signes de fatigue.

– Je vais à l'atelier, annonça-t-il avec désinvolture, comme si ce matin-là était un matin comme les autres, comme si cette visite-là n'avait rien de particulier. J'y serai toute la journée, ajouta-t-il. Passez me voir si vous voulez.

Stéphanie le regarda, l'air égaré. Rien dans l'histoire que venait de lui raconter sa sœur ne semblait avoir le moindre rapport avec Sabrina Lacoste, avec l'existence qu'elle menait en France, ni avec Léon Dumas, qu'elle aimait et avec qui elle voulait refaire sa vie. Songer à ses deux existences si différentes, si éloignées l'une de l'autre, lui donna l'impression de sombrer dans un gouffre intérieur. « Arriverai-je jamais à les concilier ? »

– Passez donc vers une heure. On ira déjeuner, continua Léon.

Il feignit de ne pas remarquer l'égarement qui marquait le visage de Stéphanie, tiraillé entre son envie de la prendre dans ses bras pour la consoler et une colère qui ne le quittait pas : elle lui fermait la porte, elle l'excluait de sa vie. « Ma Sabrina que j'aime tant... Ma Sabrina... Rien à faire, décidément, je ne veux pas m'en souvenir... Elle s'appelle Stéphanie, Stéphanie, Stéphanie. » Tout poussait à exiger des explications, mais il savait qu'il devait la laisser lui parler de son plein gré. Elle lui dirait d'elle-même qui elle était, qui elle avait été, et s'il pouvait l'aider à réunir ses deux existences en une seule. Il ne servirait à rien de la forcer.

– À une heure, répéta-t-il. On ira chez Mélanie.

– Oui, volontiers. J'aimerais beaucoup visiter votre atelier, répondit Sabrina, voyant que Stéphanie restait sans réaction.

Léon traversa la pièce pour venir embrasser cette dernière.

– Je t'aime, lui dit-il, puis, se tournant vers sa sœur, il ajouta :
À tout à l'heure.

Et à nouveau elles furent seules.

– Es-tu trop fatiguée pour continuer ? demanda Sabrina. Tu
préfères qu'on attende un peu ?

– Non. Je veux que tu saches maintenant ce que j'ai fait, ce
que j'ai traversé.

Elles se préparèrent du café. Stéphanie fit réchauffer des croissants dans le four et disposa quelques poires dans une coupe.

– Allons nous asseoir dehors, proposa-t-elle. J'adore ce jardin.
Tu verras comme on y est bien.

Elles prirent place à la table où Léon et elle avaient dîné la
veille. « J'ai l'impression qu'une éternité s'est écoulée depuis... »,
se dit-elle. Le soleil venait de passer au-dessus des maisons de
l'autre côté de la rue, chauffant les pierres du vieux mur et le bois
de la barrière. Un moineau pépiait dans le marronnier dont les
lourdes branches s'étendaient au-dessus de leurs têtes. Des geais
bleus voletaient dans le ciel. Le bruit métallique des rideaux de fer
qu'ouvraient les commerçants, les rires des enfants dévalant la butte
pour se rendre à l'école, quelques mots d'allemand, d'espagnol,
d'italien leur parvenaient, accompagnant le clic-clac des photos que
prenaient les premiers touristes sur le chemin de la basilique.

– L'endroit est idyllique, dit Sabrina. Je comprends que vous
ayez choisi de venir vivre ici.

– Léon a un ami ici. C'est lui qui nous a trouvé la maison et
l'atelier. Nous n'avions pas le temps de chercher.

– Pourquoi ?

– Laisse-moi te raconter l'histoire depuis le début. Je ne suis
pas sûre de tout comprendre moi-même. Il y a encore beaucoup de
choses que j'ignore. Mais...

Et elle raconta tout à Sabrina, depuis le moment où elle s'était
réveillée à l'hôpital avec Max à ses côtés jusqu'au jour où Léon et
elle avaient quitté Cavaillon. Bien que séparées pendant un an,
ayant évolué dans des milieux différents, parlé des langues différentes, elles avaient néanmoins vécu les mêmes choses : toutes deux
avaient travaillé dans des magasins d'antiquités, s'étaient fait de
nouveaux amis, étaient tombées follement amoureuses, avaient
connu le danger, la menace d'un homme armé et, dans cette circonstance, toutes deux avaient éprouvé le même horrible sentiment
d'impuissance.

Lorsque Stéphanie eut terminé son récit, Sabrina murmura :

– Je n'aurais jamais imaginé que tu sois passée par...

– J'ai eu plus de chance que Max, l'interrompit sa sœur.

– Il te manque ?

– Tu sais, il a été généreux avec moi et...

– Et il t'a menti en prétendant que tu étais sa femme et en te cachant ton passé – du moins ce qu'il croyait être ton passé.

– Ça, je ne le lui pardonnerai jamais, c'est vrai. Mais malgré tout il s'est occupé de moi, il m'a aimée et il a eu une mort tellement injuste.

– Dans laquelle il a failli t'entraîner.

– Non ! Il m'a sauvé la vie !

– Il n'aurait pas eu besoin de le faire s'il ne t'avait pas mise dans cette situation. Il était en fuite, il se cachait... Mais de qui ? Tu sais, tout le monde ne vit pas avec un type en cavale. Qu'est-ce qu'il manigançait ? Sans doute une affaire du genre de celle de Westbridge. Je ne vois pas ce qui aurait subitement décidé Max à avoir des activités légales.

– Pourquoi ? Que s'est-il passé avec Westbridge ?

– Tu n'es pas au courant ? Non, bien sûr..., tu ne sais rien. L'affaire est sortie en décembre dernier. Max importait en fraude du tiers monde des antiquités qu'il destinait à des collectionneurs capables de débourser des millions de dollars pour un vase, une urne funéraire ou un bout de mosaïque... Il était aussi impliqué dans des contrefaçons de porcelaines rares, mais ça, c'était presque un à-côté. S'il avait le même genre d'activités à Marseille... Mais tu sais peut-être ce qu'il y faisait.

Stéphanie hésita un instant, étrangement réticente à l'idée de dénoncer Max, même mort et même à Sabrina. Pourtant, elles devaient en parler. Max détenait la clef de trop de mystères.

– Il imprimait des faux billets qu'il expédiait dans le monde entier par le biais de sa société d'import-export, avoua-t-elle.

– Incroyable... Il n'avait pas changé... Quel était le nom de sa société ?

– Lacoste et fils

– Mais il n'avait pas d'enfants !

– Il trouvait que ça sonnait bien. Sans doute pensait-il qu'un nom pareil donnait à sa société un air familial, un petit cachet respectable.

– Qui étaient ses collaborateurs ?

– Il avait des relais un peu partout. Je ne connais pas les gens qui travaillaient avec lui à Marseille. À part Andrew. Andrew Frick. Le graveur. Max disait que c'était un artiste. Un génie, même.

– Où est-il ? On devrait lui parler.

– Je ne sais pas. Il a disparu.

– Tu as essayé de l'appeler ? Tu t'es rendue sur place ?

– Non, Robert a essayé de le contacter après la mort de Max, mais il s'est volatilisé. La ligne de Lacoste et fils a été coupée et on a vidé le bureau et les entrepôts. Robert a appelé la police. Ils sont arrivés à entrer, mais ils n'ont rien trouvé. Pas même une feuille de papier.

– Frick avait fait le ménage ?

– Lui ou un autre. Je ne sais pas combien de personnes travaillaient pour Max.

– Tu ne l'as jamais accompagné à Marseille ?

– Non. Il disait que ça m'ennuierait, qu'il ne serait pas suffisamment disponible, qu'il n'aurait pas de temps à me consacrer. Et puis à partir du moment où j'ai rencontré Léon...

– ... tu as préféré rester à Cavaillon plutôt que d'accompagner Max.

Stéphanie acquiesça d'un hochement de tête, cherchant le regard de sa sœur.

– Tu sais, ça n'allait pas si bien entre nous, dit-elle. J'ai essayé, je savais qu'il m'aimait, je lui étais reconnaissante de tout ce qu'il avait fait pour moi, mais jamais je n'ai vraiment eu le sentiment d'être mariée avec lui.

– Et pour cause, tu ne l'étais pas. Même Max Stuyvesant ne pouvait pas t'abuser là-dessus.

Elles échangèrent un sourire : Max avait toujours été tellement sûr de son irrésistible pouvoir de persuasion. Sabrina songea un instant qu'elle était en train de retrouver avec sa sœur la complicité, l'entente et l'amour qui les avaient toujours unies.

– Donc, poursuivit-elle, Max a peut-être été tué à cause de ses activités marseillaises. Pourtant, s'il t'a dit que toi aussi tu étais en danger, c'est que Sabrina Longworth était en danger. Et, ça, c'est sûrement à cause de quelque chose qui s'est passé à Londres. Or Londres, c'est Westbridge.

– Je n'avais rien à voir avec Westbridge.

– En es-tu sûre ? Tu as passé cinq semaines à Londres. C'est plus que suffisant pour entendre ou répéter une chose qu'on ne devrait pas savoir.

– Je n'ai rien entendu, rien répété. C'est toi qui as passé des années là-bas. C'était ta vie à toi. Moi, je n'ai fait que te l'emprunter.

– Attends, j'ai une idée ! Tu te souviens de la lettre que tu m'as écrite juste avant la croisière ? Tu pensais que je la lirais une fois que nous aurions chacune réintégré nos vies respectives. Je l'ai trouvée aux Ambassadeurs après ta... ta disparition. Dans cette lettre, tu disais avoir déclaré à Rory Carr qu'il ne pourrait rien t'apprendre que tu ne saches déjà.

– Je me souviens. Il a eu l'air très mal à l'aise quand je lui ai dit ça. Mais... tu crois que Rory Carr travaillait avec Max ?

– Il l'a avoué au moment de l'affaire Westbridge. Tu disais dans ta lettre qu'il cherchait à en savoir plus sur la cigogne en porcelaine de Meissen qu'avait achetée Olivia Chasson... tu sais, celle qui était une copie.

– Celle que j'ai cassée.

– C'était un joli coup. Je n'y aurais jamais pensé. Et moi qui me creusais la tête en me demandant comment avouer à Olivia que je lui avais vendu un faux !

– Cette histoire m'a beaucoup amusée. J'ai fait semblant d'avoir cassé cette cigogne par accident. Ça m'a fait tellement plaisir de t'avoir rendu service...

– Et Rory Carr t'a posé des questions ?

– Oui.

– Il a dû penser que ce n'était pas vraiment un accident, que tu l'avais cassée délibérément, alors il a paniqué. Il a cru que tu savais tout sur Westbridge.

– Ce qui n'était pas le cas.

– Pourtant, c'est bien ce que tu lui avais laissé entendre en lui disant qu'il ne pouvait rien t'apprendre sur cette affaire. Lorsque j'ai lu ta lettre, j'ai su que c'était à cause de ça qu'on avait posé une bombe sur votre yacht.

– *Une bombe ?* Max m'a dit que c'était la chaudière...

Sabrina posa sa main sur celle de Stéphanie.

– C'est la seule chose que je ne t'ai pas encore racontée. C'était une bombe. Elle était placée sous votre cabine.

– Mais..., les autres passagers... ?

– Celui qui a commandité l'attentat n'a pas dû s'en inquiéter.

– Ça ne pouvait pas être Rory. S'il travaillait vraiment avec Max, il ne l'aurait pas tué. Il aurait choisi un moment où j'étais seule.

– Rory et Ivan Lazlo...

– Ivan Lazlo ?

– Il a été le secrétaire de Max, il y a longtemps. Il travaillait avec Rory pour Westbridge. À un moment ou à un autre, ce genre d'individu refait toujours surface. Ils ont avoué avoir posé la bombe sur le yacht. Ils visaient à la fois Max et Sabrina Longworth. Ils ont parlé d'une dispute qu'ils auraient eue avec Max. Mais, ça, je ne le crois plus. Je pense plutôt qu'ils travaillaient pour quelqu'un.

– Quelqu'un d'autre aurait eu intérêt à nous faire disparaître ? Mais pourquoi ?

– Je n'en sais rien. Toujours est-il que Rory et Ivan sont en prison et qu'en apprenant que Max était vivant quelque part en Provence quelqu'un a envoyé un homme pour le tuer. Je doute que Rory et Ivan soient assez malins pour monter un coup pareil là où ils sont. Il n'en reste pas moins que quelqu'un l'a fait. Maintenant, reste à savoir qui. Parce que...

Sabrina serra plus fort dans la sienne la main de Stéphanie. Et soudain elles se retrouvèrent comme lorsqu'elles étaient enfants : Sabrina donnait les explications, les conseils, et Stéphanie s'en remettait entièrement à elle.

Elles restèrent un instant silencieuses, à profiter des rayons du soleil à travers les feuilles du marronnier qui se découpait sur un ciel sans nuages. L'oiseau chantait toujours. Quelques minutes plus tard, Sabrina reprit :

– Parce que, maintenant, nous sommes *toutes les deux* en danger. Et puis tu ne peux pas te cacher éternellement. Quoi que nous décidions de faire, à Londres, tout le monde va savoir que Sabrina Longworth est vivante. Ce qui signifie que Max peut l'être aussi...

– Mais Max est mort !

– Qui le sait ? Toi, moi, Léon, Robert et cet Andrew Frick qui a disparu. Là où il est, le meurtrier ne risque pas d'aller faire son rapport. Celui qui l'a envoyé doit se demander ce qu'il s'est passé, et, quand il entendra dire que Sabrina Longworth est vivante, il ne tardera pas à se manifester à nouveau.

Stéphanie s'apprêtait à boire une gorgée de café. En entendant ces mots, elle se figea, arrêtant la tasse au bord de ses lèvres.

– Mais, alors, laquelle d'entre nous... ?

– La première qu'il rencontrera, sans doute, que ce soit toi ou moi. C'est pour ça qu'il faut absolument le trouver avant qu'il apprenne que tu es en vie.

– Comment faire ?

– Je ne sais pas. Il faut qu'on y réfléchisse. Je crois que le mieux serait peut-être d'aller à Londres. C'est de là que tout est parti. Mais d'abord je vais appeler Garth. Il faut qu'il sache où me joindre. Il doit partir demain pour un séminaire à La Haye. Nous nous retrouvons, enfin..., nous étions censés nous retrouver à Paris la semaine prochaine.

– Tu ne vas pas lui dire ! s'écria Stéphanie.

– Je ne peux pas lui mentir. J'ai déjà...

– Sabrina, je t'en prie ! Tu n'es pas obligée de lui mentir. Tu peux juste ne rien dire. Je t'en prie, laisse-moi un peu de temps. C'est encore trop tôt, tout s'est passé si vite, je ne sais pas ce que... Qu'est-ce que je vais dire à Penny et à Cliff ? Il faut que je réfléchisse. Il faut que je réfléchisse à ce que je vais..., à ce que je peux..., enfin, je veux dire que je ne peux pas tout bonnement débarquer et faire comme si je n'étais jamais partie...

Elle s'interrompit. C'était exactement ce dont elles ne pouvaient pas parler, pas encore. Et c'était exactement ce qu'avait fait

Sabrina : elle avait débarqué un jour dans une maison qui n'était pas la sienne, où elle avait fait naître l'amour et la tendresse..., où elle avait construit une famille.

« Il faut qu'il sache où me joindre. Léon aussi va vouloir savoir où me joindre, se dit Stéphanie. Tout ce que je veux, c'est être avec lui. Mais mes enfants sont avec Garth. »

Sabrina avait eu un mouvement de recul, comme pour se recroqueviller en elle-même. Le visage vide de toute expression, elle se demandait si Stéphanie Andersen n'allait pas lui réclamer sa vie, vouloir rentrer à Evanston, retrouver sa famille, et la laisser retourner à Londres. Seule. Comme si l'année qui venait de s'écouler n'avait jamais existé.

De son côté, Stéphanie se disait qu'elle ne pourrait pas abuser Garth, que cette fois il se rendrait compte de la supercherie. Elle regarda à nouveau le visage défait de sa sœur, et les larmes lui vinrent aux yeux.

– Je suis désolée, ma chérie, pardonne-moi, je ne sais que penser ni que dire...

Elle se leva d'un bond et se mit à arpenter fiévreusement le petit jardin, les bras croisés, serrés contre son corps, comme pour retenir en elle toutes les émotions qui l'agitaient. Puis elle se tourna vers Sabrina.

– Je t'en prie, ne dis rien à Garth. Je t'en supplie. Pas avant que je sache quoi dire..., comment parler à Penny et à Cliff. Mon Dieu, tout avait l'air si simple quand on a commencé... Tu te souviens ? Mais qu'est-ce que je vais leur dire, maintenant ? Que je les ai abandonnés pour m'offrir une petite aventure égoïste et que je suis de retour, prête à redevenir leur mère ? C'est impossible. Je ne peux pas leur dire ça. Il faut que je trouve autre chose, une autre façon de leur... Je ne peux pas ! Je ne pourrai pas les regarder en face ! Je t'en prie, je t'en supplie, laisse-moi du temps !

– D'accord.

Sabrina avait répondu dans un murmure, et Stéphanie ne pouvait percevoir le désespoir qui perçait dans sa voix.

– Je te donne une semaine, pas plus. Jusqu'à ce qu'on le retrouve à Paris.

« Mais *qui* va retrouver Garth à Paris ? » questionna une voix en elle-même. Elle se sentait vidée, à bout de force. Elle garderait le secret pour Stéphanie, mais ce secret risquait de détruire tout ce que Garth et elle avaient construit : comment réagirait-il lorsqu'il apprendrait que, pendant une semaine, elle lui avait caché que sa sœur était vivante ?

Tout sera détruit de toute façon si Stéphanie choisit de retrouver sa famille.

– Alors partons tout de suite pour Londres, dit celle-ci d'une voix redevenue calme, à présent qu'elle avait évité la crise et différé sa décision. C'est ce qu'on a de plus important à faire, non ? Si tu as raison, s'il y a vraiment quelqu'un qui veut me tuer... ou te tuer...

Elle s'en remettait entièrement à Sabrina : depuis l'enfance, c'était elle, toujours, qui les entraînait dans l'aventure et qui trouvait les solutions.

– On saura qui c'est, n'est-ce pas ? Il le faut ! Tu as raison, je ne peux pas passer ma vie à me cacher, mais je serais incapable de revivre ce que j'ai vécu sur le mont Ventoux... Si tu savais ce que j'ai ressenti sur cette montagne, quand j'ai vu Max se battre avec cet homme. Je me sentais si impuissante. Ça me revient la nuit, tu sais. Je me réveille avec l'impression que cet homme est là, tout près de moi, et j'entends Max me dire que je suis en danger. Tu as raison, tu as raison, il faut qu'on sache qui c'est, et qu'on arrive à l'arrêter. D'une manière ou d'une autre. Qu'est-ce qu'on va faire à Londres ? Parler à Rory Carr ? On pourrait établir la liste des relations de Max...

Sabrina se leva et interrompit sa sœur.

– Je vais appeler chez moi. C'est l'heure où ils descendent pour le petit déjeuner.

– Chez moi..., murmura Stéphanie.

Mais elle arrêta immédiatement les mots qui semblaient vouloir se précipiter dans sa bouche et resta là, à côté de la petite barrière de bois, une branche de vigne vierge dans la main. « Chez moi, se dit-elle, chez moi, c'est avec Léon, maintenant. »

Sabrina s'immobilisa sur le seuil de la porte et se retourna vers sa sœur, regardant intensément la vigne vierge que celle-ci avait entortillée autour de son poignet : si résistante et pourtant si fragile.

« Mon ennemie, mon amour, pensa-t-elle. Nous avons tissé une toile inextricable nous avons fabriqué un labyrinthe dont nous ignorons l'issue. »

3

Léon les conduisit à l'aéroport. Pour le laisser un moment seul avec Stéphanie, Sabrina alla tout de suite prendre sa place dans l'avion.

Les deux amoureux se tenaient debout, à l'écart de la foule, près de la paroi vitrée de l'aérogare. Éblouie par le soleil, la jeune femme fermait les yeux. Le peintre la prit dans ses bras.

— Dans toute cette incroyable histoire, une chose reste sûre : je t'aime. Et je serai là. Je t'attendrai aussi longtemps qu'il le faudra.

— Mais pas éternellement, murmura Stéphanie.

— Je ne sais pas combien de temps dure une éternité, répondit-il avec un faible sourire. Mais tu as raison, si tu ne me laisses aucun espoir, je ne t'attendrai pas.

La jeune femme rouvrit les yeux.

— Je t'aime, Léon. Je veux être ta femme. Je ne pourrais jamais retourner revivre avec Garth. Mais...

— Mais bien sûr il y a Penny et Cliff. Je comprends. Ils sont craquants sur les photos. Ta sœur nous en a tellement montré que j'ai l'impression de les connaître un peu.

— Les photos..., répéta Stéphanie, se rappelant le choc qu'elle avait éprouvé lorsque Sabrina avait sorti de son sac le petit album relié cuir.

Vingt photos... Penny et Cliff en train de jouer dans le jardin, de faire leurs devoirs, de lire, tour à tour souriant, faisant des grimaces ou prenant des poses devant l'objectif. Cliff dans son maillot de football maculé de boue, Penny peignant sous le porche. Et, parmi toutes ces photos, un cliché sur lequel on les voyait à bicyclette avec leur père. Stéphanie avait à peine regardé Garth, alors qu'elle n'avait pu détacher les yeux des enfants. Comment avaient-ils pu grandir autant en un an ? Ils avaient dans l'allure une assurance qu'elle ne leur connaissait pas. Jusqu'à leurs vêtements qu'elle n'avait jamais vus. Mourant d'envie de les prendre dans ses bras, elle avait examiné attentivement chaque photo, à la recherche d'un indice trahissant une quelconque tristesse, un manque. Mais elle n'en avait vu aucun. Ses enfants étaient bien dans leur peau. Ils avaient l'air heureux, confiants et aimés. Quant à la maison, elle paraissait en bien meilleur état que lorsqu'elle l'avait quittée : elle avait été repeinte, le plancher gondolé du porche avait été remplacé, la haie taillée. « Tant de photos..., s'était-elle dit en feuilletant l'album. La plupart des mères se contentent d'en avoir une ou deux dans leur sac. Or Sabrina n'est pas mère... »

Elle chassa ces pensées et embrassa Léon, s'accrochant à lui, redoutant de le laisser s'éloigner.

– Je t'appellerai. Je ne peux rien décider tant que je ne sais pas ce qui nous attend à Londres. Mais je t'appellerai tous les jours, je te le promets.

– Tu sais, je peux encore venir avec vous. Il reste de la place dans l'avion. Ce serait peut-être plus prudent...

Stéphanie fit non de la tête.

– Je te l'ai déjà dit, Léon : c'est une histoire entre Sabrina et moi. Il faut qu'on sache qui nous sommes, ce que nous allons faire, et personne ne peut nous y aider. C'est nous qui sommes responsables de tout cela, et c'est à nous de nous en sortir. Seules.

– Peut-être, mais en attendant vous êtes sans doute en danger. Si seulement vous acceptiez d'aller voir la police...

– C'est impossible. Nous en avons déjà parlé : aller voir la police, c'est porter toute cette histoire au grand jour. Penny et Cliff apprendraient par les journaux ou la télé que je les ai abandonnés. Je croyais que tu comprenais, Léon. C'est à moi de leur parler.

– Quand le feras-tu ?

– Quand je saurai quoi leur dire, et comment leur...

– Et pourtant vous allez encore vous embarquer dans cette aventure à Londres, après m'avoir dit que vous en aviez assez des aventures.

– Mais nous sommes en danger, tu le reconnais toi-même. Nous sommes obligées d'en passer par là.

– C'est vrai, mais laisse-moi au moins vous accompagner. Je ne suis pas sûr de faire un très bon garde du corps, mais vous pourriez avoir besoin d'aide.

Soudain, le dernier appel pour l'embarquement retentit dans l'aérogare.

– Ne t'inquiète pas, nous serons prudentes, dit Stéphanie en embrassant Léon une dernière fois. Je t'appellerai. N'oublie pas que je t'aime.

– Je voudrais faire beaucoup pour toi, mais il faudrait que tu m'en laisses libre, dit-il en la serrant plus fort contre lui.

Stéphanie faillit le lui promettre, mais il était encore trop tôt.

– Je sais, répondit-elle simplement. Merci d'être là, Léon. Fais-moi confiance, je t'en prie. J'essaierai... Je t'aime.

Dans l'avion, Sabrina avait pris place côté couloir. Elle leva les yeux lorsque sa sœur arriva à son niveau.

– J'ai pensé que tu préférerais la fenêtre, lui dit-elle en saisissant son jus d'orange pour relever la tablette.

Stéphanie se glissa jusqu'à son siège.

– Merci. Je suis heureuse de revoir Paris, même de très haut. Ça fait si longtemps. De quoi ai-je l'air ?

– De quelqu'un qui s'est déguisé, répondit Sabrina avec un sourire. Mais tu es très belle.

La veille, elles avaient soigneusement choisi les vêtements qui convenaient à un mois d'octobre londonien. Stéphanie était vêtue d'un col roulé et d'un tailleur pantalon en laine grise que Max lui avait offert. Elle portait des lunettes noires et un feutre sous lequel elle avait relevé ses cheveux. Elle n'était pas maquillée. Sabrina, elle, arborait un triple rang de perles très blanches sur le rouge sombre de sa robe. Sa lourde chevelure ondulait sur ses épaules. Elle était très maquillée.

Un steward s'approcha avec un plateau de boissons.

– Madame Lacoste, voulez-vous un jus de fruits ou du champagne ?

– Un jus de fruits, s'il vous plaît, répondit Stéphanie en relevant ses lunettes noires pour le regarder droit dans les yeux.

Lorsqu'il l'eut servie et qu'il se fut éloigné, elle se pencha vers sa sœur pour lui confier à voix basse :

– Il n'a rien remarqué.

– Oui, exceptionnellement, nous ne nous ressemblons pas. Pas trop, en tout cas. Cela dit, il vaudrait mieux ne pas prendre de risques, à Londres : il faudra éviter de sortir ensemble.

– Tant que nous serons en danger. J'espère qu'après...

Stéphanie fut interrompue par une voix synthétique qui livra en français, puis en anglais les consignes de sécurité.

– ... plus personne ne m'appellera jamais Sabrina Lacoste, poursuivit-elle d'une voix presque inaudible en regardant par le hublot.

Sa sœur et elle avaient conclu un pacte tacite : elles n'évoqueraient pas l'avenir tant qu'elles n'auraient pas résolu le problème qui motivait leur voyage à Londres. Elles savaient toutes deux qu'il y avait un peu de lâcheté dans ce sursis, mais elles avaient besoin de ces quelques jours pour redécouvrir ce qu'elles avaient été l'une pour l'autre par le passé.

« Quoi que nous décidions, tout va encore changer. Et nous ne savons pas encore ce que nous pourrons sauver de nos vies », songea Sabrina alors qu'elle apercevait le dôme doré des Invalides qui scintillait sous le soleil du matin. Elle pensa à Garth, qui était déjà à La Haye. La veille, au téléphone, il lui avait dit que ce séminaire était l'un des meilleurs auxquels il eût participé, mais qu'il avait du mal à se concentrer : « Je ne pense qu'à une chose, avait-il ajouté, te retrouver dimanche à l'hôtel. »

« Plus que cinq jours. Cinq jours à être Stéphanie Andersen, la femme de Garth, la mère de Penny et de Cliff, décoratrice à Evanston. »

La Seine déroulait son long ruban d'argent à travers Paris et la campagne environnante. Soudain, Sabrina eut une impression de soulagement : elles étaient libres. L'histoire inextricable dans laquelle elles se débattaient gisait à plusieurs milliers de mètres sous leurs pieds. Elles se laissaient emporter loin de tout dans le cocon douillet de l'avion... et elles étaient ensemble.

Stéphanie se détourna du hublot et croisa le regard de sa sœur.

– Nous sommes libres. C'est incroyable et grisant, n'est-ce pas ? J'aimerais que ce vol dure... toujours.

Comme d'elles-mêmes, leurs mains se rencontrèrent.

– J'espère que nous saurons retrouver cette sensation à terre, dit Sabrina.

À nouveau, le steward approchait.

– Puis-je vous proposer du vin ou du café, mesdames ? Nous avons aussi des pâtisseries...

– Café et pâtisseries, répondit Sabrina.

Stéphanie acquiesça d'un hochement de tête puis attendit qu'il eût fini de les servir pour confier à sa sœur :

– J'adore être prise en charge. Tu sais, Mrs. Thirkell contribuait pour beaucoup à la magie de Londres. Et, même si j'aimais être seule avec Léon à Vézelay, il m'est arrivé de regretter Mme Besset.

– J'ai l'impression que Mme Besset et Mrs. Thirkell se ressemblent. Encore une chose que nous avons partagée sans le savoir, cette année. J'aime bien ton ami, Robert, tu sais...

– C'était si gentil à lui de venir nous rendre visite à Vézelay avant notre départ.

– Oui, mais ce n'est pas vraiment un hasard, repartit Sabrina. Il est venu nous aider. Il redoutait de nous trouver à couteaux tirés et en plein chaos...

– Il craignait aussi que Léon n'ait mal réagi, peut-être même qu'il ne soit parti...

– ... nous laissant démêler seules nos histoires.

Elles se remémorèrent en souriant le moment où Robert leur était apparu dans l'encadrement de la porte. Il portait ce jour-là une chemise rouge et un jean. Son regard inquiet était allé de l'une à l'autre, puis il avait souri et leur avait ouvert les bras.

– Vous êtes décidément deux femmes étonnantes, leur avait-il dit. Belles, intelligentes, énergiques et... particulièrement inconscientes.

– Vous avez raison, lui avait répondu Sabrina en riant. Nous étions justement en train d'en parler.

– J'étais venu pour vous aider, mais il suffit de voir comment vous vous regardez toutes les deux pour constater que tout va bien, que vous n'avez perdu ni l'amour ni la confiance.

Le prêtre avait jeté un rapide regard autour de lui avant d'ajouter :

– Léon n'est pas là ?

– Il est à l'atelier, avait répondu Stéphanie. Il ne va pas tarder à rentrer dîner. Tu vas passer la nuit ici, Robert, n'est-ce pas ? Tu as ta chambre.

– Volontiers, avait dit Robert, puis, examinant attentivement le visage de la jeune femme : Fais-tu toujours les mêmes horribles cauchemars ?

– Oui, je rêve encore du mont Ventoux, mais Léon m'aide beaucoup et puis ça va mieux depuis que nous avons quitté Cavaillon. Seulement, tu m'as manqué.

– Toi aussi tu m'as manqué. Ma vie dans cette petite ville est devenue bien morne sans nos bavardages et nos leçons de cuisine. Sans Max aussi. Je l'aimais beaucoup, tu sais. Nous parlions souvent ensemble. Il m'appelait presque chaque jour, parfois pour le travail, mais la plupart du temps juste pour discuter.

– Pour quel travail ? avait demandé Sabrina.

Le prêtre avait eu à peine un instant d'hésitation.

– Max m'aidait à faire entrer et sortir des jeunes gens de certains pays pauvres soumis à la dictature.

Stéphanie l'avait longuement dévisagé avant de lui avouer :

– Max fabriquait surtout des faux billets qu'il faisait passer à l'étranger. Et c'est pour ça que je n'ai pas voulu partir avec lui.

– Tu veux dire que...

Un instant, Robert avait fermé les yeux avant de poursuivre :

– Des faux billets... Bien sûr, dans ces énormes containers... Et Frick... Oui, c'était lui qui fabriquait l'argent. Une fois, Max l'a appelé son Dürer. J'ai cru qu'il plaisantait, mais j'aurais dû comprendre. Max me rendait service, j'avais de l'estime pour lui, je l'aimais... Tous les indices étaient là, mais sans doute ai-je préféré fermer les yeux.

Sabrina avait alors songé qu'au début Garth aussi avait préféré fermer les yeux, voulant croire qu'elle était sa femme. *Nous ne choisissons de voir que ce qui répond à nos besoins ou à nos désirs, et lorsque cela devient impossible nous parlons de déception, parfois même de tragédie.*

— Peux-tu m'expliquer cette histoire de jeunes gens que vous faisiez entrer et sortir de certains pays ? avait demandé Stéphanie au prêtre.

— Ces jeunes partent aider les peuples opprimés. Ils leur apprennent à s'organiser, à résister, à protester, parfois même à récupérer des terres qui leur appartiennent, ou simplement à mieux gérer la vie de leur village. Bien entendu, toutes ces activités sont illégales dans ces pays-là. Ainsi, quand les gouvernements commencent à se douter de quelque chose, il nous faut faire sortir au plus vite ces jeunes du pays. Peu avant sa mort, Max m'a aidé à faire rentrer une jeune fille. Ça a été toute une aventure... Nous étions comme deux gamins...

— Une bonne action..., l'avait brusquement interrompu Stéphanie.

— Oui, Max en faisait beaucoup de ce genre.

— Je le sais, mais, juste avant de mourir, il a eu le temps de me dire que si cet homme l'avait retrouvé c'était à cause d'une bonne action. Une espèce de coïncidence...

Robert avait baissé la tête en murmurant :

— Jana.

— Pardon ?

— La jeune fille que nous avons clandestinement fait revenir du Chili s'appelle Jana Corley. Il m'a bien semblé que Max et elle se regardaient d'une drôle de façon... J'ai eu un instant l'impression qu'ils se connaissaient, et très vite je n'y ai plus pensé.

— Corley, avait repris Sabrina. Je connais des Corley : Tabitha et Ramsay Corley. Ils ont des usines à Manchester et une maison dans le Kent.

— La mère de Jana s'appelle bien Tabitha, avait lentement répondu Robert. Mais Jana est une fille discrète : jamais elle ne parle de notre travail. Je n'arrive pas à croire qu'elle ait pu raconter à quiconque ce qui s'est passé cette nuit-là, et moins encore qu'elle ait pu parler de Max.

— C'est ce que nous allons tâcher de savoir, avait répliqué Sabrina sur un ton décidé. Nous nous demandions par quoi commencer à Londres ; maintenant, nous savons.

Le prêtre avait alors saisi dans les siennes les mains des deux jeunes femmes.

– Faites attention à vous, mes enfants. Vous avez déjà pris d'énormes risques en décidant d'échanger vos vies. Maintenant soyez prudentes, avait-il ajouté en les embrassant sur le front comme pour leur donner sa bénédiction. Je vous souhaite de réussir. N'oubliez pas de m'écrire ou de me téléphoner. Nous ne devons pas nous perdre de vue.

L'avion survola le bocage normand, puis la Manche, et bientôt Sabrina vit les côtes d'Angleterre se profiler dans un coin de son hublot. « Londres, se dit-elle. J'y ai passé tant d'années. C'est là qu'étaient mes amis, ma maison, mon travail. »

– Allons-nous habiter à Cadogan Square ? demanda Stéphanie.

– Oui, et pour la dernière fois. J'ai vendu la maison à des amis d'Alexandra, mais ils n'y emménageront pas avant le mois de...

– Tu l'as vendue ? Tu as vendu ta maison ?

– J'en ai une autre, désormais. Je n'ai pas besoin de deux maisons...

Les mots avaient franchi ses lèvres plus vite qu'elle ne l'aurait voulu, sans qu'elle pût les arrêter. D'une main tremblante, elle posa sa tasse de café sur la tablette. *Comment allons-nous pouvoir éviter de parler de nous, de ce que nous allons devenir ?*

Le steward vint leur ôter leurs plateaux et remonter leurs tablettes. Il y eut dans la cabine une brève effervescence ; les passagers réunissaient leurs affaires avant l'atterrissage.

– Préfères-tu parler toi-même à Jana ? demanda Sabrina à Stéphanie. C'est toi qui vivais avec Max.

– Oui, je lui parlerai.

Sans rien exprimer, elles savaient qu'elles avaient une fois encore évité un sujet qui était au cœur de leur histoire et qu'elles n'étaient pourtant pas prêtes à aborder.

Stéphanie tourna la tête pour regarder, par le hublot, la terre qui semblait s'élever vers elle. Bientôt l'avion allait atterrir à Heathrow. « Plus moyen d'y échapper, maintenant. Il va falloir prendre les choses de front, se dit-elle. Mais je ne suis pas seule. Sabrina va m'aider. D'une manière ou d'une autre, elle nous sortira de là. »

La maison de Cadogan Square était humide et plongée dans le noir. La pluie fouettait les vitres. Sabrina alluma un feu dans la cheminée du salon tandis que Stéphanie allait faire des courses pour le déjeuner et le dîner. Elles se sentaient l'une et l'autre chez elles dans ce quartier, dans cette maison. Toutes deux en éprouvèrent un sentiment étrange, mais qui lui aussi demeura inexprimé.

– J'appelle Jana ? demanda Stéphanie. Je n'ai pas envie de faire le voyage jusque dans le Kent pour rien : il se peut qu'elle ne soit pas chez elle.

– Elle a peut-être un appartement à Londres, répondit Sabrina en attrapant l'annuaire. Regarde, il y a un J. Corley près de Berkeley Square. Ça vaut la peine d'essayer.

– C'est tout près d'ici, je vais y aller directement.

– D'accord, on déjeunera à ton retour.

Stéphanie appela un taxi. Sabrina la regardait faire, étonnée de son aisance dans une ville où elle avait finalement si peu vécu. « Après tout, moi non plus je n'ai pas mis longtemps à m'habituer à Evanston », songea-t-elle.

Elle regarda encore sa sœur saisir un imperméable et un parapluie dans le placard de l'entrée et courir sous la pluie vers le taxi qui l'attendait. Tout paraissait familier à Stéphanie : les rues, les immeubles..., jusqu'à la longue file des parapluies dont les ondulations s'étiraient sur les trottoirs. Troublée, elle se rappela avoir ressenti cette même impression d'un univers familier en regardant les photos d'Evanston que lui avait montrées Sabrina. Elle avait été chez elle à Evanston, puis à Cavaillon, et désormais elle était aussi chez elle à Vézelay. Chez elle était partout et nulle part. De fait, elle n'était vraiment chez elle qu'avec Léon.

L'appartement de Jana Corley se trouvait au deuxième étage d'un grand ensemble grisâtre. Stéphanie sonna à l'interphone ; une voix jeune lui répondit et elle se présenta.

– Je suis une amie de Robert Chalon.

La porte s'ouvrit avec un bourdonnement, et la jeune femme emprunta l'escalier. Jana l'attendait sur le palier. Blonde et menue, elle portait un survêtement et d'épaisses chaussettes.

Stéphanie lui tendit la main. Le sentiment de trouble qu'elle avait éprouvé dans le taxi avait disparu : investie d'une mission, elle se sentait plus forte.

– Je suis Sabrina Lacoste. Vous êtes bien Jana Corley, n'est-ce pas ?

– Oui, entrez, je vous en prie, dit celle-ci en la précédant dans l'appartement où toutes les lampes étaient allumées.

Un feu brûlait dans la cheminée.

– Je suis une amie de Robert. Il y a peu de temps encore, j'habitais Cavaillon. Je vivais avec un homme qui s'appelait Max Lacoste. Mais je crois que vous le connaissiez plutôt sous le nom de Max Stuyvesant.

Le visage de Jana parut se fermer, et elle s'écarta un peu de Stéphanie.

– Max Stuyvesant est mort.

– C'est ce qu'on a cru. En réalité, il vivait à Cavaillon. Vous le savez. Vous l'avez rencontré là-bas avec Robert.

– Mais je n'ai rien dit. Enfin..., je ne lui ai pas dit que je l'avais reconnu. Il était évident qu'il ne le souhaitait pas. Robert ne devait pas être au courant. Et puis ça ne m'a pas vraiment étonnée, vous savez : si j'avais été mêlée à l'affaire Westbridge, moi aussi j'aurais préféré disparaître. J'ai pensé qu'il faisait peut-être cela pour se racheter.

– Pour se racheter ? répéta Stéphanie.

– Oui, en travaillant avec Robert. Vous savez sûrement que ce sont eux qui m'ont fait sortir du Chili. Ils ont monté tout un scénario, ça s'est passé comme dans un film : j'étais enfermée dans des entrepôts à Marseille. Robert a soûlé le gardien pour que Max puisse lui prendre ses clefs. Ensuite ils sont venus ouvrir la caisse dans laquelle je me cachais... Jamais de ma vie je n'ai été aussi heureuse de voir quelqu'un. En travaillant avec Robert, Max faisait quelque chose de vraiment bien. J'ai pensé qu'il essayait peut-être de se racheter à cause de Westbridge ou de ce qu'il avait pu faire auparavant. Vous savez, après Westbridge, on lui a attribué tous les coups possibles, le plus souvent par jalousie, je pense. Max était devenu un mythe. Pardonnez-moi, je ne vous ai rien offert à boire. Voulez-vous une tasse de thé ? À moins que vous n'ayez faim. J'étais en train de me préparer une soupe. Il fait si froid. Je déteste le mois d'octobre : on dirait toujours que l'hiver vous tombe dessus d'un seul coup. Alors, un thé ?

– Non, merci. J'ai un déjeuner, je ne vais pas rester. Mais j'ai une question à vous poser.

– À propos de Max ? C'est lui qui vous envoie ?

– Il faut que je sache si vous avez dit à quelqu'un que vous l'aviez vu à Marseille.

– Bien sûr que non... Enfin, si. Je n'aurais pas dû, mais Alan a juré de ne le dire à personne. On ne s'était pas vus depuis longtemps, et puis j'étais... Enfin, vous comprenez, j'étais en train de lui raconter tout ce qui m'était arrivé... et c'est sorti tout seul. Ne me dites pas que Max l'a su.

– Qui est Alan ?

– Mon fiancé. Alan Lethridge. Il n'est pas vraiment mon fiancé, mais j'aime bien l'appeler comme ça quand tout va bien entre nous. Vous savez, il m'a promis de ne le dire à personne, et je suis sûre qu'il a tenu parole. Maintenant, si vous voulez, je lui poserai la question.

– J'aimerais la lui poser moi-même, si vous acceptez de me dire où je peux le joindre.

– Il est arrivé quelque chose ? demanda Jana, l'air inquiète.

– J'ai juste besoin d'un renseignement et je pense qu'Alan pourra me le fournir.

– Bien, répondit la jeune fille en se dirigeant lentement vers son bureau.

Elle resta un moment hésitante puis, avec un haussement d'épaules, elle nota un numéro de téléphone sur un bout de papier qu'elle tendit à Stéphanie.

– Après tout, Alan est assez grand. En général, il est chez lui vers quatre heures.

– Merci.

– Dites bien des choses à Max de ma part. Ce qu'il fait maintenant ne me regarde pas. Il m'a rendu service, et je ne l'oublierai jamais, continua Jana tandis qu'elle raccompagnait Stéphanie à la porte.

Assise à l'arrière du taxi, le regard vide, celle-ci pensait à Max, cet homme que Robert avait aimé, que Jana semblait admirer, et qui avait essayé de contrôler tout et tout le monde autour de lui, vivant selon des règles qu'il avait lui-même édictées, qu'il se fût agi de faire le bien ou de vivre hors la loi. « Ils ont monté tout un scénario, ça s'est passé comme dans un film. Je ne pouvais pas l'aimer, se dit la jeune femme, mais j'aurais pu essayer de le connaître mieux, j'aurais pu essayer de le comprendre. Je regrette. »

Lorsqu'elle arriva à Cadogan Square, le couvert était mis dans le salon. Debout devant le feu, elle se réchauffa un moment les mains avant de venir prendre place à table. La pluie et le vent qui fouettaient les vitres rendaient, par contraste, la pièce plus douillette et plus chaude. Sabrina versa deux verres de vin blanc, et Stéphanie soupira.

– Nous sommes si bien ici, toutes les deux, que j'aimerais pouvoir arrêter le temps.

Sa sœur acquiesça en silence et leur servit à chacune un bol de potage. En l'observant, Stéphanie songea qu'elle se comportait en maîtresse de maison, qu'elle se sentait vraiment chez elle. *Peut-être a-t-elle décidé de revenir vivre ici ? Est-ce ce qu'elle souhaite ?* Puis elle lui raconta sa brève visite chez Jana.

Sabrina remarqua en l'écoutant combien elle était belle, combien elle paraissait sûre d'elle. *Elle croit qu'elle peut faire ce qu'elle veut de Penny, de Cliff, de Garth ? De moi aussi ? Elle ne s'imagine tout de même pas que je vais renoncer à eux si facilement. Elle sait ce qu'ils représentent pour moi.*

– Prochaine étape : Alan, dit-elle comme si de rien n'était lorsque Stéphanie eut achevé son récit. Veux-tu lui parler ?

– Non. C'est ton tour. À moins que tu ne le souhaites pas. Tu le connais ?

– Je connais sa mère, Xanthia Lethridge, mais on ne peut pas dire que je l'apprécie vraiment. Autant que je me souvienne, personne ne lui confiait jamais rien : elle était incapable de tenir sa langue. Un véritable moulin à paroles. C'est peut-être de famille, ajouta-t-elle en souriant. J'appellerai Alan à quatre heures. S'il est à Londres, j'irai le voir demain.

Alan Lethridge habitait une petite maison bourrée de vieux meubles disparates dont ses parents ne voulaient plus.

– Horrible bric-à-brac, n'est-ce pas ? dit-il à Sabrina en la guidant vers le salon.

Mince et élancé, il avait un beau visage curieux, des cheveux longs, et portait un jean et un pull-over trop grand.

– Pas étonnant que mes parents aient préféré s'en débarrasser. Quant à moi, j'ai la flemme de faire les magasins pour en acheter d'autres et, de toute façon, je ne saurais pas quoi choisir. J'attends qu'une princesse vienne à mon secours et transforme cette baraque en palais. Je vous en prie, asseyez-vous, Mrs. Andersen. Que puis-je pour vous ? Je me rappelle avoir rencontré votre sœur quelque part, il y a longtemps, mais je ne sais plus où.

Sabrina s'assit sur le bord du canapé et attendit que le jeune homme se fût lui aussi installé.

– Je cherche Max Stuyvesant et je me disais que vous pourriez peut-être m'aider.

– Max ? *Max Stuyvesant ?* Qu'est-ce que ça veut dire ? C'est une plaisanterie.

Suivit un silence assourdissant : la jeune femme avait le sentiment d'entendre les pensées se bousculer dans la tête d'Alan.

– Il est mort, dit enfin celui-ci.

– On l'a cru mort. Mais vous avez, paraît-il, découvert qu'il était en vie.

– Moi ? Je n'ai rien découvert du tout. Comment aurais-je pu ? Je ne le connaissais pas. Je ne l'ai jamais rencontré. Enfin, si..., comme les gens se rencontrent aux courses ou dans les dîners. Mais nous ne nous sommes jamais parlé. À vrai dire, je ne sais même pas si je le reconnaîtrais dans la rue.

– Vous avez entendu dire qu'il était vivant et vous en avez parlé à quelqu'un.

– Non, répliqua le jeune homme dont le regard alla se perdre vers le plafond comme pour y chercher de l'aide. Je n'ai pas entendu dire qu'il était vivant et je n'ai donc pas pu l'annoncer à qui que ce soit.

– Moi, je pense que vous l'avez dit à quelqu'un et je veux savoir à qui. C'est important.

– À personne ! Écoutez, je suis navré, Mrs. Andersen, mais manifestement je ne peux pas vous aider. Alors si vous n'avez rien d'autre à me... Enfin..., pardonnez-moi de me montrer aussi grossier, mais...

Sur ces mots, Alan se leva de son siège. Sabrina en fit autant. La peur pouvait seule expliquer un tel manquement au savoir-vivre chez un jeune homme aussi bien élevé.

– Ce n'est pas un jeu, Alan. C'est très important. En fait, la vie de quelqu'un dépend de votre réponse.

Il se dirigea vers la porte, le regard fuyant, paniqué, une moue butée sur le visage. « J'ai commis une erreur : j'en ai dit trop ou pas assez. Il faut que Stéphanie et moi décidions jusqu'où nous pouvons dire la vérité », se dit Sabrina.

– Si jamais vous vous souveniez de quelque chose, reprit-elle d'un air faussement dégagé, n'hésitez pas à m'appeler. J'habite chez lady Longworth ; j'y reste encore quelques jours.

– Je ne me souviendrai de rien.

La jeune femme songea qu'il ressemblait à Cliff lorsqu'il se sentait coupable et qu'il se montrait boudeur et ronchon.

– Il ment, et il ment mal, dit-elle à Stéphanie lorsqu'elle fut de retour.

– Tu crois qu'il a peur ? Mais de quoi ?

– Peut-être de Jana. Si elle est la princesse qu'il attend, il n'a pas envie de lui avouer qu'il ne sait pas tenir sa langue, surtout si ses bavardages ont eu des conséquences graves. Avant de lui parler à nouveau, il faudra nous mettre d'accord sur ce qu'on peut lui dire.

– Pourquoi ne pas lui dire la vérité ?

– Parce que..., commença Sabrina en se levant pour mettre une bûche dans le feu.

Elles étaient dans le salon du premier étage, où elles passaient le plus clair de leur temps. Les rideaux étaient tirés, les flammes projetaient sur leurs visages des lueurs cuivrées. Stéphanie s'était lovée dans un profond et confortable fauteuil, une tasse de thé à côté d'elle.

– Parce que je crois qu'on ne devrait la dire à personne, poursuivit Sabrina en revenant s'étendre sur son divan avant de déplier sur ses genoux un cachemire afghan.

– Mais comment veux-tu qu'on apprenne qui a envoyé cet homme pour tuer Max si on ne dit pas aux gens ce qu'il s'est passé ?

– Je ne sais pas. Je pense simplement que, pour l'instant en tout cas, il vaudrait mieux ne rien dire. C'est juste une intuition.

– Mais si Alan refuse de te parler, qu'est-ce qu'on va faire ?

– Rendre visite à Lazlo et à Carr. Je ne sais pas s'ils connaissaient bien Max, mais ce qui est sûr c'est qu'ils ont travaillé pour lui et qu'ils se sont disputés au sujet des contrefaçons. Peut-être quelqu'un leur aura-t-il parlé de Max ? Peut-être leur aura-t-on posé des questions suspectes... Oh ! ça me revient, maintenant.

– Quoi ?

– Un jour du printemps dernier où j'étais aux Ambassadeurs, Denton est passé tard dans l'après-midi et m'a demandé si j'avais eu des nouvelles de Max.

– Des nouvelles de Max ?

– Oui, j'ai cru qu'il était devenu fou. Mais quand je lui ai dit que Max était mort il m'a rétorqué qu'il était *présumé* mort, qu'on n'avait jamais retrouvé son corps. Il pensait que Max avait pu entrer en contact avec moi.

– Que lui as-tu répondu ?

– Que Max était son ami et que, s'il était vivant, il l'aurait appelé lui et pas Stéphanie Andersen, aux États-Unis. Alors il m'a dit – attends, j'essaie de me souvenir... –, oui, il m'a dit : « Mais s'il refaisait surface – puis il s'est excusé d'avoir employé cette formule malheureuse –, si jamais il était vivant et qu'il t'appelait... j'espère que tu me le dirais. Tu comprends, je n'arrive pas à croire qu'il soit vraiment mort. Il m'a toujours paru indestructible. » J'ai eu l'impression qu'il avait peur.

– De quoi ?

– Je ne sais pas, mais je vais l'appeler tout de suite, dit Sabrina en attrapant le téléphone.

Après une brève conversation, elle raccrocha le combiné.

– Il est parti chasser en Allemagne. Il sera de retour vendredi.

– Ce que je ne saisis pas, dit Stéphanie, c'est comment Denton aurait pu savoir quelque chose. Son intervention aux Ambassadeurs me fait plutôt penser à une bizarrerie. Tu crois que ce serait dans son genre ?

– Quand je l'ai épousé, il n'était pas fou, si c'est ce que tu me demandes. Et il ne s'affolait pas non plus sans raison. Je lui parlerai vendredi, à moins que tu ne veuilles le faire. Tu y arriveras peut-être mieux que moi. En attendant, nous irons voir Rory Carr ou Ivan Lazlo. Peut-être même les deux.

Toujours à son bureau, Sabrina appela Michel Bernard et Jolie Fantome, les journalistes qui avaient révélé l'affaire Westbridge.

– Ils sont partis en reportage au Canada, Mrs. Andersen, répondit leur assistant. Puis-je vous renseigner ?

La jeune femme lui expliqua qu'elle cherchait à joindre Carr et Lazlo.

– Vous les trouverez à la prison de Wormwood Scrubs. Mais

je sais qu'ils n'ont droit qu'à une visite par mois, et de quatre-vingt-dix minutes seulement. Donc, il faut que vous vous renseigniez pour savoir s'ils en ont déjà eu une en octobre. Comme le mois vient de commencer, vous avez peut-être une chance. Si je peux vous être utile, n'hésitez pas à me rappeler.

– Carr et Lazlo sont à Londres. À la prison de Wormwood Scrubs. Ce n'est pas très loin d'ici. On en prend chacune un ?

– Pourquoi pas ?

Le regard de Stéphanie croisa celui de sa sœur, et elle éclata de rire avant d'ajouter :

– Tu te souviens de Dmitri ?

– Et Théo, ce pauvre Théo, notre chauffeur.

– Et les séances à la piscine, quand on plongeait et que personne ne savait...

– ... laquelle de nous deux allait ressortir de l'eau.

– Et cette secrétaire d'ambassade qui nous confondait toujours quand elle nous faisait la morale. Tu lui disais...

– ... Moi, c'est Sabrina, miss Derringer, et l'autre, c'est Stéphanie. Et elle était dans une telle rogne que, chaque fois, elle manquait s'étrangler dans ses dix-huit rangs de perles.

Les deux jeunes femmes se précipitèrent en riant dans les bras l'une de l'autre, retrouvant soudain le bonheur d'être ensemble.

– Rien n'a changé, murmura Stéphanie. Non, nous n'avons rien perdu de ce que nous étions.

« Ne crois pas ça, nous avons beaucoup perdu », songea Sabrina, mais elle préféra garder pour elle cette pensée et ne pas gâcher des instants si rares. L'exaltation de leur recherche leur permettait de revivre cette proximité joyeuse qui, autrefois, constituait ce que leur vie avait de plus précieux.

Mais il y a trop de choses entre nous désormais et, si nous éprouvons ce sentiment, c'est sans doute pour la dernière fois.

Le parloir de la prison de Wormwood Scrubs était étroit et bas de plafond, avec une longue table de chaque côté de laquelle se tenaient les prisonniers et leurs visiteurs. Des gardes impassibles guettaient le moindre mouvement suspect. Le bourdonnement des voix augmentait à mesure des arrivées. Lorsqu'elle pénétra dans la pièce, Sabrina eut le sentiment que le monde entier virait au gris et que le bleu de son manteau, de son chapeau et de ses gants était comme aspiré par cette couleur grisâtre qui tapissait les murs, le sol et le plafond de la prison. Elle ôta ses gants, et ses mains lui parurent blafardes – la lumière néon ne pardonne rien.

Rory Carr entra, vêtu de gris, les cheveux gominés. Et Sabrina songea que c'était là tout ce qui restait du très élégant marchand d'art qu'elle avait connu jadis. Il avait la peau et les traits vieillis, les yeux enfoncés et inquiets, avec des cernes qui lui mangeaient la moitié du visage. Seule sa voix n'avait presque pas changé : aussi onctueuse et obséquieuse qu'autrefois.

– Mrs. Andersen, quelle joie de vous voir ! Il y a longtemps que je voulais vous exprimer mes condoléances. J'espère que vous me croirez si je vous dis que je ne ressentais qu'admiration et affection pour lady Longworth. J'ignorais qu'elle se trouverait sur le yacht lorsque Ivan m'a fait part de ses projets. C'était une folie, mais bien sûr je n'avais aucune influence sur ce garçon infantile et fort destructeur. Si j'avais su que votre sœur serait à bord, j'aurais essayé d'arrêter Ivan. L'idée que j'aurais pu au moins essayer m'obsède chaque jour...

– Aucune influence..., répéta Sabrina dans un murmure.

Les journaux avaient pourtant désigné Rory Carr comme le principal complice de ce crime odieux et, au procès, il avait été reconnu coupable de meurtre.

– Non, aucune influence..., reprit l'homme d'une voix grave. Lazlo est un animal, personne ne peut le raisonner. Mais j'ai eu la naïveté de le croire et de lui faire confiance, naïveté que je paie aujourd'hui puisqu'elle m'oblige à vous recevoir dans ce cadre assez déprimant.

Sabrina s'assit sur le siège inconfortable réservé aux visiteurs et croisa les mains sur la table. Peu à peu, la pièce se remplissait de cris, de pleurs, d'imprécations, de suppliques, de jurons qui contraignaient chacun à hausser le ton. La jeune femme regarda le visage abattu de Rory Carr et se répéta que Lazlo et lui avaient tué quatorze personnes et que sa sœur avait failli mourir dans cet attentat. Elle s'attendait à ressentir de la haine et s'étonna de ne rien éprouver. Stéphanie était vivante, et la vie de Carr était réduite à néant. Elle pouvait lui parler, essayer de le convaincre qu'elle n'était pas une ennemie et tenter ainsi d'en obtenir quelques renseignements.

– Alors, comme ça, personne ne peut raisonner Ivan ? dit-elle. Je croyais pourtant que Max y arrivait.

– C'est-à-dire que... Ivan a longtemps travaillé pour Max. Quinze ans au moins. Il lui obéissait.

– Sauf quand il a posé la bombe sous sa cabine.

– Je vous en prie, dit Carr en levant la main. Cette pensée m'est intolérable. Max était un ami pour moi, et qui plus est un grand amateur d'art, un génie de la contrebande. J'avais énormément d'admiration pour lui.

– Dans ce cas, vous serez heureux d'apprendre que la rumeur le dit vivant.

– Vivant ?

Carr bondit de sa chaise de l'autre côté de la table. Un gardien s'approcha immédiatement, et l'homme se rassit, le regard absent, fixant un invisible point sur le mur en face de lui. L'instant d'après, il souriait.

– Chère Mrs. Andersen, ce que vous dites est impossible. Votre crédulité est charmante – tout à fait américaine –, mais, quoi qu'on ait pu vous raconter, Max ne peut être vivant. Croyez bien que je le regrette, mais il a été tué sur son yacht en octobre dernier. Et tout le monde le sait.

– La rumeur le dit vivant : il habiterait quelque part dans le sud de la France.

– La rumeur ? C'est bien vague, répondit Carr avec une condescendance que teintait désormais une pointe d'agressivité. Max est mort, Mrs. Andersen, je vous l'assure.

– Personne ne vous a dit qu'il dirige une société d'import-export à Marseille et qu'il fait du trafic de faux billets avec certains pays du tiers monde ?

À chaque nouveau détail, le visage de Carr semblait se décomposer davantage.

– Non, non, personne ne m'a rien dit de tel, répondit-il.

Un îlot de silence se créa autour d'eux dans le parloir, contrastant avec le brouhaha général.

– Mon Dieu..., serait-ce possible ? poursuivit Carr en lançant des regards affolés autour de lui. Vous ne plaisantez pas ? Avez-vous des preuves de ce que vous avancez ? Il faut me dire la vérité, Mrs. Andersen. Max est vivant ?

La condescendance avait fait place à la terreur. Sabrina comprit que Carr ne mentait pas : il ne savait rien. Ce n'était pas lui qui avait envoyé un tueur en Provence. C'était quelqu'un d'autre, sans doute la même personne qui leur avait ordonné, à Lazlo et à lui, de poser la bombe sur le yacht, quelqu'un d'assez puissant pour terrifier Carr. Mais de quoi celui-ci pouvait-il avoir peur ? D'être puni, peut-être abattu, même à l'intérieur de la prison de Wormwood Scrubs, parce qu'il n'avait pas réussi à tuer Max sur le yacht ?

– Alors ? répéta-t-il avec insistance, exigeant une réponse. Il est vivant ou non ?

– Je ne peux pas vous le dire. Mais, s'il l'est, il vous serait reconnaissant de coopérer avec la police et d'avouer qui vous a demandé de poser cette bombe.

– Quoi ? Que dites-vous ? Personne ne nous a demandé quoi que ce soit... Ivan a posé la bombe parce qu'il avait peur de Max, peur que Max ne cherche à se débarrasser de nous. Vous le savez, nous avions nos petites affaires, quelques copies, rien de très important, juste de quoi arrondir nos fins de mois. Mais Max pensait que nos combines risquaient d'attirer l'attention de la police sur Westbridge. Alors nous nous sommes querellés... Je ne vous apprends rien : vous avez lu tout ça dans les journaux. Qu'est-ce qui vous fait croire que nous agissions sur ordre ?

– Je ne sais pas... Je me trompe peut-être, mais supposons que vous ayez effectivement agi sur ordre : votre commanditaire, lui, n'est pas en prison ; ça se saurait. C'est donc qu'il est dehors, en liberté. Comment s'y est-il pris pour vous faire boucler ici alors qu'il continue de se promener, comme si de rien n'était, sans être inquiété ? Je sais qu'Ivan n'est pas une lumière, mais vous, Rory, vous êtes plus intelligent que ça, tout de même...

– Je le suis et je sais très bien ce que je fais.

Sabrina pencha la tête, songeuse.

– Alors on vous a promis quelque chose pour le jour où vous sortirez de prison : de l'argent, un travail, peut-être même une maison au soleil. Allez, dites-moi ce qu'on vous a promis. Même un condamné à perpétuité peut espérer une remise de peine pour bonne conduite. Vous auriez encore quelques belles années devant vous après votre libération. Dites-moi pour qui vous travaillez.

– Je ne vois pas de quoi vous parlez.

– Dans ce cas..., dit Sabrina en faisant mine de se lever.

– Ne partez pas ! s'écria Carr. Les quatre-vingt-dix minutes ne sont pas écoulées.

– Je n'ai aucune raison de rester si vous ne voulez rien me dire.

– Mais que voulez-vous que je vous dise ?

– Pour qui vous travaillez.

– Vous n'êtes venue que pour ça ! Parce que vous vous êtes figuré que... Mais c'est Ivan qui a posé la bombe, Mrs. Andersen ! Ivan tout seul ! Je n'y suis pour rien, même si j'étais au courant. Personne d'autre n'est impliqué dans cette affaire ! Personne, je vous le jure !

Le visage de l'homme respirait la terreur. Sabrina comprit qu'elle ne s'était pas trompée. Pourtant, elle n'en tirait aucun plaisir. Toute cette histoire l'écœurait.

– Il est possible que je fasse erreur, je vous l'ai dit, reprit-elle. Toujours est-il que certains indices me font penser que vous avez bien agi sur ordre.

– Quels indices ? demanda Carr, tendant le cou pour mieux entendre ce qu'elle allait dire.

– Oh... la rumeur... Les gens parlent...

– Encore la rumeur ? Les gens n'ont donc rien d'autre à se raconter ?

– Et Max, qu'aurait-il à raconter s'il était vivant ?

– Rien. Rien du tout.

– Et l'homme qui vous a demandé de le tuer ?

– Je vous ai déjà dit que nous avions agi seuls.

– À supposer que vous ayez tout de même eu un commanditaire, il en aurait des choses à raconter, lui, n'est-ce pas ? Sur l'oreiller, au bar ou dans une soirée mondaine, histoire de frimer un peu...

– C'est ridicule.

– Ridicule ou pas, peut-être vous envoie-t-il de l'argent, peut-être vous écrit-il... Pour adoucir un peu votre vie ici. Dites-moi, Rory, on vous écrit, on vous envoie de l'argent ?

– Non.

– J'en suis navrée pour vous. On vous a abandonné. Vous ne recevez pas non plus de visites ?

– Non.

– Vraiment aucune ?

– Pas depuis...

Carr pinça les lèvres, comme hésitant à en dire davantage, puis il reprit avec un haussement d'épaules :

– Pas depuis deux mois. Avant, Nicholas venait nous voir régulièrement, mais il a cessé de le faire. Je comprends qu'il ait des difficultés financières et je crois savoir qu'il s'est séparé d'Amélia, mais il est libre et je ne le suis pas : c'est un égoïste qui ne trouve plus le temps de s'occuper de ses anciens amis. Nos discussions sur l'art me manquent, et je suppose qu'il en est de même pour lui. Il a peu d'amis, vous savez. Il n'est ni très aimable ni très aimé.

– Peut-être reviendra-t-il vous voir, dit Sabrina en se levant le cœur battant, impatiente de partir désormais.

Nicholas. Nicholas qui par deux fois déjà avait essayé de lui arracher Les Ambassadeurs, Nicholas qui n'appréciait pas que l'on regardât de trop près les comptes des Ambassadeurs et de Blackford's... Il avait pu participer aux trafics de Rory et d'Ivan, puis décider de tuer Max si celui-ci avait menacé de le dénoncer.

« Non. Il n'est pas assez intelligent. Et en plus il est lâche, se dit la jeune femme. Pourtant, il sait quelque chose. Sinon, pourquoi serait-il venu ici ? Ce personnage maniéré et égocentrique serait-il venu passer chaque mois quatre-vingt-dix minutes dans le parloir de Wormwood Scrubs à seule fin d'échanger des vues sur l'évolution du marché de l'art ? »

Elle faillit demander à Carr si Nicholas avait travaillé avec lui, puis elle se ravisa : mieux valait poser directement la question à l'intéressé.

– Personne ne revient jamais, dit Carr d'un ton sinistre. Ils s'en foutent. Et Max est mort, Mrs. Andersen. Personne n'aurait pu survivre à une telle explosion. C'est aussi ce qu'a dit la police, vous savez. Personne n'aurait pu survivre.

– Adieu, Rory.

Sabrina suivit un gardien jusqu'à la sortie de la prison et se précipita dehors, heureuse de retrouver l'air pur et le frais soleil d'automne. Elle prit sa voiture pour rejoindre Stéphanie à l'hôtel où elles étaient convenues de se retrouver pour échanger leurs vêtements. Elle lui raconta sa conversation avec Carr, tandis que Stéphanie passait l'ensemble bleu et qu'elle-même enfilait un pantalon et un pull-over noirs.

– Il est terrorisé, dit Sabrina. Je suppose qu'Ivan le sera tout autant. S'il ne mentionne pas Nicholas, n'hésite pas à le faire.

Une heure plus tard, Stéphanie était de retour.

– Ivan est mesquin et stupide, annonça-t-elle avec mépris. On dirait un furet, une belette ou un animal de ce genre. Il est sournois, sinueux, il te glisse entre les doigts. Qu'est-ce que Max aurait pu avoir à faire avec un type pareil ?

– Il avait la réputation d'être efficace. A-t-il parlé de Nicholas ?

– Il a parlé de tout le monde, sauf de lui-même. Mais peut-être pourrait-on poursuivre cette conversation dehors ? J'ai hâte de quitter cet hôtel.

– Oui, laisse-moi juste un instant, répondit Sabrina.

Elle releva ses cheveux en un chignon qu'elle dissimula sous un chapeau noir, dégageant ainsi une nuque gracieuse, passa une cape bordée de fourrure et d'immenses lunettes noires qui lui mangeaient le visage. À côté d'elle, devant le miroir, Stéphanie retoucha son maquillage, peigna sa longue chevelure lisse et inclina sur son front le petit chapeau bleu.

– Pas si mal, dit Sabrina d'un air approbateur en observant leurs deux reflets dans la glace. Je quitte l'hôtel la première et je passe te chercher dans une vingtaine de minutes. Attends-moi devant la porte.

« Nous nous déguisons, nous échangeons nos vêtements, nous jouons la comédie... », se dit elle alors qu'elle marchait d'un pas vif vers une station de taxis un peu éloignée. Malgré la gravité de leur entreprise et le crime qui l'avait motivée, elles s'amusaient comme des enfants. C'était l'aventure, une petite folie, rien de bien sérieux. Un frisson la parcourut soudain. *C'est la dernière fois. Nous ne recommencerons plus. Jamais. Quoi qu'il arrive, après ça, plus jamais nous ne jouerons la comédie.*

Stéphanie l'attendait comme convenu devant l'hôtel. Elle

monta rapidement dans le taxi, qui fit demi-tour en direction de Cadogan Square.

– C'était sordide. J'espère que je n'aurai plus jamais à entrer dans une prison. Ils passent tous leur temps à s'accuser les uns les autres.

– Tu dis ça pour Ivan ?

– Non, je dis ça pour tout le monde. Les prisonniers accusent leur famille, les familles accusent les prisonniers, et tout le monde rejette la faute sur l'autre : le propriétaire, la police, le contremaître à l'usine... Tant de lâcheté...

Les deux jeunes femmes restèrent un long moment silencieuses et ne se remirent à parler que lorsqu'elles eurent atteint Kensington Park, où retentissaient les cris joyeux des enfants qui jouaient sur les pelouses.

– Tu ne m'as toujours pas dit si Ivan avait parlé de Nicholas, dit Sabrina.

– Il a surtout passé son temps à accuser Carr. Il prétend qu'à l'exception de Max personne ne pouvait le raisonner. Je lui ai répondu qu'il avait tout de même posé une bombe sous sa cabine...

– C'est aussi ce que j'ai fait remarquer à Carr. Et à propos de Nicholas, qu'est-ce qu'il a dit ?

– Qu'il ne lui rend plus visite, qu'Amélia l'a quitté, qu'il a des difficultés financières, mais que ce n'est pas une raison pour le laisser pourrir tout seul dans sa prison. J'ai failli lui demander si Nicholas était dans leurs petites combines – encore que ça me semble incroyable –, mais j'ai eu peur qu'Ivan ne trouve le moyen de prévenir Nicholas de mes soupçons.

– Je me suis posé la même question avec Carr.

– Allons voir Nicholas. Oui, allons-y tout de suite, dit Stéphanie avec un sourire exalté, puis elle ajouta, un peu gênée : Tu trouves que ça ressemble à une chasse à l'homme, n'est-ce pas ? Mais c'est un peu ça, finalement. Et, maintenant que nous tenons une nouvelle piste, je ne peux pas attendre.

Sabrina jeta un coup d'œil à sa montre.

– Il quitte le magasin vers trois heures. On ferait mieux d'aller le voir demain matin. Veux-tu lui parler, toi ?

– Je ne sais pas. Il faut qu'on réfléchisse à ce qu'on va lui dire.

– Peut-être qu'on devrait l'attraper à tour de rôle et le secouer un peu, renchérit Sabrina, l'air amusée.

– Pourquoi pas ? Jusqu'ici, on s'en est plutôt bien sorties.

Alors qu'elle prononçait ces mots, Stéphanie vit sa sœur coller son visage contre la vitre du taxi.

– Il n'y avait pas un petit épicier par ici ? Je ne le vois plus. On dirait qu'il a fermé. Il va falloir aller chez Harrods.

– Pour quoi faire ?

– Des courses pour le dîner.

– Oh ! tu ne voudrais pas qu'on sorte, pour une fois ? Il doit y avoir des dizaines d'endroits à Londres où personne ne te connaît et où nous pourrions très bien aller dîner.

– On avait pourtant décidé de ne pas sortir ensemble.

– Oui, mais maintenant que nous sommes là je n'ai pas l'impression que nous ayons quoi que ce soit à redouter. Tu n'as pas la même impression, toi ? Je sais que celui qui a fait tuer Max est sans doute ici, mais ça ne signifie pas obligatoirement que nous soyons en danger.

– J'en suis moins sûre que toi.

– J'ai du mal à me sentir menacée en voyant tous ces gens qui vaquent normalement à leurs affaires... À ton avis, que pourrait-il arriver ? Tu crois qu'on nous tirerait dessus si on nous voyait ensemble ?

– Je ne sais pas, mais on ne peut pas prendre ce risque. Max a été abattu sous tes yeux, et celui qui a commandité son meurtre n'est pas M. Tout-le-monde : c'est quelqu'un qui estime devoir tuer pour se protéger. Tiens-tu vraiment à ce qu'il sache que Sabrina Longworth est vivante ?

Stéphanie garda le silence pendant quelques instants.

– Je me disais juste, soupira-t-elle enfin, qu'il y a bien longtemps qu'on n'est pas sorties ensemble. Et que... nous n'aurons sans doute pas l'occasion de le refaire de sitôt...

– D'accord, on va y réfléchir. On pourrait choisir un endroit hors de Londres. Demain soir, peut-être. Mais, d'abord, nous devons mettre au point une tactique pour aborder Nicholas.

Tout en dînant devant la cheminée dans le salon, elles répétèrent la conversation qu'elles projetaient d'avoir avec lui, comme s'il s'agissait d'une pièce de théâtre. Mais chez Blackford's, le lendemain matin, Stéphanie n'eut l'occasion d'utiliser aucune des répliques prévues.

Nicholas vint à sa rencontre et, tout sautillant, la salua, la main tendue. Son visage arborait un joyeux sourire que démentait un regard glacé.

– Ma chère Stéphanie, quelle surprise ! Quelle merveilleuse surprise ! Mais... pourquoi ne pas m'avoir prévenu de cette visite ? J'aurais réservé une table au Savoy pour me faire pardonner notre dernière rencontre...

La jeune femme le dévisagea avec perplexité. Elle ne voyait pas du tout à quoi il faisait allusion.

– Vous préférez oublier ce lamentable incident, je le

comprends. Moi aussi, je préfère ne plus y penser. Croyez-moi, Stéphanie, je n'ai jamais fait une chose pareille : abandonner une femme au restaurant au beau milieu d'un repas... Le seul fait d'y penser me crucifie ! J'espère que vous voudrez bien accepter mes excuses. Je ne sais pas ce qui m'a pris. Ce n'est pourtant pas mon genre... Mais vous le savez, bien sûr : vous avez eu le temps de me connaître depuis la disparition de votre sœur et vous savez qu'il n'est pas dans mes habitudes de me comporter ainsi. Maintenant, si vous le voulez bien, oublions cette histoire et recommençons tout comme avant. Laissez-moi vous montrer ce que j'ai changé dans le magasin, mes nouvelles acquisitions. J'aurais aimé en faire davantage, mais avec les problèmes économiques actuels...

— Est-ce bien la vraie raison, Nicholas ? Êtes-vous sûr que ce n'est pas plutôt votre situation financière personnelle qui...

L'homme fit une brusque volte-face.

— Quelle situation financière ? Comment pouvez-vous me poser une question pareille ? Quelqu'un vous aurait dit du mal de moi ? Dans ce cas, ce ne peut être qu'Amélia. Pourtant, je ne vous savais pas si intimes. Elle a dû vous abreuver de mensonges, mais il faut que je vous dise que...

Suivit une longue litanie de reproches visant d'abord Amélia, puis bientôt Brian, qu'il accusait de ne pas faire correctement son travail aux Ambassadeurs. Stéphanie attendit patiemment qu'il eût terminé avant de lui dire :

— Je n'ai pas vu Amélia. J'aimerais mieux que vous me parliez vous-même de l'état de vos finances.

— Mes finances vont très bien. Certes, les affaires sont toujours un peu maussades pendant les mois d'été, vous devriez le savoir. Je vous avoue que je suis déçu, Stéphanie : je croyais que vous aviez compris qu'il était dans notre intérêt à tous deux de nous faire confiance et de ne laisser aucun soupçon planer sur notre association.

— Qui parle de soupçons ? Je vous ai simplement demandé où vous en étiez financièrement. Je me disais que si vous aviez eu des difficultés ces dernières années vous aviez sans doute...

— Je n'ai eu aucune difficulté ! Bon sang, Stéphanie, décidément, les Américains voient des complots partout ! Ça doit être tous ces films de gangsters que vous regardez à la télé ! Vous n'avez vraiment rien d'autre à penser ?

Démontée, la jeune femme le regarda un instant avec désarroi.

— Alors, comme ça, vos affaires vont bien...

— C'est exactement ce que je suis en train de vous dire, répondit Nicholas avec un sourire radieux.

– Par conséquent, vous n'avez eu aucune raison de chercher d'autres sources de revenus ces dernières années...

– Quelle drôle d'idée ! Un nouveau complot ?

– Là où il y a des secrets, il y a des complots. Or, des secrets, vous en avez plus que quiconque, Nicholas. Maintenant, vous voudrez m'excuser, mais j'ai un rendez-vous...

Furieuse, Stéphanie sortit du magasin en claquant la porte et reprit un taxi pour Cadogan Square.

– Je m'y suis mal prise. Je n'ai rien pu en tirer, dit-elle à sa sœur en arrivant. Maintenant, à toi de jouer ! Je te passe le relais, ajouta-t-elle en ôtant sa jupe pour la passer à Sabrina.

– Tu sais, dit celle-ci en boutonnant le vêtement, avec Nicholas il ne faut surtout pas se montrer subtile. Il prend ça pour de la faiblesse. Tu ne portais pas un chapeau aussi ?

– Oui, ton chapeau-cloche. C'est fou ce que tu as laissé comme vêtements ici !

– J'ai laissé tout ce que je ne pouvais pas porter à Evanston, répondit Sabrina, avant de changer tout de suite de sujet : Es-tu sûre de n'avoir rien oublié ? M'as-tu tout raconté ?

– Oui, de toute façon, notre conversation a été plutôt brève.

– Alors, en place pour l'acte II.

Avant de pénétrer dans la boutique, elle examina la vitrine de Blackford's. Poussiéreuse, elle n'avait pas changé depuis la dernière fois où la jeune femme était venue, au printemps. « Négligence, désintérêt ou faillite, se dit-elle. Peut-être les trois à la fois. » Elle poussa la porte, et un petit carillon annonça son entrée.

Nicholas sortit de son bureau, manifestement agacé de la voir.

– Ma chère Stéphanie ! Encore vous ! Auriez-vous d'autres questions à me poser ? Tout cela commence à ressembler furieusement à un interrogatoire.

Sans faire aucun commentaire, Sabrina remarqua la poussière sur les meubles, les étiquettes indiquant les prix qui n'étaient pas retournées, les livres et les coussins en désordre, les abat-jour de guingois sur les lampes...

– Un interrogatoire... Voilà un vocabulaire intéressant. Ce sont les présumés coupables ou les futurs prisonniers qui subissent des interrogatoires. Est-ce ainsi que vous voyez votre avenir ?

Nicholas arrêta de sautiller et soupira.

– Nous revoilà dans un film de gangsters. Vraiment, ma chère Stéphanie, vous avez une vision du monde étriquée, stéréotypée, en fait je dirai américaine. J'espérais qu'un peu des connaissances et de l'élégance de votre sœur aurait déteint sur vous, mais manifestement je me trompais.

– Est-ce tout ce que vous avez à me dire, Nicholas ? Je suis revenue parce que nous n'avions pas évoqué la question des bénéfices. Et je me demande sur quoi vous les faites puisque Blackford's a déjà commencé à couler...

– Couler ? Blackford's ? Mais je vous ai déjà dit que...

– Rien de ce que vous avez pu me dire n'est vrai ni d'une quelconque utilité. Votre magasin a l'air à l'abandon, et je suis sûre que, dans votre tête, vous avez déjà mis la clef sous la porte.

– C'est ridicule. Blackford's est toute ma vie. Si je perdais ce magasin, je n'aurais plus rien. Ce ralentissement d'activité est passager. Je m'en remettrai comme je m'en suis toujours remis.

– Vous n'êtes plus en mesure de le faire, Nicholas. Autrefois, vous étiez bon en affaires, vous vous y connaissiez en antiquités et vous aviez une réelle passion pour les objets. Mais maintenant vous périclitez, et la boutique avec vous : vous n'êtes plus qu'un marchand d'art en faillite, apeuré et assez stupide pour s'accrocher aux basques de n'importe quel petit truand.

– Mais que vous arrive-t-il, Stéphanie ? Vous aviez pourtant l'air raisonnable tout à l'heure. Ce changement d'humeur est assez troublant, ma chère. Je ne vois décidément pas où vous voulez en venir.

– À votre association avec Rory Carr et Ivan Lazlo.

Nicholas recula d'un pas, et sa silhouette se noya dans les nuages de poussière en suspension dans l'atmosphère renfermée du magasin.

– Je ne sais rien des activités de Rory Carr et d'Ivan Lazlo.

– C'est faux. Je reviens de Wormwood Scrubs. Ils m'ont dit que vous aviez interrompu...

– Vous revenez de Wormwood Scrubs ?

– ... vos visites. Ils vous en veulent d'être en liberté alors qu'eux sont sous les verrous. Ils disent que vous êtes égoïste, que vous ne pensez qu'à vous. Rory regrette vos conversations sur l'art...

– Ils n'auraient rien dû vous dire dit Nicholas, blêmissant.

– Pourquoi ? Que leur avez-vous promis ?

Se tordant les mains, tapant nerveusement de la semelle sur le parquet, l'antiquaire secoua négativement la tête. Les yeux baissés, il répondit enfin :

– Voyez-vous, Stéphanie, c'était un moment de folie. Une bêtise. Quand je l'ai compris, il était trop tard.

Rien dans le regard de Sabrina ne trahissait son soulagement devant ce début d'aveu. « J'ai bien fait d'y aller au bluff. »

– Continuez, je vous en prie, dit-elle pour encourager Nicholas à poursuivre.

– C'est tout, répondit celui-ci, levant les yeux avant de faire un nouveau pas en arrière. Je n'ai rien d'autre à dire. Tout cela est terminé.

– J'en doute. J'ai des contacts à Londres, vous savez, d'anciennes relations de ma sœur. Je crois que certaines révélations pourraient intéresser les autorités...

– Vous ne feriez pas ça ! Qu'auriez-vous à y gagner ? Je vous le répète : cette histoire est terminée. Westbridge n'existe plus, et de toute façon, tôt ou tard, j'aurais arrêté. Tout cela me créait trop de soucis...

– ... Et vous rapportait aussi beaucoup d'argent. Et, pour vous, l'argent compte plus que votre intégrité, que l'honnêteté due aux clients.

Nicholas tressaillit.

– Vous savez, je n'ai pas vraiment voulu ce qui est arrivé. Ça s'est passé un peu par hasard. C'est pourquoi je vous ai parlé d'une folie, tout à l'heure... Vous ne le direz à personne, n'est-ce pas ?

– Je ne le dirai pas aujourd'hui. Aujourd'hui, je viens juste me renseigner.

– Sur quoi ? demanda Nicholas dans un murmure à peine audible.

– Je veux connaître tous les rouages de cette affaire. Tous.

– Et vous les garderez pour vous ? Vous ne parlerez pas ?

– Pas pour l'instant.

– Ce n'est guère rassurant, Stéphanie. Mais de toute façon, ajouta-t-il après un silence, vous n'auriez aucune preuve : ce serait votre parole contre la mienne. Qui vous croirait ? Vous êtes américaine.

Sabrina éclata de rire. Nicholas en fut déconcerté puis, l'instant d'après, il se ressaisit et son visage s'éclaira, comme s'il était parvenu à se convaincre que, désormais, la jeune femme et lui étaient des alliés.

– Allez, Nicholas, racontez-moi tout.

– Eh bien, commença-t-il en essayant de calmer les soubresauts nerveux qui agitaient ses mains, ce n'était vraiment pas grand-chose, vous savez. J'avais effectivement besoin d'argent, et eux avaient besoin d'une galerie réputée pour commercialiser les faux que Rory ne pouvait pas vendre ailleurs. Bien sûr, cela m'inquiétait, mais c'était si facile : personne ne posait jamais de questions sur l'authenticité des pièces, et bientôt c'est devenu une affaire comme une autre. Naturellement, je n'aurais pas dû, mais dans la vie on fait tous des choses qu'on ne devrait pas faire. Et en réalité je ne portais du tort à personne. Je ne mérite pas d'être puni pour si peu. J'ai fourni un service et j'ai très sagement dirigé mon petit commerce. Sans faire de vagues. Ce n'était vraiment rien, comparé aux activités de Max. Son associé et lui étaient les cerveaux de Westbridge : Rory, Ivan et moi, nous n'étions que du menu fretin, les minuscules rouages d'une énorme mécanique.

– Max avait un associé ? Les journaux n'en ont pas parlé.

– C'est-à-dire que... je n'en ai pas la preuve formelle.

Le débit de Nicholas s'accéléra, les mots se bousculaient dans sa bouche, comme impatients de sortir pour avoir été trop longtemps contenus, visant désormais cette cible anonyme, rescapée de Westbridge, toujours libre, jamais inquiétée.

– Ce qui m'étonnait, poursuivit-il, c'était la facilité avec laquelle Max recrutait ses clients – des princes, des rois, des présidents, les membres les plus riches de la jet-set internationale. Et il savait toujours ce que ces gens recherchaient, ce qu'il convenait de leur proposer pour leurs collections. Je lui ai posé la question, un jour, mais il m'a envoyé sur les roses comme on envoie paître un enfant trop curieux. Il s'est montré plutôt brusque. J'ai fini par me dire qu'il devait y avoir quelqu'un au-dessus de lui, peut-être même un membre de la famille royale qui avait ses entrées chez les grands de ce monde. Bien sûr je n'avais aucune preuve, mais ça me paraissait évident.

– En effet, répondit Sabrina, songeant que chaque personne qu'elle interrogeait lui fournissait une nouvelle piste et que toutes ces pistes s'enchevêtraient en un réseau inextricable de secrets, de manigances... et de meurtres. Je suis sûre, reprit-elle, que vous avez réussi à savoir de qui il s'agissait.

– À mon grand regret, non. Je ne risquais pas de demander à la secrétaire de Max le nom de cet associé occulte. Il n'avait pas de bureau. Les traces de ses transactions, il les gardait dans sa tête, et ses affaires, il les traitait essentiellement au club. On ne savait jamais s'il s'y rendait pour le plaisir ou pour quelque négociation.

– Quel était son club ?

– The Monarch, sur Regency Street.

– Merci, répondit Sabrina en se dirigeant vers la porte.

Alors qu'elle s'apprêtait à l'ouvrir, elle se retourna vers Nicholas.

– Au fait, j'ai vendu Les Ambassadeurs à la princesse Alexandra Martova. Je pense que vous feriez bien de lui vendre aussi Blackford's.

– Vendre Blackford's ? Jamais de la vie ! Je trouve que vous me traitez avec beaucoup de légèreté, Stéphanie. Sabrina ne se serait jamais permis de me parler comme vous le faites. Elle aurait compris que ce magasin est tout ce que j'ai au monde. Que vous vendiez Les Ambassadeurs ne me surprend pas. Après tout, vous n'êtes pas vraiment chez vous à Londres. Mais je refuse d'envisager de vendre Blackford's.

– Il se peut que vous changiez d'avis. Comme vous le dites très justement, vous n'auriez pas dû agir comme vous l'avez fait, vous n'auriez pas dû entrer dans l'illégalité. Rory et Ivan pourraient ne pas se taire éternellement.

– Ils n'ont aucune raison de me dénoncer. Aucune.

– Parce que vous leur avez promis quelque chose ? De l'argent, une maison au soleil pour le jour de leur libération ?

– Non ! Je leur ai simplement dit que je ferais ce que je pourrais pour eux s'ils avaient besoin d'aide, mais je n'ai pas les moyens de les entretenir jusqu'à la fin de leurs jours.

« Ça, c'est vrai, se dit Sabrina. C'est donc quelqu'un d'autre qui leur a fait ces promesses. »

– Et si vous ne pouviez leur être d'aucune aide, que se passerait-il ? lui demanda-t-elle encore. Ils se sentent déjà trahis par vous, Nicholas. Si vous les décevez encore, ils risquent de parler, ajouta-t-elle en ouvrant la porte. Alors que si vous vendez Blackford's vous aurez assez d'argent pour leur acheter votre tranquillité, peut-être même pour monter un nouveau magasin, plus petit que celui-là, afin de repartir sur de bonnes bases.

Debout, tête basse, Nicholas, comme en prière, gardait les mains jointes. Il resta un long moment dans cette position.

– Combien m'en donnerait la princesse Alexandra Martova ?

– Cinquante mille livres pour le fonds et votre carnet d'adresses, encore que celui-ci ne soit plus vraiment très fourni à l'heure qu'il est.

L'antiquaire releva la tête.

– Cinquante mille livres ! s'exclama-t-il. Vous vous moquez de moi. La réputation de Blackford's...

– ... ne cesse de chuter et ne vaudra plus rien si l'on apprend que vous êtes impliqué dans des affaires de faux. C'est pourquoi je vais suggérer à la princesse Martova de vous en proposer cinquante mille livres.

Nicholas jeta un regard circulaire à sa boutique.

– Il ne me restera rien. (Après un long moment, il ajouta dans un soupir :) Dites à son avocat de m'appeler. Je lui parlerai. Je ne vous garantis pas que j'accepterai une offre aussi absurde, mais je lui parlerai.

– Bien, au revoir, Nicholas, dit Sabrina en refermant doucement la porte derrière elle.

Dehors, la nuit tombait. Elle hésita un instant puis, sur un coup de tête, décida de prendre un taxi pour se rendre au Monarch, sur Regency Street.

– Attendez-moi, dit-elle au chauffeur avant de gravir à la hâte les marches qui menaient à l'entrée des trois hôtels particuliers composant le club.

Celui-ci était exclusivement réservé aux hommes. La jeune femme avait simplement l'intention de parler au concierge. Elle s'arrêta soudain au milieu de l'escalier. Alan Lethridge sortait du club en riant de bon cœur à une plaisanterie que venait sans doute de faire l'un de ses amis. Son regard croisa celui de Sabrina.

– Bonjour, dit-il en souriant.

La conversation qu'ils avaient eue deux jours auparavant dut lui revenir brusquement à l'esprit, car il cessa soudain de sourire et s'arrêta quelques marches au-dessus d'elle, laissant son compagnon descendre seul l'escalier.

– Alan, dit aimablement la jeune femme. Je crois que nous devrions avoir un petit entretien.

L'ami du jeune homme se retourna.

– Qu'est-ce que tu fiches, Alan ? On est en retard. Elles nous attendent.

– Je n'ai pas le temps de vous parler. J'ai rendez-vous avec Jana...

Une fois encore, Sabrina songea qu'Alan ressemblait beaucoup à Cliff : aussi renfrogné, maussade et mécontent, mais incapable de la bousculer pour continuer son chemin, comme figé par l'autorité spontanée qui émanait d'elle.

– Je ne vous prendrai pas trop de temps, dit la jeune femme. Voulez-vous que nous fassions le tour du pâté de maisons ?

Alan jeta un regard désespéré à son camarade.

– Ne m'attends pas, je vous rejoindrai. Dis à Jana que j'arrive tout de suite. Enfin..., dès que je peux.

Sabrina lui prit le bras et l'entraîna dans la rue. Ils longèrent des magasins en train de fermer, des restaurants où l'on dressait les tables pour le dîner.

– Vous ne m'aviez pas dit que vous étiez membre du même club que Max.

– Pourquoi aurais-je dû vous le dire ? Je ne vois pas en quoi cela vous intéresse.

– Cela m'intéresse parce que, à vous entendre, vous auriez à peine reconnu Max dans la rue, vous ne l'auriez croisé que dans des dîners mondains ou aux courses, vous ne lui auriez jamais adressé la parole. Je suis curieuse de savoir pourquoi vous m'avez menti.

Alan marchait un peu voûté, en traînant les pieds, les mains dans les poches, muré dans son silence.

– Vous connaissiez Max, reprit la jeune femme d'une voix si faible qu'il dut se pencher vers elle pour l'entendre. Jana vous a appris qu'il était vivant alors que tout le monde le croyait mort. Et vous avez cru bon de le répéter. Sans réfléchir un instant à ce que vous faisiez. À votre avis, pourquoi se cachait-il en France ? Avez-vous seulement pensé que sa vie pouvait être en danger ? Max a toujours eu des ennemis, ce n'est pas un secret. Avez-vous pensé au risque que vous lui faisiez courir en parlant ? Vous rendez-vous compte de ce que vous avez fait ?

– Je n'ai rien fait du tout !

– Vous n'avez pas tenu votre parole. On ne dénonce pas quelqu'un qui se cache. Il risquait gros, à cause de vous.

– Vous ne pouvez pas en être sûre.

– Qu'en savez-vous ? Vous connaissez très peu de choses, Alan. Vous parlez trop, sans réfléchir aux conséquences de vos bavardages. Je vous le demande une dernière fois : qui est-ce ? À qui avez-vous dit que Max était vivant ?

– Mais bon sang ! En quoi est-ce que ça vous regarde ? Qu'est-ce que ça peut vous faire ?

– La question n'est pas là.

– Il lui est arrivé quelque chose ?

– Vous voulez vraiment avoir ça sur la conscience ?

– Je veux juste que vous me laissiez tranquille ! s'écria Alan en s'arrêtant brusquement.

Les yeux fixés sur ses chaussures, il marmonna enfin :

– J'ai juré à Jana de... Et puis je l'ai dit à Denton. Vous comprenez, il était dans tous ses états : il n'arrêtait pas de se demander si Max était vraiment mort et de répéter qu'on n'avait pas retrouvé le corps. Alors je me suis dit qu'il serait sûrement content de le savoir vivant, que ça le tranquilliserait. Je lui ai parlé sous le sceau du secret, d'un secret absolu. Je suis sûr qu'il n'a rien dit à personne.

Le regard de Sabrina se perdit dans l'alignement des arbres qui bordaient la rue.

« J'ai fini par me dire qu'il devait y avoir quelqu'un au-dessus de Max, peut-être même un membre de la famille royale... »

« Son associé et lui étaient les cerveaux de Westbridge. »

« Vous comprenez, Denton était dans tous ses états : il n'arrêtait pas de se demander si Max était vraiment mort et de répéter qu'on n'avait pas retrouvé le corps. »

Il n'arrêtait pas de le répéter. Denton Longworth, dans tous ses états, cherchant désespérément à savoir si Max était bien mort.

Peut-être Carr et Lazlo n'étaient-ils pas les seuls à redouter que Max ne veuille se débarrasser d'eux.

Peut-être Denton s'était-il aussi brouillé avec lui. Peut-être voulait-il Westbridge pour lui seul. Peut-être avait-il menacé de tout arrêter s'il n'obtenait pas satisfaction ?

Entre truands, on a toujours d'excellentes raisons de s'en vouloir.

Rory Carr aura rapporté à Denton sa conversation avec celle qu'il croyait être Sabrina Longworth, qui prétendait qu'on ne pouvait rien lui apprendre qu'elle ne sût déjà. Et Denton se sera imaginé qu'elle avait découvert le trafic des contrefaçons soit seule, soit grâce à Max.

Et cela lui aura donné plus de raisons qu'il n'en faut pour vouloir se débarrasser à la fois de Max et de Sabrina.

Mais, alors, pourquoi a-t-il identifié un corps comme étant celui de Sabrina Longworth ? Ils avaient été mari et femme ; il ne pouvait pas se tromper.

« Encore une question à lui poser. Parmi beaucoup d'autres. »

Sabrina laissa partir Alan, qui ne se fit pas prier, puis elle entra dans une cabine téléphonique et appela Stéphanie.

– Je rentre. J'ai pas mal de choses à te raconter. Demain, Denton revient de sa partie de chasse en Allemagne. Nous allons lui rendre une petite visite.

4

– Il doit rentrer demain en fin de matinée, Mrs. Andersen, répondit le majordome de Denton. Si vous voulez rappeler à ce moment-là...

– Non, ce ne sera pas possible. Dites-lui simplement que je passerai le voir à deux heures pour une affaire très importante.

– Puis-je vous demander de quelle affaire il s'agit... Monsieur aime savoir à l'avance...

– C'est une affaire confidentielle et urgente. Il comprendra.

Sabrina raccrocha et se tourna vers sa sœur.

– Voilà qui devrait suffire à l'appâter. Il va croire que j'ai eu des nouvelles de Max. La dernière fois que je l'ai vu, il m'a demandé de l'appeler si j'en avais.

Elle passa un doigt sur le bord de sa tasse de thé. Les deux jeunes femmes étaient assises à leurs places habituelles dans le salon du premier étage. En l'espace de trois jours, l'heure du thé dans ce salon était déjà devenue un rite, un moment qu'elles attendaient l'une et l'autre avec impatience. « Comme on s'habitue vite à une nouvelle vie, songea Sabrina. On y fait tout de suite son trou, on s'y adapte, elle devient notre définition du bonheur. Nous n'avions pas pensé à cela il y a un an, lorsque nous avons décidé d'échanger nos existences. »

– Denton va être sens dessus dessous, dit Stéphanie.

– Je dirai plutôt qu'il va s'affoler. Mais, tu sais, je n'arrive toujours pas à me faire à l'idée que ce soit lui. Ce genre d'histoire ne lui ressemble pas : il n'a pas grandi dans la rue, il a toujours eu tout ce qu'il désirait. Qui plus est, ce n'est ni un homme d'influence ni un homme de pouvoir.

– Vraiment ? Pourtant, je le croyais puissant. Il n'est pas vicomte ou quelque chose comme ça ?

– Si, mais ça ne veut rien dire. Les titres de noblesse ne

donnent pas de pouvoir. De toute façon, je ne pense pas que Denton saurait user du pouvoir s'il l'avait. À ma connaissance, la seule chose qui l'intéresse, c'est lui et son petit confort.

– Raison de plus pour qu'il soit coupable, répliqua Stéphanie en cherchant le regard de sa sœur. Il aura voulu préserver son confort. La première chose que tu m'aies dite le jour de votre mariage, à Treveston, c'est qu'il se promenait dans tous les pays du monde comme s'il se trouvait dans ses jardins. Tu te souviens ?

– Oui, je me souviens, répondit Sabrina en souriant. À l'époque, j'admirais son assurance. En fait, ce n'était pas de l'assurance, mais de l'arrogance, une arrogance suprême qui lui donne l'impression que tout est possible. Y compris le meurtre.

– Si on allait dîner, suggéra Stéphanie en posant sa tasse sur une table basse. On ne peut pas rester assises là toute la soirée à penser à Denton ; c'est trop déprimant. Tu avais dit que tu réfléchirais à un endroit où nous pourrions aller. As-tu trouvé un restaurant ?

– Oui, mais...

– Sabrina, je t'en prie !

– D'accord. Il paraît qu'un nouveau restaurant italien vient d'ouvrir à Cambridge. Ça fait des années que je n'ai pas mis les pieds dans cette ville. Je n'y connais personne. C'est à une heure et demie d'ici environ. Si la distance ne te fait pas peur, je crois qu'on pourrait courir le risque...

– Alors, allons-y.

Les deux jeunes femmes s'habillèrent pour sortir – jupes courtes et vestes longues –, Sabrina en noir et Stéphanie en bleu. Une fois prêtes, elles louèrent une voiture avec chauffeur.

– La première règle, quand on part, c'est de s'assurer que l'on peut revenir, fit Sabrina.

Son regard croisa alors celui de sa sœur dans le miroir de l'entrée. Cette règle si simple, d'une criante évidence, elles l'avaient pourtant oubliée lorsqu'elles avaient échangé leurs vies. Elles détournèrent les yeux.

– Il est temps d'y aller, reprit Sabrina.

Leur voiture roulait lentement au milieu des gros taxis noirs, des MG et des Volkswagen qui se faufilaient avec adresse dans la circulation dense du début de soirée. À chaque carrefour, une foule d'êtres anonymes traversait pour aller s'engouffrer dans les profondeurs du métro. Absorbées dans leurs réflexions, les deux sœurs regardaient les quartiers qui se succédaient et les passants de moins en moins nombreux, de l'autre côté des vitres teintées de la voiture.

Petits cottages soigneusement entretenus, maisons à colombages, immeubles aux toits hérissés d'antennes de télévision, jardins, magasins, écoles, hôpitaux cédèrent bientôt la place à des champs et à des forêts d'un vert sombre. Sabrina se rappela un vers de Blake – « verte et belle terre d'Angleterre » –, songeant que, longtemps, l'Angleterre avait été sa verte et belle patrie et que désormais elle ne l'était plus. Elle n'imaginait pas pouvoir y vivre à nouveau.

Elle jeta un regard à Stéphanie qui, le visage toujours tourné vers la vitre, semblait perdue dans ses pensées. Où était-elle ? Auprès de ses enfants ? De son mari ? De Léon ? « Comme elle est loin... », se dit Sabrina en posant tendrement la main sur celle de sa sœur. Celle-ci lui adressa un bref sourire, puis replongea dans son monde.

La voiture ralentit en arrivant dans Cambridge, longea les murs de brique des bâtiments de l'université puis s'engagea dans d'étroites ruelles qu'éclairaient des réverbères à gaz.

– Arrêtez-vous une minute, s'il vous plaît, dit Stéphanie en apercevant soudain une vitrine allumée. Regarde, Sabrina, tu ne trouves pas ce magasin charmant ? Ballard's. Tu connais ?

– Non, je n'y suis jamais entrée.

– Entrons, tu veux bien ?

Devant l'air hésitant de sa sœur, Stéphanie ajouta encore :

– Allez, on est si loin de Londres. Il ne peut rien nous arriver.

– Tu as sans doute raison. Il y a si longtemps que nous ne sommes pas entrées ensemble dans un magasin d'antiquités. Nous en avons pour une petite demi-heure, dit-elle à l'intention du chauffeur.

Elles descendirent de voiture, poussèrent la porte vitrée de la boutique et pénétrèrent dans une vaste pièce au plafond bas, à peine éclairée : trois siècles de meubles européens et américains, de pendules, de chandeliers, de tentures, de lampes et de gravures s'y bousculaient.

– Quelle incroyable collection ! s'exclama Stéphanie. Jacqueline serait aux anges, ici !

L'antiquaire était manifestement absent et les deux sœurs déambulèrent lentement dans la pièce, à l'affût de chaque détail qui leur permettrait de distinguer un original d'une copie.

– XVIIIᵉ, murmura Sabrina. C'est tout à fait ce qu'il faudrait pour le hall d'entrée de Billy Koner. Vern adorerait, mais Billy trouverait sûrement ça démodé.

– De qui parles-tu ? Qui sont Billy Koner et Vern ? demanda Stéphanie.

– Billy est le propriétaire de l'immeuble dont je t'ai parlé, celui que j'ai décoré sur Printer's Row. Vern est l'architecte.

– Vern est amateur de meubles xviiie ? C'est rare, pour un architecte américain.

– Il a quelque chose de plus que ses confrères, répondit Sabrina, qui leva les yeux, car un homme chauve et très corpulent venait de pénétrer dans le magasin.

Lorsqu'il appuya sur l'interrupteur, un rayon de lumière fit briller son crâne lisse.

– Excusez-moi, dit-il à Sabrina en la dévisageant à travers ses épaisses lunettes. Je suis sorti boire une bière et je suis tombé sur des amis.

Depuis l'endroit où il se trouvait, il ne pouvait voir Stéphanie, que lui dissimulait une grosse armoire.

– Je ferme dans une demi-heure, poursuivit-il. Je serai au fond, dans mon bureau, si vous avez besoin d'un renseignement.

– Parle-moi de Vern et de Billy Koner, demanda Stéphanie lorsqu'il eut disparu dans son repaire.

Sabrina lui décrivit les deux hommes, ainsi que les plans qu'elle avait conçus pour la décoration des appartements, du hall d'entrée, des ascenseurs et des cages d'escalier.

– J'ai adoré ce chantier. C'est le plus important que j'aie jamais fait et celui où je me suis le plus amusée, grâce à Vern. Grâce à Billy, aussi. C'est un personnage, tu sais. Vern et moi prenions des paris sur le temps qu'il mettrait avant d'accepter une proposition que nous savions tous les deux irréfutable.

– Vous arriviez à le convaincre ?

– Oui, la plupart du temps. Il lui arrivait de freiner des quatre fers, mais je peux le comprendre. Après tout, c'était son immeuble.

– À coup sûr, ton chantier a été beaucoup plus important que le mien, dans la maison de Max.

– Il t'a laissé carte blanche ? Tu as pu acheter les meubles que tu voulais ?

– Oh ! loin de là ! Il en avait des tonnes au garde-meubles. Je n'en croyais pas mes yeux le jour où j'ai vu ça : il y avait tellement de caisses que j'avais l'impression de me trouver dans la caverne d'Ali Baba.

Les deux jeunes femmes avaient pris place sur l'un des canapés de velours et, serrées l'une contre l'autre, discutaient à voix basse. Stéphanie décrivit la façon dont elle avait aménagé la maison de Max : les tentures, les meubles, les tapis orientaux, les petites lampes qui dispensaient une lumière tamisée, car Max n'aimait pas les éclairages trop violents.

– Bien entendu, ce n'était pas aussi réussi que ce que tu as fait chez Alexandra – je n'ai pas autant de métier que toi. Mais Max avait l'air content. Il disait que c'était la plus belle maison qu'il ait jamais eue.

– Tu es vraiment devenue moi, n'est-ce pas ? fit Sabrina après un silence. Quand on se téléphonait, je ne me rendais pas compte à quel point tu avais adopté ma vie, à quel point elle était devenue tienne. Je savais que cette existence-là te plaisait, mais j'étais encore loin de la vérité, semble-t-il.

– Oui, c'était magique, c'était un conte de fées dont j'avais toujours rêvé et qui enfin se réalisait. Et le plus incroyable, c'est que je ne faisais aucun faux pas, que je ne commettais aucune erreur. C'était la première fois de ma vie – et la seule – que tout se passait sans accroc : j'allais à des ventes aux enchères, à des soirées, à des dîners et j'y faisais ce que, toi, tu y aurais fait. Et en plus je le faisais bien, ne me demande pas comment... C'était un tel bonheur que je n'aurais jamais voulu que ça s'arrête. Je suis devenue toi, c'est vrai, mais toi, tu as fait mieux : tu es devenue nous deux. Je ne sais pas comment tu t'y es prise, mais depuis tout ce temps où tu es Stéphanie Andersen tu n'as pas cessé d'être Sabrina Longworth. J'étais sûre que tu t'ennuierais aux États-Unis, que tu serais furieuse de devoir y rester, mais en réalité tu y étais heureuse. Explique-moi ce qui s'est passé. Tu les as changés, c'est ça ? Tu as changé Garth, Penny et Cliff pour qu'ils correspondent à la façon dont tu vois la vie. Comment as-tu fait ?

– Ce n'est pas moi qui les ai changés, mais eux qui m'ont changée, moi.

– Non. Tu ne comprends pas ce que je veux dire. Tu étais avec eux, et pourtant tu étais toujours Sabrina, comme tu l'es maintenant. Tu es nous deux. Et moi, qui suis-je ? poursuivit Stéphanie, dont le regard implorait une réponse. Qui suis-je, Sabrina ? répéta-t-elle. Toi, tu sais qui tu es, mais moi je me suis perdue.

– Tu es ma sœur et je t'aime, répondit Sabrina en la prenant affectueusement dans ses bras.

Comme une enfant, Stéphanie posa la tête sur cette épaule qu'elle savait si réconfortante et ferma les yeux.

– On ferme, mesdames. Désolé, mais c'est l'heure.

Lorsque la voix retentit, tonitruante, depuis le bureau, la jeune femme se leva d'un bond, comme tirée en sursaut d'un profond sommeil.

– La voix du destin, dit-elle avec un petit ricanement triste. *On ferme.* C'est bientôt la fin. Mais je sens que je vais devenir sinistre... Allons dîner.

Dans le restaurant italien, un petit bar précédait la salle, où chaque table était dissimulée derrière les hautes parois d'un box en bois. Un garçon conduisit les deux jeunes femmes jusqu'à une table libre. Toutes les têtes se retournèrent sur leur passage.

– Aucun de ces visages ne m'est familier, dit Sabrina en s'installant face à sa sœur dans le box.

– Tant mieux, répondit Stéphanie en se penchant pour jeter un coup d'œil dans la salle. J'aime bien ce décor, ajouta-t-elle en sa calant confortablement dans son siège.

Sabrina acquiesça. Des aquarelles représentant des paysages et des ports italiens égayaient les murs crépis de blanc. Des dalles de pierre blanche couvraient le sol et, sur les tables, des carrés de papier protégeaient les nappes en tissu rouge.

– On se croirait en Italie. C'est très réussi.

Le serveur, chemise ouverte, pantalon noir, un torchon noué à la taille en guise de tablier, leur apporta des verres, une bouteille de chianti et prit leur commande.

– Parle-moi encore des marionnettes de Penny, demanda Stéphanie lorsqu'il se fut éloigné.

Sabrina se dit que sa sœur ressemblait à une enfant qui réclamerait une histoire avant de s'endormir. Depuis leur arrivée, pendant ces longues soirées qu'elles avaient passées ensemble devant le feu, elle avait raconté à Stéphanie tout ce qui lui venait à l'esprit concernant Penny et Cliff. Mais la jeune femme exigeait toujours plus de détails.

« Comme si elle voulait tout mémoriser en prévision de son retour », ne put s'empêcher de songer Sabrina. Pourtant, elle lui répondit avec calme, préférant oublier cette idée.

– Je te l'ai dit, Kroch a exposé les marionnettes de Penny dans sa vitrine, avec une petite étiquette portant son...

Elle s'arrêta tout à coup au milieu de sa phrase, et son visage se figea.

– Qu'est-ce qui t'arrive ? dit Stéphanie, alarmée. Qu'est-ce qui ne va pas ?

Avant qu'elle eût pu se pencher légèrement pour jeter un coup d'œil à l'extérieur du box, Alexandra était là, qui embrassait chaleureusement Sabrina.

– Comme c'est drôle de te retrouver ici, Stéphanie ! Tu es venue pour les antiquités ou à cause de ton universitaire ? Garth donne une conférence quelque part ? dit-elle en se tournant très naturellement vers la personne qui faisait face à son amie et qu'elle croyait être Garth.

Elle eut le souffle coupé. Chancelante, elle dut s'agripper au bord de la table alors que son regard ne parvenait pas à se détacher de celui de Stéphanie. Elle ouvrit la bouche mais ne put prononcer un seul mot.

– Assieds-toi, Alexandra, lui dit Sabrina en la saisissant par le bras pour l'attirer sur le siège à côté d'elle.

Les yeux toujours rivés sur Stéphanie, Alexandra obtempéra.

– Je ne... Comment... Mais qui êtes-vous ?

Au moment où elle posait la question, le serveur apporta deux assiettes de risotto.

– Ces dames seront trois pour dîner ?

– Nous ne savons pas encore, répondit Sabrina.

Dépité, le garçon s'éloigna. La jeune femme repoussa alors son assiette pour prendre dans la sienne la main d'Alexandra.

– Ma sœur n'est pas morte dans l'explosion du yacht de Max. Elle a survécu, mais elle a été blessée et a perdu la mémoire. Elle l'a retrouvée il y a quinze jours seulement. Mais ce n'est pas...

– Sabrina ! s'exclama Alexandra en se levant d'un bond pour se pencher de l'autre côté de la table et saisir la main de Stéphanie. Mon Dieu... Je ne peux pas le croire... Sabrina !

– Attends. Ce n'est pas tout. Nous allons tout te raconter, mais d'abord nous te devons des excuses.

– Quelles excuses ? dit Alexandra en se retournant vers Sabrina. Pourquoi des excuses ? Sabrina est la meilleure amie que j'aie jamais eue et, quand elle a disparu, tu as pris sa place dans mon cœur. Quand je suis venue te voir à Evanston, j'avais presque l'impression que...

– Tu es allée à Evanston ? s'écria Stéphanie, étonnée.

– Oui, j'ai oublié de te le raconter, lui dit Sabrina.

– Je n'y comprends rien. De quoi voulez-vous vous excuser ? demanda encore Alexandra.

Les deux sœurs échangèrent un regard.

– Dis-lui, toi... dit Stéphanie, alors que le serveur s'approchait à nouveau de leur table.

– Désirez-vous autre chose, mesdames ?

– Oui, un troisième verre et un peu de vin, répondit Sabrina.

– Un instant, s'il vous plaît, ajouta Alexandra en sortant de son sac une carte de visite sur laquelle elle griffonna quelques mots. Voudriez-vous donner ceci à Mr. Tarleton dès qu'il arrivera et lui transmettre mes excuses ? C'est la personne avec qui je devais dîner, expliqua-t-elle à Stéphanie et à Sabrina. Maintenant, je vous écoute.

– Nous t'avons joué un sale tour, reprit Sabrina. Tu étais notre amie, et nous t'avons menti. Nous le regrettions beaucoup, tu sais, mais nous étions embarquées dans une telle histoire...

– Je ne comprends décidément pas un mot à ce que tu me racontes.

– Je m'en doute. Commençons donc par le commencement :

je suis Sabrina et voici Stéphanie. Il y a un peu plus d'un an, nous avons fait ensemble un voyage en Chine et...

Peu à peu le restaurant se vidait de ses clients. Le serveur vint débarrasser les assiettes de risotto, intactes. Sans que personne lui eût rien demandé, il apporta aussi trois cafés. Bientôt, tous les garçons se groupèrent près de la porte des cuisines. Ils avaient fini leur service. Du bar provenaient encore des rires et des bribes de conversations. Il restait quelques clients dans les boxes avoisinant la table des trois jeunes femmes. Pourtant, Stéphanie sentit que l'atmosphère changeait : la soirée touchait à sa fin, on débarrassait les dernières tables, le propriétaire faisait un ultime tour de salle pour vérifier que tout était en ordre avant la fermeture.

« On ferme. C'est bientôt la fin », se répéta-t-elle.

Puis elle secoua la tête et se tourna vers Alexandra qui, pendant tout le temps que dura le récit de Sabrina, n'avait cessé de regarder alternativement les deux sœurs. Elle ne paraissait plus aussi incrédule qu'au début de cette invraisemblable histoire mais n'en était pas moins abasourdie. Elle faisait des efforts manifestes pour se concentrer sur chaque mot.

– ... Voilà pourquoi nous sommes à Londres depuis quelques jours ; nous voulons découvrir ce qui est arrivé. Jusqu'ici nous avons évité de sortir ensemble. Nous sommes venues dîner à Cambridge parce que nous pensions n'y rencontrer personne. Et te voilà. Mais, à propos, qu'est-ce que tu fais là, toi ?

– Le propriétaire est un ami. Il m'a demandé de me montrer ici pour qu'on parle de son restaurant dans la rubrique mondaine. Tu te rappelles, nous faisions souvent ça ensemble, Sabrina. La dernière fois, c'était il y a tout juste un an : j'ai de bonnes raisons de m'en souvenir puisque c'est le soir où tu m'as présenté Antonio. Mais j'y pense ! Ce n'était pas toi, n'est-ce pas ? C'était Stéphanie. Toi, tu étais aux États-Unis.

Le regard d'Alexandra s'arrêta soudain sur l'alliance que portait Sabrina.

– Et ça, fit-elle en désignant la bague, tu n'en parles pas ?

– C'est encore une autre histoire, répondit la jeune femme.

– Quand je suis venue te voir à Evanston, j'ai pensé que tu avais la famille la plus merveilleuse qui... Pardonne-moi, fit-elle en remarquant une petite grimace douloureuse sur le visage de Stéphanie. Je ne voulais pas dire ça. Enfin, si, d'ailleurs... C'était vraiment une famille de rêve. Et puis pendant ce temps-là, Stéphanie, tu as trouvé Léon. À propos, c'est drôle, j'ai chez moi un de ses tableaux, que j'ai acheté à la galerie Rohan. J'ai bien aimé la façon dont Sabrina l'a dépeint. Est-il vraiment aussi merveilleux qu'elle le dit ?

– Oui.

– Et vous l'avez mis au courant ?

– Oui.

– Décidément, je n'arrive pas à le croire. C'est l'histoire la plus incroyable que j'aie jamais... Vous savez, je ne vous en veux absolument pas de m'avoir menti, dit-elle alors qu'un lent sourire éclairait son visage. Il m'est souvent arrivé à moi aussi de regarder certaines femmes en me disant que j'aurais aimé être dans leur peau. Il y a même eu un moment, il y a quelques années, où j'aurais aimé être Sabrina.

– Bel imbroglio..., murmura celle-ci.

– Le mot est bien choisi. Mais qui aurait pu deviner que les choses tourneraient ainsi ? dit Alexandra.

– Nous n'avons même pas réfléchi à ce qui risquait d'arriver, répondit Stéphanie. Ça ne devait durer qu'une semaine.

– Une semaine qui est devenue un an. Mais tu as été parfaite, Stéphanie. Et tu as dû bien t'amuser, aussi, parce que tout le monde, à Londres, a remarqué combien tu avais l'air épanouie à l'automne dernier. Vous avez toutes les deux été parfaites, ajouta-t-elle en se tournant vers Sabrina. Vous vous êtes fabriqué de nouvelles vies. Je te tire mon chapeau, ma chérie : à Cannes, tu aurais remporté la palme de la meilleure actrice.

Le visage de Sabrina se durcit, et à nouveau le regard d'Alexandra se porta sur son alliance.

– Pardonne-moi, dit-elle alors. Je n'aurais pas dû dire ça. Tu ne jouais pas la comédie, n'est-ce pas ? Mais pourquoi ne m'as-tu rien dit à moi ? Nous étions amies. Quand on t'a tous crue morte et que tu es revenue, en tant que Stéphanie, enterrer Sab... Mais... qui avons-nous enterré ce jour-là ?

– Nous l'ignorons. C'est ce que nous ne comprenons toujours pas. J'ai passé un long moment à côté du cercueil...

– Tu as dit qu'il faisait sombre, intervint Stéphanie. Il y avait juste quelques bougies, et tu pleurais.

– Oui, mais tout de même, j'aurais dû reconnaître ma propre sœur. Finalement, peut-être n'ai-je vu que ce que je m'attendais à voir. Rien que ce que je m'attendais à voir, répéta lentement Sabrina. Tout le monde en est là. Sinon, Stéphanie et moi n'aurions pas si bien réussi à tromper nos entourages respectifs. Les gens adaptent la réalité à leurs attentes, c'est tout. Ils préfèrent se donner un mal fou pour que le monde leur paraisse logique plutôt que de prendre au sérieux une chose qui les dérange.

– Je n'ai pas agi autrement, dit Alexandra à Stéphanie. Tu te souviens de ce dîner où tu nous a raconté une histoire qui vous était arrivée en Grèce, lorsque vous étiez petites. À un moment tu as dit : « Sabrina m'a sauvé la vie. » On a tous trouvé cela très étrange, mais tu t'es rattrapée je ne sais comment, et il n'est venu à l'idée de personne que...

– C'est normal, l'interrompit Stéphanie avec un pâle sourire. Qui imaginerait une histoire pareille ?

– Mais attendez une minute : ce n'est pas Denton qui a identifié le corps ?

– Si, et c'est bien le plus surprenant, repartit Sabrina. Lui au moins n'avait pas la vue brouillée par les larmes, j'en suis sûre. C'est l'une des questions que nous allons lui poser.

– Toutes les deux ? Je croyais que vous meniez votre enquête à tour de rôle ?

– C'est ainsi que nous avons procédé jusqu'à présent, répondit Sabrina en souriant à sa sœur. Mais je crois que, cette fois, nous allons y aller ensemble.

Les yeux d'Alexandra brillèrent d'excitation.

– J'aimerais bien voir ça. Tu sais que je n'ai jamais eu beaucoup de sympathie pour Denton. Je l'ai toujours trouvé un peu trop préoccupé par son nombril et par son confort. Mais, tout de même, je ne l'aurais pas cru capable de meurtre. Voilà qui m'amène à m'interroger sur la haute société... Vous ne croyez pas qu'il est dangereux de lui rendre visite ?

Sabrina réfléchit un instant avant de répondre, puis elle remarqua l'expression soucieuse de Stéphanie et dit :

– Il va être tellement sidéré de nous voir toutes les deux que nous aurons sur lui un avantage décisif. Qui plus est, je doute qu'il fasse lui-même le sale boulot. À mon avis, nous n'avons rien à craindre.

– Vous allez débarquer chez lui comme ça, et sonner à sa porte ?

– C'est l'idée.

– Voilà qui ouvre des perspectives intéressantes. Décidément, j'aimerais beaucoup voir ça. Me permettez-vous de vous accompagner ? Je vous promets de rester à l'écart. Vous ne remarquerez même pas que je suis là.

– Non, tu ne peux pas nous accompagner, mais nous te raconterons tout. À quel hôtel es-tu descendue ?

– Au Claridge. Depuis quelques jours, je travaille avec Brian aux Ambassadeurs. Tu sais que j'adore ce magasin, Sabrina. Je suis ravie d'en être devenue propriétaire.

– Tu ne vas sans doute pas tarder à l'être aussi de Blackford's. Je t'en reparlerai un autre jour.

– Blackford's ! Mais c'est une affaire qui coule.

– C'est bien pour cette raison qu'elle ne te coûtera que

cinquante mille livres. Je suis sûre que tu vas faire des miracles avec ce magasin. Même depuis le Brésil, tu feras mieux que Nicholas à Londres.

– Peut-être, mais, pour tout te dire, je ne savais pas encore que je voulais Blackford's. Encore une de tes mystérieuses intuitions. Vous êtes bien sûres de ne pas vouloir m'emmener avec vous chez Denton ?

– Non, nous t'appellerons demain, après l'avoir vu. Vraisemblablement en fin d'après-midi.

– Je ne serai plus là. Je pars pour Paris.

– Pour Paris ! s'exclama Sabrina.

Moi aussi, je pars pour Paris, se dit-elle. Je dois y passer une semaine en amoureux avec mon mari. Mais lorsqu'il saura que je lui ai menti, lorsqu'il saura que Stéphanie est vivante...

« Et que se sera-t-il passé entre-temps, quand Stéphanie et moi aurons enfin abordé la question que nous éludons soigneusement depuis trois jours ? »

– Nous y allons aussi, renchérit immédiatement Stéphanie, évitant le coup d'œil rapide et étonné que lui lançait sa sœur. Nous y serons demain soir. Nous t'appellerons de là-bas.

– Parfait. Nous pourrions dîner ensemble ? Et pour de bon, cette fois ! Je serai au Relais Christine. Et vous ?

Attendant sa réponse, Stéphanie regarda fixement Sabrina.

– Nous serons à L'Hôtel, dit enfin celle-ci, les mains crispées sur les genoux.

– Dans ce cas, nous serons voisines. Je vous téléphonerai demain soir. Non, qu'est-ce que je dis ? Demain soir, je dois retrouver Antonio : il ne comprendrait certainement pas que je puisse penser à autre chose qu'à lui le soir de nos retrouvailles. Samedi matin, alors ?

– D'accord, répondit Stéphanie. Nous aurons toute la journée pour nous.

Sabrina resta silencieuse. *Toute la journée de samedi. Garth n'arrive que dimanche. Ce qui nous laisse effectivement toute la journée de samedi pour parler de ce qui se passera dimanche, en tout cas de cette partie du dimanche dont nous pouvons encore décider...*

Elle venait de demander l'addition, quand Alexandra dit brusquement :

– Écoutez-moi. Il faut que vous sachiez que je vous aime toutes les deux. Peut-être que si je connaissais mieux Stéphanie je verrais des différences entre vous, mais, en attendant, pour moi vous êtes indissociables, vous êtes toutes les deux Sabrina. Je suis désolée, ça doit te paraître idiot, Stéphanie, mais...

– Ça ne fait rien, dit la jeune femme en posant sur le bras

d'Alexandra une main qui se voulait réconfortante et que trahissait un léger tremblement. Moi-même, je ne sais plus qui je suis.

Ce soir-là, comme tous les autres, vers minuit, Sabrina appela les États-Unis. Là-bas, tout le monde attendait son coup de fil : Cliff sur la banquette de la cuisine, Mrs. Thirkell à côté de lui, et Penny à proximité de l'autre téléphone, dans le bureau de Garth.

– Tu as l'air bien excité, Cliff ! Que se passe-t-il ?

– Rien, répondit le jeune garçon avec, dans la voix, quelque chose qui ressemblait fort à un avertissement destiné à sa sœur, qui écoutait leur conversation sur l'autre poste.

Sabrina comprit alors qu'il devait vraiment se passer quelque chose, et son cœur se serra : elle était sûre qu'il devait s'agir d'une surprise manigancée par les enfants pour fêter son retour. Seulement il risquait de ne pas y avoir de retour... *Garth peut très bien me chasser comme il l'a déjà fait. C'est son droit. Dans ce cas, je les perdrai tous, et Penny et Cliff penseront que je les ai abandonnés comme en décembre dernier.*

Mais si elle ne rentrait pas à la maison, si c'était Stéphanie qui revenait avec Garth, Penny et Cliff s'en apercevraient-ils ? Relèveraient-ils des différences plus flagrantes encore que celles qu'ils étaient parvenus à s'expliquer si naturellement un an auparavant ?

« Exigeraient-ils une explication s'ils sentaient que quelque chose ne va pas, s'ils sentaient que la mère qu'ils aimaient a changé. »

Des larmes brûlantes lui montèrent aux yeux.

– Cliff, si vous êtes en train de comploter quelque chose pour mon retour...

– Nous ne complotons rien, répondit-il, l'air soulagé, ce qui ne manqua pas d'inquiéter davantage Sabrina.

Que pouvaient-ils bien être en train de préparer ?

Elle les écouta raconter l'école, les copains, le concours de peinture auquel Penny s'était inscrite. Elle rit à leurs plaisanteries, à leurs jeux de mots et, lorsqu'elle raccrocha, elle se dit qu'elle ne devait plus penser à cette surprise. C'était probablement un cadeau qu'ils étaient en train de confectionner à l'école. De toute façon, elle ne pourrait rien empêcher.

« Ils me le donneront... ou pas. Il faudra attendre dimanche pour le savoir. »

Le lendemain matin, à six heures, comme tous les jours, elle appela Garth à son hôtel à La Haye. Là-bas, il était sept heures. C'était le seul moment dont il disposait pour lui parler tranquillement avant le début du congrès. Pelotonnée dans le fauteuil du salon, sachant Stéphanie dans la chambre d'ami au bout du couloir,

Sabrina était consciente d'avoir une voix contrainte, presque tendue. Elle devait peser chaque mot, et plus elle s'efforçait d'adopter un ton libre et insouciant, moins elle y parvenait.

– J'ai beaucoup de rendez-vous, dit-elle, essayant de ne mentir que par omission. Nicholas vend Blackford's... Oh, j'ai oublié de te dire qu'Alexandra était ici. Elle commence à s'organiser avec Brian pour Les Ambassadeurs et va sans doute acheter Blackford's aussi.

Elle poursuivit en évoquant Londres, le temps qu'il faisait, le futur déménagement de Cadogan Square, les meubles et les tableaux qu'elle choisissait de garder et d'expédier à Evanston. Puis elle conclut en disant :

– Assez parlé de moi, raconte-moi plutôt ce que tu fais.

Garth n'insista pas pour en savoir davantage. Depuis le premier soir, elle s'était montrée très évasive, et il n'avait pas voulu la presser de questions. Mais les intonations de sa voix confirmaient à Sabrina qu'il se doutait de quelque chose, même s'il n'en disait rien. Il lui parla des scientifiques présents au congrès, de leurs articles, de l'attention que le sien avait suscitée, et des quelques sorties touristiques qu'il avait pu faire. Un appel de Claudia lui avait appris que les journalistes du *Chicago Tribune* enquêtaient sur le député Leglind. Sabrina l'interrogea suffisamment pour que, pendant près d'une heure, il fût le seul à parler.

– Je crois que je t'ai tout dit, fit-il enfin. Le reste attendra. Je ne sais toujours pas où tu descends, à Paris.

– À L'Hôtel, sur la rive gauche, près du boulevard Saint-Germain. As-tu une idée de l'heure à laquelle tu arrives ?

– Vers neuf heures et demie. Et j'ai une surprise pour toi, mais tu n'en sauras pas plus. Comme ça, tu vas avoir de quoi méditer pendant deux jours...

– Toi aussi ? Décidément ! Hier, au téléphone, j'ai senti que Penny et Cliff étaient en train de préparer quelque chose... Garth, que se passe-t-il ?

– Ah bon ? Ils ont fait des mystères. Il va falloir que je tire ça au clair. Mais toi, mon amour, tu devras attendre jusqu'à dimanche. Je commence déjà à compter les heures.

– Dimanche va arriver très vite, murmura Sabrina. Oh, Garth, je t'aime. Tu fais tellement partie de moi, de ma vie, de mes rêves... Pardonne-moi ce ton dramatique, ajouta-t-elle en s'efforçant d'adopter une intonation plus légère. Mais tu me manques, je t'aime. Je t'appellerai demain de Paris.

Elle descendit dans la cuisine rejoindre Stéphanie, qui préparait du café au lait et faisait réchauffer des croissants.

– Ce n'est pas vraiment un petit déjeuner américain, annonçat-elle d'un ton amusé. Tu ne trouves pas curieux que je sois devenue

416

aussi française ? Tu sais que pendant dix mois je n'ai ni entendu ni prononcé un seul mot d'anglais. Et, quand une expression anglaise m'échappait, j'étais terrifiée parce que je ne savais pas à quoi cela correspondait. Sinon je ne parlais et ne pensais qu'en français, sans même y réfléchir. C'est incroyable, non ? J'avais oublié jusqu'à ma langue maternelle. Tu as parlé à Garth ce matin ? dit-elle encore, feignant de se concentrer sur la disposition des croissants dans une corbeille. Je suis descendue de bonne heure et j'ai entendu ta voix en passant devant le salon.

– Oui. Et j'ai aussi parlé à Penny et à Cliff hier soir. Ils vont bien. Ils ont l'air occupés, heureux et très excités, on dirait qu'ils préparent une surprise.

– Une surprise ?

– Ils prétendent que non, bien sûr, mais à la voix de Cliff je sais qu'ils sont en train de manigancer quelque chose. Peut-être un cadeau qu'ils vont fabriquer à l'école. C'est déjà arrivé.

– Oui, je me souviens...

À nouveau sur la réserve, retenues l'une et l'autre, elles commençaient leur petit déjeuner quand la sonnerie du téléphone retentit. Ce fut Stéphanie qui alla répondre parce que chaque matin à la même heure Léon appelait. « C'est drôle comme les habitudes s'installent vite », se dit Sabrina.

Lorsque sa sœur revint dans la cuisine, elle leva sur elle un regard interrogateur.

– Alors ?

– Il veut acheter une maison, répondit Stéphanie en venant se rasseoir et en prenant son bol de café à deux mains. Il en a trouvé une sur les hauteurs, près de la basilique. Elle semble assez ancienne, et il veut la retaper. Il y en a aussi une plus petite, à quinze mètres de là, qui ferait un très bel atelier. La maison est grande, paraît-il, et Léon dit qu'il y a suffisamment de place pour y aménager... plein de chambres d'enfant.

Sabrina ne put réprimer un mouvement de surprise. Absorbée dans ses pensées, Stéphanie fixait la fenêtre. Elle parut ne pas entendre la sonnerie du téléphone qui à nouveau retentissait. Sa sœur mit quelques instants avant d'aller répondre.

– Stéphanie ? Ici Denton Longworth. On m'a dit que tu avais appelé et que tu souhaitais passer à deux heures. Je serais naturellement ravi de te revoir, mais tu pourrais me dire tout de suite l'objet de ta visite. Ça t'éviterait de faire tout ce chemin...

Denton parlait d'une voix précipitée, inquiète. Sabrina jeta un regard à Stéphanie et articula en silence : « Denton », puis elle répondit posément à celui-ci :

– Tu n'habites pas si loin. Qui plus est, je n'aime pas parler de choses importantes au téléphone.

– Dans ce cas, pourquoi ne pas venir tout de suite ? Inutile d'attendre. Je suis rentré plus tôt que prévu et je n'ai pas de rendez-vous ce matin. Tu peux venir maintenant !

– Pourquoi pas ? J'arrive dans vingt minutes.

Les deux jeunes femmes abandonnèrent leur petit déjeuner et, quelques minutes plus tard, elles s'examinaient dans le haut miroir du vestibule. Elles avaient toutes deux passé un pantalon de tweed et un pull de cachemire gris. Sans être rigoureusement identiques, leurs tenues se ressemblaient beaucoup. Elles portaient aussi un rang de perles avec des boucles d'oreilles assorties. Après un dernier regard au miroir, elles enfilèrent de longs manteaux gris anthracite, l'un avec ceinture, l'autre sans.

– Ce n'est pas le genre de détail qu'il va remarquer, dit Sabrina.

Maquillées et coiffées de la même manière, leurs longs cheveux châtains tombant en vagues douces sur leurs épaules, elles quittèrent la maison de Cadogan Square pour se diriger vers une station de taxis.

Denton habitait, près de Saint James' Square, un hôtel particulier qui paraissait avoir été bâti tout en hauteur, sur de minuscules fondations. Stéphanie se dit qu'il ressemblait à quelqu'un qui serrerait les bras contre son corps pour se faire de la place dans un bus bondé. On était tout près du Monarch, le club à la sortie duquel Sabrina avait rencontré Alan Lethridge. Ses rideaux tirés et une lourde porte en bois sculpté donnaient à la demeure de Denton l'allure accueillante d'un château fort dont le pont-levis serait levé. Pourtant, avant même que les deux jeunes femmes eussent soulevé le heurtoir de cuivre, la porte s'ouvrit en grand, et le majordome se dressa devant elles.

– Mrs. Ander... Bon Dieu !

« Guère professionnel pour un majordome », se dit Stéphanie avec amusement. En dépit de l'assurance dont sa sœur faisait montre, elle-même se sentait tendue à la perspective de cette rencontre. Soudain, l'exclamation du majordome la replongeait dans un univers ludique : après tout, cette visite chez Denton n'était qu'un jeu, l'un de ces nombreux jeux qui avaient meublé leur enfance et l'année qui venait de s'écouler. À la peur succéda le suspense et, telle une petite fille, Stéphanie eut envie de connaître la suite de l'histoire.

– Bonjour, Bunter, dit Sabrina. Je crois que nous sommes attendues.

– Mrs. Andersen ?

Les yeux écarquillés du majordome roulaient sans cesse de Stéphanie à Sabrina. Sans doute l'homme espérait-il ainsi éviter de s'adresser précisément à l'une ou à l'autre.

– Oui, Mrs. Andersen, répondit imperturbablement Sabrina en le précédant dans l'entrée.

Elle se souvenait si bien de la maison qu'elle eut le sentiment de l'avoir quittée la veille. Rien n'avait changé. Les meubles étaient les mêmes qu'à l'époque où les parents de Denton leur avaient offert cet hôtel particulier en cadeau de mariage. Jusqu'aux bouquets de fleurs qui semblaient identiques. Suivie de Stéphanie, la jeune femme traversa le vestibule en marbre où leurs pas résonnèrent comme à l'infini, puis passa sans s'arrêter devant la porte ouverte du salon pour se diriger vers celle, fermée, du bureau de Denton. *Il aura moins de place pour manœuvrer.*

– Si vous voulez vous donner la peine, dit le majordome, impuissant, en leur désignant l'entrée du salon.

– Nous préférons attendre ici, répondit sèchement Sabrina en ouvrant la porte du bureau.

Debout derrière sa table de travail, Denton était au téléphone et leur tournait le dos. Il entendit la porte s'ouvrir, fit volte-face, et les deux sœurs lui apparurent côte à côte. Le temps sembla s'arrêter un instant, qui dura une éternité. Denton émit un petit gémissement, le téléphone lui échappa et il s'écroula sur le sol.

– Monsieur ! s'exclama le majordome en se précipitant dans la pièce.

Tandis qu'il essayait maladroitement de le faire asseoir, les deux jeunes femmes prenaient place sur l'un des canapés de cuir. Stéphanie songea que ce bureau ressemblait à une cave, avec ses lourds rideaux de velours marron qui empêchaient le jour de filtrer par les hautes fenêtres et ce tapis aux motifs noirs et bruns qui s'étalait depuis la porte en acajou jusqu'au marbre de la cheminée. Elle observa la tête de Denton qui roulait sur le bras du majordome et vit soudain ses yeux s'ouvrir et son regard se porter vers l'endroit où elles lui étaient apparues. Ne les voyant plus, il tourna lentement le visage vers la gauche : elles étaient là, assises sur le canapé, identiques, et le dévisageaient avec intérêt.

Il referma les yeux puis les ouvrit à nouveau avec une extrême lenteur, sans doute dans l'espoir de faire disparaître ce qu'il espérait encore être une vision.

– Denton, nous avons à te parler, dit brusquement Sabrina. Lève-toi, maintenant. Peut-être Bunter peut-il te faire du thé.

– Un scotch, rectifia machinalement Denton, mais toujours sans bouger.

Seuls ses yeux remuaient, passant d'une sœur à l'autre. Sa

petite moustache frémissait à peine dans son visage poupin, d'ordinaire rose et souriant, à présent blême et figé.

– Tu étais morte. Je t'ai vue, articula-t-il en ouvrant à peine les lèvres.

– Monsieur, laissez-moi vous aider à vous relever, dit Bunter en se redressant pour installer Denton sur l'autre canapé.

Il raccrocha le téléphone qui pendait toujours au bout de son fil au bord du bureau et poursuivit :

– Je vais vous préparer du thé, Monsieur.

– J'ai dit un scotch.

Sans quitter les deux jeunes femmes des yeux, il continua :

– Ma parole, tu as trouvé quelqu'un qui... Un parfait sosie. Comment as-tu fait ? C'est la chirurgie esthétique ? Pour quoi faire ? Tu aurais pu me tuer... Le choc... J'aurais pu y rester. Mais à quoi joues-tu ?

– Nous ne sommes pas mortes, répondit Sabrina.

– Nous sommes bien là toutes les deux, renchérit Stéphanie.

– Stéphanie Andersen et Sabrina Longworth.

– Tu ignores peut-être que deux personnes ont survécu à l'explosion du yacht...

– Deux personnes qui vivent en France depuis un an...

– ... très agréablement, d'ailleurs, mais aujourd'hui elles sont impatientes de te parler.

Sur ces paroles, les deux sœurs dévisagèrent Denton, attendant sa réaction.

– Survécu à l'explosion, répéta-t-il d'une voix rauque, avant de s'éclaircir péniblement la gorge. C'est un mensonge. J'ai vu ton cadavre. Je t'ai identifiée.

– Oui, et c'est précisément ce que nous avons du mal à comprendre, répliqua Sabrina. As-tu vraiment regardé le corps ?

L'homme leur lança un regard désespéré avant de répondre :

– Je ne sais pas.

– Bien sûr que tu le sais, Denton. Qu'as-tu vu au juste ? Des cheveux qui ressemblaient aux miens ? Un visage, des traits qui ressemblaient aux miens ?

– Attends ! s'écria Stéphanie en se tournant vers sa sœur. Le visage qu'il a vu devait être enflé, couvert de contusions, de coupures. Nous n'avons pas pensé à cela. J'étais méconnaissable, tu sais, quand on m'a emmenée à l'hôpital. Il a fallu des semaines avant que les contusions disparaissent complètement et que mon visage redevienne normal.

– Il était donc possible de te confondre avec quelqu'un d'autre...

– Ça me revient, à présent : il y avait bien une femme qui me ressemblait, sur le yacht ! Certes, elle était un peu plus grande et plus mince que moi, mais sans aucun doute on se ressemblait. Ses cheveux étaient presque comme les miens, d'ailleurs, Max n'arrêtait pas de la taquiner là-dessus : il lui disait qu'elle avait dû inciter son coiffeur à lui faire la même couleur et la même coupe qu'à moi. Un des invités est allé jusqu'à lui demander si nous achetions nos vêtements dans les mêmes magasins. Il suffit qu'elle ait eu le visage tuméfié, et on l'aura prise pour moi...

– Tu as dit que deux personnes avaient survécu ? insista Denton.

Les jeunes femmes se tournèrent à nouveau vers lui.

– Qu'as-tu dit à l'institut médico-légal ? demanda Sabrina.

– Tu as dit que deux personnes en avaient réchappé ? répéta Denton. Qui est l'autre, la deuxième personne ?

– Réponds d'abord à notre question, rétorqua Stéphanie. Qu'as-tu dit à l'institut ?

– Qui est l'autre ?

Le majordome pénétra alors dans le bureau avec un plateau sur lequel étaient posés des verres, un seau à glace et une bouteille de scotch.

– Ces dames voudraient peut-être boire quelque chose... Un thé ?

– Non, rien, dit sèchement Sabrina. Soyez gentil de ne plus nous déranger.

– Mon Dieu, on croirait l'entendre... Je n'arrive pas à y croire... Ça ne peut pas être... Tu es vraiment Sabrina ? demanda Denton d'une voix blanche.

– Oui, vraiment, répondit Stéphanie. On m'a tirée du yacht avant le naufrage. Maintenant, qu'as-tu dit à l'institut médico-légal ?

– Mon Dieu, Sabrina. J'étais si sûr... Ce corps te ressemblait tant... Enfin..., il te ressemblait un peu. C'est vrai, le visage était tuméfié, les yeux gonflés et fermés, et on avait coupé tes..., enfin, ses cheveux. Ils étaient tellement emmêlés qu'on n'arrivait pas à les peigner. En tout cas, c'est ce qu'on m'a dit. Et puis il y avait beaucoup de monde qui attendait dehors, des journalistes, les familles des victimes. J'ai juste jeté un coup d'œil – tu sais que je ne supporte pas la vue d'un cadavre, ça me rend malade – et j'ai dit que c'était bien toi. Je leur ai donné ta photo et je leur ai demandé de faire au mieux, de te maquiller pour l'enterrement. J'ai pensé que c'était la moindre des choses et...

Denton reprit son souffle, comme pour tenter de s'adapter à la situation.

– C'est tout de même fabuleux ! Fantastique ! Incroyable ! Tu sais, Sabrina, ç'a été un choc terrible pour nous tous, ajouta-t-il alors que, répugnant à leur demander directement laquelle d'entre elles avait été sa femme, il laissait sans cesse glisser son regard de l'une à l'autre. Oui, un choc terrible pour nous tous. Nous étions anéantis. Maintenant, nous allons pouvoir annoncer la bonne nouvelle à tout le monde ! C'est un véritable miracle ! Je suis heureux que tu sois venue me voir, même si je dois t'avouer que ce n'est pas très gentil de m'avoir joué un tour pareil. Surgir ainsi toutes les deux sans prévenir... J'aurais vraiment pu avoir une attaque. Et puis ce n'était pas justifié, nous ne sommes pas ennemis. A propos – et cette fois il formula la question avec moins d'insistance dans la voix –, qui est cette autre personne qui a survécu à l'explosion ?

– Tu connais déjà la réponse, repartit Stéphanie. Tu sais très bien que Max en a réchappé aussi et que depuis il vit en France.

– Max ? Mais comment le saurais-je ? Il a survécu ? Il est vivant ? Mon Dieu, encore un miracle. De plus en plus incroyable ! Bien sûr que je n'en savais rien. Qu'est-ce qui vous fait croire une chose pareille ?

– Nous en savons beaucoup sur toi, Denton, lui répondit Sabrina. Nous avons parlé de Westbridge avec Nicholas, et il nous a dit que Max avait un associé...

– Un associé ? Attendez... Nicholas vous a dit que Max avait un associé ? Il ment. Je connaissais Max et je ne l'ai jamais entendu dire qu'il avait un associé. Jamais. Westbridge n'était qu'à lui : l'affaire marchait avec son argent, ses idées...

– Nicholas n'a pas dit que quelqu'un mettait de l'argent dans Westbridge, mais que Max avait un associé bien placé pour lui fournir des clients intéressés par son trafic d'œuvres d'art et pour le renseigner sur les pièces recherchées par les collectionneurs. Un associé qui évoluait dans des milieux très aisés, dans la haute société. Bref, quelqu'un comme toi.

– Jamais je n'aurais fait une chose pareille. Ç'aurait été trahir mon rang.

Les deux sœurs dévisagèrent Denton avec mépris, tandis qu'il se versait d'une main tremblante une nouvelle rasade de scotch ; le col de la bouteille cliqueta bruyamment contre le bord du verre.

– Max et moi étions amis. C'est tout.

– Non, ce n'est pas tout. Vous travailliez ensemble, répliqua Stéphanie, avant de poursuivre, mentant froidement : Max me l'a dit lui-même.

– Quand ? Qu'est-ce que tu racontes ?

– Quand nous vivions ensemble, poursuivit Sabrina, qui ne se lassait pas de voir le regard de Denton virevolter de l'une à l'autre. J'ai vécu avec Max pendant près d'un an. Je m'étonne que tu ne le saches pas. Lorsque tu le traquais, personne ne t'a dit qu'il avait une femme ?

– Attendez, attendez... Reprenons depuis le début... Vécu avec lui ? Tu as vécu avec lui ? Et que veux-tu dire..., je *traquais* Max ? De quoi me parles-tu ?

Cette fois, ce fut Stéphanie qui répondit, et à nouveau le regard de Denton se porta sur elle.

– J'ai perdu la mémoire dans l'explosion. Max m'a dit que j'étais sa femme, je l'ai cru, et nous avons vécu ensemble. Il m'a tout raconté. Il m'a parlé de toi. Et il m'a dit que nous étions en danger.

Le verre de Denton s'immobilisa à hauteur de ses lèvres.

– Pour quelle raison ?

– Parce que, continua Sabrina, contraignant son ex-mari à une nouvelle gymnastique oculaire, tu avais déjà essayé de le tuer une fois, avec la bombe sur le yacht. Et il le savait...

– *Moi*, j'ai essayé de tuer Max ? Tu es folle. Je n'ai jamais eu aucune raison – aucune, tu entends ? – de tuer qui que ce soit. Où veux-tu en venir...

– C'est pourquoi Max vivait en France sous un faux nom. Il savait que, si tu le retrouvais, tu essaierais encore de l'éliminer. Il m'a donc prévenue que nous étions en danger ; en fait...

– Arrêtez ce jeu absurde ! Tout cela est insensé. Vos élucubrations n'ont aucun intérêt... Et puis à quoi ça rime de répondre à tour de rôle ? D'affirmer des choses aussi injurieuses, ajouta Denton, à qui la parole semblait donner de l'assurance. Ce que vous dites est monstrueux et n'a aucun fondement, sinon dans votre imagination. Tu essaies toujours de te venger de moi, Sabrina, c'est ça ?

Son regard s'arrêta un instant sur Stéphanie, puis sur Sabrina, puis à nouveau sur Stéphanie, avant de se fixer enfin sur un point neutre et invisible quelque part entre elles.

– Sabrina, tu ne crois pas que nous sommes divorcés depuis assez longtemps pour devenir amis ? Qu'est-ce que tu veux ? De l'argent ? C'est pour ça que tu es venue ? Sache que je ne cède pas au chantage et que, même si je le voulais, je n'aurais rien à te donner. Tu perds ton temps ! Comment oses-tu débarquer comme ça chez moi et m'accuser ouvertement de... de...

– ... de meurtre, compléta Sabrina. Ton argent ne nous intéresse pas, Denton. Ce qui nous intéresse, c'est ce que tu as fait. Tu sais, nous avons aussi parlé à Ivan Lazlo et à Rory Carr.

Le visage de Denton s'assombrit et il posa son verre.

– Garce ! C'est faux ! Tu ne leur as pas parlé. Et même si tu l'avais fait ils ne t'auraient rien dit.

– Tu as l'air bien sûr de toi. Sans doute leur as-tu promis quelques largesses pour le jour où ils sortiront de prison. Même dans dix ou quinze ans, ils seront encore assez jeunes pour profiter de tes bontés.

– Max et toi vous êtes disputés à propos de Westbridge, poursuivit Stéphanie. Et Rory t'a dit que je prétendais tout savoir sur votre trafic de faux. Tu avais donc d'excellentes raisons de vouloir nous faire disparaître ; alors tu as chargé Ivan et Rory de s'occuper de ça. Cette bombe, c'était ton idée ou la leur ? Après tout, peu importe : tu leur as donné un ordre et ils l'ont exécuté, ce qui te rend coupable de meurtre.

– Mais Max n'a pas été tué !

– Il y avait quatorze autres personnes sur le yacht. Elles sont toutes mortes.

– Et puis, fit Sabrina, prenant le relais, tu as appris que Max était vivant et qu'il habitait près de Cavaillon. Et tu as envoyé un autre de tes sbires pour l'abattre. Tu n'as pas beaucoup d'imagination, Denton ; lorsque tu te sens menacé, tu n'as qu'un seul recours : tuer. Mais, comme tu as déjà eu l'occasion de le constater, cette solution, si simple en apparence, manque parfois d'efficacité.

– Je n'ai pas de sbires. Je n'ai envoyé personne ! Combien de fois faudra-t-il vous le dire ? À ma connaissance, Max était mort.

– Tu n'en as jamais eu la certitude. La preuve, en mai dernier, tu es venu aux Ambassadeurs me demander si j'avais eu de ses nouvelles. Moi, je le croyais mort, mais toi tu n'en étais pas si sûr. Et puis, il y a quelques semaines, tu as entendu dire qu'il était vivant. C'est même un membre de ton club qui te l'a dit. Tu vois, nous lui avons également parlé. D'ailleurs, nous avons parlé à tout le monde, à Rory Carr, à Ivan Lazlo, à Alan Lethridge et, bien sûr, à Nicholas. Personne ne te protège. Personne n'a l'intention de te couvrir. Ils sont tous assez disposés à parler.

Denton s'affaissa sur lui-même, le menton sur la poitrine, et, les paupières lourdes, regarda les deux jeunes femmes par en dessous. Elles étaient assises côte à côte, presque collées l'une à l'autre, pareillement vêtues, et leurs voix, identiques, ne cessaient de s'entremêler. Il eut l'impression d'être face à une seule et même femme animée d'un implacable désir de vengeance. Il baissa les yeux sur ses mains, qu'il tenait étroitement serrées sur les genoux, et essaya d'imaginer un moyen de demander aux jumelles si Max était toujours en vie.

– D'ailleurs, j'ai vu l'homme que tu as envoyé, fit Stéphanie avec un détachement feint. Il nous a suivis jusqu'à chez nous un jour où nous étions sortis nous promener. Il a rôdé un moment autour de la maison. Il était encore là quand Max est parti.

– Parti..., répéta Denton en haussant les sourcils. *Parti ?*

– Oui, un matin je me suis réveillée et Max n'était plus là. Il m'avait dit qu'il voulait partir, donc, je n'ai pas été surprise. Je ne m'attendais simplement pas que ce soit aussi rapide. Peu après, j'ai moi aussi quitté Cavaillon. Max m'a dit que ton homme de main s'intéressait également à moi. Tout comme Rory et Ivan s'étaient intéressés à nous sur le yacht... Il m'a dit aussi, ajouta-t-elle avec une expression songeuse, qu'il reviendrait...

Comme si l'air lui manquait, Denton émit un grognement sourd puis se laissa glisser vers le bord du canapé. Ses talons s'enfoncèrent profondément dans le tapis et sa tête parut s'écrouler sur sa poitrine. Burt, l'homme qu'il avait envoyé à Cavaillon, l'avait appelé un jour pour lui dire qu'il avait localisé Max – puis il n'en avait plus jamais entendu parler. Jamais Burt n'avait rappelé ; il n'avait pas quitté son hôtel, n'avait pas réglé sa note et demeurait injoignable. Denton n'avait aucun moyen de savoir ce qui s'était passé : Burt avait-il essayé de tuer Max sans y parvenir ? Ou avait-il abandonné face à un homme qui ne pouvait être une victime, un homme invulnérable ?

Oui, Max était invulnérable. Décidément, ce fils de pute ne mourrait jamais.

Il avait toujours inspiré à son ancien associé une crainte mêlée d'admiration et de respect. Denton le créditait d'un pouvoir surnaturel : un peu comme un djinn qui se serait mêlé à la société des humains. Sans scrupule, intouchable, inattaquable, Max possédait une force que Denton sentait ne pouvoir jamais égaler ni même comprendre. Après avoir identifié le corps de lady Longworth, il avait hanté le bord de mer pendant des jours et des jours, harcelant la police pour savoir si elle n'avait pas retrouvé d'autres cadavres au large de l'épave, insistant pour que l'on poursuive les recherches, proposant même de les financer : il lui fallait absolument savoir si l'homme dont on n'avait retrouvé nulle trace avait survécu ou non à l'explosion du yacht.

Denton avait fini par quitter Monte-Carlo sans avoir rien appris de plus et, peu à peu, dans les mois qui avaient suivi, il s'était pris à croire que Max était vraiment mort, qu'il avait été déchiqueté par la bombe ou bien qu'il était resté coincé dans l'épave et gisait au fond de la Méditerranée. Jusqu'au jour où Alan Lethridge, radieux, était venu lui annoncer que Max était en vie.

Ce jour-là, Denton avait définitivement vu en son ennemi un être surnaturel, une créature magique qui avait pu sortir indemne de l'explosion ou revenir d'entre les morts.

« Max m'a dit qu'il reviendrait.

« Ce fils de pute reviendra me chercher. »

Denton redressa soudain la tête comme s'il avait prononcé ces mots à haute voix, comme si les deux jeunes femmes avaient pu les entendre.

« Il sait que j'ai déjà essayé deux fois. Il me tuera avant une troisième tentative. Et je n'ai nulle part où me cacher. »

Sabrina et Stéphanie le regardaient attentivement, notant chacune des expressions qui tour à tour marquaient son visage.

– Naturellement, rien ne t'empêche d'aller tout raconter à la police, dit Sabrina sur le ton de la conversation mondaine. Certes, tu iras en prison, mais tu as sûrement autant de chances d'être libéré sur parole que Rory et Ivan. Et puis tu es jeune – quarante et un ans, n'est-ce pas ? Quand tu sortiras, tu auras encore quelques belles années devant toi...

« Je n'aurai jamais de belles années. Je me demanderai toujours où il est et à quel moment il choisira de reapparaître. Je passerai ma vie à regarder derrière moi pour voir si personne ne me suit... »

– Je crois aussi que tu devrais appeler la police, renchérit très sérieusement Stéphanie. Tu te sentiras beaucoup mieux après, ajouta-t-elle d'une voix qui se voulait encourageante.

« Mieux, mais pas en sécurité. Avec Max à mes trousses, même la prison ne sera pas un endroit sûr. »

– Appelle la police, lui intima Sabrina avec autorité. Bien sûr, nous pourrions nous en charger, mais il vaudrait mieux, je crois, que tu le fasses toi-même. À moins que tu ne préfères appeler ton avocat ? Oui, je suis sûre que c'est ce que tu vas faire. Tu trouves toujours des gens pour faire le sale boulot à ta place. Appelle-le, Denton ; laisse-lui le soin de téléphoner à la police.

« Non, la prison est tout de même plus sûre que cette maison ou n'importe quelle autre planque : bateaux de croisière, pavillons de chasse, maisons de campagne, stations de ski... Il aura plus de mal à m'atteindre dans une prison, et cela me donnera le temps de réfléchir à un moyen de l'avoir avant que lui ne me retrouve. J'ai besoin de temps, oui, c'est ça ; avec du temps, je finirai par avoir sa peau. »

Comme dans un rêve, Denton se leva du canapé et s'approcha de son bureau. Il n'était plus maître de son sort. Il vit Sabrina et Stéphanie échanger un regard et comprit qu'elles jouissaient de leur triomphe. Mais même cela n'avait plus d'importance : il était trop tard. Il leur tourna le dos, saisit le combiné et, très lentement, composa le numéro de son avocat.

5

Enfin, à Paris, Stéphanie et Sabrina se parlèrent.

Elles étaient arrivées le vendredi soir et avaient posé leurs bagages à l'hôtel avant de sortir faire une promenade. Elles avaient gardé les tailleurs pantalons avec lesquels elles avaient voyagé. Elles marchaient, laissant entre elles une légère distance. L'air était doux et, ce soir-là, Paris semblait plus que jamais mériter son nom de Ville lumière. Le sentiment de ne faire qu'une seule et même personne qu'elles avaient éprouvé dans le bureau de Denton s'était évanoui. Sabrina aurait voulu ressusciter cette proximité : elle se rappela le plaisir que sa sœur et elle avaient eu à partager ces quelques jours à Londres. Mais à Paris tout semblait différent. Il y avait encore entre elles trop de non-dit, trop de paroles qui attendaient d'être prononcées. « Parle ! Mais parle donc ! cria-t-elle silencieusement à Stéphanie. Il ne reste plus que ce soir et demain avant l'arrivée de Garth. Dis-moi ce que tu veux. Je ne sais pas ce que je dois faire, je ne sais pas ce que j'ai le droit de faire... Dis-moi ce que tu veux, et nous en parlerons. »

Mais Stéphanie restait murée dans son silence. Les deux jeunes femmes continuaient de marcher sans échanger un mot ; elles traversèrent le Pont-Neuf puis longèrent la Seine jusqu'à l'Hôtel de Ville. Sur chaque rive, les immeubles semblaient se presser les uns contre les autres pour mieux observer le fleuve. Leurs toits pentus et ponctués de lucarnes formaient comme d'épais sourcils au-dessus des façades de pierre. À chaque fenêtre, des balcons en fer forgé et des rideaux de dentelle encadraient gracieusement une petite sculpture, une lampe ou un bouquet.

– Derrière chaque fenêtre se cache l'intimité d'une histoire, songea tout haut Sabrina, offrant ainsi à Stéphanie une occasion de se livrer.

Mais celle-ci ne répondit rien. Les deux sœurs avancèrent

encore au milieu des passants qui flânaient sur les bords de Seine, où étaient amarrées des péniches transformées en bars ou en restaurants. Puis elles empruntèrent un petit passage tranquille qui débouchait sur la rue de Rivoli, près de Saint-Paul.

– Où allons-nous ?

C'étaient les premiers mots que prononçait Stéphanie depuis qu'elles avaient quitté l'hôtel.

– Place des Vosges. Venir ici depuis la rive gauche a toujours été une de mes promenades préférées. Ce quartier est si ancien qu'à lui seul il raconte presque toute l'histoire de Paris. J'y venais souvent quand j'étais à la fac. Il y avait, tout près, un petit café qui s'appelait Le Trumilou. Je me demande s'il existe encore.

Stéphanie fit encore quelques pas pour s'éloigner de Sabrina. *Tu étais à la Sorbonne. C'est une chose que je t'ai toujours enviée, d'avoir pu passer quelques années à Paris. D'ailleurs, j'ai toujours envié tout ce qui faisait ton existence. Ainsi, lorsque nous avons échangé nos vies, j'ai eu le sentiment de réaliser mon vœu le plus cher.*

Et maintenant ? Oui, maintenant que tu vis ma vie, que puis-je encore vouloir de toi ?

Elles arrivèrent sur la place des Vosges, dont les hôtels particuliers aux façades rose saumon avaient été jadis la résidence des rois.

– J'ai connu cette place alors qu'elle était presque en ruine, expliqua Sabrina. Mais la plupart des maisons ont été rénovées, et c'est devenu un quartier très chic. Vern Stern m'a raconté qu'un Américain, Ross Hayward, avait restauré l'un de ces hôtels avec beaucoup de goût.

Stéphanie se perdit un long moment dans la contemplation des élégants bâtiments aux toits mansardés dont les hautes fenêtres étaient encadrées de volets.

– As-tu déjà décoré des appartements à Paris ? demanda-t-elle à sa sœur.

– Non, seulement à Londres et dans ses environs.

– Pourtant, tu pourrais travailler ici. Tu connais aussi bien les intérieurs français que les intérieurs anglais. Et puis tu as des relations à Paris.

– Oui, mais je ne travaille plus en Europe, répondit Sabrina.

Les deux jeunes femmes s'arrêtèrent soudain au milieu du trottoir, sous les arcades, contraignant des passants à faire brusquement un écart pour les éviter.

– Rentrons, dit Stéphanie afin de briser la tension silencieuse qui montait entre elles.

Elles revinrent sur leurs pas, empruntèrent le pont d'Arcole et arrivèrent sur le parvis de Notre-Dame. Les arcs-boutants de la cathédrale se découpaient sur les nuages bas d'un ciel plombé. « Aucune ville au monde, se dit Sabrina, n'offre autant de beautés au détour de chaque rue. Aucune ne fait mieux la démonstration de l'intelligence et de l'imagination humaines. Si des hommes sont arrivés à faire de cette ville ce qu'elle est, nous devrions pouvoir faire de nos vies ce qu'elles devraient être. »

– Il est neuf heures, dit-elle. J'ai réservé une table dans un restaurant. Ça te dit ?

– Quand as-tu fait ça ? demanda Stéphanie, stupéfaite.

– Avant de quitter Cadogan Square.

– Et où sommes-nous censées dîner ?

– Chez Lapérouse.

– Je n'y suis jamais allée.

– On y mange très bien et l'endroit est tranquille.

– Il faut donc toujours que tu décides de tout, marmonna Stéphanie sur un ton de reproche.

– On peut aller où tu veux, s'empressa de répondre Sabrina. Où aimerais-tu dîner ?

– Je ne sais pas. Je ne connais pas Paris.

– Dans un bistrot ?

– Oui, dans un endroit intime.

– Allons voir s'il reste de la place chez Benoît. Ça ne t'ennuie pas de marcher ?

– Non, au contraire.

« Évidemment, ça nous évite de parler », songea Sabrina. En effet, elles n'échangèrent plus une parole jusqu'au moment où elles se retrouvèrent assises l'une en face de l'autre dans la minuscule salle du restaurant. Un garçon leur avait indiqué une table libre et, au moment de s'asseoir, Sabrina avait hésité à prendre place à côté de sa sœur, sur la banquette. Puis elle s'était ravisée et s'était installée en face.

– On va commander tout de suite, dit-elle. Nous prendrons du vin en apéritif, une bouteille de pichon-lalande. À moins que tu ne préfères autre chose...

– Non, ça ira très bien.

Le garçon apporta la bouteille de vin, en montra l'étiquette à Sabrina et attendit qu'elle l'eût goûté pour servir les deux jeunes femmes. Pendant tout ce temps, Stéphanie paraissait se préparer, tel un plongeur bandant chacun de ses muscles avant de se jeter dans le vide.

– Nous devrions nous réjouir, pourtant, tu ne trouves pas ? dit-elle enfin. Nous n'avons plus besoin d'avoir peur de qui que ce

429

soit, nous nous sommes retrouvées, nous sommes ensemble à Paris, nous avons des gens qui nous aiment et...

– Que veux-tu faire ? l'interrompit soudain Sabrina, avant de répéter, plus doucement : Stéphanie, dis-moi ce que tu veux faire, je t'en prie.

– Tout. Je veux tout, lui répondit sa sœur avec un rire amer. C'est bien ce qui nous a fichues dans ce pétrin, n'est-ce pas ? Je voulais tout. Je voulais être Sabrina Longworth pendant un petit moment et je voulais que ma propre vie m'attende aussi longtemps que je le souhaiterais. Comme si la terre avait dû cesser de tourner pour me laisser vivre les caprices dont j'avais toujours rêvé. Comme une enfant. C'est bien comme ça que les enfants voient le monde, non ?

– C'est ce que je voulais, moi aussi, murmura Sabrina.

– Mais ton monde a changé et tu as changé avec lui : tu en as fait le tien. Moi je n'ai pas changé, pas assez, du moins, et maintenant je ne sais plus où est ma place.

– Où souhaites-tu avoir ta place ?

– Je ne sais pas. Tout ce que je sais, c'est que je veux Léon auprès de moi. Je ne peux pas envisager de retourner vivre avec Garth. Quand je suis partie en Chine, nous n'avions déjà plus rien de commun, sinon des malentendus, de la colère et un immense sentiment de frustration. Je crois que nous avions l'un et l'autre envie de nous séparer. Il a été soulagé quand je suis partie. Il espérait sans doute que je ne reviendrais pas.

– C'est faux, il espérait que tu reviendrais et que vous tenteriez de sauver votre mariage.

Stéphanie haussa les épaules.

– Ce n'est pas vraiment l'impression que j'avais. Je pense même que l'idée de sauver notre couple ne lui est venue qu'avec toi, que c'est toi qui lui en as donné l'envie. Mais ça n'a aucune importance : ce que Garth voulait ne m'intéresse pas. Autrefois, cela m'intéressait, ajouta la jeune femme en se penchant vers sa sœur, libérant soudain des mots trop longtemps contenus. Mais j'ai vite compris que son travail comptait plus que moi, qu'il y trouvait plus de satisfactions que dans notre relation, que la génétique avait plus de... valeur que moi. Et ça, ça m'a minée. J'imagine que cela le minait aussi. C'est peut-être ce qui se passe quand les mariages échouent : les gens s'usent mutuellement, comme deux pièces d'un puzzle qui finissent par ne plus pouvoir s'emboîter. Je ne sais pas ce que tu lui as trouvé. Peut-être a-t-il changé après mon départ... Ou alors tu lui réussis mieux que moi, et il est donc plus attentif. Peut-être qu'il n'était plus Garth parce que tu n'étais pas Stéphanie. Peu importe. De toute façon, nous ne pourrons plus jamais vivre ensemble. Et même si Léon n'était pas là, ça ne changerait rien. Mais je veux mes enfants.

Sabrina laissa échapper un long soupir. Stéphanie venait enfin de prononcer les mots qui étaient restés tapis entre elles pendant toutes ces journées.

– Je pense tout le temps à eux, tu sais, poursuivit-elle. C'était presque un supplice de regarder les photos que tu avais apportées : j'avais envie de les serrer dans mes bras, d'entendre leurs voix, cette façon qu'ils ont de parler tous les deux à la fois avec tant d'excitation, de gourmandise... Oh, mon Dieu, Sabrina, ils me manquent, je me sens vide, sans eux. Pourquoi ne suis-je pas rentrée quand il en était encore temps ? Pourquoi ai-je tant voulu faire cette croisière ?

– Une dernière folie, dit Sabrina, rappelant cruellement à sa sœur les termes qu'elle avait employés à l'époque pour justifier le sursis qu'elle lui réclamait dans leur aventure.

– Je sais, je sais. Je pensais encore que je pouvais tout avoir. Je croyais que je pouvais en profiter encore un peu, que ça ne changerait rien, que je n'aurais pas à payer le prix de mes lubies. Je me faisais des illusions. Mais je refusais d'y penser parce que je ne voulais pas retrouver celle que j'étais. Parce que je ne m'aimais pas. Mais jamais je n'ai cessé d'aimer mes enfants et je ne les ai pas oubliés, même quand j'ai perdu la mémoire : ils ont toujours été en moi. Un jour, à Aix-en-Provence, j'ai aidé une petite fille à retrouver son chemin et je l'ai appelée Penny. Je n'ai pas su lui expliquer pourquoi, mais j'ai pensé – je l'ai même dit à Max – que Penny devait être ma fille. Il m'a répondu que lorsque nous nous étions rencontrés je n'étais pas mariée – et bien sûr c'était la vérité, du moins ce qu'il en savait, puisqu'il croyait que j'étais toi. Mais, après avoir rencontré cette petite fille, je me suis dit que Max me mentait, que j'avais dû être mariée. Une autre fois, j'ai raconté à Léon que Cliff s'était débrouillé pour que je découvre une radio volée dans sa chambre. C'était bizarre, je n'avais aucune idée de ce que cela pouvait signifier, mais j'avais l'impression que je parlais de mon fils. Je me suis même souvenue du nom de Garth, un jour. C'est sorti comme ça, de nulle part.

Sans les interrompre, discrètement, le garçon glissa devant elles deux assiettes. Son regard s'attarda un instant sur ces visages identiques, si proches et si beaux, puis il disparut.

– Je ne suis même pas sûre de vouloir retourner aux États-Unis, poursuivit Stéphanie. Je pourrais très bien continuer à vivre en France avec Léon, Penny et Cliff. Léon souhaite qu'on ait des enfants – et moi aussi. Mais ça ne change rien : je veux Penny et Cliff avec moi.

Pour Sabrina, chacun des mots qui venaient d'être prononcés était un coup de marteau qui mettait à bas le fragile édifice de sa vie. Elle se sentait presque anesthésiée, comme s'il lui fallait se couper de tout sentiment pour se préserver. Elle se cala contre le dossier de sa chaise, but une gorgée de vin et fixa sur sa sœur un regard vide.

— Que vas-tu leur dire ? lui demanda-t-elle.

Le visage de Stéphanie s'empourpra.

— Je me disais que... tu pourrais peut-être...

— Leur dire ? Non, je ne le ferai pas. Tu crois peut-être que je vais partir et te laisser rentrer à Evanston à ma place. Pourquoi le ferais-je ? Penny et Cliff ne sont pas des poupées que l'on se prête certains jours de la semaine, selon ce qui nous arrange. Nous les avons trompés une fois, et Garth a mis longtemps à me le pardonner. Je refuse de m'amuser à nouveau à ce jeu-là, je refuse de le tromper encore. Je l'aime, Stéphanie, je les aime tous les trois, ils ont donné un sens à ma vie... Et on n'a pas le droit de jouer ainsi avec les gens !

— Tu m'as dit que Penny et Cliff ne savaient rien.

— Et alors ? Ce sont des êtres humains, et tu ne peux pas les traiter comme s'ils étaient des jouets. Qui plus est, ils ont grandi et je ne suis pas sûre qu'on puisse encore les abuser. Les premiers jours, peut-être, mais pas plus longtemps. Comme la plupart des enfants, ils sont très égocentriques, mais ils sont aussi plus intelligents, observateurs, curieux et tendres que les autres. Rien ne leur échappe, et ils essaient de faire coïncider ce qu'ils voient et entendent avec une certaine cohérence. Et, quand les choses manquent de cette cohérence, ils finissent par poser des questions très embarrassantes. Je les connais bien, Stéphanie. Et je ne veux pas qu'on leur fasse de mal !

— Tu ne veux pas qu'on leur fasse de mal ! Je te rappelle que ce sont mes enfants, pas les tiens ! Tu dis qu'ils ne sont pas des poupées qu'on peut se prêter de temps en temps. Mais comment oses-tu prétendre que, toi, tu les connais, comme si tu étais leur mère. À t'entendre, il t'a suffi de débarquer comme ça pour prendre ma place...

— Mais je *suis* leur mère, riposta Sabrina sur un ton glacé. Et si j'ai débarqué comme ça pour prendre ma place c'est bien parce que tu me l'as demandé.

Ébranlée, Stéphanie repoussa l'assiette à laquelle elle n'avait pas touché.

— C'est ce que je devrais leur dire, n'est-ce pas ? fit-elle d'une voix tremblante. Que leur mère a voulu être quelqu'un d'autre... et qu'elle les a abandonnés.

La douleur contenue dans ces paroles désamorça la colère de Sabrina ; elle voulut tendre la main vers sa sœur mais ne put achever son geste : sa main retomba lentement sur la nappe. « Mon ennemie, mon amour », songea-t-elle comme elle l'avait fait un matin à Vézelay. Désormais, elle avait l'impression qu'elles étaient deux étrangères.

– Oui, répliqua-t-elle froidement. C'est exactement ce que tu devrais leur dire.

– Il doit tout de même y avoir un moyen d'exprimer les choses de façon moins brutale répondit Stéphanie, bouleversée. Il doit y avoir un moyen de le leur faire comprendre. Personne n'est à l'abri d'une idée saugrenue, d'un coup de folie ; les enfants comprennent ça mieux que quiconque. Si j'arrivais à leur expliquer ce que je ressentais à ce moment-là, je sais qu'ils me pardonneraient. Ce serait sans doute pénible pour eux, mais ils me pardonneraient, j'en suis sûre... Non, dit-elle après un instant, les yeux baissés, non, ils ne me pardonneraient pas. Ils ne pourraient pas. Ce serait détruire une chose en laquelle ils croient : la bonté de leur mère... *la bonté de leurs deux mères*, ajouta-t-elle alors en regardant Sabrina. Ils nous détesteraient toutes les deux, n'est-ce pas ? Les enfants doivent croire qu'ils vivent dans un univers fiable, sur lequel ils peuvent compter et qui ne risque pas à tout moment de céder sous leurs pas. Et si je leur avoue ce que j'ai fait, ce que *nous* avons fait, le monde ne leur paraîtra plus mériter leur confiance. Ils ne pourront plus compter sur rien.

Autour d'elles le brouhaha de conversations discrètes se poursuivait, ponctuées parfois d'un bruyant éclat de rire. On portait des toasts, les verres s'entrechoquaient, les portes des cuisines s'ouvraient à la volée, les assiettes cliquetaient, mais un halo de silence semblait entourer la table qu'occupaient les deux jeunes femmes. Sabrina avait le sentiment qu'elles s'éloignaient l'une de l'autre, de plus en plus vite, comme dans un film lorsque la bobine s'emballe et qu'on ne peut plus revenir en arrière. Bientôt, elles seraient si loin qu'elles ne se reconnaîtraient plus. Il n'existait aucun moyen d'empêcher ce processus. Sabrina se dit qu'il n'y avait peut-être rien d'autre à faire que de voir s'évanouir, impuissante, cette proximité qui leur avait été si chère.

Stéphanie se déplaça légèrement sur la banquette.

– Pourtant, il faut bien que je le leur dise, non ? reprit-elle. L'avocat de Denton va prévenir la police, et va découvrir toute l'histoire. Tout le monde saura que je suis vivante – je veux dire que Sabrina Longworth est vivante –, et Penny et Cliff l'apprendront par la télévision, les journaux ou des ragots, s'ils ne l'apprennent pas par moi. Ou par toi. Non, ajouta-t-elle en regardant sa sœur droit dans les yeux, toi, tu ne veux rien leur dire. Il est vrai que je ne peux pas te demander ça. Je ne peux pas te demander de leur annoncer que tu n'es pas leur vraie mère.

Mais je suis leur vraie mère ; je le suis devenue.

— De toute façon, ils le sauront. À peine l'avocat de Denton aura-t-il appelé la police que la nouvelle sera partout. Alors ce sera encore pire et ils ne me le pardonneront jamais. Tandis que si c'est moi qui leur parle, au moins, ils sauront que, finalement, je suis honnête... Encore que ni l'une ni l'autre nous ne puissions vraiment prétendre à l'honnêteté...

Mais moi j'ai été honnête pendant l'année que je viens de passer avec eux. Tout ce que j'ai fait, je l'ai fait par amour pour eux. Et ils le savent.

— Oui, il faut que je le leur dise, poursuivit Stéphanie. Il n'y a pas d'autre solution. Ce sont mes enfants, je les veux, et s'ils ont de la peine ils arriveront à la surmonter. Les enfants sont résistants ; ils ont du ressort face à l'adversité. Et puis je ne crois pas qu'ils soient vraiment heureux. Ils doivent savoir au fond d'eux-mêmes qu'il y a quelque chose qui ne colle pas. Quand ils...

— Ils *sont* heureux, l'interrompit sèchement Sabrina, incapable d'en supporter davantage. Ils ont passé une année formidable. Ils sont épanouis, tendres et aimés. Ils n'ont jamais ressenti de manque...

« Je vais trop loin, se dit-elle. Je n'ai pas le droit de lui réclamer ses enfants sous prétexte qu'ils ont passé une année agréable avec moi. »

— Je ne peux pas le croire, insista Stéphanie. Ils doivent sentir que quelque chose ne va pas, même s'ils ne savent pas quoi. Et quand ils sauront que je suis leur vraie mère ils seront heureux parce que tout rentrera dans l'ordre. Ils voudront être avec moi et avec personne d'autre.

Le garçon s'approcha de leur table et lança un regard interrogateur à Sabrina. Elle lui répondit par un hochement de tête silencieux, et il ôta les deux assiettes.

— Ça ne vous a pas plu ? lui demanda-t-il.

— Si, c'était excellent, mais nous étions distraites, répondit-elle.

— Nous reviendrons, renchérit sa sœur.

Toutes les deux lui avaient tout naturellement répondu en français.

— C'est curieux, je me sens aussi à l'aise en français qu'en anglais, poursuivit Stéphanie. Comme si, en toute chose, j'étais partagée entre deux identités.

Les deux jeunes femmes quittèrent le restaurant et regagnèrent à pied leur hôtel. Une fois dans leur suite, Stéphanie traversa

434

le salon pour se rendre sur la terrasse fleurie de géraniums. Appuyée contre la rambarde, elle contempla un long moment le clocher de Saint-Germain-des-Prés.

– Je déteste ce que nous sommes en train de vivre, murmura-t-elle. Mais je ne sais pas quoi faire d'autre.

Sabrina apparut derrière elle, à la porte-fenêtre, et dit :

– Que détestes-tu ?

Te faire de la peine, répondit Stéphanie sans se retourner. Tu sais très bien ce que je pense. Tu l'as toujours su. J'ai horreur de te faire de la peine. Mais peut-être pourrais-tu te contenter de garder Garth et me rendre Penny et Cliff ?

Elle perçut dans son dos le mouvement d'effroi qui avait saisi Sabrina et fit volte-face.

– Pardonne-moi, ma chérie, je ne sais pas ce qui m'a prise. Je me fais l'impression d'être un marchand de tapis. Mais, tu comprends, je me sens piégée. Il n'existe aucune bonne façon de démêler les fils que nous avons noués. Je t'aime et je sais que tu m'aimes. J'ai besoin de toi – nous avons toujours eu besoin l'une de l'autre, nous avons toujours été plus proches l'une de l'autre que nous ne le serons jamais de personne. Et pourtant...

– Et pourtant nous sommes plus distantes l'une de l'autre que nous ne l'avons jamais été.

– Oui.

Toute la largeur de la terrasse s'étendait entre elles. D'instinct, Sabrina ouvrit les bras, et Stéphanie fit mine de vouloir s'y précipiter. Mais déjà sa sœur avait arrêté son geste. La terrasse parut s'élargir encore davantage. Elles s'observèrent dans la pénombre, visages identiques, visages aimés, séparées par tout ce qu'elles avaient elles-mêmes provoqué. Tout à coup, l'odeur des fleurs autour d'elles se fit plus forte, le bruit de la circulation en contrebas plus intense.

– Je vais me coucher, dit Stéphanie, et, brusquement, elle traversa la terrasse, passa devant sa sœur sans même lui jeter un regard et disparut dans la chambre.

Sabrina resta immobile, là où elle était, à regarder le clocher de Saint-Germain qui s'effaçait peu à peu à mesure que s'éteignaient les lumières de la ville. Il se faisait tard ; l'hôtel était endormi. Un chien aboyait dans la rue, un homme prenait congé de ses amis, deux motards faisaient ronfler leurs engins avant de démarrer en trombe. Dans le long silence qui suivit, elle entendit aussi nettement que s'ils étaient à ses côtés le rire de Penny et de Cliff, leur cavalcade dans la maison d'Evanston. Elle ferma les yeux.

« Je ne veux pas les abandonner. Non, je ne veux pas les

abandonner. Mais je n'ai aucun moyen de les garder sans détruire à la fois leur amour pour moi et leur amour pour Stéphanie. »

Elle pleurait. Aveuglée par les larmes, elle se dirigea vers la porte fermée de la chambre. Sa lampe de chevet était allumée ; dans l'autre lit, Stéphanie était couchée sur le côté, face au mur. En silence, Sabrina s'isola dans la salle de bains. Elle se lava le visage et se déshabilla avant d'aller se glisser entre les draps. Tendant l'oreille, elle perçut la respiration irrégulière de Stéphanie et sut que celle-ci ne dormait pas. Pourtant, elle ne dit rien. Toute la nuit, elle resta éveillée.

Quand le soleil perça à travers les volets, Stéphanie rejeta d'un geste vif ses couvertures et se leva d'un bond. Elle vit que Sabrina avait les yeux fermés. « Pourtant elle ne dort pas, je le sais. Nous n'avons dormi ni l'une ni l'autre. Mais elle ne veut pas parler. Et, si elle le voulait, que pourrions-nous nous dire ? » Sans un mot, elle se glissa dans la salle de bains et referma doucement la porte derrière elle.

Elle prit une douche, se lava les cheveux, les sécha et s'habilla. Quand elle ouvrit la porte, elle constata immédiatement que Sabrina n'était plus là.

« Elle est partie ! pensa-t-elle, affolée. Garth arrive demain et elle me laisse l'affronter toute seule. Mais je ne peux pas, je ne peux pas, je ne suis pas prête, je ne sais pas quoi lui dire, je ne sais pas quoi dire à Penny et à Cliff. Je ne suis pas prête. Elle ne peut pas me laisser seule ici ! »

Stéphanie se précipita dans le salon et aperçut Sabrina, assise en robe de chambre sur la terrasse. Un plateau de petit déjeuner était posé sur la table à côté d'elle. Elle n'y avait pas touché.

— Dieu merci, tu es là ! Je te croyais partie.

— Pas encore.

Sabrina lui avait répondu d'une voix blanche, et, sur le visage livide de sa sœur, Stéphanie lut ses propres doutes, ses propres incertitudes, les mêmes traces d'une nuit sans sommeil.

— Tu vas attendre Garth ?

— Je n'ai encore rien décidé. Et toi, as-tu appelé Léon ?

— Non, pas encore.

— Qu'est-ce que tu vas lui dire ?

— Je ne sais pas. Non, vraiment, je n'en sais rien. Que veux-tu qu'on fasse aujourd'hui ? Il faut absolument qu'on fasse quelque chose, n'est-ce pas ?

— Alexandra a téléphoné pendant que tu étais sous la douche. Elle voulait nous inviter à déjeuner. Je lui ai dit que je pensais passer la journée à Giverny ou au musée Marmottan. Elle aimerait venir, elle sera là vers dix heures.

– Pourquoi Giverny ou le musée Marmottan ?

– À cause de Monet. Quand je faisais mes études ici, chaque fois que j'avais un problème, j'allais me réfugier dans ses jardins ou auprès de ses tableaux. Il y a dans leur perfection une sérénité qui finit toujours par me réconforter.

– Une sérénité... Si seulement..., dit Stéphanie avec un mouvement de tête découragé, puis elle ajouta après un silence : Il reste du café ?

– Oui, et des croissants aussi. Je vais prendre une douche, ensuite nous demanderons à la réception les horaires des trains pour Giverny.

Stéphanie s'assit à la table du petit déjeuner. Alors qu'elle s'apprêtait à traverser le salon pour se rendre dans la chambre, Sabrina revint sur ses pas, se pencha vers sa sœur et l'embrassa sur les deux joues.

– Bonjour, ma chérie, lui dit-elle affectueusement. Tu sais que je t'aime...

– Moi aussi, je t'aime. Et je suis désolée, vraiment désolée, mais je ne peux pas empêcher tout ce qui nous arrive. Je voudrais..., je voudrais... Mon Dieu, je ne sais même pas ce que je voudrais !

Sabrina s'agenouilla à côté d'elle et l'enlaça un long moment, les yeux fermés.

– Je vais me préparer, dit-elle soudain, et elle laissa sa sœur seule sur la terrasse.

Stéphanie se versa une tasse de café et grignota un croissant. En contemplant à nouveau le clocher de Saint-Germain-des-Prés qui se dressait au-dessus d'une forêt de toits, elle songea à cette sérénité dont lui avait parlé Sabrina. « Peut-être certains savent-ils trouver la paix en eux-mêmes, se dit-elle. Pas nous...

Mais si nous n'avions pas déclenché cette histoire de fous il y a un an, je n'aurais jamais rencontré Léon. Je n'aurais jamais rencontré ni Robert ni Jacqueline. Je n'aurais jamais su que j'étais capable de faire tant de choses. Je n'aurais jamais connu Alexandra.

Et j'aurais mes enfants.

Ils me seraient acquis...

La tête lui tournait. Elle ferma les yeux et, lorsqu'elle les rouvrit sur la terrasse inondée de soleil, rien ne lui parut plus clair. « Je veux tout, se dit-elle à nouveau, désespérée – *tout, tout, tout.* Je n'ai donc rien appris ? Rien ne me sert donc jamais de leçon ? » Elle avait le sentiment de se heurter à un mur, de se trouver dans une impasse. « Je sais bien qu'on ne peut pas tout avoir, mais ce serait tellement plus simple si Sabrina voulait bien décider pour moi. »

Cette idée lui fit honte. *Pardonne-moi petite sœur. Encore une fois je voudrais éviter de prendre mes responsabilités et te laisser le faire à ma place.*

Un coup frappé à la porte de la suite l'arracha à ses pensées. Elle sursauta. « Sûrement les femmes de chambre, se dit-elle en traversant le salon. Je vais leur demander de revenir quand nous serons sorties. » Et elle ouvrit la porte.

– Maman ! hurla Cliff en se jetant dans ses bras avec une telle fougue qu'il faillit lui faire perdre l'équilibre.

– Bonjour, maman !

Penny sautillait, dansait sur place tant elle était excitée, puis elle alla elle aussi se nicher contre sa mère.

– On t'a fait une drôle de surprise, non ? C'était ça notre surprise ! Tu ne savais pas que nous venions, hein ?

Submergée par une joie indicible, la jeune femme chancelait sous tant de tendresse et d'enthousiasme.

– Tu le savais pas, hein ? insistait Cliff. On a bien gardé le secret, tu ne trouves pas ?

– Oui, fit leur mère dans un murmure. Je vous aime. Mon Dieu, comme je vous aime...

Elle ne pouvait s'arrêter de répéter ces mots, qu'elle chuchotait contre les cheveux de ses enfants. Elle entendit la porte se refermer et leva machinalement les yeux : alors son regard croisa celui de Garth.

Elle l'avait si définitivement éliminé de sa vie qu'il lui parut presque incroyable de le voir là, si près, avec Penny et Cliff, formant cette famille qu'elle avait reniée pour une semaine qui avait duré un an... Garth avait cherché son regard avec un amour qu'elle ne lui avait connu que dans les toutes premières années de leur mariage. Et Stéphanie ne put réprimer en elle un pincement de jalousie : sa sœur avait réussi à faire renaître chez cet homme un amour qu'elle-même n'avait plus jamais suscité.

La jeune femme secoua la tête comme pour en chasser ces pensées. Au premier coup d'œil, elle avait remarqué que Garth avait davantage de cheveux gris et, dans les traits, une douceur qu'elle ne lui connaissait pas. En fait, il était infiniment plus beau que dans son souvenir. Mais l'amour qu'elle lisait dans son regard ne lui était pas destiné. Pour autant, elle ne pouvait pas lui avouer qu'elle n'était pas Sabrina. Elle ne s'y sentait pas prête et, en même temps, était incapable de jouer la comédie, de faire semblant de l'accueillir en épouse. Et, s'il en était frustré, tant pis pour lui. Après tout, quel droit avait-il de lui imposer ce genre de surprise ? Tout ce qu'elle espérait, c'était de le voir partir et qu'il lui laisse Penny et Cliff.

Elle vivrait avec ses enfants et avec Léon.

438

– Tu ne sens pas pareil, dit Penny, qui la tira brusquement de ses pensées. Tu te parfumes, maintenant ? ajouta encore la petite fille sur un ton accusateur. Je croyais que tu n'aimais pas ça.

– C'est vrai, je n'aime pas la plupart des parfums... C'est peut-être mon shampooing. J'en ai acheté un nouveau. Maintenant, racontez-moi votre voyage.

Et, sans cesser de se cajoler, parlant tous en même temps, Stéphanie et les enfants passèrent devant la porte fermée de la chambre et sortirent sur la terrasse. Garth demeura là où il était, paralysé par la colère et la stupeur. Cette femme n'était pas sa femme. Il l'avait su au premier regard. Il venait de passer treize mois avec Sabrina et la connaissait mieux que quiconque – cette femme n'était pas Sabrina.

C'était Stéphanie.

Elle n'était pas morte dans l'explosion, on ne l'avait pas enterrée à Londres... et, pendant un an, on l'avait pleurée. Stéphanie était vivante... Elle devait bien habiter quelque part, mais où ? Après tout, peu importait à Garth de le savoir. L'essentiel était qu'elle se cachait sans doute puisqu'on l'avait crue morte. Et voilà qu'elle réapparaissait, voyageant avec Sabrina, partageant avec elle une suite dans un hôtel... Était-ce pour cette raison que Sabrina était si souvent allée à Londres l'année précédente ? Pour rendre visite à sa sœur ? Oui, c'était sûrement ça... Et, après leurs escapades, Stéphanie retournait là d'où elle venait.

Et renvoyait Sabrina à Evanston.

Quelques mois de ce petit jeu ne leur avaient donc pas suffi : elles en avaient voulu plus, désireuses de prolonger une supercherie qui semblait ne jamais devoir prendre fin. Elles l'avaient trompé jusqu'au bout.

Il observa le visage radieux de la jeune femme ; les enfants rivalisaient dans leurs cris pour attirer son attention et lui racontaient par le menu l'aéroport international de Chicago, leur voyage, leur arrivée à Paris... Ils avaient tant de choses à lui dire qu'ils ne lui posaient aucune question sur elle. D'instinct, ils adaptaient la réalité à ce qu'ils en attendaient.

« C'est aussi ce que j'ai fait il y a un an, se dit Garth. Mais maintenant je ne m'y laisserai plus prendre. »

– Regarde, maman, ils nous ont donné des petites trousses dans l'avion, avec une brosse à dents qui se plie à l'intérieur...

– Et puis un masque pour dormir...

Le visage dur, fermé, leur père contemplait la scène. « Pourquoi Sabrina ne m'a-t-elle rien dit ? Je n'avais rien contre l'idée d'un échange définitif, au contraire, si c'était ce qu'elles souhaitaient. Mais, bon sang, pourquoi ne me l'a-t-elle pas dit ? On aurait pu en parler, officialiser notre mariage, ne plus vivre dans le secret...

« Mais alors elle aurait été obligée d'en parler aux enfants.

« Nous aurions pu le faire ensemble.

« Encore que... Qu'aurions-nous pu leur dire ?

« Que la femme qu'ils croyaient être leur mère les avait trompés ? Que leur vraie mère était partie en goguette, un beau jour de septembre, qu'elle les avait abandonnés pendant un mois, puis qu'elle avait été assassinée – enfin, prétendument assassinée. Et que pendant tout ce temps elle n'avait ni tenté de les revoir ni même voulu leur parler. Aurions-nous vraiment pu dire ça à Penny et à Cliff ? »

– Il y a aussi un peigne et des chaussons rigolos. Tu porterais des chaussons dans un avion, toi ?

– Et puis les hôtesses nous ont donné un livre de mots croisés. On en a fini six, tu te rends compte !

« Bien sûr qu'on aurait pu le leur dire. Ils sont solides, et grâce à l'amour que nous leur portons nous aurions pu les aider à comprendre. Ç'aurait été mieux que de vivre dans le mensonge. Si elle m'avait tout raconté depuis le début, nous aurions trouvé ensemble une solution. Maintenant c'est impossible. Il ne reste plus rien entre nous...

« Jamais plus je ne la laisserai me berner. »

Garth se sentait tendu, glacé. Ses traits figés, son regard vide de toute expression dissimulaient la tourmente qui l'agitait intérieurement. Voir Stéphanie bavarder comme si de rien n'était avec les enfants le révoltait. Pas une fois la jeune femme ne leva les yeux sur lui.

« Mais regarde-moi, bon sang ! Regarde ce que tu as fait de nous, de nous tous. »

Il s'avança brusquement vers elle et la vit tressaillir – elle était donc consciente de sa présence, de la distance physique qui les séparait. Il s'arrêta. Il n'y aurait pas de confrontation devant Penny et Cliff. Pas maintenant. Il devait d'abord réfléchir à la manière dont il leur annoncerait que leur mère et leur tante s'étaient moquées d'eux, les avaient trompés et les trompaient encore. Garth faillit laisser exploser la rage qui montait en lui. Il eut envie d'arracher ses enfants à l'étreinte de cette femme et de les emmener loin d'elle, afin de les protéger, afin qu'ils ne la voient plus jamais. Pourtant, la raison l'emporta : il ne fit pas un geste et resta immobile. Il attendrait d'être seul avec Stéphanie.

Ou avec Sabrina.

Et elle, où est-elle ? Il n'était plus question pour lui de traiter séparément avec l'une ou l'autre sœur. Pour la première fois depuis le début de cette imposture, il allait les affronter ensemble.

Mais, tant que Penny et Cliff seraient là, il ne pouvait demander à Stéphanie où se trouvait Sabrina.

On frappa à la porte, et Garth se retourna brusquement. Si c'était elle – non, bien sûr que non, elle n'aurait pas frappé. « Ce sont sans doute les femmes de chambre, se dit-il. Parfait, elles vont faire diversion. » Et il alla ouvrir la porte.

– Garth ! s'exclama Alexandra. Mon Dieu, mais tu es arrivé un jour plus tôt que prévu ! Les maris ne devraient jamais faire des coups pareils à leur femme, tu sais.

Elle s'interrompit : c'était moins un homme qu'une statue de pierre qui se dressait devant elle.

– Oh ! mon Dieu, murmura-t-elle en apercevant Stéphanie et les enfants sur la terrasse. Je suppose que c'est Stéphanie... et que, toi, tu sais tout.

– Est-ce que la terre entière est au courant ?

– Non, je suis seule à savoir. Elle t'a raconté toute l'histoire ? Elle t'a dit où elle était ?

– Non, elle ne m'a rien dit. Nous n'avons pas échangé un mot.

– Alors comme ça tu ne sais rien, dit Alexandra en rougissant. Mais où est Sabrina ?

– Aucune idée.

– Et tu t'en fiches, c'est ça ? J'ai du mal à le croire, et toi aussi, d'ailleurs. Je vais essayer de faire sortir les enfants avant que tu n'exploses tout à fait, dit-elle en jetant un regard en direction de Penny et de Cliff. Je sens que ça ne va pas tarder.

Elle passa rapidement devant Garth pour se rendre sur la terrasse.

– Penny ! Cliff ! Ça, c'est une surprise !

– Tu es là aussi ? s'écria le jeune garçon. À croire que *tout le monde* est à Paris !

– Tout le monde, c'est peu dire... Je n'ai pas droit à un petit câlin ?

Les deux enfants se précipitèrent dans ses bras, et Stéphanie leva vers elle des yeux ébahis, comme si elle sortait d'un rêve.

– J'avais oublié... Giverny... Marmottan...

– Il y a un petit changement de programme. Les adultes ont pas mal de choses à se raconter, et la jeune génération va venir se promener avec moi, dit Alexandra avec une feinte désinvolture. Allons, vous deux, je vous invite à prendre un petit déjeuner français dans mon bistrot préféré, pas très loin d'ici. Avec du vrai café au lait. Et en plus il y a un spectacle avec un magicien tous les jours à onze heures et demie.

– Un magicien ? répéta Cliff. Un magicien français ?

– Sans doute. Tu sais, il y a des magiciens partout.

– On est trop jeunes pour boire du café, objecta Penny.

– À Evanston, peut-être, mais pas à Paris, répondit Alexandra en les entraînant doucement vers la porte.

– Quel genre de tours fait-il ? demanda Cliff.

– Ça, on ne peut pas le savoir. Tu sais, dans la magie comme dans l'amour, commença-t-elle en fixant le visage de Garth jusqu'à pouvoir enfin croiser son regard, ce qui compte surtout, c'est l'imprévu. Et de l'imprévu il y en a toujours dans la vie. L'amour est censé en sortir plus fort. Un amour qui se laisse terrasser par l'imprévu n'est pas un amour.

– Tu es bien sûre qu'on a vraiment le droit de boire du café ? insista Penny. Pourtant, on n'a pas beaucoup grandi depuis qu'on est à Paris.

– Si, vous êtes déjà un peu plus grands qu'hier. Et puis, de toute façon, le café au lait, c'est moitié lait, moitié café. Si vous n'aimez pas ça, on prendra un chocolat chaud.

– Et du vin ? dit Cliff. Puisque à Paris...

– Ça, c'est l'étape suivante, répondit Alexandra en riant. On en reparlera en route. Vous deux, prenez votre temps, ajouta-t-elle à l'intention de Garth et de Stéphanie. Vous nous rejoindrez un peu plus tard.

– Non ! cria la jeune femme tout en se précipitant vers eux, terrifiée à l'idée de se retrouver seule avec son mari et de devoir lui révéler qui elle était vraiment. Non, nous allons vous accompagner.

Elle était d'une nervosité telle que ses gestes paraissaient incontrôlés, et elle se faufila maladroitement par la porte entrouverte.

– Allez, on y va. Sortons, sortons.

Alexandra n'avait pas quitté Garth des yeux.

– Je serais ravie de garder les enfants un petit moment, dit-elle.

– Non ! cria encore Stéphanie. Sortons.

– Allez, papa, dit Penny en saisissant la main de son père. C'est génial de retrouver Alexandra à Paris ! Et on va tous goûter au café au lait !

– Tout ce lait, ça n'a rien de drôle, dit Cliff. On pourrait pas faire autre chose, papa, en attendant l'heure du magicien ? Monter à la tour Eiffel, par exemple ?

– Allez, papa, on y va ! Oui, on y va ! renchérit Penny.

Ils le tiraient chacun par une main, mais sous leur apparente excitation Garth discernait les premiers signes de l'inquiétude. Quelque chose n'allait pas : leur mère voulait les accompagner au café et leur père se montrait réticent. Pourquoi ? Ils ne s'étaient même pas embrassés, eux qui s'embrassaient tout le temps, même quand ils n'avaient pas été séparés pendant quinze jours. Garth céda devant l'appréhension qui déjà se lisait dans leurs yeux. Il se laissa entraîner dans le couloir où Stéphanie les attendait, tandis qu'Alexandra refermait la porte de la suite avec un haussement d'épaules résigné.

L'hôtel était luxueusement décoré de marbre, de velours et de meubles anciens. En arrivant, Garth l'avait vaguement remarqué, mais, alors qu'il traversait le hall, il pensait surtout à la surprise que les enfants et lui allaient faire à Sabrina : ils allaient passer deux jours à Paris tous ensemble, puis Penny et Cliff rejoindraient Mrs. Thirkell qui les attendait à Londres, dans la maison de Cadogan Square, et laisseraient leurs parents profiter d'une semaine en amoureux dans la capitale. Initialement, Garth avait jugé l'idée excellente. Elle lui semblait beaucoup moins bonne, à présent qu'il se trouvait dans l'ascenseur et s'apprêtait à traverser le hall de marbre rose du rez-de-chaussée.

« Non, pour ce que j'en savais à ce moment-là, c'était une bonne idée... Puisque nous nous aimions. Je ne l'ai pas rêvé, cet amour, je n'ai pas cherché à me faire des illusions. Si j'ai amené les enfants à Paris, c'est bien parce que nous étions une famille, une vraie famille. »

Une fois dehors, il fut ébloui par le soleil et s'arrêta brusquement sur le trottoir, laissant les autres s'éloigner. Alexandra et les enfants se retournèrent lorsqu'ils se rendirent compte qu'il ne les suivait plus ; seule Stéphanie, le dos très raide, continuait de regarder droit devant elle. Dans cette raideur, Garth revit la Stéphanie de leur dernière dispute, treize mois auparavant, cette Stéphanie qui n'était jamais revenue.

C'était Sabrina qui était revenue. Sabrina était toujours revenue et, au cours de cette année, n'avait jamais cessé de leur prouver combien elle les aimait.

« Elle ne nous ferait pas ça. Elle ne vivrait pas dans le mensonge, elle ne ferait pas semblant de pleurer sa sœur morte, elle ne ferait pas semblant d'être mon amante, ma femme, mon amie, le bonheur de notre famille.

« Je n'arrive pas à y croire. Non, c'est impossible. »

– Tu viens ! papa ! Alexandra dit que son bistrot est tout près d'ici.

– Tu viens ! renchérit celle-ci, attendant seule que Garth l'eût rattrapée pour ajouter : Dis-moi ce que tu veux maintenant. Il faut qu'on aide Penny et Cliff. Ils n'arrêtent pas de me demander ce qui ne va pas. Et ils posent aussi la question à Stéphanie.

– Que leur répond-elle ?

– Que tout va bien et qu'elle les aime.

Garth porta la main à ses yeux pour se protéger du soleil et regarda de loin ses enfants qui continuaient de marcher avec leur mère.

– Ne pourrais-tu inventer une histoire et leur dire que j'ai envie de rester seul avec... elle ? Tu as déjà commencé tout à l'heure, mets-y un peu de sauce, fais que ça ait l'air romantique.

– Ne sois pas si amer, Garth. Tu ne peux pas la juger, tu ne connais pas toute l'histoire. Tu ne sais pas ce qu'elle a traversé.

– Je me fous de ce qu'elle a traversé. Rien ne peut justifier tous ces mensonges, ces faux-semblants...

– Attends, je ne te parle pas de Sabrina, mais de Stéphanie, dit Alexandra. Tu ne sais rien de ce qui lui est arrivé.

– Et je ne veux pas le savoir. En quoi est-ce que ça devrait m'intéresser ? Voilà un an qu'elle est partie sans daigner donner signe de vie, et je devrais m'inquiéter de ce qu'elle a vécu ? Pardonne-moi, Alexandra. Je ne devrais pas m'emporter. Tu n'y es pour rien. Si tu es toujours d'accord pour emmener Penny et Cliff se promener un moment, je t'en serai très reconnaissant.

– Laisse-moi faire. J'adore leur compagnie. Nous serons au Petit Prince. Tu suis cette rue jusqu'au bout et puis tu empruntes la dernière à gauche. Tu ne peux pas te tromper. Prenez tout votre temps.

Garth la suivit des yeux tandis qu'elle rejoignait les enfants, mais déjà ses pensées revenaient à Sabrina.

« Elle a identifié le corps. Elle n'a rien dit à l'enterrement. Comment est-ce possible ?

« Qui avons-nous donc enterré ce jour-là ? »

Les deux sœurs avaient toujours eu une relation si étroite, si fusionnelle que c'en était presque inquiétant. Les avait-il jamais vraiment connues ? Et, surtout, avait-il vraiment connu Sabrina, ou s'était-il leurré pendant un an, ne voyant que ce qu'il voulait voir, tout comme, les trois premiers mois, il avait voulu croire qu'elle était Stéphanie ?

« Non ! Je ne suis pas fou. Elle m'aime comme je l'aime. Je le sais. J'en suis sûr. Il y a des choses qu'on ne peut pas simuler. »

Une fois encore, il s'accrocha à cette unique certitude alors qu'autour de lui le monde semblait vaciller. Il cherchait désespérément un centre à sa vie, un pôle stable, solide, où la confiance aurait droit de cité.

Il entendit Alexandra prononcer en français quelques phrases que les enfants s'appliquaient à répéter avec des mines préoccupées. Ce faisant, ils ne cessaient de se retourner, et l'expression

444

inquiète qu'on lisait sur leurs visages trahissait un autre souci. Garth allongea le pas pour rattraper Stéphanie.

– Il faut qu'on parle. Alexandra se charge des enfants.

– Pas maintenant, s'il te plaît, pas maintenant, dit la jeune femme en jetant de tous côtés des regards égarés, comme pour chercher une issue que ne pouvaient lui offrir les galeries et les boutiques de la rue de Seine.

Il lui était impossible de parler à Garth. Il la prenait pour Sabrina, et elle ignorait totalement comment sa sœur se comportait avec lui.

« Tout ce que je veux, ce sont mes enfants. Je veux être avec eux et pouvoir penser que désormais tout va s'arranger. »

– Pas maintenant, répéta-t-elle, élevant la voix malgré elle. Plus tard, plus tard, pas maintenant.

« Bien sûr, Sabrina n'aurait jamais dit une chose pareille, pensa-t-elle. Quand il est arrivé tout à l'heure, elle l'aurait accueilli avec un amour égal au sien, avec la même tendresse que j'ai pu lire dans ses yeux à lui. Il va croire que je suis fâchée, que j'en ai assez de lui, que j'ai rencontré quelqu'un d'autre, peut-être. Eh bien, tant pis. Je fais ce que je peux. Je ne suis capable d'affronter ni sa colère, ni ses reproches..., ni sa haine. »

– Non, pas maintenant, dit-elle une dernière fois en s'éloignant à petits pas rapides.

La porte de la chambre était toujours fermée, et Sabrina restait assise sur son lit. Ses mains gisaient, inertes, sur ses genoux. Pourquoi ne lui avait-il pas annoncé qu'il arrivait un jour plus tôt que prévu ? Pourquoi ne lui avait-il pas dit qu'il venait avec les enfants ? Stéphanie et elle auraient pu se préparer.

Mais il était trop tard.

« Comment a-t-il pu croire que c'était moi qui lui ouvrais la porte ? Comment a-t-il pu se laisser prendre une deuxième fois, après l'année que nous venons de passer ensemble ? »

Et pourtant, apparemment, il était tombé dans le piège : il était parti au café avec ses enfants et Stéphanie. La famille Andersen de sortie à Paris.

De sa fenêtre, la jeune femme avait vue sur la rue et sur le clocher de Saint-Germain, et cependant elle ne voyait que la maison d'Evanston, leur chambre, la cuisine où régnait Mrs. Thirkell, le bureau de Garth où Penny et Cliff venaient montrer leurs devoirs, le salon où ils avaient accueilli Lu Zhen, en couple généreux d'un amour dont il était si riche.

« J'ai aidé Garth avec Lu Zhen. J'ai aidé Cliff et son père à se parler. J'ai aidé Penny à avoir suffisamment confiance en elle pour résister aux pressions de ses camarades. J'ai été une amie pour Claudia ; je l'ai aidée à neutraliser le député Leglind. J'ai terminé le chantier du Koner Building.

« On pourrait presque dire que j'ai fait du bon travail à Evanston, que j'ai veillé à tout, accompli ma mission et que maintenant je peux partir. »

Elle imagina le sourire que Garth avait dû adresser à Stéphanie lorsque celle-ci avait ouvert la porte. « Mon tendre chéri, pardonne-moi. Tout est devenu si compliqué... La seule chose qui était simple et claire, c'était mon amour pour toi et les enfants. Pardonne-moi. Pardonne-moi. Je t'aime. »

Alexandra poussa les enfants à l'intérieur du café, où elle choisit une table, réclama des menus pour tout le monde et commanda immédiatement une bouteille d'eau pétillante ainsi que des cafés au lait. Afin de faire patienter Penny et Cliff en attendant le magicien, elle dut déployer des trésors d'imagination et leur raconter des histoires extravagantes sur Paris, sur le café où ils se trouvaient, sur sa propriétaire, sur les serveurs, sur le chien qui dormait dans un coin. Devoir faire montre d'une telle inventivité l'épuisait, mais elle s'enchantait des expressions ravies des enfants, tout en se demandant en son for intérieur pourquoi le magicien avait précisément choisi ce jour-là pour arriver en retard.

Stéphanie était restée dehors, de l'autre côté de la vitre, à les observer. Elle ne voyait que le dos de ses enfants. À un moment, Penny fit un petit bond sur sa chaise. « C'est toujours ce qu'elle fait quand elle est particulièrement excitée », se dit la jeune femme, le nez collé au carreau. Derrière elle, des flâneurs déambulaient le long de la Seine, d'autres s'asseyaient sur un banc pour manger un sandwich. Soudain un homme en smoking et chapeau haut de forme s'approcha de la table. Il dit quelque chose à Penny et à Cliff puis, de sa main gantée de blanc, fit sortir un chapeau à plumes d'un grand panier qu'il tenait sous son bras. Il posa le chapeau sur la tête de la petite fille, dont les yeux s'écarquillèrent d'émerveillement. Elle l'ôta, Cliff et elle le retournèrent dans tous les sens pour voir ce qu'il y avait à l'intérieur et tenter de découvrir le secret du prestidigitateur. « Ils sont bien comme leur père, songea Stéphanie. Ils veulent toujours trouver une explication à tout. »

Elle plaqua les mains contre la vitre que chauffait le soleil et sentit à cet instant-là que quelque chose changeait en elle : elle était une étrangère, elle était dehors, extérieure à ce qui arrivait à ses enfants, et ne pouvait partager ni leurs rires ni leur plaisir. « Pourtant je ne suis pas une étrangère, se dit-elle encore. Je suis leur mère. » Et elle se répéta cette phrase à voix haute :

– Je suis leur mère. Ils m'aiment. Je suis leur mère.

Et, pourtant, c'était bien elle qui se trouvait de l'autre côté de la vitre, coupée de leurs pensées, de leurs joies, de la conversation animée qu'ils avaient avec Alexandra et le magicien. Comment connaissaient-ils Alexandra ? Oui, bien sûr, elle était venue à Evanston. Sabrina l'avait dit à Stéphanie. Mais celle-ci ignorait encore tant de choses qui s'étaient passées pendant son absence, trop de choses sans doute pour qu'elle pût jamais les rattraper toutes et regagner le temps perdu.

« Je ne fais plus partie de leur vie. Et j'en suis seule responsable. C'est moi qui les ai quittés, sans penser que je risquais de les perdre.

« Mais il est encore temps de faire machine arrière, de redevenir le centre de leur vie, de redevenir vraiment leur mère. Je suis sûre que c'est possible. Ce sera long, je le sais, et il faudra que je sois prudente, mais...

« Mais si j'avais tellement changé – si nous avions *tous* tellement changé que nous ne puissions plus vivre ensemble ? Si ma place n'était plus avec eux ? Comment pourrais-je leur expliquer cela ?

« Peut-être ne serait-ce pas nécessaire. Je pourrais juste leur dire que je les aime, que je regrette de les avoir quittés. Ne serait-ce pas suffisant ? »

Elle vit soudain ses enfants à travers les tremblements d'un brouillard de larmes. « Oui, ce devrait être suffisant de dire à ses enfants qu'on les aime. L'amour devrait suffire à tout pardonner.

« À moins que... »

Tout à coup elle fit volte-face, se détourna de la vitre et commença à revenir sur ses pas, la tête basse, le visage ruisselant de larmes. Garth, qui n'avait cessé de l'observer de l'autre côté de la rue, la rattrapa et lui agrippa le bras, la contraignant à marcher avec lui jusqu'à l'hôtel.

– Où est-elle ?

Sanglotant toujours, Stéphanie entendit à peine sa question.

– Qui ça ?

– Sabrina. Où est-elle ?

La jeune femme lui lança alors un regard effaré.

– De quoi parles-tu ?

– Tu sais très bien de quoi je parle. Bon Dieu, Stéphanie, vous ne croyiez tout de même pas que vous alliez m'avoir une deuxième fois ?

L'air affolé de la jeune femme le fit hésiter un instant. C'était Stéphanie. La vraie Stéphanie. Et non la femme que, depuis treize mois, il devait s'obliger à appeler Stéphanie devant les enfants, les amis..., la seule femme qu'il eût jamais...

« Ce n'est pas le moment de penser à ça. »

Il marchait toujours, forçant Stéphanie à avancer, la traînant presque derrière lui.

— Je ne sais pas ce que vous aviez dans la tête ni comment vous êtes arrivées à faire croire à tout le monde que tu étais morte. Mais tout ce que je sais, c'est que moi je ne joue plus.

— Attends, Garth, tu te trompes.

La jeune femme se sentait étrangement soulagée : il savait. Elle n'avait plus besoin de lui avouer qui elle était.

— Sabrina ne t'a pas..., commença-t-elle.

— Je me trompe ? l'interrompit Garth. Comment ça, je me trompe ? Vous ne nous avez pas fait croire pendant un an que tu étais morte ? Tu n'as peut-être pas mené une autre vie pendant tout ce temps ? Et Sabrina ne s'est pas amusée de cette nouvelle supercherie, aussi réussie que la précédente ? Depuis quinze jours qu'elle m'appelle tous les soirs, elle me ment sur tout ce qu'elle fait. Ah, elle s'est bien gardée de me dire avec qui elle passait ses journées, continua-t-il, la voix tremblante de colère. Les mensonges... Mon Dieu, c'est votre spécialité. Et maintenant te voilà qui reviens parce que tu veux encore autre chose. Il y a un an, tu voulais partir. Tu es partie, tu as fait ce que tu voulais, et maintenant tu veux autre chose. Mais quoi ? Si tu crois un seul instant que je vais te laisser les enfants...

— Tu me fais mal au bras !

— Et à nous, tu crois que tu ne nous as pas fait mal ?

Il s'arrêta sous une porte cochère, obligeant Stéphanie à lui faire face. Il la regardait dans les yeux, et c'était Sabrina qu'il voyait. « Troublant, se dit-il. Même maintenant je pourrais les confondre. » Pourtant, il y avait chez la femme dont il forçait le regard quelque chose qui en faisait Stéphanie, une femme qu'il n'aimait pas, une femme qu'il pouvait mépriser pour ce qu'elle avait fait.

Elle essaya de se libérer de l'étau de la poigne de Garth.

— Je n'ai jamais voulu vous faire de mal. Oui, je voulais prendre le large, vivre autre chose... Tu sais bien que je n'étais pas heureuse. Mais je ne voulais m'éloigner que pour quelques jours, je pensais revenir au bout d'une semaine, je croyais qu'on pourrait peut-être repartir de zéro. Je n'ai jamais voulu vous faire de mal !

— Tu as choisi une drôle de façon de le montrer, dit Garth en relâchant légèrement la pression de ses doigts. Mais personne ne t'a forcée à partir. C'est toi qui l'as voulu ; maintenant il est trop tard. Et, si tu es revenue pour m'enlever Penny et Cliff, je te conseille d'y renoncer tout de suite. Ils resteront avec moi. Je ne sais pas ce que tu as fait pendant ces derniers mois, ni avec qui tu les as passés, toujours est-il que pendant tout ce temps tu n'as pas cru bon d'appeler une seule fois tes enfants ni de leur écrire une seule lettre. À mon avis – et ce sera aussi celui du juge –, cela t'enlève tout droit sur eux. Tu m'écoutes ? Mais, bon sang, regarde-moi donc ! Ils sont ce que j'ai de plus cher au monde maintenant, et je ferai tout pour qu'ils ne sachent rien de ce qui s'est passé. Tu ne leur diras rien, et Sabrina non plus. Il faut que vous soyez vraiment garces pour jouer comme ça avec deux enfants dont le seul tort est de vous aimer et de dépendre de vous...

– Arrête, Garth, je t'en prie ! Écoute-moi ! Sabrina ignorait que j'étais vivante. Elle n'a pas joué avec Penny et Cliff, ni avec toi non plus, d'ailleurs. Elle t'aime. Tu ne t'imagines pas ce qu'elle a souffert de devoir te mentir chaque soir depuis deux semaines, mais c'est moi qui l'ai suppliée de le faire. Elle l'a fait *pour moi*. Parce que je n'avais pas le courage de vous affronter, toi et les enfants. Je ne savais pas quoi faire, je lui ai demandé de me laisser un peu de temps... Et puis on devait découvrir qui en voulait à notre vie... Mon Dieu, c'est si compliqué. Je ne peux pas tout t'expliquer en même temps.

– Elle ne savait pas que tu étais vivante ?

– Non ! Mais tu ne comprends donc pas ! Elle pensait m'avoir enterrée !

Garth se sentit malgré lui envahi par un irrésistible sentiment de joie. *Elle ne savait pas.* Il avait à peine écouté la suite – quelqu'un voulait les tuer ? en voulait à leur vie ? –, tout ce qu'il retenait, c'était que Sabrina ne lui avait pas menti, qu'elle n'avait pas fait semblant ni joué la comédie...

« Mais pourquoi devrais-je les croire ? C'est trop facile, elles mentent trop bien. »

– Elle a passé tout un après-midi à sangloter à côté d'un cercueil pour faire ses adieux à sa sœur chérie... dit-il, sarcastique.

– Je sais, répondit Stéphanie. Nous y avons réfléchi, Sabrina et moi, et je crois que nous avons compris d'où venait la méprise. Ça fait partie d'un tout, de cette année que j'ai passée à Londres et en France...

Cette fois, ce fut elle qui chercha le regard de Garth, et elle crut y lire moins de colère qu'auparavant. Il avait l'air de l'écouter, de soupeser chacun des mots qu'elle prononçait. Elle se souvint alors qu'il avait toujours eu pour habitude de se répéter chaque chose afin d'y réfléchir. « Encore son côté scientifique », se dit Stéphanie, un aspect de lui qu'elle n'avait jamais vraiment voulu comprendre.

– Je pourrais te raconter toute l'histoire... Mais ça prendrait trop de temps et puis... je préférerais que Sabrina soit avec moi pour le faire.

– Où est-elle ?

– Je ne sais pas. Elle était dans la chambre à l'hôtel, tout à l'heure.

– Quand nous sommes arrivés ?

– Oui.

– La porte de la chambre était fermée, n'est-ce pas ? Tu crois qu'elle a pu nous entendre ?

– Oui, sûrement. J'ai oublié qu'elle était là. Le choc de revoir les enfants, de te revoir, toi. Je n'ai pas pensé que... Mais elle te racontera, nous te raconterons, si seulement tu veux bien nous écouter. Crois-moi, elle ne savait rien. Elle me croyait morte et elle était amoureuse de toi. Elle est toujours amoureuse de toi.

Garth scruta un long moment le visage de Stéphanie.

– Donne-moi une seule raison de te faire confiance.

– Mettons que, en tant que scientifique, tu devrais être capable de reconnaître la vérité.

– Les scientifiques sont souvent des imbéciles, répliqua Garth avec un petit rire caustique.

– Mais toi tu n'en es pas un. L'année dernière, Sabrina disait que nous ne pouvions pas continuer à te prendre pour un imbécile. Elle me demandait de revenir à Evanston, elle avait des remords. Je crois qu'elle t'aimait déjà, à l'époque, mais bien sûr elle ne me le disait pas. C'est moi qui lui ai demandé un sursis, une dernière croisière..., et elle me l'a accordé.

La jeune femme baissa la voix, si bien que Garth dut s'approcher tout près d'elle pour l'entendre.

– Elle a toujours fait ça, poursuivit Stéphanie. Oui, elle a toujours fait ce qu'elle pouvait pour me rendre heureuse. Sans doute que je comptais là-dessus. Je n'ai jamais eu sa force ni son assurance. Je n'ai jamais eu autant de liberté qu'elle, ni dans ma tête, ni dans mes amitiés, ni dans le travail. C'est pourquoi je l'enviais. Alors je me suis... servie d'elle. Et elle s'est laissé faire... parce qu'elle m'aime.

Elle leva les yeux vers Garth. Il semblait perdu dans la contemplation de la Seine et de l'imposante masse grise du Louvre qui, sur l'autre rive, se détachait contre un ciel sans nuages.

– Allons-y, dit-il soudain, entraînant rapidement Stéphanie en direction de l'hôtel.

Sans échanger un seul mot, ils traversèrent le hall de marbre rose, prirent l'ascenseur jusqu'au dernier étage et, toujours en silence, s'arrêtèrent devant la porte.

Stéphanie leva une main hésitante pour frapper, mais Garth la devança et pénétra dans la suite sans s'annoncer.

Sabrina était assise dans un fauteuil sur la terrasse. Hormis quitter sa chambre, elle n'avait rien fait. Elle tourna la tête en entendant la porte s'ouvrir, son regard croisa celui de Garth, et, au lieu des heureuses retrouvailles qui auraient dû succéder à deux semaines de séparation, il n'y eut qu'une longue interrogation muette, mais lourde de doutes, de colère, de ressentiment et d'excuses. Pourtant, il passait entre eux une attirance si forte que Stéphanie la perçut.

Sabrina se leva.

– Où sont Penny et Cliff ?

– Au café avec Alexandra, lui répondit sa sœur en se précipitant tout de suite dans ses bras, comme si elle craignait de changer d'avis en attendant un instant de plus. Ça a dû être horrible pour toi d'être là, de nous entendre..., de nous entendre partir, surtout. Je suis désolée de t'avoir fait ça, mais je ne pouvais pas rester seule avec... Enfin, j'avais peur. Tout s'est passé trop vite pour que j'aie le temps de mettre de l'ordre dans mes idées.

Sabrina chercha le regard de Garth.

– Il a su tout de suite, s'empressa d'ajouter Stéphanie. À la minute même où il m'a vue. Et puis c'est nous qui l'avons entraîné au café.

– Alors tu as su. Tu as tout de suite su...

Pour la première fois, le visage de Sabrina s'éclairait d'un sourire.

– Stéphanie t'a dit ce qui lui était arrivé ?

– Non, répondit sèchement Garth.

Il dévisageait alternativement les deux sœurs avec l'impression, comme depuis son arrivée le matin même, de faire un mauvais rêve, de vivre un cauchemar dont il allait forcément se réveiller. Voir enfin les jumelles réunies dans un même lieu renforçait encore ce sentiment d'irréalité : ces deux femmes auraient pu n'en faire qu'une, debout devant le reflet que lui aurait envoyé un miroir. À mesure qu'il les observait, Garth sentait monter en lui une irrépressible fureur. Peut-être Sabrina avait-elle vraiment cru sa sœur morte, il n'en restait pas moins qu'en dépit de tout l'amour qu'elle prétendait éprouver pour lui elle s'était bien gardée de lui révéler que Stéphanie était vivante lorsqu'elle l'avait appris. Et, à présent qu'il les voyait ensemble, il ne pouvait s'empêcher de se demander si personne serait jamais plus important pour elles qu'elles l'étaient l'une pour l'autre. Il ne savait pas quoi leur dire, ni comment leur parler. D'ailleurs, il ne voulait pas leur parler, il n'avait rien à leur dire ; il voulait récupérer ses enfants, les ramener à Evanston et ne plus jamais entendre parler de toute cette histoire.

Sabrina avança vers lui, les mains tendues.

– Pardonne-moi. Un jour, je t'ai juré de ne plus jamais te mentir. Je n'ai pas tenu parole, j'ai brisé ma promesse et tu ne peux pas savoir à quel point j'en suis...

– Tu as brisé plus que cela.

Luttant contre la force du désir qui le poussait à prendre la jeune femme dans ses bras, à l'embrasser, à ressusciter sur son visage un sourire qu'il aimait tant, il ne saisit pas les mains qu'elle lui offrait. Sabrina les laissa alors lentement retomber à ses côtés, et ce geste déclencha chez Garth une colère qu'il ne parvenait plus à contenir.

– Je croyais que nous formions une famille, une *vraie* famille, que nous ne devions pas nous faire de mal, que nous avions un foyer, un refuge, je croyais que nous nous aimions. Nous étions parvenus à dépasser tes premiers mensonges – c'est du moins ce que je pensais – et maintenant nous voilà revenus au point de départ. Depuis deux semaines, tu as eu cent fois l'occasion de me dire ce qu'il se passait, mais tu as décidé, mais *vous* avez décidé, toutes les deux, de ce que nous avions le droit de savoir, les enfants et moi.

D'instinct, Stéphanie s'était éloignée jusque dans le coin le plus reculé du salon, comme si la colère qui enflait dans la voix de Garth lui était destinée à elle tout particulièrement. Elle restait là, debout, hésitante, un œil vers la porte de la chambre où elle aurait tant aimé trouver refuge, mais elle n'osa pas faire un geste, redoutant la réaction de Garth. Il l'aperçut dans la pénombre qu'elle avait choisie et vit Sabrina, qui, elle, lui faisait face sur la terrasse illuminée de soleil. Fou de rage, il eut le sentiment d'être cerné, comme sa vie l'avait été pendant un an, à son insu. C'était cette imposture qui avait déterminé son existence et celle de ses enfants.

– Maintenant, c'est terminé. Je rentre et j'emmène Penny et Cliff. Aucune de vous deux ne les aura. Ma famille ne continuera pas à se soumettre aux caprices de deux garces désœuvrées qui cherchent à se distraire. Mes enfants ne sont pas des jouets que l'on se prête de temps en temps, que l'on met de côté, que l'on néglige, et puis que l'on ressort. Je ne vous laisserai pas...

– Je ne les ai pas « mis de côté », comme tu dis, je ne les ai pas négligés ! cria Stéphanie. Je savais que Sabrina prendrait soin d'eux. Je savais qu'elle s'occuperait d'eux, qu'elle les rendrait heureux jusqu'à mon retour. C'est ce qu'elle a fait, et maintenant...

– *Maintenant ?* Tu t'imagines peut-être que tu vas revenir *maintenant* ?

– Je ne veux pas revenir vers toi, Garth. Je ne le pourrais pas. Tu ne veux pas de moi, et je ne veux plus vivre avec toi. Mais je veux mes enfants. Ils sont à moi ! Je suis leur mère ! Est-ce que ce mot-là a un sens pour toi ? Leur *mère* !

– Ce mot n'a pas plus de sens pour moi qu'il n'en a eu pour toi quand tu es partie.

– C'est faux ! Depuis que j'ai retrouvé la mémoire, pas une minute je n'ai cessé de penser à eux...

Garth sursauta et tourna brusquement la tête vers elle, tandis qu'elle poursuivait :

– Oui, tu as bien entendu ! j'étais amnésique ! Mais ça ne t'intéresse pas, sans doute. Tu ne nous laisses pas la moindre chance de nous expliquer, de nous justifier. Si seulement tu consentais à nous écouter, peut-être que tu comprendrais, peut-être que tu changerais d'avis. Sabrina..., ajouta encore Stéphanie en sortant de la pénombre pour aller rejoindre sa sœur sur la terrasse. Il faut que tu m'aides. Je ne peux pas lui raconter seule.

– Les caprices de deux garces désœuvrées, répéta froidement Sabrina en posant sur Garth un regard glacé. Je te connais, tu te laisses submerger par la colère, et si tu ne t'arrêtes pas maintenant jamais nous ne pourrons t'expliquer quoi que ce soit, tout sera définitivement irrattrapable, irréparable.

– Je t'en prie, ne viens pas me dire que tu me connais. Voilà deux semaines que tu sais que Stéphanie est vivante, que tu joues la comédie, que tu fais de toute notre vie une supercherie et que...

– *De toute notre vie ?*

– ... rien ne pourra plus jamais être comme avant. Oui, voilà deux semaines que tu le sais et que tu ne dis rien sous prétexte que tu aimes ta sœur. La belle excuse ! Mais tu es supposée nous aimer aussi, *nous*. Est-ce là la ligne de partage de ta loyauté ? Entre un étranger et nous, peut-être nous choisiras-tu, nous. Mais, entre ta sœur et nous, tu choisiras toujours ta sœur.

– Tu es injuste.

– En quoi ? C'est bien ce qui s'est passé, non ? Tu l'as choisie, elle.

– Mais, Garth, deux semaines, ce n'est rien. Et puis je ne t'ai menti qu'une fois et je savais que nous allions te retrouver bientôt et que...

– Non, tu m'as menti plus d'une fois. Et notamment il y a un an, quand tu as joué le rôle de ta sœur pour nous cacher qu'elle était partie.

– À l'époque je ne t'aimais pas. Depuis, je n'ai jamais « choisi » que toi et les enfants. Et, si je t'ai menti au téléphone, c'est que je ne voyais pas comment faire autrement et parce que ce n'était que pour quelques jours. Je me disais que dimanche j'irais te chercher à l'aéroport, que nous pourrions parler et...

— Tu pensais disposer d'un peu de temps pour me manipuler à ton aise.

— Garth, je t'en prie, arrête. Je sais que tu as de la peine, que tu es en colère et que tu as de bonnes raisons de l'être. Mais jamais je n'ai voulu te manipuler, et tu le sais. Mon seul désir, c'était de vivre avec toi, que nous puissions bâtir avec nos enfants la vie dont nous rêvions. Si je t'ai trompé, si je t'ai menti, ce ne fut que les tout premiers jours. Après, je suis tombée amoureuse de toi. Et notre maison a vraiment été un refuge pour moi, et j'ai fait tout mon possible pour qu'elle le soit aussi pour toi et pour Penny et Cliff. À ma connaissance, je n'ai jamais blessé aucun de vous trois depuis. J'ai essayé de faire en sorte que tous les trois vous vous sentiez aimés, protégés. Tu sais très bien tout cela, Garth, tu l'as su pendant des mois. Et j'aimerais que tu te souviennes de l'année que nous venons de passer ensemble, au lieu de faire comme si elle n'avait pas existé.

— Étant donné que tu me mens depuis quinze jours, je suis parfaitement en droit de me demander si cette année a vraiment existé et s'il s'est effectivement passé quelque chose entre nous depuis décembre dernier.

Il s'entendait lui décocher des mots assassins, il percevait leur violence et soudain il se demanda pourquoi il n'abandonnait pas la partie, pourquoi il ne la prenait pas dans ses bras. « Je t'aime et je sais que tu m'aimes. Je sais que tu t'es trouvée piégée, que Stéphanie t'a suppliée de te taire. J'ai besoin de toi. Je ne veux pas d'une vie sans toi. » Pourtant la colère ne le quittait pas. Il lut le désespoir dans le regard de Sabrina et se tourna alors vers sa sœur pour laisser libre cours à sa fureur.

— Tu crois peut-être que tu vas t'en sortir comme ça, toi, alors qu'on ne sait ni où tu étais ni ce que tu fabriquais ? Décidément, vous êtes comme ces gosses qui cassent un carreau et disent qu'ils n'y sont pour rien. Mais cette fois tu ne t'en tireras pas comme ça. Tu es seule responsable de ce que tu as fait, et aussi de ce que tu n'as pas fait pendant cette année. Je me fiche de ce qu'est ta vie, tout ce que je peux te dire, c'est que Penny et Cliff n'en feront pas partie.

— Tu n'as pas le droit de dire ça ! Je t'attaquerai en justice et je les aurai !

— Ah oui ! Comment expliqueras-tu ton escapade à Londres ? Comment expliqueras-tu que tu aies passé un an loin d'eux ? Non, ils resteront avec moi et tu ne les reverras plus. Aucune de vous deux ne les reverra jamais.

– Garth, ça suffit ! cria Sabrina, hors d'elle. Cramponne-toi à ta colère, si elle te rassure, mais n'oublie pas que tu ne connais pas toute l'histoire. Et, tant que tu ne l'auras pas entendue, tu ne pourras prendre aucune décision rationnelle, dis-toi bien ça. Pourquoi fais-tu semblant de ne pas entendre quand Stéphanie te dit qu'elle est devenue amnésique ? Tu ne la crois pas, peut-être ? À moins que tu ne veuilles rien entendre qui puisse te faire changer d'avis... Tout ce qu'on te demande, c'est de nous écouter. En es-tu capable ? À défaut d'autre chose, cela pourrait au moins satisfaire la curiosité du scientifique...

Garth réprima un sourire. Il regarda sa montre. Il était midi passé. Le spectacle du magicien n'était pas terminé ; Alexandra n'allait pas revenir avec les enfants avant un moment.

– Nous ne te prendrons pas trop de temps, dit froidement Sabrina.

– D'accord, dit-il simplement avec un hochement de tête.

– Allons nous asseoir dehors, sur la terrasse, reprit la jeune femme d'une voix radoucie.

Elle savait désormais que Garth allait connaître toute l'histoire, qu'il ne pourrait y rester insensible. Et enfin elle s'autorisa à le comprendre, à comprendre l'impression de trahison qu'il avait ressentie en pénétrant dans cette chambre d'hôtel et en y découvrant Stéphanie. Elle comprit qu'il se fût senti vulnérable, trompé, dupé, en voyant à nouveau son univers s'effondrer sous ses pieds. Et elle avait envie de le protéger.

– Je vais nous faire monter une petite collation, dit-elle. Je crois que nous en avons besoin.

Elle décrocha le téléphone et commanda une salade de fruits de mer pour trois personnes, avec du vin et du café.

– Je ne sais pas si nous la mangerons, ajouta-t-elle encore. Sans doute que non. Stéphanie et moi, nous arrivons rarement à terminer un repas, ces derniers temps... La dernière fois, c'était il y a... une éternité. On pourrait croire que nous suivons un régime, mais... Non, c'est juste que nous n'avons pas d'appétit. Enfin, on peut toujours essayer, non ?

Elle parlait trop et trop vite, comme pour se rassurer, comme si parler de tout, de rien devait les préparer à entendre d'autres mots, plus lourds, plus graves, peut-être irréversibles. Garth avait lentement rejoint les deux jeunes femmes sur la terrasse. Lorsqu'il fut auprès d'elles, Sabrina y croyait à peine : ils étaient réunis tous les trois et interprétaient une pièce dans laquelle chaque rôle était biaisé ; ils allaient se révéler tous leurs secrets, mais l'avenir leur demeurait inconnu. « Et à tout moment Garth peut me demander de sortir, de les laisser seuls pour qu'ils décident ensemble comment se partager leurs enfants. »

Incertaine, Stéphanie s'assit à l'extrême bord d'une chaise, à côté de celle de sa sœur. Quant à Garth, il repoussa un fauteuil de jardin et, un peu à l'écart, y prit place en disant :

– Eh bien ? Je t'écoute.

– Max m'a sortie du bateau, commença la jeune femme sans autre préambule.

Et elle raconta toute l'histoire d'une voix monocorde, jetant parfois un regard à Sabrina, mais sans jamais lever les yeux vers Garth. Le plus souvent, elle semblait observer les nuages qui s'amoncelaient à l'horizon. « Il va sûrement pleuvoir ce soir », se dit-elle machinalement tout en poursuivant non moins machinalement son long récit. De temps à autre, il lui arrivait de se tourner vers sa sœur, comme pour s'assurer de son soutien, mais en réalité, pendant près d'une heure, elle parla comme si elle était seule face à elle-même.

Garth alla ouvrir au garçon qui apportait le déjeuner. Lorsque celui-ci fut sorti, il referma la porte à clef. Ce fut leur seule récréation, et elle ne dura que quelques secondes. Le reste du temps, Stéphanie parla, et à mesure qu'elle relatait les événements de l'année écoulée il lui semblait voir chaque pan de sa vie reprendre sa place, comme si son passé s'organisait sous ses yeux : elle évoqua son enfance avec Sabrina, la pension, son mariage, la naissance des enfants, les quelques semaines passées à Londres dans la peau de Sabrina Longworth, les mois en France avec Max, Robert, Jacqueline... et puis Léon. Elle se revit sur le trottoir, de l'autre côté de la vitre du café où Alexandra avait emmené Penny et Cliff. Elle revit l'image de ses enfants, qui tremblotait derrière un voile de larmes, et sentit à nouveau le contact du verre sous ses paumes ouvertes. C'était la première fois qu'elle embrassait ainsi toute son existence dans un seul et même récit, dans un seul et même moment. Et elle comprit alors que certaines parties de sa vie lui avaient définitivement échappé, qu'elle ne pouvait plus y prétendre et devait y renoncer... pour toujours.

Lorsqu'elle eut terminé, il y eut un long silence que chacun répugnait à rompre. Une des bouteilles de vin était vide. Il restait encore un peu de café. Personne n'avait touché à la salade.

Et à nouveau ce fut Stéphanie qui parla.

– Il y a encore autre chose, dit-elle en baissant les yeux sur ses mains qu'elle tenait serrées sur ses genoux. J'ai toujours eu du mal à savoir qui j'étais. Je le savais à peu près lorsque je vivais à Evanston, mais je n'aimais pas la femme que j'étais. C'est pour ça que j'ai eu envie d'avoir la vie de Sabrina. Je voulais être elle beaucoup plus qu'elle ne souhaitait être moi. Je croyais sincèrement pouvoir enfiler une nouvelle vie comme on enfile un nouveau manteau, je croyais qu'alors je serais tout ce que je voulais être.

– Et c'est ce qui s'est passé ? demanda Garth.

C'était la première fois qu'il ouvrait la bouche depuis que la jeune femme avait commencé son récit. Sabrina en ressentit un immense soulagement.

– Oui, en tout cas c'est l'impression que j'ai eue, lui répondit Stéphanie en le regardant à peine. Je savais que je ne faisais que jouer un rôle, mais je l'avais tant désiré que je le jouais presque à la perfection. Et puis Sabrina était en moi, elle m'aidait sans que je m'en rende compte. Je sais que ce que j'ai fait est horrible, dit-elle, osant enfin regarda Garth l'espace d'une seconde. Mais j'étais heureuse, j'oubliais combien j'étais accablée chaque matin au réveil, j'avais l'impression que tout m'était possible, que le monde m'était ouvert. Même si je savais au fond de moi que c'était faux, que tout cela n'était qu'une comédie, que je ne pouvais pas vraiment être Sabrina parce que je laissais derrière moi tant de choses auxquelles je tenais profondément. J'ai voulu vivre l'aventure car j'ai cru que la seule façon d'être heureuse était d'oublier qui j'étais, d'oublier celle que je n'aimais pas en moi. Mais je laissais trop de ma vie derrière moi. J'avais plus, beaucoup plus que je ne croyais avoir. Et même si je vous ai abandonnés un temps vous étiez toujours là, en moi, quoi que je fasse.

– Tu as eu ce que tu voulais, répondit Garth. Tu as voulu oublier qui tu étais ; et, en effet, tu l'as oublié, plus que tu ne l'aurais souhaité...

Cette fois, Stéphanie le regarda un long moment.

– C'est vrai, mais je n'ai pas voulu cet oubli-là, je n'ai pas *voulu* perdre la mémoire. Les médecins ont dit que je refoulais des pans entiers de ma vie parce que je me sentais coupable de quelque chose. Ils avaient raison. Et, à présent que la mémoire m'est revenue, j'ai le sentiment de n'être plus personne, de ne plus avoir ma place nulle part.

Sabrina lui prit la main.

– Tu vas trouver ta place, laisse-toi encore un peu de temps.

– Le temps n'y changera rien, répliqua sa sœur, lui retirant sa main pour saisir un verre vide qu'elle se mit à lentement tourner entre ses doigts. Je t'ai dit l'autre jour que pendant toute cette année où tu as vécu à Evanston, où tu as vécu ma vie, Sabrina, tu n'avais jamais cessé d'être toi. Oui, pendant tout ce temps, tu as été nous deux : à la fois toi et moi. Parce que tu savais ce que tu voulais, tu savais où était ta place et tu avais suffisamment confiance en toi pour te forger un avenir. Je suppose qu'il en est ainsi pour la plupart des gens, qu'il n'y a rien de miraculeux à cela. Les gens construisent leur vie comme on construit une maison. Ils la meublent et après ils la connaissent si bien qu'ils peuvent circuler de pièce en pièce les yeux fermés. Ils savent qu'elle leur appartient, qu'elle est comme un reflet de ce qu'ils sont eux-mêmes. Et, chaque fois qu'ils passent la porte, c'est comme s'ils se regardaient dans une glace, et ils se retrouvent chez eux.

La jeune femme leva les yeux vers Garth et, là, discerna enfin dans le regard qu'il fixait sur elle une véritable attention. Pour la première fois depuis les débuts de leur mariage, elle éprouva à nouveau ce petit frisson de satisfaction qu'elle ressentait alors, quand elle parvenait à éveiller l'intérêt du professeur Andersen.

– Mais lorsque j'étais à Londres, poursuivit-elle, je ne voulais être que Sabrina. Je repoussais Stéphanie Andersen, je la refusais. Cette femme-là n'existait pas, ne devait pas exister. Après, en France, j'ai été Sabrina Lacoste. Je me suis fabriqué là-bas une vie aussi normale que possible. Il y a eu trop de vies dans ma vie, il y a encore trop de sentiments confus en moi et je ne peux pas les démêler. J'ai perdu celle que j'étais, si j'ai jamais été quelqu'un, et je ne sais pas qui je suis maintenant, ni où est ma place. Ma seule certitude, ce sont mes enfants. Quand je pense à eux, tout me paraît clair, lumineux. Je sais qu'ils pourraient me donner ce que je n'ai pas : je serais leur mère, ainsi, je saurais enfin qui je suis, j'aurais ma place quelque part, auprès d'eux.

Sabrina tendit la main pour attraper la deuxième bouteille de vin, mais dut attendre que s'apaise le tremblement qui l'agitait avant de leur en servir un verre.

– D'ordinaire, dit-elle, ce sont les parents qui aident les enfants à découvrir qui ils sont, qui les aident à trouver leur place.

Le visage de Stéphanie s'empourpra.

– Comment peux-tu me dire une chose aussi cruelle ? J'essaie de vous parler honnêtement.

– Moi aussi. Penny et Cliff ont déjà trouvé ce que tu cherches encore. Ils ont beaucoup changé, cette année, et beaucoup appris. Tu ne l'as pas remarqué ?

– Bien sûr que si, je l'ai remarqué ! Espèce de garce, pourquoi me poser cette question ? Tu sais bien que je l'ai remarqué ! riposta violemment Stéphanie, furieuse, en dévisageant sa sœur à travers un brouillard de larmes. Ils ont tellement changé... Comment aurais-je pu ne pas m'en apercevoir ? Ils sont... plus forts qu'ils ne l'étaient, ajouta-t-elle d'une voix étranglée. Plus audacieux, plus aventureux, aussi.

Puis elle prononça enfin les deux mots qui l'obsédaient depuis l'instant où elle avait revu ses enfants le matin même.

– Comme toi.

– Comme nous deux, s'empressa de rectifier Sabrina. C'est toi qui les as élevés pendant toutes ces années, avant que j'entre dans leur vie.

– Non, tu sais très bien ce que je veux dire. Pendant toutes ces années, je n'ai pas seulement envié la vie que tu menais, j'ai aussi envié la femme que tu étais : c'était toi, toujours, qui menais le jeu, toi qui nous lançais dans l'aventure. Tu m'as aidée quand nous étions plus jeunes, tu étais mon guide, en quelque sorte, et je t'en étais reconnaissante. Or il n'est pas si facile d'éprouver de la reconnaissance, on se le pardonne mal. Et puis, une fois à Evanston, je m'en suis voulu, j'avais l'impression de rester à la traîne, de redoubler une classe. Je savais que toi tu t'y serais prise autrement pour affronter tes problèmes : toi, tu aurais fait face, tu n'aurais pas cherché à fuir. C'est ça que tu as donné à Penny à Cliff, cette force-là. Ils ne vont pas grandir avec le remords de n'être pas plus aventureux, de ne pas « oser ». Ils vont foncer. Comme toi.

Pour la première fois, Garth éprouva de la pitié pour Stéphanie. Elle avait raison : en l'espace d'un an passé avec Sabrina, ses enfants étaient devenus plus forts, plus courageux, prêts à affronter n'importe quel obstacle susceptible de se dresser devant eux, plus confiants en l'avenir. Ils n'étaient ni plus intelligents ni plus beaux que lorsqu'ils vivaient avec leur mère, seulement plus aptes à résister au monde. Et Stéphanie le savait.

Sabrina avait conscience que Garth les observait. Jamais auparavant un étranger n'avait assisté à leurs discussions, où se mêlaient toujours l'amour, les tensions et l'indicible sentiment de proximité qui les unissait. Puis, soudain, la jeune femme se reprit intérieurement : Garth ? Un étranger ? Cet homme qu'elle adorait, le père de Penny et de Cliff, un étranger ? Il était confortablement installé dans son fauteuil, l'air détendu, presque désinvolte, comme toujours – Sabrina le savait bien – lorsqu'il écoutait avec la plus extrême attention : en réalité, il pesait chaque mot, chaque information, et l'analysait afin de pouvoir l'incorporer à son univers. Il n'y avait chez Garth rien qui ressemblât à de la désinvolture ou à de la négligence : il était animé d'une curiosité passionnée pour toute chose et, sauf quand il était en colère, il était capable de tout entendre. Mais il lui fallait des faits. Il ne se fiait aux émotions, aux sentiments que si ceux-ci ne semaient pas la désolation dans sa vie. Garth n'était pas un étranger. Il faisait partie du nouvel ordre que sa sœur et elle allaient tenter de créer à partir de toute cette confusion. Oui, Garth était bien à sa place, en train de les écouter, de les observer dans l'intimité de leur si complexe relation. Il faisait partie d'elles. Désormais, ils faisaient tous trois partie les uns des autres, indissociablement.

Sabrina eut soudain l'impression qu'une vue plongeante sur la terrasse ensoleillée s'offrait à elle : elle se vit en compagnie de Garth et de Stéphanie, unie à eux comme ils l'étaient l'un à l'autre, par l'invisible fil d'une gigantesque toile d'araignée. « Nous sommes assis tous les trois ici, sous un soleil radieux, sous un ciel sans nuages, avec un petit moineau qui, de temps à autre, vient picorer quelques miettes entre nos pieds. L'image même du calme, de la paix, alors qu'en réalité nous sommes pris dans un drame minuscule, dérisoire, au regard de l'univers, mais dévastateur pour nous. Un drame qui balaie nos vies, qui peut les conduire à la joie retrouvée ou au désespoir le plus absolu. Finalement, en dépit de notre peur, nous nous comportons tous les trois d'une façon étrangement civilisée... »

Un long silence avait pris place entre eux, qui semblait ne devoir jamais cesser. N'y tenant plus, Stéphanie bondit de sa chaise et fit quelques pas, les bras serrés contre sa poitrine, avant de se retourner brusquement vers Sabrina et Garth.

– Vous avez tous changé ! s'écria-t-elle. Toi, tu n'es plus aussi dur qu'avant, dit-elle à son mari. Malgré tout ce que tu as pu nous dire tout à l'heure. Quand je pense à toi, je ne revois qu'un visage sérieux, fermé, le visage de quelqu'un qui s'apprête à donner un cours ou à administrer un sermon. Et pourtant, bizarrement, toi aussi tu as l'air plus sûr de toi que tu ne l'étais avant, exactement comme Penny et Cliff. Je ne sais pas ce que ça veut dire... Peut-être as-tu découvert qu'il n'y a pas que la génétique dans la vie.

Elle surprit le regard que Garth lança à Sabrina. Plus qu'un regard, c'était une caresse, l'expression d'une indissoluble complicité.

– Oui, soupira alors Stéphanie, c'est bien ça. Tu es amoureux, et toi aussi, ajouta-t-elle à l'intention de sa sœur. Jamais encore je ne t'avais vue véritablement éprise de quelqu'un. Je croyais que tu aimais Denton lorsque tu l'as épousé. Mais c'était autre chose, n'est-ce pas ? Un peu comme une erreur de jeunesse. Maintenant, j'ai l'impression que, pour toi, chaque chose est à sa place, que tu possédes une force que rien ne pourra jamais entamer.

– C'est aussi l'impression que j'ai eue en te voyant à Vézelay, lui répondit Sabrina avec un sourire.

– C'est vrai ? Tu penses vraiment ce que tu dis ? Pourtant, Vézelay me semble si loin, reprit Stéphanie en arpentant la terrasse à petits pas nerveux. Peut-être... Oui, peut-être que j'ai trouvé ma place là-bas. Je le croyais, en tout cas, avant que la mémoire me revienne. Et puis tout est devenu si confus... Mais vous avez fondé une nouvelle famille, reprit-elle soudain, criant presque, en se tournant brutalement vers eux, l'air accusateur. Vous avez tous tellement changé, surtout Penny et Cliff. Ils sont si... Mon Dieu, *ils sont si heureux*. Je ne sais pas si..., si ce serait le mieux pour eux... Je ne suis pas sûre... Je ne sais pas si j'ai le droit de faire ça, dit-elle enfin, les yeux fermés.

– Stéphanie..., commença Sabrina en se levant de son siège, prête à aller rejoindre sa sœur, mais Garth posa une main sur son bras et la retint.

Stéphanie devait trouver seule le chemin. Lorsqu'elle rouvrit les yeux, elle dit :

– Je crois que... quand les enfants sont heureux, on n'a pas le droit de leur enlever leur bonheur, sous quelque prétexte que ce soit. Ils sont si beaux, vous ne trouvez pas ? Il y a en eux tellement de vie, de joie, de force. Je les regardais dans la rue, avec Alexandra : ils dansaient presque. On aurait dit qu'ils allaient conquérir Paris. Ils n'avaient peur de rien, sauf de constater que leurs parents ne s'aimaient plus. Et sans doute ont-ils pris l'habitude de voir des parents qui s'aiment, n'est-ce pas ? Oui, c'est bien ce qu'ils voient chaque jour, des parents qui s'aiment, une maison pleine d'amour. C'est cela ? *Répondez-moi !*

– Oui, c'est cela, répondit posément Sabrina.

Stéphanie baissa la tête et ramassa sur le muret qui bordait la terrasse un petit caillou sur lequel elle parut se concentrer.

– Toute la nuit dernière, quand nous ne dormions ni l'une ni l'autre, je n'ai pensé qu'à cela : je vous voyais tous les quatre à Evanston, dans cette horrible vieille maison qui craque de partout et où il y a toujours quelque chose à réparer... Je vous voyais dans la cuisine, en train de préparer le repas, je vous voyais en train de dîner tous ensemble. Chaque pièce m'apparaissait avec une netteté incroyable, et vous étiez là, ensemble. Tout ce que tu m'as raconté à Londres me revenait : leurs progrès à l'école, Cliff et sa passion pour le foot, Penny et ses marionnettes, leurs amis, cet étudiant chinois que vous avez accueilli... Toute la nuit j'ai pensé à vous, à vous quatre, mais surtout à Penny et à Cliff. Et j'ai compris qu'ils étaient heureux. Et quand je les ai vus j'ai constaté qu'ils étaient plus heureux encore que je ne l'avais imaginé...

Suivit un long silence au cours duquel seul leur parvenait le brouhaha de la circulation, qui montait jusqu'à la terrasse avec le grondement régulier des vagues de l'océan.

– Je... Je ne voulais pas croire que... rien ne leur manquait, je ne voulais pas croire que moi je ne leur manquais pas. Mais ils sont heureux. C'est l'évidence. Leur univers est solide, stable. Ils ne connaissent que la confiance, pas la peur. À condition que... je ne me manifeste pas. Si j'ai demandé à les avoir, ajouta Stéphanie en s'adressant à Garth, c'est parce que je pensais sincèrement pouvoir les rendre heureux. Pourtant, je ne savais pas du tout comment faire pour leur expliquer que je n'étais pas Sabrina – parce que, bien sûr, ils s'en seraient rendu compte, je n'aurais pas pu les tromper plus de quelques heures, et encore. Je les voulais comme j'ai voulu être Sabrina, pour vivre des instants merveilleux. Mais que leur aurais-je dit quand ils auraient commencé à se demander pourquoi je ne me comportais pas comme la mère qu'ils connaissent depuis un an ? Je n'aurais pas pu leur dire la vérité. Je me croyais capable de trouver un moyen de le faire, mais en réalité il n'y en a aucun. Leur dire la vérité, c'est les condamner à la méfiance, envers moi et aussi envers tout le monde. Les enfants croient que leurs parents sont et seront toujours là pour eux, qu'ils peuvent indéfectiblement compter sur leur présence. C'est vrai, il y a le divorce. Seulement, là, il ne s'agit pas d'expliquer un divorce, mais un jeu. Robert a eu raison de dire que c'était un jeu imprudent et dangereux. Et, pourtant, ce jeu, nous l'avons joué avec la même insouciance qu'une partie de cartes. Comment faire croire à des enfants que leur famille est stable, solide, après une chose pareille ? C'est impossible. Je ne peux pas les emmener et faire semblant d'être leur...

La jeune femme s'interrompit, ses lèvres remuaient, mais aucun son n'en sortait, comme si sa voix se brisait sur la phrase tant redoutée. Puis, presque audible, elle dit enfin :

– Oui, je ne peux pas faire semblant d'être leur mère alors qu'ils en ont déjà une.

Une bouffée d'étonnement et de joie laissa Sabrina le souffle court. Elle dévisagea sa sœur comme si elle la voyait pour la première fois, puis, très vite, la joie le céda à la tristesse. « Stéphanie, tu ne peux pas renoncer à ne plus jamais les voir. Tu les aimes trop.

« Et, pourtant, n'est-ce pas exactement ce que j'espérais ? »

Garth se leva, s'approcha de Stéphanie et la prit dans ses bras. Les yeux brouillés de larmes, elle lui lança un regard désespéré et, comme une enfant, posa la tête sur son épaule.

– Oh ! Garth, pardon, pardon... Je ne pensais pas à ce que je faisais. Tu méritais tellement mieux. Penny et Cliff méritaient tellement mieux. Pardon...

– Allons, c'est fini, c'est fini. Calme-toi, dit-il en lui caressant doucement les cheveux. Il est trop tard, maintenant, nous ne pouvons plus revenir en arrière.

Par-dessus la tête de la jeune femme, son regard croisa celui de Sabrina, et il éprouva à nouveau ce sentiment qui le bouleversait chaque fois que ses yeux se posaient sur elle : elle faisait partie de

462

sa vie, partie de lui, et rien ni personne, jamais, ne pourrait leur enlever ça.

– Même si nous le pouvions, nous ne reviendrions pas en arrière, poursuivit-il. Nous avons fait trop de chemin, il s'est passé trop de choses...

– Il faut qu'on trouve un moyen de s'en sortir, lui dit Sabrina. Tous les trois.

– Oui, nous allons trouver une solution.

Leur amour était si puissant, leur compréhension, leur entente si spontanées et si totales qu'il sut que, désormais, plus jamais il ne douterait. Ils continueraient de bâtir ce qu'ils avaient commencé, et leur édifice tiendrait toujours.

Le moineau tournait en cercles concentriques au-dessus de la table, guettant quelque miette du pain auquel ils n'avaient pas touché, cherchant un endroit où se poser en toute sécurité. Garth sourit. « Les oiseaux sont têtus et ils finissent toujours par arriver à leurs fins. Nous ne sommes pas moins têtus. Nous y arriverons aussi, avec un peu de chance. »

Lentement, il écarta Stéphanie, gardant les deux mains sur les épaules de la jeune femme.

– Écoute-moi. Tu ne vas pas sortir totalement de la vie de Penny et de Cliff. Nous ne te laisserons pas faire ça. Nous leur dirons la même vérité que celle que nous allons dire à tout le monde : leur tante Sabrina n'est pas morte dans l'explosion du bateau, elle a été frappée d'amnésie et a vécu en France depuis janvier dernier. Mais elle a retrouvé la mémoire, elle les aime, elle veut les voir aussi souvent que possible, et même plus souvent que par le passé. Et, nous, nous irons lui rendre visite à Vézelay ou ailleurs aussi fréquemment que possible.

Stéphanie se raidit et regarda Garth un long moment, puis elle se dégagea vivement de ces deux mains posées sur ses épaules et courut presque jusqu'à l'autre extrémité de la terrasse. Alors elle s'immobilisa, tête basse, les mains collées contre les oreilles dans un geste enfantin, comme pour ne plus rien entendre. « Il n'y a donc jamais de fin à un mensonge. »

Elle vit Sabrina s'avancer, mais elle lui tourna le dos et posa le front contre le mur. *Des ramifications infinies, des cercles et des cercles qui n'en finissent pas, comme dans une illusion d'optique. Et dans l'illusion que nous avons créée les mensonges s'empilent, s'entassent, s'encastrent les uns dans les autres jusqu'à devenir une nouvelle vérité.*

Dorénavant, elle connaissait cette nouvelle vérité : elle continuerait à jouer un rôle dans la vie de ses enfants. Pas celui de la mère, mais un autre rôle, qui lui permettrait de les voir grandir, qui lui donnerait l'occasion de leur dire combien elle les aimait, combien elle désirait qu'ils fussent forts et heureux.

« Au bord, se dit-elle, je serai toujours au bord de la famille Andersen. Je serai celle qui fera au revoir avec son mouchoir quand ils rentreront chez eux, les laissant à tout ce qu'ils vivront ensemble et que j'ignorerai, à leurs secrets, à leurs plaisanteries, à leurs projets...

« Ça ne me suffit pas.

« Mais c'est mieux que rien, mieux que ne jamais les revoir. »

À cet instant-là, la jeune femme abandonna définitivement Stéphanie Andersen pour devenir Sabrina Longworth, pas la Sabrina Longworth qu'elle avait été à Londres, non, une nouvelle Sabrina, qu'elle allait créer de toutes pièces, qui serait elle, vraiment elle. D'une manière ou d'une autre, elle allait donner vie à ce nom, à ce nouveau personnage.

Garth la vit se redresser, presque imperceptiblement, et il sut qu'elle avait pris sa décision. Il songea un instant qu'il leur faudrait divorcer. « Mais est-ce vraiment utile ? songea-t-il. En devenant Sabrina, elle devient aussi l'ex-femme de Denton, et nous n'avons jamais été mariés. Malgré tout, je pense que je pense que nous voudrons tous trouver un moyen de concrétiser ce divorce, ne fût-ce que pour mettre un terme symbolique à cette histoire de fous. »

– Stéphanie..., commença Sabrina.

– Tu te trompes de prénom, l'interrompit Stéphanie d'une voix tremblante en se retournant.

Elle essaya de sourire, et, l'instant d'après, les deux jeunes femmes étaient dans les bras l'une de l'autre. Leur univers avait été mis sens dessus dessous, elles ne discernaient pas encore très bien les contours que prendraient leurs deux existences dans les années à venir, mais une chose demeurait : elles étaient toujours ensemble, elles ne s'étaient pas perdues, il y aurait toujours au téléphone, même à l'autre bout du monde, une voix qui dirait : « Tu comprends, tu comprends toujours tout. »

Stéphanie serrait sa sœur contre elle comme si elle ne devait plus jamais la lâcher, la laisser s'éloigner d'elle, comme pour puiser en elle un peu de cette force qu'elle sentait lui manquer. Puis elle se ressaisit, embrassa Sabrina sur les deux joues et, lentement, ce fut elle qui dénoua leur étreinte.

– Je ne peux pas voir Penny et Cliff maintenant. C'est encore trop tôt. Je ne me sens pas prête. Je ne peux pas encore leur parler. Il faut que je me mette dans la peau de leur tante Sabrina, et je crois que ça va me demander un peu de temps et de préparation...

– Tu ne vas pas rentrer à Vézelay ? lui demanda Sabrina,

scrutant attentivement chacune des expressions qui tour à tour marquaient le visage de sa sœur.

– Non, pas tout de suite. Je vais appeler Léon. Il comprendra. Rien n'a changé entre nous, je veux toujours vivre avec lui, mais pour l'instant j'ai besoin d'être seule. Je crois que je vais rester encore quelques jours à Paris, puis peut-être aller voir Robert à Cavaillon. Je te dirai où me joindre.

Elle s'éloigna encore de Sabrina et s'arrêta près de Garth, le temps de lui dire :

– Merci de m'avoir pardonnée, merci de me laisser faire partie de la vie de Penny et de Cliff. Je te promets d'être la meilleure tante possible, une excellente tante. Ce sera un rôle de composition, je n'ai jamais été tante... Mais ça vaut le coup d'essayer, n'est-ce pas ?

Alors qu'elle s'apprêtait à franchir la porte-fenêtre qui ouvrait sur le salon de la suite, elle se retourna. Son regard hésita un instant, de Garth à Sabrina, puis elle dit, avec un vague sourire :

– Je crois que vous feriez mieux d'y aller. Les enfants doivent vous attendre.

– Tu as raison, répondit sa sœur. Mais attends un instant.

À son tour, elle s'avança jusqu'à la porte-fenêtre, pénétra dans le salon et sortit de son sac le petit album qui ne la quittait jamais.

– Il est à toi. Je t'enverrai bientôt d'autres photos.

Stéphanie entra elle aussi dans le salon et prit l'album que lui tendait Sabrina. Elle l'ouvrit et, doucement, commença d'en tourner les pages.

– Ma Penny chérie, si souriante et toujours si enjouée. Et Cliff, déjà si grand, le meilleur marqueur de son équipe...

Ses doigts s'immobilisèrent dans une caresse sur un cliché où les deux enfants, debout dans le jardin de la maison d'Evanston, éclataient de rire, ravis sans doute de quelque facétie.

– Merci, dit-elle à Sabrina. Merci de tout mon cœur. Je t'aime, tu sais.

– Moi aussi, je t'aime, lui répondit sa sœur en l'embrassant. Promets de venir nous voir, vite, très vite. Je t'en prie.

Garth vint les rejoindre et passa un bras sur les épaules de Sabrina.

– Il faut qu'on y aille, dit-il en déposant un baiser sur la joue de Stéphanie. Nous t'appellerons. Ne nous oublie pas. Viens nous voir.

Toujours enlacés, Sabrina et lui traversèrent le salon sans se retourner. Garth déverrouilla la porte, et lorsqu'ils furent dans le couloir de l'hôtel la jeune femme n'y tint plus : elle jeta un rapide regard dans la pièce qu'ils venaient de quitter et vit Stéphanie, immobile, toujours debout près du canapé, les deux mains serrées sur l'album de photos.

La porte se referma doucement.

Ils s'étreignirent un long moment en silence puis, lentement, se dirigèrent vers l'ascenseur, main dans la main. Garth et Stéphanie Andersen descendirent jusqu'au rez-de-chaussée de l'hôtel, dans le hall de marbre rose, puis se retrouvèrent dans la rue où, à quelques pas de là, les attendaient leurs enfants.